GOLDMANN

Buch

Um ihren verfeindeten Ländern endlich den Frieden zu sichern, werden zwei Menschen miteinander verheiratet, die die Ehe für sich aus tiefstem Herzen ablehnen: Ariane, die normannische Adelige, die bislang von seiten der Männer nur Brutalität erfuhr, hat stets geschworen, sich niemals einem Mann zu beugen. Doch dem Befehl ihres Königs kann sie sich nicht entgegenstellen. Simon, seinem König ebenfalls treu ergeben, sieht der arrangierten Hochzeit zunächst nüchtern ins Auge. Er will Ariane, wie gefordert, ehelichen – und sie dann mehr oder weniger aus seinem Leben verbannen. Doch alles kommt ganz anders, als die beiden sich nach der Hochzeit im Schlafgemach begegnen ...

Autorin

Elizabeth Lowell ist das Autorenpseudonym der amerikanischen Erfolgsschriftstellerin Ann Maxwell, einem wahren Multitalent, die zu den besten Autorinnen ebenso spannender wie leidenschaftlicher Liebesromane zählt. Sie hat in den USA bisher weit über vierzig Romane veröffentlicht und wurde mehrfach von der Zeitschrift *Romantic Times* preisgekrönt.

Von Elizabeth Lowell liegt bei Goldmann vor:

Roulette der Liebe. Roman (42697)
Im Strudel der Gefühle. Roman (42792)
Brandung des Herzens. Roman (42829)
Fesseln aus Seide. Roman (42867)

Von Ann Maxwell ist bei Goldmann erschienen:

Flammender Diamant. Roman (42427)
Lockende Wildnis. Roman (42428)
Schimmernder Rubin. Roman (43406)

ELIZABETH LOWELL

Lockende Nachtigall

Roman

Aus dem Amerikanischen
von Elke Bartels

GOLDMANN VERLAG

Die Originalausgabe erschien unter dem Titel
»Enchanted« bei Avon Books, New York

Umwelthinweis:
Alle bedruckten Materialien dieses Taschenbuches
sind chlorfrei und umweltschonend.
Das Papier enthält Recyclinganteile.

Der Goldmann Verlag
ist ein Unternehmen der Verlagsgruppe Bertelsmann

Deutsche Erstveröffentlichung Juli 1996

Umschlaggestaltung: Design Team München
Umschlagillustration: Daeni/Schlück, Garbsen
Satz: deutsch-türkischer fotosatz, Berlin
Druck: Elsnerdruck, Berlin
Verlagsnummer: 43408
Lektorat: Silvia Kuttny
Redaktion: Antje Hohenstein
Herstellung: Heidrun Nawrot
Made in Germany
ISBN 3-442-43408-4

1 3 5 7 9 10 8 6 4 2

Für DEBBY TOBIAS –
In allem die Beste

1. Kapitel

Herbst zur Zeit König Heinrichs I.

Stone Ring Keep, Burg von Lord Duncan und Lady Amber, in den Kriegsgebieten im nördlichen Teil des normannischen Englands.

»Was wird es sein«, murmelte Ariane vor sich hin, »eine Hochzeit oder eine Totenwache?«

Sie starrte auf den Dolch in ihren Händen, als könnte sie dort eine Antwort finden; alles, was sie sah, war flackerndes Kerzenlicht, das wie silbernes Blut über die Klinge rann. Als sie das gespenstische Glühen betrachtete, fand die Frage ein Echo in der Stille ihrer Gedanken.

Eine Hochzeit oder eine Totenwache?

Die Antwort, die Ariane schließlich in den Sinn kam, war jedoch kein Trost für sie.

Was spielt es schon für eine Rolle? Es sind nur zwei verschiedene Wörter für die gleiche Sache.

Jenseits der hohen Burgmauern von Stone Ring Keep kündigte das Heulen des Windes den nahenden Winter an.

Ariane nahm den klagenden Laut nicht wahr. Sie hörte nichts, nur das Echo der Vergangenheit, das Echo jenes Tages, an dem ihre Mutter den juwelenbesetzten Dolch in die kleinen Hände der Tochter gelegt hatte.

In ihrer Erinnerung konnte Ariane noch immer das dunkelviolette Funkeln von Amethysten sehen und das kalte Gewicht des Silbers fühlen. Die Worte ihrer Mutter waren sogar noch kälter und bedrohlicher gewesen.

Selbst das ewige Fegefeuer kann keine größere Bestrafung sein als ein grausames Ehelager. Mach lieber von dieser Waffe Gebrauch, statt unter einem Mann zu liegen, den du nicht liebst.

Unglücklicherweise hatte Arianes Mutter nicht lange genug gelebt, um ihrer Tochter zu erklären, wie sie die Waffe benutzen sollte und gegen wen sie sie richten sollte. Wessen Totenwache sollte es sein, die das Bräutigams oder die der Braut?

Soll ich mich denn wohl selbst töten oder Simon, dessen einziges Verbrechen darin besteht, mich heiraten zu wollen – aus Treue zu seinem Bruder, Lord Dominic von Blackthorne Keep?

Treue.

Ein sehnsüchtiges Zittern durchlief Ariane und ließ die Falten ihres gold- und rotbraunen Gewandes erbeben, als wären sie lebendig.

Lieber Gott, wie glücklich würde ich mich preisen, wenn es solche Treue auch in meiner eigenen Familie gäbe!

Düstere Alpträume drohten den inneren Schutzwall zu durchbrechen, den Ariane gegen ihre Erinnerungen errichtet hatte. Grimmig verdrängte sie jeden Gedanken an die Nacht, in der sie erst von Geoffrey dem Schönen und dann von ihrem eigenen Vater verraten worden war.

Die Klinge des Dolches ritzte Arianes Hand und sagte ihr, daß sie die Waffe zu fest hielt. Vage fragte sie sich, was es wohl für ein Gefühl sein würde, wenn der Dolch noch ein ganzes Stück tiefer in ihr Fleisch schnitte.

Sicherlich könnte es nicht schlimmer sein als ihre Alpträume.

»Ariane, hast du mein ... oh, was für ein hübscher Dolch«, sagte Amber, deren Blick beim Betreten des Raums auf den quecksilbrigen Glanz gefallen war. »Er ist so fein gearbeitet wie eine Brosche.«

Die Stimme riß Ariane aus ihrer düsteren Versunkenheit, und mit einem unterdrückten Seufzer lockerte sie ihren Griff um den Dolch und wandte sich zu der jungen Frau um, deren goldfarbener Überwurf die Farbe ihrer Augen und ihres Haares betonte.

»Der Dolch gehörte meiner Mutter«, erklärte Ariane.

»Wirklich ungewöhnlich schöne Amethyste. Sie haben genau die Farbe deiner Augen. Waren ihre auch violett?«

»Ja.«

Mehr sagte Ariane nicht.

»Und deine Gedanken«, fuhr Amber sachlich fort, »sind von der gleichen Farbe wie dein Haar. So schwarz wie die finstersten Stunden der Nacht.«

Ariane stockte der Atem. Argwöhnisch beäugte sie die Gelehrte Herrin von Stone Ring Keep, die die Wahrheit in einem Menschen erkennen konnte, wenn sie ihn nur berührte.

Doch das tat sie in diesem Moment nicht einmal.

»Ich brauche dich nicht zu berühren«, erklärte Amber, die ihre Gedanken erraten hatte. »Die Finsternis ist in deinen Augen. Und in deinem Herzen.«

»Ich fühle nichts.«

»Aber sicher tust du das. Deine Gefühle sind wie eine Wunde, die nur verborgen wurde, aber nicht geheilt.«

»Ist das so?« fragte Ariane gleichgültig.

»Ja«, erwiderte Amber. »Ich habe es gefühlt, als ich dich das erste Mal berührte. Du mußt es doch auch spüren.«

»Nur im Schlaf.«

Ariane schob den Dolch wieder in die lederne Scheide an ihrem Gürtel und griff nach der kleinen Harfe, die einmal ihre Freude gewesen war. Jetzt spendete sie ihr Trost. Das dunkle, fein geschwungene Holz war mit Einlegearbeiten aus Silber, Perlmutt und Karneol in Form einer blühenden Weinrebe verziert.

Aber es war nicht deren elegante Form, die Ariane nach der Harfe greifen ließ. Sondern deren Stimme. Die langen Finger des Mädchens bewegten sich über die Saiten und entlockten ihnen einen Akkord, der auf unheimliche Weise mit dem Sturm draußen harmonierte und eine mühsam beherrschte Wildheit verriet.

Verborgen, nicht geheilt.

Als Amber die Harfe für die schweigsame junge Frau sprechen hörte, wollte sie gegen die Mischung aus Furcht, Zorn und Kummer protestieren, die hinter der ruhigen Fassade des normannischen Mädchens schwelte.

»Es gibt nichts, wovor du Angst haben müßtest, wenn du Simons Ehefrau wirst«, sagte Amber eindringlich. »Er ist ein Mann starker Leidenschaft, aber er zeichnet sich auch dadurch aus, daß er sie zu zügeln vermag.«

Einen Moment lang hielten Arianes Finger in ihrem Spiel inne. Dann nickte sie langsam und allmählich verloren die Klänge, die sie der Harfe entlockte, etwas von ihrer zornigen Wildheit.

»Ja«, erwiderte sie leise. »Er hat mich sehr freundlich behandelt.«

Doch so freundlich wird er nicht reagieren, wenn er entdeckt, daß seine Ehefrau keine Jungfrau mehr ist.

Kriege sind schon wegen geringerer Beleidigungen begonnen worden. Männer haben getötet. Frauen haben den Tod gefunden.

Tod. Dieser letzte Gedanke hatte einen düsteren Reiz für Ariane. Er versprach flüsternd eine Fluchtmöglichkeit vor der brutalen Falle des Schmerzes und des Verrats, zu der ihr Leben geworden war.

»Simon hat einen starken Körper und ein schönes Gesicht«, fügte Amber hinzu, »und er ist von einer Beweglichkeit, die den Katzen der Burg Schande macht.«

Arianes Finger verharrten über den Saiten. Nach einer Pause murmelte sie: »Seine Augen sind sehr ... dunkel.«

»Es ist nur sein sonnengebleichtes Haar, das seine Augen so schwarz erscheinen läßt«, erwiderte Amber augenblicklich.

Ariane schüttelte den Kopf. »Es ist mehr als das.«

Nach kurzem Zögern stimmte Amber schließlich seufzend zu.

»Es ist wie bei so vielen anderen Männern, die aus den Sarazenenkriegen zurückgekommen sind«, gab sie zu. »Sie haben ihre Unbekümmertheit verloren.«

Ein gedämpfter Akkord zitterte in der Stille.

»Simon mißtraut mir«, sagte Ariane nach einer Weile.

»Dir?« Amber lachte bitter. »Er vertraut dir so sehr, daß er dir den Rücken zukehrt. Ich bin diejenige, der er mißtraut. Insgeheim nennt Simon mich die Höllenhexe!«

Verblüffung hellte das freudlose Violett von Arianes Augen flüchtig auf.

»Wenn es dir hilft«, fügte Amber trocken hinzu, »deine eigenen Augen wirken trotz all ihrer elfenhaften Schönheit so kalt und unnahbar wie ein Druidenmond.«

»Sollte mich das trösten?«

»Kann dich überhaupt etwas trösten?«

Arianes Finger hielten erneut inne, als sie über die Frage nachdachte. Dann schlugen ihre Finger plötzlich wie Falkenklauen zu und entrissen den Saiten statt einer Melodie einen harten, schrillen Klang.

»Warum nennt er dich Höllenhexe?« wollte sie wissen.

Bevor Amber antworten konnte, ertönte hinter ihr eine tiefe männliche Stimme und beantwortete ihre Frage.

»Weil ich dachte«, erklärte Simon, »daß sie Duncan den Verstand geraubt hat.«

Beide Frauen fuhren herum und sahen ihn in der Tür des kleinen Eckzimmers stehen, das man Ariane für die Dauer ihres Aufenthalts auf Stone Ring Keep zugewiesen hatte. Sie rechnete eigentlich nicht mit einem längeren Aufenthalt. Alles, was Lord Dominic von Blackthorne Keep hier festhielt, war seine Entschlossenheit, Ariane mit einem seiner getreuen Ritter vermählt zu sehen, bevor noch mehr schiefgehen konnte.

Simon war der zweite Bräutigam, den man für Baron Deguerres Tochter erwählt hatte. Obwohl sich Ariane niemals in irgendeiner Weise zu ihrem ersten Verlobten – Duncan – hingezogen gefühlt hatte, ließ der bloße Anblick von Simon seltsam prickelnde Schauer über ihren Körper laufen. Seine hochgewachsene Gestalt füllte den Türrahmen fast vollständig aus. Weil die meisten Menschen ihn zuerst als Begleiter seines Bruders Dominic kennenlernten oder neben Ambers noch kräftigerem Ehemann, Duncan, zog seine Größe meist keine besondere Aufmerksamkeit auf sich, auch nicht die ungewöhnliche Breite seiner Schultern.

Dennoch hatte Ariane jede Einzelheit an Simon wahrgenommen, schon vom allerersten Augenblick an, als er auf Blackthorne Keep auf sie zugekommen war und sie aufgefordert hatte, sich für einen harten Ritt nach Stone Ring Keep bereitzumachen. Sie war sich nur zu deutlich seiner Schnelligkeit und Geschmeidigkeit bewußt gewesen, seines eleganten, kraftvollen Körpers. Seine ausgeprägte Intelligenz und Willenskraft hatten seine Augen wie schwarzes Feuer brennen lassen.

Und bisweilen, wenn Ariane sich unerwartet zu ihm umdrehte, hatte sie die intensive Glut seiner Sinnlichkeit in Simons Augen flackern sehen. Er begehrte sie.

Voller Furcht hatte sie darauf gewartet, daß er sie bedrängen, ihr seine Begierde aufzwingen würde. Doch das hatte er nicht getan. Er war ihr stets mit untadeliger Höflichkeit begegnet, hatte sie mit einer Zuvorkommenheit und disziplinierten Zurückhaltung behandelt, die sie ebenso beruhigend wie … verführerisch fand.

Simon hätte in einem Heer von Riesen stehen können und hätte sie in Arianes Augen immer noch überragt. Die katzenartige Schnelligkeit und maskuline Eleganz seines Körpers übten einen Reiz auf sie aus, der ihm in ihren Augen noch mehr Anziehungskraft verlieh als etwa ausgeprägte Muskeln.

Oder vielleicht waren es auch einfach seine Freundlichkeit, sein Humor und seine Spottlust, die es ihr angetan hatten. Kurz nachdem sie aus der Normandie gekommen war, hatte sie nach Stone Ring Keep reiten müssen, und das war tatsächlich hart gewesen. Blackthorne Keep lag im Norden Englands, am Rande der Umstrittenen Gebiete, wo Normannen und Angelsachsen noch immer um Land und Einfluß kämpften.

Stone Ring Keep befand sich noch weiter nördlich, genau im Herzen des Gebiets, wo Normannen Anspruch auf Ländereien erhoben und Angelsachsen eben jene Ländereien mit Waffengewalt verteidigten. Zwar waren es die Normannen, die die Schlacht von Hastings eine Generation vorher gewonnen hatten, dennoch dachten die Angelsachen keineswegs daran, sich geschlagen zu geben.

»Es scheint«, sagte Simon, als er den Raum betrat, »als ob ich mich in Amber getäuscht habe. Es war nur Duncans Herz, was sie gestohlen hat. Was sicherlich keine so schwerwiegende Sache ist wie der Verlust des Verstandes.«

Das Gelehrte Mädchen weigerte sich, den geschickt dargebotenen Köder anzunehmen, obwohl der Bernsteinanhänger zwischen ihren Brüsten vor heimlichem Lachen bebte.

Simons Lächeln wurde noch eine Spur wärmer. »Ich halte Euch jetzt nicht mehr für das Werkzeug des Teufels«, sagte er. »Könnt Ihr mir jemals verzeihen, daß ich Euch soviel Schmerz und Furcht verursacht habe?«

»Eher, als Ihr allen Frauen für das vergeben könnt, was Euch eine einzige von uns angetan hat, wer auch immer sie war«, erwiderte Amber.

Es wurde so still im Zimmer, daß das Knistern der Flammen im Kohlenbecken plötzlich laut zu sein schien. Als Simon erneut zu sprechen begann, war keine Wärme mehr in seiner Stimme oder seinem Lächeln.

»Armer Duncan«, sagte er voller Ernst. »Er wird vor seiner Hexenfrau keine Geheimnisse verbergen können.«

»Er wird auch keinen Grund dafür haben«, erwiderte Duncan hinter Simons Rücken.

Beim Klang von Duncans Stimme wirbelte Amber zur Tür herum, übers ganze Gesicht strahlend, als leuchte sie von innen.

Ariane starrte sie verwundert an. Obwohl sie jetzt schon sieben Tage auf Stone Ring Keep war, staunte sie immer noch über die unbändige Freude, die Amber jedesmal beim Erscheinen ihres frischgebackenen Ehemannes zeigte. Duncans Freude war nicht geringer, eine Tatsache, die Arianes Begriffsvermögen schlicht und einfach überstieg.

Als Amber mit weit ausgebreiteten Armen auf Duncan zustürzte, warf Simon Ariane einen Seitenblick voller Ironie zu. Der Blick sagte ihr, daß Simon von Ambers und Duncans Verhalten nicht weniger irritiert war als sie selbst.

Der Augenblick schweigenden Einverständnisses war ebenso wärmend wie beruhigend für Ariane. Er erweckte in ihr den Wunsch, Simon zu vertrauen.

Närrin, schalt sie sich gleich darauf. *Sein Lächeln ist nur eine charmante List, um dir deine Befangenheit zu nehmen, damit du nicht gegen den brutalen Zwang ehelicher Pflichten ankämpfen wirst.*

»Ich dachte, du hättest den ganzen Morgen damit zu tun, dir die Klagen der Leibeigenen anzuhören«, sagte Amber zu Duncan.

»Das hatte ich auch.« Duncan nahm Ambers Hände. »Aber Erik hatte schließlich Mitleid mit mir und ließ die Wolfshunde herein, damit sie sich ans Feuer legen konnten.«

»Stagkiller auch?« fragte sie, denn ihr Bruder war nur selten ohne seinen vierbeinigen Schatten anzutreffen.

»Mmmm«, murmelte Duncan, während er Ambers Fingerspitzen küßte und ihre Handflächen mit seinem Schnurrbart kitzelte. »Und kurz danach sind alle geflüchtet.«

Simon unterdrückte ein Lachen.

Die Leibeigenen verehrten Ambers Bruder Erik, den früheren Herrn von Stone Ring Keep, waren jedoch äußerst mißtrauisch, was die Tiere des Gelehrten Mannes betraf. Etliche der Pächter und

Dorfbewohner hatten sich erleichtert darüber geäußert, daß der neue Herr von Stone Ring Keep ein muskulöser Krieger war, der nichts mit vorsintflutlichen Bräuchen, Gelehrtenmethoden und Tieren im Sinn hatte, die anderthalbmal so schlau waren wie die einfachen Leute.

»Ich werde deinen Bruder vermissen, wenn er nach Sea Home Keep zurückgeht«, sagte Duncan.

»Meinen Bruder oder seine Hunde?« fragte Amber lächelnd.

»Beide. Vielleicht könnte Erik uns ein paar hierlassen.«

»Große?«

»Hat er denn überhaupt irgendeine andere Sorte?« fragte Duncan zurück. »Stagkiller ist so groß, daß er meinem Schlachtroß fast bis zur Schulter reicht.«

Amber schüttelte den Kopf über diese Übertreibung und hob lachend Duncans von Kampfnarben gezeichnete Handfläche erneut liebkosend an ihre Wange.

Ariane beobachtete das frischvermählte Paar, wie ein Jagdfalke eine unerwartete Bewegung tief unter sich auf dem Erdboden beobachten würde. Die Worte der Liebenden waren unwichtig; es war die Art, wie sie einander anschauten, ihre zärtlichen Berührungen, das intensive Band, das sie in Beziehung brachte wie die gegenüberliegenden Ufer eines unsichtbaren Flusses.

»Verblüffend, nicht?« fragte Simon leise.

Er war so dicht an Ariane herangetreten, daß sie seinen warmen Atem im Nacken spüren konnte.

Zu dicht.

»Was?« fragte sie erschrocken.

Es kostete sie ihren ganzen Mut, nicht zurückzuweichen, als sie in Simons klare, mitternachtsschwarze Augen blickte. Aber Rückzug würde ihr nichts nützen. Auch Bitten würden ihn nicht dazu bringen, sie in Ruhe zu lassen.

Das hatte sie bei Geoffrey gelernt – und noch vieles andere, was sie hinter diesem Wall an Schmerz und Enttäuschung begraben hatte.

»Wirklich erstaunlich«, erklärte Simon gedämpft, »wie ein gefährlicher Krieger wie der Schottische Hammer in den Händen eines Mädchens weich wie Wachs wird.«

»Ich würde eher das Gegenteil behaupten«, murmelte Ariane,

»daß es die Bernsteinhexe ist, die zu Wachs wird, und er ist die starke Hand, die es formt.«

Simon zog überrascht die blonden Brauen hoch. Er wandte sich ab und betrachtete Duncan und Amber einen Moment lang nachdenklich.

»Da könntet Ihr recht haben«, gab er schließlich zu. »Ihre Augen sind ebenso von Liebe erfüllt wie seine. Oder ist es Blindheit?«

Als er sich wieder zu Ariane umwandte, beugte er sich erneut vertraulich über sie, bevor sie sich dagegen wappnen konnte. Hastig wich sie zurück, tat aber so, als wollte sie ihre Harfe stimmen.

Simon ließ sich jedoch nicht täuschen. Seine schwarzen Augen verengten sich, und er richtete sich kerzengerade auf. Er hielt sich zwar nicht für so gutaussehend wie Erik – und ganz sicherlich nicht für so reich an Land und Besitztümern –, aber er war es nicht gewöhnt, daß eine Frau vor ihm zurückschreckte, als wäre er schmutzig und abstoßend.

Was das alles für ihn noch verwirrender machte, war die Tatsache, daß er geglaubt hatte, seine Erscheinung wirke ebenso anziehend auf Ariane wie ihr Anblick auf ihn. Sie hatte nur einen Blick auf ihn geworfen, als er bei ihrer ersten Begegnung durch den Schloßhof von Blackthorne Keep auf sie zugekommen war, und ihn dann gleich darauf unverwandt angestarrt, als hätte sie noch nie zuvor einen Mann gesehen.

Simon hatte ebenfalls seine Augen nicht von ihr abwenden können, was ihm immer noch unbegreiflich war. Er hatte schon andere schöne Frauen in seinem Leben gesehen, aber noch niemals zuvor eine, die seine Sinne derart in Aufruhr versetzt hatte. Selbst der Sirene Marie war dies nicht gelungen.

Dabei war es Simon wie ein grausamer Scherz Gottes vorgekommen, daß Ariane mit Duncan von Maxwell verlobt war, dem Schottischen Hammer, einem Mann, der Simons Freund und Dominics Verbündeter war. Als sich herausstellte, daß Duncan eine andere Frau liebte, hatte Simon sich sofort erboten, die Tochter des mächtigen normannischen Barons zu heiraten. Die Heirat würde den Frieden sichern, den Dominic in den Umstrittenen Gebieten so dringend brauchte, wenn sein eigener Besitz – Blackthorne Keep – blühen und gedeihen sollte.

Als Simon ihr seinen Heiratsantrag gemacht hatte, war er sicher gewesen, daß Ariane ihn allen anderen Männern vorzog. Jetzt war er davon nicht mehr so sehr überzeugt. Doch vielleicht legte sie es einfach darauf an, ihn immer wieder zu verwirren und aus dem Gleichgewicht zu bringen. Das war jedenfalls Maries Taktik gewesen, ein Spiel, das sie vorzüglich beherrscht hatte.

»Habe ich Euch in irgendeiner Weise beleidigt, Lady Ariane?« fragte Simon kühl.

»Nein.«

»Was für eine schnelle Antwort! Und eine Lüge obendrein.«

»Ihr habt mich erschreckt, das ist alles. Ich habe nicht damit gerechnet, Euch so dicht hinter mir zu finden.«

Simons einzige Antwort war ein dünnes Lächeln.

»Soll ich Meg bitten, mir eine spezielle Seife zu mischen, die Eure empfindliche Nase erfreuen wird?« fragte er.

»Euer Duft ist auch so recht angenehm für mich«, erwiderte Ariane höflich.

Bei diesen Worten ging ihr plötzlich auf, daß es ihr ernst war. Im Gegensatz zu vielen anderen Männern roch Simon nicht nach altem Schweiß und ungewaschenen Kleidern.

»Ihr scheint überrascht, daß ich nicht wie ein Unrathaufen stinke«, spottete er. »Soll ich die Wahrheit Eurer Worte überprüfen?«

Mit beunruhigender Schnelligkeit beugte er sich erneut ganz nahe zu ihr herab. Einen flüchtigen Moment lang zuckte sie erschrocken zurück, bevor sie ihre Fassung wiederfand und vorsichtig ihr Gewicht auf dem Holzstuhl verlagerte, bis sie sich nicht länger von Simon weglehnte.

»Ihr könnt jetzt wieder atmen«, sagte er trocken.

Ariane schnappte nach Luft, und über ihre Lippen kam ein rauher Laut, der Furcht oder auch Belustigung bedeuten konnte. Unter den gegebenen Umständen sagte sich Simon, daß es höchstwahrscheinlich Furcht war.

Oder Abscheu.

Unter dem weichen, kurzgeschnittenen Bart preßte er die Lippen zusammen. Er erinnerte sich nur zu gut an Arianes Worte, als Duncan sie gefragt hatte, ob sie sowohl dem Namen nach als auch in Wirklichkeit eine Ehefrau sein würde:

Ich werde meine Pflicht tun, aber der Gedanke an das Ehebett stößt mich ab.

Auf die Frage, ob ihre Kälte daher rühre, daß ihr Herz einem anderen Mann gehöre, hatte Ariane unverblümt erklärt:

Ich habe kein Herz.

Es stand außer Frage, daß sie damit die Wahrheit gesagt hatte, denn Amber hatte sie die ganze Zeit berührt und nichts als trostlose Aufrichtigkeit in den Worten der normannischen Erbin entdeckt.

Ariane hatte sich mit der Heirat einverstanden erklärt, hatte jedoch auch deutlich gemacht, daß die Vorstellung, bei einem Mann zu liegen, Ekel in ihr hervorrief. Selbst bei dem Mann, der bald ihr Ehemann sein würde.

Oder vielleicht gerade bei ihm?

Simons Mund nahm einen grimmigen Zug an, als er die junge Frau musterte, die zugestimmt hatte, seine Braut zu sein.

Als wir uns zum ersten Mal begegnet sind, hat sie mich da mit Furcht angesehen, während ich sie mit Begehren betrachtet habe?

Der Gedanke ließ Simon frösteln, denn er hatte sich geschworen, niemals wieder eine Frau mehr zu begehren, als sie ihn wollte. Diese Art von Sehnsucht gab Frauen Macht über einen Mann, eine grausame Macht, die ihn vernichten konnte.

Könnte es sein, daß Ariane wie Marie ist – abwechselnd die Kühle und die heiß Entflammte spielt, einen Mann mit Ungewißheit an sich kettet und ihn zum Wahnsinn treibt, indem sie ihn hinhält oder sein Verlangen nur halb stillt?

Oder gar nicht.

Aber dieses Spiel von Täuschung und Verlockung, Rückzug und Aufforderung kann von mehr als einem gespielt werden!

Es war ein Spiel, das Simon unter Maries Anleitung recht gut gelernt hatte. So gut, daß er sie schließlich mit ihren eigenen Waffen besiegt hatte.

Schweigend richtete er sich schließlich wieder auf und trat von Ariane zurück, ohne sie auf irgendeine Weise zu berühren.

Obwohl sie erleichtert war, spürte sie doch, daß ihr hastiges Zurückweichen Simons Stolz verletzt hatte. Der Gedanke machte ihr Sorge, denn er hatte nichts getan, für das er solche Zurückweisung verdient hätte.

Und dennoch, als sie den Mund öffnete, um es Simon zu sagen, kam kein Wort heraus. Es war sinnlos, die Wahrheit zu leugnen: Die Vorstellung, mit einem Mann den Liebesakt zu vollziehen, ließ ihr das Blut in den Adern gefrieren.

Simon hatte ihre Kälte nicht verdient, aber sie konnte nichts tun, um daran etwas zu ändern. Jegliches Gefühl der Wärme hatte sie in jener langen Nacht vor vielen Monaten verlassen, als sie betäubt und hilflos dagelegen hatte, während Geoffrey der Schöne über ihr gegrunzt hatte wie ein Schwein, das in einem unberührten Obstgarten wühlt.

Ein Schauder von Ekel lief durch Ariane, obwohl ihre Erinnerungen an jene schreckliche Nacht nur vage waren. Sie waren verzerrt durch den seltsamen schwarzen Trunk, den Geoffrey ihr eingeflößt hatte, um sie gefügig und hilflos zu machen.

Manchmal hielt es Ariane für eine Gnade, daß sie sich nicht genau entsinnen konnte.

Und manchmal hatte sie das Gefühl, daß es ihr Grauen nur noch verstärkte.

»Simon«, flüsterte sie, ohne sich bewußt zu sein, daß sie seinen Namen laut ausgesprochen hatte.

Einen Moment lang hielt Simon inne, als hätte er sie gehört. Dann wandte er ihr mit kühler Entschiedenheit den Rücken zu.

2. Kapitel

Die scherzenden Worte der Neuvermählten füllten jedoch die angespannte Stille, die zwischen Simon und Ariane entstanden war.

»Hast du Zeit, mit mir auszureiten?« fragte Duncan seine junge Frau.

»Für dich habe ich alle Zeit der Welt!« erwiderte Amber lächelnd.

»Nur der Welt?« fragte er in gespielter Enttäuschung. »Was ist mit dem Himmel und dem Jenseits?«

»Willst du mit mir handeln, Gemahl?«

»Habe ich denn irgend etwas, was du gern in die Finger bekommen würdest?« parierte Duncan.

Ambers Lächeln war so alt wie Eva und so jung wie die Röte, die ihre Wangen überzog.

Duncan lachte schallend. Es war ein Lachen, in dem pures männliches Entzücken mitschwang.

»Heißgeliebte Amber, wie sehr du mich erfreust!«

»Tue ich das?«

»Immer.«

»Wie?« fragte sie neckisch.

Duncan war drauf und dran, es ihr zu erzählen, bis ihm auf einmal wieder einfiel, daß sie nicht allein waren.

»Frag mich heute abend«, sagte er mit gedämpfter Stimme, »wenn das Feuer im Kohlenbecken nur noch aus rotglühender Kohle besteht, von silbriger Asche verschleiert.«

»Du hast mein Wort darauf«, erwiderte Amber und legte ihre Hand auf Duncans muskulösen Unterarm.

»Ich werde dafür sorgen, daß du es auch hältst«, murmelte er. »So, wenn du hier fertig bist, dann laß uns zu den Pferden gehen.«

»Hier fertig?« Amber blinzelte. »Oh, mein Kamm. Den hatte ich ganz vergessen.«

Sie drehte sich zu Ariane um, die sie mit Augen so klar und unnahbar wie Edelsteine beobachtete.

»Hast du einen Kamm mit Verzierungen aus rotem Bernstein gesehen?« fragte Amber. »Ich glaube, er muß mir irgendwo in der Burg aus dem Haar gerutscht sein.«

»Es gab einmal eine Zeit, da hättest du nur zu fragen brauchen, und ich hätte das Versteck des Kammes sofort gewußt«, erwiderte Ariane leise. »Früher einmal, aber jetzt nicht mehr.«

»Ich verstehe nicht.«

Ariane zuckte die Achseln. »Ist auch nicht wichtig. Ich habe deinen Kamm nicht gesehen. Ich werde Blanche fragen.«

»Geht es deiner Zofe heute wieder besser?«

»Nein.« Ariane zog die Mundwinkel hinab. »Ich fürchte, die Krankheit von Blanche kommt häufiger vor als die, die meine Ritter auf unserer Reise von der Normandie geplagt hat.«

»So?« fragte Amber verwirrt.

»Ich glaube, Blanche ist schwanger.«

»Das ist keine Krankheit, sondern ein Segen«, warf Simon ein.

»Für ein verheiratetes Mädchen vielleicht«, erwiderte Ariane. »Aber Blanche ist weit fort von ihrer Heimat, von ihrer Familie und höchstwahrscheinlich auch von dem Jungen, der sie in diesen Zustand gebracht hat. Da kann man wohl kaum von einem Segen sprechen, nicht?«

Simon tat Arianes Einwände mit einem raschen Schulterzucken ab.

»Als Euer Ehemann werde ich dafür sorgen, daß Eure Zofe versorgt ist und alles bekommt, was sie braucht«, sagte er kühl. »Wir brauchen dringend mehr Babies in den Umstrittenen Gebieten.«

»Babies«, wiederholte Ariane mit seltsamer Stimme.

»Richtig, meine Ehefrau in spe. Babies. Habt Ihr vielleicht etwas dagegen?«

»Nur gegen die Mittel.«

»Die Mittel?«

»Den Liebesakt.« Ein Schauder durchlief Arianes Körper. »Es ist ein trauriger Weg zu einem so süßen Ziel.«

»So wirst du nicht mehr denken, wenn du erst einmal verheiratet bist«, sagte Amber sanft. »Dann wirst du wissen, daß deine jungfräulichen Ängste ebenso grundlos sind wie der Wind.«

»Ja«, meinte Ariane gepreßt. »Natürlich.«

Aber niemand glaubte ihr, am allerwenigsten sie selbst.

Blindlings suchten ihre Hände erneut Trost bei der Harfe. Die Klänge, die sie dem schlanken Instrument entlockte, waren so düster wie ihre Gedanken. Dennoch verschaffte ihr das Spiel auch dieses Mal ein gewisses Maß an innerem Frieden und brachte sie zu der Überzeugung, daß sie ertragen könnte, was zu ertragen war – erbitterte, schmerzhafte Paarungsakte und Alpträume, die sie bis in den Tag hinein verfolgen würden.

Amber warf Ariane einen prüfenden Blick zu, aber die junge Frau bemerkte es nicht.

»Vielleicht wäre es besser, die Eheschließung nicht zu überstürzen«, sagte Amber leise zu Simon. »Ariane ist ... ziemlich verstört.«

»Dominic befürchtet, daß noch etwas schiefgehen wird, wenn wir zu lange warten.«

»Noch etwas?« Doch dann begriff Amber, was Simon gemeint

hatte. »Ach so. Ihr meint Duncans Eheschließung mit mir statt mit Lady Ariane.«

»Richtig«, erwiderte Simon spöttisch.

Nach einer Pause fügte er hinzu: »Auf jeden Fall ist die nördliche Grenze von Blackthorne Keep erst einmal wieder sicher, jetzt, wo Euer Bruder Erik mit Eurer Heirat zufrieden ist.«

Amber nickte.

»Aber mit dieser Sicherheit könnte es bald wieder vorbei sein«, erklärte er brüsk, »wenn Baron Deguerre zu Ohren kommen sollte, daß Duncan seine Tochter Euretwegen verschmäht hat.«

Amber warf einen schnellen Blick auf Ariane. Falls sie zuhörte, war das jedenfalls nicht an ihrer Miene zu erkennen oder an dem ruhigen, gemessenen Spiel ihrer Finger auf den Saiten der Harfe.

»Ihr braucht Euch über Lady Arianes Gefühle keine Gedanken zu machen«, fügte Simon spöttisch hinzu. »Sie ist als Adlige geboren und erzogen worden. Sie weiß, daß es ihre Pflicht ist, denjenigen zu heiraten, der sich als passender Bewerber anbietet.«

»Lady Ariane muß mit einem getreuen Vasallen von Dominic le Sabre verheiratet werden«, erklärte Duncan entschieden. »Und je schneller das geschieht, desto besser für uns alle.«

»Aber –« begann Amber, nur um von Simon unterbrochen zu werden.

»Und ihr Ehemann muß jemand sein, der sowohl die Zustimmung des Königs als auch von Deguerre hat«, fügte Simon hinzu.

»Aber Ihr habt diese Zustimmung nicht!« gab Amber zurück.

»Simon ist Dominic ebenso treu ergeben wie kaum ein anderer in seinem Gefolge«, warf Duncan ein, »deshalb wird der englische König die Eheschließung billigen. Simon ist eher Normanne als Schotte oder Angelsachse, daher wird Baron Deguerre in dieser Hinsicht weniger zu klagen haben, als wenn ich der Bräutigam gewesen wäre.«

»Richtig. In allen Punkten, die von Bedeutung sind, bin ich für Deguerres Tochter als Ehemann besser geeignet als Duncan.«

»Dieser Baron«, meinte Amber stirnrunzelnd. »Ist er wirklich so mächtig, daß Könige vor ihm auf der Hut sind?«

»Ja«, sagte Ariane entschieden.

Ein Mißklang von der Harfe begleitete dieses eine Wort.

»Hätte er mich mit Geoffrey dem Schönen verheiratet, dem Sohn eines anderen mächtigen, normannischen Barons«, fuhr Ariane fort, »dann wäre mein Vater bald Eurem König Henry an Reichtum und militärischer Macht ebenbürtig gewesen, wenn auch nicht dem Gesetz nach. Also wurde ich statt dessen mit einem Ritter verlobt, dessen Loyalität eher Henry gilt als einem normannischen Herzog.«

»Und jetzt«, warf Simon trocken ein, »müssen wir Baron Deguerre nur noch davon überzeugen, daß seine Tochter von mir ganz außerordentlich angetan ist. Auf diese Weise wird es keinen Vorwand für einen Krieg geben.«

»Ah«, sagte Amber. »Das erklärt die Geschichte, die Sven unter den Bewohnern der Burg und den Dorfleuten verbreitet hat.«

»Welche Geschichte?« fragte Ariane verwirrt.

Simon lachte unfroh. »Allerdings, da gibt es eine. Und was für eine!«

Ariane sagte nichts weiter, aber ihre Finger zupften eine melancholische Melodie auf der Harfe. Simon antwortete ihr, als hätte sie eine Frage ausgesprochen.

»Sven behauptet, wir hätten uns verliebt, als ich Euch von Blackthorne nach Stone Ring Keep begleitet habe.«

Arianes Hände zuckten, als die empörende Bemerkung sie abrupt aus ihren unglücklichen Gedanken riß.

»Verliebt?« murmelte sie. »Was für ein rührseliger Schmalz! Männer empfinden keine Liebe für ihre Verlobte. Sie lieben nur die Mitgift und die Macht.«

Amber wand sich unbehaglich, doch Simon lachte.

»Richtig, Mylady«, sagte er. »Liebe ist nichts als rührseliger Schmalz. In der Tat!«

»Aber es ist eine raffinierte Geschichte«, bemerkte Duncan bewundernd. »Selbst der König muß sich dem absoluten Recht eines Mädchens beugen, ihren Ehemann selbst auszuwählen. Deguerre kann sich da ebenfalls nicht widersetzen.«

»Dominic verdient es wirklich, daß man ihn den Glendruid-Wolf nennt«, warf Amber ein. »Seine klugen Pläne bringen Frieden, nicht Krieg.«

»Es war Simons Idee, mich zu heiraten, nicht die seines Bruders«, erklärte Ariane. »Simons Verstand übertrifft an Schnelligkeit sogar noch seine Hände.«

Ein flüchtiger Ausdruck der Überraschung erschien auf Simons Gesicht. Das letzte, was er von Ariane erwartet hatte, war ein Kompliment, wie beiläufig auch immer es geäußert wurde.

Andererseits wollte sie vielleicht nur wieder ihr neckisches Spielchen aufnehmen.

»Meint Ihr, Deguerre wird Euch glauben?« fragte Amber Simon voller Zweifel.

»Glauben? Was denn? Daß ich seine Tochter heirate?«

»Nein, daß es ein ... eine ...« Amber suchte mühsam nach den richtigen Worten.

»›... eine spontane Verbindung zweier Herzen war, die dem englischen König und dem normannischen Vater gleichermaßen trotzte‹«, zitierte Ariane. »›Natürlich aus Liebe‹.«

Ihr Tonfall gab exakt den Spott wieder, der in Simons Stimme mitgeschwungen hatte, als er angeboten hatte, Ariane zu heiraten – als Lösung für das gefährliche Dilemma ihrer gescheiterten Verlobung.

Simon zuckte die Achseln. »Deguerre kann die Geschichte glauben, oder er kann in Jerusalem betteln gehen. Wie auch immer, bevor die Mitternachtsmesse beendet ist, wird Lady Ariane meine Ehefrau sein.«

Ein lauter Ruf aus dem Schloßhof lenkte Simon ab. Er trat an das schießschartenähnliche Fenster und horchte, dann warf er Duncan von der Seite einen amüsierten Blick zu.

»Du hast zu lange mit deiner Flucht gewartet, o mächtiger Herr von Stone Ring Keep«, sagte Simon spöttisch, während er sich so tief verbeugte, wie es ein Sarazener vor seinem Sultan tun würde. »Der Leibeigene mit dem umherwandernden Schwein – wie war doch gleich der Name?«

»Der des Schweins?« fragte Duncan ungläubig.

»Der des Leibeigenen«, korrigierte Simon trocken.

»Ethelrod.«

»Ach ja, wie konnte ich das vergessen?« meinte Simon kopfschüttelnd. »Anscheinend hat das Schwein eine Vorliebe für Äpfel entwickelt. Und zwar gleich scheffelweise.«

»Aus diesem Grund werden Schweine freigelassen, um nach der

Ernte im Obstgarten zu wühlen«, gab Duncan zurück. »Sonst würden nämlich nur die Würmer fett werden.«

»Zur Zeit ist das fragliche Schwein aber unter der Erde, während es in einem *deiner* Weinkeller herumwühlt.«

»Verdammt und zugenäht!« fluchte Duncan unterdrückt und eilte zur Tür. »Ich hatte Ethelrod angewiesen, einen Koben zu bauen, der stabil genug ist, dieses schlaue Viech zurückzuhalten.«

»Entschuldigt mich«, sagte Amber. Sie hatte Mühe, nicht laut herauszuprusten. »Das muß ich sehen! Ethelrods Schwein ist eine Quelle ständiger Belustigung für die Bewohner der Burg.«

»Wenn jenes Schwein nicht unter Kontrolle gehalten wird«, warf Simon trocken ein, »wird es eine Quelle von viel Speck sein.«

Amber lachte hell auf und eilte ihrem Ehemann nach.

Simons schneller Blick erhaschte die Andeutung eines Lächelns auf Arianes Lippen. Die Schönheit dieses Lächelns erinnerte ihn an den Augenblick, als er die normannische Erbin zum ersten Mal gesehen hatte. Ihr Anblick hatte ihm den Atem verschlagen.

Selbst jetzt fiel es ihm noch schwer, zu glauben, daß Ariane fast in Reichweite für ihn war, ein Mädchen von hoher Geburt, verlobt mit einem Bastard, dessen einziger Anspruch auf Reichtum oder Wert in seinem schnellen Schwertarm begründet lag.

Ohne sich dessen bewußt zu sein, streckte Simon eine Hand nach ihr aus.

»Ariane ...« flüsterte er.

Ariane blinzelte überrascht, als sie ihren Namen hörte. Einen Moment lang hatte sie völlig vergessen, daß sie nicht allein war.

Als Simon sanft ihr Haar berührte, zuckte sie zurück.

Langsam ließ er den Arm wieder sinken. Die Anstrengung, die es ihn kostete, seine Hand nicht zur Faust zu ballen, war so groß, daß es ihn regelrecht schmerzte. Doch er hatte sich geschworen, nie wieder zuzulassen, daß sein Handeln von der Begierde für eine Frau beherrscht wurde.

»Bald werden wir Ehemann und Ehefrau sein«, sagte er ausdruckslos.

Ein Schauder durchlief die junge Frau.

»Reagiert Ihr auf alle Männer so abweisend«, fragte Simon, »oder nur auf mich?«

»Ich werde meine Pflicht tun«, erwiderte sie tonlos.

Doch dabei erkannte sie auf einmal, daß ihre Worte eine Lüge waren. Sie hatte geglaubt, sie könnte sich dazu überwinden, ihre Pflichten als Ehefrau zu erfüllen. Jetzt wußte sie, daß es ihr unmöglich war. Sie konnte sich einfach nicht dazu zwingen, wieder Gewalt über sich ergehen zu lassen.

Leider kam diese Erkenntnis zu spät. Die Hochzeit war bereits festgesetzt. Die Falle war zugeschnappt.

Kein Ausweg.

Außer einem.

Dennoch vermittelte der Gedanke an den Tod ihr diesmal keinen Trost.

Wie kann ich Simon töten, dessen einziges Verbrechen die Liebe zu seinem Bruder ist?

Und wenn das nicht möglich ist, wie soll ich noch eine Vergewaltigung ertragen? Und dann wieder und immer wieder, mein ganzes Leben lang?

»Meine Pflicht«, flüsterte sie.

»Pflicht«, wiederholte Simon grimmig. »Ist das alles, was Ihr in die Ehe einzubringen habt? Ist Eure Schönheit wie die der Hure Marie, ein buntschillernder Stoff, der eine Seele eiskalter Berechnung verhüllt?«

Ariane erwiderte nichts, denn sie hatte Angst, daß nur ein Schrei der Wut und der Enttäuschung herauskommen würde, wenn sie den Mund öffnete.

»Ich bin wirklich überwältigt, mit welcher Vorfreude Ihr unserer Eheschließung entgegenseht«, sagte Simon sarkastisch. »Sorgt dafür, daß ich nicht eine bewaffnete Eskorte schicken muß, um Euch zum Altar zu schleppen. Denn bei Gott, das werde ich tun, wenn es sein muß!«

Damit machte er auf dem Absatz kehrt und verließ ohne ein weiteres Wort den Raum.

Es waren auch keine weiteren Worte nötig. Ariane zweifelte nicht daran, daß Simon genauso verfahren würde, wie er es gesagt hatte. Er war in jeder Beziehung ein Mann, der seine Versprechungen hielt.

Es gibt kein Entrinnen.

Bis auf eine Möglichkeit ...

Ohne sich dessen bewußt zu sein, umkrampften Arianes Finger die Harfensaiten, und ein verzweifelter, dissonanter Jammerlaut war auf einmal zu hören.

Es war der einzige Laut, den Ariane von sich gab.

Die Hochzeit würde beginnen, bevor die Sonne unterging, und enden, bevor der Mond am Himmel aufstieg. Bevor der Mond wieder unterging, mußte die Braut einen Weg finden, um zu töten.

Oder zu sterben.

3. Kapitel

Melancholische, fast unmelodiöse Akkorde erklangen in der Stille von Arianes Eckzimmer. Obwohl Stone Ring Keep vor Geschäftigkeit nur so summte, während in aller Eile Vorbereitungen für die bevorstehende Hochzeit getroffen wurden, ließ man Ariane in Ruhe, bis ihre Zofe Blanche recht spät erst erschien, um sich um die Bedürfnisse ihrer Herrin zu kümmern.

Einen Blick, mehr brauchte Ariane nicht, um zu erkennen, daß sich nichts an dem Befinden ihrer Zofe geändert hatte. Das Gesicht des Mädchens war immer noch zu bleich. Unter einem Kopftuch von zweifelhafter Sauberkeit hatte Blanches hellbraunes Haar keinerlei Glanz. Auch ihre blauen Augen wirkten stumpf. Offensichtlich fühlte sie sich heute nicht besser als seit Beginn ihrer Reise von der Normandie nach England.

»Guten Morgen, Blanche. Oder ist es schon Nachmittag?«

In Arianes Stimme schwang kein Tadel mit, eher simple Neugier.

»Habt Ihr nicht gehört, wie die Wachen die Stunde verkündet haben?« fragte Blanche.

»Nein.«

»Nun, das ist ja auch kein Wunder, wenn man bedenkt, daß Ihr Euch so bald mit einem Bräutigam verheiratet findet, der nicht der Mann ist, den zu heiraten Ihr erwartet hattet«, erwiderte Blanche mit einer Reife, die weit über ihre fünfzehn Jahre hinausging.

Ariane zuckte die Achseln. »Ein Mann ist wie der andere.«

Blanche warf ihr einen verdutzten Blick zu. »Bitte um Verzeihung, Mistress, aber da besteht ein beträchtlicher Unterschied.«

Arianes einzige Antwort war eine Serie rasch gezupfter Harfentöne, die klangen, als wäre sie anderer Meinung.

»Nicht, daß ich Euch wegen Eurer Unsicherheit Vorwürfe machen würde«, fügte Blanche hastig hinzu. »Es gibt schon ein paar äußerst merkwürdige Leute hier. Es reicht, um einen vor jedem Schatten ängstlich zusammenzucken zu lassen.«

»Merkwürdig?« fragte Ariane abgelenkt, während sie den Saiten der Harfe einen fragenden Triller entlockte.

»Tz, tz, Mylady, Ihr sprecht schon so lange mit Eurer Harfe, daß Euer Verstand ebenso taub ist, wie es Eure Finger sein müssen. Die Gelehrten sind schon ein seltsamer Haufen, findet Ihr nicht?«

Ariane blinzelte. Ihre Finger hielten einen Moment in ihrem Spiel inne.

»Ich denke nicht, daß die Gelehrten seltsam sind«, erklärte sie schließlich. »Lady Amber ist so gut und freundlich, wie sie schön ist. Sir Erik ist gebildeter und attraktiver als alle Ritter, die ich kenne, von wenigen Ausnahmen abgesehen.«

»Aber diese riesigen Hunde, die ihn ständig begleiten, und dieser teuflische Falke auf seinem Arm. Also ich behaupte, das ist nicht natürlich.«

»Es ist ebenso natürlich wie zu atmen. Alle Ritter lieben Hunde und Falken.«

»Aber –« protestierte Blanche, nur um brüsk unterbrochen zu werden.

»Genug des sinnlosen Geplappers«, sagte Ariane fest. »Alle Burgen und ihre Bewohner kommen einem sonderbar vor, wenn man noch nicht sehr lange unter ihnen lebt.«

Blanche erwiderte nichts, als sie sich daranmachte, alles Nötige für das Bad ihrer Herrin vorzubereiten. Der Anblick eines langen Elfenbeinkammes erinnerte Ariane wieder an ihre Unterhaltung mit der Herrin der Burg.

»Hast du einen Kamm gesehen, der mit rotem Bernstein verziert ist?« fragte sie ihre Zofe. »Lady Amber hat einen verloren.«

Blanche war so erschrocken über die Frage, daß sie Ariane nur schweigend anstarrte und an einem abgerissenen Fingernagel kaute.

»Blanche? Wird dir wieder übel?«

Benommen schüttelte das Mädchen den Kopf. Die Bewegung ließ ein paar Haarsträhnen unter dem Tuch hervorrutschen, das ihre einzige Kopfbedeckung war.

»Falls du den Kamm noch findest«, meinte Ariane, »dann sag es mir bitte.«

»Ziemlich unwahrscheinlich, daß ich den Kamm vor Euch finde, M'lady. Sir Geoffrey hat oft gesagt, daß Ihr Eurer Tante so sehr ähnelt.«

Ariane versteifte sich unwillkürlich und sagte nichts.

»Ist es wahr?« wollte Blanche wissen.

»Was?«

»Daß Eure Tante eine silberne Nadel in einem Feld voller Heuhaufen finden konnte?«

»Ja.«

Blanche grinste und zeigte dabei eine Lücke, wo sie im Alter von zwölf Jahren einen Zahn an die Kneifzange des Schmieds verloren hatte.

»Ich hätte auch gern ein Talent dafür, verlorene Dinge wiederzufinden«, sagte Blanche seufzend. »Lady Eleanor hat mich immer geschlagen, weil ich ihre silbernen Sticknadeln verlegt hatte.«

»Ich weiß.«

»Macht nicht so ein trauriges Gesicht«, sagte Blanche.

»Wenn Lady Amber ihren Kamm verloren hat, dann werdet Ihr ihn bald wiederfinden.«

»Nein.«

Der brüske Widerspruch ließ Blanche verwirrt blinzeln.

»Aber Geoffrey sagte, Ihr hättet einen silbernen Pokal und eine Schale wiedergefunden, die niemand ...« begann die Zofe.

Ariane fiel ihr ins Wort. »Ist mein Bad fertig?«

»Ja, M'lady«, erwiderte Blanche leise.

Die Niedergeschlagenheit der Zofe erweckte Arianes Mitgefühl, aber sie hatte nicht das geringste Bedürfnis, dem Mädchen zu erklären, daß sie ihre ungewöhnliche Gabe zusammen mit ihrer Jungfräulichkeit verloren hatte.

Sie war auch des Gefühls überdrüssig, daß sich ihr Magen schmerzhaft zusammenzog, sobald Geoffreys Name fiel.

»Leg mein bestes Hemd und mein scharlachrotes Kleid heraus«, wies Ariane das Mädchen mit gedämpfter Stimme an.

Ob Hochzeit oder Totenwache, das Kleid würde in jedem Fall passend sein.

»Das wage ich nicht!« platzte die Zofe heraus.

»Warum nicht?« fragte Ariane verdutzt.

»Lady Amber hat mir erklärt, sie würde Euch Euer Hochzeitskleid persönlich bringen.«

Unsicherheit stieg in Ariane auf.

»Wann ist das gewesen?« wollte Ariane wissen.

»Eine andere Gelehrte Hexe – äh, Frau – ist in die Burg gekommen«, erklärte Blanche.

»Wann?«

»Kurz vor Tagesanbruch. Habt Ihr nicht das Bellen dieser Höllenhunde gehört?«

»Ich dachte, es wäre nur der Nachhall eines Traums.«

»Nein«, erwiderte Blanche. »Es war eine Gelehrte Frau, die ein Geschenk für Euch brachte. Ein Kleid für die Hochzeit.«

Stirnrunzelnd legte Ariane ihre Harfe beiseite. »Amber hat mir nichts davon gesagt.«

»Vielleicht konnte sie das nicht. Die Gelehrte Frau sah besonders böse aus. Weißes Haar und Augen wie Eis.« Blanche bekreuzigte sich hastig. »Es war die, die sie Cassandra nennen. Die Leute sagen, sie kann in die Zukunft sehen. Es gibt hier Hexen, M'lady.«

Ariane zuckte gleichmütig mit den Schultern. »Nach Aussagen einiger Leute gab es auch Hexen bei mir zu Hause. Meine Tante war eine von ihnen. Ich ebenfalls. Erinnerst du dich?«

Blanche blickte verwirrt drein.

»Wenn es dir eine Beruhigung ist – ich habe die Gelehrte Frau schon von Angesicht zu Angesicht gesehen«, sagte Ariane. »Cassandra ist durchaus menschlich.«

Das Stirnrunzeln der Zofe verschwand, und sie seufzte tief.

»Der Kaplan hier hat mir gesagt, daß dies ein sehr gottesfürchtiger Ort ist, ganz gleich, was die Gerüchte behaupten«, sagte Blanche. »Ich bin froh, das zu hören. Ich hätte sonst Angst um mein Ba-«

Sie brach abrupt ab, als wären ihre Worte von einem Messer durchtrennt worden.

»Mach dir keine Sorgen, Mädchen«, sagte Ariane ruhig. »Ich weiß, daß du schwanger bist. Dem Baby wird nichts geschehen. Simon hat es versprochen.«

Blanche Miene wirkte immer noch alarmiert.

»Möchtest du gern, daß Simon einen passenden Ehemann für dich findet?« erkundigte sich Ariane.

Wehmut verdrängte die Furcht auf Blanches Gesicht. Dann schüttelte sie den Kopf.

»Nein, danke, M'lady.«

Elegant geschwungene schwarze Brauen hoben sich überrascht, aber alles, was Ariane sagte, war: »Weißt du, wer der Vater deines Kindes ist?«

Blanche zögerte einen Moment, dann nickte sie.

»Ist er in der Normandie?«

»Nein.«

»Ah, dann muß es einer von meinen Männern sein. Ist er ein Junker oder einer von den Wachen?«

Wieder schüttelte Blanche den Kopf.

»Dann also ein Ritter«, meinte Ariane leise. »War er einer von denen, die an dieser gefährlichen Krankheit gestorben sind?«

»Ist ja auch egal«, sagte Blanche und räusperte sich. »Kein Ritter würde eine Bedienstete heiraten, die keine Familie hat, keine Mitgift und keine besondere Schönheit.«

Tränen schimmerten in den Augen der jungen Zofe und ließen ihre hellblaue Iris mit ungewöhnlicher Klarheit glitzern.

»Nun beruhige dich«, sagte Ariane beschwichtigend. »Zumindest verfolgt dich kein Mann wegen dem, was du ihm einbringen kannst. Außerdem wird dir nie irgendein Mann mit Gewalt oder List wegnehmen, was du gern als dein Eigentum behalten willst.«

Blanche bedachte ihre Herrin mit einem sonderbaren Blick und sagte nichts.

»Du brauchst keine Angst zu haben«, erklärte Ariane energisch. »Für dich und dein Kind wird gut gesorgt werden. Und du wirst auch keinen Ehemann in deinem Bett ertragen müssen, wenn du nicht willst.«

»Ach, das.« Blanche lächelte. »So ein Problem ist das nun auch wieder nicht. Im Winter ist ein Mann wärmer als ein Schwein und stinkt nicht halb so schlimm. Jedenfalls tun das die meisten Männer nicht.«

In Ariane stieg die ungebetene Erinnerung an Simon auf, wie er sich zu ihr herabbeugte, bis sein warmer Atem ihre Wange streifte.

Soll ich Meg bitten, mir eine spezielle Seife zu mischen, um Eure empfindliche Nase zu erfreuen?

Euer Duft ist auch so sehr angenehm für mich.

Ein eigenartiges Gefühl beschlich Ariane, als sie von neuem erkannte, wie wahr ihre Worte gewesen waren. Simon wirkte so frisch und sauber auf ihre Sinne wie das Sonnenlicht, das in seinem Haar spielte und den Eindruck erweckte, als stände es in Flammen.

Wenn ich als Ehefrau nichts weiter tun müßte, als mich um Simons Haus zu kümmern, über seine Einnahmen und Ausgaben Buch zu führen und für seine Behaglichkeit zu sorgen ...

Aber das ist nicht alles, was ein Mann von einer Ehefrau will. Und auch nicht alles, was Gott verlangt.

»M'lady? Fühlt Ihr Euch wohl?«

»Ja«, erwiderte Ariane schwach.

Blanche beugte sich vor, um das Gesicht ihrer Herrin genauer zu mustern.

»Ihr seht weiß wie Salz aus«, sagte die Zofe. »Erwartet Ihr auch ein Kind?«

Ariane stieß einen rauhen Laut aus. »Nein«, erklärte sie energisch.

»Tut mir leid, ich wollte Euch nicht beleidigen«, erwiderte Blanche hastig. »Es ist nur so, daß ich ständig an Babies denke, und Sir Geoffrey sagte, Ihr wäret besonders eifrig darauf bedacht, ein Kind zu bekommen.«

»Sir Geoffrey hat sich getäuscht.«

Die tödliche Ruhe in Arianes Stimme sagte Blanche, daß sie wieder einmal die Grenzen ihrer Pflichten und Rechte als Zofe überschritten hatte.

Sie seufzte und wünschte sich, alle Adligen wären so charmant und umgänglich, wie es Geoffrey der Schöne gewesen war. Kein Wunder, daß Lady Ariane so grimmig und verschlossen war, seit man ihr erklärt hatte, sie würde nach England geschickt, um einen ungehobelten, angelsächsischen Fremden zu heiraten, statt zu

Hause zu bleiben und Sir Geoffreys Ehefrau zu werden, der der Sohn eines mächtigen normannischen Barons war.

Ariane die Enttäuschte, Betrogene.

»Eure Sachen liegen bereit, Mylady«, sagte Blanche mitfühlend. »Wünscht Ihr, daß ich Euch beim Baden behilflich bin?«

»Nein.«

Obwohl die Spuren des Martyriums, das sie unter Geoffreys Händen erlitten hatte, schon lange von Arianes Körper verblaßt waren, konnte sie selbst die flüchtigen Berührungen ihrer Zofe beim Baden und Ankleiden noch immer nicht ertragen.

Besonders nicht, wenn Blanche dabei ständig Geoffreys Namen erwähnte.

4. Kapitel

Ein Kohlenbecken erfüllte den Raum im dritten Stock von Stone Ring Keep mit Wärme und einem Hauch wohlriechenden Rauchs. Die Vorhänge um das Himmelbett waren zugezogen, und ein grüblerischer Dominic le Sabre saß an einem Tisch, der mit kaltem Fleisch, Brot, frischen Früchten und Ale gedeckt war.

Der Ausdruck von Mißmut verlieh seinen Zügen etwas Finsteres, was selbst starke Männer verunsichern könnte. In Verbindung mit seiner auffallenden Größe und dem Glendruid-Symbol an seinem schwarzen Umhang – eine uralte Silberbrosche in Form eines Wolfskopfes mit klaren, unheimlichen Kristallaugen – war Dominic eine strenge, fast furchterregende Erscheinung.

Die Grübelei über die Eheschließung, die in wenigen Stunden stattfinden würde, war seinem Seelenfrieden nicht gerade förderlich gewesen, denn das Band der Liebe zwischen den beiden Brüdern war weitaus stärker, als es Blutsverwandtschaft oder Brauch verlangten.

»Du hast nach mir geschickt?« fragte Simon.

Dominics Stirnrunzeln verschwand, als er zu dem hochgewachsenen, geschmeidigen Krieger aufschaute, der vor ihm stand. Simons blondes Haar war windzerzaust, sein brauner Umhang zurückgeschlagen, so daß er die scharlachrote Tunika mit der violetten und silbernen Stickerei enthüllte, die ein Geschenk von Erik gewesen war. Unter der eleganten Kleidung verbarg sich ein in hartem Kampf gestählter Körper. Obwohl Simon Dominics rechte Hand war, drückte er sich niemals vor dem endlosen Schwertkampftraining, das der Glendruid-Wolf seinen Rittern verordnete – und sich selbst.

»Du siehst aus, als wärst du sehr gut in Form«, bemerkte Dominic anerkennend.

»Du hast mich den ganzen Weg von den Schutzwällen bis hier herauf laufen lassen, um festzustellen, ob ich in Form bin?« gab Simon zurück. »Das nächste Mal läufst du mit mir um die Wette. Es wird dir einen besseren Eindruck von meinem Durchhaltevermögen vermitteln.«

Dominic lachte. Doch sehr schnell verstummte sein Lachen wieder, und um seinen Mund bildeten sich erneut grimmige Linien. Er kannte seinen Bruder zu gut, um sich lange durch dessen Schlagfertigkeit täuschen zu lassen.

»Was gibt es denn?« fragte Simon, während er Dominics nachdenkliche Miene musterte. »Hast du Neuigkeiten aus Blackthorne? Ist irgend etwas nicht in Ordnung?«

»In Blackthorne steht alles zum Besten. Arianes Truhen mit der Mitgift stehen immer noch ungeöffnet und unberührt in der Schatzkammer und werden dort von Thomas dem Starken bewacht.«

»Warum machst du dann so ein finsteres Gesicht? Hat Sven schlechte Nachrichten von den Wikingern oder den angelsächsischen Banditen mitgebracht?«

»Nein.«

»Wo ist Meg? Hat der gutaussehende Hexenmeister Erik es geschafft, sie zu bezaubern und von dir wegzulocken?«

Diesmal klang Dominics Lachen aufrichtig amüsiert.

»Zugegeben, Erik ist ein so ansehnlicher Ritter, wie ich nur selten einen gesehen habe«, erwiderte Dominic. »Aber meine Frau würde sich ebensowenig von mir weglocken lassen wie ich mich von ihr.«

Simon räumte lächelnd ein, daß er keinen Zweifel daran hege. Er wußte, daß Lady Margarets Treue zu Dominic so groß war wie seine, Simons.

»Ich bin froh, daß du dich überwunden hast, Meg als deine Schwägerin willkommen zu heißen«, sagte Dominic. »Setz dich zu mir, Bruder. Iß von meinem Teller, und trink aus meinem Becher.«

Simon beäugte kritisch den zierlichen Stuhl auf der anderen Tischseite und zog statt dessen eine Bank von der Wand heran. Als er sich setzte, rückte er sein Breitschwert an seiner linken Hüfte zurecht, um im Notfall blitzschnell mit der rechten Hand nach dem Heft greifen zu können. Die unbewußte Anmut seiner Geste verriet viel über seine Geschicklichkeit im Umgang mit dieser Waffe.

»Natürlich habe ich Meg in mein Herz geschlossen«, sagte Simon jetzt, während er nach dem Krug mit Ale griff.

»Aber du hast doch keine Liebe für Hexen, ob sie nun Böses oder Gutes tun.«

Simon goß Ale in den fast leeren Becher, prostete Dominic schweigend zu und trank. Nach einigen durstigen Schlucken stellte er den Becher ab und blickte seinen Bruder an. Seine Augen waren so klar wie der Frühling und so schwarz wie die Nacht.

»Meg hat ihr Leben aufs Spiel gesetzt, um deines zu retten«, erklärte Simon. »Sie könnte Satans eigene Schwester sein, und ich würde sie dennoch dafür lieben, weil sie dir das Leben gerettet hat.«

»Simon, genannt der Loyale«, sagte Dominic versonnen. »Es gibt nur wenig, was du nicht für mich tun würdest.«

»Es gibt *nichts,* was ich nicht für dich tun würde.«

Die Entschiedenheit in Simons Stimme wirkte jedoch nicht beruhigend auf Dominic. Im Gegenteil, sie ließ erneut besorgte Falten auf seiner Stirn erscheinen. Er griff nach dem Becher, trank ihn aus und füllte ihn wieder mit Ale.

»Du warst mir gegenüber auch loyal, bevor wir gegen die Sarazenen gekämpft haben«, stellte er nach einer Weile fest. »Aber es war eine andere Art von Band.«

»Wir sind Brüder.«

»Nein«, erwiderte Dominic und schob den Becher zu Simon über den Tisch. »Es ist mehr als das. Und gleichzeitig weniger.«

Der Unterton in Dominics Stimme ließ Simon aufhorchen. Seine Hand mit dem Becher hielt in der Luft inne, während er seinen

Bruder anschaute – und sich von einem Blick durchbohrt fand, der so starr war wie der des silbernen Wolfskopfes an Dominics Umhang.

»Es ist, als fühltest du dich für die Folterqualen verantwortlich, die ich unter dem Sultan erleiden mußte.«

»Das tue ich auch«, erwiderte Simon barsch.

»Nein!« rief Dominic. »Es war mein Irrtum, der die Männer in den Hinterhalt tappen ließ.«

»Es war der Verrat einer Frau, der uns in den Hinterhalt lockte«, gab Simon nüchtern zurück und setzte den Becher energisch auf der Tischplatte ab. »Die Hure Marie hatte Robert verzaubert, und dann betrog sie ihn mit jedem Mann, der ihr gefiel.«

»Sie war nicht die erste Ehefrau, die ihrem Mann Hörner aufgesetzt hat, und auch nicht die letzte«, gab Dominic zurück. »Aber ich konnte eine christliche Frau nicht der Gnade der Sarazenen überlassen, nicht einmal sie, die unter ihnen gelebt hat, seit sie als Kind geraubt worden war.«

»Das hätten deine Ritter wohl ebenfalls nicht zugelassen«, erwiderte Simon sarkastisch. »Sie waren ihr regelrecht verfallen. Wie verhext von Maries Haremstricks.«

Dominic lächelte leicht. »Richtig. Sie ist eine überaus geschickte Hure, und ich brauche eine solche Frau, um meine normannischen Ritter davon abzuhalten, angelsächsische Töchter zu verführen und dadurch weiteren Unfrieden zu stiften.«

Er lehnte sich in dem schweren Eichenstuhl zurück, der zur Bequemlichkeit des Glendruid-Wolfs aus dem Sonnenzimmer des Burgherrn heraufgeschafft worden war, und fixierte seinen Bruder aus schlauen, lebhaften Augen.

»Manchmal war ich ernstlich besorgt, Marie könnte auch dich verhext haben.«

»Das hatte sie auch. Eine Zeitlang«, gab Simon zu.

Dominic verbarg seine Überraschung. Er hatte sich immer gefragt, wie stark Simon Maries Verführungskünsten erlegen war.

»Dich hat sie auch zu betören versucht«, meinte Simon beiläufig.

Dominic nickte.

»Du hast ihr kaltes Spiel nur eher durchschaut als ich«, fügte Simon hinzu.

»Ich bin schließlich vier Jahre älter als du. Marie war nicht meine erste Geliebte.«

Simon schnaubte verächtlich. »Sie war auch nicht meine erste.«

»Die anderen waren Mädchen, die weniger Erfahrung hatten als du. Marie war ...« Dominic zuckte die Achseln. »Marie war in einem Harem dazu angeleitet worden, die Gelüste eines korrupten Despoten zu befriedigen.«

»Es würde keinen Unterschied machen, selbst wenn Lilith in der Hölle ihre Lehrmeisterin gewesen wäre. Marie kann mich nicht mehr erregen.«

»Richtig«, erwiderte Dominic. »Ich habe beobachtet, wie sie es während der ganzen Reise von Jerusalem nach Blackthorne Keep bei dir versucht hat. Du warst höflich zu ihr, aber mir schien, du würdest dich eher mit einer Schlange abgeben als mit ihr. Warum?«

Simons Ausdruck verhärtete sich. »Hast du mich heraufkommen lassen, um über Huren zu reden, *Herr?*«

Nach einem tiefen Atemzug akzeptierte Dominic, daß er aus seinem Bruder nicht mehr über das Thema Marie herausbekommen würde.

»Nein«, erklärte Dominic. »Ich wollte mit dir unter vier Augen über deine bevorstehende Heirat sprechen.«

»Hat Ariane Einwände erhoben?« fragte Simon scharf.

Schwarze Augenbrauen schossen in die Höhe, aber dann kam von Dominic nur ein ruhiges »Nein.«

Simon stieß einen erleichterten Seufzer aus. »Ausgezeichnet.«

»Bist du dir sicher? Lady Ariane findet offensichtlich wenig Geschmack an der Ehe.«

»Einen Krieg wegen einer normannischen Erbin, die von einem namenlosen schottischen Krieger verschmäht wurde, kann Blackthorne kaum überleben«, gab Simon nüchtern zu bedenken. »Ariane wird meine Frau sein, noch bevor heute nacht der Mond aufgeht.«

»Es widerstrebt mir, dich eine so kalte Verbindung eingehen zu lassen«, sagte Dominic.

Schwache Belustigung zeigte sich auf Simons Gesicht. Mit einer Schnelligkeit und Geschicklichkeit, die mehr als einen Feind irritiert hatten, zog er seinen Dolch aus dem Gürtel und spießte lässig ein Stück kalten Fleisches auf. Kräftige weiße Zähne gruben sich in das Rehfleisch und kauten.

Einen Augenblick später schnellte die Dolchspitze wie eine Schlangenzunge vor. Mit einer flüchtigen Bewegung seines Handgelenks warf Simon Dominic die Scheibe Fleisch zu, und der fing sie geschickt auf.

»In deiner Ehe gab es zu Anfang kaum mehr Wärme«, erklärte Simon, während sein Bruder das Fleisch verzehrte.

Dominic lächelte versonnen.

»Mein kleiner Falke war eine würdige Gegnerin«, gestand er.

Simon lachte. »Sie hat dir ganz schön zu schaffen gemacht, Bruder. Sie ist auch jetzt noch kein zahmes Täubchen. Ich glaube, ich werde mich in meiner Ehe doch lieber mit weniger Leidenschaft und mehr Behaglichkeit zufriedengeben.«

Der Glendruid-Wolf betrachtete Simon eine Weile prüfend aus silbergrauen Augen. Jenseits der dicken Steinmauern heulte der Herbstwind so wild um die Burg, daß sich die schweren Vorhänge leise im Luftzug bewegten.

Der Raum war luxuriös eingerichtet, denn er war ursprünglich für die Herrin von Stone Ring Keep gedacht. Jetzt diente er als zeitweilige Unterkunft für Dominic und Meg, Lord und Lady von Blackthorne Keep. Aber selbst die massiven Steinmauern, die dichten Vorhänge und die hohen, schießschartenähnlichen Fenster konnten nicht vollständig die eisbewehrten Klauen eines für diese Jahreszeit zu kalten Sturms abwehren.

»Du bist dennoch ein leidenschaftlicher Mann«, sagte Dominic schlicht.

Die Farbe von Simons Augen wechselte von klarem Schwarz zu einem noch tieferen, undurchdringlicheren Samtschwarz. Sie erinnerten auf einmal an einen mitternächtlichen Himmel, an dem weder Sterne noch Mond stehen.

»Jungen lassen sich von Leidenschaft beherrschen«, erwiderte er bestimmt. »Männer nicht.«

»Ja. Und trotzdem sind Männer genauso leidenschaftlich.«

»Deine Belehrungen mögen ja durchaus ihre Berechtigung haben, aber …«

Dominic wurde ein wenig ernster. Obwohl er Simons älterer

Bruder war und sein Herr, hatte der wenig Geduld für gute Ratschläge. Dennoch hatte es niemals einen treueren Ritter als ihn gegeben. Dominic war sich dessen so sicher wie der Liebe seiner Frau.

»Ich habe festgestellt«, sagte er, »daß eine leidenschaftliche Ehe von unschätzbarem Wert ist.«

Simon knurrte nur etwas Unverständliches.

»Du bist anderer Meinung?« fragte Dominic.

Die Ungeduld in Simons Achselzucken fand sich in der schmalen Linie seines Mundes wieder.

»Ob ich anderer Meinung bin oder nicht, spielt überhaupt keine Rolle«, erwiderte er.

»Als du mich aus der Hölle jenes Sultans gerettet hast –«

»*Nachdem* du dich in die Hände eben jenes Sultans begeben hattest, um mich und elf andere Ritter freizubekommen«, warf Simon ein.

»– kam ich als ein gebrochener Mann heraus«, fuhr Dominic fort, ohne sich um die Bemerkung seines Bruders zu kümmern.

»Ach wirklich?« fragte Simon in beißendem Ton. »Die wenigen Sarazenen, die danach dein Schwert überlebt haben, müssen erleichtert gewesen sein.«

Dominics Mund verzog sich zu einem Lächeln, das der Härte seines Bruders in nichts nachstand.

»Ich habe nicht von meinen Fähigkeiten im Kampf gesprochen«, erklärte er.

»Ausgezeichnet. Eine Zeitlang hatte ich nämlich befürchtet, deine süße Hexengattin hätte dein Hirn benebelt.«

»Ich sprach von meinem Mangel an Leidenschaft.«

Wieder zuckte Simon die Achseln. »Die Hure Marie hat sich vor ihrer Ehe mit Robert niemals darüber beklagt, daß es dir an irgend etwas mangelte. Danach habe ich auch keine Klagen gehört.«

Dominic zeigte jetzt offen seine Ungeduld. »Hör auf, den tumben, begriffsstutzigen Bediensteten bei mir zu spielen, Simon. Ich weiß nur zu gut, wie schnell dein Verstand ist.«

Simon wartete schweigend.

»Wollust ist eine Sache«, erklärte Dominic nüchtern. »Liebe dagegen eine ganz andere.«

»Für dich vielleicht. Für mich sind beide schlicht und einfach gleichbedeutend mit einzigartiger Dumm-, äh, Verletzlichkeit bei einem Mann.«

Der Glendruid-Wolf grinste. Er wußte sehr gut, was sein jüngerer Bruder von Männern hielt, die aufrichtige Liebe für eine Frau empfanden. »Dumm« war noch die am wenigsten beleidigende von allen Bezeichnungen, die er Simon hatte benutzen hören.

Aber es war nicht immer so gewesen. Erst seit dem Heiligen Kreuzzug und den Kerkern der Sarazenen.

»Nichts, was ich bei den Sarazenen gelernt habe, hat mich davon überzeugt, daß ein verletzlicher Ritter ein kluger Ritter sein kann«, schloß Simon.

»Liebe ist kein Krieg zwischen Feinden, bei dem es um Sieg oder Niederlage geht.«

»Für dich, ja«, gestand Simon. »Für andere Männer trifft das nicht zu.«

»Was ist mit Duncan?«

»Was ich bei Duncan gesehen habe, hat mir die Liebe nicht unbedingt schmackhafter gemacht«, erwiderte Simon kalt.

Dominic blickte ihn überrascht an.

»Herrgott noch mal!« knurrte Simon. »Duncan wäre beinahe gestorben an diesem teuflischen Druidenort, wo er Amber gefunden hat!«

»Aber er ist nicht gestorben. Die Liebe war stärker.«

»Liebe?« murmelte Simon. »Pah! Duncan war einfach zu dickköpfig und stur, um sich von weiblicher Hexerei besiegen zu lassen.«

Der Glendruid-Wolf betrachtete grübelnd seinen gutaussehenden, blonden Bruder, den er mehr liebte als alles auf der Welt, ausgenommen nur seine Frau Meg.

»Du irrst dich«, sagte Dominic schließlich. »So wie ich mich geirrt habe, als ich aus der Hölle des Sultans kam.«

Simon wollte widersprechen, überlegte es sich dann jedoch anders und zuckte statt dessen nur die Achseln.

»Jawohl«, sagte Dominic. »Du verstehst sehr gut, wovon ich spreche. Du warst der erste, dem die Veränderung in mir auffiel. Ich war innerlich wie zu Eis erstarrt.«

Wieder sagte Simon nichts.

»Meg hat Wärme in meine Seele gebracht«, fuhr Dominic fort. »Und dann ist mir etwas anderes aufgefallen, was mir seitdem Kummer bereitet hat.«

»Schwäche?« fragte Simon sardonisch.

»Nein. Du bist es, Simon.«

»Ich?«

»Ja. Du bist ohne jede Wärme aus dem Land der Sarazenen zurückgekehrt, genau wie ich.«

Simon zuckte unbeeindruckt die Achseln. »Dann passen die kalte normannische Erbin und ich ja gut zusammen.«

»Das ist es, was mich am meisten beunruhigt«, erwiderte Dominic. »Ihr paßt zu gut zusammen. Wer wird dir Wärme schenken, wenn du Ariane heiratest?«

Simon spießte erneut ein Stück Fleisch auf.

»Mach dir keine Sorgen, Glendruid-Wolf. Wärme wird kein Problem für mich sein.«

»So? Du klingst recht sicher.«

»Das bin ich auch.«

»Und wie willst du dieses Wunder bewirken?« fragte Dominic skeptisch.

»Ich werde meinen Umhang mit Pelz füttern.«

5. Kapitel

Zwischen Böen stürmischen Winds und eiskalten Regenschauern verkündete der Wachtposten die Stunde. Der laute Ruf hallte durch den Burghof und wurde bis in die Ansiedlungen in der Umgebung weitergegeben, forderte Leibeigene und Dörfler auf, ihr Werkzeug niederzulegen und ihre Tiere an geschützten Stellen zusammenzutreiben, obwohl noch Licht am sturmumtosten Himmel war.

Reglos stand Ariane an dem hohen, schießschartenähnlichen Fenster und starrte in den Burghof hinunter. Angestrengt versuchte sie ihre Angst vor der kommenden Nacht zu verdrängen, indem sie sich auf das Geschehen im Hof konzentrierte. Zarte Rauchfahnen stiegen aus den halboffenen Räumen des Küchentrakts auf. Bedienstete hantierten geschäftig an den Öfen und Bratspießen herum, die schon im Morgengrauen angefacht worden waren, um alles zu backen und zu braten, was für dies überstürzte Hochzeitsmahl vonnöten war.

»Ein Glück, daß die Ernte gut war«, sagte Cassandra von der Tür her. »Sonst wäre die Burg wohl kaum in der Lage gewesen, ein Mahl zuzubereiten, das der bevorstehenden Eheschließung würdig ist. Es blieb kaum Zeit, um Vorbereitungen für eine so wichtige Verbindung zu treffen.«

Langsam wandte Ariane sich um. Sie war nicht überrascht, Cassandra zu sehen, denn sie hatte die Stimme der Gelehrten Frau bereits erkannt, noch bevor sie ihr auffälliges scharlachrotes Gewand gesehen hatte. Sie war jedoch überrascht über den Stoff, den Cassandra in den Händen hielt.

Mit einem leisen Ruf der Bewunderung trat Ariane näher. Ihr erster Gedanke war, daß sie noch niemals ein reicher und schöner besticktes Kleid gesehen hatte. Kunstvolle Silberstickereien funkelten an Halsausschnitt und Saum und liefen wie gewundene Blitze über den Stoff der langen, bauschigen Ärmel.

Arianes zweiter Gedanke war, daß die Farbe des prächtigen Stoffes genau zu dem Amethystring an ihrer Hand paßte. Und gleich darauf dachte sie, daß ein so prachtvolles Kleid besser eine glückliche Braut schmücken sollte statt eine, die verzweifelt nach einem Ausweg aus der Ehefalle suchte.

Die selbst Tod als Lösung in Betracht zog.

Cassandras blasse Augen beobachteten jede Nuance von Arianes Reaktion, von dem erfreuten Aufleuchten in den Augen der normannischen Erbin beim Anblick des Kleides bis hin zu der Bewegung der langen schlanken Finger, die sich nach dem Stoff ausstreckten ... und sich kurz vor ihrem Ziel zur Faust ballten.

»Ihr könnt das Kleid ruhig anfassen, Lady Ariane. Es ist unser Geschenk an Euch.«

»›Unser‹?«

»Das Geschenk des Gelehrten. Trotz Simons Abneigung gegen unsere Art ... achten und schätzen wir ihn.«

»Warum?«

Cassandra war nicht verärgert über die unverblümte Frage. Eher belustigt.

»Er ist zu Gelehrsamkeit fähig«, erwiderte sie. »Nicht jeder ist das.«

Die schimmernde Pracht des Geschenks in Cassandras Händen nahm Ariane gefangen. Das subtile Spiel von Licht auf dem hauchzarten, dunkelvioletten Stoff war faszinierend.

Plötzlich blinzelte sie verwirrt und stand vollkommen bewegungslos da, wie hypnotisiert von etwas, das sie nicht benennen, nur spüren konnte. Irgend etwas verdichtete sich in dem Stoff, ein Bild, das ein Gefühl in ihrem Inneren wachrief wie die zarten Klänge einer uralten Harfe. Unter der silbrig schimmernden Stickerei, eingebettet in die Farbe und Beschaffenheit des Stoffes selbst, waren schemenhaft zwei Gestalten zu erkennen ...

Ohne sich dessen bewußt zu sein, streckte Ariane die Hand aus, um die Umrisse mit den Fingerspitzen nachzuzeichnen. Es schimmerte auf dem Stoff wie ein Amethyst unter einem vollen Herbstmond. Das Spiel von Farbe und Licht war so leise und unaufdringlich wie ein Seufzer in einem Sturm. Und dennoch – wie der Seufzer, so war auch diese Zeichnung unverkennbar für jeden, der empfindsam genug war, es zu entdecken.

Kaum hatten Arianes Fingerspitzen das Tuch berührt, da wußte sie, daß es nicht die Gestalten zweier Ritter waren, die miteinander kämpften, oder zweier Adliger auf Falkenjagd oder zweier Mönche, die im Gebet versunken waren. Die Figuren waren ein Mann und eine Frau, und sie waren ineinander verschlungen, so fest wie die Fäden des Stoffes selbst.

Schweigend zeichnete Ariane die Umrisse nach, angefangen bei dem wild zerzausten Haar der Frau. Das Tuch schien einen Hauch von Wärme auszustrahlen. Es war weich und dennoch fest, als wäre es lebendig.

Es fühlte sich wundervoll an, aber noch faszinierender war das Muster, das mit jedem Augenblick, den Arianes Fingerspitzen darauf verweilten, noch deutlicher hervortrat. Obwohl der feine Glanz des Materials die Gesichter der Gestalten verbarg, war die Weberin so geschickt gewesen, daß man Mann und Frau mühelos unterscheiden konnte.

Eine Frau im Taumel der Leidenschaft, den Kopf zurückgeworfen, das Haar verwühlt, ihr Mund zu einem Schrei unvorstellbarer Lust geöffnet.

Die Verzauberte.

Ein Krieger, leidenschaftlich und diszipliniert zugleich, mit Leib und Seele auf den Augenblick konzentriert.

Der Zauberer.

Jetzt beugte er sich zu ihr hinab und trank ihre Schreie, während er ihr neue Laute der Verzückung entlockte. Er drängte sich mit seinem kraftvollen Körper an sie und erschauerte vor einem sinnlichen Begehren, das ebenso groß wie seine Selbstbeherrschung war.

Simon?

Ein erschrockener Aufschrei kam über Arianes Lippen, als sie ihre Hand zurückriß, als hätte sie sich an einem rotglühenden Eisen verbrannt.

»Das kann nicht sein«, flüsterte sie.

Cassandras Augen verengten sich, aber als sie sprach, klang ihre Stimme sanft, fast bittend.

»Was ist denn?« fragte die Gelehrte Frau. »Was habt Ihr gesehen?«

Ariane gab keine Antwort, sondern starrte nur schweigend auf den Stoff.

Noch während sie hinschaute, veränderte sich das Muster erneut. Jetzt blickten Simons mitternachtsschwarze Augen zu ihr auf, versprachen ihr eine Welt, an die sie nicht mehr glaubte, eine Welt, so warm und verlockend schimmernd wie Amethyste und roter Wein.

Verzauberung.

»Nein«, flüsterte Ariane. »Es kann nicht sein! Es ist nur der Trick eines Gauklers, mehr nicht!«

»Was kann nicht sein?«

Diesmal klang die Stimme der Gelehrten Frau weniger sanft, eher drängend.

Arianes Antwort bestand in einem wilden Kopfschütteln, das ihre sorgfältig aufgesteckten schwarzen Locken löste. Und doch streckte sie unwillkürlich wieder die Hand nach dem Kleid aus, obwohl sie zurückwich.

Oder griff das Kleid nach ihr?

»Nein«, wiederholte Ariane fest. »Es kann einfach nicht sein!«

Cassandra legte das Kleid über Arianes Hände.

»Es gibt keinen Grund zur Angst«, sagte die Gelehrte Frau beiläufig. »Es ist nichts weiter als Stoff.«

»Es scheint – das Gewebe scheint zu zart und empfindlich, als daß ich es tragen könnte.«

Ariane stieß diese Halbwahrheit hastig hervor und zwang sich, dabei in Cassandras blasse Augen zu blicken statt auf das Kleid, das sich liebkosend an ihre Hände schmiegte.

»Empfindlich?« Cassandra lachte. »Alles andere als das, M'lady. Das Gewebe ist so stark wie die Hoffnung selbst. Seht Ihr nicht die unausgesprochenen Träume, die in jede Falte mit eingewoben sind?«

»Hoffnung ist etwas für Narren.«

»Meint Ihr?«

Arianes Mund verzog sich, und es war mehr Bitterkeit als Lächeln darin. »Ja.«

»Dann kann sich Serenas Stoff ruhig um Euren Körper legen«, erklärte Cassandra. »Das Tuch reagiert nur auf Träume, und ohne Hoffnung gibt es keine Träume.«

»Eure Worte ergeben für mich keinen Sinn.«

»Das ist ein Vorwurf, den die Gelehrten häufig zu hören bekommen. Geht es Eurer Zofe wieder besser?«

»Äh, ja«, erwiderte Ariane, etwas aus der Fassung geraten von dem abrupten Themenwechsel.

»Gut. Bitte schärft ihr noch einmal ein, nicht mehr von dem Trank zu nehmen, als ich ihr geraten habe. Zuviel davon wird ihren Verstand verwirren.«

»Wie sollte ich wohl den Unterschied feststellen?« murmelte Ariane vor sich hin. »Das Mädchen hat ja kaum mehr Verstand als eine Gans.«

Cassandra lächelte. Das Lächeln verwandelte auf verblüffende Weise ihre sonst so strengen Züge.

»Blanche ist mehr wie ein Rabe als wie eine Gans«, bemerkte die Gelehrte Frau trocken. »Obwohl sie auf ihre Art recht gewitzt ist, wird sie sich immer von dem Schmuckstück ablenken lassen, das im jeweiligen Moment am strahlendsten glitzert.«

Ariane konnte nicht anders, sie mußte einfach über diese scharfsinnige Einschätzung des Mädchens lächeln.

Gleich darauf zog sich die Gelehrte Frau zurück und ließ Ariane allein mit dem prachtvollen Kleid. Es hatte genau die Farbe ihrer Augen, und sie betrachtete es mißtrauisch.

Diesmal schimmerten keine rätselhaften Bilder in den Falten des Gewebes. Nichts war zu sehen, nur das Spiel von Kerzenlicht auf prächtigem Stoff.

Ariane wußte nicht, ob sie erleichtert oder enttäuscht sein sollte. Mit einem Seufzen griff sie nach dem Kleid, um es auf das Bett zu legen.

Dasselbe Bett, das sie und Simon in dieser Nacht teilen würden.

Ich kann es nicht ertragen. Nicht noch einmal.

Niemals mehr!

Statt das Kleid loszulassen, gruben sich ihre Hände plötzlich noch fester in den Stoff. Das Gewebe schien auf einmal von einer tröstlichen Glätte, schien von einer geheimnisvollen Welt der Sinnlichkeit zu flüstern, in der die Schreie einer Frau von Lust herrührten und nicht von Schmerz.

Ohne es zu wollen, betrachtete Ariane den Stoff genauer. Und dann blickte sie *hinein ...*

Ein Krieger, diszipliniert und leidenschaftlich zugleich, mit Leib und Seele auf den Augenblick konzentriert.

Er drängte sich mit seinem kraftvollen Körper verlangend an sie.

Die Vorstellung ließ einen Schwall von Gefühlen in Ariane aufsteigen, erschütterte sie bis ins Innerste und gab ihr das Gefühl, tiefer als je zuvor in der Falle zu sitzen.

Hoffnung ist nur etwas für Narren! Es gibt keinen Ausweg außer dem einen, und ich kann nur beten, daß ich stark genug bin, ihn zu nehmen.

»Lady Ariane?«

Beim Klang der Stimme zuckte Ariane erschrocken zusammen, als hätte sie einen Schlag erhalten. Hastig ließ sie das Kleid aufs Bett fallen und drehte sich zur Tür um.

Lady Margaret, die Ehefrau des Glendruid-Wolfs, stand ruhig auf der Schwelle und wartete auf Arianes Aufmerksamkeit. Der Ausdruck von Megs grünen Augen verriet Neugier und Mitgefühl.

»Ich bitte um Verzeihung, wenn ich Euch gestört habe«, sagte sie.

»Es ist nichts.«

Arianes Stimme war rauh, als hätte sie eine ganze Weile nicht gesprochen. Flüchtig fragte sie sich, wie lange sie wohl auf den Stoff gestarrt und gegen seinen seltsamen Zauber angekämpft hatte, während ein störrischer Teil ihrer Seele den Traum zu berühren versuchte, der fast in Reichweite vor ihr schimmerte.

Närrin.

»Ich habe etwas Seife für Euch bereitet und sie ins Bad gelegt«, sagte Meg. »Ich hoffe, ihr Duft gefällt Euch.«

Soll ich Meg bitten, mir eine spezielle Seife zu mischen, damit ich Eurer empfindlichen Nase gefalle?

Euer Duft ist auch so recht angenehm für mich.

Ein leiser Laut kam über Arianes Lippen, als das Bild von Simon, wie er sich über sie beugte, in ihrer Erinnerung aufstieg und sich mit den amethystblauen Bildern des Stoffes vermischte.

Könnte ich die Frau mit dem verwühlten Haar sein? Ist das möglich?

Dummkopf! Es ist nichts weiter als ein Trugbild, der Trick eines Hexenmeisters, der dich dazu bringen soll, die Eheschließung mit einem Mann zu akzeptieren, den die Gelehrten hochachten. Alles Vergnügen im Ehebett ist ausschließlich den Männern vorbehalten.

»Lady Ariane?« fragte Meg und betrat den Raum. »Fühlt Ihr Euch nicht wohl? Soll ich nach Simon schicken?«

»Wozu?« fragte Ariane rauh.

»Er hat eine lindernde Hand bei Krankheiten.«

»Simon?«

Meg lächelte über die unverhüllte Skepsis in Arianes Stimme.

»Ja«, sagte sie. »Trotz seiner schwarzen Augen und seines harten, spöttischen Lächelns ist Simon ein sehr gütiger Mann.«

Ariane nahm an, daß ihr die Skepsis nur zu deutlich ins Gesicht geschrieben stand, denn Meg fuhr fort, Simons Loblied zu singen.

»Als Dominic schwerkrank war, so krank, daß er Freund und Feind nicht mehr unterscheiden konnte, hat Simon vor seiner Türschwelle geschlafen, um beim leisesten Stöhnen sofort zur Stelle zu sein.«

»Ah, Dominic«, erwiderte Ariane, als wäre allein der Name Erklärung genug.

Und so war es auch. Der Ritter wurde Simon der Loyale genannt, weil seine unerschütterliche Treue zu seinem Bruder so charakteristisch für ihn war.

»Und nicht nur Dominic kennt Simons Güte«, fuhr Meg fort. »Die Katzen der Burg sind wild auf seine Liebkosungen.«

»Tatsächlich?«

Meg nickte, und die Bewegung ließ das Licht wie Flammen durch ihr Haar züngeln. Die goldenen Glöckchen am Ende ihrer langen roten Zöpfe klingelten lieblich bei jeder Kopfbewegung.

»Die Katzen? Wie seltsam«, meinte Ariane stirnrunzelnd.

»Simon hat eine fast unheimliche Art mit ihnen.«

»Vielleicht erkennen sie sich selbst in ihm wieder. Grausamkeit, nicht Güte«, sagte Ariane.

»Glaubt Ihr das wirklich?«

Ariane gab keine Antwort.

»Ist Simon so hart mit Euch umgesprungen, als er Euch von Blackthorne nach Stone Ring Keep begleitet hat?« fragte Meg scharf.

Ariane zögerte und wünschte, sie hätte ihre Harfe bei sich, um das Zittern ihrer Hände zu verbergen. Und ihrer Seele. Aber die Harfe stand auf der anderen Seite des Raums, und es widerstrebte ihr, Schwäche vor dem Glendruid-Mädchen mit den unheimlichen, grünen Augen zu zeigen.

»Lady Ariane?« drängte Meg.

»Nein«, erwiderte Ariane widerwillig. »Der Weg war beschwerlich und das Wetter stürmisch und regnerisch, aber Simon war nicht strenger, als es die Notwendigkeit erforderte.«

»Warum haltet Ihr ihn dann für grausam?«

»Er ist ein Mann«, erklärte Ariane schlicht.

»Richtig«, meinte Meg lächelnd. »Ein Bräutigam ist gewöhnlich ein Mann, nicht?«

Ariane sprach weiter, als hätte sie Megs scherzhafte Worte nicht gehört. »Hinter dem strahlenden Lächeln und der höflichen, zuvorkommenden Art wartet er nur auf den wirkungsvollsten Moment, um seine Grausamkeit zu enthüllen.«

Meg schnappte überrascht nach Luft.

»Es ist nicht etwa so, als wollte ich speziell Simon schlechtmachen«, fügte Ariane hinzu. »*Alle* Männer sind grausam. Nur eine Närrin würde etwas anderes erwarten.«

Plötzlich blickte Meg Ariane auf die Glendruid-Weise an und sah die Wahrheit in ihrem Inneren.

Ariane, die Enttäuschte, die Verratene.

»Simon würde Euch niemals enttäuschen«, sagte Meg. »Ihr müßt mir das glauben.«

Ein Blick voller Trostlosigkeit war Arianes einzige Antwort.

»Er würde sich niemals eine Geliebte nehmen«, fuhr Meg ernst fort. »Er und Dominic sind sich in dieser Beziehung vollkommen gleich. Sie fordern von sich selbst ebensoviel Ehre und Treue wie von ihrer Ehefrau.«

»Simon kann von mir aus so viele Huren und Konkubinen haben, wie er will. Es ist immer noch besser, er läßt seine Grausamkeit an Huren aus und treibt es mit ihnen statt mit mir.«

Meg versuchte vergeblich, ihre Bestürzung zu verbergen.

»Lady Ariane, Ihr seid gründlich im Irrtum über die Natur dessen, was zwischen Mann und Frau im Ehebett vorgeht«, sagte Meg eindringlich.

»Nein, Ihr seid im Irrtum. Was ich erlebt habe, hat mich sehr gut auf das Kommende vorbereitet«, gab Ariane zurück.

Jedes ihrer Worte war knapp, präzise und kalt.

Noch während Meg den Mund öffnete, um zu widersprechen, sahen ihre Glendruid-Augen die Nutzlosigkeit weiterer Worte. Auf welche Weise auch immer Ariane enttäuscht worden war – das Erlebnis hatte zu tiefe Wunden hinterlassen, als daß bloße Worte sie hätten heilen können. Nur tatsächliche Beweise konnten sie jetzt umstimmen. Nur tatsächliche Erfahrungen konnten ihre verletzte Seele heilen.

»In zwei oder drei Wochen«, erklärte Meg ruhig, »werden wir uns noch einmal über Grausamkeit und Verrat unterhalten. Bis dahin werdet Ihr mehr Erfahrung mit Simons Sanftmut gemacht haben.«

Ariane konnte nur mühsam ein Schaudern unterdrücken.

»Wenn Ihr mich jetzt entschuldigen würdet, Lady Margaret«, sagte sie gepreßt. »Mein Badewasser wird kalt.«

»Aber natürlich. Ich werde Blanche mit mehr heißem W-«

»Nein«, erklärte Ariane schroff.

Als sie sich der Barschheit ihrer Stimme bewußt wurde, holte Ariane tief Luft und zwang sich zu einem Lächeln.

»Vielen Dank, Lady Margaret, aber ich ziehe es vor, mich im Bad selbst um meine Bedürfnisse zu kümmern.«

Ariane verließ den Raum, ohne zurückzuschauen, denn sie befürchtete, sie würde grüblerische Vermutungen in den klugen, grünen Augen des angelsächsischen Mädchens sehen. Und das wollte Ariane nicht. Sie wollte nicht wissen, was Meg tun würde, wenn sie dahinterkam, daß die Braut vorhatte, einen tödlichen, silbernen Dolch in ihr Ehebett mitzunehmen.

Wie soll ich es nur über mich bringen, Simon zu töten?

Andererseits – wie kann ich ihn nicht töten?

Oder sonst, wenn das alles nicht möglich ist, wie kann ich mich selbst töten?

Die widersprüchlichen Fragen ließen Ariane keine Ruhe, während sie badete. Es gab nur eine Antwort auf ihre quälenden Überlegungen.

Sie konnte es nicht ertragen, wieder die gierigen Hände eines Mannes auf ihrem Körper zu fühlen.

Irgendeines Mannes.

Selbst dann nicht, wenn es der eine war, der aus den Tiefen eines unheimlichen, amethystfarbenen Traumes nach ihr rief.

6. Kapitel

Die Hochzeitstrinksprüche der versammelten Ritter wurden mit jedem Humpen Ale und jedem Becher Wein forscher und anzüglicher. Während die Trauungszeremonie selbst ernst, kurz und ehrfurchtsvoll gewesen war, machte die lockere Atmosphäre des Festmahls die vorherige Zurückhaltung wieder wett.

Lord Erik, Sohn von Robert Aus Dem Norden, beobachtete das frischvermählte Paar von seinem Platz an Duncans Tisch auf dem Podest im vorderen Teil der großen Halle. Was Erik sah, konnte seine wachsende Beklommenheit immer weniger beschwichtigen. Simon war höflich zu seiner Braut, mehr nicht. Falls er voller Ungeduld darauf wartete, mit seiner normannischen Erbin die Hochzeitsnacht zu verbringen, so ließ er es sich jedenfalls nicht anmerken.

Ariane aber war es, deren Verhalten Erik ernstlich beunruhigte. Obwohl die Braut das prachtvolle Kleid trug, das Serena so kunstvoll gewebt und bestickt hatte, war keine Freude auf ihrem Gesicht oder in ihren Gesten zu erkennen. Ihre Miene zeugte eher von Angst und nur mühsam beherrschtem Zorn. Ihre wunderschönen, amethystfarbenen Augen waren von Schatten verdunkelt, die nicht von der Nacht herrührten, die die Burg mit Kälte einhüllte.

Während der Trauung und dem anschließenden Festmahl hatten sich die Finger der Braut unablässig und kaum merklich bewegt, als suchte sie die Harfe, um all das auszudrücken, was unausgesprochen in ihrem Inneren verborgen war.

»Ariane. Die Enttäuschte, Verratene. Aber von wem? Und auf welche Weise? Und warum?«

Niemand wandte sich ihm zu, um seine Fragen zu beantworten. Erik hatte zu leise gesprochen, als daß einer der Feiernden am Tisch des Burgherrn seine Worte hätte hören können.

Aber Cassandra hatte ihn deutlich gehört. Sobald das eigentliche Festmahl beendet war und das Trinkgelage mit seinen zunehmend derben Trinksprüchen begonnen hatte, war sie gekommen und hatte hinter dem Stuhl ihres früheren Schülers Aufstellung genommen. Schweigend hatte sie beobachtet, wie er seinen Weinpokal hob und in die Trinksprüche mit einem liebenswürdigen Lächeln einstimmte, das nichts von seinen Gedanken verriet.

»Sag mir, Gelehrte Frau«, begann Erik, ohne seinen Blick von Ariane abzuwenden, »wie hat das Kleid auf unsere normannische Erbin reagiert?«

»Serenas Webkunst ist wie Serena selbst«, erwiderte Cassandra.

»Ach, und wie mag das wohl sein?« gab Erik spöttisch zurück. »Ich habe das alte Weib nie gesehen.«

»Sie ist nicht alt.«

Erik schnaubte ungeduldig. Seit das Hochzeitskleid zur Burg gebracht worden war, war dies für ihn die erste Gelegenheit, sich unter vier Augen mit Cassandra zu unterhalten. Neugier und die Pflichten und Sorgen eines Burgherrn, der eine Burg inmitten der turbulenten Grenzen der Umstrittenen Gebiete verteidigen mußte, machten ihn ungewöhnlich barsch.

Mit einem grimmigen Lächeln hob Erik seinen Weinpokal als Antwort auf den Trinkspruch eines Ritters, das neuvermählte Paar möge so viele Nachkommen zeugen, wie es Sterne am Himmel gibt.

»Es ist mir egal, ob Serena ein frisch geschlüpftes Küken ist oder so alt, daß ihre Knochen beim Gehen laut rasseln«, knurrte Erik, als er seinen Pokal energisch auf dem Tisch abstellte.

Cassandras Mundwinkel zuckten, daß es einem Lächeln verdächtig nahekam.

»Herrgott noch mal«, murmelte Erik, ohne aufzublicken. »Sag mir, was ich wissen muß, und erspar mir die Ausschmückungen!«

Die Gelehrte Frau lächelte jetzt ganz offen, und ihre grauen Augen funkelten vor Belustigung. Es kam selten vor, daß Erik sich so leicht ködern ließ.

»Beruhigt euch«, murmelte sie. »Es ist nicht Eure Hochzeitsnacht.«

»Sei dankbar dafür«, stieß er zwischen zusammengebissenen Zähnen hervor. »Ich wäre heute abend auch nicht in Stimmung, eine Eiskönigin zu verführen, ganz gleich, wieviel Reichtum sie übers Meer geschafft hat und mir zu Füßen legt.«

»Ah, aber Ariane ist eine Eis*göttin*.«

Eine kaum spürbare Veränderung ging mit Erik vor. Obwohl er keine Bewegung machte, wirkte er plötzlich lebendiger und wachsamer, wie ein Verfolger, der eine frische Spur entdeckt hat.

An Eriks Seite erhob sich Stagkiller mit einer kraftvollen Bewegung auf die Füße, als spürte er jede Regung, die in seinem Herrn vorging. Er blickte aufmerksam in Eriks Gesicht, und seine Augen schimmerten nicht weniger golden als die seines Herrn.

»Das Kleid hat Ariane akzeptiert!« sagte Erik mit gedämpfter Stimme.

»Mehr oder weniger.«

»Drück dich deutlich aus!«

»Eine Gelehrte Frau soll sich deutlich ausdrücken? Wo bliebe da die Tradition?«

Erst jetzt erkannte Erik, daß ihn die Frau, die er wie eine Mutter liebte, scherzhaft aufzog.

»Na schön, dann sprich, wie du willst, aber tu es schnell«, sagte er. »Stagkiller brennt darauf, die Nacht zu hetzen. Und ich ebenfalls.«

»›Die Nacht zu hetzen.‹« Cassandra lächelte. »Es gefällt Euch, die Nicht-Gelehrten glauben zu machen, Ihr wäret ein Hexenmeister, der nach Belieben die Gestalt eines Wolfes oder eines Menschen annehmen kann, nicht wahr?«

Eriks Zähne blitzten in einem schnellen, wilden Lächeln auf. »Das hat mir manch öde Verhandlung mit gierigen Cousins, Banditen und schurkischen Rittern erspart.«

Lächelnd gab Cassandra nach.

»Ariane hat etwas in dem Tuch gesehen«, erklärte die Gelehrte Frau.

»Und was war das?«

»Das hat sie nicht gesagt.«

Die Belustigung auf Eriks Gesicht verblaßte.

»Woher weißt du dann, daß das Kleid sie akzeptiert hat?«

»Sie hat es in den Händen gehalten und den Stoff gestreichelt, als wäre er ein kleines Hündchen, das sich trostsuchend an sie schmiegt. Sie fand offensichtlich Freude daran.«

Erik grunzte. »Dann ist Ariane also doch nicht tot bis auf den Grund ihrer Seele – trotz allem, was Amber gefühlt hat, als sie sie berührte.«

»Anscheinend nicht, nein.«

»Was heißt hier ›anscheinend‹?« gab er schroff zurück. »Ariane hat etwas in dem Kleid gesehen. Es fühlte sich angenehm für sie an. Es ist ihres, und sie ist sein. Folglich ist sie zu Leidenschaft fähig, dem Himmel sei Dank.«

»Ja. Aber wird diese Leidenschaft Simon gelten, oder wird Serenas Geschenk eher eine Art Panzer gegen ihn sein?«

Eine Weile blickte Erik grüblerisch in die große Halle von Stone Ring Keep hinaus.

»Ich weiß es nicht«, sagte er schließlich. »Was ist mit dir?«

»Die Runensteine schweigen zu diesem Thema.«

»Auch die Silbersteine?«

»Ja.«

Erik stieß einen unterdrückten Fluch aus. Cassandras Fähigkeit, in die Zukunft zu sehen und mögliche Entwicklungen vorherzusehen, war nützlich, aber nicht zuverlässig. Vorahnungen überkamen sie ganz willkürlich und nicht zu einem Zeitpunkt, wann *sie* es wollte. Oft waren ihre Visionen rätselhaft und nur sehr schwierig zu interpretieren, selbst wenn sich Gelehrte und Priester mit vereinten Kräften darum bemühten.

Schweigend fuhr Erik fort, die versammelten Lords und Ladies, Ritter, Junker und eine Schar junger Mädchen zu beobachten, die die große Halle mit fröhlichen Rufen und Gelächter erfüllten. Als wieder einmal ein Trinkspruch auf das Brautpaar ausgebracht wurde, hob Erik ebenfalls seinen Pokal, aber sein Gesichtsausdruck hielt die Leute der Burg auf Abstand.

Von dem Podest und seinem Platz rechts von Duncan aus, dem Burgherrn von Stone Ring Keep, konnte Erik jeden einzelnen Ritter sehen und beim Namen nennen, der unten in der Halle fröhlich zechte. Er kannte die Namen sämtlicher Hunde, die sich unter den langen Tischen balgten und um Essensreste bettelten. Er konnte den speziellen Ruf jedes einzelnen der Falken pfeifen, die auf einer Sitzstange hinter dem Stuhl der Ritter hockten, und er konnte die Vögel dazu bringen, daß sie ihm antworteten.

Genauso vertraut waren ihm die Leibeigenen und Bediensteten, die Freien und sämtliche anderen Bewohner der Burg und der umliegenden Dörfer. Erik kannte sie alle, kannte ihre individuellen Fähigkeiten, kannte ihre Blutsverwandten und konnte mit ziemlicher Genauigkeit voraussagen, wie jeder von ihnen auf einen Befehl reagieren würde.

Aber die reiche Erbin Ariane, Tochter des mächtigen Barons Deguerre, stammte aus einem anderen Land. Sie war als Fremde in die Umstrittenen Gebiete gekommen, ernst und verschlossen, eine unzugängliche Schönheit, die eine Kälte ausstrahlte, so grimmig wie die des Winters selbst.

»Simon wird einen Weg in ihr Herz finden«, murmelte Erik schließlich.

»Spricht da die Hoffnung oder das Wissen des Gelehrten Mannes?« fragte Cassandra.

»Welches Mädchen könnte schon dieser Mischung aus scharfem Verstand, Krieger und Liebhaber widerstehen, die Simon verkörpert?«

Cassandra bewegte leicht die Hände, und ein Ring mit drei Steinen ließ rote, blaue und grüne Funken in dem flackernden Kerzenlicht aufblitzen.

»Hoffnung oder Wissen?« wiederholte sie.

»Pest und Hölle«, knurrte Erik. »Warum fragst du mich das?«

»Eure Gabe besteht darin, Muster und Verbindungen zu sehen, die für alle anderen nicht erkennbar sind, weder für Gelehrte noch Nicht-Gelehrte.«

»Meine sogenannte Gabe ist nutzlos, wenn es darum geht, zu ergründen, was sich im Kopf einer Frau abspielt.«

»Unsinn. Ihr hattet ganz einfach niemals ausreichend Grund, es zu probieren.«

»Ariane macht mich unsicher«, erklärte Erik nüchtern. »Und das ist Wissen, keine Hoffnung.«

»Ja«, stimmte Cassandra zu.

»Sieh sie dir an. Hast du jemals einen Menschen gekannt, der von Serenas Webereien akzeptiert wurde, aber dennoch nicht beruhigt war?«

»Nein.«

»Ist Ariane beruhigt?«

Die Antwort auf Eriks Frage war klar. Dennoch antwortete Cassandra.

»Gelassen? Nein«, sagte sie. »Beruhigt? Höchstwahrscheinlich. Wir könnten die Art und Tiefe von Arianes Kummer nur erraten, wenn sie einen anderen Stoff trüge.«

Der abgrundtiefe Seufzer, den Erik ausstieß, ließ ein Zittern durch Stagkillers schlanken, muskulösen Körper laufen, als fühlte er mit seinem Herrn.

»Du bist eine Quelle endlosen Trostes«, sagte Erik ironisch.

»Gelehrsamkeit ist selten tröstlich.«

»Was ist das in Arianes Seele, was natürliche Leidenschaft so streng unterdrückt?«

»Ich hatte gehofft, das würdet Ihr mir sagen«, entgegnete Cassandra. »Oder besser noch – sagt es Simon.«

»Gott im Himmel«, knurrte Erik. »Wenn diese Ehe nicht in jeder Hinsicht erfolgreich ist, wird der Glendruid-Wolf von blutgierigen Männern in die Enge getrieben werden.«

»Ja. Und wenn Dominic fällt, werden die Umstrittenen Gebiete so Entsetzliches erleben, wie es seit der Zeit der Druiden nicht mehr vorgekommen ist.«

»Dann zünde Kerzen für Simon den Loyalen und Ariane die Enttäuschte an«, sagte Erik. »Wenn sie überleben, werden auch wir es können.«

In diesem Augenblick wandte Simon sich zu Erik und Cassandra um, als hätte er die letzte Bemerkung gehört. Dabei schlossen sich seine langen Finger um eine von Arianes ruhelosen Händen. Das Mädchen zuckte reflexartig zurück, hatte sich jedoch so schnell wieder unter Kontrolle, daß nur Simon es bemerkte.

Seine Lippen wurden noch schmaler. Je näher der Zeitpunkt rückte, daß sich die Braut in ihr Gemach zurückzog, um sich für den Bräutigam zurechtzumachen, desto kälter wurde Arianes Fleisch.

Allmählich fürchtete er, daß es kein neckisches Spiel war, was sie spielte, und auch keine jungfräuliche Angst vor der Hochzeitsnacht, die sie zurückweichen ließ. Es war eher eine simple Wahrheit: Ariane war kalt bis in die Knochen.

»Komm, meine leidenschaftliche Braut«, sagte Simon spöttisch.

Augen, so violett wie ein wilder Sommersturm, warfen Simon einen schnellen, verängstigten Blick zu.

»Es ist an der Zeit, daß du dich von dem Fest zurückziehst, das du so offensichtlich genossen hast«, sagte er.

Ariane ließ ihren Blick über die rauhen Ritter schweifen und wünschte sich, weit weg zu sein, irgendwo, wo sie allein sein und den Klängen ihrer Harfe lauschen konnte, statt Simons tiefe Stimme hören zu müssen, die vor Ironie und Bitterkeit vibrierte.

»Also setz deinen unbenutzten Pokal ab und laß deinen unberührten Teller für die Hunde stehen«, fuhr Simon fort. »Wir werden dem Herrn von Stone Ring Keep gemeinsam unsere Achtung erweisen, wie es sich für eine Ehepaar gehört.«

Obwohl Ariane nicht antwortete, sträubte sie sich nicht gegen Simons Hände, als dieser sie mühelos auf die Füße zog. Sie hatte gewußt, daß dieser Augenblick kommen würde.

Ohne sich dessen bewußt zu sein, tastete sie mit ihrer freien Hand nach den tröstlichen Falten des Kleides, dessen tiefviolette Farbe genau zu ihren Augen paßte. Je länger sie den kostbaren Stoff trug, desto mehr wußte sie die seltsam beruhigende Wirkung zu schätzen, die von ihm ausging.

Doch so sehr Ariane es auch genoß, mit der Hand über das feine Gewebe zu streichen, so sehr hütete sie sich davor, in das unheimliche Material hineinzusehen. Sie brauchte keine weiteren erschreckenden und zugleich verlockenden Visionen von sich selbst, wie sie sich unter Simons Liebkosungen aufbäumte, während Wollust wie ein silberner Blitzstrahl in ihre Seele fuhr …

Simon fühlte das feine Zittern, das Arianes Körper durchlief, als er sie zu Amber und Duncan führte.

Großer Gott, wirke ich derart abstoßend auf meine Braut?

Die eisige Wut von Simons Gedanken war jedoch weder auf seinem Gesicht zu erkennen noch in der behutsamen Bewegung, mit der er Ariane an seine Seite zog.

»Ah, da bist du ja«, sagte Duncan, als er Simon entdeckte. »Du wartest wohl schon voller Ungeduld auf den Rest der Festivitäten, was?«

Von den Rittern in der Nähe stieg wüstes Gelächter auf, das keinen Zweifel daran ließ, was mit den restlichen »Festivitäten« gemeint war.

»Nicht ganz so ungeduldig wie meine schöne Braut«, erwiderte Simon, während er Ariane anlächelte. »Ist es nicht so?«

Das Lächeln, mit dem Ariane auf seine Bemerkung reagierte, war kaum mehr als ein Zähneblecken, doch außer Simon schien es niemand zu bemerken. Er drückte ihre Finger in einer schweigenden Warnung, sie solle ihre Abneigung gegen ihn zügeln, solange sie in der Öffentlichkeit waren.

Ariane blickte in Simons klare schwarze Augen und wußte, daß er nur zu deutlich ihren Widerwillen gegen jegliche Berührung spürte.

»Ich bin … einfach überwältigt von den Ereignissen«, murmelte sie.

Die Anstrengung, die es sie kostete, nicht laut zu schreien, ließ ihre Stimme heiser klingen.

»Lord und Lady, Ihr seid äußerst großzügig und freundlich mit Euren Geschenken gewesen«, sagte sie.

»Es ist uns ein Vergnügen«, erwiderte Duncan.

»Das Kleid steht Euch«, fügte Amber hinzu. »Das freut mich sehr.«

Arianes schlanke Finger strichen liebkosend an ihrem Ärmel entlang. Die Silberstickerei blitzte und schimmerte bei jeder Bewegung ihres Körpers.

»Ich hätte mich gerne bei der Weberin bedankt«, sagte sie. »Würdet Ihr ihr meinen Dank ausrichten?«

»Ihr könnt es ihr persönlich sagen«, meinte Amber.

»Aber du hast mir doch erzählt, Serena wäre eine Einsiedlerin«, warf Duncan ein.

»Das ist sie auch, aber sie wird Ariane sehen«, gab Amber zurück.

»Warum?« wollte Duncan wissen.

»Weil Ariane das Kleid erst vollkommen macht«, erwiderte Amber schlicht.

Simon betrachtete seine Braut aus schmalen Augen. Es bestand kein Zweifel daran, daß das zarte, kostbar bestickte Gewebe Arianes Schönheit ganz ungewöhnlich verstärkte.

»Seid Ihr anderer Meinung, Simon?« fragte Amber.

»Ihre Haut ist wie eine Perle, die von innen erleuchtet ist«, erwiderte Simon, ohne den Blick von seiner Braut abzuwenden. »Und ihre Augen übertreffen selbst die prachtvoll funkelnden Amethyste in ihrem Haar noch an Schönheit.«

Verdutzt, erfreut und dennoch zutiefst mißtrauisch gegenüber männlicher Bewunderung blickte Ariane zu Simon auf. Was seine Augen verrieten, stand in krassem Gegensatz zu der zurückhaltenden Art, mit der er sie bisher berührt hatte.

Er begehrte sie.

Ein Krieger, diszipliniert und leidenschaftlich zugleich, mit Leib und Seele auf den Augenblick konzentriert.

Der Zauberer.

Und ein furchtsamer Teil von Ariane sehnte sich schmerzlich danach, verzaubert zu werden. Sehnsucht durchzuckte sie heiß wie ein Blitzstrahl und schnürte ihr plötzlich die Kehle zusammen.

Ein Luftzug aus der großen Halle bauschte ihren duftigen Rock, so daß sich eine Falte des Stoffes über Simons freie Hand legte. Sein Mund verzog sich unwillkürlich zu einem erfreuten Lächeln, als seine Finger das zarte Material liebkosten. Es war, als wären Wärme und Lachen, Leidenschaft und Frieden in diesen Stoff mit eingewebt worden.

Amber sah, wie der Stoff an Simons Fingern haftete, und lächelte voller Erleichterung. Sie fühlte ihren Bruder direkt hinter sich stehen und drehte sich zu ihm um. Auch Erik schaute wie gebannt zu, wie die harte Hand des Kriegers den Stoff streichelte.

»Das Kleid findet deinen Beifall?« fragte Erik beiläufig.

»Ja.«

»Das ist ein gutes Zeichen für die Ehe«, erwiderte Erik mit deutlicher Befriedigung in jedem Wort.

»Wirklich?«

»In der Tat. Es sagt eine dauerhafte, leidenschaftliche Verbindung voraus.«

»Wenn das Bett meiner Braut auch nur halb so betörend ist wie ihr Kleid«, sagte Simon ironisch lächelnd, »dann kann ich mich für den glücklichsten aller Männer halten.«

Ariane holte scharf Luft, als ihre Furcht mit einem Schlag zurückkehrte. Sie versuchte, vor Simon zurückzuweichen, doch seine Finger schlossen sich blitzschnell um ihr Handgelenk. Obwohl sein Griff nicht schmerzhaft war, so war er doch eine deutliche Warnung vor seiner überlegenen Kraft.

Grauen entfaltete sich wie eine schwarze Blume in Arianes Seele. Es kostete sie all ihre Selbstbeherrschung, sich nicht gegen Simons festen Griff zu wehren.

Abrupt ließ er die Falten ihres Kleides los, als wäre ihm die Berührung nicht länger angenehm.

»Geduld, meine dunkle Nachtigall«, murmelte er mit täuschend ruhiger Stimme, während seine Augen schwarz wie die Hölle blitzten. »Wir können nicht gehen, bevor der Burgherr auf unser Wohl getrunken hat.«

Ariane schloß flüchtig die Augen. »Natürlich. Verzeih mir. Ich bin ein bißchen … ängstlich.«

»Das sind alle Bräute«, versicherte ihr Amber tröstlich. »Es gibt nichts, wovor Ihr Angst haben müßtet. Simons Hände sind so behutsam, wie sie flink sind.«

Das Lächeln, das Ariane zustande brachte, verriet nun deutlich ihre Verzweiflung.

»Duncan«, drängte Amber. »Bring endlich einen Trinkspruch auf das Brautpaar aus. Wir haben sie lange genug gequält.«

»Ach, haben wir das?« fragte Duncan verständnislos.

»Hast du schon so schnell vergessen, wie erpicht du darauf warst, deine eigene Eheschließung zu vollziehen?«

Duncan lächelte verschmitzt, als er seine junge Frau anblickte. »Wenn man es so betrachtet, ist ein Hochzeitsfest tatsächlich eine Form von Folter.«

Erik drückte ihm energisch einen goldenen Pokal in die Hand und riß ihn auf diese Weise aus der Versunkenheit, mit der er in Ambers errötendes, strahlendes Gesicht blickte. Duncan verstand den Wink und wandte seine Aufmerksamkeit den Frischvermählten zu. Sein Ausdruck wurde ernst, als er zuerst Ariane musterte, dann Simon. Langsam hob er den Weinpokal.

In der Halle wurde es still.

»Auf daß ihr die heilige Eberesche blühen seht!« sagte Duncan vernehmlich.

Ein Murmeln der Zustimmung und der Ehrfurcht breitete sich unter den versammelten Rittern aus, während einige von ihnen die Geschichte von Duncans und Ambers Liebe zu erzählen begannen.

»Die Gefahr besteht glücklicherweise nicht«, gab Simon so gedämpft zurück, daß seine Stimme nicht über den Tisch hinaustrug. »Ariane ist keine Hexe, die einen widerstrebenden Krieger zur Liebe verführt.«

Ariane warf ihm einen Blick von der Seite zu und lächelte schwach. »Ah, aber das war ich einmal.«

»Was?« fragte er.

»Eine Hexe«, sagte sie knapp.

Simons schwarze Augen verengten sich, doch bevor er etwas erwidern konnte, wandte sich Ariane an den Herrn und die Herrin von Stone Ring Keep.

»Ich möchte Euch noch einmal für Eure Großzügigkeit danken«, erklärte sie.

»Und ich kann nur wiederholen, daß es uns ein Vergnügen ist«, sagte Duncan.

Ariane sprach weiter, als hätte sie ihn nicht gehört, und erhob ihre Stimme, damit sie in der großen Halle auch zu hören war. Gleichzeitig griff sie mit einer Schnelligkeit nach Ambers Hand, die der Flinkheit ihres Ehemannes in nichts nachstand.

Ein Laut der Bestürzung kam über Ambers Lippen, als sie die Trostlosigkeit in Arianes Seele spürte, die wie ein eisiger Fluß durch die Berührung ihrer Hand strömte.

»Sollte zu irgendeinem Zeitpunkt in der Zukunft jemand andeuten«, sagte Ariane schnell, »daß ich in den Umstrittenen Gebieten schlecht behandelt worden sei, dann laßt alle wissen, daß es eine Lüge ist. Spreche ich die Wahrheit, Gelehrte Frau?«

»Ja«, erwiderte Amber.

»Und laßt ebenfalls alle wissen, daß *Simon den Loyalen keine Schuld trifft,* was immer in dieser Ehe passieren mag.«

Amber erbleichte. »Sie spricht die Wahrheit!«

Ariane ließ sie augenblicklich los und blickte Cassandra an.

»Wirst du meine Zeugin sein, Gelehrte Frau?« fragte sie.

»Alle Gelehrten Männer und Frauen werden Eure Zeugen sein.«

»Was auch immer geschieht?«

»Was auch immer geschieht.«

Schweigend wandte Ariane sich ab und verließ die große Halle. Jeder Schritt, jeder Atemzug, jede Bewegung ihres Körpers ließ die weiten Falten ihres Kleides tanzen und schwingen. Schimmerndes Silber lief wie Quellwasser durch das feingewebte Tuch, neckte das Auge mit einer schwachen Andeutung eines Musters unter der Oberfläche, das nicht genau erkennbar und dennoch so verlockend war wie die Erinnerung an sommerliche Wärme mitten im tiefsten Winter.

Duncan drehte sich zu Cassandra um.

»Was soll das bedeuten?« fragte er ohne Umschweife.

»Ich weiß darüber nicht mehr als Ihr.«

»Das bezweifle ich«, gab er brüsk zurück.

Ambers Hand legte sich mit der Leichtigkeit eines Schmetterlings auf Duncans muskulösen Unterarm, während sie ohne jede Furcht in seine gefährlich glitzernden, haselnußbraunen Augen blickte.

»Ariane hat die Wahrheit gesprochen«, sagte sie. »Cassandra hat den Wahrheitsgehalt von Arianes Worten bezeugt – und sie hat für alle Gelehrten Männer und Frauen gesprochen. Das ist alles.«

»Das gefällt mir nicht.«

»Ariane hat es ebenfalls nicht gefallen.«

Erik warf seiner Schwester einen schlauen Blick zu.

»Was hast du sonst noch in Arianes Wahrheit gespürt?« wollte er wissen.

»Nichts, was ich in Worte fassen könnte. Und selbst wenn ich es könnte, würde ich es nicht tun. Es ist Arianes Sache, die Geheimnisse ihrer Seele zu enthüllen oder zu verbergen.«

»Selbst vor ihrem Ehemann?« fragte Duncan.

»Ja.«

Duncan stieß einen Seufzer der Enttäuschung aus und strich sich mit kräftigen Fingern durch sein dichtes, dunkelbraunes Haar.

»Das gefällt mir ganz und gar nicht«, knurrte er wieder.

»Beruhige dich, mein Freund«, sagte Simon. »Ariane wollte mich schützen.«

Duncan warf dem schlanken, hochgewachsenen Ritter einen überraschten Blick zu, dann lachte er laut.

»*Dich* schützen?« fragte er ungläubig.

»Ja«, erwiderte Simon mit einem seltsamen Lächeln. »Ein betörender Gedanke, von einer grimmigen, kleinen Nachtigall beschützt zu werden, findest du nicht?«

»Aber welche Gefahr sollte dir denn innerhalb der Mauern von Stone Ring Keep drohen?« wollte Duncan wissen.

»Ich werde Ariane danach fragen … gelegentlich.«

Damit machte Simon auf dem Absatz kehrt, um seiner jungen Frau zu folgen.

»Wartet!« rief Amber ihm nach. »Es ist Sitte, daß die weiblichen Verwandten der Braut beim Auskleiden helfen.«

»Da Ariane weder Mutter noch Schwester, weder Nichte noch Tante hat, wird sie sich wohl oder übel mit dem Bräutigam zufriedengeben müssen«, erwiderte Simon, ohne zurückzublicken.

»Aber –«

»Keine Sorge, bezaubernde Amber. In meiner Hast werde ich Arianes prächtiges Kleid gewiß nicht zerreißen.«

7. Kapitel

Wenn ich mir die Kehle durchschneide, wie kann ich mir sicher sein, daß der Schnitt auch wirklich tödlich ist?

Ariane dachte an all die grausigen Berichte, die sie über Ritter und Schlachten gehört hatte. Zwar war in den Geschichten von reichlich Blut die Rede gewesen, aber die tödlichen Verwundungen stammten immer von schweren Schlachtäxten und Hämmern, gewaltigen Breitschwertern und Lanzen.

Im Vergleich zu jenen Waffen schien der schmale Dolch, der in ihrer Hand schimmerte, fast ein Witz zu sein.

Großer Gott! Ist die verfluchte Klinge überhaupt lang genug, um bis in mein Herz zu dringen?

Während Ariane auf die zierliche Silberklinge des Dolches starrte, schmiegte sich das Kleid schmeichelnd um ihre Beine, wie eine Katze, die um Aufmerksamkeit bettelt.

Arianes Gedanken überschlugen sich.

Voller Unruhe begann sie in dem kleinen Raum auf- und abzuwandern, ohne daß ihr auffiel, daß Blanche vergessen hatte, das Feuer im Kamin zu entzünden. Daher herrschte eine winterliche Kälte im Zimmer, als hätten die dicken Steinmauern alle Wärme aufgesogen.

Warum wurde ich als Frau geboren, schwach und hilflos und ohne die Kraft oder Geschicklichkeit eines Kriegers, Fleisch zu durchbohren?

Windböen heulten um die Burg, und die Bettvorhänge kräuselten sich leicht im Luftzug, der durch die Ritzen drang. Arianes Kleid raschelte unruhig, als führte es ein Eigenleben.

Auch ohne dieses üble Gebräu, das Geoffrey in meinen Wein geschüttet hatte, hätte ich keine Chance gegen ihn gehabt.

Simon dagegen schon.

Ariane blieb unvermittelt stehen.

»Ja«, murmelte sie. »Simon. Er ist so stark. So unglaublich flink. Selbst Geoffrey mit seiner mörderischen Geschicklichkeit mit dem Schwert hätte große Mühe, gegen Simons Schnelligkeit anzukommen.«

Wieder stieg der Gedanke in ihr auf, der sie schon während der Trauungszeremonie gequält hatte.

Simon.

Ich kann ihn nicht töten. Ich würde es auch nicht tun, selbst wenn ich es könnte. Ich bin diejenige, die sterben muß.

Aber wie? Was kann ich tun, das Simon dazu bringt, mich zu vernichten?

Ariane konnte sich nicht entsinnen, daß er jemals die Hand gegen einen ungehorsamen Hund erhoben hätte. Genauso unvorstellbar war es, daß er sie gegen eine Erbin von hoher Geburt erheben könnte, die erst Duncans Verlobte gewesen war und jetzt seine eigene.

Mit einem gemurmelten Wort nahm Ariane ihre Wanderung durch das Zimmer wieder auf und ignorierte die weichen Falten des Kleides, die entschlossen schienen, sie aufzuhalten. Nichts von dem, was ihr einfiel, schien ausreichend, Simons Selbstkontrolle zu untergraben. Er würde nur auf Befehl seines Herrn und Bruders kämpfen.

Oder um sich zu verteidigen.

Wieder unterbrach Ariane ihre Wanderung abrupt. Reglos stand sie in der Mitte des Raums und grübelte angestrengt über diese neue Erkenntnis nach, wobei sie den Dolch unablässig in ihren Händen drehte.

Könnte ich eine so große Bedrohung für ihn sein, daß er mich töten würde?

Die Vorstellung war geradezu grotesk. Simons Kraft und Geschicklichkeit waren so überlegen, daß er sich wahrscheinlich vor Lachen schütteln würde, wenn sie ihn mit dem Dolch angreifen würde.

Irgendwie würde sie ihn überrumpeln und sich so schnell auf ihn stürzen müssen, daß ihm keine Zeit zum Nachdenken blieb.

Und zum Lachen.

Ein betrunkener Mann hat keine Kontrolle mehr über sich. Die Gäste haben schon sehr oft auf unser Wohl getrunken. Simon wird gezwungen sein, noch einige Runden mitzuhalten, bevor er sich aus der Halle zurückziehen kann.

Ariane stand nachdenklich in der Mitte des Raums, während

ihre ruhelosen Hände unablässig mit dem Dolch spielten. Das violette Kleid raschelte leise und schien selbst das leiseste Flackern des Kerzenlichts widerzuspiegeln.

»Ja«, flüsterte sie schließlich. »Das ist die Lösung. Simon ist Krieger. Im Falle eines Angriffs wird er mit der rücksichtslosen Schnelligkeit einer Katze zurückschlagen.«

Sie blickte auf den Dolch.

»Ich werde auf ihn einstechen, er wird mich töten, noch bevor er zum Nachdenken kommt, und damit ist die Sache erledigt.«

Ein Luftzug hob den hauchdünnen Stoff ihres Kleides und wirbelte ihn in winzigen, fast verstohlenen Bewegungen um ihre Füße.

Ich bin verrückt, eine solche Möglichkeit auch nur in Betracht zu ziehen. Er wird mir den Dolch wegnehmen und mich gründlich verprügeln.

Nein, zuerst werde ich ihn betören. Ich werde den richtigen Zeitpunkt abwarten, bis er sich in den Fallstricken von Wollust und Ale hoffnungslos verfangen hat. Dann werde ich zuschlagen.

Er wird heftig zurückschlagen. Das wird das Ende sein.

Das wird es nicht! Du bist verrückt, auch nur daran zu denken!

Ariane ignorierte die Mahnung ihrer inneren Stimme, so wie sie die beschwichtigende Liebkosung des geheimnisvollen Stoffes ignorierte. Sie hatte sich daran gewöhnt, daß Teile ihres Ichs miteinander stritten. Das war so seit der Nacht, als sie hilflos unter Geoffreys schwitzendem, pulsierendem Körper gelegen hatte, wie gelähmt vor Grauen und Ekel.

Es wäre weitaus besser zu sterben, als eine solche Grausamkeit noch einmal zu ertragen.

Zumindest wird es ein schneller Tod sein.

Der Gedanke brachte Ariane ein wenig Trost. Ganz gleich, wie viele Gratulanten Simons Vorwärtskommen durch die große Halle und zu ihrem Schlafzimmer verzögerten, ganz gleich, wie viele Runden er mittrinken mußte, um andere Ritter nicht zu beleidigen, Simon würde bei ihrem Tod schnelle Arbeit leisten.

Sie hatte noch niemals eine derart unglaubliche Schnelligkeit bei einem Mann gesehen. Noch nicht einmal bei Geoffrey dem Schönen, der in dem Ruf stand, gegen zwei oder auch drei Männer gleichzeitig kämpfen zu können.

Und zu siegen.

Keiner wird Simon die Schuld daran geben, was passieren wird. Es wird heißen, daß er sich schließlich nur gegen eine mordgierige Braut verteidigen mußte.

Aus irgendeinem unerfindlichen Grund war es für Ariane wichtig, daß Simon ihres Todes wegen nicht leiden mußte. Er hatte sie auf seine eigene Art immer freundlich behandelt. Es war nicht die Freundlichkeit von Lakaien oder von Männern, die sich in die Gunst anderer einzuschmeicheln versuchten, sondern ihm war offensichtlich bewußt gewesen, daß sie weder seine Kraft noch sein Durchhaltevermögen besaß. Er hatte auf sie auf eine Weise aufgepaßt, die nichts mit der Höflichkeit eines Ritters gegenüber einem Mädchen von hoher Geburt zu tun hatte.

Das Geräusch von Schritten im Korridor unterbrach Arianes Gedanken.

»Wer ist da?« rief sie.

Ihre Stimme klang vor innerer Anspannung gepreßt.

»Dein Ehemann. Darf ich hereinkommen?«

»Es ist noch zu früh«, erwiderte Ariane, ohne nachzudenken.

»Zu früh?«

»Ich … ich bin noch nicht bereit.«

Simons Lachen klang ausgesprochen fröhlich und sehr maskulin. Es ließ Nerven in Arianes Körper vibrieren, von deren Existenz sie bisher nie etwas gespürt hatte.

»Ich werde mit Vergnügen dafür sorgen, daß du durch und durch bereit bist«, erwiderte er mit tiefer Stimme. »Öffne mir die Tür, Nachtigall.«

Ariane wollte den Dolch gerade wie gewohnt in seine Scheide an ihrer Taille schieben, als ihr schlagartig einfiel, daß dieses Kleid keinen Gürtel hatte, woran man eine Lederscheide befestigen konnte.

Hastig blickte sie sich nach einem Ort um, wo sie den Dolch verstecken konnte. Er mußte in ihrer Reichweite sein, wenn sie im Bett lag. Das würde der Moment sein, wo sie ihn am dringendsten brauchen würde.

Die Schärpe, die den Bettvorhang zusammenraffte, war das beste Versteck, das Ariane finden konnte. In aller Eile ließ sie den Dolch zwischen die Stoffalten gleiten und ging zur Tür.

»Ariane!«

Simons Stimme klang jetzt nicht länger scherzhaft. Es war ihm ernst mit seiner Aufforderung, daß sie ihm Zugang zu dem Schlafgemach gewähren sollte.

Und zu seiner Ehefrau.

Mit zitternden Händen öffnete Ariane die Tür.

»Es war kein Riegel vor der Tür, der dir den Eintritt versperrt hätte«, sagte sie leise.

Sie wagte es nicht, den Blick vom Fußboden zu heben.

»Dein Mangel an Herzlichkeit ist eine größere Barriere als jede noch so schwere Eisenstange«, gab Simon zurück.

Ariane hielt weiter den Kopf gesenkt und erwiderte nichts.

»Wenn ich in deinen Augen so häßlich bin, warum wolltest du dann die Gelehrten als Zeugen, daß, was immer aus dieser Ehe wird, dein Werk ist und nicht meines?« fragte er sanft.

»Du bist nicht häßlich in meinen Augen«, erwiderte sie.

»Dann sieh mich an, Nachtigall.«

Ariane atmete tief durch und zwang sich, dem düsteren Blick ihres Mannes zu begegnen. Was sie sah, ließ sie überrascht Luft holen.

Eine der Katzen der Burg lag um Simons Nacken drapiert. Als seine langen, schmalen Finger liebkosend unter das Kinn des Tieres glitten, schnurrte es voller Wohlbehagen. Pfoten spreizten sich und zogen sich wieder zusammen, scharfe Krallen glitten vor und zurück und sprachen von tiefem Wohlbefinden. Obwohl die Krallen Simons Hemd durchbohrten, zeigte er keine Ungeduld, sondern fuhr einfach fort, die Katze zu streicheln, während er Arianes violette Augen beobachtete.

Erst spät erkannte sie, daß er einen Krug Wein und zwei Becher in der anderen Hand hielt, in der, die nicht damit beschäftigt war, die Katze zu kraulen.

»Du hast kaum Wein getrunken«, erklärte Simon, als er ihrem Blick folgte.

Ariane schauderte unwillkürlich, als sie wieder an jene Nacht erinnert wurde, als ein anderer Mann ihr Wein aufgedrängt hatte.

»Ich mache mir nicht viel aus Wein«, erklärte sie gepreßt.

»Englischer Wein kann recht sauer schmecken. Aber dies ist normannischer. Trink mit mir.«

Es war keine Bitte. Auch kein Befehl.

Nicht ganz.

Ariane sagte sich, daß sie so tun mußte, als tränke sie, denn es war offensichtlich, daß Simon noch nicht genug getrunken hatte, um sein scharfes Urteilsvermögen zu verlieren, geschweige denn, völlig benebelt zu sein.

»Wie du wünschst«, murmelte sie.

Simon betrat den Raum. Sofort wich Ariane vor ihm zurück und tarnte dann diese Bewegung, indem sie sich angelegentlich damit beschäftigte, die Tür zu schließen. Sie bezweifelte jedoch, daß Simon sich davon täuschen ließ.

Ein Blick in sein Gesicht sagte ihr, daß sie recht hatte.

»Warum brennt kein Feuer im Kamin?« fragte er.

»Blanche ist krank«, murmelte sie.

Ungerührt stellte Simon den Weinkrug und die Becher auf eine Kiste, die zusätzliche Bettdecken enthielt. Dann hob er die Katze von seinem Hals und nahm sie auf einen Arm. Mit einer geschmeidigen Bewegung ging er in die Hocke, stocherte in der Asche herum und suchte nach einem Rest Glut. Es waren nur noch wenige, ziemlich kleine glühende Brocken übrig.

Ariane wandte sich zur Tür um. »Ich werde nach frischen Kohlen rufen.«

»Nein.«

Obwohl Simons Stimme ruhig klang, blieb Ariane so abrupt stehen, daß ihr Kleid um ihre Fesseln schwang.

»Was hier im Kamin ist, wird genügen«, erklärte er.

»Die Kohlen glimmen doch kaum noch.«

»Ja. Aber die vorhandene Glut reicht aus. Mach dich bereit, mir Anmachholz zu reichen. Zuerst nicht mehr als eine Handvoll Späne.«

Dabei harkte Simon schon die restlichen Kohlen zusammen und blies behutsam in die Asche. Nach wenigen Augenblicken begannen die größeren Kohlen vor innerer Hitze zu glühen.

»Anmachholz, bitte«, murmelte er.

Ariane blickte sich suchend um. Ein Korb mit Feuerholz stand knapp außerhalb seiner Reichweite. Doch zwischen ihr und dem Korb befand sich Simons muskulöser Körper.

»Es steht rechts von dir«, sagte sie.

»Ich weiß«, gab er zurück. »Aber auf meinem rechten Arm ruht Ihre Faulheit.«

»Ihre Faulheit?«

Dann begriff Ariane auf einmal und lachte hellauf.

In Simons Ohren klang ihr Lachen so melodisch wie die Töne, die Ariane ihrer Harfe entlockte.

»Die Katze«, sagte sie. »Heißt sie wirklich Ihre Faulheit?«

Simons zustimmendes Gemurmel hatte große Ähnlichkeit mit dem Schnurren der Katze.

Entwaffnet griff Ariane um Simon herum, bis sie ihre Finger um den Henkel des Korbes schließen konnte. Sie mußte ihren Arm ziemlich strecken; Simons Rücken war breit. Selbst unter den weichen indigoblauen Falten seines Hemds konnte sie die Kraft und Hitze der Muskeln zu beiden Seiten seines Rückgrats spüren.

Das behagliche Schnurren der Katze vibrierte in Arianes Ohren, als sie sich weit vorbeugte, um den Korb heranzuholen. Als Simon tief Luft holte, streifte sein Rücken Arianes Arm. Sie blickte ihn mit plötzlichem Argwohn an.

Falls er die Berührung gespürt hatte, so ließ er sich jedenfalls nicht davon ablenken, sondern beugte sich noch ein Stück weiter vor, die Lippen gespitzt, um in einem ständigen Strom Luft auf die Kohlen zu blasen.

Der Anblick von Simons Mund faszinierte Ariane.

Seltsam. Ich dachte, sein Mund wäre streng, unversöhnlich. Aber jetzt wirken seine Lippen fast … empfindsam.

Simon stieß die Luft in einem langen Atemzug aus. Kohlen glühten rötlich auf.

»Anmachholz«, murmelte er.

Es dauerte einen Moment, bevor seine Bitte Arianes eigenartige Gedanken durchdrang. Eilig hob sie den Korb vom Boden und griff nach dem ersten Scheit, das ihr in die Hand fiel. Hastig hielt sie Simon das Stück Holz hin.

»Hier.«

Das Holzstück war größer als ihre Hand und dicker als drei Finger.

»Zu groß«, sagte er. »Das Feuer ist noch zu schwach, um eine solche Last aufzunehmen. Ich brauche ein viel kleineres Scheit.«

Ariane zögerte, überrascht über den neckenden Unterton in seiner tiefen, volltönenden Stimme.

»Schnell«, sagte er, ohne zu ihr aufzublicken. »Wenn die Kohlen zu lange alleine brennen, werden sie sich aufzehren, ohne jemals ein richtiges Feuer entfacht zu haben.«

Blindlings tastete Ariane in dem Korb herum, bis sie drei trockene Holzspäne auf dem Boden fand. Sie hielt sie Simon auf ihrer Handfläche hin.

Er nahm sie, und dabei glitten seine Finger in einer Geste über Arianes Handfläche, die seltsam liebkosend war. Sie erschauerte und hatte plötzlich Mühe zu atmen.

Als Simon das verräterische Zittern spürte, das ihren Körper durchlief, verzogen sich seine Lippen unter dem kurzgeschnittenen, weichen Bart zu einem heimlichen Lächeln.

»Genau richtig«, murmelte er. »Du wirst sehr schnell lernen, ein ordentliches Feuer zu machen.«

Ariane wollte schon protestieren, daß sie für solche Arbeiten ja Blanche hätte, doch sie schluckte ihre Bemerkung hinunter, um nicht die heitere, gelöste Stimmung zu zerstören, die sie in ihrem Ehemann spürte.

Sie redete sich ein, daß ihre Vorsicht von dem Wunsch herrührte, Simon in Sicherheit zu wiegen, bis sie schließlich gezwungen war, den Dolch zu benutzen.

Aber sie glaubte nicht so recht daran.

Was macht es schon? verspottete sie sich im stillen. *Der Tod wird bald genug kommen. Ist es so schrecklich, sich an dem bißchen Sanftheit zu erfreuen, die dieser harte Krieger so überraschend beweist?*

Aufmerksam beobachtete Ariane, wie Simon die dünnen Holzspäne auf das kleine Häufchen Kohlen legte, während sie sich jede seiner geschickten Bewegungen mit einer Intensität einprägte, die sie weder hinterfragte noch verstand. Rötliche Glut glomm unter seinem Atem auf, der weich über die Asche strich.

»Mehr«, sagte er. »Diesmal ein etwas größeres Stück. Das Feuer wird langsam kräftiger.«

Ariane kramte eifrig in dem Korb herum, zuckte zusammen, als sich ein Splitter in ihren Finger bohrte, und fuhr mit ihrer Suche fort, ohne ihren Blick von Simons blaßgoldenem Kopf abzuwenden.

Sein Haar sah so weich aus wie die Ohren eines jungen Kätzchens. Sie fragte sich, ob es sich unter ihren Fingern auch so anfühlen würde.

»Ariane?«

»Hier«, sagte sie erschrocken und streckte ihre Hand aus.

Simon betrachtete die schlanke, feingliedrige Hand, in der grobgehackte Holzspäne wie ein Häufchen steifer Strohhalme lagen. Mit behutsamer, völlig unnötiger Sorgfalt rührte er mit einer Fingerspitze in den Spänen.

In der Hauptsache war es Arianes Handfläche, die seine Fingerspitze streichelte, nicht die Holzsplitter. Bei der ersten Berührung zuckte ihre Hand noch kaum merklich, doch die nächste Berührung erschreckte sie schon weniger. Nach einigen Augenblicken zeichnete sein Finger die Linien ihrer Hand mit einer Sanftheit nach, die einer Liebkosung sehr nahekam.

»Hmmm«, murmelte Simon und tat so, als müsse er in dem Häufchen nach einem passenden Span suchen.

»Du knurrst wie Ihre Faulheit«, sagte Ariane mit einer Stimme, die selbst in ihren eigenen Ohren seltsam klang.

Für Simon bedeutete Arianes Atemlosigkeit einen kleinen Sieg, wie ein Holzspan, von dem ein Hauch von Rauch aufsteigt, wenn er sich langsam der Hitze des Feuers hingibt.

Widerstrebend nahm er mehrere Stückchen Holz von ihrer Hand und wandte seine Aufmerksamkeit wieder den Kohlen zu. Er murmelte etwas vor sich hin, als er sah, daß das schwache Feuer fast schon wieder erloschen war, während er Arianes Handfläche liebkost hatte.

Vorsichtig blies er in die sterbenden Kohlen. Nach einer Weile begannen sie wieder zu glühen. Zuerst legte er die Späne darauf, dann größere Stücke Anmachholz. Erneut rötete Hitze ihre silbriggrauen Gesichter.

Der Gedanke, Ariane durch seine eigene leidenschaftliche Glut zum Erröten zu bringen, schnürte Simon vor Erregung die Kehle zu.

»Mehr«, sagte er.

Der rauhe Klang seiner Stimme faszinierte Ariane, obwohl sie sich den Grund nicht erklären konnte. Und sie vergaß den Dolch, der in einer Falte der Bettvorhänge wartete, als sie eifrig in dem Korb mit Feuerholz kramte, und fühlte sich erleichtert, daß ihre Gedanken von Grauen und Tod abgelenkt waren. Bald hatte sie mehrere Scheite verschiedener Größe herausgesucht und hielt sie ihm hin.

»Perfekt«, sagte er und beugte sich zu ihr vor.

Sein Atem flog warm über Arianes Wange und duftete angenehm nach würzigem Wein.

Simon sah, wie sich ihre Nasenflügel kaum merklich blähten, als sie seinen Atem schnupperte. Dann lächelte sie leicht, als genösse sie einen winzigen Teil von ihm, und Begierde schoß wie ein glühender Speer durch seinen Körper. Alles in ihm drängte danach, Ariane zu packen, ihr die weiten Röcke über die Hüften hochzuschieben und sich in ihrem Schoß zu vergraben.

Viel zu früh, sagte die Stimme der Vernunft in seinem Hirn. *Das Spiel – wenn es denn tatsächlich ein Spiel ist, das sie spielt – hat ja kaum begonnen.*

Mit großer Sorgfalt legte Simon nach und nach dickere Stücke Anmacholz auf die Kohlen, und dabei blies er immer wieder vorsichtig in das empfindliche Feuer.

Plötzlich leckten Flammenzungen hoch und verzehrten die Späne in einem sanften Ausbruch goldener Hitze.

Mit einer Hand fügte Simon die restlichen Scheite hinzu. Dann beobachtete er schweigend die prasselnden Flammen und streichelte dabei die stahlgraue Katze, die noch immer wohlig schnurrend in seiner Armbeuge lag.

Während Ariane zuschaute, wie seine Handfläche zärtlich über das Fell des Tieres glitt, fragte sie sich, was es wohl für ein Gefühl sein mochte, mit solcher Zartheit von der harten Hand eines Kriegers berührt zu werden.

»Schenk den Wein für uns ein, Nachtigall.«

Ariane blinzelte, als sie abrupt aus ihrer Versunkenheit erwachte und ihre Anspannung zurückkehren fühlte. Sie war so intensiv in die Betrachtung von Simons sanfter Hand vertieft gewesen, daß sie das unausweichliche Ende dieser Nacht völlig vergessen hatte.

Unglücklich blickte sie auf die feingeschwungenen silbernen

Verzierungen des Weinkrugs und fragte sich, welch gefährlicher Trank darin wohl enthalten sein mochte.

»Ich ... ich möchte keinen«, sagte sie kühn.

Simon warf ihr einen raschen Blick zu. Als er sah, daß ihre Augen wieder einen grüblerischen Ausdruck angenommen hatten, konnte er nur mit Mühe einen Fluch unterdrücken.

Noch Sekunden zuvor hat sie meine Hand mit Sehnsucht in den Augen betrachtet. Dessen bin ich mir ganz sicher.

Und jetzt sieht sie mich an, als wäre sie ein furchtsames Sarazenenmädchen und ich ein christlicher Krieger, der sie schänden will.

Sie ist wie der Springbrunnen im Palast eines reichen Sultans, immer abwechselnd heiß und kalt.

Ist es wirklich Furcht, die sie erneut zurückweichen läßt? Oder ist es nur ein Spiel, um mich zu reizen und meinen Verstand mit Wollust zu benebeln?

»Bring mir einen Becher«, sagte er ruhig. »Es wäre eine Schande, einen so guten Wein umkommen zu lassen.«

Als Ariane erkannte, das Simon selbst auch aus dem Krug trinken wollte, rollte eine Woge der Erleichterung über sie hinweg.

»Wenn – wenn du davon trinkst, dann werde ich gerne einen Becher mit dir trinken«, sagte sie.

Ihre Stimme war so leise, daß Simon einen Moment brauchte, um sie zu verstehen. Als er den Sinn ihrer Worte erfaßt hatte, warf er ihr einen Blick zu, der zwischen Verärgerung und Belustigung schwankte.

»Hast du befürchtet, er wäre vergiftet?« fragte er spöttisch.

Ariane zuckte zusammen und schüttelte den Kopf. Bei jeder Bewegung ihres Kopfes sprühten die Schnüre mit winzigen Amethysten, die in ihr Haar geflochten waren, violette Funken und blitzten im Licht der neu entfachten Flammen im Kamin.

Ihr Haar ist so schwarz wie ein mitternächtlicher Himmel, mit amethystfarbenen Sternen übersät. Großer Gott, sie ist schöner, als es sich ein Mann in seinen Träumen ausmalen könnte.

Eine Sehnsucht erfaßte Simon so heftig, daß er die Zähne zusammenbeißen mußte. Langsam setzte er Ihre Faulheit auf den warmen Boden vor dem Kaminfeuer und richtete sich auf, um seine Frau anzuschauen.

»Was ist es dann?« fragte er beharrlich. »Hattest du Angst, den Wein zu trinken?«

»Ich ...«

Arianes Stimme erstarb. Ein Blick in Simons Gesicht überzeugte sie, daß er auf einer Antwort bestehen würde. Einen wilden Moment lang dachte sie daran, ihm die Wahrheit zu erzählen. Dann erinnerte sie sich wieder an die Reaktion ihres Vaters, und ihr Mund verschloß sich gegen Geständnisse jeglicher Art.

Hure. Tochter einer Hure. Schamloser Abkömmling des Satans, du hast mich ruiniert! Wenn ich es wagen könnte, dich zu töten, würde ich es tun!

Ihrem Vater die Wahrheit zu gestehen, hatte Ariane nichts genützt. Auch der Priester hatte keinerlei Mitgefühl bewiesen. Er hatte sie der Lüge im heiligen Akt der Beichte beschuldigt. Sowohl der Priester als auch ihr Vater hatten Geoffreys Version der Geschichte geglaubt.

Es bestand wohl kaum Hoffnung, daß dieser fast Fremde, der jetzt ihr Ehemann war, ihr Glauben schenken würde, wenn die Männer, die ihr am nächsten gestanden hatten, es nicht getan hatten.

Nein, es wäre töricht, die Wahrheit zu gestehen. Es würde ihr Vorhaben, Simon in einem Moment der Arglosigkeit zu überrumpeln, nur erschweren.

»Ich habe gehört«, begann Ariane mit gepreßter Stimme, »daß Männer etwas in den Wein tun können, was ...«

»Was Mädchen zu Dirnen macht?« fragte Simon ruhig.

»Oder sie ... sie hilflos macht.«

»Ich habe von solchen Dingen ebenfalls gehört«, erwiderte er.

»Ja?« fragte Ariane.

»Ja. Aber ich brauchte niemals auf ein solches Mittel zurückzugreifen, um ein Mädchen zu verführen.«

Die Belustigung, die in seinen Worten mitschwang, ließ seine dunklen Augen wie einen Wasserfall im Mondlicht glitzern.

Ariane stieß den Atem aus, den sie unbewußt angehalten hatte.

»Und das werde ich auch niemals tun.«

Simon konnte seine Wut nur mit Mühe unterdrücken. Es war eine Sache, wenn Ariane ein sinnliches Spiel mit ihm spielte. Die Ehre eines Mannes zu verletzen war jedoch eine ganz andere.

»Ein Mann, der einem Mädchen so etwas antun würde, ist absolut verabscheuungswürdig«, sagte er brüsk.

In seinen Augen funkelte jetzt keine Belustigung mehr, sondern eisige Verachtung.

»Glaubst du mir?« fragte er.

Wieder nickte Ariane hastig.

»Ausgezeichnet«, meinte Simon.

Der Unterton in seiner Stimme ließ sie zusammenzucken.

»Ich habe den Verdacht, du magst mich nicht«, sagte er ruhig.

»Das ist nicht –«

»Ich vermute, ich bin dir körperlich zuwider«, fuhr er fort, ohne Arianes Einwand zur Kenntnis zu nehmen.

»Nein, es hat nichts mit dir zu tun, es liegt an ...«

»Aber ich habe nichts getan, weswegen ich deine Verachtung verdienen würde«, fügte Simon mit tödlich kalter Stimme hinzu.

Die Erkenntnis, daß sie Simon verletzt hatte, verursachte Ariane einen überraschenden Schmerz und spannte ihre gequälten Nerven noch mehr an. Sie hatte nicht die Absicht gehabt, ihn zu erniedrigen. Von allen Männern, die sie je gekannt hatte, war es Simon, zu dem sie sich am stärksten hingezogen fühlte.

Eine Erkenntnis, die ebenso beängstigend wie verlockend war.

»Simon«, flüsterte sie.

Er wartete.

»Ich wollte dich niemals beleidigen«, brachte Ariane mühsam hervor.

Hochgezogene, blonde Augenbrauen widersprachen ihrer Feststellung schweigend.

»Wirklich«, sagte sie.

Simon streckte seine Hand nach ihr aus.

Ariane zuckte zurück.

»Du beleidigst mich jedesmal, wenn du vor mir zurückweichst«, sagte er nüchtern.

Verzweifelt versuchte Ariane ihren Ehemann davon zu überzeugen, daß ihre ängstliche Zurückhaltung nichts mit ihm zu tun hatte.

»Ich kann nichts dafür«, murmelte sie.

»Ohne Zweifel. Sag es mir, teure Gattin. Was findest du so abstoßend an mir?«

Plötzlich war es mit Arianes Selbstbeherrschung vorbei.

»Es hat nichts mit dir zu tun!« tobte sie. »Dein Körper ist sauber und dein Atem süß, und du bist schnell und stark und ehrbar und so wohlgestaltet, daß es ein Wunder ist, daß dich die Feen nicht aus purer Eifersucht erschlagen haben!«

Simons Augen weiteten sich verdutzt.

»Und außerdem bist du unglaublich dickköpfig«, fügte Ariane hinzu.

Es entstand ein Moment des Schweigens, während keiner von ihnen hätte sagen können, wer überraschter über Arianes Worte war. Dann warf Simon den Kopf zurück und lachte.

»Das letzte zumindest ist wahr«, sagte er.

»Was?« fragte Ariane argwöhnisch.

»Der Teil über meine Dickköpfigkeit.«

Mit einem verzweifelten Seufzer kehrte Ariane ihrem unerträglichen Ehemann den Rücken zu.

»Du willst nur das Schlimmste von dem glauben, was ich sage, aber nicht das Beste«, murrte sie.

Statt einer Erwiderung von Simon hörte sie das leise Plätschern von Wein, der in die silbernen Pokale floß. Als sie voll waren, stellte Simon sie neben dem Kamin ab, um ihnen etwas von ihrer Kälte zu nehmen. Er selbst hätte sich ebenfalls gerne am Feuer gewärmt, doch es gab hier keinen Stuhl, der stabil genug gewesen wäre, sein Gewicht zu tragen.

Er blickte sich schnell im Zimmer um. Das Bett stand nahe genug am Kamin, daß man sich in der Wärme der Flammen aalen konnte, aber wiederum nicht so nahe, daß die Bettvorhänge Feuer fangen konnten. Das Bett war außerdem der Ort, wo Simon die Nacht zu verbringen gedachte.

Aber nicht allein.

»Komm, meine ängstliche kleine Nachtigall. Setz dich mit mir ans Feuer.«

Der sanfte Raspelton von Simons Stimme war wie die Liebkosung einer Katzenzunge. Fasziniert trotz ihrer Wut, wagte Ariane einen schnellen Blick über ihre Schulter.

Simon streckte ihr lächelnd die Hand entgegen.

Dieses Mal durfte sie sich ihm nicht verweigern, das wußte sie, sonst würde er einfach aus dem Raum marschieren und sie mit dem grauenhaften Gedanken zurücklassen, daß sie sich ihrem Schicksal in der nächsten Nacht zu stellen hatte oder in der übernächsten.

Ein Eisklumpen bildete sich in Arianes Magen bei dieser Vorstellung. Sie bezweifelte, daß sie noch einmal die Kraft zu diesem Hinhaltespiel aufbringen konnte. Es mußte endlich ein Ende haben, jetzt.

Heute abend.

Sei schnell, Simon. Sei stark.

Mach meinem Alptraum ein Ende.

8. Kapitel

Simon beobachtete schweigend, wie seine Braut auf ihn zukam. Die Hand, die sie ihm reichte, zitterte und war kalt; ihre Augen waren von Schatten verdunkelt und blickten fast wild vor Furcht.

Lachen, Neugier, Flirt, Angst. Sie wechselt die Richtung so schnell wie ein Falke im Sturm.

Ich frage mich, ob Dominic auch derart große Schwierigkeiten mit seiner Braut hatte.

Großer Gott! Keine der anderen Frauen, mit denen ich gelegen habe, hat mir auch nur annähernd soviel Widerstand entgegengesetzt.

Erst jetzt ging Simon auf, daß die anderen Frauen keine nervösen, unberührten Mädchen von hoher Geburt gewesen waren, sondern Witwen, Konkubinen gefallener Sultane oder unfruchtbare Haremsdamen.

Einmal, und nur ein einziges Mal, war seine Geliebte die Ehefrau eines anderen gewesen.

»Was für eine kalte Hand«, sagte Simon. Ariane war zu verwirrt und verängstigt, um einen Ton herausbringen zu können. Simons Hand fühlte sich so warm an, daß sie glaubte, sich daran zu verbrennen.

»Ist deine andere Hand auch so kalt?« fragte er.

Sie nickte.

»Das kann ich mir eigentlich kaum vorstellen«, erwiderte er umsichtig. »Zeig sie mir.«

Die Hand, die er nach ihr ausstreckte, war groß und dennoch elegant, aber von den unvermeidlichen Narben der Schlacht gezeichnet.

»Ariane.«

Sie zuckte erschrocken zusammen.

»Sollte ich tatsächlich die Absicht haben, dich auf den Boden zu werfen und dich wie ein Sklavenmädchen zu schänden, dann hätte ich das inzwischen bestimmt längst getan.«

Ariane wurde noch ein wenig bleicher. Geoffrey hatte sie auf brutalste Weise geschändet, aber es hatte ihn den größten Teil der Nacht gekostet, weil er ziemlich betrunken gewesen war.

Als Simon erkannte, daß sie seine Bemerkung ernst genommen hatte, wußte er nicht, ob er lachen oder fluchen sollte.

»Kleine Nachtigall«, sagte er seufzend, »hast du eine Vorstellung davon, was zwischen einem Mann und einer Frau in der Hochzeitsnacht passiert?«

»Ja.«

Arianes verkrampfte, angespannte Haltung sagte ihm, daß ihr wohl irgend jemand erzählt hatte, was von einer Frau im Ehebett erwartet wurde.

Und sie verabscheute offensichtlich sogar den Gedanken daran.

»Es ist ganz natürlich, daß es Unbehagen in dir auslöst«, erklärte Simon. »Für einen Mann ist es die ersten ein, zwei Male auch nicht anders.«

»Wirklich?«

»Aber sicher. Man weiß nicht so recht, wo man seine Arme und Hände hintun soll und, äh, andere Teile.«

Bevor Ariane auf diese überraschende Information reagieren konnte – oder auf die deutliche Röte auf Simons Wangenknochen –, ergriff er ihre andere Hand und zog sie sanft zu sich auf das Bett.

»Du hattest recht«, sagte er. »Diese Hand ist genauso kalt wie die andere.«

Simons pustete behutsam auf Arianes rechte Hand. Der Gegensatz zwischen ihrer eiskalten Haut und der Wärme seines Atems war so groß, daß Ariane fröstelte.

»Probier etwas von dem Wein«, schlug Simon vor.

Ariane bückte sich und tauchte ihre Fingerspitze in einen der Pokale. Sorgfältig leckte sie einen Tropfen ab.

»Nein«, meinte sie. »Deine Hände sind wärmer als der Wein.«

Simon hatte gemeint, sie solle sich mit einem Schluck Wein innerlich aufwärmen, aber der Anblick ihrer rosa Zugenspitze, die den Tropfen aufleckte, verscheuchte jeden klaren Gedanken aus seinem Kopf.

»Bist du sicher?« fragte er.

In seiner Stimme schwang wieder dieser rauhe, sinnliche Ton mit, der Ariane so entzückte. Lächelnd bückte sie sich und tauchte ihren Finger erneut in den Wein.

Mit angehaltenem Atem beobachtete Simon, wie sie ihre kleine Zunge um die weinbenetzte Fingerspitze kreisen ließ.

»Ganz sicher«, erklärte sie. »Deine Hand ist weitaus wärmer als der Wein.«

»Kann ich auch etwas haben?«

Sie hielt ihm den Pokal hin.

»Nein, meine kleine Nachtigall. Von deinen Fingern.«

»Du meinst ...?«

Sie blickte ihn unsicher an.

»Ich beiße nicht«, versicherte Simon lachend.

»... sagte der Wolf zum Lamm«, murmelte Ariane.

Simon lachte. Der Stimmungsumschwung seiner Braut von Furcht zu Belustigung entzückte ihn.

Wieder beugte Ariane sich vor und tauchte ihren Finger in den Wein. Als sie Simon ihre Hand entgegenstreckte, lief Wein an ihrem Fingernagel herunter, sammelte sich in einem funkelnden Tropfen und drohte auf die kostbare weiße Spitze der Bettdecke zu fallen. Simon beugte rasch den Kopf und umschloß Arianes Fingerspitze mit seinen Lippen.

Im Vergleich mit der Hitze seines Mundes war Feuer geradezu kalt, schien es ihr. Ariane stieß einen verwunderten Laut aus, als er ihren Finger behutsam wieder freigab.

»Ist irgendwas nicht in Ordnung?« fragte er.

»Du bist so unglaublich warm. Das hat mich überrascht.«

»Du hast kein Mißfallen empfunden?«

Sie schüttelte den Kopf.

»Was ist mit Vergnügen?«

»Jetzt weiß ich, warum die Katzen der Burg hinter dir herschleichen. Es ist die Wärme deines Körpers, die sie anzieht.«

Belustigung schimmerte in Simons dunklen Augen.

»Dann hat dir meine Hitze also gefallen«, murmelte er lächelnd.

Plötzlich hätte Ariane am liebsten laut aufgeschrien vor Wut über die Falle, die das Leben um sie herum errichtet hatte. In ihren Augen war Simon so attraktiv und wohlgestaltet wie ein Gott. Der Widerschein des Feuers spielte auf dem Gold seiner Haare und schimmerte in den mitternachtsschwarzen Tiefen seiner Augen.

Wenn er lächelte, war es, als sähe man die Sonne über einer Wolkenwand aufsteigen und alles in Wärme einhüllen. Dennoch mußte Ariane dicht neben Simon sitzen, während sie kalt an den Dolch dachte, der jetzt in ihrer Reichweite war.

Wenn er noch einmal so strahlend lächelt, weiß ich nicht, was ich tun werde.

Wie kann ein Mann, der so wundervoll anzusehen ist, eine solche Bestie sein, wenn ihn die Wollust übermannt?

Es gab keine Antwort auf Arianes stumme, verzweifelte Frage. Es hatte auch nie eine Antwort gegeben. Geoffrey der Schöne wurde in den normannischen Landen der bestaussehende Ritter genannt, und er hatte sie ohne jeden Skrupel vergewaltigt.

Vielleicht ist Simon anders. Sanfter.

Die Vorstellung war für Ariane so verführerisch wie Simons Lächeln. Aber auf diesen Gedanken folgte unmittelbar die Bitterkeit vergangener Erfahrungen, um sie zu warnen.

Das Lächeln eines Mannes ist so trügerisch wie ein Regenbogen. Wenn ich mich davon blenden lasse und ihm in meiner Torheit nachzulaufen versuche, werde ich vom rechten Pfad abkommen. Und dann werde ich meinen Alptraum wieder und wieder und wieder durchleben.

Aber dieses Mal werde ich hellwach sein. Jedesmal.

Ariane schauderte vor Furcht und Abscheu. Nur der Gedanke an den Dolch, glänzend und sauber und messerscharf, gab ihr inneren Halt, als das Grauen sie erneut zu überwältigen drohte.

»Gib mir noch etwas Wein, Nachtigall.«

Wortlos hob Ariane den Pokal auf und reichte ihn zu Simon hinüber. Er nahm ihn jedoch nicht an.

»Ich habe festgestellt, daß der Wein besser schmeckt, wenn ich ihn von deiner Fingerspitze trinke«, sagte er.

Ariane blickte ihren Ehemann prüfend an. Seine Augen waren wie sein Verstand, klar und ungetrübt von Wein.

Dennoch mußte er von Alkohol geschwächt sein, wenn ihr Plan irgendeine Chance auf Erfolg haben sollte.

»Es wird bis zum Morgengrauen dauern, einen Pokal voller Wein aus meiner Hand zu trinken«, protestierte sie.

»Eine höchst angenehme Beschäftigung, um die Nacht zu verbringen.«

Ariane tauchte ihre Finger in den Wein und hielt sie Simon hin. Diesmal erschreckte sie die Wärme seines Mundes nicht mehr. Aber das Vergnügen blieb dasselbe.

Simon bereitete es ebenfalls Vergnügen. Er schnurrte regelrecht.

Der katzenähnliche Laut aus dem Mund eines so gefährlichen Kriegers ließ Ariane lächeln.

»Belustige ich dich, Nachtigall?« fragte er.

»Es ist schon merkwürdig, einen Krieger schnurren zu hören«, gestand sie.

Bevor Simon antworten konnte, tauchte Ariane zwei Finger in den Weinpokal. In ihrer Hast, ihm noch mehr Wein einzuflößen, nahm sie zuviel von der Flüssigkeit auf. Wein rann an ihren Fingern hinab in ihre Handfläche und weiter bis zu ihrem Handgelenk.

Simons Zunge folgte der glitzernden Spur.

Hätte er sie dabei an sich gezogen, hätte Ariane sich gewehrt. Aber Simon hatte keine Bewegung gemacht, und sie selbst war es gewesen, die ihm ihre weinbenetzten Finger angeboten hatte.

»Was für ein seltsamer Laut«, sagte er.

»Was?«

Seine Zunge schnellte hervor, und die feste Spitze zeichnete die zarten, blauen Venen ihres Handgelenks nach, wo ihr Herzschlag heftig unter cremefarbener Haut pulsierte.

»Oh!« murmelte Ariane.

»Richtig. *Der* Laut«, sagte Simon. »Unbehagen und Überraschung und Lust, alles zugleich.«

»Du reagierst so überraschend, so unerwartet«, erwiderte Ariane.

Die Irritation in ihrer Stimme brachte Simon fast zum Lächeln. Er selbst empfand das gleiche bei ihr.

»Ich?« fragte er. »Ich bin doch nur ein einfacher Krieger, der ...«

Ariane protestierte schwach.

»... der sich mit einem Mädchen von außergewöhnlicher Schönheit verheiratet findet, das schon bei dem Gedanken an einen Kuß vor Angst zittert – von der Vereinigung von Ehemann und Ehefrau ganz zu schweigen.«

»Das stimmt nicht.«

»Was? Daß du bei dem Gedanken an unsere Vereinigung zitterst?« fragte er sanft.

»Ich bin nicht schön. Sowohl Meg als auch Amber sind viel strahlender als ich.«

Simon lachte laut heraus. »Ariane, deine Schönheit übersteigt meine Fähigkeit, sie zu beschreiben.«

»Und deine Art, mit Engelszungen zu reden, übersteigt meine Fähigkeit, dir zu glauben«, gab sie zurück.

»Dann magst du also meine Zunge.«

»Noch etwas Wein?« fragte sie und wandte hastig den Blick von Simons glänzenden Augen ab. »Aber nicht von meinen Fingerspitzen. Auf diese Weise wird es zu lange dauern.«

»Was denn?«

Die Braut zu töten.

Einen schrecklichen Moment lang dachte Ariane, sie hätte diesen Gedanken laut ausgesprochen. Als Simon sie nur weiterhin aufmerksam anschaute, begriff sie, daß sie ihre Angst nicht in Worte gefaßt hatte. Sie unterdrückte einen tiefen Seufzer.

»Den Boden des Pokals zu erreichen«, sagte sie schnell. »Es wird zu lange dauern, wenn du den Wein Tropfen für Tropfen trinkst.«

»Erwartet uns denn etwas auf dem Boden des Pokals?«

»Was immer wir uns wünschen.«

Simon blinzelte verdutzt. »Ach, tatsächlich?«

»Ja«, erwiderte Ariane, während sie rasch improvisierte. »Es ist ein alter Glaube bei den Normannen. Wenn man in der Hochzeitsnacht einen Becher Wein trinkt und sich dabei etwas wünscht, geht dieser Wunsch in Erfüllung. Aber der Becher muß schnell ausgetrunken werden.«

»Merkwürdig. Ich bin ein alter Normanne, aber von diesem Brauch habe ich noch nie etwas gehört.«

»Du willst mich necken.«

»Der Gedanke ist verlockend.«

»Simon!« sagte Ariane eine Spur verzweifelt.

»Man muß einen ganzen Pokal austrinken?«

»Ja.«

»Und nur ein Wunsch pro Pokal?«

»Richtig.«

»Was, wenn ich zwei Wünsche habe?«

»Dann mußt du zwei Pokale trinken. Schnell.«

»Und du?« fragte er.

»Ich habe nur einen Wunsch.«

Simon sah, wie plötzlich die Düsterkeit in Arianes Augen zurückkehrte, und fragte sich, was das wohl für Gedanken sein mochten, die sie quälten.

»Und was wünschst du dir, Nachtigall?«

»Das kann ich dir nicht sagen.«

»Niemals?«

Einen Moment lang gab Ariane keine Antwort. Dann senkte sie ihre langen, schwarzen Wimpern und verbarg die Trostlosigkeit in ihren Augen.

»Noch nicht«, flüsterte sie.

»Aber eines Tages?«

»Eines Tages wirst du es wissen.«

Das Feuer knisterte in der Stille und ließ Funken auffliegen, die starben, bevor sie richtig zum Leben erwacht waren. Stirnrunzelnd ließ Simon seinen Blick von dem prasselnden Feuer zu seiner rätselhaften, jungen Ehefrau schweifen.

Du bist wie diese Funken, Nachtigall. Ein Aufblitzen schimmernder Hitze gegen eine alles verzehrende Dunkelheit.

Was war es noch, was Amber über dich gesagt hat? Du hättest eine Enttäuschung erlebt, so tief, daß sie beinahe deine Seele getötet hätte.

Und dennoch kann ich deiner Düsterkeit feurige Funken entlocken.

»Wünsch dir etwas«, drängte Simon rauh.

Ariane blickte auf den Weinpokal, den er ihr hinhielt, und schüttelte den Kopf.

»Du zuerst.«

»Noch eine ›alte‹ Tradition?«

Ohne auf den neckenden Unterton in seiner Stimme einzugehen, nickte sie hastig.

Simon wandte seinen Blick von Ariane, als er jetzt den Pokal hob.

»Auf daß ich wie der Phönix in deinem amethystschimmernden Feuer brenne«, sagte er, »um wie der Phönix aus der Asche aufzusteigen und erneut zu verbrennen.«

Simon trank den Wein bis zum letzten Tropfen, drehte dann den Pokal um, um zu zeigen, daß er leer war, und füllte ihn erneut.

»Jetzt bist du an der Reihe«, sagte er.

Ariane beäugte den Pokal ängstlich. Obwohl Simon ihn nur knapp bis zur Hälfte gefüllt hatte, war es immer noch eine entmutigende Menge Wein für sie.

»Ich kann nicht so schnell trinken wie du«, erwiderte sie.

Er lächelte. »Das ist vielleicht auch gut so. Du würdest zu berauscht sein, um zu kriechen, geschweige denn zu fliegen.«

Ariane holte tief Luft und hob den Pokal.

»Dein Wunsch«, sagte Simon.

»Er ist für dich.«

Simon war so überrascht, daß er nicht wußte, was er sagen sollte.

»Möge nichts von dem, was heute nacht hier geschieht, dir Schwierigkeiten verursachen«, sagte Ariane hastig.

Noch bevor er fragen konnte, was sie mit diesem rätselhaften Trinkspruch gemeint hatte, setzte sie den Pokal an ihre Lippen und trank so schnell, wie sie konnte. Wein floß in einer überwältigenden Woge von Wärme über ihre Zunge und durch ihre Kehle.

»Hier«, sagte sie atemlos, während sie ihm den Pokal in die Hand drückte. »Dein zweiter Wunsch.«

»Kein Grund zur Eile.«

Ariane sah so enttäuscht aus, daß Simon die Achseln zuckte, den Pokal erneut vollschenkte und ihr zuprostete.

»Auf daß ich eines Tages die Finsternis verstehe, in der meine Nachtigall fliegt«, sagte er klar und deutlich.

Mit einer Beklommenheit, die sie nicht mehr verbergen konnte, schaute Ariane zu, wie Simon den Pokal leerte. Als er den letzten Tropfen getrunken hatte, stieß sie einen Seufzer aus.

Sicherlich wird das genug sein, um ihn benommen zu machen. Er hatte unten in der Halle schon mehrere Becher getrunken, während ich so tat, als nippte ich an meinem. Und jetzt hat er zwei volle Pokale geleert, während ich nur einen halben hatte.

Sicher wird das ...

»Guck mich nicht so nervös an«, meinte Simon trocken. »Ich werde nach diesem bißchen Wein nicht besinnungslos umfallen.«

Er goß noch mehr Wein in den Pokal und reichte ihn Ariane.

»O nein«, sagte sie schnell. »Ich hatte nur den einen Wunsch.«

»Für mich, nicht für dich.«

»Das ist genug. Wenn dieser Wunsch in Erfüllung geht, ist alles andere unwichtig.«

Die Eindringlichkeit ihrer Stimme und ihrer Augen sagte Simon, daß es ihr mit ihren Worten ernst war. Was auch immer ihr Spiel war, es war tödlicher Ernst.

Stirnrunzelnd blickte er in die burgunderroten Tiefen des Weins. Die Flüssigkeit drehte sich in Wirbeln leicht im Glas und fing Streifen matten Lichts vom Kamin ein.

»Dann werden wir eben immer nur wenige Tropfen auf einmal trinken«, sagte er. »So geht es zwar langsamer ...« Seine weißen Zähne blitzten, als er lächelte, »aber es ist niemals langweilig.«

»Ich verstehe nicht.«

Schweigend nahm Simon einen kleinen Schluck Wein und ließ dabei absichtlich eine schimmernde Spur von Flüssigkeit auf seinen Lippen zurück.

»Trink von mir«, sagte er ruhig.

Arianes Gesicht spiegelte ihre Überraschung wider, aber sie hob ihre Fingerspitzen an Simons Lippen, um einen Tropfen Wein aufzutupfen.

Er drehte den Kopf zur Seite.

»Nein, Nachtigall. Nicht mit den Fingern. Mit deinen Lippen.«

Arianes Augen weiteten sich und enthüllten prachtvolle amethystblaue Tiefen, eingerahmt von dichten schwarzen Wimpern. Sie hatte Geoffrey nur wenige Male geküßt, und niemals auf den

Mund. Selbst in jener grauenhaften Nacht hatte sie ihm ihren Mund verweigert.

Zögernd beugte Ariane sich vor. Die erste Berührung ihrer Lippen mit Simons Mund verblüffte sie. Er fühlte sich warm an, glatt und nachgiebig. Sein Bart war weich und verlockte sie, mit ihrer Wange darüberzustreichen. Und der Geschmack seiner Lippen war mehr als köstlich.

Langsam, jeden Tropfen genießend, leckte sie den Wein von den Lippen ihres Mannes. Als ihr plötzlich aufging, was sie getan hatte, erstarrte sie. Die Furcht überwältigte sie, Simon würde sie packen und auf das Bett niederwerfen, von Wollust getrieben.

Ariane blickte Simon mit Augen an, die ihre plötzliche Angst enthüllten.

»War es so schlimm?« fragte er.

Sie schüttelte den Kopf.

»Aber du hast erwartet, daß es schrecklich sein würde?«

»Ich – ich habe noch nie einen Mann auf den Mund geküßt.«

Ihre Worte sanken in Simons Bewußtsein ein wie Lichtstrahlen in Dunkelheit und erleuchteten alles.

Ich fange an zu glauben, daß Ariane tatsächlich das ist, was sie so oft zu sein scheint – eine nervöse Jungfrau und nicht ein kokettes, flirterfahrenes Mädchen.

»Hast du erwartet, ich würde dich beißen?« fragte er nachdenklich.

»Nein. Ich hatte allerdings erwartet, du würdest mich aufs Bett werfen und –«

Ariane biß sich hastig auf die Zunge.

»Und dich mit Gewalt nehmen?« fügte Simon hinzu.

Sie nickte.

»Tut mir leid, daß ich dich enttäuschen muß«, erwiderte er mit einem verschmitzten Lächeln. »Ich finde dich höchst verführerisch, aber nicht so sehr, daß mich nach einem einzigen züchtigen Kuß die Wollust überwältigen würde.«

»Züchtig? Ich verstehe nicht.«

»Das wirst du schon noch.«

Damit befeuchtete Simon erneut seine Lippen mit Wein und drehte sich zu Ariane um. Seine Lippen waren glatt und glänzend.

Sie schmeckten warm und fest, süß und gleichzeitig sonderbar salzig. Aber nichts war so köstlich wie die heiße Dunkelheit hinter seinen Lippen, wo ihre Zunge eine Liebkosung für jede Berührung empfing, die sie schenkte.

Der halbe Pokal Wein, den Ariane getrunken hatte, sandte einen Schwall von Hitze durch ihr Blut. Vor diesem Moment hätte sie das berauschende Gefühl nervös gemacht. Jetzt erweckte es nur den Wunsch in ihr, sich dichter an Simon zu drängen, denn er war ihr Anker in einer warmen, wogenden See.

Simon fühlte, wie sich Ariane auf ihn zubewegte. Triumph und etwas sehr viel Heißeres stiegen in ihm auf. Nur der Disziplin, die er unter so großen Opfern in den Heiligen Kreuzzügen gelernt hatte, verdankte er es, daß er Beherrschung üben konnte und Ariane nicht voller Leidenschaft in seine Arme ziehen mußte. Er wußte, es war noch zu früh für die stürmische, heißblütige Vereinigung, nach der er sich sehnte. Ariane fing gerade erst an, ihre Angst davor zu verlieren.

Im stillen verfluchte Simon heftig die boshafte alte Jungfer, die Ariane mit Horrorgeschichten über das Ehebett kopfscheu gemacht hatte, während er seine Braut zu einem tieferen, noch intensiveren Kuß verlockte, bis ihrer beider Münder miteinander verschmolzen und jeder nur den Geschmack des anderen kannte.

Es war anders als alles, was Ariane je erlebt hatte. Eine liebkosende Wärme, wie eine Mischung aus Sonnenschein und Samt. Ein vielfältiger Geschmack, der wieder und wieder Genuß bereitete und sich dabei ständig veränderte und immer wieder neu war. Eine gedämpfte Intimität, die wie eine schweigende Silberflut anschwoll und gegen ihren Alptraum brandete und ihn langsam zum Rückzug zwang.

Arianes sämtliche Ängste wurden in den Hintergrund ihres Bewußtseins gedrängt, als sie sich erschauernd Simons Kuß hingab.

Langsam und vorsichtig schlang der die Arme um seine Braut. Obwohl er sich liebend gern mit ihr auf das Bett zurückgelegt hätte, verzichtete er vorerst darauf, denn er kannte jetzt ihre Furcht, brutal zurückgestoßen und mit Gewalt genommen zu werden.

Nach einer Weile löste er sich behutsam aus dem Kuß. Arianes gemurmelter Protest und ihr blindes Suchen nach seinen Lippen ließen ihn vor Triumph und Zärtlichkeit lächeln.

»Simon?«

»Der Wein ist ausgetrunken.«

»Nein«, flüsterte sie. »Ich kann ihn immer noch schmecken.«

»Wirklich?«

»Ja. Du nicht?«

»Wollen wir es ausprobieren, kleine Nachtigall? Öffne deine Lippen noch einmal für mich.«

Ariane gehorchte, ohne nachzudenken. Simon beugte sich zu ihr vor und umfing ihren Mund mit einer einzigen geschmeidigen Bewegung seiner Lippen und ergriff Besitz von ihm, während er seine Zunge in verführerischem Rhythmus hinein- und wieder hinausgleiten ließ.

In Arianes Hinterkopf erhob sich eine warnende Stimme. Bevor sie jedoch danach handeln konnte, veränderte sich der Kuß. Simons Zunge zeichnete liebkosend die Umrisse ihres Mundes nach, berührte jede empfindliche Stelle, von der seidigen Haut an der Innenseite ihrer Lippen bis zu jedem Punkt ihrer Zunge. Die köstliche Zärtlichkeit entzückte Ariane so sehr, daß sie ihren Argwohn vergaß und in das süße Duell ihrer Zungen einstimmte.

Als das rhythmische Eindringen und Zurückziehen erneut begann, seufzte Ariane leise auf und schmiegte sich noch fester an Simon.

Dieser winzige Laut, der aus ihrer Kehle aufstieg, entflammte heiße Begierde in ihm, die seine Selbstkontrolle rasch zu untergraben drohte. Ariane ergab sich ihm so vorsichtig und dennoch so leidenschaftlich, daß er sie im selben wilden Augenblick gleichzeitig beschützen und schänden wollte. Alles an ihr erregte seine Sinne, von dem zartduftenden Parfüm in ihrem Haar bis zum Geschmack ihrer miteinander verschmolzenen Lippen, von der weichen Wärme ihres Halses unter seinen Fingerspitzen bis zu dem rätselhaften Stoff des Kleides, der ihn liebkoste, während er den Körper darunter streichelte.

Die silbernen Spitzenbänder am Halsausschnitt schienen ebenso begierig, gelöst zu werden, wie es Simon danach drängte, sie aufzubinden. Er brauchte sie nur zu berühren, ein ganz klein wenig daran zu ziehen, und schon ringelten sich warme Silberschnüre um seine Finger und glitten davon und ließen das süße Territorium darunter schutzlos zurück. Es war dasselbe mit dem violetten Stoff, der sich ermutigend um seine Finger zu schmiegen schien, bevor er bereitwillig beiseite glitt, um ihm Zugang zu den Geheimnissen ihres Körpers zu gewähren.

Ariane fühlte nicht einmal, wie das Mieder ihres Kleides unter Simons zärtlichen Händen nachgab. Sie war verloren in einem Kuß, der wie Simon selbst war, leidenschaftlich und beherrscht, heftig und zärtlich, aufrichtig und vielschichtig bis ins Innerste.

Das köstliche Gefühl, sich Simons Kuß hinzugeben und Zärtlichkeit von seinen Lippen zu empfangen, war für Ariane so schwindelerregend wie der Wein, der durch ihr Blut strömte und jede Pore ihres Körpers mit Hitze füllte.

Simons Fingerspitzen glitten von Arianes Wange zu ihren Ohren und hinunter bis zu ihrer Halsgrube und verstärkten ihre Lust noch mehr. Instinktiv vergrub sie ihre Hände in seinem goldenen Haar und streichelte ihn wie eine Katze. Und wie eine Katze reagierte er auf die Liebkosung, indem er sich noch fester an sie drängte und schweigend mehr forderte.

Ohne zu begreifen, was sie damit in ihm auslöste, zog Ariane ihre Fingernägel über seine Kopfhaut und bis hinunter zu seinem muskulösen Nacken, während sie zart an seiner Zunge saugte.

Innerhalb eines Herzschlags veränderte sich Simons Kuß. War er vorher zärtlich gewesen, so wurde er jetzt heftig, drängend. Der Rhythmus seiner Zunge wurde elementarer, hungriger und sprach unverblümt von sexuellen Forderungen.

Auf einmal wurde sich Ariane der Hitze bewußt, die von Simon ausströmte, und der Härte in jedem Muskel seines Körpers. Bisher waren die Küsse neu und süß für sie gewesen, eine Erfahrung, die nichts mit dem Alptraum jener schrecklichen Nacht mit Geoffrey zu tun hatte.

Aber dies hier weckte wieder die furchtbaren Erinnerungen in ihr.

Männerhände legten sich auf ihre nackten Brüste, während kräftige Schultern sie mit furchterregender Mühelosigkeit auf den Rücken warfen. Bald würden ihre Beine auseinandergezerrt werden, und der Schmerz und die Demütigung würden beginnen, um niemals zu enden, außer mit dem Tod.

Und dann explodierten Grauen und Verzweiflung in ihrem Inneren. Hastig streckte sie die Hand aus und tastete nach dem Dolch, den sie in den Falten des Bettvorhangs verborgen hatte. Das kühle, silberne Heft der Waffe schmiegte sich wie von selbst in ihre Handfläche. Und dann stieß Ariane zu, blindlings und wie von Sinnen.

Sie war sehr schnell. Die Klinge ritzte Simons Arm Sekundenbruchteile, bevor er ihr Handgelenk packte. Einen angespannten Moment lang wandte er den Blick von dem juwelenbesetzten Dolch ab und schaute in die wilden Augen seiner Braut.

Blitzschnell verlagerte er dann seinen Griff und entwaffnete Ariane, bevor sie wußte, was geschah. Mit einer einzigen flinken Bewegung ließ er den Dolch durch die Luft wirbeln und fing ihn am Heft wieder auf.

Ariane beobachtete, wie der Dolch ein silbernes Rad schlug, und erkannte, daß Simon ebenso gründlich mit den tödlichen Verwendungszwecken eines Dolches vertraut war wie mit jenen des Schwerts.

»Spiel nicht mit mir wie eine Katze mit einem hilflosen Vogel«, flehte sie. »Beende die Sache.«

Einen Moment lang blickte Simon Ariane schweigend an.

»Ich soll dich töten?« fragte er mit beherrschter Stimme.

»Ja!«

Ein seltsames Lächeln spielte um seine Lippen. Zu spät erkannte Ariane, daß er über ihren Angriff eher amüsiert als wütend war.

»Ich bin kein derart brutaler Liebhaber, Nachtigall. Wir beide werden die Nacht sehr angenehm überleben.«

Simons Arm bewegte sich mit täuschend lässiger Mühelosigkeit. Der Dolch flog geradewegs auf die gegenüberliegende Wand zu, wo ein Streifen blassen Holzes, nicht breiter als ein Finger, ein Ziel bot. Mit einem zischenden Geräusch bohrte sich die Spitze der Klinge tief in die Wand.

Noch bevor das Heft zu zittern aufgehört hatte, griff Simon erneut nach seiner Braut.

Als Ariane erkannte, daß damit ihre einzige Hoffnung, ihrem

Alptraum zu entfliehen, zunichte war, begann sie wie wahnsinnig um sich zu schlagen und sich in stummer Verzweiflung gegen Simons Griff zu wehren. Sie war zu keinem klaren Gedanken fähig und wußte nur, daß sie nicht noch einmal eine Vergewaltigung über sich ergehen lassen konnte.

Simon steckte die Schläge gerade lange genug ein, um Ariane zu überwältigen, ohne zurückschlagen zu müssen. Augenblicke später lag sie lang unter ihm ausgestreckt, von seiner so viel größeren Kraft in die Matratze gedrückt, unfähig zu atmen, geschweige denn, gegen ihn zu kämpfen.

»Gott im Himmel!« murmelte Simon niedergeschlagen. »Was ist bloß mit dir los?«

»Niemals!« erwiderte Ariane wild. »Niemals, hast du mich gehört? Ich werde niemals unter einem Mann liegen, während er in meinen Körper hämmert. *Niemals!*«

»Ach wirklich«, erwiderte Simon mit seidenweicher Stimme. »Und wie gedenkst du mich daran zu hindern?«

Er beobachtete, wie Ariane sich langsam ihrer Hilflosigkeit bewußt wurde. Und dabei erschien die gleiche Art animalischer Angst in ihrem Blick, die er in den Augen von Sarazenenmädchen gesehen hatte, nachdem eine Festung erstürmt worden war und die eindringenden Soldaten ihre Wollust an jeder Frau abreagiert hatten, die sie einfangen konnten.

Die eisige Kälte von Arianes Haut und der feuchtkalte Schweiß, der zwischen ihren Brüsten glänzte, und das heftige Zittern, das ihren Körper vom Kopf bis zu den Zehen durchlief, sprachen nur zu deutlich von ihrer Furcht.

Mit grimmiger Klarheit erinnerte sich Simon an den Tag vor weniger als zwei Wochen, als Duncan Ariane befragt hatte und Amber die brutale Wahrheit von Arianes Worten bestätigt hatte.

Ich werde meine Pflicht tun, aber der Gedanke an das Ehebett erweckt Abscheu in mir.

Eine eisige Wut erfaßte Simon.

Bis zu diesem Augenblick hatte er Arianes Worte nicht wirklich geglaubt. Er hatte deutlich die unterschwelligen Strömungen sinnlicher Spannungen zwischen sich und der normannischen Erbin gespürt. Ob ihre Angst nun real war oder einfach eine Steigerung des sinnlichen Spiels – er hatte angenommen, daß er sie verführen könnte.

Er hatte sich geirrt.

»So ist das also«, stieß Simon zwischen zusammengebissenen Zähnen hervor. »Ich bin durch heilige Bande und irdische Notwendigkeit an eine Frau gebunden, die ihre ehelichen Pflichten verabscheut.«

»Ich bin von Anfang an aufrichtig gewesen«, erwiderte Ariane tonlos. »Ich habe jedem, der mir zuhören wollte, erklärt, daß ich kein Herz habe.«

»Ich kann recht gut ohne dein Herz auskommen«, gab er grimmig zurück. »Es ist dein Körper, den ich will, sowohl zum Vergnügen als auch, um Kinder zu zeugen.«

Ariane sagte nichts.

Mit einer einzigen schnellen Bewegung gab Simon sie frei und stand auf. Einen schmerzlichen Moment lang sagte er kein Wort, sondern starrte nur ausdruckslos auf die verführerische, unerreichbare Schönheit hinunter, die er geheiratet hatte.

Wieder lief ein Schauder durch Arianes Körper, als sie begriff, daß sie in dieser Nacht nicht geschändet werden würde.

Und auch keine Erlösung aus ihrem Alptraum finden würde.

»Ist das, was du als deine Seele bezeichnest, so tot, daß du dir keine Kinder wünschst?« fragte Simon mit furchteinflößender Sanftheit.

Noch während Ariane den Mund öffnete, um seine Frage zu bejahen, wußte sie, daß es eine Lüge sein würde. Verzweifelt drehte sie den Kopf zur Seite, weg von Simon.

Aus den Augenwinkeln sah sie, wie er den Arm nach ihr ausstreckte. Wimmernd warf sie sich herum und zog sich bis zur gegenüberliegenden Bettkante zurück.

Simon riß schweigend die Bettdecke unter Ariane fort und ließ nur noch ein Laken über der raschelnden, nach Rosen duftenden Matratze liegen. Erschöpft und wie betäubt beobachtete sie, daß er erneut den Arm ausstreckte.

Blut tropfte langsam, aber gleichmäßig auf das Laken.

»Das sollte genügen«, sagte er.

Ariane blickte verständnislos zu ihm auf.

»Als Ersatz für das Blut deiner Jungfräulichkeit«, sagte er schroff. »Wäre das Bettlaken nicht befleckt, dann würde es in der Burg reichlich Klatsch über den Mann geben, der dumm genug war, eine Frau zu heiraten, die nicht mehr unberührt war.«

Ein gepreßter Laut stieg aus Arianes Kehle auf, und sie blickte hastig weg.

»Nur gut, daß deine Mitgift so groß ist«, fuhr Simon fort, während er sich seinen Umhang um die Schultern legte. »Es ist wohl die einzige Freude, die ich absehbar an dieser Verbindung haben werde.«

»Für immer«, erwiderte sie trostlos.

»O nein, *geliebte Gattin.* In dir brennt ein Feuer, das stark genug ist, Steine zu verbrennen. Ich habe es gefühlt. Eines Tages wirst du mich anflehen, das eine zu nehmen, was du mir jetzt verweigerst. Du kannst dich darauf freuen. Ich tue es ganz sicher!«

Langsam hob Ariane den Kopf, ebensosehr aus Verzweiflung wie als Reaktion auf Simons Worte.

»Paß nur auf, daß du mich nicht zu sehr verspottest«, sagte Simon mit tödlicher Sanftheit, »sonst werde ich mir das Recht nehmen, das Gott und König mir gegeben haben, und zur Hölle mit deinen jungfräulichen Ängsten!«

Damit machte Simon auf dem Absatz kehrt und marschierte aus dem Schlafgemach.

9. Kapitel

Dominic fegte die letzten Reste der Hochzeitsfeier der vergangenen Nacht beiseite, zerrte einen besinnungslosen Wachsoldaten von der einzigen noch aufrecht stehenden Bank und schleppte den Mann aus der großen Halle hinaus in das Vorgebäude. Als er in die Halle zurückkehrte, hatte Meg das Feuer wieder angezündet und war gerade dabei, aromatischen Tee in saubere Becher einzuschenken.

Kein Duft von frischgebackenem Brot zog von den Küchenräumen herüber. Kein Fleisch briet auf den Spießen. Irgend jemand hatte zwar frisches Wasser aus dem Brunnen geschöpft, aber mehr auch nicht. Nur einige wenige Bedienstete der Burg waren überhaupt schon auf den Beinen. Die meisten schliefen noch ihren Rausch aus.

Einer schnarchte sogar laut genug, um die Wandbehänge erzittern zu lassen.

»Ale oder Tee?« erkundigte sich Meg, als Dominic hereinkam.

»Tee.«

Dominic ließ seinen Blick über die schlaffen Männer schweifen, die wie Holzscheite gegen die Wand der großen Halle gelehnt lagen, und schüttelte den Kopf. Simons Vermählung war wahrhaftig ausgiebig begossen worden, bis keiner der Ritter mehr einen Weinpokal heben oder seine Zunge entwirren konnte, um zu sprechen.

»Nur gut, daß ich einen Trank gegen Kopfschmerzen mitgebracht habe«, meinte Meg. »Wenn diese kräftigen Männer doch noch aufwachen, genügt wahrscheinlich schon die schrille Stimme eines Kindes, um sie wieder zu Boden zu strecken.«

»Sie werden vielleicht gar nicht so lange warten müssen«, erwiderte Dominic empört. »Wären sie meine Ritter, dann würde ich sie bei den Ohren packen und in den Schweinekoben werfen.«

Er nahm den Tee, den Meg zubereitet hatte, setzte sich auf die freie Bank und trank einen großen Schluck von dem klaren, heißen Gebräu. Wie immer wirkte alles, was aus Megs Kräutergarten stammte, belebend und erfrischend auf ihn. Mit einem Laut des Wohlbehagens stellte er den Becher auf dem Tisch ab.

Vier Meter von ihm entfernt schnarchte ein Ritter so heftig, daß er röchelnd nach Luft schnappte.

»Großer Gott«, knurrte Dominic. »Haben Eriks Ritter keinen Verstand? Wissen sie nicht, daß es nach einer durchzechten Nacht ebenso schnell wieder Morgen wird wie nach einer ruhigen? Nein, sogar noch schneller!«

»Sei nicht zu streng mit ihnen«, schalt Meg ihn sanft, während sie seinen Becher neu füllte. »Sie haben nur Eriks Freude über eine Eheschließung geteilt, die einem unruhigen Land eine Insel von Frieden bescheren wird.«

Dominic schnaubte verächtlich. »Richtig. Und mit ihrer überschwenglichen Freudenfeier haben sie dich den größten Teil der Nacht wachgehalten.«

»Nein.«

»Was hat dich dann nicht schlafen lassen? Denn du bist wach gewesen, kleiner Falke. Ich weiß es.«

»Ich habe geträumt«, sagte sie schlicht.

Dominic wurde nachdenklich. »Glendruid-Träume?«

Meg nickte schweigend.

»Gibt es irgend etwas, was du mir darüber sagen kannst?« fragte er, weil er wußte, daß sich die Träume seiner Frau nicht immer in Worte fassen ließen.

»Es droht Gefahr.«

»Herr im Himmel«, murmelte Dominic und blickte vielsagend auf die kampfunfähigen Krieger, die ihren Rausch in der Halle ausschliefen. »Ist die Gefahr bereits in der Burg?«

Meg legte nachdenklich den Kopf schief. »Noch nicht ... ganz.«

»Außerhalb der Burgmauern?«

Dieses Mal zögerte sie nicht mit ihrer Antwort.

»Ja«, erwiderte sie. »Sie kommt hierher.«

Dominic zuckte die Achseln. »In den Umstrittenen Gebieten droht immer Gefahr, kleiner Falke.«

Meg lächelte flüchtig, denn sie und ihr Ehemann hatten diese Art von Unterhaltung schon viele Male zuvor geführt, wenn sie über ihre Vorahnungen und Träume sprachen. Nicht etwa, daß er ihr nicht geglaubt hätte. Es war ganz einfach so, daß er nur wenig tun konnte, bis sie in ihren Träumen Einzelheiten erkennen konnte. Er hatte jedoch schon angeordnet, daß sich die Männer unter seinem Kommando in ständiger Alarmbereitschaft halten sollten.

»Die Gefahr ist weitaus geringer geworden, seit du in die Umstrittenen Gebiete gekommen bist«, erklärte Meg.

Sie beugte sich vor und drückte einen Kuß auf den Mund ihres Mannes, der die harten Linien glättete und das warme Lächeln eines Liebhabers auf seine Lippen zauberte. Als sie sich bewegte, bimmelten die winzigen goldenen Glöckchen an ihren Handgelenken und Hüften. Ein rotgoldener Zopf glitt nach vorn. Goldene Glöckchen baumelten davon herab wie die kostbaren Fußketten eines Falken und sangen mit überwältigender Süße.

»Glendruid-Wolf«, murmelte sie. »Habe ich dir schon gesagt, wie sehr ich dich liebe?«

»Nicht seit der Morgenandacht«, erwiderte Dominic schnell. »Es ist schrecklich, so lange Zeit ohne deine Liebe zu sein.«

Megs Lachen war so voll und wunderschön wie ihr rotes Glendruid-Haar.

Ein Stück weiter entfernt blieb Ariane im Seiteneingang zur großen Halle stehen. Sie war fasziniert von Megs melodischem Lachen, dem feurig schimmernden Glanz ihres lose geflochtenen Zopfes und dem unerwarteten Anblick der Glendruid-Hexe und des Glendruid-Wolfs beim Flirten.

»Du bist verwöhnt, mein Wolf«, sagte Meg.

»Richtig. Verwöhn mich noch ein bißchen mehr«, erwiderte Dominic und zog sie auf seinen Schoß. »Ich bin schon ganz schwach vor Sehnsucht nach deinen Küssen.«

»Schwach?«

Wieder lachte Meg hell. Ihre Hände glitten unter Dominics Umhang und schoben ihn über seine Schultern zurück. Sie genoß die ungewöhnliche Stärke ihres Ehemannes ganz offen, während sie die Muskeln seiner Brust und seiner Schultern massierte und sich an seiner männlichen Kraft berauschte.

»O ja«, murmelte sie und unterdrückte ein Lächeln. »Ich kann deutlich fühlen, wie sehr dich der Mangel an Küssen geschwächt hat.«

»Dann hab Mitleid mit mir. Gib mir neue Kraft.«

Meg hob Dominic ihr Gesicht entgegen, vergrub ihre Finger in seinem schwarzen Haar und zog seinen Mund zu sich herunter. Der Kuß, der folgte, war langsam und zutiefst sinnlich.

Ariane wurde dabei widerwillig an die wundervollen Momente vom Abend zuvor erinnert, als Simons Kuß sie so verzaubert hatte, daß sie die Gefahr vergessen hatte, die der wachsenden Begierde eines Mannes unweigerlich folgen würde.

Plötzlich überkam Ariane der verrückte Wunsch, laut zu schreien und die Glendruid-Hexe zu warnen, daß der Kuß eines Mannes wie sein Lächeln war – ein Lockmittel, um die Unvorsichtigen zu ködern. Ihr gesunder Menschenverstand brachte sie jedoch dazu, daß sie sich auf die Lippen biß, bevor ihr ein Wort entschlüpfen konnte.

»Bist du jetzt wieder munter?« fragte Meg nach einer Weile.

»Ja«, murmelte Dominic kehlig.

Verführerisch zeichnete sie die klare Linie seiner Lippen unter seinem Schnurrbart mit ihrer Zungenspitze nach.

»Bist du ganz sicher?« fragte sie.

Dominics Lächeln war dunkel, sinnlich und atemberaubend maskulin. Mit einer Hand warf er sich den Umhang so um die Schultern, daß er Meg und sich selbst einhüllte. Mit der anderen Hand ergriff er ihre Finger und legte sie auf die harte Wölbung zwischen seinen Schenkeln.

»Sag mir, kleiner Falke, bin ich wieder munter?«

Er schnappte stöhnend nach Luft, als Meg liebkosend ihre Hand bewegte.

»Es hat ganz den Anschein«, meinte sie, »aber es könnte auch die Bank sein, deren Härte ich fühle.«

»Dann überprüfe es ... genauer.«

»Jemand könnte plötzlich hereinkommen.«

»Ich verspreche dir, ich werde nicht schreien.«

»Du bist ein Teufel.«

»Nein. Ich bin nur ein Mann, dessen Pflichten ihn zu lange vom warmen Körper seiner Frau abgehalten haben. Kannst du das nicht fühlen?«

»Hier?« fragte sie unschuldig, während sie seinen Schenkel streichelte.

Dominic verlagerte kaum merklich sein Gewicht auf der Bank, bis Megs Hand zwischen seine Beine gleiten konnte.

»Kannst du es jetzt fühlen, Hexe?«

Ihr kehliges Lachen war das einer Frau, die voll und ganz genoß, was sie unter den Kleidern ihres Mannes fühlte. Das Lachen war so sinnlich wie Feuer, und wie Feuer war es heiß.

Aber das war es nicht, was Ariane schockierte. Sondern die Tatsache, daß keinerlei Furcht in Megs Gelächter mitschwang. Noch nicht einmal eine Andeutung. Es war, als wartete sie ebenso begierig auf den unvermeidlichen Ausgang des herausfordernden, neckischen Spiels wie Dominic.

Mit wachsendem Unglauben und einem Interesse, die sie unter anderen Umständen als peinlich empfunden hätte, starrte Ariane auf das Paar. Obwohl Dominic und seine Ehefrau von dem Umhang verhüllt waren, hatte Ariane keine Zweifel, daß sie sich dem Liebesspiel hingaben.

Ein Spiel, das der Ehefrau offensichtlich ebensoviel Genuß bereitete wie dem Ehemann.

»Deine Hände«, murmelte Dominic. »Sie sind die süßeste Art von Feuer. Verbrenne mich, kleiner Falke.«

Plötzlich ertönten Schritte auf der steinernen Wendeltreppe, die vom dritten Stockwerk in die Halle hinunterführte.

Dominic flüsterte etwas in einer fremden Sprache und schob Meg hastig von seinem Schoß. Als das Geräusch der Schritte die Halle erreichte und Erik und Simon durch den Haupteingang kamen, saßen Meg und Dominic bereits wieder ruhig am Tisch und verzehrten ihr Frühstück aus Früchten, Käse und Resten des Kräuterbrots vom vergangenen Tag.

In ihrem geschmeidigen Gang ähnelten sich Simon und Erik, als sie jetzt in die Halle marschierten. Hochgewachsen, breitschultrig und stark, eher von der schlanken Kraft eines Wolfes als der muskulösen Statur eines Bären, mit blondem Haar und Bart, sahen die beiden Ritter auch mehr wie Brüder aus als wie Männer, die in verschiedenen Ländern geboren waren. Alles, was sie trennte, war der gewaltige Wolfshund, der an Eriks Seite lief.

Keiner bemerkte Ariane, die noch immer im Seiteneingang stand, verborgen von Schatten, dunkler Kleidung und absoluter Reglosigkeit. Sie wollte vortreten, sich zeigen und ihren Platz am Feuer einnehmen, aber der Anblick von Simon ließ sie wie erstarrt stehenbleiben.

Paß nur auf, daß du mich nicht zu sehr verspottest, sonst nehme ich mir das Recht, das Gott und König mir gegeben haben, und zur Hölle mit deinen jungfräulichen Ängsten.

Kälte kroch unter Arianes Haut. Sie stand bewegungslos da und flehte innerlich, daß die anderen sie nicht bemerken würden, bis sie sich genauso leise wieder zurückziehen konnte, wie sie gekommen war.

Als Simon an den Kamin trat, warf Dominic seinem Bruder einen schnellen, prüfenden Blick zu. Wie immer seit den Heiligen Kreuzzügen verriet dessen Miene nichts von seinen Gedanken. Dominic war einer der wenigen Menschen, die wußten, daß die

Schlagfertigkeit und das Lächeln seines Bruders ebenso als Schutzschild dienten wie ein schweres Kettenhemd.

Gewöhnlich konnte Dominic jedoch Simons strahlende Fassade durchschauen und seine wahren Gefühle dahinter erkennen.

Gewöhnlich, aber nicht an diesem Morgen.

Enttäuschung stieg in Dominic auf. Er brauchte kein Gelehrter Mann mit übersinnlichen Wahrnehmungen zu sein, um zu spüren, daß, was auch immer zwischen Simon und Ariane in der letzten Nacht geschehen war, die kalte Düsterkeit in seinem Bruder eher noch verstärkt als gelindert worden war.

»Du lieber Himmel«, sagte Erik angewidert, als er über einen schnarchenden Wachsoldaten hinwegstieg. »Duncan und ich werden eine Peitsche und einen Stachelstock brauchen, um diese besoffenen Schweine wieder auf die Füße zu bekommen!«

»Wo sind Duncan und Sven?« wollte Simon wissen. «Gewöhnlich sind sie doch als erste auf.«

»Ich habe Sven losgeschickt, daß er sich ein bißchen umhorcht und Erkundigungen einzieht«, erklärte Dominic. »Bei all diesen faulen Kerlen, die wie die Steine schlafen, wäre es ein Kinderspiel, Stone Ring Keep zu überfallen.«

»Der Wachhabende ist auf seinem Posten«, warf Erik ein.

Dominic seufzte nur. »Und was Duncan betrifft ...«

»Duncan genießt die Gabe der heiligen Eberesche«, warf Meg ein.

»Ach, du meinst, ungestörten Schlaf?« fragte Simon.

Seine kalte, spöttische Stimme paßte genau zu der kristallenen Klarheit seiner Augen.

Glendruid-Träume hallten in Megs Kopf wider und sprachen dunkel von der Gewalt, die wie ein Unwetter über den Umstrittenen Gebieten aufzog.

Ein Unwetter, das sich genau über Stone Ring Keep entladen würde.

Ein gedämpfter Schrei kam über Megs Lippen, doch der Laut war so leise, daß nur ihr Ehemann ihn hörte. In Sekundenschnelle war Dominic auf den Füßen und eilte an Megs Seite. Er schlang einen Arm um sie und beugte seinen Kopf zu ihrer Wange hinunter. Obwohl Meg keinen Halt benötigte, lehnte sie sich dankbar gegen den starken Arm ihres Mannes.

»Was hast du?« fragte Dominic besorgt.

Sie schüttelte nur den Kopf.

»Es ist doch nicht das Baby, nicht?« fragte er.

»Nein.«

»Bist du sicher? Einen Moment lang schien es, als hättest du Schmerzen.«

Meg stieß einen tiefen Seufzer aus und blickte in die klaren, grauen Augen ihres Mannes.

»Das Baby ist so widerstandsfähig wie ein Schlachtroß«, sagte sie.

Sie ergriff Dominics narbenbedeckte Hand und drückte sie gegen ihren geschwollenen Leib. Dominic fühlte zuerst die Körperwärme seiner Frau, dann das kaum spürbare und dennoch unverkennbare Strampeln des Babys.

Der Ausdruck, der sich auf Dominics Gesicht ausbreitete, ließ Ariane verwundert die Luft anhalten. Niemals hätte sie geglaubt, daß ein so furchteinflößender Mann zu einem derart zärtlichen Lächeln fähig sein könnte.

Simon starrte seinen Bruder ebenfalls an. Obwohl er mehrere Monate Zeit gehabt hatte, sich an Megs Wirkung auf Dominic zu gewöhnen, stellte er immer wieder überrascht fest, wie tief und unerschütterlich die Gefühle seines Bruders für dieses Mädchen waren, das ihm das Schicksal gesandt hatte.

»Der Glendruid-Wolf sieht in diesem Moment gar nicht so gefährlich aus wie sonst«, sagte Erik mit gedämpfter Stimme. »Auf ihre eigene Weise erfreuen sich auch er und seine Hexe des Geschenks der Eberesche, nicht wahr?«

»Ich habe keine Ahnung«, meinte Simon kühl.

»Ach ja, richtig. Was war es noch, was Dominic gesagt hat – daß deine Gabe darin besteht, nur das zu sehen, was man berühren und halten und wiegen und messen kann?«

»Richtig«, erwiderte Simon mit grimmiger Befriedigung.

»Für mich klingt es trotzdem mehr nach einem Fluch als nach einer Gabe.«

»Ich habe noch nicht bemerkt, daß du nach Stone Ring und seiner unsichtbaren Eberesche galoppierst und verlangst, von Liebe in Ketten gelegt zu werden.«

Erik warf Simon von der Seite einen Blick zu. Obwohl dessen Bemerkungen fast immer sehr sarkastisch waren, schien seine Zunge heute ungewöhnlich scharf.

»War es eine lange Nacht?« fragte Erik beiläufig.

»Es war eine Nacht wie jede andere.«

»Brrr.«

Simon lächelte schwach.

»Heißt das, du akzeptierst mein Angebot eines Mantels, der mit weißem Wieselfell gefüttert ist?« fragte Erik.

Simon lachte bedauernd. »Ja, Gelehrter Mann. Ich werde dein Geschenk annehmen.«

»Es tut mir wirklich leid. Als Lady Ariane von Serenas Webkunst akzeptiert wurde, hatte ich gehofft ...« Erik zuckte die Achseln. »Tja nun, kalte Ehefrauen sind der Grund, weshalb Gott uns Pelztiere und Huren gegeben hat. Ich werde sofort einen Bediensteten nach dem Mantelfutter schicken.«

»Ich stehe in deiner Schuld.«

»Nein«, erwiderte Erik augenblicklich. »Ich bin es, der für immer in deiner Schuld stehen wird. Du hast mir ein Geschenk von unschätzbarem Wert gemacht, als du dich bereit erklärt hast, die kalte normannische Erbin zu heiraten.«

Simon schwieg.

Auch Ariane sagte nichts, obwohl sie jedes Wort nur zu deutlich gehört hatte. Es gab auch nichts, was sie darauf hätte erwidern können. Die Männer hatten nichts als die Wahrheit gesagt: Ein pelzgefütterter Mantel würde Simons Körper eher wärmen, als es Ariane die Enttäuschte tun konnte.

»Wenn du dich nicht angeboten hättest«, fuhr Erik fort, »hätte Duncan Ariane geheiratet, Amber wäre in Ghost Glen gestorben, und die Ländereien meines Vaters wären Abtrünnigen in die Hände gefallen.«

Simon trat nervös von einem Fuß auf den anderen. Was zwischen Duncan und Amber an jenem Ort jenseits der undurchdringlichen Nebelschleier vorgefallen war, war etwas, was man nicht wiegen oder messen oder berühren konnte.

Es verwirrte ihn.

»Es macht mir nichts aus«, erklärte Simon. »Ich werde eben niemals die schrecklichen Fesseln der Liebe kennenlernen und werde auch nicht die heilige Eberesche blühen sehen.«

»Du bist doch noch jung.«

Simon warf Erik von der Seite einen Blick zu.

»Ich bin älter als du«, erwiderte er. »Und ich bin mit einem Mädchen verheiratet, das aus Eis geschnitzt ist, so kalt und freudlos wie die längste Nacht des Winters.«

»Ich habe von einem Trost gegen solche Kälte gehört. Ihr Name ist Marie, und ihre Augen sind so schwarz wie deine.«

Bei dem Gedanken an die raffinierte, treulose Marie stiegen Ärger und Abscheu in Simon auf, aber von diesen Gefühlen war in seiner Miene nichts zu erkennen.

»Du mußt mit Sven gesprochen haben«, sagte Simon. »Er singt ständig Maries Loblied, weil er wohl hofft, daß irgendein strammer feindlicher Ritter in ihre Falle tappt und alle seine Geheimnisse ausplaudert, während er seinen Samen vergießt.«

Lachend beugte Erik sich vor, um Stagkiller zu kraulen, der seinen Herrn mit zunehmender Ungeduld angestupst hatte.

»Was hast du denn, Bursche?« fragte Erik. »Warum bist du so unruhig?«

Die Zuneigung in seiner Stimme war ebenso deutlich erkennbar wie die großen, glänzenden Fangzähne des Wolfshundes.

»Vielleicht will er die Gestalt mit dir tauschen«, sagte Simon trocken.

»Glaubst du alles, was Sven erfährt, wenn er sich in den Dörfern umhört?«

Simon lachte, ohne zu antworten.

Wieder stupste Stagkiller Erik hartnäckig mit der Schnauze an.

»Was willst du? Mich umstoßen?« knurrte Erik.

Als er sich bückte, um in die Augen des Wolfshundes zu blicken, erregte das matte Glitzern der Juwelen in Arianes Haar seine Aufmerksamkeit.

»Lady Ariane«, sagte Erik und richtete sich auf. »Einen schönen guten Morgen!«

Simon erstarrte unwillkürlich. Dann drehte er sich rasch zu dem Seiteneingang um, wo Ariane stand, und er wußte augenblicklich, daß sie jedes Wort mitgehört hatte.

Das kümmerte ihn jedoch nicht sonderlich, denn er hatte nichts zu Erik gesagt, was er nicht zuerst zu seiner widerstrebenden Ehefrau gesagt hatte.

Aber der Schmerz, den er in Ariane spürte, war ihm nicht gleichgültig. Er stimmte ihn nachdenklich und machte ihn gleichzeitig wütend.

»Hast du schon dein Frühstück eingenommen?« fragte er in nüchternem Tonfall.

Ariane umklammerte die Harfe, die sie bei sich trug, und hielt sie wie einen Schutzschild vor ihren Körper.

»Nein«, sagte sie gepreßt.

»Dann tu es. Du bist so dünn wie eine deiner geliebten Harfensaiten.«

Arianes Finger bewegten sich und entlockten der Harfe eine schnelle Folge von Moll-Tönen, die gleich darauf abrupt abbrach.

»Ich bin nicht hungrig«, erklärte sie.

»Ich bin mir deines Appetitmangels durchaus bewußt.«

Simons Stimme klang kühl und unpersönlich. Die Stille, die seinen Worten folgte, wurde von einer leichten Bewegung von Arianes Fingern unterbrochen.

»Du warst dabei, als Amber mich befragte«, sagte sie beherrscht. »Du wußtest um meine Gefühle.«

»Vielen Dank, holde Gattin, daß du mich daran erinnerst, daß Nacht tatsächlich durch das Fehlen der Sonne verursacht wird und Kälte durch das Fehlen von Hitze!«

Diesmal schien sich das Schweigen, das Simons Bemerkung folgte, endlos auszudehnen. Als offensichtlich war, daß keiner von beiden die Absicht hatte, ein Gespräch zu beginnen, fluchte Erik unterdrückt und wandte sich galant an die normannische Erbin.

»Die Morgenröte, die der längsten Nacht folgt, ist immer die wärmste«, warf Erik ein.

Ariane warf ihm einen langen Blick zu, bevor sie sprach. »Ihr seid sehr freundlich, Herr.«

»Freundlich?«

»Zu behaupten, daß alle Nächte mit der Morgenröte enden, obwohl Ihr sehr wohl wißt, daß manche Nächte niemals enden.«

»Ich weiß nichts dergleichen.«

Arianes Augen weiteten sich leicht, als sie die heftige Ungeduld spürte, die sich so dicht unter Eriks liebenswürdiger Fassade rührte.

»Wie Ihr meint, Herr.«

Erik seufzte und wünschte sich, Ariane wäre weniger bezaubernd. Er hätte es wesentlich einfacher gefunden, sich über eine widerstrebende Frau zu ärgern, wenn diese obendrein noch häßlich gewesen wäre.

»Eure Augen«, sagte er.

»Bitte?« fragte sie verwirrt.

»Eure Augen sind prachtvoll. Es ist ein Wunder, daß die Feen sie Euch nicht aus purem Neid gestohlen haben.«

Eriks Worte erinnerten Ariane nur zu deutlich an den Moment, als ihr herausgerutscht war, wie attraktiv Simon für sie war.

Als sie einen verstohlenen Blick auf ihren Ehemann warf, sah Ariane ein leises Lächeln um dessen Lippen spielen und wußte, daß auch er sich daran erinnerte.

»Danke, Herr«, murmelte sie.

Ihr Lächeln zeigte keinerlei Wärme. Es war ein bloßer Reflex, der auf ihre Kindheit zurückging. Sie war dazu erzogen worden, mit einem verbindlichen Lächeln auf einen solchen Austausch von Höflichkeiten zwischen Männern und Frauen von hoher Geburt zu reagieren.

»Aber wenn Feen Schönheit von Sterblichen stehlen würden«, fuhr Ariane fort, »dann wären Eure Augen in Gefahr, nicht meine. Sie sind von einer höchst ungewöhnlichen Goldschattierung, wie eine Herbstsonne, die auf Wasser glitzert.«

»Oder wie die Augen eines Wolfes, die Feuer widerspiegeln«, erklärte Simon glatt.

Erik warf ihm einen schnellen Seitenblick zu. »Du bist wirklich zu liebenswürdig.«

»Zweifellos«, erwiderte Simon.

Schmunzelnd wandte sich Erik wieder Ariane zu.

»Da Euer Ehemann wahrscheinlich zu ungehobelt ist, um Eure Schönheit zu preisen«, sagte er, »fällt es mir zu, darauf hinzuweisen, daß selbst den Sternen am Himmel Euer amethystblaues Feuer fehlt.«

Wieder lächelte Ariane höflich, diesmal jedoch mit einer Spur mehr Wärme. »Ihr seid derjenige, der zu liebenswürdig ist.«

Simon beobachtete mit wachsendem Unmut, wie Erik und Ariane Komplimente austauschten. Derartige Rituale der Höflichkeit sollten ihn eigentlich nicht verärgern, und dennoch war es so. Es war ausgesprochen irritierend für ihn, daß er miterleben mußte, wie seine Frau auf Eriks attraktives Gesicht und galante Manieren reagierte.

»Ich bin nicht liebenswürdig«, protestierte Erik. »Ich sage nur die Wahrheit.«

Dann blickte er Ariane sekundenlang intensiv an, als sähe er sie zum ersten Mal als Frau und nicht als das kalte Hindernis, das seinen Plänen in den Umstrittenen Gebieten im Weg stand.

»Euer Haar ist wie Seide, die aus dem Nachthimmel herausgeschnitten wurde«, sagte er langsam. »Dunkel und doch voller Licht. Eure Haut kann eine Perle dazu bringen, beschämt das perfekte Gesicht zu verbergen. Eure Augenbrauen haben die eleganten Linien eines Vogels im Flug. Und Euer Mund ist eine Knospe, die darauf wartet –«

»Genug«, unterbrach Simon ihn brüsk. »Ich habe einen solchen Haufen überschwenglicher Komplimente nicht mehr gehört, seit ich am Hof eines sarazenischen Prinzen war.«

Obwohl er nicht einmal die Stimme erhoben hatte, war sein Ton eine deutliche Warnung. Erik betrachtete ihn mit prüfendem Blick. Simon hob nur eine Augenbraue in schweigender Herausforderung.

Erik lächelte unvermittelt wie der Wolf, der er angeblich war. Simons Botschaft war unmißverständlich. Kalt oder nicht, Ariane war seine Ehefrau, und er würde dafür sorgen, daß es wirklich jeder begriff.

Erik nahm die Botschaft mit Erleichterung auf, denn er hatte befürchtet, Simon würde seine eisige Ehefrau einfach ignorieren – bis auf die Male, wenn er seine Pflicht tat, um Söhne zu zeugen, die für seinen Herrn und Bruder, den Glendruid-Wolf, kämpfen sollten. Eine solch kalte, praktische Verbindung würde tödliche Gefahr mit sich bringen. Erik wußte nicht, warum daß so war, aber er wußte, daß so etwas die Wahrheit war. Es war seine angeborene Gabe, solche Muster und Zusammenhänge zu erkennen, wo andere nur zusammenhanglose Ereignisse sahen.

»Ich werde dich jetzt allein lassen, damit du deiner Dame in Ruhe Komplimente machen kannst«, sagte Erik.

»Klug von dir.«

Ariane blickte Simon an. Er lächelte.

Und es war ihm todernst mit seiner Bemerkung.

Und Erik verbarg ein zufriedenes Lächeln, als er die Halle verließ.

»Das war unnötig«, sagte Ariane mit gedämpfter Stimme.

»Es war sogar dringend nötig«, erwiderte Simon.

»Warum? Was kann es denn schon schaden, ein paar höfliche Komplimente auszutauschen?«

Simon machte einen Schritt auf Ariane zu. Sie konnte sich gerade noch fangen, bevor sie einen Schritt zurückwich. Trotzdem bemerkte Simon ihr reflexartiges Zurückzucken.

»Der Schaden«, sagte er grimmig, »liegt in der Tatsache, daß du bei jeder noch so kleinen Bewegung von mir zurückzuckst, während du um Erik herumscharwenzelst, als hättest du vor, ihn zu verführen.«

»Ich würde niemals –«

Simon fiel ihr barsch ins Wort. »Der Schaden liegt in deiner Schönheit. Männer fühlen sich von dir angezogen wie Hunde von einer läufigen Hündin. Sie werden unfähig, ihre eigene Wollust zu kontrollieren.«

Ariane sperrte schockiert den Mund auf. »Das ist nicht –«

Er ließ sie nicht zu Wort kommen. »Der Schaden, meine liebe Ehefrau, besteht darin, daß ein Kompliment über deine Augen nur zu bald damit endet, deine Lippen mit einer Knospe kurz vor dem Erblühen zu vergleichen.«

Ein leiser Schauer der Erinnerung durchlief Ariane.

»Der Schaden –« fuhr Simon kalt fort.

»Du hast mir doch dieses Gefühl gegeben«, sagte sie, ohne nachzudenken. »Ich habe mich wie eine Knospe gefühlt, die voller Süße ist.«

Obwohl Ariane leise gesprochen hatte, verscheuchten ihre Worte abrupt Simons wachsenden Ärger, und er blickte sehnsüchtig auf ihren Mund, der so weich wie eine Rosenknospe war, so süß wie Nektar, von dem makellosen Rosa einer wilden Rose, kurz bevor sie aufblüht.

Im selben Moment rief Dominic vom oberen Ende der Halle aus nach Simon. Wenn der es gehört hatte, so machte er jedenfalls keine Anstalten, die Betrachtung von Arianes verführerischen Lippen zu beenden.

»Simon«, flüsterte sie. »Lord Dominic hat dich gerufen.«

Simon ignorierte Arianes Worte, wie er die Begrüßung seines Bruders ignoriert hatte.

»Gestern abend«, sagte er mit kehliger Stimme, »war dein Mund wie eine fest zusammengerollte Knospe. Das Gefühl, wie sich deine Lippen langsam unter meinem Kuß öffneten, hat mich so berauscht, wie es Wein niemals vermocht hat.«

Simons Blick aus schmalen, leuchtenden dunklen Augen war für Ariane Warnung und Verlockung zugleich.

»Und als du dich schließlich geöffnet hast«, fuhr er fort, »wußte ich plötzlich, wie sich eine Biene fühlt, wenn sie zwischen duftende Blütenblätter gleitet und Nektar aus dem Herzen der Blume trinkt.«

Ariane stockte der Atem, als Simons Worte Erinnerungen an das süße Reiben von Zunge an Zunge in ihr wachriefen, an den köstlichen Geschmack seiner Lippen, und sie fühlte eine schmerzliche Sehnsucht in ihrer Brust, die sie nicht benennen konnte.

Ohne sich dessen bewußt zu sein, flüsterte sie den Namen ihres Mannes.

»Ja«, sagte Simon. »Du erinnerst dich ebenfalls daran. Bald wirst du dich auf eine andere Weise für mich öffnen, und der Honig deiner Leidenschaft wird der Nektar sein, der meinen Hunger stillt.«

Glut breitete sich in Arianes Körper aus, ein Gefühl, das sie erschreckte und gleichzeitig verzauberte.

»Aber bis zu jenem Tag«, fuhr Simon kühl fort, »wirst du ausschließlich mit mir Komplimente austauschen, denn ich bin die einzige Biene, deren süßen Stachel deine Blütenblätter jemals kennen werden.«

Ariane öffnete den Mund, um zu antworten, doch es kam lediglich ein Laut heraus, der Simons Name hätte sein können. Sie leckte sich mit der Zungenspitze über ihre Lippen, die plötzlich trocken waren.

»Du führst mich gnadenlos in Versuchung«, murmelte Simon grimmig. »ich wünschte bei Gott, ich könnte dir dasselbe antun.«

Er machte mit verblüffender Schnelligkeit kehrt und marschierte auf Dominic zu. Ariane überließ er dem Trost ihrer Harfe, die sie so fest an ihre Brüste gepreßt hielt.

10. Kapitel

»Wirklich ein wunderschöner Tag heute, M'lady«, sagte Blanche. »Fast die sechs Tage Sturm und Regen wert, die wir vorher hatten.«

Ein Laut wie ein tiefer, langgezogener Seufzer entstieg der Harfe in Arianes Händen. Die Töne verrieten soviel Qual wie der Ausdruck ihrer Augen. Ariane fuhr in ihrem leisen Harfenspiel fort, während Blanche das Haar ihrer Herrin zu flechten begann.

Doch Ariane spürte Blanches geschickte Hände kaum. Sie war gefangen zwischen Grauen und beunruhigend süßen Erinnerungen an Simons Küsse.

Seit sechs Tagen bin ich nun Ehefrau.

Heute wird die siebte Nacht sein.

»Ein Segen, daß sich das Wetter geändert hat«, murmelte die Zofe, während sie Arianes langes, schwarzes Haar zu Zöpfen flocht. »Die Ritter brennen darauf, auf die Jagd zu gehen. Oder sich mit Frauenzimmern herumzutreiben. Die Töchter der Dorfleute halten sich im Schweinestall versteckt.«

Wird heute die Nacht sein, in der Simon schließlich wieder in mein Schlafzimmer kommt?

Oder wird er zulassen, daß sich meine Nerven bis zum Zerreißen anspannen, während ich Nacht für Nacht darauf warte, daß er in mein Bett steigt, mir das Nachtkleid bis zu den Hüften hinaufschiebt und in mich hineinstößt, bis ich blute?

Ariane zwang sich zu atmen.

Was für ein Jammer, daß man Babies nicht durch einen Kuß empfangen kann.

Ihre Hände zupften unwillkürlich behutsamer an den Saiten der Harfe, als sie an die süße Zurückhaltung und die sanfte Zärtlichkeit von Simons Lippen zurückdachte.

Falls er sich mit ähnlicher Wärme an ihren Kuß erinnerte, so ließ sich das jedenfalls nicht an seinem Benehmen erkennen. Seit dem Morgen nach der Hochzeit war Simon höflich zu Ariane gewesen. Mehr nicht.

Mehr will ich nicht von ihm.

Es war eine Lüge, und Ariane wußte es.

Und gleichzeitig war es die Wahrheit, und sie wußte auch das.

Sie wollte Simons Küsse, seine behutsamen Liebkosungen, sein Lächeln – was sie fürchtete, war die verzehrende Begierde, die durch sein Blut schoß wie ein wilder Strom, der alles mit sich riß und seine Augen dunkel erglühen ließ. Sie hatte Angst vor der ungezähmten maskulinen Kraft, die sie so mühelos überwältigen und hilflos niederdrücken konnte, während er ihren Körper zwang, seinen Samen aufzunehmen.

Paß nur auf, daß du mich nicht zu arg verspottest, sonst nehme ich mir das Recht, das Gott und König mir gegeben haben, und zur Hölle mit deinen jungfräulichen Ängsten.

»M'lady?« fragte Blanche.

Ariane wurde abrupt aus ihren Gedanken aufgeschreckt und blinzelte. Der Ton von Blanches Stimme verriet ihr, daß diese schon mehrmals gefragt hatte.

»Ja?« sagte Ariane.

»Gefällt Euch die Frisur so?«

»Ja.«

Mit einer Grimasse legte Blanche den Kamm nieder. Ariane hatte kaum einen Blick in den Messingspiegel geworfen.

»Wenn ich Euer Gesicht und Eure Gestalt hätte«, sagte Blanche, »würde ich mich nicht vor der Welt abkapseln wie eine Nonne.«

»Dann wünsche dir, wir könnten die Gestalt tauschen«, murmelte Ariane. »So wie es Lord Erik und sein Wolfshund angeblich bei Vollmond tun.«

Blanche schauderte und bekreuzigte sich hastig.

»Sei nicht so albern«, schalt Ariane sie. »Lord Erik ist überaus freundlich zu uns.«

»Von Satan wird auch behauptet, er sei sehr charmant.«

»Satan trägt nicht das Kreuz eines zutiefst gläubigen Christen.«

»Und Lord Erik trägt das Kreuz?«

»Ja.«

Blanches Miene bewies ihre Skepsis.

»Frag den Kaplan von Stone Ring Keep, wenn du mir nicht glaubst«, sagte Ariane.

Ihre Stimme klang so schroff wie die Stakkatotöne, die sie der Harfe entlockte.

»Werdet Ihr wieder in Eurem Schlafgemach frühstücken?« fragte Blanche vorsichtig.

Ariane war drauf und dran, dies zu bestätigen, als sie eine plötzliche Ruhelosigkeit überkam und ihr bewußt wurde, daß sie ihrer selbstauferlegten Verbannung vom Burgleben allmählich überdrüssig war.

»Nein«, erklärte sie. »Ich werde in der großen Halle frühstücken.«

Blanche riß überrascht ihre blassen Augen auf, aber sie sagte nur: »Wie Ihr wünscht.«

Ariane machte ein paar Schritte in Richtung Tür, dann blieb sie unvermittelt stehen und begann, ungeduldig an den Bändern des Kleides zu ziehen, für das sie sich an diesem Morgen entschieden hatte. Der malvenfarbene Stoff des Kleides und die rosa Borte an Halsausschnitt und Saum gefielen ihr aus irgendeinem unerfindlichen Grund plötzlich nicht mehr.

»Bring mir das Kleid, in dem ich vermählt wurde«, wies sie die Zofe an.

»*Das* Kleid? Warum?«

»Es gefällt mir besser als meine übrigen Kleider.«

Mit einem schnellen Seitenblick auf ihre unberechenbare Herrin ging Blanche an den Schrank, der die wenigen Kleider enthielt, die Ariane von Blackthorne Keep mitgebracht hatte.

»Ein merkwürdiger, unangenehmer Stoff«, murmelte sie vor sich hin.

Sie hielt das sonderbare Material so weit wie möglich von sich ab, als sie ihrer Herrin das Kleid brachte.

»Merkwürdig? Inwiefern?« wollte Ariane wissen.

»Das Gewebe sieht so duftig wie eine Wolke aus und fühlte sich so rauh an wie Distelblätter. Ich begreife nicht, wie Ihr es aushalten könnt, den kratzigen Stoff auf Eurer Haut zu fühlen, selbst wenn Ihr das Kleid den Gelehrten Frauen zuliebe tragt.«

Ariane warf ihrer Zofe einen langen, prüfenden Blick zu.

»Kratzig?« fragte sie ungläubig. »Aber nicht doch, der Stoff ist weicher als die feinsten Gänsedaunen.«

»Komische Gänsedaunen«, murmelte Blanche.

Mit spitzen Fingern hielt sie Ariane das violette Kleid mit den üppigen Silberfäden hin, die sich in beunruhigenden Mustern durch den Stoff zogen wie feine Blitze, die durch amethystfarbene Sturmwolken zucken, während sie mit kaum verhüllter Ungeduld darauf wartete, daß Ariane es ihr abnahm.

Diesmal bestand Blanche ausnahmsweise nicht darauf, ihrer Herrin beim Ankleiden zu helfen. Es war auch keine Hilfe nötig. Die Spitzenbänder des Kleides banden sich fast wie von selbst und brauchten wenig Unterstützung von Arianes flinken Fingern.

Dies war eine der Eigenschaften, die sie an dem Geschenk der Gelehrten so zu schätzen wußte; sie brauchte keine unerwünschten Hände auf ihrem Körper zu ertragen, um sich anzuziehen. Das Material wies auch Flecken mit der Mühelosigkeit einer Ente ab, die Wassertropfen aus ihrem Gefieder schüttelt.

»Ich frage mich, wie der Stoff gefertigt wurde«, sagte Ariane, während sie mit den Fingerspitzen über das Gewebe strich. »Die Fäden sind so fein, daß ich sie kaum unterscheiden kann.«

»Es heißt, die teuerste Seide wäre so fein.«

»Nein. Mein Vater hat viele Ballen Seide von Rittern gekauft, die in den Sarazenenkriegen gekämpft haben. Keiner der Stoffe war so weich. Und auch nicht so kunstfertig gewebt.«

Doch selbst als Ariane bewundernd über den Stoff strich, hütete sie sich davor, in seine Tiefen zu blicken, wo Licht und Schatten ineinanderflossen. Die Erinnerung an Simons Kuß war schon beunruhigend genug. Sie brauchte nicht auch noch die Vision einer Frau, die sich leidenschaftlich den Liebkosungen eines Kriegers entgegenbäumt. Das hätte sie nur noch mehr in Verwirrung gebracht.

Das silberbestickte Kleid raschelte leise um ihre Fesseln, als Ariane nach ihrer Harfe griff und sich auf den Weg in die große Halle machte. In der Burg herrschte rege Geschäftigkeit. Als sie die steinerne Wendeltreppe hinunterschritt, konnte Ariane die Stimmen der Bediensteten hören, die laut miteinander über das schöne Wetter nach dem wilden Sturm und über das schlaue Schwein sprachen, das wieder einmal aus Ethelrods Stall entwischt war.

Das Feuer im Kamin der großen Halle brannte hell und knisternd. Simon und Dominic saßen in seiner Nähe und unterhielten sich. Die dunkelgraue Katze, die den treffenden Namen Ihre Faulheit trug, schmiegte sich wie eine einsame Sturmwolke um Simons Nacken. Lederne Falknerhandschuhe lagen auf dem Tisch. Nach den weitausholenden, ruckartigen Handbewegungen der Männer zu urteilen, drehte sich die Unterhaltung offenbar um den Einsatz von Falken verschiedener Größe bei der Jagd auf Wasservögel.

Bis auf ein höfliches Nicken nahm Simon keinerlei Notiz von ihr, als Ariane die Halle betrat.

Und sie war sowohl erleichtert als auch verstimmt. Erst in diesem Augenblick gestand sie sich selbst ein, daß sie auf eine Gelegenheit gehofft hatte, mit Simon zu sprechen.

Vielleicht ist es auch ganz gut, daß er kein Interesse an mir hat, redete sie sich ein. *Wie kann ich meinen Mann denn fragen, ob er vorhat, mich heute nacht zu schänden, oder ob es an einem ganz anderen Abend geschehen wird?*

Mit einem ungeduldigen Murmeln verdrängte Ariane ihre Ängste, die sie nicht loslassen wollten, obwohl sie in den vergangenen Tagen durch nichts bestätigt worden waren. Seit ihrer katastrophalen Hochzeitsnacht hatte Simon seine Frau weitgehend ignoriert, und wenn sich ihre Wege in der Burg gekreuzt hatten, war er höflich gewesen.

Meg saß an einer Seite des langen Tisches, an dem die Lords und Ladies der Umstrittenen Gebiete ihre Mahlzeiten einzunehmen pflegten. Allerdings hatte Meg jetzt eine Auswahl von Tinkturen, Lotionen, Cremetöpfen und Flaschen mit Heilwasser vor sich ausgebreitet. Neben ihr saß Amber. Die Kombination von flammend rotem Haar neben goldbraunen Locken wirkte vor den grauen Steinmauern faszinierend.

»Cassandra sagt, dies hier hilft sehr gut gegen Krankheiten, die durch Kälte verursacht werden«, erklärte Amber. »Obwohl einige

Gelehrte Heiler in milden Fällen Nesseln vorziehen, die im Hochsommer geerntet wurden, statt Beeren aus Luzifers Ohr.«

Meg griff nach einem Topf, stippte kurz ihren Finger hinein und rieb den Balsam zwischen Daumen und Zeigefinger. Als die Creme ihre Körperwärme angenommen hatte, hielt sie den Finger an die Nase, roch sorgsam daran und nickte.

Schweigend nahm Ariane an dem Tisch Platz. Simons Junker – ein Junge, der kaum alt genug war, daß ihn der kümmerliche Schatten eines Barts zierte – eilte augenblicklich mit einem Teller mit kaltem Fleisch, Früchten, Käse und Brot und einem Becher duftenden Tees herbei.

»Danke, Edward«, sagte Ariane überrascht.

»Es ist mir ein Vergnügen, die Ehefrau meines Herrn zu bedienen«, erwiderte der Junge vorsichtig.

Er warf Simon einen flüchtigen Blick zu, erhielt ein knappes Kopfnicken als Antwort, und zog sich hastig wieder zurück.

Es war eindeutig, daß Simon Arianes Frühstück kontrollierte. Als sie erneut den Teller musterte, fiel ihr noch etwas anderes auf – Simon mußte auch in den vergangenen sechs Tagen die Zusammenstellung ihrer Mahlzeiten überwacht haben.

Auf dem Teller lag nichts, was sie nicht mochte. Der Tee war eine feine Mischung aus Hagebutten und Malven, von der Ariane öfter erklärt hatte, daß sie sehr nach ihrem Geschmack sei.

Unter Simons aufmerksamen schwarzen Augen stellte Ariane ihre Harfe ab und begann zu essen.

»Gott sei Dank«, murmelte Dominic, als er sah, daß Ariane das Instrument beiseite stellte. »Die Lady wird unsere armen Falken nicht mit ihren traurigen Melodien zum Weinen bringen.«

Simon ließ seinen Blick lediglich von Ariane zu seinem eigenen Geierfalken schweifen, der auf einer Sitzstange an der Wand der großen Halle hockte. Die Augen von einer Kappe bedeckt, wartete Skylance geduldig zusammen mit den anderen abgerichteten Greifvögeln, die auf Sitzstangen in der Halle verteilt waren. Hin und wieder verlagerte ein Falke sein Gewicht auf der Stange und schlug mit den Flügeln. Die Bewegungen ließen Glöckchen an den Enden der ledernen Fußriemen klingeln, die um die schlanken, kühlen Beine der Falken geschlungen waren.

Simon wandte sich ab und fuhr fort, die Katze zu streicheln, die ihren Kopf an seine Schulter schmiegte. Als er den Arm hob, glitt der Ärmel seines Hemds zurück und enthüllte an seinem kräftigen Bizeps die rote Linie verheilenden Fleisches.

»Megs Balsam hat dich ziemlich schnell von deinem, äh, Unfall kuriert«, bemerkte Dominic.

Obwohl die Stimme des Glendruid-Wolfs neutral klang, kannte Simon seinen Bruder gut genug, um zu wissen, daß ihm dieser seine Geschichte, wie er zu der Schnittwunde am linken Arm gekommen war, nicht abnahm.

»Ja«, erwiderte Simon. »Meg ist sehr tüchtig.«

»Sonderbar, daß du so ungeschickt warst. Erzähl mir noch einmal, wie es passiert ist.«

Ein schwarzer Blick war Simons einzige Antwort.

»Ah, ja, jetzt erinnere ich mich«, sagte Dominic. »Du hattest zuviel Wein getrunken, du wolltest deiner Braut zeigen, wie geschickt du die Dolchklinge aus der Luft auffangen kannst, und dabei hat sie dich am Arm getroffen. So war es doch, nicht wahr?«

Simon zuckte die Achseln und grub seine weißen, regelmäßigen Zähne in einen knackigen Apfel.

»Eine hübsche Geschichte«, meinte Dominic bedächtig. »Aber es ist an der Zeit, daß du deinem Herrn die Wahrheit sagst.«

»Was zwischen einem Mann und seiner Braut in der Hochzeitsnacht passiert, geht nur sie etwas an und niemanden sonst.«

»Nicht, wenn der Tod des einen oder anderen eine Katastrophe über Blackthorne Keep bringen würde«, gab Dominic brüsk zurück.

»Wir leben«, erwiderte Simon trocken.

»Und das bräutliche Laken war mit Flecken bedeckt, wie es sich gehört. Von *deinem* Blut, wie ich annehme?«

Schweigen.

»Simon!«

Die Stimme des Glendruid-Wolfs klang eindringlich und angespannt. Auch seine Haltung hatte etwas Angespanntes, als er sich zu seinem Bruder vorbeugte.

»Ich frage nicht aus müßiger Neugier«, erklärte Dominic nüchtern. »Sondern aus Sorge. Meg wird jede Nacht von Glendruid-

Träumen gequält. Und ihre Träume ängstigen sie mit jeder Nacht mehr.«

Simons Lippen wurden zu einer Linie so schmal wie die scharlachrote Wunde an seinem Oberarm. Eine Weile streichelte er nur schweigend Ihre Faulheit und verstärkte damit das behagliche Schnurren der Katze.

»Hast du mit Ariane die Ehe vollzogen?« fragte Dominic unverblümt.

Simons Hand hielt einen Moment inne.

»Nein«, sagte er gepreßt.

»Was ist passiert?« wollte Dominic wissen.

»Meine Frau ist so kalt wie das Meer im Norden.«

»Sie hat sich dir verweigert?«

Ein freudloses Lächeln veränderte die schmale Linie von Simons Mund, aber die Behutsamkeit, mit der seine Hand über das Fell der grauen Katze strich, blieb unverändert.

»Richtig. Sie hat sich mir verweigert«, erklärte er.

»Warum?«

»Sie sagte, sie wäre lieber tot, als unter einem Mann zu liegen.«

»Dann laß sie auf dir liegen«, erwiderte Dominic ungeduldig.

»Das habe ich vor.«

Dominic wartete.

Simon sagte nichts weiter.

»Wie bist du verwundet worden?« wollte Dominic wissen.

Obwohl der Tonfall des Glendruid-Wolfs unnachgiebig war, sprach er so leise, daß niemand außer Simon ihn hören konnte.

»Mit einem Dolch.«

»Wer hat den Dolch gehalten?« fragte Dominic weiter.

»Meine Frau.«

Es war genau das, was Dominic geargwöhnt hatte, aber trotzdem war es für ihn irgendwie schockierend, die Wahrheit aus dem Mund seines Bruders zu hören.

»Sie hat tatsächlich versucht, dich zu töten?« fragte er.

Simon zuckte nur die Achseln.

»Pest und Hölle«, knurrte Dominic. »Kein Wunder, daß du ihr Bett nicht wieder aufgesucht hast. Das reicht, um selbst dem stärksten Schwert die Kraft zu nehmen.«

»Ich wünschte, es hätte diese Wirkung«, murmelte Simon.

»Was?«

»Ich wünschte, der Vorfall hätte mein brennendes Verlangen nach ihr erkalten lassen. Aber so ist es nicht. Ich fürchte, daß ich die Beherrschung verliere, wenn sie mich noch einmal zurückweist.«

Dominics schwarze Brauen schossen in die Höhe. Simons Selbstkontrolle – ob auf dem Schlachtfeld oder im Schlafgemach – war Anlaß für Neid bei manch einem Ritter.

»Ist das der Grund, weshalb du allein schläfst?« erkundigte sich Dominic.

»Ja. Zu allem Überfluß trägt sie jetzt auch noch dieses Zauberkleid«, knurrte Simon. »Bei Gott, es kribbelt mir in den Fingern, den Körper darunter zu erforschen.«

Dominic musterte die angespannten Züge seines Bruders und wählte seine Worte mit Bedacht, bevor er sprach.

»Glaubst du, sie zieht einen anderen Mann vor?« fragte er.

»Nicht, wenn sie am Leben bleiben will.«

Die tödliche Kälte in Simons Stimme warnte Dominic, daß selbst ein Bruder und Herr in einer Person vorsichtig sein sollte, was das Thema von Arianes Begierden anging. Dominic hatte Simon nicht mehr so grimmig erlebt, seit dieser Maries verführerisch schwingende Hüften auf dem Feldzug zwischen Lagerfeuern verfolgt hatte, die nicht heißer gebrannt hatten als Simon selbst.

Plötzlich stieß sein Bruder einen leisen Fluch aus, und etwas von der Wildheit schwand aus seinen Augen. Ein Zucken des weichen Katzenschwanzes unter seiner Nase erinnerte ihn wieder an seine wahre Mission im Leben – Ihre Faulheit zum Schnurren zu bringen.

»Nein«, erwiderte Simon ruhiger. »Ariane liebt keinen anderen Mann. In gewisser Weise wäre es sogar einfacher, wenn sie es täte. Ich könnte den anderen töten.«

Dominic lächelte ironisch. »Dann ist Lady Ariane vielleicht wie einige Frauen im Harem des Sultans. Sie bevorzugt die Berührung ihrer Geschlechtsgenossinnen.«

»Nein. Ariane zieht es vor, gar nicht berührt zu werden. Sie will selbst im Bad keine Zofe um sich haben.«

»Ah, das Bad ...«

Dominic lächelte leise vor sich hin, als er an die Freuden des gemeinsamen Badens mit seiner Glendruid-Ehefrau dachte, die Wasser sogar noch mehr liebte als die sarazenischen Sultane, deren Paläste mit plätschernden Springbrunnen gefüllt waren.

»Was für ein selbstgefälliges Lächeln«, stellte Simon halb angewidert, halb neugierig fest.

Seine Neugier gewann die Oberhand.

»Ist das die Art und Weise, wie du deinen kleinen Falken gezähmt hast?« fragte er. »Hast du sie dir geschnappt, als ihre Flügel zu naß zum Fliegen waren?«

Dominic lachte leise.

Simon streichelte weiter die Katze, während er mit nur mühsam beherrschter Ungeduld wartete.

»Ich habe meinen kleinen Falken sehr sorgfältig gezähmt«, erklärte Dominic. »Ob es im Bad war oder im Wald oder im Schlafgemach.«

Simon blickte zu Meg hinüber. Ihr Haar leuchtete feurig, aber nichts war so lebhaft wie das Glendruid-Grün ihrer Augen, als sie mit Amber sprach.

»Waren es die goldenen Glöckchenstränge, die du ihr angelegt hattest, die ihr wildes Herz schließlich gezähmt haben?« wollte Simon wissen.

»Nein.«

»Eine kräftige Tracht Prügel?«

Dominic schüttelte den Kopf.

»Vielleicht auch ganz gut so«, murmelte Simon. »Ich habe keinerlei Bedürfnis, auf Geschöpfe einzuschlagen, die kleiner sind als ich.«

»Ausgezeichnet. Ich weiß aus zuverlässiger Quelle, daß die kleinen Geschöpfe davon auch nicht sonderlich angetan sind.«

Simon lachte laut heraus. Das Geräusch war so unerwartet und so ansteckend, daß Ariane von ihrem fast leeren Teller aufblickte. Amethystfarbene Augen blitzten einen flüchtigen Moment lang auf, bevor sie ihren Blick wieder auf den Teller senkte.

»Sie sieht nur dich an«, stellte Dominic fest.

»Was?«

»Deine Ehefrau. Ganz gleich, wer im Raum ist, sie hat nur Augen für dich.«

»Warte nur, bis der Sonnengott erscheint«, gab Simon spöttisch zurück.

»Wer? Erik?«

»Genau der«, erwiderte Simon knapp.

Dominic schüttelte den Kopf. »Du bist die Sonne, die in ihren Augen scheint. Nicht Erik.«

»Aber natürlich. Deshalb hat sie auch versucht, mir den Dolch ins Herz zu stoßen.«

Dominic zuckte zusammen. »Gewinne ihr Vertrauen, und sie wird ebenso heftig *für* dich kämpfen.«

»Der Gedanke hat etwas Gewinnendes.«

Perlende Harfenklänge erhoben sich vom anderen Ende des Tisches, wo Ariane saß. Die Musik war keine richtige Melodie, doch sie klang melodisch. Es war kein Lied, und dennoch sangen die Töne von Emotionen, die unter der kühlen Oberfläche eines Frühlingstages schwelen und Schatten in den klaren Tiefen bewegen.

Augenblicke später nahm die Melodie eine andere Klangfarbe an, es mischten sich heitere Töne hinein, und plötzlich erhob sich ein klares Pfeifen in der Halle, wand sich um die Noten und begleitete sie.

Die durchdringende Schönheit der Pfeiftöne stach wie Silbernadeln durch Arianes Seele. Verwundert wandte sie sich nach der Quelle der Stimme um.

Simon.

Ariane hielt in ihrem Saitenspiel inne, dann legte sie die Hände in den Schoß.

»Spiel weiter, Nachtigall«, sagte Simon. »Oder mißfällt dir mein Pfeifen so sehr?«

»Mißfallen?« Ariane holte tief Luft. »Nein. Es war die unerwartete Schönheit, die mich überrascht hat.«

Simons Augen weiteten sich und wurden gleich darauf schmal, als der vertraute Ansturm heißer Begierde durch seinen Körper flutete. Wie immer, wenn er in Arianes Nähe war.

Oder sogar dann, wenn er nur an sie dachte.

Abrupt erhob sich Simon von seinem Platz. Er hob Ihre Faulheit von seinem Nacken und setzte die enttäuschte Katze auf den warmen Steinfußboden vor dem Kamin.

»Ich werde Skylances Flug testen«, murmelte er.

In aller Eile streifte er seine Falknerhandschuhe über, ging zu einer der Sitzstangen an der Wand und hob seinen Geierfalken auf sein Handgelenk.

»Willst du nicht auf die anderen warten?« fragte Dominic.

»Ich bin kein Lord, der die Begleitung von Bediensteten benötigt«, gab Simon ungeduldig zurück.

»Dein Junker würde wahrscheinlich die Gelegenheit zu schätzen wissen, die frische Luft von Moor und Bergen zu atmen.«

Simon warf einen Blick auf Edward, aber es war Ariane, die seine Aufmerksamkeit weckte und fesselte. Sie betrachtete den Geierfalken auf seinem Handgelenk mit einer Sehnsucht, die sie nicht verbergen konnte.

Mit raschen Schritten trat Simon auf seine Frau zu, während der Falke auf seinem Arm mit einer Anmut ritt, die Simons eigener Geschmeidigkeit in nichts nachstand.

»Hättest du Lust, mit mir auf die Falkenjagd zu gehen?« fragte er Ariane. »Der Falkner hat von einigen fetten Rebhühnern auf der Westseite von Stone Ring berichtet.«

»Auf die Falkenjagd? O ja!« rief Ariane und sprang auf die Füße. »Ich bin der kalten Steine langsam überdrüssig.«

»Edward«, rief Simon, ohne den Blick von seiner Frau abzuwenden. »Laß zwei Pferde aus den Ställen bringen. Meine Frau und ich gehen auf Falkenjagd.«

»Allein, Sir?« fragte Edward verdutzt.

»Richtig. Allein.«

11. Kapitel

Kurz nachdem Simon und Ariane zur Falkenjagd ausgeritten waren, kam Cassandra in die große Halle, aber sie traf dort nur noch Dominic an. Auf dem Tisch vor ihm lag ein alter lateinischer Text. Er las aufmerksam, offensichtlich intensiv in die Worte vertieft.

Überraschung und Interesse zeigten sich auf Cassandras Gesicht. Leute, die die alten Handschriften lesen konnten, waren ziemlich selten. Sie hatte Amber und Erik sehr sorgfältig im Lesen solcher Schriften unterrichtet, denn die Gelehrten hatten eine Fülle uralter Manuskripte geerbt, die Übersetzung erforderten.

Neugierig fragte sich Cassandra, ob sie Dominic wohl dazu bewegen könnte, die uralte Runensprache zu lernen. Amber hatte jetzt nur noch wenig Zeit zum Übersetzen, nachdem sie die Herrin von Stone Ring Keep geworden war.

Beim Lesen nickte Dominic einmal energisch mit dem Kopf, als wäre er zu einer wichtigen Erkenntnis gekommen. Dann widmete er sich einer neuen Seite der Handschrift und blätterte das uralte Pergament dabei mit einer Sorgfalt um, die an Ehrfurcht grenzte.

»Ich wünsche Euch einen guten Morgen, Lord Dominic«, sagte Cassandra höflich. »Habt Ihr Erik gesehen?«

Dominic schaute auf. »Guten Morgen, Gelehrte Frau. Ich habe gedacht, Erik ist bei dir. Er hat nicht in der großen Halle gefrühstückt.«

»Wißt Ihr, ob er vorhat, bald wieder nach Sea Home zurückzukehren?«

»Gestern hat er auf der Jagd etwas davon erwähnt, daß er den Bau des inneren Burghofs von Sea Home überwachen müßte, bevor der erste starke Frost kommt. Er befürchtet, daß der Schneefall dieses Jahr sehr früh einsetzt und der Boden wochenlang mit Schnee bedeckt sein wird. Er hat etwas von Wildgänsen gesagt, die ungewöhnlich früh ihr Winterquartier im Moor bezogen haben.«

»Richtig.«

Cassandra stand einen Moment lang unbeweglich da, als horche sie auf eine innere Stimme. Dann seufzte sie.

»Euer Mann Sven«, begann sie.

»Ja?«

»Ist er in der Nähe?«

»Nein. Ich habe ihn übers Land geschickt, damit er Erkundigungen einzieht«, erklärte Dominic. »Megs Träume werden mit jeder Nacht schrecklicher.«

Ein Schatten verdunkelte Cassandras helle Augen. »Ja«, sagte die Gelehrte Frau. »Ich habe im Garten mit ihr gesprochen.«

»Was ist mit dir, Gelehrte? Was sagen deine Runensteine, wenn du sie wirfst?«

»Ich dache, Ihr glaubt nicht an solche Dinge.«

»Ich glaube an alles, das helfen kann, diesem unruhigen Land Frieden zu bringen«, gab Dominic brüsk zurück.

»Ihr seid weiser als Euer Bruder.«

»Ich hatte auch einen ausgezeichneten Lehrer.«

»Eure Ehefrau?« fragte Cassandra.

Dominic nickte.

»Die Runensteine sagen ziemlich das gleiche wie die Träume Eurer Frau«, erklärte Cassandra. »Der Tod schleicht sich an die Umstrittenen Gebiete heran.«

»Der Tod schleicht sich an alles Leben heran.«

Die Gelehrte Frau lächelte, aber in der schmalen Linie ihrer Lippen lag wenig Trost.

»Bedeutet das«, begann sie, »daß Ihr keine Informationen darüber wollt, wo der Tod vielleicht als erstes zuschlagen wird?«

»Nein. Es bedeutet, daß wir einen frühen, kalten Herbst haben, dem höchstwahrscheinlich ein strenger Winter folgen wird, in dem die Schwächsten sterben werden. Es bedeutet, daß bereits Männer in den Umstrittenen Gebieten gekämpft haben und gestorben sind, lange bevor der erste römische Schreiber Worte auf dem Pergament festhielt. Es bedeutet ...«

»... daß der Tod eine normale Erscheinung ist«, faßte die Gelehrte Frau zusammen.

»Sagen wir einfach, man braucht keine größere Fähigkeit, um Tod in der nächsten Zukunft zu prophezeien, als ein Hahn braucht, um die Morgendämmerung zu prophezeien«, sagte Dominic neutral.

Cassandra lachte mit echter Belustigung, was Dominic überraschte.

»Ihr und Simon habt viel gemeinsam«, meinte sie.

»Wir sind Brüder.«

»Ihr seid aus einem sehr widerspenstigen Lehm.«

»Dann gib deinen Versuch auf, uns formen zu wollen.«

»Ich?« fragte Cassandra verdutzt. »Aber ich bin doch selbst aus Lehm. Es sind Gottes Hände, die uns formen, nicht meine.«

Dominic gab einen Laut von sich, der alles sein konnte, von Zustimmung bis hin zu Unbehagen.

»Wenn Sven mit Informationen zurückkommt, werdet Ihr dann

dafür sorgen, daß Erik anwesend ist?« bat Cassandra. »Erik hat eine Gabe, sonderbare Vorfälle im Zusammenhang zu sehen und exakt das Muster zu finden, das ihnen zugrundeliegt.«

»Natürlich. Erik ist der Verbündete von Blackthorne. Genauso Duncan. Beide haben mein uneingeschränktes Vertrauen.«

Der Klang von Stimmen, die aus dem Burghof riefen, drang bis in die Halle herauf. Gleich darauf ertönte das Klappern von Pferdehufen, als Männer vom Vorwerk zur Burg galoppierten.

Ein Wanderfalke rief von draußen. Die Stimme des Falken klang hoch und süß und wild bis zum letzten reinen Ton.

»Erik kommt«, sagte Cassandra.

Dominic hegte keine Zweifel. Der Ruf von Eriks Falken war ein Klang, den man nicht so leicht vergaß. Kein anderer Falke hatte so eine Stimme.

Ein Pferd wieherte und stampfte ungeduldig mit den Hufen, und ein stählernes Hufeisen schabte über das Kopfsteinpflaster.

»Sven kommt«, stellte Dominic fest.

Cassandra warf ihm einen verwunderten Blick zu.

»Sein Pferd war das einzige mit Hufeisen, das heute morgen den Hof verlassen hat«, erklärte Dominic kühl. »Ein beschlagenes Pferd hat gerade die Zugbrücke vom äußeren Graben her überquert. Logik, keine Zauberei.«

Cassandras Lächeln war ebenso rätselhaft wie ihre silbrigen Augen. »Jeder Mann glaubt, was ihm behagt.«

Eine von Dominics dichten schwarzen Brauen hob sich in einer stummen Frage.

»Zu Eurer Beruhigung laßt Euch versichern, daß Eriks *Logik* der der meisten Männer weit überlegen ist. Außer auf einem speziellen Gebiet.«

»Und das wäre?« fragte Dominic.

»Wenn es darum geht, Frauen zu verstehen.«

Lächelnd erwiderte Dominic: »Es ist tröstlich zu wissen, daß Erik mehr Mann als Hexenmeister ist.«

»Es wäre noch tröstlicher, wenn er zu allen Zeiten seinen Verstand benutzen würde«, murmelte Cassandra.

Bevor Dominic antworten konnte, betraten Sven und Erik die große Halle.

»Wo ist Duncan?« fragte Erik.

»Er überprüft das Waffenarsenal«, erklärte Dominic. »Er war nicht zufrieden mit der Bestandsaufnahme des Burgverwalters.«

»Wie werden möglicherweise jede Klinge und noch einige zusätzliche brauchen«, sagte Erik. »Es sind Geächtete in der Nähe.«

»So viele, daß sie eine Bedrohung für die Burg darstellen könnten?« fragte Dominic scharf.

Erik schüttelte den Kopf.

»Noch nicht«, sagte Sven. »Aber drei der Banditen reiten beschlagene Pferde. Nach der Größe und Tiefe der Hufspuren zu urteilen, könnte ich schwören, daß es kräftige Schlachtrösser sind, die Ritter in Kettenpanzern tragen.«

»Was hast du sonst noch entdeckt?« erkundigte sich Dominic.

»Sie sind abtrünnige Ritter. Sie haben den Haushaltszug eines Burgherrn aus dem Norden angegriffen, der zu seinem Herrensitz im Süden reiste.«

Dominic schnitt eine Grimasse und bemerkte voller Sarkasmus: »Tapfere Ritter, fürwahr, die Bedienstete, Kinder und Küchenutensilien angreifen.«

»Zum Glück kamen die eigenen Ritter des Burgherrn rechtzeitig zurück, um sich über das Vorwärtskommen der Kolonne zu informieren«, sagte Sven. »Zumindest habe ich das aus den Spuren und Hufabdrücken gelesen.«

»Es paßt in das Muster«, sagte Erik unvermittelt.

»In welches Muster?« fragte Cassandra wachsam.

»In den letzten Tagen sind Gerüchte aus Sea Home überbracht worden«, erklärte Erik. »Gerüchte über einen Ritter, der für Satan kämpft statt für Christus.«

»Wie sieht dieser Ritter aus? Für welchen Herrn reitet er?«

Sven schüttelte den Kopf. »Für keinen. Es wird behauptet, das Wappen auf seinem Schild sei im Feuer der Hölle selbst fortgebrannt worden.«

»Wahrscheinlicher ist wohl, daß er das Wappen selbst zerstört hat«, warf Dominic ein. »Sollte sein wirklicher Herr davon erfahren, würde er als verräterischer Abtrünniger und Feigling gnadenlos gejagt und gehängt werden.«

»Das mag vielleicht für die anderen Ritter zutreffen«, erwiderte

Erik. »Aber es heißt, ihr Anführer kämpfe mit der Geschicklichkeit und Kraft von drei Männern.«

»Richtig«, sagte Sven. »Drei der Ritter des Burgherrn haben versucht, ihn zu besiegen. Er hat zwei von ihnen getötet, bevor er fliehen konnte. Der dritte wäre fast an seinen Verletzungen gestorben.«

»Habt ihr mit dem Ritter gesprochen, der das Blutbad überlebt hat?« wollte Dominic wissen.

»Ja«, erwiderte Erik. »Eine Heilerin pflegt ihn gesund – in einem Weiler knapp jenseits der westlichen Grenze von Stone Ring Keep.«

»Was hat der verwundete Ritter erzählt?«

»Er war kaum in der Lage zu sprechen«, erkärte Sven, »denn er war halb bewußtlos vor Wundfieber. Aber er hat gesagt, der Abtrünnige sei der größte und kräftigste Krieger, den die Umstrittenen Gebiete je gesehen hätten.«

»Was ist mit Duncan, dem Schottischen Hammer?« fragte Dominic milde. »Oder Erik, genannt der Unbesiegbare?«

»Der Schottische Hammer hat mich geschlagen«, erwiderte Erik.

»Und dort sitzt Dominic, der den Schottischen Hammer besiegt hat«, warf Sven ein. »Sicherlich ist Dominic stärker als dieser teuflische Ritter.«

»Jeder Mann kann geschlagen werden«, sagte Cassandra. »Jeder Mann kann siegreich sein. Es kommt auf den Mann an, auf die Waffe und auf den Grund, warum er kämpft.«

»Dieser eine kämpft aus Mordlust und um zu plündern und zu vergewaltigen«, sagte Erik.

Sein Ton verriet, daß das Muster, das er um den abtrünnigen Ritter entdeckt hatte, zutiefst verabscheuungswürdig war.

»Unglücklicherweise kämpft der Abkömmling des Satans wie ein Erzengel«, sagte Sven.

»Ist der verwundete Ritter nahe genug herangekommen, um seinen Angreifer deutlich zu erkennen?« fragte Dominic.

Sven zuckte leicht die Achseln. »Ja, aber er hat nur seine eigene Niederlage auf sich zustürzen sehen. Seinen Worten zufolge ist der Abtrünnige ein Riese von Mann mit den brennenden Augen eines Dämons.«

»Rot vermutlich«, warf Dominic trocken ein.

»Was?« fragte Sven verwirrt.

»Seine Augen.«

»Nein. Blau.«

Dominic seufzte. »Nun, wir wissen, daß es weder Simon noch Erik ist. Damit bleiben vielleicht noch vier blauäugige Krieger übrig, die in Frage kommen könnten.«

»Wir werden uns darüber wahrscheinlich nicht lange den Kopf zerbrechen müssen«, sagte Erik. »Mein Falke hat fremde Ritter an der Westseite von Stone Ring erspäht.«

»An der Westseite?« Dominic sprang mit einem Satz auf die Füße. »Bist du sicher?«

»Ja«, erwiderte Erik. »Deshalb sind wir so schnell zurückgekommen. Wir brauchen Waffen und Schlachtrösser.«

»Großer Gott«, knurrte Dominic, während er zur Waffenkammer stürzte. »Simon und Ariane sind an der Westseite von Stone Ring auf Rebhuhnjagd!«

»Wer ist zu ihrer Begleitung mitgeritten?« rief Erik ihm nach.

»Niemand. Noch nicht einmal ein Junker!«

Sven und Erik stellten keine weiteren Fragen, sondern folgten dem Glendruid-Wolf zur Waffenkammer, so schnell ihre Füße sie trugen.

12. Kapitel

Farbenprächtige Flotten von Herbstlaub segelten auf Bächen, die die Farbe von Schlachtschwertern hatten, langsam in Richtung Meer. Braungefärbte, verdorrte Halme und Gräser beugten sich tief unter dem Wind, bis ihre schweren Köpfe den Boden streiften. Eichen, Buchen und Ebereschen neigten ihre kahlen Äste, als ein unsichtbarer Luftstrom sie erfaßte. Böiger Herbstwind ließ ausgefranste weiße Wolkenbanner von den Berggipfeln in der Ferne flattern, und der Himmel zwischen den Wolken war von einem so tiefen Blau wie die kostbaren Lapislazuli, die Dominic aus dem Land der Sarazenen mitgebracht hatte.

Aber es war die Sonne, die den Tag beherrschte. Die Sonne stand wie eine weißglühende Scheibe, in engelhafter Reinheit brennend, am Himmel.

Verstohlen beobachtete Simon in dem warmen herbstlichen Licht seine Ehefrau. Sie saß im Sattel ihrer Stute mit einer Eleganz und Leichtigkeit, die er schon auf dem harten Ritt von Blackthorne nach Stone Ring Keep so sehr an ihr bewundert hatte. Zu seiner Überraschung hatte sich das duftige Kleid der Gelehrten Frau als sehr geeignet zum Reiten erwiesen. Es flatterte nicht im Wind, rutschte nicht an den Schenkeln hinauf, engte nicht ein oder behinderte seine Trägerin auf keinerlei Weise.

Wäre es nicht aus Stoff gefertigt gewesen, hätte Simon das Kleid »wohlerzogen« genannt.

Das Material faszinierte ihn. Je länger er draufschaute, desto mehr glaubte er, er sähe ... *etwas* ... in die violetten Tiefen des Stoffes eingewebt.

Eine Frau.

Ihr Haar ist vom dunkelsten Mitternachtsschwarz, ihr Kopf ist voller Hingabe zurückgeworfen, ihr Körper spannt sich auf der Folterbank süßer Leidenschaft.

Simon gab einen Laut der Verblüffung von sich und schaute noch genauer hin.

Ihr Mund ruft den Namen eines Mannes, fleht ihn an, in ihren Schoß zu dringen und ihre wilde Ekstase zu teilen.

Gleich darauf wandte die Frau den Kopf, und amethystfarbene Augen blickten zu Simon auf.

Ariane.

Plötzlich bewegte sich das Tuch und enthüllte eine andere Facette des Gewebes.

Eine Silhouette, die ein Mann sein könnte. Er beugt sich über Ariane, trinkt ihre Leidenschaft, drängt sich verlangend an sie ...

Ja, es ist ein Mann.

Aber wer?

Die Silhouette veränderte ihre Form, wurde deutlicher, wirklicher, fast greifbar. Die Männergestalt drehte langsam den Kopf zu Simon ...

»Was ist das?« fragte Ariane unvermittelt und zeigte nach links.

»Da, wo die Hügel ganz steil ansteigen und Wolken kommen und gehen.«

Widerstrebend riß Simon seinen Blick von dem magischen Stoff los, der sich vor seinen Augen veränderte und Licht und Schatten miteinander verwob, bis sie wie Liebende ineinander verschlungen waren.

Als er sah, in welche Richtung Ariane wies, runzelte er unwillig die Stirn.

»Das ist Stone Ring«, erklärte er.

Ariane warf ihm einen fragenden Blick zu.

Simon ging nicht auf ihre stumme Frage ein. Er sprach nicht gerne über Stone Ring, denn es war ein Ort mit mindestens zwei Gesichtern – und nur eines von ihnen war so beschaffen, daß man es wiegen und messen, einschätzen und beurteilen konnte.

Aber was Simon ernstlich beunruhigte, war der Verdacht, daß es vielleicht das unwichtigste Gesicht von Stone Ring war, was er sehen konnte.

»Das Stone Ring?« fragte Ariane. »Wo die heilige Eberesche zu allen Jahreszeiten blüht?«

Simon gab keine Antwort, sondern entwirrte schweigend eine der Fußfesseln seines Falken, die sich um die Sitzstange am Sattel gewickelt hatte. Die scharfen Augen von einer Lederkappe verhüllt, verlagerte Skylance nervös mit leicht geöffnetem Schnabel sein Gewicht auf der Holzstange und wartete voller Ungeduld auf den Moment, wo er in die Freiheit des grenzenlosen Herbsthimmels entlassen werden würde.

»Ich war schon einmal bei dem Kreis aus Steinen«, sagte Simon schließlich. »Ich habe aber keine Eberesche gesehen, geschweige denn Blüten.«

»Willst du es jetzt mal versuchen?«

»Nein.«

»Warum nicht? Haben wir keine Zeit mehr dafür?«

»Ich möchte die Eberesche nicht blühen sehen«, erwiderte Simon frostig. »Der Preis ist zu hoch.«

»Der Preis?«

»Liebe«, sagte er kurz und bündig.

»Ah, das. Weiß Duncan, wie du fühlst?«

»Es ist wohl kaum ein Geheimnis. Jeder Mann mit gesundem Menschenverstand fühlt wie ich.«

»Und jede Frau.«

Arianes kühle Zustimmung hätte Simon nicht berühren sollen, und doch ärgerte sie ihn. Es wäre ein schönes Gefühl, voll Bewunderung und Wärme angesehen zu werden, so wie Amber und Meg ihre Ehemänner anschauten.

Mit schmalen Augen starrte Ariane zu dem Hügel hinüber, wo uralte Steinblöcke ihre Gesichter zum Himmel reckten.

»Warum hat Duncan dann bei unserer Hochzeit diesen Trinkspruch auf uns ausgebracht?« wollte Ariane wissen.

Möget ihr die heilige Eberesche blühen sehen.

»Frag Duncan«, erwiderte Simon. »Ich kann nicht behaupten, daß ich verstehe, was im Kopf eines verliebten Mannes vorgeht.«

Simons abwehrender Tonfall war alles andere als ermutigend, das Thema von Stone Ring weiterzuverfolgen, aber Ariane war so fasziniert von den Geschichten, die sich um die uralten Felsen rankten, daß sie unmöglich davon ablassen konnte.

»Was passierte, als du Ambers Spur zu dem Kreis aus Steinen gefolgt bist?« wollte sie wissen.

»Nichts.«

»Wie bitte?«

Simon warf Ariane einen finsteren Blick zu.

»Du bist zu jener Zeit schon auf Stone Ring Keep gewesen«, sagte er. »Also hast du doch sicherlich den Klatsch gehört.«

»Nur Bruchstücke. Ich habe auf jeden Fall kaum hingehört.«

»Zu beschäftigt, traurige Lieder auf deiner Harfe zu spielen?«

»Ja«, gab sie zurück. »Ich ziehe die Musik meiner Harfe dem Geschwätz müßiger Zungen vor. Außerdem hatte ich gerade erst den Ritt von Blackthorne nach Stone Ring Keep hinter mir, unmittelbar nach einer langen, beschwerlichen Reise von meinem Zuhause in der Normandie nach England – einer Reise, auf der meine Ritter krank wurden und ich praktisch alles verlor, bis auf meine Zofe –«

»Und deine Mitgift«, warf Simon trocken ein.

» – eine zu große Strapaze, als daß mich interessiert hätte, was in der Burg vorging«, schloß Ariane. »Jetzt habe ich mich jedoch recht gut erholt.«

»Und jetzt bist du neugierig darauf, den Klatsch zu erfahren, den du verpaßt hast?«

»Sie sind jetzt meine Leute. Habe ich nicht das Recht, darüber Bescheid zu wissen, was sie bewegt?« fragte Ariane ruhig.

»Wir werden auf Blackthorne Keep leben, nicht auf Stone Ring Keep.«

»Erik und Duncan sind mit deinem Herrn, dem Glendruid-Wolf, verbündet. Als die rechte Hand deines Herrn wirst du oft mit Eriks und Duncans Leuten zusammensein.«

Mehr sagte Ariane nicht.

Das war auch nicht nötig. Als Simons Ehefrau hatte sie nicht nur das Recht, sondern auch die Pflicht, das Wesen der Verbündeten zu verstehen, die für den Herrn ihres Ehemannes wichtig waren. Kurz und gut, Simon war unvernünftig, und sie wußten es beide.

Simon zwang sich, seinen Ärger zu zügeln. Alles in ihm sträubte sich dagegen, über die irritierenden Mysterien von Stone Ring zu sprechen.

Denn der Ort entzog sich jeder Vernunft.

»Stagkiller hatte Ambers Spur bis zum Rand von Stone Ring verfolgt«, erklärte Simon mit emotionsloser Stimme. »Dann blieb er plötzlich stehen, als wäre er gegen eine Mauer geprallt.«

»Fand er eine Spur von ihr, die aus dem Ring herausführte?«

»Nein.«

»Aber Amber war nirgendwo im Inneren des Steinkreises, nicht?« fragte Ariane.

»Nein.«

»Warum führte dann keine Spur heraus?«

»Cassandra sagte, Amber hätte den Weg der Druiden genommen«, antwortete Simon.

»Und was heißt das?«

»Da mußt du schon Cassandra fragen. Sie ist die Gelehrte, nicht ich.«

Dieses Mal bemerkte Ariane den schroffen Ton seiner Stimme und verkniff sich weitere Fragen. Eine Weile herrschte Schweigen. Doch trotz Simons offensichtlichem Mißfallen konnte Ariane nicht umhin, den uralten Kreis von Granitriesen mit wachsender Neugier zu betrachten, als sie um den Fuß des Hügels herumritten.

Es war etwas Seltsames an den mit Flechten bewachsenen Steinen, als würden sie Schatten werfen, selbst dann, wenn keine Sonne schien. Oder vielleicht war es etwas anderes, was sie sah, ein zweiter Kreis von Steinblöcken, dessen Konturen so verschwommen wirkten wie ein Spiegelbild auf unruhigem Wasser …

Simon jedoch schaute überallhin, nur nicht auf die verwitterten, granitenen Riesen.

»Simon?«

Er knurrte.

»Gibt es mehr als einen Kreis von Steinen?«

Er bedachte Ariane mit einem langen, kühlen Blick.

»Wie kommst du darauf?« fragte er schließlich. »Siehst du einen weiteren Ring?«

Amethystfarbene Augen verengten sich. Ariane richtete sich in den Steigbügeln auf und beugte sich vor, als könnte sie sich einen genaueren Eindruck verschaffen, wenn sie den Steinen eine Handbreit näher war.

»Ich glaube nicht, daß ich einen zweiten Kreis sehe«, sagte sie langsam. »Trotzdem hat das Ganze etwas Merkwürdiges an sich.«

»Zum Beispiel?«

»Zum Beispiel Schatten, die aufrecht stehen, statt auf dem Boden zu liegen. Oder es sind gar keine Schatten, sondern ein zweiter Kreis im Inneren des ersten, der zittert und flimmert, als sähe man ihn durch dichten Nebel oder aufgewühltes Wasser«, sagte sie nachdenklich. »Ist das möglich?«

»Was behauptet der Klatsch?«

»Frag die Mägde in der Vorratskammer«, gab sie zurück.

Simon lächelte schwach.

»Die Gelehrten Frauen und Männer glauben«, erwiderte er, »daß es einen zweiten, inneren Kreis gibt. Das ist der Ort, wo angeblich die heilige Eberesche blüht.«

»Dann muß man zu den Gelehrten gehören, um die heilige Esche sehen zu können?«

Langsam schüttelte Simon den Kopf. »Duncan ist kein Gelehrter, und dennoch hat er die Blüten gesehen. Zumindest hat er das behauptet.«

»Und du glaubst ihm nicht?«

Unter dem kurzgeschnittenen blonden Bart zuckte ein Muskel an Simons Wange. Genau das war der springende Punkt. Da es keine einleuchtende, vernünftige Erklärung gab, hätte Simon es vorgezogen, dies alles lieber vollkommen zu ignorieren.

Ariane hatte jedoch den Ausdruck einer Katze, die gerade eine Bewegung im Heu entdeckt hat. Sie würde sich nicht von ihrem Opfer abwenden, es sei denn, es käme zu einem heftigen Streit. Einem *unvernünftigen* Streit. Und Simon war äußerst vernünftig. Er hatte gelernt, welch schrecklichen Preis es kosten kann, wenn man sein Tun und Handeln von Emotionen beherrschen läßt.

Schlimmer noch, es war sein Bruder gewesen, der den Preis bezahlt hatte, nicht Simon selbst. Das hatte Simons Lektion um so brutaler vervollständigt.

»Ich habe keinerlei Zweifel an Duncans Aufrichtigkeit, auch nicht für den Bruchteil eines Atemzugs«, erwiderte Simon kategorisch.

»Aber du glaubst nicht, daß es einen zweiten Kreis gibt?«

»Ich sehe keinen.«

»Wie hat Duncan ihn dann gesehen?« wollte Ariane wissen.

»Du hast mehr Neugier als eine Katze.«

»Aber weniger Fell«, gab sie zurück.

Simon fluchte unterdrückt; dennoch konnte er seine Belustigung nicht ganz verbergen. Je länger er mit Ariane zusammen war, desto mehr genoß er ihre Schlagfertigkeit und ihre bisweilen spitze Zunge.

Leider hatte der Gedanke an eben jene Zunge die unangenehme Wirkung, daß sein Schaft steif wurde, als wäre er ein Junge, dem gerade die Erkenntnis gekommen ist, warum Gott Männer und Frauen mit unterschiedlichen Körpern ausgestattet hat.

»Wie kann Duncan etwas sehen, was wir nicht sehen können?« fragte Ariane beharrlich.

Simon unterdrückte einen wilden Fluch.

»Die Legende behauptet«, erklärte er mit gepreßter Stimme, »daß nur jene, die einander aufrichtig lieben, die Blüten der heiligen Eberesche sehen können.«

Der Sarkasmus in Simons Stimme war so deutlich wahrnehmbar wie der erste Kreis der Granitblöcke, die sich als scharfe Silhouetten gegen den strahlend blauen Herbsthimmel abhoben.

»Und der zweite Kreis von Steinen?« fragte Ariane. »Kann man den auch nur sehen, wenn man liebt?«

Simon seufzte voller Ungeduld. »Nein. Erik und Cassandra sagen, sie können den zweiten Kreis sehen, und keiner von beiden ist töricht genug gewesen, sich in Liebe verstricken zu lassen.«

»Dann sehen sie die Eberesche also nicht?«

»Gott im Himmel«, knurrte Simon. »Hat das denn nie ein Ende?«

Ariane wartete schweigend, während sie ihn mit Augen beobachtete, die schöner waren als der mit Amethysten geschmückte Silberreif, den sie um den Kopf trug.

»Sie sehen die Eberesche«, erklärte Simon grimmig, »aber deren Zweige sind in ihren Augen immer kahl.«

»Also …« Ariane trommelte nachdenklich mit den Fingern auf ihren Sattel. »Also muß man zu den Gelehrten gehören, um den zweiten Kreis sehen zu können, und aufrichtige Liebe empfinden, um die Eberesche blühen zu sehen?«

Ein steifes Achselzucken war Simons einzige Antwort.

»Dann muß Duncan ein Gelehrter sein«, schloß Ariane.

»Ich habe den Verdacht, der Blitzschlag, der ihn gefällt hat, hat schlicht und einfach seinen Verstand benebelt«, murmelte Simon. »Gott weiß, daß sein Erinnerungsvermögen eine Zeitlang getrübt war.«

Ariane legte grübelnd den Kopf schief. Simon war überzeugt, daß ein fragender Schwall von Tönen von den Saiten ihrer Harfe aufgestiegen wäre, hätte sie sie in diesem Moment bei sich gehabt.

»Was ist in Ghost Glen passiert?« wollte sie wissen.

Simon konnte nur mit Mühe einen Fluch unterdrücken. Nach Stone Ring war Ghost Glen – das Tal der Geister – ein weiteres Thema, über das er nur höchst widerwillig sprach. Es war noch einer von den Vorfällen, für die es keine vernünftige Erklärung gab.

»Frag Amber oder Duncan«, sagte er schroff. »Ich war nicht da. Sie waren es.«

»Aber Duncan hatte die Burg mit dir, Erik und Cassandra verlassen, nicht?«

Simons Lippen wurden schmal.

»Unsere Pferde scheuten auf dem Weg nach Ghost Glen«, erklärte er in ruhigem Tonfall. »Duncan tauschte seinen Rappen gegen die Stute ein, die wir für Amber mitgenommen hatten. Die Stute nahm den Pfad ohne Schwierigkeiten.«

Ariane beobachtete das Gesicht ihres Mannes und spürte, daß sich hinter seinen leidenschaftslosen Worten starke Emotionen verbargen.

»Duncan stieg ins Tal der Geister hinunter«, fuhr Simon fort. »Wir nicht. Wenig später kam er mit Amber in seinen Armen aus den Nebelschwaden geritten.«

»Merkwürdig, daß eure Pferde den Gehorsam verweigert haben.«

»Die Stute war den Weg schon einmal gelaufen. Der Nebel machte ihr keine Angst«, erwiderte er achselzuckend.

»Waren denn Cassandra und Erik nicht auch schon in dem Tal gewesen? Es gehört zum Gebiet von Sea Home, nicht wahr?«

»Nein, sie waren vorher noch nie dort gewesen. Und, ja, es gehört zu Sea Home.«

»Warum waren sie vorher noch nie dort? Es klingt nach einem fruchtbaren und wunderbaren Ort, der zumindest eine Burg ernähren kann, wenn nicht sogar mehrere.«

»Verdammt und zugenäht!« murmelte Simon.

Ariane beobachtete ihren Ehemann ziemlich argwöhnisch, während sie mit einer Wißbegier auf die Antwort wartete, die sie selbst nicht verstand. Sie wußte nur, daß Stone Ring und seine Geheimnisse auf irgendeine unerklärliche Weise wichtig für sie waren. Es war die gleiche Art unheimlicher Gewißheit, die sie früher einmal gefühlt hatte, wenn sie vor ihrem inneren Auge das Versteck von Gegenständen gesehen hatte, die verlorengegangen waren.

»Simon?« drängte Ariane, weil sie das Ende der Geschichte kennen wollte.

Kennen *mußte*.

»Cassandra sagt, daß die heiligen Orte Menschen akzeptieren oder auch zurückweisen können«, erklärte Simon gepreßt. »Sie sagte, Ghost Glen hätte sie zurückgewiesen. Und Erik wurde ebenfalls der Zutritt versperrt.«

»Hast du es auch ausprobiert?«

Er nickte knapp.

»Und hat es dich abgewiesen?« flüsterte sie.

Simon schnaubte angewidert. »Nein, nichts hat mich *abgewiesen*. Der verfluchte Nebel war ganz einfach undurchdringlich.«

Simons Tonfall besagte jedoch mehr. Sehr viel mehr. Er enthüllte, wie unerträglich es für ihn gewesen war, zu erkennen, daß ein Pfad vor ihm lag, dem weder Hund noch Jäger folgen konnten ... es sei denn, irgendeine unbegreifliche, unmögliche, unlogische Macht erlaubte seine Gegenwart.

»Aber Duncan wurde akzeptiert«, warf Ariane ein. »Und Amber auch.«

»Akzeptiert?« Simon zuckte betont gleichmütig die Achseln. »Der Nebel war an jenem Tag weniger dicht, das ist alles.«

»Herrscht dort immer Nebel?«

»Ich weiß es nicht.«

»Bist du sicher, daß Duncan kein Gelehrter Mann ist?«

»Warum ist das so wichtig für dich?« gab Simon zurück. »Du bist nicht mit ihm verheiratet.«

»Seid ihr Verbündete, du und Cassandra?«

Der abrupte Themenwechsel ließ Simon verdutzt blinzeln. Er blickte fragend in die Augen seiner Frau. Ihre violette Klarheit war atemberaubend und erinnerte ihn wieder daran, wie Ariane im Licht der flackernden Kerzen ausgesehen hatte: mit halb geschlossenen Augen und glühenden Wangen, voller Hingabe an seinen Kuß.

»Dominic respektiert Cassandras Gabe der Prophezeiung«, erwiderte Simon schließlich.

»Und du?« fragte Ariane.

»Ich respektiere Dominic.«

Ariane runzelte nachdenklich die Stirn und blickte erneut auf die rätselhaften, sich ständig verlagernden Schatten im Inneren des ersten Kreises aus mächtigen Granitblöcken.

»Du hältst nichts von übernatürlichen Kräften, wie die Gelehrten sie haben«, sagte sie langsam, »und dennoch achten dich die Gelehrten.«

Simon warf ihr von der Seite einen dunklen Blick zu.

»Wie kommst du darauf?« fragte er spöttisch.

»Cassandra hat es mir gesagt. Es war deinetwegen, daß sie mir dieses Kleid geschenkt haben.«

Überraschung stand deutlich in Simons Gesicht geschrieben.

»Vielleicht achten sie mich, weil ich Dominic achte«, sagte er nach einer Weile.

»Nein.«

»Du scheinst dir sehr sicher zu sein.«

»Das bin ich auch.«

»Das Zweite Gesicht?« fragte er spöttisch.

»Wissen aus erster Hand«, gab sie trocken zurück. »Cassandra sagte mir, sie achten dich, weil die Fähigkeiten eines Gelehrten in dir schlummern. Diese Fähigkeit haben nur wenige Männer.«

»Bei allen Heiligen«, murmelte Simon, »was für ein schwülstiger Unsinn!«

Abrupt zog er dem Falken die Kappe vom Kopf, setzte Skylance auf seinen Lederhandschuh und trieb sein Pferd zu einer schnelleren Gangart an. Der Vogel reagierte mit aufgeregt aufgesperrtem Schnabel und heftigem Flügelschlagen. Nur die Fußriemen, die noch fest in Simons Faust lagen, hinderten den Falken daran, sich in die Luft zu schwingen und auf dem Rücken des Windes davonzufliegen.

»Komm«, drängte Simon. »Skylance wird langsam ungeduldig und ich ebenfalls. Der See der Nebelschwaden liegt gleich hinter der nächsten Anhöhe.«

Damit galoppierte Simon davon und entzog sich auf diese Weise weiteren Fragen, deren Antworten ebenso beunruhigend wie unbegreiflich waren.

Simons Pferd war ein rassiges, langbeiniges Tier, auf Ausdauer und Schnelligkeit gezüchtet. Die Stute, die Ariane ritt, war dagegen von schwerem Knochenbau, ein breitrückiges, muskulöses Tier, dessen Fohlen eher dazu bestimmt waren, Ritter in voller Rüstung in die Schlacht zu tragen, und nicht, Hirsche bei einer Jagd zu verfolgen.

Arianes Pferd zeichnete sich daher durch einen einzigartigen Mangel an Interesse aus, überhaupt zu galoppieren, es sei denn, ein Rudel Wölfe wäre ihm dicht auf den Fersen. Trotz aufmunternder Püffe von den Fersen ihrer Reiterin kletterte die Stute gerade erst gemächlich die Anhöhe hinauf, als plötzlich Simons gellender Warnruf zu Ariane durchdrang.

»Abtrünnige! Flüchte zurück zur Burg, Ariane!«

13. KAPITEL

Sobald sie Simons Warnruf hörte, zog Ariane scharf die Zügel an. Auf den unerwarteten Druck auf die Gebißstange hin bäumte sich die Stute unwillig auf und machte ein paar Schritte zurück. Ariane schwankte leicht im Sattel, konnte ihr Gewicht jedoch schnell wieder ausbalancieren, während sie angestrengt den Hügel hinunterstarrte und den nebligen Pfad weiter voraus beobachtete.

Ein flüchtiger Blick in die Runde sagte alles. Vereinzelte Eichen und Gras, ein See, der wie Quecksilber zwischen Nebelfetzen schimmerte, und zwei Gruppen Abtrünniger, die in gestrecktem Galopp auf Simon zupreschten. Die Männer des ersten Trupps waren vielleicht dreihundert Meter von Ariane entfernt und knapp einhundert von Simon. Die beiden schnellsten Banditen trugen alte Eisenhelme und ritten Pferde wie das von Simon, langbeinige Tiere, die eher für die Jagd als für das Schlachtfeld gezüchtet waren.

Aber ungefähr vierhundert Meter dahinter folgten noch drei weitere Abtrünnige, und jene Männer waren vom Kinn bis zu den Fersen durch schwere Kettenpanzer geschützt. Selbst ihre Pferde trugen Überwürfe aus Kettengliedern, die Brust und Rumpf bedeckten. Obwohl die Männer Ritter waren, wiesen ihre Schilder und Lanzen keinerlei Farben oder Wappen irgendeines Herrn auf.

Simon machte keinen Versuch, vor den abtrünnigen Rittern zu fliehen. Grimmig zügelte er sein Pferd und blieb noch aufgerichtet im Sattel sitzen, um den Weg den Hügel hinauf zu schützen.

Und Ariane.

Vor den entsetzten Augen seiner Frau galoppierten die beiden ersten Abtrünnigen in halsbrecherischem Tempo auf Simon zu, ihre Breitschwerter zum tödlichen Schlag erhoben. Ariane rief Simons Namen, doch der ging unter in dem krachenden Geräusch von Stahl auf Stahl, als Simons Breitschwert traf und die minderwertige Waffe des Geächteten mit einem Hieb zerschmetterte – und sich in verletzliches Fleisch und Knochen bohrte.

Der Mann stürzte tödlich verwundet ins Gras, und sein Pferd raste in panischer Angst zwischen den Bäumen davon.

Der zweite Geächtete fluchte wild und holte mit einem mächtigen Schlag gegen Simon aus. Simon, der einhändig mit einem schweren Schwert kämpfte, das gewöhnlich mit zwei Händen geführt wurde, riß sein Pferd blitzschnell an den Zügeln herum, um dem Hieb des Mannes auszuweichen. Mit einer Geschwindigkeit, so groß, daß das Auge ihr kaum folgen konnte, ließ er dann die Zügel fallen und schwang sein Breitschwert mit beiden Händen.

Der zweite Geächtete starb fast noch rascher als der erste.

Die drei abtrünnigen Ritter, die die Nachhut bildeten, trieben ihre Schlachtrösser jetzt an, so daß sich der Abstand zwischen ihnen und Simon mit jeder Sekunde verringerte.

»Schnell, Simon. Rette dich!« rief Ariane. »Dein Pferd ist schneller als ihre!«

Der kurze Kampf hatte Simon noch weiter von Ariane entfernt. Er konnte ihre Schreie nicht hören. Er hörte nur die Abtrünnigen, die mit jedem donnernden Hufschlag näherrückten. Und so wartete er auf den Angriff, eine Hand fest um die Zügel geschlungen, in der anderen Hand das Heft seines Schwerts.

Und während er wartete, wünschte er sich, er besäße Dominics unerschütterliche Kraft oder die Duncans von Maxwell. Aber Simon hatte nur seine Schnelligkeit und seinen scharfen Verstand und das überwältigende Bedürfnis, das Mädchen mit den violetten Augen zu schützen, das das Schicksal seiner Obhut anvertraut hatte.

Arianes Reitgerte pfiff durch die Luft und traf die Flanke ihrer Stute. Bevor sich das erschreckte Tier sammeln konnte, holte Ariane erneut zum Schlag aus. Die Stute setzte zu einem schwerfälligen Trab an und dann bewegte sie sich schließlich im Galopp vorwärts, während sie zwischen Bäumen hindurch und um Felsblöcke herumpreschte.

Ariane galoppierte jedoch nicht zurück in die Sicherheit von Stone Ring Keep, sondern den Hügel hinunter zu Simon.

Der hatte dem Hügel den Rücken zugekehrt, voll und ganz auf die angreifenden Ritter konzentriert. Es bestand kein Zweifel, daß die Abtrünnigen vorhatten, zu dritt gegen einen einzelnen Mann zu kämpfen, obwohl Simon weder eine Rüstung noch ein Schlachtroß hatte, um sich zu verteidigen.

Er war hoffnungslos unterlegen, und er wußte das auch.

Und noch schlimmer, er war sich noch nicht einmal sicher, daß er wenigstens so lange überleben konnte, daß er Arianes schwerfälliger Stute genügend Zeit verschaffte, vor den kraftvollen Schlachtrössern zu fliehen und die Sicherheit von Stone Ring Keep zu erreichen.

Jeder Muskel seines Körpers war zum Zerreißen angespannt, als Simon wartete und an seinen rasch näherrückenden Feinden irgendeine Schwäche zu entdecken suchte. Einer der Ritter fiel bereits ein Stück zurück. Sein Pferd lief, als wäre es in der Hinterhand steif. Ein anderer der Männer, der größte von den dreien, überholte jetzt die beiden anderen und setzte sich an die Spitze, offensichtlich fieberte er dem Kampf entgegen. Der kleinste der Männer saß in etwas verkrampfter Haltung im Sattel und schützte seine Rippen, als hätte er kürzlich einen Schlag in die linke Seite bekommen.

Wer immer als letzter gegen dich gekämpft hat, hat sich wacker geschlagen, dachte Simon bitter. *Er muß eine Rüstung getragen haben.*

Mit weit ausgestreckter Lanze, einen triumphierenden Ruf im Vorgeschmack des Sieges auf den Lippen, galoppierte der größte und aggressivste der Abtrünnigen auf Simon zu. Doch der saß wie eine Statue im Sattel und hielt sein verängstigtes Pferd mit festem Griff um die Zügel und unnachgiebigem Schenkeldruck an Ort und Stelle.

Erst im allerletzten Moment riß er an den Zügeln, zog sein Pferd auf der Hinterhand herum und wich blitzschnell zur Seite aus.

Das Schlachtroß sauste mit donnernden Hufen vorbei, doch Simon war bereits außer Reichweite. Augenblicklich zog der Abtrünnige die Zügel an, um sein Schlachtroß zu wenden. Aber da er in vollem Galopp angeprescht war, würde er einen weiten Bogen schlagen müssen. Eine oder auch zwei Minuten lang würde der übereifrige Ritter außer Gefecht gesetzt sein.

Simon hatte jedoch keine Gelegneheit, sich über seinen kleinen strategischen Sieg zu freuen. Schon stürzte sich der kleinste der Abtrünnigen auf ihn. Wieder zügelte Simon sein Pferd bis zum letzten Moment, dann drückte er ihm die Fersen in die Seiten und trieb es zu einem so rasanten Galopp an, daß dicke Erdklumpen unter den Hufen des Tieres aufflogen.

Der Angreifer hatte mit einem solchen Manöver gerechnet und

sein Tempo gedrosselt, um zu parieren. Dennoch hielten Simons Schnelligkeit und die Beweglichkeit seines Pferdes sie außerhalb der Reichweite der tödlichen Lanze des Angreifers.

Statt zurückzuweichen, wie er es beim ersten Mal getan hatte, trieb Simon sein Pferd jetzt vorwärts und hielt auf die linke Seite des Abtrünnigen zu, jene Seite, die der Mann so sorgsam zu schützen versucht hatte.

Ein kurzer Rückhandschlag war alles, was Simon vom Sattel seines untrainierten Pferdes aus ansetzen konnte, aber er genügte. Sein Breitschwert traf mit voller Wucht auf die Rippen des Abtrünnigen. Obwohl die scharfe Klinge des Schwerts von Kettengliedern aufgehalten wurde, tat dies der Kraft des Schlages keinen Abbruch. Der Angreifer schrie voller Wut und Schmerz auf, ließ seine Lanze fallen und krümmte sich im Sattel vornüber.

Bevor Simon seinen Vorteil ausnutzen konnte, stürmte auch schon der letzte der drei Ritter auf ihn zu. Simon erkannte mit einem Blick, daß der erste Angreifer sein Pferd inzwischen gewendet hatte, daß der zweite kampfunfähig war und daß der dritte vorhatte, ihn gegen das Pferd des zweiten Ritters zu drängen.

Simon drückte seinem Pferd die Fersen in die Seiten und trieb es vorwärts, wobei er versuchte, dem dritten Ritter auszuweichen und gleichzeitig außer Reichweite des ersten, blutgierigen Mannes zu bleiben, der sich jetzt erneut im Galopp näherte.

Dem dritten Hengst zu entkommen, war nicht sonderlich schwierig, da das Pferd auf der linken Hinterhand etwas lahmte. Aber Simons Pferd konnte nicht schnell genug zur Seite ausweichen, um dem Angriff des ersten Ritters vollständig zu entgehen.

In einem letzten verzweifelten Versuch, der tödlichen Lanze zu entfliehen, zog Simon ruckartig die Zügel an und trieb seinem Pferd gleichzeitig die Fersen in die Flanken. Das Tier bäumte sich schrill wiehernd auf der Hinterhand auf und schlug wild mit den Vorderhufen aus. Das war ein Manöver, das Schlachtrössern durchaus vertraut war, das aber für ein untrainiertes Pferd völlig unerwartet kam.

Ein Huf traf die Lanze des Angreifers mit lähmender Wucht. Der große Ritter grunzte erschrocken, als die Waffe seinem plötzlich kraftlosen Griff entglitt.

Doch noch bevor die Lanze auf den Bogen aufschlug, erkannte

Simon, daß er endgültig geschlagen war. Sein Glück und seine Geschicklichkeit konnten ihm nicht mehr helfen. Bis sein Pferd wieder mit allen vier Hufen den Boden berühren würde, konnte der dritte Ritter über ihn hergefallen sein. Es fehlte ihm die Zeit zu einem weiteren Manöver. Er hatte keine Chance zu entkommen.

Simons einziger Trost war, daß er Arianes Stute genügend Vorsprung verschafft hatte, daß sie vor den Schlachtrössern fliehen konnte.

Grimmig zog er sein Pferd herum, um sich dem Tod zu stellen, von dem er wußte, daß der ihn mit dem nächsten Atemzug erwartete, oder mit dem übernächsten, wenn das Schwert des dritten Ritters auf seinen ungeschützten Rücken niedersausen würde.

Doch was Simon sah, als er sich umdrehte, war nicht der Tod, sondern ein kastanienbrauner Koloß, der über das Gras gestampft kam und direkt auf den dritten Ritter zuhielt. Auf dem Rücken der galoppierenden Stute saß eine junge Frau in amethystfarbenem Kleid, deren schwarzes Haar wie der Hölle eigenes Banner hinter ihr herflatterte, während sich ihr Mund zu einem Schrei öffnete, der sein Name war.

Sekundenbruchteile, bevor das Schwert des Abtrünnigen Simons Schädel gespalten hätte, prallte die schwere Stute seitlich gegen den Hengst des Ritters. Die verletzte Hinterhand des Tieres knickte ein, und die beiden Pferde und ihre Reiter stürzten in einem Haufen wild um sich schlagender Hufe und rudernder Arme und Beine zu Boden.

Noch im Fallen zog der Ritter seinen Dolch und erhob ihn gegen denjenigen, der seinen Sturz verursacht hatte, ungeachtet der Tatsache, daß es ein unbewaffnetes Mädchen war, das er töten wollte.

Simons eigenes Pferd strauchelte bei dem Aufprall, aber Simon hatte bereits blitzschnell die Füße aus den Steigbügeln gezogen. Er landete, wie er es sein ganzes Leben lang trainiert hatte, aufrecht und sprungbereit, wobei er das gewaltige Breitschwert über dem Kopf schwang, als wöge es nicht mehr als eine Feder.

Die breite Klinge sauste im gleichen Moment auf den dritten Ritter nieder, als dieser mit dem Dolch auf Ariane einstach. Der schwere Helm rettete dem Abtrünnigen allerdings das Leben und ließ Simons Schwert wirkungslos abprallen.

Ariane hatte jedoch keine solche Rüstung. Sie schrie gellend auf, als sie die scharfe Klinge in ihr Fleisch schneiden fühlte.

Simon fühlte ohnmächtigen Zorn in sich aufsteigen. Sein Breitschwert pfiff durch die Luft, als er es wild über seinem Kopf schwang, um den Abtrünnigen in zwei Hälften zu spalten, obwohl der Mann eine Rüstung trug.

Sekunden, bevor das Schwert auf Fleisch traf, sauste urplötzlich eine Faust in einem Panzerhandschuh von hinten auf Simon nieder und schlug ihn beiseite. Wäre es kein linkshändiger, etwas ungeschickt ausgeführter Schlag gewesen, hätte er Simon besinnungslos niedergestreckt. In diesem Fall war die Wucht des Schlages jedoch abgeschwächt und machte ihn lediglich benommen.

Instinktiv drehte er sich im Fallen zu seinem Feind um. Er erhaschte einen flüchtigen Blick auf die muskulösen Beine eines Schlachtrosses, auf ein Schwert und auf eisblaue Augen, die unter dem gehämmerten Eisenhelm des ersten Ritters hervorstarrten.

Obwohl Simon durch den Faustschlag in seiner Reaktionsschnelligkeit beeinträchtigt war, gelang es ihm, sich zur Seite zu rollen, als er auf dem Boden aufschlug, und somit um Haaresbreite dem Schwert des Ritters auszuweichen.

Der kräftige Ritter fluchte heftig und schlug erneut nach Simon, doch auch dieser Schlag war ungeschickt gezielt, denn die Hand des Mannes war noch immer halb betäubt vom Aufprall des Pferdehufes, der seine Lanze zerbrochen hatte. Trotzdem hob Simon sein eigenes Schwert fast nicht schnell genug, um den Schlag abzuwehren.

Bevor Simon wieder zu Atem kommen konnte, rammte ihn die kettengepanzerte Schulter des Schlachtrosses, riß ihn von den Füßen und ließ sein Schwert durch die Luft fliegen und außerhalb seiner Reichweite auf den Boden prallen. Stöhnend und fast besinnungslos brach Simon zusammen, und mit einem triumphierenden Aufschrei hob der Abtrünnige sein Schwert zum letzten, tödlichen Schlag.

Plötzlich zerschnitt der unheimliche Schrei eines Falken die Luft. Der Vogel schoß mit atemberaubender Geschwindigkeit herab, die Klauen weit vorgestreckt, als wollte er seine Beute aus der Luft packen.

Aber das Ziel des Greifvogels war diesmal kein fettes Rebhuhn, sondern ein Schlachtroß.

Scharfe Krallen schlugen nach den ungeschützten Ohren des Pferdes. Das Pferd bäumte sich wild auf und vereitelte damit den tödlichen Schlag des Angreifers. Kaum hatte sich das Schlachtroß wieder beruhigt, griff der Falke erneut an und zielte diesmal auf die Augen des Pferdes. Angstvoll wiehernd wich das Tier zurück, aber es hatte keine Chance gegen den Falken, der knapp außerhalb seiner Reichweite lauerte und auf eine neue Chance wartete.

In der Ferne ertönten die Rufe von Männern. Aber noch näher war das wütende Knurren eines Wolfshundes zu hören, der eine frische Spur verfolgte.

Wüst fluchend holte der Abtrünnige zu einem letzten, vergeblichen Schlag aus, bevor er seinem Schlachtroß die Sporen in die Flanken drückte und vor den Stimmen floh. Das Pferd machte einen Satz vorwärts, nur allzu bereit, den wilden, unerwarteten Falken hinter sich zu lassen.

Kaum hatte das Schlachtroß auf der Hinterhand kehrtgemacht, um zu fliehen, da sprang Simon wieder auf die Füße. Sein Schwert lag nur drei Schritte entfernt. Als sich seine Finger um das kalte, vertraute Heft schlossen, drehte sich die Welt auf einmal auf schwindelerregende Weise um ihn.

Simon fiel benommen auf Hände und Knie und kroch zu Ariane, wobei er kraftlos sein Schwert hinter sich herzog. Der einzige Gedanke, der ihn jetzt noch trieb, war der, daß er Ariane schützen müsse.

Nur vage ging ihm auf, daß Arianes Stute und das Schlachtroß des einen Angreifers beide wieder auf die Füße gekommen waren. Der letzte verbleibende Abtrünnige hatte es zwar geschafft, wieder in den Sattel zu steigen, aber weder er noch sein Schlachtroß fanden genügend Mut und Kraft, allein weiterzukämpfen. Leicht hinkend trabte das Pferd mit seinem Reiter davon und war sehr schnell im Dickicht der Bäume verschwunden.

Simon gönnte dem fliehenden Abtrünnigen keinen Blick, denn er hatte nur Augen für Ariane, die reglos auf dem von Pferdehufen aufgewühlten Boden lag. Und ihr Blut rann wie ein zackiges, scharlachrotes Band an der linken Seite ihres Körpers hinab.

»Ariane«, sagte Simon heiser.

Das Wort war fast ein Stöhnen.

»Ich bin – hier«, murmelte sie.

Ihre Stimme war schwach, ihre Haut bleich, und ihre Augen glänzten riesig in dem aschfahlen Gesicht.

Der unheimliche und zugleich süße Begrüßungsruf eines Falken trillerte durch die Stille. Er wurde vom rauhen Bellen eines Wolfshundes beantwortet.

Gleich darauf stürmte Stagkiller den Hügel hinunter, blickte sich eifrig nach Feinden um, fand aber keine mehr. Die Anwesenheit des Hundes verriet Simon, was er bereits bei dem unerwarteten Angriff des Falken geahnt hatte.

Erik war in der Nähe.

Als drei kräftige Schlachtrösser den Abhang hinunter auf Simon zugetrabt kamen, stützte der sich auf sein Schwert und zog sich mühsam hoch.

»Nachtigall«, murmelte er rauh.

Mehr brachte er nicht hervor.

Wunderschöne amethystblaue Augen richteten sich auf Simon. Ariane öffnete den Mund, aber sie brachte nichts weiter heraus als einen erstickten Laut der Überraschung, als plötzlich Schmerz und Dunkelheit sie einhüllten und ihr den Atem in der Kehle stocken ließen.

Als Erik, Dominic und Sven herangaloppiert waren, erblickten sie die Leichen zweier Abtrünniger. Wenige Schritte dahinter lag Simon auf dem Erdboden, seine Ehefrau in den Armen.

»Es waren fünf«, sagte Erik nüchtern.

Dominic fragte nicht, woher Erik das wußte.

»Spür sie auf«, wies Dominic ihn knapp an.

Auf ein unsichtbares Signal von Erik hin sauste Stagkiller davon und verfolgte die Spur der Banditen. Sven ritt ihm nach, ohne auch nur einen Moment zu zögern.

Die beiden übrigen Schlachtrösser kamen wenige Meter von Ariane und Simon entfernt zum Stehen. Beide Ritter stiegen ab, wie Simon es zuvor während des Kampfes getan hatte: mit einem einzigen, geschmeidigen Sprung, der sie aufrecht auf dem Boden landen ließ. Erik rannte sofort auf Simon zu, streifte sich im

Laufen die Panzerhandschuhe ab und steckte sie in seinen Gürtel.

»Simon?« rief Dominic besorgt.

Simon gab keine Antwort, sondern schlang seine Arme nur noch fester um Ariane und zog sie näher an sich.

»Ich sehe Blut«, sagte Dominic, als er sich zu seinem Bruder hinabbeugte.

»Nicht meines«, erwiderte Simon heiser. »Arianes.«

»Ich kümmere mich um sie«, sagte Erik und kniete sich neben der jungen Frau auf den Boden.

Seine Stimme und sein Ausdruck waren überraschend sanft. Dennoch machte Simon kein Anstalten, Ariane loszulassen.

»Ich habe eine gewisse Erfahrung in der Behandlung von Wunden«, sagte Erik. »Erlaube mir, daß ich deiner Frau helfe.«

Mühsam verlagerte Simon sein Gewicht, aber das war nicht genug, daß Erik Arianes verletzte Seite sehen konnte. Das violette Tuch des Kleides bewegte sich mit Simon und bedeckte sowohl ihn als auch Ariane von der Taille an abwärts.

»Laß sie los«, drängte Erik mit leiser Stimme.

»Nein. Sie wird sterben, wenn ich sie nicht an mich presse.«

Simons Augen flackerten schwarz und grimmig.

Erik hob überrascht die Brauen, aber er sagte nichts, sondern blickte nur hilfesuchend zu Dominic hinüber.

Nach einem einzigen Blick in die Augen seines Bruders schüttelte der Glendruid-Wolf schweigend den Kopf, um Erik zu warnen. Erik widersprach nicht. Er hatte genug Schlachten erlebt, um zu wissen, daß Vernunft häufig das erste Opfer war.

Langsam ging Dominic neben Simon in die Knie. Seine Hand in dem stählernen Panzerhandschuh legte sich so behutsam wie ein Schmetterling auf Simons Bein. Unter dem Panzerhandschuh bewegte und kräuselte sich das geheimnisvolle Kleid bei jedem Windhauch, als wäre es lebendig.

»Simon«, sagte Dominic eindringlich. »Laß dir von uns helfen.«

Ein Schauder ging durch Simons Körper. Allmählich wich die Wildheit aus seinen Augen, und er rückte gerade weit genug zur Seite, daß Erik an Arianes Verletzung herankonnte. Das amethystfarbene Gewebe bewegte sich mit Simon und haftete tröstend an seinem Schenkel. Ohne sich dessen bewußt zu sein, streichelte er den Stoff, so wie er eine der Burgkatzen liebkost hätte.

Mit großer Vorsicht strich Erik an der Seite von Arianes Kleid entlang.

»Ich konnte keine Wunde finden«, erklärte Simon mit gepreßter Stimme.

»Das Kleid bindet sie ab«, erwiderte Erik.

»Dann sorg dafür, daß es die Wunde noch fester abschnürt. Ariane verliert zuviel Blut.«

»Das Kleid ist nur aus Stoff«, sagte Erik. »Sehr weiser Stoff zwar, aber dennoch nur ... Stoff.«

Wieder begann Erik behutsam, Arianes Seite mit den Fingerspitzen abzutasten.

»Was ist passiert?« fragte Dominic seinen Bruder.

»Ich ritt ein Stück vor Ariane. Zwei Banditen und drei abtrünnige Ritter tauchten plötzlich vor mir auf. Die Ritter waren in Rüstung und ritten Schlachtrösser.«

»Pest und Hölle«, knurrte Dominic.

»Ich habe die zwei getötet, die keine Rüstung trugen.«

»Du hättest fliehen sollen«, entgegnete Dominic. »Dein Pferd ist doch wesentlich schneller als Schlachtrösser, die Ritter in voller Rüstung tragen müssen.«

»Aber Arianes Stute hätte es nicht mit ihnen aufnehmen können.«

Dominic stieß zwischen zusammengebissenen Zähnen den Atem hervor und gab so ein Zischen von sich.

»Du bist ein so fähiger und mutiger Ritter, wie ich noch kaum einen gesehen habe«, sagte er nach einem Moment, »aber selbst du kannst nicht ganz allein drei Ritter besiegen, die mit Kettenpanzern und Schlachtrössern ausgestattet sind. Wie hast du überlebt?«

»Ich hatte Hilfe.«

»Von wem?« fragte Dominic und blickte sich suchend um.

»Von einer tapferen, törichten Nachtigall.«

Dominic drehte sich ruckartig wieder zu seinem Bruder um.

»Ariane?« fragte er schockiert.

»Ja«, erwiderte Simon. »Ich hatte einen der Ritter in die Flucht geschlagen, aber ein anderer war wild entschlossen, mich in zwei

Hälften zu spalten, und ich war praktisch ein toter Mann. Da kam Ariane plötzlich in gestrecktem Galopp aus dem Nebel und trieb ihre stämmige, kleine Stute auf den Hengst des Ritters zu, um ihn geradewegs über den Haufen zu rennen.«

Dominic und Erik waren sprachlos vor Überraschung.

»Bevor das Durcheinander entwirrt war«, fuhr Simon fort, »stürzte ein Falke wie ein gefiederter Blitz vom Himmel und jagte eines der Schlachtrösser in die Flucht. Ich schätze, der letzte Ritter hat sich gesagt, daß er für diesen Tag genug gekämpft hatte, und machte sich schleunigst aus dem Staub.«

»Hat Ariane einen Schlag auf den Kopf bekommen?« wollte Erik wissen.

»Ich weiß es nicht. Alles, was ich gesehen habe, war der Dolchstoß. Ich hätte den verfluchten Ritter getötet, wenn mir nicht dieser blauäugige Teufel dazwischengekommen wäre.«

Keiner unterbrach das Schweigen, das sich nach Simons wütender Feststellung ausbreitete.

»Was ist mit deinen Wunden?« fragte Dominic schließlich.

»Ich habe während deiner endlosen Kampfübungen schon Schlimmeres abbekommen.«

»Nur dank jener Kampfübungen hast du überhaupt so lange überleben können, bis dir jemand zu Hilfe kam«, murmelte Dominic.

»Das und die Mordlust des großen Abtrünnigen«, stimmte Simon zu. »Sie hat ihn zu eifrig gemacht.«

Erik und Dominic tauschten einen Blick.

»Würdest du diesen Abtrünnigen erkennen, wenn du ihn wiedersehen würdest?« wandte sich Erik dann wieder an Simon.

»Ich glaube nicht. Kräftige, blauäugige Bastarde gibt es in den Umstrittenen Gebieten so viele wie Felsen.«

»Welche Insignien waren auf seinem Schild?« fragte Dominic.

»Keine«, erkärte Simon knapp.

»Glaubst du –«

Simon fiel ihm ungeduldig ins Wort. »Genug. Im Moment ist Ariane weitaus wichtiger als diese hundsföttischen Bastarde, die uns angegriffen haben.«

Während er sprach, liebkoste seine Hand Arianes Wange so zart und flüchtig wie ein Schatten. Die Zärtlichkeit der Geste schien so gar nicht zu seinen angespannten, verhärmten Zügen und den Spuren vergangener Schlachten auf seinem Körper zu passen.

»Versuch, einen Streifen Stoff vom Saum ihres Kleides abzureißen«, schlug Erik vor.

Dominic griff nach dem Kleid, doch er wurde von Eriks Hand zurückgehalten.

»Nein, laß Simon das tun«, sagte Erik und wandte sich dann an Simon: »Wenn du den Stoff hältst, denk daran, daß Arianes Blutfluß ganz dringend gestillt werden muß.«

Simon streifte seinen Falknerhandschuh ab, nahm das duftige Gewebe in seine starken Hände und zog. Der Stoff teilte sich mühelos wie an einer verborgenen Naht entlang. Es blieben auch keine Fransen oder losen Fäden zurück.

»Du hast das so gut gemacht wie jeder Gelehrte Heiler«, sagte Erik mit Befriedigung.

»Was gemacht?« gab Simon zurück. »Das Zeug ist praktisch unter meinen Händen zerfallen. Es ist ein Wunder, daß das Kleid nicht in Fetzen zerrissen ist und Ariane im Hemd zurückgelassen hat.«

Erik lächelte leicht und meinte: »Und jetzt binde den Streifen um Arianes Wunde. Binde ihn so fest, daß ein Dolch Mühe haben würde, zwischen Stoff und Haut zu dringen.«

Als Simon Ariane verlagerte, um ihre Wunde abzubinden, stöhnte sie unterdrückt. Der Laut schmerzte Simon stärker als alle Schläge, die er bei dem Kampf gegen die abtrünnigen Ritter hatte einstecken müssen.

»Warum hast du dich nicht in die Sicherheit der Burg geflüchtet, Nachtigall?« fragte Simon, und seine Stimme klang sanft und rauh zugleich.

Er bekam keine Antwort bis auf das Rascheln des magischen Stoffes, der sich wie Mull an seinen Schenkel schmiegte, während er Arianes Wunde verband.

»Du wärst in Sicherheit gewesen«, flüsterte Simon Ariane zu.

»Und du wärst tot gewesen«, warf Erik ein.

Simon öffnete den Mund, aber einen Moment lang wollte kein Wort über seine Lippen kommen. Dann stieß er einen Sarazenerfluch hervor.

»Ich bin Ritter«, sagte er schließlich. »Der Tod in der Schlacht ist mein Los. Aber Ariane ... Ariane sollte nicht um ihr Leben kämpfen müssen, geschweige denn um das Leben ihres Ehemannes!«

»Cassandra würde dir widersprechen«, erklärte Erik. »Die Gelehrten glauben, daß wir alle kämpfen müssen, Mann, Frau und Kind. Jeder nach seinen Bedürfnissen und Fähigkeiten.«

Simon knurrte etwas vor sich hin. Doch trotz der Grimmigkeit seines Ausdrucks bewegten sich seine Hände zart und behutsam über Arianes Körper. Und dennoch stöhnte sie von Zeit zu Zeit, während er an dem Verband arbeitete.

»Nachtigall«, sagte er weich. »Es tut mir leid, aber ich muß dir wehtun, um dir zu helfen.«

»Sie weiß es«, sagte Erik.

»Wie kann sie es denn wissen?« gab Simon kalt zurück. »Sie ist bewußtlos.«

Erik blickte auf das amethystfarbene Gewebe, das so friedlich in Simons Händen lag, und sagte nichts.

Über ihm schoß ein Falke pfeilgerade aus den Wolken herab und flötete einen süßen, unheimlichen Begrüßungsruf. Ein zweiter Falke folgte, seine blassen Federn schimmerten hell gegen den Himmel.

Dominic streifte Simons Falknerhandschuh über und pfiff Skylances speziellen Lockruf. Der Geierfalke schwebte herab, dann ließ er sich auf Dominics Arm nieder und ergab sich in seine erneute Gefangenschaft.

Als Erik aufstand und seinen Arm ausstreckte, schoß auch sein Falke mit atemberaubender Geschwindigkeit in die Tiefe. Erst im allerletzten Moment bremste der Vogel seinen Sturzflug ab, um mit erstaunlicher Leichtigkeit auf Eriks Falknerhandschuh zu landen.

»Nun, Winter, was hast du mir zu sagen?« fragte er sanft.

Er pfiff eine ansteigende Tonfolge, und das Falkenweibchen legte den Kopf schief und beobachtete ihn mit klugen, bernsteingelben Augen. Plötzlich öffnete sich ihr scharfer, gekrümmter Schnabel, und ein überraschend süßer Triller stieg auf. Eine Weile pfiffen der Greifvogel und der Gelehrte Mann einander zu.

Dann hob Erik seinen muskulösen Arm mit einer raschen Bewegung und schwang den Falken wieder in die Luft. Winter stieg in steilem Bogen auf, um wenige Augenblicke später in der Ferne zu verschwinden.

»Die Geächteten sind noch immer auf freiem Fuß«, sagte Erik, als er sich wieder seinen menschlichen Freunden zuwandte. »Stagkiller und Sven folgen ihnen immer noch. Sie halten sich an einen uralten Pfad.«

»Weißt du, wohin der führt?« wollte Dominic wissen.

»Nach Silverfells. Stagkiller wird Sven zur Burg zurückbringen.«

»Warum?« fragte Dominic. »Sollten wir nicht wissen, wo die Abtrünnigen ihr Lager haben?«

Erik erwiderte nichts.

Simon ließ seinen Blick von dem Geierfalken auf Dominics Arm zu Eriks nicht minder scharfem Profil schweifen.

»Lord Erik?« fragte Dominic beharrlich.

Die Stimme des Glendruid-Wolfs war höflich, ließ aber keinen Zweifel daran, daß er auf einer Antwort bestand. Das Wohlergehen zu vieler Menschen war davon abhängig, daß in den Umstrittenen Gebieten Frieden herrschte.

»Das Land des Silverfells-Clans ist den Gelehrten verboten«, erwiderte Erik knapp.

»Warum?« wollte Dominic wissen.

Wieder gab Erik keine Antwort.

Simon stand mühsam auf und hob Ariane auf seine Arme.

»Komm«, sagte er ungeduldig zu seinem Bruder. »Wir müssen Ariane in Sicherheit bringen.«

Einen Moment lang glitzerten Dominics Augen so hell und durchdringend wie die Kristallaugen der Wolfsbrosche, die an seinem Umhang stecke.

Dann wandte er sich von Erik ab, um seinem Bruder zu helfen. Der amethystfarbene Stoff von Arianes Kleid schimmerte wie Zwielicht gegen das Indigoblau von Simons Mantel.

»Also dann, zurück zur Burg«, sagte Dominic schroff.

»Schnell«, drängte Simon, während er mit eiligen Schritten zu seinem Pferd ging, »bevor die Abtrünnigen merken, daß sie von einem Gelehrten Falken und einer tapferen kleinen Nachtigall geschlagen wurden.«

14. Kapitel

»Der Stoff ist wie ein geölter Aal«, murmelte Meg erbost und drehte sich zu Cassandra um. »Hast du einen Dolch? Ich kann den Verband nicht lösen, er rutscht mir immer wieder aus den Händen.«

Cassandras Blick schweifte von Arianes bleichem Gesicht zu dem violetten Gewebe, das ihre Wunde bedeckte. Nur eine geringe Menge Blut war durch den Stoff der Gelehrten Weberin gesickert.

»Simon«, rief Cassandra.

»Ich bin hier.« Simon löste sich vom Türrahmen, wo er gewartet hatte, um der Heilerin nicht im Weg zu stehen. »Was brauchst du?«

Er ließ seinen Blick durch den Raum wandern, den er seit seiner Hochzeitsnacht nicht mehr betreten hatte. Nichts hatte sich verändert, außer daß die Braut jetzt eher tot als lebendig auf ihrem Bett lag.

»Nehmt Eurer Frau den Verband ab«, bat Cassandra.

Wortlos ging Simon zu Ariane und wickelte mit wenigen geschickten Handgriffen die Bandage ab, die er ihr nach dem Kampf mit den Abtrünnigen angelegt hatte.

Verblüfft darüber, wie mühelos Simon mit dem widerspenstigen Tuch umging, blickte Meg von der Bandage zu der Gelehrten Frau auf, aber Cassandra bemerkte es nicht, denn sie beobachtete aufmerksam, wie Simon mit dem seltsamen Stoff hantierte.

»Und jetzt das Kleid«, wies sie ihn an.

Ariane lag schlaff wie eine Gliederpuppe da, ohne sich zu rühren oder auch nur zu stöhnen, als Simon rasch die Bänder an der Vorderseite des Kleides löste.

Die Silberschnüre glitten mit erfreulicher Leichtigkeit aus ihren Ösen. Das Kleid öffnete sich und enthüllte feine Leinenunterwäsche, deren blasser Goldton von einem großen scharlachroten Flecken verschandelt wurde, der sich an einer Körperseite bis hinunter zur Taille ausgebreitet hatte.

»Gott sei uns gnädig«, murmelte Simon tonlos.

»Amen«, sagten Meg und Cassandra wie aus einem Mund.

»Tretet beiseite, Simon«, wies Cassandra ihn gleich darauf brüsk an. »Dies ist Arbeit für Heiler.«

Widerstrebend wich Simon von dem Bett zurück.

»Bleibt in der Nähe«, warnte Cassandra, als er erneut zur Tür strebte. »Wir brauchen möglicherweise Serenas Tuch, um den Blutfluß zu stoppen.«

»Was hat das mit Simon zu tun?« fragte Meg.

»Mehr, als ich im Moment erklären kann.«

Damit beugte sich Cassandra über Ariane und betastete vorsichtig den Körper des bewußtlosen Mädchens mit Händen, die nach Kräutern dufteten.

Meg, die in den sauberen Leinenkittel einer Heilerin gekleidet war, wie es das Glendruid-Ritual verlangte, tauchte ihre Hände in eine Schüssel mit Kräuteressenzen. Ein durchdringendes, vielfältiges Aroma stieg von der heißen Flüssigkeit auf.

»Ihre Knochen scheinen heil zu sein«, sagte Cassandra. »Ihre Rippen haben die Wucht des Dolchstoßes wohl etwas abgefangen.«

Kalter Schweiß brach Simon unter seiner Tunika aus, als er daran dachte, wie kalter Stahl auf Arianes feine Knochen traf. Aus seinem Mund kam ein Stöhnen, und seine Finger streckten und beugten sich, als wären sie begierig, den Hals eines Abtrünnigen zu umschließen.

»Laß mich die Wunde säubern«, sagte Meg.

Cassandra richtete sich auf und trat zurück. Dabei warf sie Simon einen prüfenden Blick von der Seite zu. Sein Gesicht wirkte wie aus Stein gemeißelt, und seine Miene war von einer Düsternis, die auch sein kurzgeschnittener Bart nicht verbergen konnte.

»Fühlt Ihr Euch wohl, Sir?« fragte die Gelehrte Frau besorgt.

»Wohl?« Simon unterdrückte einen Fluch. »Ja. Sehr wohl, dank meiner Frau, die dort halbtot auf dem Bett liegt.«

Cassandra wies auf eine Truhe, deren offener Deckel ein reichhaltiges Sortiment kleiner Salbentöpfe, Stoffbündel, Kräuter, scharfer Klingen und noch schärferer Nadeln enthüllte.

»Falls Ihr ohnmächtig werdet, dann achtet bitte darauf, nicht in den Kasten mit Arzneien zu fallen«, sagte sie.

»Ohnmächtig?« Simon schnaubte verächtlich. »Ich habe schon häufiger Blut gesehen.«

»Und ich habe schon manchen tapferen Krieger gesehen, der beim Anblick der Wunde eines anderen in Ohnmacht fiel«, gab Cassandra zurück.

»Nicht Simon«, sagte Meg, ohne von ihrer Tätigkeit aufzuschauen. »Er hat Dominic wieder gesund gepflegt, nachdem sich ein Sultan viele Tage damit amüsiert hatte, seinen gefangenen christlichen Ritter auf grausamste Art und Weise zu foltern.«

Cassandra musterte Simon mit neuem Interesse.

»Man findet nur selten einen Mann mit einem Talent zum Heilen«, bemerkte sie. »Noch seltener findet man einen Krieger, der diese Gabe hat.«

Der Ausdruck von Anerkennung in Cassandras grauen Augen machte Simon sichtlich verlegen.

»Es war nicht mehr als gesunder Menschenverstand«, erwiderte er brüsk. »Ich habe mich einfach um meinen Bruder gekümmert, bis er wieder in der Lage war, für sich selbst zu sorgen.«

Simon hätte sich seine Worte auch sparen können, denn Cassandra hatte sich schon wieder von ihm abgewandt und stand über Ariane gebeugt. Die Gelehrte Frau und die Glendruid-Hexe berieten sich mit gedämpften Stimmen und nannten dabei Pflanzen bei ihren uralten Namen – Namen, die Frauen in Runensteine eingeritzt hatten, Jahrhunderte, bevor die ersten römischen Legionen in die Umstrittenen Gebiete einmarschiert waren.

Simon kam es wie eine Ewigkeit vor, bis die beiden Heilerinnen wieder von Arianes reglosem Körper zurücktraten.

Murmelnd verschwand Meg hinter einem Wandschirm, zog den schmutzigen Leinenkittel aus und schlüpfte wieder in ihre gewöhnliche Tunika. Der Kittel würde auf rituelle Weise gereinigt werden, bevor sie ihn erneut anlegte.

»Sie schläft so friedlich, wie man es den Umständen nach erwarten kann«, sagte Meg zu Simon.

»Dominics Junker hat mir ausgerichtet, dein Ehemann bittet dich, zu ihm zu kommen, wenn du hier fertig bist«, sagte Simon.

Meg berührte Simons Hand in schweigendem Trost und verließ den Raum, um Dominic zu suchen. Sie fand ihn zusammen mit Duncan im Sonnenraum des Burgherrn.

»Wie geht es Lady Ariane?« fragte Dominic, als Meg in der Tür erschien.

Duncan blickte von der Liste der Vorräte auf, die sein Burgverwalter angefertigt hatte. Die Überreste einer kalten Mahlzeit standen auf einem Tisch in der Nähe, der mit einem buntgewebten Tuch bedeckt war. Duncans haselnußbraune Augen waren eindringlich auf Meg gerichtet, während er auf ihre Antwort wartete. Er wußte, wieviel von Arianes Verbindung mit Simon abhing – nicht zuletzt auch das Bündnis der Normandie mit Heinrich I., dem englischen König.

»Relativ gut«, erklärte Meg. »Mit sorgfältiger Pflege, Glück und Gottes Segen wird Ariane wieder genesen. Es sei denn, es tritt Wundfieber ein ...«

Sie seufzte erschöpft und rieb sich das Kreuz. Ihre Schwangerschaft hatte ihr bis vor kurzem keine Beschwerden verursacht, doch jetzt schien das Baby über Nacht an Gewicht zugenommen zu haben und mit jedem Tag noch schwerer zu werden.

»Komm her, kleiner Falke«, sagte Dominic sanft und streckte eine Hand nach seiner Frau aus.

Als Meg bequem saß, stand Dominic auf und begann, die Schmerzen aus ihrem Rücken zu massieren.

»Ariane geht es besser, als ich zuerst befürchtet hatte, als ich ihre Leinenunterwäsche sah«, erzählte Meg nach einem Moment. »Aus welcher Faser auch immer das Kleid gewebt ist – es hemmt offensichtlich ebensogut den Blutfluß wie jeder Puder oder jede Salbe, die Glendruid-Heilern bekannt ist. Oder auch den Gelehrten.«

»Was ist mit Simon?« wollte Dominic wissen. »Erik sagte, er hätte auch einiges abbekommen bei dem Kampf.«

»Kratzer, Schnittwunden, Blutergüsse, Beulen«, faßte sie zusammen. »Aber er hat sich strikt geweigert, seine Wunden behandeln zu lassen.«

Seufzend lehnte sich Meg gegen die lindernden Hände ihres Ehemannes.

»Er gibt sich selbst die Schuld an Arianes Verletzung«, sagte Dominic.

»Warum? Wie ist es dazu gekommen?« fragte Meg.

»Simon mußte sich gegen fünf Abtrünnige gleichzeitig zur Wehr setzen, um Ariane Zeit zur Flucht zu geben.«

Meg sog scharf die Luft ein und blickte Dominic über ihre Schulter hinweg mit weit aufgerissenen, grünen Augen an.

»Aber statt wegzulaufen«, fuhr Dominic fort, »galoppierte Ariane mitten in den Kampf hinein. Dank ihres tollkühnen Manövers ist Simon noch am Leben.«

»So knapp stand die Sache?« fragte Meg leise.

»Ja«, erwiderte Dominic freudlos. »Ich bin der kalten normannischen Erbin zu großem Dank verpflichtet.«

»Kalt?« warf Duncan ein. »Eine kalte Frau hätte, ohne mit der Wimper zu zucken, zugelassen, daß Simon getötet worden wäre. Ich würde eher sagen, Ariane ist eine Frau mit tiefer Leidenschaft.«

»Aber nicht für Männer«, gab Dominic schroff zurück.

Die Gewißheit in seiner Stimme ließ Duncan zusammenfahren und in schweigendem Mitgefühl für Simon den Loyalen den Kopf schütteln.

Eine Windböe fegte plötzlich heulend um die Burgmauer, und irgendwo im dritten Stock klapperte ein Fensterladen. Simons Geierfalke, der allein in der großen Halle hockte, schrie durchdringend nach seinen Artgenossen. Er erhielt keine Antwort, denn die anderen Sitzstangen waren leer.

Der Wachtposten oben auf den Burgzinnen rief die Stunde.

Dominic erhob sich und wanderte unruhig im Raum auf und ab. Einen Moment später marschierte er mit entschlossenen Schritten zu den Zinnen hinauf.

»Von den Abtrünnigen ist keine Spur zu sehen«, rief Duncan ihm nach.

»Es sind nicht die Abtrünnigen, die ich fürchte, sondern es ist der Winter«, gab Dominic zurück.

Gleich darauf hallte das Klappern seiner Stiefelabsätze auf der steinernden Wendeltreppe in den Sonnenraum hinunter.

Duncan blickte Meg prüfend an.

»Was bekümmert ihn, Meggie?« fragte er.

Sie lächelte, als sie ihren Kosenamen aus der Kinderzeit hörte, aber ihr Lächeln verblaßte rasch wieder.

»Dominics Gedanken kreisen oft um Blackthorne Keep«, erwiderte sie schlicht.

»Hast du Gerüchte von irgendwelchen Unruhen gehört?«

»Nein. Seit Dominic so erfolgreich mit den Vögten fertig geworden ist, schlagen die Abtrünnigen entweder einen großen Bogen um unser Land oder reiten rasch hindurch und lassen unsere Leute in Ruhe.«

»Was macht Dominic dann so unruhig wie einen angeketteten Wolf?«

Meg schloß einen Moment die Augen. Unter ihrer Tunika strampelte das Baby. Sie legte ihre Hände auf ihren Leib, getröstet von dem neuen Leben, das in ihr wuchs. Wie beschwerlich die Schwangerschaft auch immer war, die offensichtliche Gesundheit des Babys machte ihr wieder Mut.

»Es ist ganz einfach«, sagte sie seufzend. »Ich hatte einen Traum.«

Duncan seufzte. »Wenn es um dein Glendruid-Erbe geht, dann ist nichts einfach, Meggie.«

Sie schüttelte den Kopf. Goldene Glöckchen sangen, und ihr langer, lose geflochtener Zopf schimmerte rötlich im Licht.

»Ich habe von zwei Wölfen geträumt, der eine schwarz, der andere gelbbraun«, erwiderte Meg. »Ich sah in meinem Traum eine Eiche mit haselnußbraunen Augen. Ich sah eine Harfe, die in den reinen, süßen Tönen einer Nachtigall sang, während sie in den Armen eines goldenen Ritters lag. Und ich habe von einem Sturm geträumt, der sie alle einhüllte. Einem bösen Sturm.«

»Kein Wunder, daß Dominic so ruhelos ist«, sagte Duncan trocken.

»Ja. Thomas der Starke bewacht Blackthorne Keep in unserer Abwesenheit. Thomas ist ein treuer Ritter und ein tapferer Krieger, aber er hat nicht das Zeug zum Anführer. Wenn der Eintritt des Winters unsere Rückkehr verhindert und während unserer Abwesenheit Unheil über Blackthorne kommt ...«

Fluchend strich Duncan sich mit einer Hand durch sein dichtes braunes Haar. Im Licht des Feuers schimmerten blasse Narben von lange vergessenen Schlachten auf seinem Handrücken.

»Ihr müßt unverzüglich nach Blackthorne Keep zurückkehren«, sagte er abrupt. »Ihr habt euch lange genug auf Stone Ring Keep aufgehalten und euch mit Problemen befaßt, die ich verursacht habe.«

»Das habe ich damit nicht gemeint«, protestierte Meg.

»Ich weiß. Aber es stimmt trotzdem.«

Mit einer Eleganz, die für einen Mann seiner Größe überraschend war, sprang Duncan von seinem Platz auf und starrte eine Weile in das Feuer.

»Ich werde euch bewaffnete Wachen mitgeben, die euch bis nach Carlysle Manor begleiten«, sagte er. »Danach seid ihr in Sicherheit. Ich würde ja selbst mitkommen, aber ...«

»Stone Ring Keep braucht dich«, beendete Meg den Satz.

»Ja. Besonders, seit dieser dreimal verfluchte abtrünnige Ritter die Schwachen quält und ausbeutet.«

Duncans Hände vollführten eine Bewegung, als fühle er das kalte Gewicht eines Schlachthammers über seine Handflächen gleiten und sich in seinen Griff schmiegen, um ihn dann mit unheimlichem Sausen über dem Kopf zu schwingen und tödliche Kreise aus der Luft herauszuschneiden.

»Ich werde Anweisung erteilen, daß eure Pferde und euer Gepäck im Morgengrauen bereit sind«, sagte er. »Mach dir keine Sorgen, Meggie. Wir werden für Simons Frau während seiner Abwesenheit sorgen, als wäre sie eine von uns. Wenn Ariane wieder wohlauf ist, werden wir sie nach Blackthorne zu ihrem Ehemann bringen.«

Duncan bezweifelte keinen Augenblick, daß Simon Stone Ring Keep verlassen würde, um Dominic, seinen Bruder und Herrn, zu begleiten. Der Glendruid-Wolf machte keinen Hehl daraus, wie sehr er den Rat, die Freundschaft und die kämpferischen Fähigkeiten seines Bruders zu schätzen wußte.

Simon, genannt der Loyale.

Meg seufzte nur und zog sich mühsam aus ihrem Stuhl hoch.

»Bleib am Feuer sitzen«, sagte Duncan hastig und ging zu ihr.

»Nein. Ich muß mich um eine Patientin kümmern.«

Duncan half ihr auf die Füße und lächelte mit aufrichtiger Zuneigung auf sie hinab.

»In besseren Zeiten«, sagte er weich, »mußt du deinen Glendruid-Wolf einmal nach Stone Ring bringen. Die heilige Eberesche wird auch für euch beide blühen, Meggie. Ich bin mir dessen so sicher wie meines eigenen Herzschlags.«

Megs Lächeln war wie Sonnenschein, voller Wärme und Licht. Sie stellte sich auf die Zehenspitzen und drückte einen leichten Kuß auf Duncans Wange.

»Das würde ich gern tun«, sagte sie.

Immer noch lächelnd stieg Meg gleich darauf die Treppe zu Arianes Zimmer hinauf. Wie erwartet traf sie dort Cassandra an, die am Bett der Verletzten saß und ein winziges Hemdchen bestickte.

Die Bettvorhänge waren zugezogen und schirmten Ariane gegen den kalten Luftzug von den hohen, schmalen Fenstern ab.

»Wie geht es ihr?« erkundigte sich Meg.

»Sie schläft.«

»Fieber?«

»Bis jetzt nicht«, erklärte Cassandra. »Gott sei Dank.«

»Ist Simon oben auf den Zinnen bei Dominic?«

»Nein«, ertönte eine tiefe Stimme hinter den Bettvorhängen.

Simon zog den Vorhang gerade noch rechtzeitig zur Seite, um Megs verblüfften Gesichtsausdruck zu sehen.

»Keine Sorge«, sagte er. »Ich achte darauf, daß ich ihr nicht weh tue. Aber sie ist unruhig, wenn ich nicht bei ihr bin.«

Meg blickte an Simon vorbei auf das Bett, wo Ariane unter der Decke zusammengerollt lag. Das Gesicht hatte sie Simon zugewandt, und das violette Kleid lag wie eine Brücke zwischen Mann und Frau.

Stirnrunzelnd wandte sich Meg zu Cassandra um.

»Ich kenne zwar nicht die Heilrituale von euch Gelehrten«, sagte sie, »aber bei den Glendruid gibt es eine strenge Regel, dem Patienten nichts zu geben, was nicht zuerst gereinigt wurde.«

»Untersucht das Kleid«, erwiderte Cassandra. »Und Ihr werdet es so rein finden, wie Kräuter, Wasser und Feuer irgend etwas zu säubern imstande sind.«

»Es ist wahr«, warf Simon ein. »Ich habe das Kleid selbst überprüft, weil ich weiß, wie eigen du in diesen Dingen bist, Meg.«

Meg trat ans Bett, griff nach einem Zipfel des Kleides, ließ es leicht durch ihre Fingerspitzen gleiten und roch daran. Langsam ließ sie den Stoff wieder los. Er flatterte hinunter, um sich erneut an Simons Schulter und Arianes Wange zu schmiegen.

»Wie frisch gewebt«, sagte Meg verblüfft.

»Ja«, meinte Cassandra. »Serenas Webkunst wird unter den Gelehrten sehr gerühmt.«

Meg beobachtete Simons Finger, die das Gewebe streichelten, als wäre es eine Katze.

Und wie eine Katze schien sich der Stoff um so fester an seine Hand zu drängen.

»Braucht Dominic mich?« fragte Simon.

»Jetzt? Nein. Aber wir brechen morgen nach Blackthorne Keep auf.«

Simons Hand ballte sich in stummem Protest zur Faust. »Ariane ist noch zu krank, um zu reisen«, sagte er vorsichtig.

»Richtig. Duncan hat versprochen, sich um Ariane zu kümmern, als wäre sie eine der Seinen«, erklärte Meg.

»Ich werde bei ihr bleiben«, warf Cassandra ein.

Simon gab keine Antwort.

»Mach dir keine Sorgen«, sagte Meg beschwichtigend. »Cassandra versteht ebensoviel von Heilkunst wie ich.«

Simon nickte nur und sagte nichts.

Es stand außer Frage, daß seine Pflicht in erster Linie seinem Herrn und Bruder, dem Glendruid-Wolf, galt. Doch zum ersten Mal in seinem Leben empfand Simon diese Pflicht eher als Last denn als Vergnügen.

Grüblerisch blickte Simon auf Ariane, die sein Leben unter Einsatz ihres eigenen Lebens gerettet hatte, obwohl sie sich doch zuvor geweigert hatte, ihm ihren Körper im Ehebett hinzugeben, wie es Gott, der Brauch und die Notwendigkeit verlangten.

Tollkühne, kleine Nachtigall. Wirst du froh sein, mich nicht mehr an deiner Seite zu haben?

Werden deine Lieder fröhlicher sein, wenn ich nicht da bin?

Cassandra legte ihre Stickerei beiseite und trat ans Bett, während sie nachdenklich Arianes entspannten Körper betrachtete, dann Simons verkrampfte Haltung und schließlich das duftige Kleid, das zwischen den beiden lag.

»Kommt, Simon«, sagte die Gelehrte Frau leise. »Stellt Euch neben mich.«

Seine schwarzen Augen verengten sich auf den sanften Befehl hin, doch er sagte nichts. Statt dessen schob er den violetten Stoff von sich und glitt vorsichtig aus dem Bett, um Ariane nicht zu stören.

Als er aufrecht stand, fiel das Kleid weiter in weichen Falten nach vorn, bis es Simons Schenkel berührte.

»Weiter«, sagte Cassandra und trat zurück.

Simon gehorchte verwirrt und machte noch einen Schritt zurück.

Der Stoff glitt von ihm ab.

Simon mußte einen instinktiven Protest unterdrücken. Erst jetzt ging ihm auf, wie tröstlich es für ihn gewesen war, das Gewebe zu berühren.

»Paßt auf!« sagte die Gelehrte Frau zu Meg.

Nach wenigen Augenblicken änderte sich Arianes Haltung kaum merklich. Sie war jetzt nicht länger entspannt und tief versunken im Schlaf der Genesung, sondern ihr Körper wirkte auf einmal eher schlaff. Ihre Haut schien bleicher, kränklicher und weniger elastisch als zuvor.

»Was ist das?« rief Meg. »Was geht hier vor?«

»Einige wenige Male seit Menschengedenken hat der Silverfells-Clan ein Tuch gewebt, das mehr bedeckt als den Körper«, flüsterte Cassandra. »Serena gehört zu jenem Clan.«

Simon stieß einen rauhen Laut aus und wirbelte zu der Gelehrten Frau herum. »Willst du damit sagen, daß Hexenkünste in dieses Kleid mit eingewebt wurden?« fragte er scharf.

Cassandra bedachte ihn mit einem prüfenden Blick.

»Nein«, erwiderte sie ruhig. »Ich will damit sagen, daß die Gelehrten wissen, daß es noch mehr Dinge auf der Welt gibt als die, die man wiegen, messen, sehen und berühren kann.«

Simons Miene wurde hart und verschlossen. »Erklär das genauer.«

»Natürlich.«

Simon wartete angespannt.

»Aber zuerst«, fuhr Cassandra kühl fort, »müßt Ihr Edgar dem Blinden einen Sonnenaufgang erklären und dem tauben Kind des Müllers den Ruf einer Nachtigall wiedergeben.«

Simons dunkle Augen verengten sich zu kohlschwarzen, glitzernden Schlitzen. Wortlos drehte er sich zu Meg um.

»Schadet dieses verfluchte Kleid Ariane in irgendeiner Weise?« verlangte er zu wissen.

Meg beugte sich nachdenklich vor und legte ihre Hand auf das Kleid, *sah* das Kleid, so wie sie einem Menschen bis auf den Grund seiner Seele sehen konnte – mit Glendruid-Augen.

»Es ist ein überaus merkwürdiges Gewebe«, sagte sie, als sie sich wieder aufrichtete. »Aber es hat nichts Böses an sich.«

»Bist du sicher?« fragte Simon.

»Ich bin mir einer Sache ganz sicher«, erwiderte Meg. »Kein anderer Stoff hätte das Lebensblut in Arianes Körper halten können. Ist das böse?«

Simon schloß die Augen. An seinem Kiefer zuckte ein Muskel, als er sich krampfhaft bemühte, seinen Zorn zu unterdrücken.

Werde ich denn niemals frei von Hexerei sein?

Werde ich denn niemals frei von dem sein, was Maries Zauberkünste mir angetan haben und ich Dominic?

Er stieß seufzend den Atem aus und öffnete die Augen, und in deren schwarzen Tiefen spiegelte sich klar und grimmig all das wider, was niemals ausgesprochen worden war, die Vergangenheit, die wie ein Gift in seiner Seele lag.

»Ich halte nichts von Hexenkünsten«, sagte er schließlich.

Die Ruhe in seiner Stimme war gefährlicher, als es ein Wutausbruch gewesen wäre.

»Außer von deinen, Meg«, sagte Simon, während sein Ausdruck und seine Stimme sichtlich milder wurden. »Deine Kräfte toleriere ich, weil sie Dominic das Leben gerettet haben. Und weil du eher sterben würdest, als ihn zu verraten.«

»Was ist mit Amber?« fragte sie.

»Es ist Duncans Aufgabe, mit ihr fertigzuwerden.«

Ariane stöhnte leise und drehte den Kopf hin und her, als suche sie nach etwas.

»Ihr seid es, den sie sucht«, sagte Cassandra.

Simon blickte die Gelehrte Frau verblüfft an.

»Ich?«

»Ja.«

»Du irrst dich, Gelehrte. Meine Frau empfindet keine Zuneigung für mich.«

»Tatsächlich?« murmelte Cassandra. »Nun, das erklärt natürlich einiges.«

»Erklärt was?« fragte Simon ungeduldig.

»Warum sie fast gestorben wäre, damit Ihr am Leben bleiben konntet.«

Simon preßte die Lippen zu einer schmalen Linie zusammen und knirschte mit den Zähnen.

»Ich weiß nicht, warum sie sich mitten ins Kampfgetümmel gestürzt hat«, stieß er hervor. «Es wird das erste sein, was ich sie frage, wenn sie erwacht.«

»Ich bezweifle, daß Ariane jemals erwachen wird, wenn Ihr morgen abreist«, gab Cassandra nüchtern zurück.

Simon erbleichte. Dann wandte er sich ruckartig wieder dem Bett zu, um seine Frau zu betrachten. Ihre Haut sah jetzt aus, als wäre sie mit Kreide eingerieben worden, und bei jedem Atemzug stöhnte sie, als steckte ein Messer zwischen ihren Rippen.

»Ihr könnt es von mir aus erklären, wie Ihr wollt, Simon«, sagte Cassandra, »Ihr könnt es auch völlig ignorieren, aber Ariane wird schneller genesen, wenn Ihr dicht neben ihr liegt.«

»Kann sie reisen?« fragte er.

»Morgen? Nein«, erklärte Cassandra. »In zwei Wochen? Wahrscheinlich.«

Simon blickte Meg an, aber die war bereits halb aus dem Zimmer.

»Meg?« rief er.

»Ich werde Dominic holen«, rief sie über ihre Schulter zurück.

Simon strebte zu Arianes Bett, doch er wurde von Cassandras Hand zurückgehalten. Irritiert starrte er auf die kühlen, weißen Finger, die sich um sein Handgelenk schlossen. Ein Ring mit einem roten, einem blauen und einem grünen Stein funkelte wie ein flüchtiger Regenbogen an der Hand der Gelehrten Frau.

»Laßt zuerst den Glendruid-Wolf sehen, in welchem Zustand Ariane ist, ohne daß sich Eure Lebenskraft auf den Stoff überträgt«, sagte Cassandra.

Simon wollte eine Frage stellen, sah dann aber den Schimmer amüsierter Erwartung in Cassandras Augen und beschloß, überhaupt nichts zu sagen.

»Was gibt es?« fragte Dominic, als er kurz darauf in das Zimmer marschierte. »Meg sagte, Ariane geht es plötzlich schlechter.«

»Schaut sie Euch genau an, Wolf von Glendruid«, sagte Cassandra.

Der Tonfall ihrer Stimme sagte Dominic mehr als ihre Worte. Er beobachtete Ariane so scharf, wie ein Jäger nach einem Fuchs Ausschau halten würde, der sich im Unterholz versteckt hat.

»Welchen Eindruck macht sie auf Euch?« fragte Cassandra.

Dominic blickte seinen Bruder an.

»Sprecht frei heraus«, sagte Cassandra. »Simon hat uns versichert, daß es keine Zuneigung zwischen ihm und seiner Frau gibt.«

»Sie sieht aus wie eine Frau mit Kindbettfieber«, erklärte Dominic brüsk.

»Oder wie ein Ritter mit Wundfieber?« schlug Cassandra vor.

»Ja.«

»Glendruid-Heilerin«, fuhr Cassandra fort und wandte sich an Meg. »Geht zu Ariane. Legt Eure Hand auf das Tuch, das Serena gewebt hat.«

Mit einem fragenden Blick gehorchte Meg.

Nichts geschah.

»Jetzt Euer Ehemann«, drängte Cassandra.

Als Meg sich abwandte, trat Dominic an das Bett und berührte den Stoff.

»Seltsames Zeug«, murmelte er. »Ich kann nicht behaupten, daß ich das Gefühl mag.«

»Tretet zurück«, befahl Cassandra.

Sie legte selbst ihre Hand auf den Stoff. Nach einer Zeitspanne von nur vier Atemzügen wich sie zurück.

Während der ganzen Zeit hatte Ariane leise gewimmert und sich unruhig hin- und hergewälzt. Scharlachrote Flecken brannten auf ihren Wangenknochen und sprachen von dem grimmigen Feuer des Fiebers in ihrem Körper.

»Jetzt Simon«, sagte Cassandra.

Widerstrebend trat Simon vor und berührte das Kleid.

Und wie jedesmal genoß er es, den Stoff mit seinen Fingerspitzen zu fühlen. Er war wie Arianes Kuß, niemals gleich, immer wieder anders, noch während sie sich ihm hingegeben hatte. Der Anblick des Stoffes war ebenfalls unendlich reizvoll, als wären schimmernde Schatten von Amethyst und Violett und Ebenholz mit den Fäden verwoben worden, Schatten, die sich zu einem Bild zusammenfügten, das sich mit jedem Atemzug, jeder Bewegung verschob und veränderte.

Eine Frau voll intensiver Leidenschaft, den Kopf in den Nacken geworfen, das Haar wild verwühlt, die Lippen zu einem Schrei unvorstellbarer Lust geöffnet.

Die Verzauberte.

Ein Krieger, diszipliniert und leidenschaftlich zugleich, mit Leib und Seele auf den Augenblick konzentriert.

Der Zauberer.

Jetzt beugt er sich über sie, trinkt ihre Schreie …

»Seht Ihr es jetzt?« wandte sich Cassandra an Dominic.

Der Klang ihrer Stimme ließ einen Schauer durch Simons Körper rieseln. Wild und schmerzlich brannte eine jähe Sehnsucht in ihm.

Ihm war zumute, als hätte er beinahe etwas berührt, was man weder wiegen noch messen noch sehen konnte.

Noch berühren.

»Ja«, erwiderte Dominic. »Ariane ist jetzt ruhiger und entspannter. Ist das eine Gelehrte Sache?«

»Nicht direkt«, erklärte Cassandra. »Es ist eine Eigenschaft gewisser Stoffe, die der Silverfells-Clan webt. Jeder ist anders. Jeder verändert sich ständig, während er getragen wird. Er … *ist* einfach.«

Dominic rieb sich nachdenklich die Nase, dann drehte er sich zu seinem Bruder um.

»Du wirst bei Ariane bleiben«, erklärte er entschieden.

Simon öffnete den Mund, um zu protestieren, aber der Glendruid-Wolf sprach unbeirrt weiter.

»Sobald sie reisefähig ist, wirst du deine Frau nach Blackthorne Keep bringen.«

»Was, wenn uns der Winter hier zurückhält?«

»Dann soll es eben so sein. Das Wohlergehen der Tochter von Baron Deguerre ist wichtiger als mein Wunsch, noch einen Ritter mehr auf Blackthorne Keep zu haben, selbst einen so tapferen Ritter wie dich. Es sei denn …«

Dominic brach ab und wandte sich zu seiner Frau um.

»Es sei denn, du träumst von großer Gefahr, kleiner Falke. Dann werde ich Simons Wert für Blackthorne Keep noch einmal neu überdenken.«

15. KAPITEL

Kühles Wasser benetzte Arianes aufgesprungene Lippen und floß sanft über ihre ausgedörrte Zunge. Sie schluckte gierig. Als keine weitere Feuchtigkeit in ihren Mund drang, versuchte sie sich aufzusetzen, um der Quelle des Labsals näherzukommen.

Erneut überflutete Flüssigkeit Arianes Lippen und tropfte an ihrem Kinn hinunter auf ihren Hals. Etwas Warmes, Samtiges strich über ihre Haut und folgte der Spur des Wassers.

»Ruhig, Nachtigall.«

Zusammen mit den Worten strich ein warmer Atemhauch über Arianes Halsgrube. Wo sich die Wassertropfen gesammelt hatten, streifte erneut weicher Samt an ihrer Haut entlang und nahm die Flüssigkeit auf.

Durst, gepaart mit dem Bedürfnis, der sanften Stimme näher zu sein, trieb Ariane, zu wimmern und den Worten entgegenzustreben.

»Du brauchst keine Angst zu haben. Weder das Wasser noch ich werden dich verlassen.«

Eine Hand streichelte mit sanften, zärtlichen Bewegungen über Arianes Haar. Mit einem zitternden Seufzer wandte sie den Kopf der Quelle des Trostes zu. Ihre Lippen streiften über etwas Hartes und dennoch Warmes, etwas, was leicht rauh und wundervoll tröstend und beruhigend zugleich war. Wie aus weiter Ferne nahm sie wahr, daß es eine Hand war.

Eine Männerhand.

Ariane wollte sofort wieder zurückweichen, aber ihr Körper weigerte sich einfach, den Alarmsignalen ihres erwachenden Bewußtseins zu gehorchen.

»Vorsichtig, Nachtigall. Deine Wunde ist immer noch nicht ganz verheilt. Lieg still. Dir kann nichts geschehen.«

Ariane seufzte leise und hob ihr Gesicht wieder der Männerhand entgegen, die ihre Ängste auf so wundersame Weise beschwichtigte.

»Öffne deine Lippen«, flüsterte Simon. »Du brauchst Wasser, viel Wasser, und dann Haferschleim und danach winzige Stückchen Fleisch und Honig und –«

Nur mühsam hielt Simon seinen Wortschwall zurück. Er wollte, daß Ariane wieder gesund wurde, und sehnte ihre Genesung mit einer Ungeduld herbei, die mit jeder Stunde weiter wuchs. Die neun Tage, die er jetzt damit verbracht hatte, sie zu pflegen, waren die längsten Tage seines Lebens gewesen.

Es ist schon grausam genug, daß Dominic wegen meiner Wollust für Marie Qualen erleiden mußte. Aber Dominic war zumindest ein Ritter, der dazu ausgebildet war, Schmerz und Blut zu ertragen.

Es ist unerträglich, daß meine melancholische Nachtigall verwundet und von Schmerzen gequält daliegt – meinetwegen.

»Warum bist du nicht geflohen, als ich dir die Chance dazu gab?« flüsterte Simon.

Von Arianes bleichen Lippen kam statt einer Antwort nur ein Kuß, den sie in seine Handfläche hauchte.

Ist sie wach, so fürchtet sie mich.

Aber im Schlaf küßt sie mich.

Simon schloß die Augen, als die schlichte Liebkosung sein Inneres mit Wärme erfüllte und dann noch tiefer drang und ein winziges Fünkchen Licht in seiner Seele entzündete.

Nach einer Weile nahm er einen Schluck aus einer Tasse, beugte sich zu Ariane hinunter und ließ erneut ein paar Tropfen Flüssigkeit von seinen Lippen auf die ihren gleiten. Es war eine Methode, einem Kranken flüssige Arznei einzuflößen, die Meg bei Dominic angewendet hatte. Und er hatte erlebt, wie Megs geduldige, beharrliche Versuche, Dominic Wasser einzugeben, diesem damals das Leben gerettet hatten.

Die Methode funktionierte auch bei Ariane. Obwohl sie nicht wirklich wach war, wußte ihr Körper instinktiv, was er brauchte. Ihr Mund öffnete sich, und ihre Zungenspitze schnellte hervor, um die wundervolle Feuchtigkeit aufzulecken, die ihre Lippen benetzte. Einige weitere Tropfen flossen zur Belohnung über ihre Zunge. Sie schluckte und hob dann den Kopf und verlangte begierig nach mehr.

Dieses Mal war Simon vorbereitet. Nichts tropfte von Arianes Lippen auf ihr Kinn herunter. Er umfing ihren Mund mit seinen eigenen Lippen und ließ Wasser über ihre Zunge rinnen. Wieder und wieder trank sie durstig von ihm, bis die Tasse mit Medizin geleert war. Dann seufzte sie tief und entspannte sich wieder.

Aber wie der amethystfarbene Stoff, der sich um Arianes Körper bauschte, so klammerte auch sie sich an die Wärme und Vitalität, die von Simon ausging.

Er blickte auf die blassen Finger, die so fest mit seinen so viel kräftigeren Fingern verflochten waren, und fühlte eine seltsame Enge in seiner Kehle. Zärtlich hob er ihre ineinander verschlungenen Hände und küßte Arianes kühle Haut, während er mit seiner freien Hand fortfuhr, ihr Haar zu streicheln.

Nur allmählich wurde sich Simon bewußt, daß jemand das Zimmer betreten hatte und geduldig hinter ihm stand. Der schwache Zederndüft sagte ihm, daß es Cassandra war, die so leise in Arianes Raum gekommen war.

Es war nicht das erste Mal, daß die Gelehrte Heilerin kam, um am Bett ihrer Patientin zu wachen. Zwar hatte Cassandra hartnäckig darauf bestanden, daß Simon Ariane pflegen sollte, aber es verging kaum eine Stunde am Tag, in der sie nicht hereinschaute.

»Der Balsam, den ich Euch vor drei Tagen gebracht habe«, begann die Gelehrte Frau, »habt Ihr ihn benutzt?«

»Ja.«

»Und?«

»Sie scheint ...« Simon zögerte.

»Was?« fragte Cassandra scharf.

»Sie scheint ihn fast zu genießen.«

Cassandras graue Augen glänzten. »Ausgezeichnet. Und Ihr?«

»Ich?«

»Erfreut Euch der Balsam auch?«

Simon warf der Heilerin stumm einen Seitenblick zu.

Cassandra wartete nur und sagte nichts.

»Ja, mich erfreut er auch«, erwiderte er. »Falls das eine Rolle spielt.«

Die Gelehrte Frau legte lächelnd den Kopf schief. »Es spielt eine Rolle, Simon.«

»Warum?«

»Der Balsam wurde exakt gemischt, um all das zu steigern, was Ariane verkörpert.«

»Mitternacht, ein Mondaufgang, Rosen, ein ferner Sturm«, murmelte Simon, während er seine Frau betrachtete. »Ariane.«

»Ist sie bei Bewußtsein?« wollte Cassandra wissen.

»Fast.«

Cassandra trat ans Bett, beobachtete Ariane einen Moment lang und schüttelte dann langsam den Kopf.

»Sie wird heute nicht voll erwachen, noch nicht einmal morgen früh.«

»In den letzten zwei Tagen reagiert sie auf meine Berührung, als wäre sie mehr im Wachzustand als im Schlaf. Manchmal glaube ich beinahe, sie versteht meine Worte.«

»Schon möglich.«

Simon warf der Gelehrten Frau einen schnellen Blick zu.

»Es ist der Balsam«, erklärte Cassandra. »Seine Wirkung reicht über das hinaus, was wir von der Welt wissen, bis an einen anderen Ort, einen Ort, wo Wachen und Schlafen ineinander übergehen. Es ist eine besondere Art zu träumen.«

»Das verstehe ich nicht.«

Cassandra lächelte leise. »Ariane wird mit dem Gefühl erwachen, sie hätte tief geträumt. Und in ihrem Traum wird sie auch tief fühlen. So wie Ihr.«

»Wird sie Schmerz fühlen?« fragte Simon scharf.

»Nein, es sei denn, Ihr wollt es.«

»Niemals. Sie hat meinetwegen schon genug gelitten.« Er zögerte. »Wird sie sich noch an andere Dinge erinnern?«

»Zum Beispiel?«

»Abscheu bei meiner Berührung«, erklärte Simon brüsk.

»Empfindet Ihr Abscheu, wenn Ihr sie berührt?« fragte Cassandra.

»Nein.«

»Scheint sie zurückzuweichen, wenn Ihr sie berührt?«

»Sie kommt näher.«

»Ausgezeichnet«, meinte Cassandra. »Sie macht Fortschritte.«

Eine Weile streichelte Simon schweigend Arianes langes, offenes Haar. Und wie zuvor wandte sie ihm ihr Gesicht zu, um Trost und Entspannung in seiner Liebkosung zu finden.

»Wird Ariane sich beim Erwachen daran erinnern, was sie geträumt hat?« wollte Simon wissen.

»Das tun nur wenige. Heilungsträume sind ...« Cassandra

zuckte die Achseln. »Solche Träume sind ganz anders als normaler Schlaf.«

Als sie sich abwandte, um im Kamin Holz nachzulegen, griff Simon nach den Kräutern, die sie mitgebracht hatte. Er roch sorgsam an jedem Päckchen. Nachdem er sich überzeugt hatte, daß sie die richtige Medizin enthielten, rieb er ein wenig von jedem Kraut zwischen Daumen und Zeigefinger, schnüffelte daran, kostete es, wartete fünf Atemzüge lang und akzeptierte oder verwarf die Mischung dann.

»Die Schafgarbe riecht ein bißchen muffig«, stellte er an einem Punkt fest.

»Ihr habt eine sehr feine Nase. Ich habe schon nach anderer Schafgarbe geschickt. Aber bis dahin ist es besser, ein bißchen muffig riechende zur Hand zu haben, als gar keine.«

Simons Mundwinkel zogen sich leicht abwärts, aber er sagte nichts. Er gab einige der Kräuter in eine Schüssel Wasser, die auf dem Kohlenbecken erhitzt worden war. Unter Cassandras wachsamen Blicken griff er nach Mörser und Stößel, füllte das Gefäß mit diversen Kräutern und zerrieb sie mit flinken, geschickten Bewegungen. Der entstehende Puder wurde mit einer durchdringend riechenden Salbe vermischt.

In Arianas Schlafgemach wurde der Geruch der Feuer im Kohlenbecken und im Kamin jetzt von dem vielschichtigen Aroma medizinischer Kräuter und duftenden Balsams überlagert. Simons Nasenflügel blähten sich leicht, als er die Salbe auf irgendeinen falschen oder übermäßig starken Geruch überprüfte. Dann rieb er etwas von der Mischung auf die empfindliche Haut an der Innenseite seines Handgelenks und wartete.

Keine Rötung wurde sichtbar; kein Brennen oder Jucken war zu fühlen. Nichts, was vermuten ließ, daß die Salbe irgend etwas anderes bewirken würde außer dem, was sie bewirken sollte. Heilung.

»Ihr kümmert Euch sehr aufmerksam um Eure unerwünschte Ehefrau«, bemerkte Cassandra nach einer Weile.

Simon warf ihr einen Blick aus schmalen, schwarz funkelnden Augen zu und blieb stumm.

»Viele Männer in Eurer Lage hätten sich nur zu gern damit begnügt, eine halbherzige Anstrengung zu unternehmen, um dann zu flüchten und die Pflege anderen zu überlassen«, fügte Cassandra hinzu.

»Ich bin kein Feigling, Gelehrte.«

Obwohl leise ausgesprochen, waren seine Worte so schneidend wie ein eisiger Wind.

»Eure Tapferkeit ist wohlbekannt«, sagte Cassandra ruhig. »Kein Mensch hätte irgendwelche Zweifel geäußert, wenn es Euch nicht gelungen wäre, Eure Frau vor dem brutalen Ritter zu retten, der schon besser bewaffnete und zahlenmäßig überlegene Feinde abgeschlachtet hat.«

»Was soll das Ganze?« fragte Simon in gedämpftem, ungeduldigem Ton.

»Simple Neugier.«

»Die Neugier der Gelehrten ist niemals simpel.«

Der Klang seiner Stimme drang verschwommen in Arianes Bewußtsein vor. Sie drehte sich unruhig herum, und ihre Finger schlossen sich fester um seine Hand, als hätte sie Angst, er könnte sich zurückziehen.

»Befriedige deine Neugier anderswo«, sagte Simon leise. »Du störst meine Frau.«

»Wie Ihr wünscht, Heiler. Aber vergeßt nicht, Arianes Haut muß überall den heilenden Kuß des Balsams fühlen. An jeder Stelle ihres Körpers.«

Cassandra war schon zur Tür hinaus, bevor Simon bewußt wurde, wie sie ihn genannt hatte.

Heiler.

Schwermütig blickte er in Arianes bleiches Gesicht.

Wenn es doch nur so einfach wäre.

Wenn ich ihren Körper doch nur mit einer Handvoll Kräuter und einer lindernden Berührung heilen könnte.

Dann könnte ich vielleicht auch die düstere Seele meiner Nachtigall heilen.

Oder meine eigene. Die nicht minder düster ist.

Dominics Worte hallten ungebeten in Simons Erinnerung wider.

Wie ich, so hast auch du alle Wärme im Land der Sarazenen verloren ... Wer wird dir Wärme schenken, wenn du Ariane heiratest?

Ariane murmelte einige unverständliche Worte vor sich hin,

als wollte sie gegen etwas protestieren, was nur sie verstehen konnte.

Dieser Laut riß Simon aus seinen trostlosen Gedanken. Die Vergangenheit war unwiderruflich, unabänderlich. Mit dem, was blieb, mußte er leben, ob es nun süß oder bitter war, angenehm oder schmerzlich, Feuer oder Eis.

Abrupt wandte sich Simon von seiner schlafenden Frau ab. Trotz ihrer schwachen, unbewußten Proteste löste er seine Hand aus ihrem Griff und begann mit dem Reinigungsritual, das Meg ihm beigebracht hatte, bevor sie mit Dominic nach Blackthorne Keep aufgebrochen war.

Mit geschickten, behutsamen Händen knüpfte er die silbernen Spitzenbänder an der Vorderseite von Arianes Kleid auf und schob den amethystfarbenen Stoff über ihre Schultern hinab. Inzwischen hatte er keine Zweifel mehr an Cassandras Anweisung, daß Arianes Haut in Kontakt mit Serenas geheimnisvollem Gewebe bleiben müsse. Er hatte selbst gesehen, daß sie entspannter schlief, wenn sie in das Tuch gehüllt war.

Und wenn Simon sie berührte, schlief sie noch ruhiger.

Wenn sie wieder ganz genesen ist, ob sie mir dann genügend vertrauen wird, daß ich sie als ihr Ehemann berühren darf und nicht nur als Heiler?

Dieser unerwartete Gedanke hielt Simons Hand mitten in der Bewegung auf. Das violette Tuch und die kühle Silberspitze glitten aus seinen reglosen Fingern.

Das Mieder von Arianes Kleid fiel auseinander. Flackernde Flammen aus dem Kohlenbecken warfen Schatten von Licht und Dunkelheit auf ihre glatten, straffen Brüste. Der tanzende Lichtschein rief ein Bild hervor, als würden ihre Brüste von unsichtbaren Fingern liebkost.

Und auf einmal wurden auch ihre Knospen fest.

»Nachtigall«, flüsterte Simon erregt.

Ariane bewegte sich unruhig, drehte den Kopf hin und her, und ihre Brüste bebten dabei verführerisch wie in einer schweigenden Bitte, von Simons Augen, seinen Händen, seinem Mund bewundert zu werden.

Mit einem stummen Fluch schloß Simon die Augen. Er hatte

Ariane seit nunmehr neun Tagen dreimal täglich entkleidet, um sie zu waschen, und trotz der atemberaubenden Verlockung ihres Körpers hatte er sie nicht ein einziges Mal in irgendeiner anderen Weise berührt als in der eines Heilers. Aber jetzt …

Jetzt sehnte er sich danach, das flackernde Licht auf ihren Brüsten zu sein und sie mit der wilden Glut des Feuers zu liebkosen.

Jetzt sehnte er sich danach, ihre vollen Brüste in seinen Handflächen zu spüren, während ihre Brustspitzen unter seinen zärtlichen Daumen zu rosigen Knospen erblühten.

Jetzt wollte er seine Zungenspitze um jene Knospen kreisen lassen und sie in seinen Mund ziehen.

Und dann wollte er noch mehr. Noch sehr viel mehr.

Er wollte Dinge, die er weder benennen noch beschreiben konnte. Er wollte brennen, wie Phönix gebrannt hatte, und wissen, was Phönix wußte, wenn er aus den Flammen auferstand, nur um zurückzukehren, wieder und wieder, während sich dieses Feuer bis tief in seine Seele fraß.

Ein tiefer, rauher Laut stieg aus Simons Kehle auf. Er entsetzte ihn, aber mehr noch entsetzte ihn die ungeahnte Heftigkeit seiner Begierde für Arianes widerstrebenden Körper. Wildes Verlangen strömte durch seine Adern, ließ seinen Schaft hart werden wie ein Schlachtschwert und entfachte pulsierende Glut in seinen Lenden.

»Pest und Hölle«, fluchte er unterdrückt. »Glaubt Cassandra denn, ich wäre ein Eunuch, der kein Verlangen nach genau dem Fleisch verspürt, das er heilen soll? Arianes wundervolle Brüste im Feuerschein zu sehen, ist, als … als hätte ich glühende Kohlen zwischen den Schenkeln!«

Erschüttert über seinen Mangel an Selbstbeherrschung ballte Simon die Hände zu Fäusten und preßte den amethystfarbenen Stoff zwischen seinen Händen, bis seine Arme schmerzten.

Es dauerte eine ganze Weile, bis Simon wieder atmen konnte, ohne das Gefühl zu haben, daß er lodernde Flammen in seine Lungen sog. Langsam ließ er Arianes Kleid los und machte sich daran, den Streifen violetten Stoffs um ihre Rippen abzuwickeln, der sowohl als Verband als auch als stützende Bandage diente.

Die Wunde war inzwischen nur noch eine dünne, scharlachrote Linie, die in der Mitte zwischen zwei Rippen verlief. Die Haut war schon wieder zusammengewachsen, als wäre sie niemals vom Dolch des Abtrünnigen durchtrennt worden. Das Fleisch um die Wunde herum war warm, aber nicht heiß, und eher von jenem rosigen Farbton, der Heilung verhieß, als von dem lebhaften Rot einer Wunde, die tödliches Fieber verursacht.

»Es ist es wirklich wert, sich mit den Zauberkünsten der Gelehrten und der Glendruid-Heiler anzufreunden, um dich so schnell genesen zu sehen«, flüsterte er Ariane zu. »Als ich sah, wie der Dolch in dein Fleisch stieß …«

Seine Stimme verblaßte zu einem heiseren Stöhnen. Er hatte jenen Moment viele Male in seiner Erinnerung durchlebt; wieder und wieder hatte er vor seinem inneren Auge das gefährliche Aufblitzen des Stahls gesehen und die qualvolle Gewißheit gefühlt, daß er nicht rechtzeitig bei Ariane sein konnte, um sie zu retten.

Und er hatte sie nicht retten können. Sie war zu Boden gestürzt, noch während er ihren Namen geschrien hatte. Und sie hatte auch nicht auf seinen Schrei geantwortet.

Sie hatte ihm immer noch nicht geantwortet.

Ariane.

Aber jetzt war Simons Schrei lautlos und drang nicht über den Tumult in seiner Seele hinaus, wo Arianes Verwundung eine weitere rohe Narbe hinterlassen hatte, gleich neben der noch immer schmerzenden Narbe, die er bekommen hatte, als sein Bruder Dominic für seine Sünden hatte zahlen müssen.

Langsam griff Simon nach der Schüssel mit Kräuterwasser, die neben dem Kohlenbecken warmgehalten wurde. Er drückte ein kleines Tuch darin aus und machte sich daran, Ariane mit großer Behutsamkeit zu waschen. Als er mit dem Lappen von ihrem Gesicht zu ihren Brüsten hinunterglitt, tat er sein Bestes, um den warmen Hauch ihres Atems zu ignorieren und die noch wärmere Berührung ihrer Brüste, die mit jeder Bewegung des Lappens seine Hände streiften.

Die Selbstbeherrschung bereitete ihm einige Mühe.

Es war wesentlich leichter gewesen, Arianes sinnliche Reize zu übersehen, als ihr Körper von Fieber gerötet war oder von Kälte bebte, nachdem das Fieber abgeklungen war. Da hatte er in ihr weniger das Mädchen gesehen, dessen atemberaubende, dunkle

Schönheit seinen Körper von dem Moment an in Flammen versetzt hatte, als er sie das erste Mal sah, sondern eher die Kranke, die gewaschen und abgetrocknet und eingesalbt und anschließend wieder gegen die herbstliche Kälte eingehüllt werden mußte.

Doch heute schien sich Arianes Körper unter seinen Händen ganz anders anzufühlen. Nachdem sie den letzten Rest Arznei von seinen Lippen getrunken hatte, war eine deutliche Veränderung mit ihr vorgegangen. Ihr Körper hatte nicht mehr jene Schlaffheit, als hätte es ihre ganze Kraft gekostet, den Dolch des Abtrünnigen zu überleben. Obwohl sie immer noch unnatürlich ruhig war, schien es jetzt, als wollten ihr Körper und ihr Geist allmählich die betäubende, schmerzlindernde Wirkung der Arzneien abschütteln, die sie im Schlaf der Genesung gehalten hatten.

Die zarte Linie von Arianes Taille und Hüften hatte sich kaum merklich und dennoch spürbar verändert und wirkte jetzt noch verführerischer. Es war, als gäbe sie sich Simons Berührung hin, während er sie badete, und als wollte sie das Bad von einem Reinigungsritual in etwas weitaus Sinnlicheres verwandeln.

Jetzt rief ihr köstlicher Schoß mit Sirenengesang nach Simon, wie auch die lange, wohlgeformte Kurve ihrer Beine, während er sie wusch. Der Anblick des weichen, lockigen Dickichts ihrer Weiblichkeit ließ ihm den Atem in der Kehle stocken. Er zwang sich gewaltsam, seinen Blick von dem mitternachtsschwarzen Dreieck abzuwenden, um zu verhindern, daß sich seine Berührung von der des Heilers in die des Liebenden verwandelte.

Geradezu grotesk, wie ich mich aufführe! Ich bin doch kein grüner Junge mehr, daß ich sie anstarre, als hätte ich noch niemals den weichen Schoß einer Frau gesehen!

Simon holte tief Luft, beendete seine Tätigkeit rasch und zwang sich dabei, Ariane nur als Patientin zu sehen.

Dennoch beschloß er, darauf zu verzichten, duftenden Balsam von ihren zierlichen Zehen bis hinauf zu ihrem schlanken Hals in Arianes Haut zu reiben. Die Salbe duftete auf jeden Fall zu sinnlich, um eine Medizin zu sein, obwohl Cassandra beharrlich behauptet hatte, sie sei wichtig für Arianes Genesung.

Abrupt begann Simon, das amethystfarbene Kleid wieder über Arianes Beine heraufzuziehen. Doch ganz gleich, wie schnell er es tat, wie wenig er sie berührte, sie fühlte sich jetzt ganz anders unter seinen Händen an. Ihre Glieder waren geschmeidiger als sonst, lebendiger.

Einladend.

Ihr Körper und ihre Wangen waren gerötet von jener Art von weiblichem Fieber, gegen das es nur ein Heilmittel gab.

»Gott im Himmel!« zischte Simon. »Was ist nur mit mir los, daß ich ein Mädchen begehre, das nicht in der Lage ist, ja oder nein zu sagen?«

Ariane ist meine Frau.

»Sie ist nicht gesund«, murmelte er, während er das Kleid mit ungewöhnlicher Hast über Arianes Hüften heraufzog.

Ihr Körper folgt meiner Berührung, wie eine Blume der Sonne folgt.

»Sie ist bewußtlos!«

Aber ihr Körper ist erwacht. Ich kann es spüren. Ich kann es fühlen. Könnte ich ihre Weiblichkeit mit meiner Zunge erforschen, dann könnte ich es auch schmecken.

Der Gedanke jagte heiße Begierde wie einen Blitzstrahl durch Simons Lenden, gefolgt von einer Verlockung, so stark, daß sie seinen Körper erschütterte, wie ein Donnerschlag den Erdboden erzittern läßt.

Simon hörte auf, mit sich selbst zu streiten, und konzentrierte sich darauf, soviel wie möglich von Ariane zu bedecken, bevor er die Salbe auf ihrer empfindlichen Wunde verteilte. Doch die langen, fließenden Ärmel des Kleides schienen ihren eigenen Willen zu haben. Sie verknoteten sich und verdrehten sich. Sie waren so schwer faßbar wie Rauch. Sie widersetzten sich jedem seiner Versuche, sie an ihren Armen heraufzuziehen.

Und jedesmal, wenn Simon Ariane auf eine andere Weise hochhob, um ihre Arme in die Ärmel zu schieben, wogten ihre Brüste und streiften über seine Arme und Hände. Einmal spürte auch seine Wange ihre weiche, verführerische Berührung.

Und Ariane lächelte träumerisch bei der Liebkosung.

Unflätige Sarazanerflüche kamen gepreßt über Simons Lippen. Er ließ Ariane los, packte einen Ärmel und starrte ihn an, wie er einen ungehorsamen Hund angesehen hätte.

Der Stoff schmiegte sich weich um seine Finger und liebkoste seine Nase mit einem subtilen Duft, einer Mischung aus Mondaufgang und wilden Rosen und einer Andeutung von Sturm.

Arianes Duft.

Der Duft eben jenen Balsams, den Simon nicht in ihr verlockendes Fleisch reiben wollte. Weil er sich nicht traute.

Der Balsam, von dem Cassandra behauptet hatte, daß er lebenswichtig für Arianes Heilung sei.

Simon schloß die Augen und stöhnte unterdrückt. Langsam öffneten sich seine geballten Fäuste, und das amethystfarbene Gewebe glitt mit einem Laut wie ein leiser Seufzer aus seinen Fingern.

Er griff nach einem der kleinen Töpfe, die auf einer Kiste neben Arianes Bett standen. Der Geruch des Balsams war durchdringend und belebend.

Arzneigeruch, nicht der Duft von Leidenschaft.

Fast grimmig tauchte Simon seinen Zeigefinger in den Balsam und trug ihn vorsichtig auf die scharlachrote Narbe zwischen Arianes Rippen auf. Sie lag vollkommen still da, und halb wachend, halb schlafend, atmete weich. Das leise Lächeln, das um ihre Mundwinkel spielte, machte sie so schön, daß sich Simons Herz schmerzlich zusammenzog.

Dein Körper begehrt mich, kleine Nachtigall.

Er hat mich schon gewollt, als du noch Duncans Verlobte warst.

Und du hast dich ebenso heftig gegen dieses Verlangen gesträubt wie ich.

Kämpfe nicht länger, Nachtigall. Du bist nicht mehr die Verlobte eines anderen. Ich bin dein Ehemann. Du bist meine Ehefrau.

Dein Lächeln betört meine Seele.

Im selben Moment, als Simon seine Hand von Arianes Wunde hob, drehte sie sich auf die Seite, so daß seine Finger auf eine höchst sinnliche Art zwischen ihren Brüsten eingeklemmt wurden.

Hitze durchströmte ihn von der Stirn bis zu den Zehenspitzen, aber noch heißer brannte er an der Stelle, wo sich sein steifer Schaft am Stoff seiner Hose rieb. Er spürte seinen Herzschlag in jedem schmerzhaften Pulsieren harten Fleisches gegen beengenden Stoff.

Mit einem langen, gemurmelten Fluch zwang Simon sich, seine Finger aus dem süßen Schraubstock zu lösen. Als er seine Hand zurückzog, streiften seine Fingerspitzen über eine von Arianes Knospen. Sie richtete sich augenblicklich hart auf.

»Gott im Himmel, das ist einfach zuviel!« stieß Simon zwischen zusammengebissenen Zähnen hervor.

Er befahl sich, aufzustehen und Ariane in Ruhe zu lassen, und er hatte auch wirklich die feste Absicht, das zu tun. Aber die verdammten Ärmel waren in seinen Schoß gerutscht und hielten ihn fest.

Simon griff nach dem Topf duftenden Balsams, den Cassandra speziell für Ariane gemischt hatte. Der Topf fühlte sich warm und glatt an, er war von der Größe und dem Gewicht einer Brust, die sich in seine Handfläche schmiegte.

Ein intensiver Duft nach Rosen und Sturm breitete sich im Raum aus, als Simon den Deckel hob. Er inhalierte tief und nahm den Geruch in sich auf, der – ebenso wie das Kleid – Arianes ureigenes Wesen eher hervorhob als verhüllte.

Langsam tauchte Simon seine Fingerspitzen in den Balsam. Er fühlte sich warm an, cremig, glatt, von all dem durchdrungen, was zutiefst weiblich war.

Und er brannte wie das Feuer der Begierde.

16. KAPITEL

Neun Tage lang hatte Simon Ariane gepflegt, als wäre sie ein Baby. Neun Tage lang hatte er sich eingeredet, daß er die Verlockung ihrer Brüste und Hüften nicht bemerken müsse. Daß er kein rein sinnliches Vergnügen dabei empfände, duftenden Balsam auf jeden Zentimeter ihrer Haut zu streichen. Daß er sich nicht wünschen dürfe, wie der Balsam in ihr Fleisch einzudringen und Teil ihres Körpers zu werden.

Neun Tage lang hatte er sich selbst belogen.

Himmel, Herrgott noch mal!

Was hat Cassandra sich eigentlich dabei gedacht, als sie mich anwies, jeden Zentimeter von Arianes Körper mit duftender Salbe einzureiben? Bin ich aus Stein gemacht, daß ich dabei nicht vor Leidenschaft brennen muß?

Ariane drehte den Kopf von einer Seite auf die andere, und die Bewegung ließ glänzende Locken ihres langen, schwarzen Haares über ihre Brüste gleiten. Ihre Hände bewegten sich träge und dennoch fast ungeduldig, als suchten sie nach ... etwas.

»Ariane«, flüsterte Simon.

Wie als Reaktion auf seine Stimme wandte sie den Kopf in seine Richtung, doch ihre Augen blieben geschlossen. Behutsam strich Simon mit dem Handrücken über ihre Wange. Ihre Hand hob sich und hielt seine Finger an ihrem Gesicht fest.

Dann drehte sie sich noch weiter zu ihm um. Ganz eindeutig ließ sie seine Berührung zu.

Nein. Sie läßt meine Berührung nicht nur zu.

Sie verlangt danach.

»Ich wünschte, ich könnte es wagen, dich aufzuwecken«, murmelte Simon.

Aber das hatte Cassandra ihm ganz entschieden verboten. Sie hatte gesagt, sobald Ariane vollständig genesen wäre, würde sie die betäubende Wirkung der Arzneien selbst abschütteln. Bis dahin müßte sie tief schlafen. Sie vorzeitig aufzuwecken würde den Heilungsprozeß nur verzögern.

Als Simon begann, den Balsam aufzutragen, hüllte ihn die Wärme von Arianes Atem ein. Er redete sich ein, daß er jetzt nichts anderes tat als in den neun Tagen zuvor, nichts Neues und ganz sicherlich nichts Sinnliches ...

Dennoch konnte er nicht umhin, den eleganten Schwung von Arianes Augenbrauen zu bemerken, als sähe er sie zum ersten Mal. Die schwarzen Kränze ihrer Wimpern waren so lang, daß sie wie Halbmonde auf ihren Wangen ruhten. Ihre Nase hatte eine klare, gerade Linie und zierlich geformte Nasenlöcher. Ihre Wangenknochen verlockten seine Fingerspitzen, so wie die glatten Flächen darunter, wo sich der Widerschein des Feuers spiegelte.

Der Duft des Balsams stieg auf und wurde durch die Wärme ihres Körpers noch intensiver. Das Parfüm liebkoste Simons Sinne mit jeder Berührung seiner Finger auf Arianes Haut, und er sog den Duft tief in seine Lungen ein, während sinnliche Hitze zwischen seinen Schenkeln emporloderte.

Langsam stieß er den Atem wieder aus und strich leicht über den violetten Stoff, der Arianes Hüften und Beine verhüllte. Mit der Schnelligkeit von fließendem Wasser glitt das Tuch beiseite und ließ Ariane nackt zurück.

Vorsichtig, um sie nicht zu erschrecken, hob Simon seine Frau hoch und drehte sie auf ihre unverletzte Seite. Er sagte sich, daß seine Hände nicht absichtlich einen Moment länger auf der verlockenden Kurve ihrer Hüften verweilt hätten. Er hatte auch rein zufällig seine Handfläche an ihr Bein geschmiegt und seine Fingerspitzen gestreckt, um das üppige Haardickicht zu berühren, das zwischen ihren Schenkeln lag.

Ein Stöhnen kam über seine Lippen, als das harte Schwert zwischen seinen Beinen noch heftiger darauf drängte, in Arianes warme Scheide zu gleiten. Es war, als hätte er nie zuvor eine Frau berührt, nie zuvor den berauschenden Duft weiblicher Begierde gekannt, nie die weichen, duftenden Lippen mit seinen Fingern geteilt, um die heiße Knospe in ihrem Inneren zu erforschen.

Abrupt riß Simon die Hände zurück, als hätte er sie zu nah an eine Flamme gehalten.

Du bist ja verrückt!

Weder die Stimme der Vernunft noch die aufrührerische, leidenschaftliche Seite seines Wesens widersprachen dieser Erkenntnis.

Er schloß die Augen und tauchte seine Fingerspitzen in den kleinen Topf mit Balsam. Langsam begann er, die cremige Mischung in Arianes Rücken einzumassieren. Als er die Kurve ihres Pos erreichte, hielt er zögernd inne.

Arianes lange Beine zuckten unruhig. Durch die Bewegung hob sich ihre Hüfte und drängte sich gegen Simons Handfläche.

Seine Finger beugten sich ganz von selbst in sinnlicher Erwiderung und gruben sich in ihr weiches, elastisches Fleisch. Als er erkannte, was er getan hatte, erstarrte er voller Angst, er könnte Arianes Genesungsschlaf gestört haben. Nach mehreren Atemzügen entspannte er sich langsam wieder, denn Ariane war nicht erwacht.

Doch sie war auch nicht vor den liebkosenden Fingern zurückgewichen, die jetzt ihre Hüfte umschlossen.

Langam hob Simon seine Hand, nahm eine weitere Portion Balsam aus dem Topf und machte sich daran, Arianes Rückgrat bis zu seiner Basis einzureiben. Ohne es wirklich zu wollen, glitt er dabei über die schattige Spalte darunter.

Plötzlich züngelte Feuer an seinen Fingerspitzen hoch, schoß durch seinen Arm und schickte einen Strahl von Glut durch seine Lenden. Widerstrebend zog er seine Hand zurück, solange er sich noch genügend unter Kontrolle hatte.

Simon sehnte sich schmerzlich danach, Ariane mehr zu schenken als eine flüchtige Liebkosung, die endete, noch bevor sie richtig begonnen hatte. Er sehnte sich danach, der Kurve ihres Pos zu folgen, bis sich seine Handfläche zwischen ihre Schenkel drängen konnte, fest um ihre Weiblichkeit geschmiegt, während seine Finger in ihre glatte, duftende Hitze eindrangen.

Dann würde er langsam die Finger zurückziehen und ihre köstliche Feuchtigkeit auf seiner Handfläche spüren, bis er erneut in sie gleiten, tief in sie eindringen würde, um sich nach einer Weile wieder zurückzuziehen und den Duft ihrer Begierde zu verbreiten, bis er so untrennbar mit ihnen beiden verbunden war wie Hitze und Feuer.

Ich darf es nicht tun. Sie ist nicht wach.

Aber ich bin es!

Großer Gott, ich brenne lichterloh vor Verlangen.

Simon hätte am liebsten wild geflucht, aber seine Kehle war wie zugeschnürt. Er fühlte sich unendlich lebendig, während das Blut in mächtigen Stößen durch seine Lenden pulsierte und seinen Schaft noch härter als zuvor werden ließ.

Ein tiefes, fast geräuschloses Stöhnen stieg aus seiner Kehle auf, doch er zwang sich mit aller Macht, an gar nichts zu denken, als er den duftenden Balsam an den vollendeten Kurven von Arianes Beinen entlang auftrug und dann in ihre zierlichen Füße einmassierte.

Seufzend drehte sich Ariane auf den Rücken, als hätte sich ihr Körper die Routine des Einreibens eingeprägt. Als sie sich drehte, breitete sich langes, schwarzes Haar fächerförmig über ihren Brüsten und ihrem Bauch aus. Die leicht gelockten Haarspitzen streiften und verfingen sich in dem Dreieck dichterer, noch lockigerer Haare, das ihre intimste Stelle verhüllte.

Wie verzaubert streckte Simon eine Hand aus und teilte langsam, ganz langsam die beiden Schattierungen von Mitternachtsschwarz, die Arianes Haar waren. Die Verlockung, auch das schwarze Haardreieck mit nur einer Fingerspitze zu teilen und die weibliche Glut darunter zu suchen, war so groß, daß seine Hand heftig zitterte.

Ich darf nicht!

Und dennoch – so schnell, wie er sich sagte, daß es unrecht war, so schnell rebellierte ein anderer Teil seines Ichs dagegen.

Warum nicht? Sieh doch nur, wie sie sich bewegt, wie sie seufzt. Sieh, wie ihre Brüste beben und sich nach meiner Berührung sehnen, wie ihre Knospen hart werden, voller Gier, liebkost zu werden.

Fast grimmig brachte Simon seine innere Stimme zum Schweigen, indem er seine Fingerspitze in den cremigen Balsam stippte und ihn in Arianes Schultern, Arme und Hände einmassierte, bis nichts oberhalb ihrer Schlüsselbeine unberührt blieb.

Während er sich wünschte, endlich mit diesem Tun fertig zu sein, das ihn fast zum Wahnsinn trieb – und gleichzeitig froh war, es noch nicht zu sein –, griff Simon tief in den Topf, um mehr Balsam herauszunehmen. Er verrieb die Mischung zwischen seinen Handflächen und machte sich eilig daran, seine Aufgabe zum Ende zu bringen.

Arianes Brüste waren voller, als Simon sie in Erinnerung hatte, glatt und straff. Selbst mit geschlossenen Augen konnte er ihr Bild in seine Lider eingebrannt sehen. Ihre Haut war so feinporig und alabasterweiß wie die kostbarste Perle eines Sultans. Ihre Brustspitzen waren feste, rosige Knospen, die nur auf die warme Feuchtigkeit seiner Zunge zu warten schienen, um zur Perfektion aufzublühen.

Ohne sich dessen bewußt zu sein, ohne nachzudenken, beugte Simon den Kopf zu Ariane hinunter. Ihre Brüste erkannten die Liebkosung seiner Stirn, seiner Wangen, seiner Lippen. Dann öffnete er den Mund, und seine Zunge berührte eine der köstlichen Knospen.

Sie schmeckte nach Rosen.

Ein tiefes Stöhnen stieg aus Simons Kehle auf, als er seine Zunge um Arianes Brustspitze kreisen ließ und in ihrer Hitze schwelgte.

»Seide«, flüsterte er, während seine Zunge über die blasse Rundung einer Brust strich.

Ariane murmelte etwas und verlagerte ihr Gewicht. Die Bewegung ließ eine hart aufgerichtete Knospe gegen seine Lippen stoßen.

»Samt«, hauchte er und kostete sie genußvoll.

Ariane bäumte sich ihm entgegen, als wäre sie in einem sinnlichen Traum gefangen. Ihre feste, feuchte Brustspitze streifte über seine Lippen.

»Ich kann es nicht ertragen«, murmelte Simon rauh.

Er zog ihre Brustspitze in seinen Mund und liebkoste sie, wie er es sich seit ihrer ersten Begegnung gewünscht hatte, als Ariane so stolz und gleichzeitig verängstigt dagestanden und darauf gewartet hatte, daß ein Mann, den sie nie zuvor gesehen hatte, ihren Körper für sein Bett und ihren Schoß für seine Erben fordern würde.

Die feuchte, warme Liebkosung von Simons Mund beschleunigte Arianes Herzschlag. Verträumt murmelnd zog sie ein Knie an.

Oder war seine Hand unter ihr Knie geglitten und hatte ihre Schenkel geöffnet, wie es ein Liebhaber tun würde?

Nein, ich bin ein Heiler, kein Liebhaber.

Dann sollte ich sie auch heilen. Ihren gesamten Körper.

Aber …

Der leidenschaftliche Teil von Simons Ich setzte sich über die Vorsicht hinweg, die zu erwerben ihn einen so hohen Preis gekostet hatte.

Ist es nicht das, was Cassandra gesagt hat? Ariane muß den heilenden Kuß des Balsams auf jedem Zentimeter ihres Körpers spüren.

Es stimmte durchaus. Cassandra hatte die Warnung mehr als einmal wiederholt, als wäre der Balsam der wichtigste Teil des Heilungsrituals.

Kann ich mir selbst genügend vertrauen, um sie so intim zu berühren?

Und sie nicht zu nehmen.

Gnädiger Gott. Ist das möglich?

Simon schloß die Augen und zwang sich, sich nicht zu rühren, denn er konnte nicht sagen, ob seine nächste Bewegung ihn auf Ariane zu gebracht hätte oder von ihr weg.

Und wenn er die Hand nach ihr ausstreckte, war er sich nicht sicher, wo das Heilen enden und das Lieben beginnen würde.

»Nachtigall«, sagte Simon mit zitternder Stimme. »Wenn du doch nur wach wärst.«

Über Arianes Lippen kam ein gedämpftes, angstvolles Stöhnen. Die Haltung ihres Körpers schien jetzt leicht verkrampft. Ihre Beine bewegten sich unruhig, als hätte sie vor, hinter etwas herzulaufen, fände sich jedoch hoffnungslos gefesselt. Ein Arm schlug aus und prallte gegen Simons Schenkel.

Sobald sie seine muskulöse Gegenwart fühlte, stieß Ariane einen langen Seufzer aus und wurde augenblicklich ruhiger. Gleich darauf entspannte sich ihre Hand und glitt halb von seinem Schenkel auf die Bettdecke, aber ihre Finger blieben fest an sein Bein gepreßt.

Der Kontakt war auch nicht zufällig, denn als Simon leicht zurückwich, suchte Arianes Hand erneut nach dem immerwährenden Trost von Fleisch auf Fleisch.

Sein Fleisch.

Ihr Verlangen.

»Habe ich dich richtig eingeschätzt, kleine Nachtigall?« flüsterte Simon. »Hast du mich mit mehr Gefallen und weniger Abscheu angeblickt als andere Männer?«

Er erhielt keine Antwort, außer der von Arianes Hand, die warm gegen seinen Schenkel drückte.

»Und Verlangen«, fuhr er leise fort und beugte sich erneut über seine schlafende Frau. »Habe ich Verlangen in deinen Augen gesehen? Habe ich es in deinen Küssen geschmeckt?«

Langsam strich er mit seinen starken Händen an Arianes Körper hinunter, von ihren Brüsten bis zu dem dunklen Dreieck, dessen Anblick ihn mit schwindelerregender Begierde erfüllte.

»Als du mich zum ersten Mal gesehen hast, hast du mich mit großen Augen angestarrt«, murmelte er. »War das erst vor knapp einem Monat? Bei allen Heiligen, es kommt mir wie eine Ewigkeit vor. Du hast damals einem anderen gehört, und ich durfte es mir kaum erlauben, dich anzusehen.«

Simons Handfläche glitt an der Rückseite von Arianes gebeugtem Schenkel entlang, während er den Balsam einmassierte und mit jeder langsamen Bewegung seiner Hand mehr von ihrer Schönheit enthüllte.

»Die untergehende Sonne ließ amethystfarbenes Feuer in deinen Augen aufleuchten«, flüsterte er. »Und dein Mund ... großer Gott, als ich sah, wie deine Zunge über deine Unterlippe glitt, hätte ich beinahe meinen Samen vergossen.«

Ein Schauer lief bei der Erinnerung durch seinen Körper, und noch während er an den erregenden Augenblick zurückdachte, drückte er hastige, kleine Küsse auf Arianes Brüste und Bauch und hielt dann einen Moment inne, um das süße Grübchen ihres Nabels mit seiner Zungenspitze zu erforschen.

»Ich wollte für keine Frau irgendeine Begierde empfinden«, fuhr Simon flüsternd fort. »Nicht so heftig. Nicht wie ein Feuer, das tief in meinen Lenden brennt.«

Sein warmer Atem streifte über Arianes Haut, während seine Hände und seine Lippen sie zärtlich streichelten. Er war jetzt Heiler und Liebhaber in einem.

»Ich habe gesehen, wie sich dein Puls beschleunigte, wann immer ich in deine Nähe kam. Es hätte Furcht sein können, aber immer, wenn du dachtest, ich würde es nicht bemerken, hast du mich sehnsüchtig angeschaut.«

Seine Hand glitt an Arianes Körper hinunter, bis er schließlich fühlte, wie sich das dichte, sinnliche Haardreieck gegen seine Handfläche preßte. Er streichelte ihren Schoß mit der Behutsamkeit eines Seufzers, liebkoste den verführerischen Hügel ihrer Weiblichkeit, dessen Glut unter seine Haut zu dringen schien. Ein erstickter Laut kam über Arianes Lippen, halb erregtes Stöhnen, halb Wimmern.

Und sie wich nicht etwa vor Simons Liebkosung zurück, sondern bäumte sich ihm verlangend entgegen.

Sein eigener Atem verwandelte sich in ein rauhes Stöhnen. Alles in ihm drängte danach, sie aufzuwecken, sie zu nehmen und ihre Augen vor Leidenschaft glänzen zu sehen, wenn er sich tief in ihrem Schoß vergrub. Ihm war zumute, als hätte er sich diese Vereinigung schon sein ganzes Leben lang gewünscht.

Simon tauchte seinen Finger ein letztes Mal in den Balsam. Sorgfältig verrieb er die duftende Mischung von Arianes Nabel bis zu ihren Schenkeln. Ihre Beine spreizten sich noch ein wenig mehr, und ihre Hüften hoben sich leicht …

… genug, um Simons Fingerspitzen über das verborgene Fleisch gleiten zu lassen, das feucht und geschwollen vor Verlangen war. Ariane gab einen leisen Laut der Wollust von sich, streckte sich träumerisch und rieb ihren Schoß an Simons Fingern.

Vorsichtig schob er seine Fingerspitzen zwischen ihre Schenkel, um ihre weichen Blütenblätter zu streicheln und noch ein wenig tiefer in ihren Schoß einzudringen. Er spürte den Schauer heißer Erregung, der ihren Körper durchlief, hörte ihren zitternden Seufzer und sah ihre Lust in den trägen Bewegungen ihrer Hüften.

»Was erträumst du dir, Nachtigall?« fragte Simon mit leiser, kehliger Stimme. »Willst du mich jetzt, so wie ich dich von unserer ersten Begegnung an gewollt habe?«

Sanft, sehr sanft liebkoste Simon die festen, schwellenden Ränder von Arianes Blütenblättern. Der heiße, sinnliche Tau ihrer Reaktion benetzte seine Finger, so daß ihm der Atem in der Kehle stockte. Mit köstlicher Zartheit schob er eine Fingerspitze in ihren weichen, zitternden Schoß. Sein Finger glitt langsam tiefer, liebkoste und öffnete ihre Blütenblätter gleichzeitig.

Auf dem Gipfel der Liebkosung fand Simon die verborgene Knospe, feucht, glatt und voll erblüht. Als seine Fingerspitze sie mit langsamen, aufreizenden Bewegungen umkreiste, stöhnte Ariane, und ihre Hüften bewegten sich vor und zurück, als suchte sie hungrig mehr.

Abrupt zog Simon seine Hand zurück, bis kein Teil seines Körpers sie mehr berührte. Ariane protestierte murmelnd und drehte mit einer matten Ruhelosigkeit den Kopf von einer Seite zur anderen. Nur zu deutlich von ihrem Verlangen und dem heilenden Bann des Traums sprachen ihre Bewegungen.

Das war es, was Cassandra gemeint hatte. *Ariane wird mit einem Gefühl erwachen, als hätte sie tief geträumt. Und in ihrem Traum wird sie auch tief fühlen. So wie Ihr.*

»Was fühlst du, Nachtigall?« fragte Simon rauh. »Ist es Abscheu?«

Er ließ seine Fingerspitzen an der Innenseite ihrer Schenkel hinabgleiten, und sie bog sich ihm entgegen, langsam, als schwämme sie durch eine zähe Flüssigkeit. Jede Bewegung war auf einen Bruchteil ihrer normalen Schnelligkeit reduziert. Jede Reaktion ihrer Lust war ein sinnliches Spiegelbild ihrer Träume.

»Nein, es ist kein Ekel, der dich bewegt«, flüsterte Simon. »Ist es das Feuer, das tief in deinem Inneren lodert, was dich treibt? Kommst du mir entgegen, weil du weißt, daß ich es bin, der dich streichelt?«

Seine Fingerspitzen liebkosten Blütenblätter, die nicht länger fest geschlossen waren. Sie waren geschwollen und heiß, und sie weinten Tränen ungestillter Begierde.

Simon stöhnte auf, als litte er unerträgliche Schmerzen.

»Ich könnte die Tiefe deiner Glut erforschen«, flüsterte er, »aber ich fürchte, daß ich mich nicht damit zufriedengeben würde, deine feste Jungfräulichkeit an meinem Finger zu fühlen. Es wäre zu leicht, dich weiter zu öffnen und dann noch etwas weiter, bis ich mein hungriges Schwert tief in deine Scheide stoßen könnte.«

Er schloß die Augen und kämpfte mit aller Kraft gegen sein Verlangen an, das ihn zu überwältigen drohte.

»Fragst du dich, was es wohl für ein Gefühl wäre, wenn wir einander anschauten, während unsere Herzen hämmern und unsere Körper danach streben, noch intensiver im lustvollen Kampf der Liebe verstrickt zu sein?«

Ariane wachte nicht auf, um Simons Frage zu beantworten, obwohl ihre Bewegungen unter seiner forschenden, verlockenden Liebkosung Antwort genug waren.

Heiß und fiebrig glühte sie am ganzen Körper.

Aber es war nicht die trockene Hitze von Krankheit, die Simons Fingerspitzen verbrannte. Sondern die flüssige Glut einer Frau, deren Hunger von der Berührung eines Liebhabers geweckt war.

Simon öffnete die Augen und ermaß Arianes Erregung an den langsamen, verführerischen Bewegungen ihrer Hüften. Die Glut des Verlangens hatte ihre Brustspitzen und ihre Lippen rosig gefärbt.

Reglos saß Simon auf dem Bett und kämpfte mit jedem zitternden Atemzug gegen seine Begierde an, wohl wissend, daß er aufstehen und das leidenschaftlich erregte Mädchen verlassen sollte, das weder ja noch nein sagen konnte.

Aber ich kann die Entscheidung für sie treffen.

Der Gedanke war eine Qual.

»Willst du mich so tief in dir spüren, daß du meinen Samen so deutlich hervorschießen fühlen kannst wie ich?« fragte er in heiserem Flüsterton.

Arianes Antwort war so lautlos wie unmißverständlich. Ihr Körper war jetzt nicht mehr matt und kraftlos. Sie lag da, pulsierend vor Erwartung, die Schenkel gespreizt. Der Duft ihres Verlangens drang in seine Lungen und setzte seinen Körper in Flammen.

Ein gequälter Laut entrang sich Simons Kehle.

Allmächtiger, was ist nur mit mir los? Warum bringe ich es nicht über mich, aufzustehen und den Raum zu verlassen?

Und doch, noch während die Worte in Simons Kopf widerhallten, überwältigte ihn das Hämmern seines eigenen Herzens, und er beugte sich erneut über Ariane. Zwar traute er sich nicht, sie wieder mit seinen Händen zu berühren, aber er war auch unfähig, sich von ihrer sinnlichen, erwartungsvollen Schönheit abzuwenden.

Ariane murmelte verträumt, als Simons Wange ihren Schenkel liebkoste, und er holte tief Luft, füllte seine Lungen mit ihrem köstlichen Parfüm und tauchte in den Duft ihrer Leidenschaft ein, als wäre er ein heilender Traum.

Er küßte ihr elfenbeinweißes Fleisch mit einer trägen Behutsamkeit, die ihren träumerischen Bewegungen gleichkam. Als er leicht an ihrer Knospe saugte und Glut in ihrem Schoß pulsieren ließ, stöhnte sie abgehackt und spreizte ihre Schenkel noch ein wenig weiter für ihn.

Heile mich.

Er flüsterte ihren Namen dicht an ihrem Schoß, während er die Essenz von Mondlicht und Rosen und dem wilden, brausenden Sturm kostete, die sie beide einhüllte und schwindelig vor Lust machte.

Langsame Hitze breitete sich in Arianes Körper aus, ein Brennen, das sich zu beinahe unerträglicher Verzückung steigerte.

Ich stehe in Flammen.

Ich kann es schmecken.

Ja. Koste mich.

Schwindel erfaßte Simon, als er sich voll und ganz der heißblütigen Verlockung hingab und alles um sich herum vergaß, nur noch das Gefühl und den Geschmack von Ariane wahrnahm, während ihre Hitze seine Haut erglühen ließ, bis er nur noch reinen Duft und Feuer atmete.

Ich brenne.

Ja.

Brenne mit mir.

Immer.

Wir … verbrennen.

17. Kapitel

Mißtrauisch beäugte Simon den Topf mit frischem Balsam, den Cassandra ihm reichte. Er nahm den Deckel ab und roch daran.

Ein köstlicher Schauer durchlief ihn, Erinnerung und neu erwachtes Verlangen in einem.

»Für Ariane«, sagte Simon heiser.

»Natürlich«, erwiderte die Gelehrte Frau.

Mit raschen, energischen Handgriffen schraubte er den Deckel wieder zu und wandte sich zu Arianes Bett um.

»Mißfällt Euch der Balsam?« fragte Cassandra.

Erinnerung und Traum, unentwirrbar miteinander verwoben, kräuselten die Oberfläche von Simons Bewußtsein. Er hatte versucht, über die vergangene Nacht nicht weiter nachzudenken, nachdem er halb bekleidet aufgewacht war, seine vollkommen nackte Ehefrau schlafend in seinen Armen … und sowohl sein Körper als auch der ihre hatten den heilenden Duft des Balsams ausgeströmt.

Simon hatte versucht, nicht daran zu denken, was zwischen ihm und seiner Frau passiert war, weil es keinen Sinn ergab. Es hatte weder Vernunft noch Logik. Es war nichts, was man wiegen oder messen, festhalten oder prüfen konnte.

Es konnte nicht geschehen sein.

Ich kann mit ihrer Heilung nichts zu tun gehabt haben.

Ich kann nicht gefühlt haben, wie Ariane brennt.

Aber es war möglich, daß er selbst gebrannt hatte.

Und er hatte gebrannt.

Und Ariane ebenfalls.

»Dreimal«, sagte Cassandra.

Simon blickte sie überrascht an und fragte sich, woher sie es gewußt hatte. »Was?« fragte er.

»Bis Ariane erwacht, müßt Ihr den Balsam dreimal pro Tag anwenden«, erwiderte die Gelehrte Frau geduldig.

Trotz Cassandras ruhiger Miene glaubte Simon, einen amüsierten Schimmer in ihren grauen Augen entdecken zu können.

»Ja, das hast du mir schon mehrmals erklärt«, gab er brüsk zurück.

Dieses Mal war er sicher, daß die Gelehrte Frau lächelte.

»Habt Ihr ihre Wunde heute morgen schon untersucht?« wollte sie wissen.

»Noch nicht.«

Simon war kurzangebunden. Er verspürte kein Bedürfnis, Cassandra zu erklären, daß er sich nicht traute, seine Frau wieder zu entkleiden, geschweige denn, duftenden, raffinierten Balsam überall auf ihrer Haut zu verteilen, bis nichts mehr zwischen ihnen war außer Rosen und Mondlicht, einem wilden, unkontrollierbaren Sturm und einem langsamen, verzehrenden Feuer.

Er holte tief Luft und versuchte, die heftige Reaktion seines Körpers zu kontrollieren.

Es war nur ein Traum. Mehr nicht.

Ich bin eingeschlafen. Und ich habe geträumt.

Lieber Gott, ich wünschte, ich könnte solche Träume erleben, während ich wach bin!

Und Ariane würde mit mir träumen …

Mit einem stummen, heftigen Fluch trat Simon an das Bett und machte sich daran, Ariane zu entkleiden. Als er ihr Kleid geöffnet und ihren Verband gelöst hatte, schnappte er überrascht nach Luft.

Die gestern noch scharlachrote Linie der Wunde war zu einem hellen Rosa verblaßt. Unter ihrer cremefarbenen Haut zeichnete sich noch nicht einmal die leiseste Andeutung eines Blutergusses ab.

»Sie wird bald aufwachen«, stellte Cassandra befriedigt fest. »Die Heilung ist fast abgeschlossen.«

»Fast?« fragte Simon. »Was bleibt denn noch?«

»Wir werden es wissen, wenn sie erwacht.«

Mit dieser rätselhaften Bemerkung machte Cassandra kehrt und verließ den Raum.

In der darauffolgenden Stille drang gedämpft durch dicke Steinmauern das Heulen eines anderen Sturms an Simons Ohren. Er griff nach einem Topf Salbe und setzte sich auf die Bettkante neben Ariane, wie er es schon so viele Male getan hatte, seit sie verwundet worden war.

»Nur gut, daß Meg und Dominic schon vor einigen Tagen nach Blackthorne Keep aufgebrochen sind«, sagte Simon, als er die durchdringend riechende Salbe auf die kaum noch erkennbare Dolchwunde auftrug. »Trotz Megs Entschlossenheit und Mut wäre ein kalter, stürmischer Ritt nach Hause für sie doch sehr beschwerlich gewesen.«

Simon sprach laut, wie es ihm während der langen Tage zur Gewohnheit geworden war, während derer er an Arianes Bett gesessen und darauf gewartet hatte, daß wieder etwas Farbe in ihr Gesicht zurückkehrte. Er hatte entdeckt, daß der Klang seiner Stimme eine beruhigende Wirkung auf sie hatte.

»Und Dominic wäre einfach unerträglich gewesen, bis wir Blackthorne Keep erreicht hätten«, fügte Simon hinzu. »Er kann sehr heftig sein, wenn es darum geht, seinen kleinen Falken zu schützen.«

Simon lächelte leise, als er an Megs goldene Glöckchenketten dachte.

»Weißt du, ich vermisse den Klang jener winzigen goldenen Glocken richtig. Und Megs Lachen. Das fehlt mir auch.«

Aus dem Korridor ein Stockwerk tiefer drang das fröhliche Lachen eines Mannes herauf, gleich darauf gefolgt von dem Lachen einer Frau.

»Aber es gibt ja noch Duncans und Ambers Lachen, das Megs ersetzt«, sagte Simon. »Sie trinken keinen Tropfen, und trotzdem albern sie herum wie ein Junker nach einigen Bechern Wein.«

Im Sprechen wandte sich Simon ab, um die Bandage in einer Schüssel mit Kräuterwasser auszuspülen. Er wrang das amethystfarbene Stück Stoff aus, schüttelte es kräftig und befühlte seine

Trockenheit auf ganzer Länge mit einer Verblüffung, die in all den Tagen, die er Ariane gepflegt hatte, nicht geringer geworden war.

»Eine schlaue Arbeit, wie Duncan sagen würde.«

Simon betrachtete die Bandage und dann die blaßrosa Narbe, die zwischen Arianes Rippen schimmerte.

»Besser nicht«, sagte er und legte den Verband beiseite. »Frische Narben sind zu empfindlich, selbst für dieses kluge Tuch.«

Ganz gleich, worüber er sprach, Simon ließ seine Stimme immer bewußt tief und beschwichtigend klingen. Während der Zeit, als er Dominic gesund gepflegt hatte, hatte er gelernt, daß eine ruhige Stimme wie ein Tonikum auf einen Menschen wirkte, selbst wenn er nicht schlief.

Und sie beruhigte Simon ebenfalls.

Das erste, was Ariane bewußt wurde, als sie langsam erwachte, war, daß sie halb aufrecht saß und von starken Händen und Armen gestützt wurde. Die Berührung war warm und sanft wie das Gewebe, das über ihre Arme hinabgeschoben wurde.

Plötzlich wurde Ariane bewußt, daß das Kleid ihr Hochzeitskleid war. Und sie wußte auch, daß es Simons Atem und sein weicher Bart waren, die über ihre Brüste streiften.

Ein köstliches Gefühl stieg in Ariane auf. Einen Moment lang fragte sie sich, ob es wohl Simon gewesen war, der ihr das heilende, sinnliche Feuer ihrer Träume gebracht hatte.

Nein, es kann nicht sein. Unmöglich. Es ist verrückt, so etwas auch nur zu denken! Ich war wehrlos. In betäubtem Zustand.

Ich weiß sehr gut, was ein Mann mit einem hilflosen Mädchen tut.

Meine Alpträume sagen es mir.

Dieser trostlose Gedanke dämpfte die köstlichen Empfindungen, die Ariane ein Gefühl der Lebendigkeit vermittelt hatten, wie sie es niemals zuvor gekannt hatte. Außer einmal, in Simons Armen, als er sie mit sinnlicher Hingabe geküßt hatte.

Ich habe ihn gekostet.

Oder hat er mich gekostet?

Haben wir einander gekostet?

Feuer strömte von Arianes Brüsten bis zu ihren Schenkeln und erschreckte sie mit seiner Intensität. Verwirrt schloß sie wieder die Augen und fragte sich, was mit ihr sein mochte.

Simon bemühte sich sorgfältig, nicht auf Arianes schlanken Körper zu blicken, während er sie ankleidete. Er schaute ganz sicherlich nicht auf die cremigen, glatten Brüste, deren Spitzen sich unter der zufälligen Liebkosung seiner Wange zu harten, samtigen Knospen aufgerichtet hatten.

Und er erinnerte sich ganz sicherlich nicht an das Gefühl und den Duft und den Geschmack eben jener Brüste.

Mit grimmiger Tüchtigkeit zog Simon die langen, weiten Ärmel zurecht und machte sich daran, die Vorderseite von Arianes geheimnisvollem amethystfarbenen Kleid zuzubinden. Kaum hatte er die Spitzenbänder berührt, da schienen sie sich von reinem Silber in Quecksilber zu verwandeln. Es wurde schier unmöglich, sie festzuhalten, geschweige denn, sie durch die vielen kleinen gestickten Ösen zu ziehen, die von Arianes Schenkeln bis zu ihrer weichen Halsgrube reichten.

»Verdammt und zugenäht«, knurrte Simon. »Stellt euch jetzt nicht so störrisch an. Ganz gleich, wie verführerisch ihre Brüste sind, sie müssen wieder bedeckt werden.«

Ein Spitzenband glitt aus Simons Fingern auf die cremige Haut von Arianes Unterleib. Einen Moment lang schmiegte sich die Spitze an das Dreieck mitternachtsschwarzer Haare, das durch die Öffnung des Kleides hervorspähte. Und bevor Simon das Band wieder greifen konnte, glitt es wie Quecksilber davon und verschwand zwischen Arianes Beinen.

Das plötzliche Gefühl von Simons Fingern, die zwischen ihren Schenkeln herumtasteten, ließ Ariane mit einem Ruck auffahren. Grauen explodierte.

»Nein!« schrie sie heiser und umklammerte Simons Handgelenk. »Nur eine Bestie von Mann würde eine hilflose Frau so benutzen!«

Simon hob erschrocken den Kopf. Arianes wilde, amethystfarbene Augen starrten geradewegs durch ihn hindurch, aber es waren nicht ihre Augen, die ihm als erstes auffielen, sondern die Furcht und der Ekel auf ihrem Gesicht.

Was hast du denn anderes erwartet – ein Wunder? fragte er sich sarkastisch. *Sie ist genau das, was sie war, bevor sie verwundet wurde.*

Kalt.

»Guten Morgen, Gattin«, sagte er. »Ich nehme doch an, neun Tage Schlaf haben dich ausreichend erfrischt?«

Die Kälte in seiner Stimme ergoß sich über Ariane wie ein Eimer Wasser, frisch aus dem Brunnen geschöpft. Sie holte zitternd Luft und konzentrierte sich auf ihren Mann statt auf ihren Traum.

»Wenn du so gut bist, deine Fingernägel aus meinem Handgelenk zu ziehen«, sagte Simon kalt, »dann werde ich dich jetzt weiter ankleiden. Oder gefällt es dir vielleicht, wenn ich meine Hand fest an dein warmes Nest schmiege?«

Im Sprechen drückte er absichtlich seine Hand gegen Arianes Schoß und liebkoste die weichen Blütenblätter, deren Form und Beschaffenheit er so gründlich mit Lippen und Zähnen und Zunge erforscht hatte.

Habe ich das geträumt?

Kann das möglich sein?

Ariane schnappte keuchend nach Luft, denn widersprüchliche Gefühle tobten in ihrem Inneren. Das eine war eindeutige Furcht. Das andere war nicht minder eindeutige Lust.

Und die zweite Empfindung war sogar noch beängstigender als die erste.

»Bitte«, flüsterte sie gebrochen. »Tu das nicht. Ich … ich kann es nicht ertragen.«

Abscheu vor sich selbst stieg wie bittere Galle in Simons Kehle auf. Abrupt riß er seine Hand aus Arianes weichem Nest zurück.

»Dann seid so freundlich und holt Euer Spitzenband selbst heraus, Madam«, stieß er zwischen zusammengebissenen Zähnen hervor.

Ariane blickte ihn verwirrt an.

»Deine Silberschnur«, fügte er brüsk hinzu. »Ich war dabei, dein Kleid zuzubinden, als das verfluchte Ding zwischen deine Beine rutschte.«

Ariane schaute an sich hinab. Das Vorderteil ihres Kleides war bis zu den Schenkeln offen. Bis auf die Falten amethystfarbenen Stoffes, die mehr enthüllten als bedeckten, war sie praktisch nackt.

»Meine Unterwäsche …« Ihre Stimme versagte.

Simon wartete darauf, daß sie den Satz beendete.

Sie leckte sich über ihre trockenen Lippen und begann erneut.

»Ich habe nichts an außer meinem Kleid«, sagte sie heiser.

»Ich bin mir dessen durchaus bewußt.«

Und noch einiger anderer Dinge. Gott im Himmel, wie kann ein Mädchen, dessen Körper so eindeutig für Leidenschaft erschaffen wurde, derart angewidert davor zurückschrecken?

Oder vielleicht bin ich es, der sie anwidert, und nicht Leidenschaft als solche.

Ja. So muß es sein. Ein Mädchen, das Abscheu vor Leidenschaft empfindet, hätte niemals so reagieren können, wie sie es letzte Nacht getan hat.

Ein Traum.

Es war nichts als ein Traum.

Röte kroch über Arianes Haut, von ihren Brüsten bis hinauf zur Stirn, als sie an ihrer eigenen Nacktheit hinunterblickte.

»Gewöhnlich trage ich …«

Ihre Stimme versagte erneut, und sie leckte sich wieder über ihre ausgetrockneten Lippen.

Der Anblick von Arianes kleiner, rosiger Zunge hätte nicht erregender auf Simon wirken können, als wäre es sein eigenes hartes, pulsierendes Fleisch gewesen, das ihre Zunge spüren sollte.

»Gott strafe mich mit Blindheit!« stieß er wild hervor.

Er sprang auf die Füße, goß Wasser aus dem Krug auf der Kommode in eine Tasse und marschierte damit zum Bett.

»Trink das«, sagte Simon. »Wenn du noch öfter über deine Lippen leckst, wirst du sie wund machen.«

Ariane streckte zitternd ihre Hände nach der Tasse aus. Simon sah es mit einem Blick und schob ihre Finger beiseite.

»Du hast weniger Kraft als ein junges Kätzchen«, murmelte er. »Hier.«

Er führte die Tasse an Arianes Lippen und hielt sie ein wenig schräg. Ariane verschluckte sich prompt, und Wasser lief in einem kühlen, silbernen Strom an ihrem Kinn hinunter.

»Allmächtiger«, fluchte Simon und zog die Tasse zurück. »Es war leichter, als du bewußtlos warst.«

»Was –« Ariane hustete und räusperte sich. »Was meinst du?«

»Als du bewußtlos warst, habe ich dir von meinen Lippen zu essen und zu trinken gegeben.«

Sie sperrte verblüfft den Mund auf. »Ich verstehe dich nicht.«

Simon nahm einen Schluck aus der Tasse, beugte sich zu Ariane und flößte ihr das Wasser ein, wie er es so viele Male getan hatte, als sie im heilenden Dämmerschlaf dagelegen hatte, betäubt von der Medizin der Gelehrten.

Daß er ihr Wasser einflößte, war so schnell erledigt, daß Ariane keine Zeit für Protest blieb. Und selbst wenn sie protestieren wollte, so mußte sie erst schlucken, bevor sie sprechen konnte.

»Mehr?« fragte Simon und hob die Tasse an seine Lippen.

Wieder blickte Ariane ihn erstaunt an, als ihr bewußt wurde, wie intensiv er sich um sie gekümmert hatte.

Und wieder nahm Simon einen Schluck Wasser und beugte sich zu ihrem Mund herab.

Sie beobachtete ihn mit verschleierten amethystfarbenen Augen. Der Anblick von Simon, wie er sich langsam zu ihr beugte, ließ einen Schauer seltsamer Gefühle durch ihren Körper rieseln.

Sie schluckte hart.

»Du machst das so ... so geschickt«, sagte Ariane.

»Ich hatte fast zehn Tage Zeit, um eine gewisse Geschicklichkeit bei deiner Pflege zu entwickeln«, erwiderte er.

Ariane starrte ihn mit offenem Mund an. Sie schloß ihn hastig, als Simon wieder die Tasse an seine Lippen hob.

»Du?« flüsterte sie. »Du hast mich gepflegt?«

Er nickte.

»Warum?« fragte sie.

»Cassandra hat darauf bestanden.«

Ariane blinzelte verwirrt.

»Cassandra«, wiederholte sie langsam, als hätte sie den Namen noch nie zuvor gehört. »Warum in aller Heiligen Namen hat sie darauf bestanden?«

»Warum tut eine Gelehrte irgend etwas?« gab Simon zurück. »Und wenn wir schon einmal dabei sind, Fragen zu stellen – warum in Gottes Namen bist du nicht zur Burg zurückgaloppiert, als du die Chance hattest?«

»Zur Burg?«

»Als mich die abtrünnigen Ritter angegriffen haben.«

Plötzlich kehrte die Erinnerung mit Macht zurück – Simons

Warnruf, die angreifenden Ritter und die Erkenntnis, daß Simon Widerstand leisten und seine Frau verteidigen würde, obwohl er den Verfolgern mühelos hätte entkommen können.

»Du bist doch dageblieben«, sagte Ariane schlicht.

»Was?«

»Du hast mich beschützt, obwohl du besser drangewesen wärst, wenn du mich den Abtrünnigen überlassen hättest.«

»Wofür hältst du mich? Für ein Tier?« fragte Simon in eisigem Tonfall.

Dann erbleichte er plötzlich, als er sich an seine Reaktion auf die bezwingende Sinnlichkeit des Balsams erinnerte und wie er Ariane mit Händen und Lippen und Zunge erforscht hatte.

»Ich mag vielleicht ein Tier sein, wenn es um Bettangelegenheiten geht«, sagte er tonlos, »aber ich bin kein Feigling, der ein Mädchen im Stich läßt, das dann von marodierenden Bastarden zerrissen wird, die als Ritter verkleidet sind.«

»Simon«, flüsterte Ariane, als ihr aufging, wie tief sie ihn verletzt hatte.

Er blickte auf die schlanken Finger, die in stummer Bitte auf seinem Unterarm ruhten.

»Simon der Loyale«, murmelte Ariane erschüttert. »Du bist geblieben, obwohl du wußtest, daß es dich das Leben kosten würde. Du bist in einer Situation geblieben, wo mich mancher andere Mann verraten hätte.«

Simon stockte der Atem, als er tief in ihre verschleierten Augen blickte.

»Nur sehr wenige Männer hätten dich im Stich gelassen«, erwiderte er rauh. »Und kein Ritter hätte etwas derart Feiges getan.«

Arianes Lächeln war so traurig wie ihre Erfahrungen mit Männern.

»Du irrst dich, Simon. Ich bin erfahrener als du, was Verrat und Enttäuschung betrifft. Ich habe noch keinen Mann gekannt – ob Ritter oder gemeiner Leibeigener –, dem mein Wohlergehen wichtiger gewesen wäre als sein eigenes Wohlergehen.«

»Ariane die Enttäuschte«, flüsterte Simon. »Wer war es, Nachtigall? Wer hat dich so bitter enttäuscht? Und warum?«

Ariane ging nicht auf seine Worte ein. Statt dessen versuchte sie ihm etwas zu erklären, was sie selbst gerade erst zu verstehen begann.

»Als ich dich am Fuß des Hügels stehen sah, habe ich als erstes daran gedacht, daß dein Pferd schnell genug ist, um dich aus solch einer Lage in Sicherheit zu bringen.«

»Deine Stute war nicht flink genug.«

»Richtig. Und so hast du den Pfad zum Hügel blockiert und warst bereit, dein Leben zu opfern, damit ich leben konnte.«

»Ich stand bereit, um Abtrünnige zu töten.«

»Die Rüstungen trugen und Schlachtrösser ritten und dir zahlenmäßig weit überlegen w-«

Simon fiel ihr ins Wort. »Du hättest fliehen sollen, als ich es dir sagte.«

»Nein!« rief sie heftig und beugte sich zu ihm vor. »Ich wäre lieber gestorben, als auch nur einen einzigen Tag mit dem Wissen zu leben, daß ich den Mann verraten habe, der mir gegenüber loyal gewesen ist!«

Simon blickte in Arianes gerötetes Gesicht und ihre blitzenden Augen und wünschte sich nichts so sehr, wie die Emotionen zu kosten, die ihr Blut so sehr erhitzten.

»Dennoch zuckst du vor meiner Berührung zurück«, sagte er ruhig.

Ariane schloß die Augen.

»Es liegt nicht an dir, Simon. Du bist es nicht, der mich zurückweichen läßt. Sondern etwas, was in der Vergangenheit geschehen ist.«

»Hatte ich damit zu tun?«

Sie schüttelte den Kopf. Strähnen losen schwarzen Haares glitten nach vorn und verhüllten sie vollständig bis auf einen kleinen Streifen blasser Haut, der zwischen den Rändern ihres geöffneten Kleides schimmerte.

»Ich ...« Ihre Stimme brach.

Simon legte sanft seine Hand auf Arianes Finger. Aber statt diese wegzuziehen, verflocht sie sie mit seinen und hielt sie mit einer Kraft fest, die für ein so schlankes, zierliches Mädchen überraschend war.

»Es gab da«, flüsterte sie, »die Tochter eines Barons, die in einem vornehmen Haus aufgezogen wurde. Sie stand mir näher als eine Schwester und war jung und naiv ...«

Ariane schluckte hart und schloß die Augen.

Simon küßte die blassen Finger, die sich an seine Hand klammerten.

»Sie sollte einen Ritter aus ihrer Umgebung heiraten«, fuhr sie heiser fort. »Aber ihr Vater fand eine bessere Partie für sie, und der Ritter ...«

Sie rang mühsam nach Luft, und ein Zittern durchlief ihren Körper, als wäre sie ein Blatt im Wind.

»Nachtigall«, sagte Simon sanft. »Du kannst es mir sagen, wenn du wieder kräftiger bist.«

»Nein«, erwiderte sie heftig. »Wenn ich es dir jetzt nicht erzähle, werde ich später nicht mehr den Mut dazu haben.«

»Einem Mädchen, das Hals über Kopf in einen Kampf mit bewaffneten Rittern galoppiert, fehlt es wohl kaum an Mut. An Vernunft vielleicht, aber ganz sicher nicht an Courage.«

»Das ist mir leichter gefallen als dies hier.«

Die angstvolle Anspannung in Arianes Körper war auch für Simon spürbar.

»Der verschmähte Ritter sagte sich«, fuhr Ariane hastig fort, »daß der andere Ritter sie nicht würde haben wollen, wenn er die junge Frau entjungferte. Also nahm er sie mit Gewalt und ging dann zu ihrem Vater und erklärte, daß *sie* ihn verführt hätte, daß er aber so edelmütig sein und sie heiraten würde.«

Simon stieß unterdrückt einen wüsten Fluch aus.

»Der Vater ging in das Zimmer des Mädchens und fand sie nackt im Bett, sah das Blut ihrer verlorenen Unschuld und noch etwas anderes auf ihren Beinen, und er glaubte ihren Unschuldsbeteuerungen nicht. Er nannte sie eine Hure und eine schamlose Dirne und wandte sich von ihr ab.«

»Und sie hat dir all das erzählt?« fragte Simon leise.

»Sie?«

»Das Mädchen.«

Ariane nickte bedrückt.

»Ja«, erwiderte sie. »Sie hat mir alles erzählt, jede grausame und ekelerregende Einzelheit, die der Ritter ihr angetan hatte.«

»Und seitdem hast du Angst vor dem Ehebett.«

Ein heftiger Schauder ließ Ariane erbeben. »Ich habe sie danach gebadet, als kein anderer seine Hände damit beschmutzen wollte, sie zu berühren.«

Simon schnappte hörbar nach Luft. Er hatte genügend Kriege und Plünderungen erlebt, um zu wissen, welcher Anblick sich Arianes unschuldigen Augen geboten hatte, als sie ihre Freundin badete.

»Ich habe sie gebadet, und ich habe erfahren, wie es war, vergeblich um Gnade zu flehen, während ein Mann deine Beine auseinanderzerrt und brutal in dich stößt und dich zerreißt und in dich hineinhämmert und hämmert, sabbernd und keuchend und –«

Hastig legte Simon eine Hand auf Arianes Mund, um die Worte zu stoppen, die sich wie ein Messer in sein Herz bohrten.

»Ruhig, Nachtigall«, flüsterte er. »Zwischen uns beiden würde es nicht so sein. Niemals. Eher würde ich sterben, als dich zu nehmen, wenn du dich gegen mich sträubst und um Gnade flehst.«

Ariane blickte in Simons dunkle Augen und hoffte inständig, daß er die Wahrheit sagte.

Obwohl sie wußte, daß das eine törichte Hoffnung war.

Und dennoch …

»Du hast für mich gekämpft«, flüsterte sie.

»Du hast für mich gekämpft«, gab er zurück.

»Du hast zu mir gehalten.« Ariane holte zitternd Luft. »Sobald ich wieder ganz gesund bin, werde ich …«

Simon wartete.

»Werde ich die eheliche Umarmung ertragen«, flüsterte sie. »Für dich, mein treuer Ritter. Nur für dich.«

»Ich will mehr als zusammengebissene Zähne und Pflichterfüllung.«

»Ich werde dir alles geben, was ich habe.«

Simon schloß die Augen. Er konnte nicht mehr verlangen, das wußte er jetzt sicher.

Aber er brauchte mehr, sehr viel mehr.

Und das wußte er auch ganz sicher.

18. Kapitel

Das Kopfsteinpflaster im Burghof von Stone Ring Keep war mit glitzerndem Rauhreif bedeckt. Weiße Atemwölkchen stiegen von den Mäulern der Pferde auf, die geduldig im Hof warteten. Eriks große, schlanke Wolfshunde drängten sich vor dem Tor und warteten aufmerksam auf das Zeichen zum Aufbruch. Bewaffnete Wachsoldaten unterhielten sich laut miteinander und verzehrten kaltes Fleisch, während jeder damit prahlte, was passieren würde, wenn ihm der abtrünnige Ritter begegnen würde und er mit ihm die Klinge kreuzen könnte.

Der Geruch von Torf, brennendem Holz und frisch gebackenem Brot vermischte sich mit dem erdigen Geruch von Feld und Stall. Kleine Kinder rannten zwischen den Packtieren hin und her und forderten die Stalljungen heraus, sie zu fangen. Ihre schrillen Stimmen erhoben sich und vermischten sich mit dem silbernen Atem der Pferde, deren Packsättel schwer beladen waren mit den Geschenken des Herrn von Stone Ring Keep für Simon und seine junge Ehefrau.

Eisenbeschlagene Hufe klirrten wie Hämmer auf dem Kopfsteinpflaster, als Simons reiterloses Schlachtroß an der Spitze der Kolonne unruhig tänzelte. Von muskulösem, kraftvollem Körperbau, Rumpf und Brust von einem glitzernden Panzer aus Kettengliedern geschützt, war Simons stahlgrauer Hengst ein furchterregender Anblick. Ein Junker trat neben den Hengst und hielt das temperamentvolle Tier am Zügel fest.

Plötzlich wagte sich ein tollkühner kleiner Junge vor und rannte auf den Hengst zu. Doch bevor er nahe genug herankommen konnte, um das gewaltige Tier zu berühren, packte ein Wachsoldat den Jungen am Kragen und schüttelte ihn wie einen unartigen Hund, so daß er schließlich kleinlaut zu seinen Freunden zurückkehrte.

Der Junker sprach mit beruhigender Stimme auf den nervösen Hengst ein und hielt ihn mit festem Griff am Platz. Shield blähte weit die Nüstern, als wolle er die Luft auf den Geruch von Gefahr prüfen. Dann schnaubte er laut und schüttelte heftig den Kopf, wobei er den Junker beinahe zu Boden geschleudert hätte.

Ein Pferdeknecht kam aus dem Stall und führte ein schlankes, langbeiniges Pferd am Zügel, dessen Fell die Farbe von reifen Kastanien hatte. Gewöhnlich benutzte Simon das Tier für die Jagd, doch heute trug es einen kleinen Sattel, der mit goldschimmerndem Tuch ausgekleidet war. Die Hufe des Pferdes klapperten so hart wie die eines Schlachtrosses auf dem Pflaster, denn Simon hatte persönlich die Beschlagung von Arianes Reitpferd überwacht. Niemals wieder sollte seine Ehefrau in Gefahr geraten, weil ihr Pferd nicht schnell genug war.

Ein Murmeln erhob sich unter den Wartenden, als drei Personen auf der Treppe des Vorgebäudes erschienen und die Stufen zu dem grauen Kopfsteinpflaster hinunterstiegen. Ein starker, böiger Wind zerrte an den farbenprächtigen Mänteln und ließ Arianes Kopftuch flattern.

Ein Zipfel von Eriks purpurrotem Mantel hob sich und enthüllte das reich bestickte Innenfutter. Unter dem Mantel schimmerte ein schweres Kettenhemd. Eriks schulterlanges Haar brannte in der Farbe der Herbstsonne, als er den Kopf zurücklegte, um seinen Falken herbeizurufen. Ein durchdringender, unheimlicher Pfiff stieg von seinen Lippen zum Himmel auf.

Wieder fegte eine Windbö durch den Hof. Arianes Kleid kräuselte sich und glänzte wie amethystfarbenes Wasser, und wie Wasser wirbelte es um Simons metallverstärkte Kniehosen und kroch ein Stück unter seinem Kettenpanzer hinauf. Die lederne Unterkleidung, die er unter der Rüstung trug, war von einem so dunklen Blau, daß sie fast immer – außer im gleißendsten Licht – schwarz zu sein schien.

Sogar durch die Kettenglieder hindurch spürte Simon, wie sich das Zaubertuch an ihn schmiegte. Er streifte einen Panzerhandschuh ab und raffte den flüchtigen Stoff so behutsam zusammen, als wäre er ein Kätzchen, wobei er sorgfältig aufpaßte, daß die scharfen Metallglieder seines Kettenhemds keine Fäden aus dem Tuch zogen. Bevor er das Kleid losließ, strich er noch einmal mit den Fingerspitzen darüber, und das verführerische Gewebe liebkoste auch ihn.

Seine Finger öffneten sich und erlaubten dem Stoff, hinabzufallen. Einen Moment lang schien sich das Tuch an seine Hand zu klammern. Dann glitt es widerstrebend von seinen Fingerspitzen und legte sich erneut um Arianes Beine.

Als Simon aufblickte, sah er, daß Ariane ihn mit neugieriger Eindringlichkeit beobachtete. Ihre Lippen waren leicht geöffnet, ihre Lider schwer und ihr Atem ging unregelmäßig. Sie bot den Anblick einer Frau, die gerade eine heimliche Liebkosung gefühlt hat.

Oder sich danach sehnt.

Hunger schoß wie eine Lanze durch Simons Körper. In den sieben Tagen, seit Ariane aufgewacht war, war er sorgsam darauf bedacht gewesen, sie nicht zu berühren, außer auf höchst beiläufige Weise. Er hatte ihre Mahlzeiten beaufsichtigt, aber er hatte ihr nie wieder Arznei von seinen Lippen eingeflößt. Er hatte auch keinen Tag weiter damit verbracht, sie in ihrem Schlafgemach zu waschen.

Auch die Nächte hatte er nicht mehr mit Ariane verbracht. Selbst dann nicht, als sie am Abend zuvor all ihren Mut zusammengenommen und ihn eingeladen hatte, das Bett mit ihr zu teilen.

Spar dir dein Zähneknirschen und dein Durchhaltevermögen für die Reise auf, Frau. Du wirst es brauchen. Ich kann darauf verzichten.

Simon wußte, daß der Zorn, den er über Arianes Mangel an Leidenschaft fühlte, nicht berechtigt war. Er wußte aber auch, daß dieser Zorn trotzdem in ihm brodelte. Bis er sich seiner Selbstbeherrschung in dieser Hinsicht sicherer war, würde er Ariane nicht anders berühren, als es Sitte und Höflichkeit verlangten.

Während Ariane in ihrem Zimmer geblieben und wieder ganz zu Kräften gekommen war, hatten Simon und Erik – oft auch von Amber und Duncan begleitet – die Vorratskammern von Stone Ring Keep mit der Ernte von Jagd und Falkenbeize aufgefüllt. Wenn Simon, Erik und Duncan nicht gerade Hirsche oder Wasservögel verfolgten, hatten sie Jagd auf weitaus gefährlichere Beute gemacht.

Sie hatten damit jedoch keinen Erfolg gehabt. Alle Spuren der abtrünnigen Ritter hatten sich in den eisigen Regengüssen dieses Herbstes verflüchtigt.

Erik wollte dann auch nicht zulassen, daß sie ihre Suche auf die Gegend ausdehnten, die Silverfells genannt wurde. Weil das mysteriöse Moorland eher zu den Ländereien von Eriks Burg, Sea Home Keep, gehörte als zu Stone Ring Keep, blieb Simon nichts anderes übrig, als sich Eriks Anordnung zu beugen.

Als hätte Erik Simons Enttäuschung verstanden, hatte er sich als Partner bei den täglichen Waffenübungen angeboten, die Dominic – und jetzt Duncan – von seinen Männer verlangte. Als die beiden muskulösen, hellhaarigen, erstaunlich wendigen Krieger mit Schwert und Schild aufeinander losgegangen waren, hatten die anderen Männer ihre Übungen unterbrochen und mit einem Gefühl zugeschaut, das fast an Furcht grenzte. Dabei hatten sie geflüsterte Bemerkungen ausgetauscht und von einem Duell von Erzengel und Hexenmeister gesprochen, denn beide waren so strahlend wie die Sonne und von der Schnelligkeit eines Blitzes.

Dennoch hatten die anstrengenden Jagden und das noch harte Training mit Erik Simon nicht den Seelenfrieden verschafft, den er bei Nacht suchte. Er träumte immer noch von duftendem Balsam und heißblütigem, nachgiebigem Fleisch; und er erwachte verkrampft und voller Unruhe und sinnlicher Begierde.

Alles, was Simon von Arianes Bett zurückhielt, war sein Stolz ... und seine Angst, sein Hunger könnte so überwältigend sein, daß es ihm nicht mehr gelingen würde, ihn zu zügeln, daß er Ariane nehmen würde, ganz gleich, wie lächerlich ihre geheuchelte Leidenschaft war.

Aber danach würde er sich für seine Schwäche hassen.

Wieder einmal.

Es spielt keine Rolle. Ariane ist noch nicht kräftig genug, um sich der Probe der Leidenschaft zu stellen.

Oder doch?

Trotz Arianes Beteuerungen konnte Simon sich nicht vorstellen, daß sie schon wieder völlig genesen war. Selbst bei den stärksten Rittern hatte er noch nie erlebt, daß sich jemand so schnell von einer so tiefen Verwundung erholt hätte.

Sicherlich ist sie noch nicht geheilt. Nicht völlig. Es könnte etwas tief in ihrem Inneren sein, was noch immer verletzt ist, etwas, das zuzugeben sie zu stolz und zu leichtsinnig – und pflichtbewußt – ist.

Der Gedanke, Ariane noch mehr Schmerz zu verursachen, ließ Simon innerlich zu Eis erstarren.

Wie auch die Vorstellung, daß sie ihn trotz ihres Versprechens zurückweisen würde.

Bist du jetzt vollkommen geheilt, Nachtigall? Wenn ich in dein Bett komme, wirst du dich mir dann ohne Abscheu hingeben?

Erinnerst du dich an den sinnlichen Zauber des Balsams, als du dich in meine Berührung geschmiegt hast?

Nacht für Nacht hatten Simon diese Fragen gequält. Er wußte nicht, was er tun würde, wenn Ariane ihm ihren verführerischen Körper anbot und dann im letzten Augenblick wieder vor ihm zurückzuweichen würde. Wenn ihr Ekel über das Versprechen siegte, das sie ihm gegeben hatte.

Ich werde die eheliche Umarmung ertragen.

Dir zuliebe.

Doch Simon wollte nicht, daß Ariane seine Umarmung lediglich *ertrug.* Er wollte mehr, sehr viel mehr. Er sehnte sich danach, die flüssige Glut der Leidenschaft in ihrem Schoß zu fühlen. Er wollte sich zu ihr hinabbeugen und ihre verzehrende Begierde nach ihm schmecken. Er wollte, daß der Traum Wirklichkeit wurde, der ihn jede Nacht aus dem Schlaf hochfahren ließ, zitternd und in Schweiß gebadet und von dem pulsierenden Verlangen gequält, sein Schwert zwischen ihre weichen, üppigen Blütenblätter zu stoßen.

Ich werde dir alles geben, was ich habe.

Im Dämmerschlaf der Heilung war Ariane die Verkörperung der Leidenschaft gewesen. Doch der Bann war gebrochen. Jetzt mußte Simon befürchten, daß er Ariane keine andere Reaktion würde entlocken können als kaltes Pflichtgefühl und noch kälteren Abscheu.

Er war sich nicht sicher, was er tun würde, falls das geschah.

Er wußte nur, daß er es lieber nicht herausfinden wollte.

Der wilde Schrei eines Falken ertönte über ihm am Himmel und riß Simon aus seinen trostlosen Gedanken. Gleich darauf schoß Winter pfeilschnell aus den Wolken herab und landete auf Eriks ausgestrecktem Arm.

Scharfe Klauen gruben sich in den ledernen Falknerhandschuh. Breite, stahlgraue Flügel schwangen mehrmals vor und zurück und legten sich fest an den Körper des Vogels. Dann verständigten sich Falkenweibchen und Hexenmeister eine Weile mit Pfiffen.

»Sie hat keine Spur von bewaffneten Männern zwischen hier und Stone Ring entdeckt«, erklärte Erik schließlich.

Ariane stieß einen tiefen Seufzer aus.

Simon murmelte nur etwas Unverständliches vor sich hin.

Erik war zwar kaum der erste Ritter, der von sich behauptete, die Sprache seines Falken zu verstehen, aber er war der erste Ritter, dem Simon je begegnet war, der dies tatsächlich zu können schien. Obwohl Simon nicht begriff, wie sich Mann und Falke verständigten, war er praktisch genug, um zu akzeptieren, daß es geschah – und daß es seine Rettung gewesen war an jenem bewußten Tag, als die Abtrünnigen angegriffen hatten.

»Gott sei Dank«, sagte Ariane erleichtert.

Simon sagte nichts.

»Du bist anscheinend nicht überzeugt«, meinte Erik zu Simon. »Möchtest du Winter lieber selbst fragen?«

»Ich bin kein Gelehrter Mann.«

»Das glaubst du.«

»Ich *weiß* es«, korrigierte Simon ihn kurzangebunden.

»Dann bist du ein höchst sonderbarer Nicht-Gelehrter«, murmelte Erik.

»Wie das?«

Erik blickte vielsagend auf Simons Beine.

Simon schaute hinunter und sah, daß sich Arianes Kleid wieder um seine stahlverstärkten Kniehosen gewickelt hatte.

»Großer Gott«, knurrte er. »Das Zeug haftet noch hartnäckiger als Katzenhaare.«

»Nur an dir«, berichtigte ihn Erik.

Simon warf Erik einen scharfen Blick zu. Ariane tat das gleiche, während sie verstohlen – und vergeblich – an ihrem Rock zog, um ihn aus den Kettengliedern zu befreien, ohne Fäden aus dem kostbaren Material zu ziehen.

»Was meinst du?« wollte Simon wissen.

Erik hob den Falken auf seine Schulter, zog einen Handschuh aus und griff nach dem Kleid.

Eine kaum spürbare Brise hob den Stoff und wehte ihn knapp außer Reichweite. Eriks Mundwinkel verzogen sich zu einem leisen Lächeln.

»Siehst du?« sagte er. »Es entwischt mir.«

»Der Wind hat es weggeweht«, wandte Simon ein, während er an dem Kleid zupfte.

Kaum hatte er eine Falte von seinem Bein gelöst, da haftete ein anderer Teil des Stoffes von neuem an seiner Rüstung. Erik schaute schweigend zu und verbarg sein Lächeln hinter vorgehaltener Hand.

Dann beugte Ariane sich vor, um ihrem Mann zu helfen. Als ihre bloßen Finger dabei Simons Hand streiften, durchzuckte es sie heiß bei dem Kontakt von Haut mit Haut. Dies Lustgefühl war so intensiv und so alarmierend, daß sie erschrocken nach Luft schnappte und ihre Finger zurückriß, als wäre es Feuer statt Fleisch gewesen, was sie berührt hatte.

Simon preßte zornig die Lippen zusammen bei diesem neuen Beweis, daß seine Frau selbst dieser mehr als flüchtige körperliche Kontakt mit ihm anwiderte. Aber nur die schmale Linie seines Mundes verriet, was in ihm vorging. Seine Finger blieben ruhig und geduldig, als sie mit dem störrischen Material kämpften.

»Es tut mir leid«, sagte Ariane. »Es muß der Herbstwind sein, der den Stoff so haften läßt. Ich werde ein anderes Kleid anziehen.«

»Dazu besteht kein Grund«, murmelte Simon, ohne aufzublicken. »Wir hätten gleich nach der Morgenandacht aufbrechen sollen. Wenn wir noch länger warten, während du die Kleider wechselst, wird es Abend sein, bevor wir losreiten.«

Bevor Ariane protestieren konnte, daß sie nur kurze Zeit zum Umziehen brauchen würde, machte Erik einen großen Schritt vorwärts. Als er stehenblieb, stand er sehr dicht neben Ariane.

Simon bemerkte es und sagte nichts, obwohl es ihm ganz und gar nicht gefiel, seine Frau und den gutaussehenden blonden Hexenmeister so nahe beieinanderstehen zu sehen.

»Lady, wollt Ihr vielleicht so freundlich sein, mir dabei zu helfen, die spezielle Eigenart von Serenas Webkunst zu demonstrieren?« fragte Erik.

Simon warf ihm einen schrägen Blick zu. Obwohl Eriks Tonfall oder sein Ausdruck nichts verrieten, strahlte seine Belustigung förmlich aus seinen gelbbraunen Augen.

»Natürlich, Sir«, erwiderte Ariane. »Wie kann ich Euch helfen?«

»Nehmt eine Falte des Stoffes und probiert aus, ob er sich an meinem Kettenpanzer oder meinen Kniehosen verfängt.«

»Ich werde das machen«, warf Simon rasch ein.

Seine Stimme sagte eine ganze Menge mehr. Sie verriet seine Abneigung, überhaupt zuzulassen, daß Ariane den muskulösen, jungen Krieger in irgendeiner Weise berührte, und sei es auch nur mit einer Falte ihres Kleides.

Simon streckte blitzschnell die Hand aus, packte eine Handvoll des Stoffes und ließ ihn über Eriks Kettenhemd gleiten. Nichts hakte fest oder zog Fäden. Außerdem zeigte das Gewebe auch nicht die geringste Neigung, an dem Panzer zu haften.

»Du hast einen ausgezeichneten Waffenschmied«, bemerkte Simon.

»Kein Waffenschmied könnte die Dellen, Kerben und Schnitte beseitigen, die dein Schlachtschwert letzte Woche auf meiner Rüstung hinterlassen hat«, entgegnete Erik trocken.

Simons Augen verengten sich. Dann beugte er sich mit verblüffender Schnelligkeit vor und zog den amethystfarbenen Stoff über Eriks metallverstärkte Kniehosen. Wieder gab es kein Anhaften, kein Verfangen, kein Festhalten.

»Beim Allmächtigen«, murmelte Simon und richtete sich auf.

Er blickte auf das Tuch in seiner Hand, dann auf Erik und ließ dann schweigend den Stoff los, der dann bis zu seinen Schenkeln herabglitt.

Und dann blieb er haften.

Simon sprang zurück, als hätte er sich verbrannt, doch das amethystfarbene Gewebe folgte seiner Bewegung, bis Ariane danach griff und ihren Rock ausschüttelte, so daß er sich wieder um ihre Fesseln legte.

»Hast du's gesehen?« fragte Erik Simon.

Ariane und Simon tauschten einen bestürzten Blick.

»Das ist der Grund, weshalb du einen Verband von dem Kleid abreißen konntest«, erklärte Erik. »Jeder andere hätte mit dem Stoff kämpfen müssen und mit seinem eigenen Widerwillen, ihn zu berühren, um eine Bandage daraus zu machen. Und selbst dann wäre ein Messer nötig gewesen, um die Fäden zu durchtrennen.«

»Ich verstehe das alles nicht«, sagte Ariane verwirrt.

Simon war sich nicht sicher, ob er es überhaupt verstehen wollte.

»Die Webereien des Silverfells-Clans sind bisweilen eine Art von Schutzpanzer«, fuhr Erik fort. »Wer jedoch das Vertrauen desjenigen genießt, der das Gewebe trägt, der darf alles mit dem Stoff machen, ihn sogar zerreißen. Du hast offensichtlich Arianes Vertrauen.«

Ein dunkler Blick war Simons einzige Antwort.

»Das Tuch erfreut dich«, fuhr Erik fort.

Es war eher eine Feststellung als eine Frage, aber Simon nickte, bezwungen von der Heftigkeit, die so dicht unter Eriks ruhiger Fassade brannte.

»Ja. Das Tuch macht mir Freude. Sehr sogar.« Die Worte kamen beinahe widerwillig über Simons Lippen. »Hexenkunst«, fügte er hinzu.

Aber es schwang kein Ingrimm in seiner Stimme mit, denn der geheimnisvolle Stoff hatte Ariane das Leben gerettet.

»Keine Hexenkunst. Sondern Gelehrsamkeit«, berichtigte Erik ihn. »Du hast übersinnliche Fähigkeiten, ganz gleich, wie sehr du dagegen ankämpfst und sie leugnest. Und Ariane hat diese Gabe ebenfalls. Wäre sie keine Normannin, würde ich schwören, daß sie das Blut alter Druiden in ihren Adern hat.«

»Das stimmt«, sagte Ariane.

Ihre Stimme war so leise, daß beide Männer einen Moment brauchten, um zu erkennen, daß sie gesprochen hatte.

»Was habt Ihr gesagt?« fragte Erik, wobei er sie mit klaren, durchdringenden Augen anblickte, die die eines Falken hätten sein können.

»Von den Verwandten meiner Mutter hieß es, sie seien Hexen«, erwiderte Ariane schlicht. »Aber das stimmte nicht. Wenn man ihnen eine Schnittwunde zufügte, dann bluteten sie wie jeder andere auch. Wenn man ihnen ein Messer ins Herz stieß, dann starben sie. Sie verfluchten niemanden. Und sie waren auch nicht mit dem Fürsten der Finsternis im Bunde. Sie trugen das heilige Kreuz und sprachen Gottes Gebete ohne Schwierigkeiten oder Falschheit.«

»Aber einige Eurer Vorfahren waren dennoch anders«, sagte Erik.

Wieder war es mehr eine Feststellung als eine Frage.

»Anders, ja, aber nicht böse«, erklärte Ariane schnell.

»Ja«, stimmte Erik zu. »Manchen Menschen fällt es schwer, zu akzeptieren, daß Andersartigkeit nicht bedeutet, daß jemand böse ist.«

Simon sagte gar nichts. Sein Schweigen hatte etwas Eisiges.

»Du brauchst keine Furcht zu haben«, wandte Ariane sich an ihren Mann. »Meine Fähigkeit, verlorene Dinge zu finden, hat meine ... meine Krankheit nicht überdauert.«

»Deine Dolchwunde?« fragte Simon.

»Nein. Eine Krankheit, die ich bekam, als ich noch in der Normandie war.«

Erik blickte Ariane prüfend an, während er in Gedanken die verschiedenen Möglichkeiten und Muster durchging und wieder verwarf, die zu dem passen würden, was er über Ariane wußte. Es blieb nur eine einzige Möglichkeit übrig.

Und diese eine ließ ihn um den Frieden in den Umstrittenen Gebieten bangen.

»Eine Krankheit?« fragte er sanft. »Wann?«

Die Sanftheit in Eriks Stimme – gefährlicher als ein Schwert, das aus seiner Scheide gezogen wird – versetzte Simon augenblicklich in Alarmbereitschaft.

Auch Ariane hatte die Veränderung in Eriks Stimme gehört. Er war jetzt jeder Zoll der Erbe von Lord Robert Aus Dem Norden, einem Mann, dessen Reichtum sich mit dem des schottischen Königs messen konnte.

»Ich wurde krank, kurz bevor ich die Normandie verließ«, erklärte Ariane.

»Welche Art von Krankheit war das?«

Das war keine Frage. Sondern eine Forderung.

Ariane errötete bis zu den Haarwurzeln und wurde gleich darauf kreidebleich, während sie wünschte, sie hätte dieses Thema nie zur Sprache gebracht. Sie hatte keinesfalls die Absicht, Erik zu erklären, unter welchen Umständen sie diese Gabe verloren hatte.

»Meine Frau«, sagte Simon scharf, »ist nur ihrem Ehemann, ihrem König und Gott Antwort schuldig.«

Einen Moment lang schien es, als würde Erik die Herausforderung in Simons Stimme ignorieren. Doch dann veränderte sich der Gesichtsausdruck des Gelehrten Mannes, und die Heftigkeit verschwand daraus, bis er wieder der umgängliche, unterhaltsame Gefährte für die Jagd und den häuslichen Herd war.

»Verzeiht mir«, murmelte Erik und verbeugte sich vor Ariane. »Ich wollte nicht unhöflich sein.«

Ariane nickte erleichtert.

»Aber falls Ihr jemals Eure Gabe wiedererlangen wollt«, fügte er freundlich hinzu, »dann geht zu Cassandra. Oder kommt zu mir.«

Bevor Simon etwas sagen konnte, kam ihm Ariane zuvor. »Ich kann meine Gabe niemals wiedererlangen. Sie ist für immer verloren.« Die Entschiedenheit in ihrer Stimme machte allen Beteiligten klar, daß das Thema für sie abgeschlossen war.

»Vielleicht ist das auch gut so«, sagte Simon in das unbehagliche Schweigen hinein. »Ich habe für Hexenkünste nichts übrig.«

»Und für Gelehrsamkeit?« fragte Erik herausfordernd. »Wie steht es damit?«

»Die Menschen in den Umstrittenen Gebieten können von mir aus gern auf die Fähigkeiten ihrer Gelehrten vertrauen. Ich verlasse mich lieber auf das hier«, erklärte Simon und zog mit überraschender Flinkheit sein Schwert. Die lange Klinge schimmerte dunkel im Tageslicht.

»Ah, dein schwarzes Schwert«, murmelte Erik.

Er blickte mit unverhüllter Neugier auf die Waffe. Es war das erste Mal, daß er sie aus der Nähe sah, denn bei Scheingefechten benutzte Simon stets ein anderes, stumpferes Schwert.

Das schwarze Schwert hatte etwas an sich, was Erik faszinierte. Es war, als hätte einmal ein Muster existiert, das später ausgelöscht worden war.

Er streckte eine Hand aus. »Darf ich?« fragte er.

So sehr auch Simon gelegentlich von dem Gelehrten Hexenmeister verwirrt war, so hatte er doch keinerlei Zweifel an Eriks Vertrauenswürdigkeit. Mit einem geschickten Handgriff drehte er das Schwert herum und reichte es ihm mit dem Heft voran.

Das Heft war aus dem gleichen schwarzen Metall wie die Klinge und ebenso karg und schmucklos. Erik packte die schwere Klinge vorsichtig mit beiden Händen und hielt das Heft ans Licht, um es genauer zu inspizieren. Als er die Klinge hin- und herdrehte, spiegelte sich die Sonne auf dem dunklen Heft und ließ erkennen, daß es nachträglich bearbeitet worden war.

»Genau das habe ich mir gedacht«, sagte Erik. »Es war einmal mit Edelsteinen besetzt. Und auch mit Goldeinlegearbeiten verziert, wie ich vermute.«

»Richtig«, erwiderte Simon.

Irgend etwas in Simons Stimme ließ Erik in seiner Betrachtung des Schwerts innehalten. Er blickte auf.

»Kriegsbeute?« fragte er geradeheraus.

»Ja.«

»Eine Schande, daß das Heft ruiniert wurde.«

»Ruiniert?« Simon lachte kurz. »Es beeinträchtigt die Balance und die Schärfe der Klinge nicht eine Spur. Auf jeden Fall war mir Dominics Leben weitaus mehr wert als die Handvoll Juwelen, die ich aus dem Heft herausbrechen mußte.«

»Als Lösegeld?« wollte Erik wissen.

»Ja.«

»Ein alter sarazenischer Brauch.«

»Das trifft auch auf Verrat zu«, gab Simon zurück.

Eriks Lächeln war so hart wie die Krümmung eines Falkenschnabels.

»Verrat gibt es bei allen Völkern der Erde. Wie Erbsünde ist Verrat ein gemeinsames Erbe der Menschheit.«

Simons Lächeln war nicht minder hart.

»Am Ende haben wir Dominic mit Gewalt befreit«, erklärte er. »Dann haben wir den Sultanspalast Stein für Stein niedergerissen und über die Wüste verstreut.«

Mit einer raschen, geschmeidigen Bewegung schob Simon das Schwert wieder in seine Scheide zurück.

»Ah, sie kommen«, sagte Erik.

Simon und er wandten sich gleichzeitig um, als Amber und Duncan über den Hof eilten, um ihre Gäste zu verabschieden.

Duncans Erscheinen war für einen seiner Pferdeknechte das Signal gewesen. Der junge Mann kam mit eiligen Schritten aus dem Stallhof herbei und führte zwei Pferde heran. Das eine war die stämmige Stute, die Ariane während ihres Aufenthalts auf Stone Ring Keep als Reittier gedient hatte. Das andere war ein Fohlen mit dem gleichen muskulösen Körperbau und ruhigem, klarem Blick.

»Die braune Stute ist kein Rennpferd«, sagte Duncan zu Simon, »aber sie hat den Mut und die Unerschütterlichkeit eines Schlachtrosses. Ihre Tochter desgleichen. Nimm sie, paare sie mit deinem

Hengst und laß ihre Söhne deine Söhne in die Schlacht tragen und wohlbehalten wieder nach Hause bringen.«

»Lord Duncan«, begann Simon förmlich. Seine Stimme versagte, und er mußte sich räuspern. »Ihr seid mehr als großzügig. Ihr habt mir bereits genug geschenkt, um eine ganze Burg damit auszustatten, doch ich habe keine Burg, die ich mein eigen nennen könnte.«

»Ich könnte dir alles schenken, was ich besitze, und stände immer noch tief in deiner Schuld«, erwiderte Duncan schlicht. »Wenn du nicht meinen Platz an Arianes Seite eingenommen hättest, würden blutiges Chaos und Tod herrschen, wo es jetzt Frieden und Leben gibt.«

Duncan umarmte Simon und drückte ihn einen Moment fest an sich, während ihre Ehefrauen einander Lebewohl sagten.

»Du wirst mir fehlen, Simon der Loyale«, sagte Duncan ruhig.

»Du mir auch«, sagte Simon und erwiderte die Umarmung.

Als Simon zurücktrat, spielte ein trockenes Lächeln um seine Lippen.

»Wenn ich mir vorstelle«, sagte er, »daß ich dir zum ersten Mal bei der Hochzeit meines Bruders begegnet bin, als ich ein Messer zwischen deine Schenkel hielt, um sicherzugehen, daß du dich auch gut benehmen würdest ...«

Duncan lachte schallend. »Ich bin verdammt froh, daß du eine ruhige Hand hast«, meinte er.

»Ich auch«, sagte Amber trocken.

Lächelnd drehte sich Simon zu Ariane um und streckte ihr seine Hand hin.

»Erlaube mir, daß ich dir behilflich bin«, erklärte er. »Wir müssen unterwegs sein, bevor sich noch mehr Wolken am Himmel zusammenziehen.«

Bevor Ariane zustimmen oder protestieren konnte, hatte Simon sie auf seine Arme gehoben und auf den Sattel des langbeinigen Jagdpferds gesetzt. Das Tier schnaubte und tänzelte nervös zur Seite, während seine eisenbeschlagenen Hufe über das Kopfsteinpflaster schabten.

Ariane zügelte das temperamentvolle Pferd jedoch mit einer Mühelosigkeit, die Simon ein Lächeln entlockte, bevor er zu seinem eigenen Schlachtroß trat und sich mit katzenartiger Geschmeidigkeit in den Sattel schwang.

Unter lauten Lebewohlrufen, Hufgeklapper und dem aufgeregten Bellen von Eriks Wolfshunden galoppierten Simon, Ariane, Erik und ihr Gefolge gleich darauf aus dem Burghof von Stone Ring Keep. Sehr bald hatten sie die bestellten Felder hinter sich gelassen und gelangten in ein dichtes Waldgebiet, eine weite, baumbestandene Fläche, die nur gelegentlich von kleinen Weilern unterbrochen wurde oder noch seltener von kreisförmigen Flächen, wo uralte, moosbewachsene Steine ihre Gesichter der Sonne entgegenreckten.

Frühe Herbststürme hatten das feurig rote und gelbe Laub von den Bäumen gestohlen und nur kahle Äste zurückgelassen, die sich schwarz gegen den wolkenverhangenen Himmel abzeichneten. Welke Blätter wirbelten bei jedem Windstoß auf und wurden vor den Felsblöcken und heiligen Steinen zusammengeweht.

Je näher die Reiter Stone Ring kamen, desto unsicherer wurde Simon. Vielleicht lag es einfach daran, daß die Bäume ihr Laub verloren hatten, aber es kam ihm so vor, als gäbe es jetzt mehr von den zerklüfteten Granitriesen als das letzte Mal, als er diesen Weg genommen hatte.

Ariane schaute ebenfalls angestrengt nach vorn, als müsse sie Simons Gefühl teilen, daß sich etwas am Wesen der Landschaft selbst verändert hatte.

Doch erst, als sie Stone Ring erreicht hatten, verstärkte sich Simons Unsicherheit zu regelrechtem Unbehagen. Er wollte nicht zu der schartigen Runde von Monolithen hinüberschauen, die den einsamen Steinkreis bildeten.

Und dennoch konnte er den Blick nicht abwenden.

»Was hältst du denn von der Umgebung hier?« fragte er Erik.

»Es ist alles in Ordnung, zumindest soweit ich es feststellen kann. Vielleicht werden Winter und Stagkiller etwas anderes berichten.«

Erik ritt weiter bis zu der Stelle, wo sich der Weg gabelte. Richtung Süden lag Blackthorne Keep, in westlicher Richtung lag Sea Home.

Wenige Augenblicke später kam Stagkiller aus dem Wald und

stürmte den Hang herauf und zu Erik zurück. Gleich darauf erschien auch Winter hinter einer Wolke und schoß herunter, um sich flügelschlagend auf der Sitzstange an Eriks Sattel niederzulassen.

Simon nahm die Ankunft von Eriks Tieren nur nebenbei zur Kenntnis. Je länger er an der Weggabelung wartete, desto sicherer war er sich, daß ihr Trupp beobachtet wurde.

»Der Weg aus den Umstrittenen Gebieten heraus ist frei«, sagte Erik zu Simon. »Du solltest eigentlich keine Schwierigkeiten mit Abtrünnigen jeden Schlages haben.«

Simon knurrte nur etwas Unverständliches.

»Stimmt irgendwas nicht?« wollte Erik wissen.

Fast ungeduldig schaute sich Simon wieder im Wald um. Doch ganz gleich, wie aufmerksam er Ausschau hielt, er sah nichts als Moos und Flechten, uralte Steine und kahle Äste, um die sich grüne Mistelzweige rankten.

Es gab nur einen Kreis aus Steinen. Er war sich dessen ganz sicher. Die einzigen Schatten waren jene, die von der Sonne geworfen wurden. Es herrschte auch kein Nebel, der das Innere des Ringes aus hohen Felsblöcken verhüllt oder unscharf gemacht hätte.

Und dennoch, als Simon dem Steinkreis wieder den Rücken zukehrte, um Erik zu antworten, fühlte er erneut diese merkwürdige Unsicherheit.

»Nein«, sagte er. »Alles ist in Ordnung. Oder es scheint wenigstens so.«

»Du spürst etwas, nicht wahr?« fragte Erik.

»Einen kalten Wind.«

Erik warf Simon einen Seitenblick zu und wandte sich zu Ariane um.

»Was ist mit Euch, Lady? Fühlt Ihr irgend etwas?«

»Es scheint«, erwiderte Ariane zögernd, »als wären mehr Steine da als zuvor.«

Erik blickte sie scharf an. »Wie das?«

Sie zuckte die Achseln. »Nur so. Ich sehe heute mehr Steine als das letzte Mal, als wir diesen Weg geritten sind.«

»Das letzte Mal, als du diesen Weg geritten bist«, warf Simon brüsk ein, »warst du bewußtlos wegen deiner Wunde.«

Während er das sagte, blickte sich Simon erneut um. Seine Augen verengten sich gegen das helle Sonnenlicht, das zwischen Wolkenbergen hindurchdrang. Doch so sehr er sich auch anstrengte, er sah nichts, was das seltsame Prickeln auf seiner Haut gerechtfertigt hätte.

»Was fühlst du?« fragte Erik leise.

»Einen kalten –«

»Wind«, ergänzte Erik. »Den fühle ich auch. Was noch?«

Simon blickte Erik an. Die gelbbraunen Augen, die seinen Blick erwiderten, waren klar, eindringlich und so unergründlich wie der weite Himmel.

»Ich fühle ein Prickeln auf meiner Haut«, gestand Simon.

»Gefahr?«

»Nicht direkt. Aber auch nicht direkt Sicherheit.«

»Ariane?« fragte Erik und drehte sich zu ihr um.

»Ja, das fühle ich auch. Ein Prickeln. Es ist ... merkwürdig.«

»Ausgezeichnet«, erwiderte Erik befriedigt.

»Für mich nicht!« warf Simon brüsk ein. »Ich habe das Gefühl, daß wir beobachtet werden.«

»Das werden wir auch. Aber die meisten Menschen würden es nicht bemerken.«

Stahl flüsterte in seiner Scheide, als Simon blitzschnell sein Schwert zog.

»Ich hab' doch gewußt, daß diese Abtrünnigen nicht in Silverfells bleiben würden«, sagte er grimmig.

»Immer mit der Ruhe«, meinte Erik beschwichtigend. »Es ist nur die Eberesche.«

»Was?«

Erik wies mit einer Kopfbewegung auf den Steinkreis.

»Die heilige Eberesche wartet«, sagte er simpel.

»Worauf?« fragte Ariane.

»Das wußten selbst die Druiden nicht«, erklärte Erik. »Sie wußten nur, daß sie wartet.«

»Gott im Himmel«, zischte Simon. »Was für ein Blödsinn.«

Er schob sein Schwert mit einer einzigen geschmeidigen Bewegung wieder in die Scheide zurück.

Erik lachte wie ein Hexenmeister und zog sein Pferd in Richtung Sea Home herum. Der Hengst bäumte sich auf und sträubte sich, weil er die anderen Pferde nicht verlassen wollte. Doch Erik beruhigte das aufgebrachte Tier mit der Leichtigkeit von Sonnenlicht, das über Wasser gleitet.

»Lebt wohl«, sagte er zu Ariane und Simon. »Falls ihr irgend etwas braucht, schickt nach Sea Home. Wenn es in der Macht der Gelehrten steht, wird eure Bitte erfüllt werden. Ihr habt unser Wort darauf.«

Einen Moment lang war Simon zu überrascht, um irgend etwas sagen zu können.

»Die Gelehrten? Warum?« fragte er brüsk.

»Cassandra hat die silbernen Runensteine geworfen.«

Simon wartete in angespanntem Schweigen. Er ahnte, daß ihm nicht gefallen würde, was er als nächstes zu hören bekommen würde.

Er hatte sich nicht getäuscht.

»Dein Schicksal ist auch das der Gelehrten«, sagte Erik. »Ob du es wahrhaben willst oder nicht, wir sind eingewebt in einen Teppich von unbekanntem Muster.«

»Vielleicht«, erwiderte Simon.

Sein Tonfall besagte, daß er das auf keinen Fall glaubte.

Eriks Augen sprühten Funken.

»Beharre nicht zu lange auf deiner Blindheit«, sagte er ruhig. »Es kostet einen hohen Preis, wenn man die Wahrheit zu spät erkennt – mehr, als irgendeiner von uns zu zahlen bereit ist. *Besonders du nicht.*«

19. KAPITEL

Donner rollte in einem ohrenbetäubenden Trommelwirbel von den Gipfeln herunter und durch das Tal. Auf den Donner folgte starker Regen, der wie ein quecksilbriger Vorhang niederrauschte. Die Luft war kalt und frisch und von den vielfältigen Düften von Waldland und Wiese durchtränkt.

Gleich unterhalb der Hügelkuppe, an einer Stelle, die einen weiten Rundblick über Berge, Waldgebiete und Tal gestattete, hatte Simon für diese Nacht in den Ruinen eines römischen Forts ein Lager aufgeschlagen. Das Fort selbst war auf den Überresten einer noch älteren Festungsanlage erbaut worden. Obwohl die Decke des langen Raums nur noch zur Hälfte vorhanden war, bot jener Teil Ariane Schutz vor dem strömenden Regen. Wärme spendete ein Lagerfeuer, das unter einer Öffnung in den Deckenbalken loderte.

Ein weiteres Feuer knisterte und prasselte auf der anderen Seite der inneren Festungsmauer, wo Simons Junker und die drei Wachsoldaten ihr eigenes Lager errichtet hatten. Die höchsten Flammen ihres Feuers waren noch sichtbar, denn die innere Wand war bis auf Taillenhöhe eingefallen. Das köstliche Aroma von Fleisch und Gemüse stieg aus einem Kochtopf mit dem Rauch in das regnerische Zwielicht auf.

Die Männer unterhielten sich, teilten derbe Scherze aus und antworteten mit rauhem Gelächter. Blanches Stimme hob sich wie trällerndes Vogelgezwitscher von den tieferen Stimmen der Soldaten ab. Ihr Lachen war atemlos, sinnlich, so neckend wie die Hand eines Liebhabers, die langsam einen Schenkel heraufgleitet, nur um kurz vor dem Ziel innezuhalten ... und dann ihr Opfer mit gründlicher Sorgfalt zu packen.

Simon hegte keinen Zweifel, daß Blanche den Männern kräftig einheizte. Obwohl sie ständig über den Mangel an Komfort auf der Reise und die endlosen Stunden des Reitens im Schrittempo jammerte, war sie am Ende des Tages sehr großzügig mit ihren Gunstbeweisen gewesen.

Und dafür war Simon ihr dankbar. Wenn Blanche die Männer nur an der Nase herumgeführt oder mit dem einen gelegen und die anderen verspottet hätte, dann wäre jene Art von übler Zwietracht entstanden, die Marie während des Heiligen Kreuzzugs einmal unter Dominics Kriegern gestiftet hatte. Aber offenbar machten Blanche solche gemeinen weiblichen Spiele keinen Spaß. Einen warmen Mann zwischen den Schenkeln zu haben dagegen schon.

Ihr neckisches Gekicher hallte durch das Zwielicht in der Ruine, gefolgt von aufgeregten männlichen Stimmen, als sie eine alte Messingmünze hochwarf und die Männer ihre Wahl trafen.

»Kopf!«

»Kopf!«

»Kopf!«

Die Münze blitzte im Lichtschein des Feuers auf und drehte sich fast träge über der halb eingestürzten Wand, bevor Blanches blasse, schmutzige Finger sie blitzschnell aus der Luft schnappten und sie auf ihren nackten Schenkel klatschten.

»Kopf! Kopf ist es, Jungs«, verkündete sie.

Allgemeines Gestöhne erhob sich. Jetzt würden die Männer warten müssen, um herauszufinden, wer bei Blanche als erster an der Reihe war.

»Ach, was soll's« rief sie lachend. »Kommt schon. Na kommt, Männer. Es ist Platz für alle da. Huch! Willst du wohl deine Hände anwärmen, du kalter Bastard!«

Simon verbarg sein Lächeln, als er sich wieder zum Feuer umwandte. Blanche mochte ein verdammt lockeres Frauenzimmer sein, aber sie war kein Mädchen, das Ärger und Eifersucht unter seinen Männern heraufbeschwören würde.

Er hoffte nur, daß Ariane nicht die Bedeutung der Grunzlaute und des Kicherns und Stöhnens verstand und nicht wußte, was nur wenige Meter entfernt vor sich ging. Die halbhohe innere Wand vermittelte nur die Illusion von Privatsphäre, mehr nicht.

»Ist es dir auch warm genug?« erkundigte sich Simon fürsorglich.

Ariane blickte bei seiner Frage auf. Im Schein des Lagerfeuers wirkten Simons Augen dunkel und goldglänzend zugleich. Sein Kettenhemd schimmerte bei jeder Bewegung seines muskulösen Körpers.

Sie nickte schweigend als Antwort auf seine Frage.

Die Kopfbewegung ließ flackerndes Licht wie die Hand eines Liebhabers über ihr offenes Haar gleiten.

Mitternachtsschwarze Haarsträhnen ringelten sich feucht um ihr Gesicht und dampften kaum merklich von der Hitze des Feuers.

»Bist du sicher?« fragte Simon. »Du bist bis auf die Haut durchnäßt.«

Er mußte es wissen. Schließlich hatte er eine fröstelnde Ariane aus ihren Kleidern geschält, bis sie nur noch ein langes Hemd trug.

Ihre restlichen Kleidungsstücke trockneten auf Lanzen, die in Rissen im Steinfußboden steckten.

Wieder nickte Ariane stumm, weil sie wußte, daß ihre Zähne vor Kälte klappern würden, wenn sie den Mund zum Sprechen öffnete.

Simon bückte sich und hüllte seine Frau noch ein wenig fester in seinen pelzgefütterten Mantel ein. Als er seine Hände zurückzog, streifte er mit den Daumen zart an ihrem Kinn entlang.

Ein Schauer durchlief Ariane, der nichts mit der naßkalten Luft zu tun hatte.

»Du bist völlig durchgefroren«, bemerkte Simon augenblicklich.

»N-nein. Du bist es, der nichts als kaltes Metall trägt. Nimm d-deinen Mantel zurück, und wärm dich ein bißchen auf.«

»Herrgott noch mal!«

Ungeduldig löste er die Verschlüsse seines Kettenpanzers und legte ihn dann mit einer Mühelosigkeit ab, die das Gewicht der Rüstung Lügen strafte. Mit Hilfe seines Junkers wäre die Prozedur zwar noch etwas schneller vonstatten gegangen, aber Edward war zur Zeit anderweitig beschäftigt.

Und selbst wenn der Bursche bereitgestanden hätte, um ihm zu Diensten zu sein, hätte Simon ihn nicht herbeigerufen, denn er wollte nicht, daß irgendein männliches Wesen Ariane in einem derartigen atemberaubenden, aufgelösten Zustand zu sehen bekam.

»Morgen wirst du wieder dieses Hexenkleid anziehen«, sagte er, als er sein weiches Lederhemd über den Kopf zog. »Es weist Wasser ab wie das Gefieder einer Ente.«

Ariane warf ihm einen rebellischen Blick zu. Sie hatte das amethystfarbene Kleid nicht mehr getragen, seit sie erkannt hatte, daß es mehr als nur simpler Stoff war.

Oder zumindest schien es so, als hätte das Kleid geheimnisvolle Eigenschaften. Bei Gelehrten Dingen konnte man das nie mit Sicherheit sagen.

Auf jeden Fall war die Erinnerung daran, wie sich das weiche, anschmiegsame Gewebe wie eine Katze an Simon gerieben hatte, äußerst beunruhigend. Das brachte Ariane auf die Frage, was es wohl für ein Gefühl sein mochte, wenn ihre eigene Hand ihn streichelte.

»Ich werde anziehen, was m-mir gefällt«, erwiderte sie trotzig.

Simon murmelte etwas Unfreundliches vor sich hin, legte noch mehr Holz ins Feuer und ließ sich dann neben seiner Frau nieder.

Die Zweige, die die Wachsoldaten gesammelt hatten, bildeten eine erstaunlich bequeme Matratze, und das Laub, das als Polsterung diente, war trocken – so wie Simons Mantel; denn die Gelehrten hatten irgend etwas mit dem Pelzfutter ihres Geschenks an Simon angestellt, um den Mantel wasserabweisend zu machen. Wenn es regnete, brauchte er den Mantel nur mit der Pelzseite nach außen zu tragen, um geschützt zu sein.

Arianes Mantel dagegen war nichts Besonderes. Er war vom Regen völlig durchweicht, ebenso wie die Kleider, die sie getragen hatte und die jetzt leicht dampfend wie schlappe Wimpel von den Lanzen herunterhingen.

»Ganz wie Ihr wollt, Madame«, sagte Simon spöttisch.

Er nahm den Mantel aus Arianes Händen und warf ihn sich um die Schultern, die jetzt nackt waren. Ariane schnappte überrascht nach Luft, als sie sich plötzlich hochgehoben fühlte und sich gleich darauf auf Simons Schoß wiederfand.

»Ist irgendwas nicht in Ordnung?« fragte er betont beiläufig, während er den warmen Pelzmantel fester um ihrer beider Schultern zog.

»Ich … du b-bist so schnell. Ich vergesse dabei jedesmal, d-daß du auch sehr stark bist.«

»Und du siehst aus wie eine ertrunkene Katze. Ich vergesse bei deinem Anblick jedesmal, daß du immer noch Krallen und ein hochmütiges Wesen hast.«

»Aber ich haare wenigstens nicht.«

Simon lachte amüsiert.

Eine Weile herrschte Stille. Zu hören war nur noch das Knistern und Prasseln der Flammen, das flüssige Murmeln des Regens und das gedämpfte Stöhnen und Keuchen auf der anderen Seite der Mauer. Langsam wich die klamme Kälte, die Ariane hatte zittern lassen, aus ihrem Körper. Als die Wärme von Feuer und Mann in ihr kaltes Fleisch eindrang, seufzte sie behaglich und lehnte sich ein wenig entspannter an Simons verführerische Hitze.

Das Gefühl seiner muskulösen, harten Schulter an ihrer Wange erinnerte sie daran, daß er kein Hemd trug. Bis auf die weichen ledernen Kniehosen war er völlig nackt.

Der Gedanke ließ einen merkwürdig prickelnden Schauer durch ihren Körper rieseln. Es war nicht direkt Unbehagen.

Und es bedeutete ganz sicherlich nicht Entspannung.

Von jenseits der halb eingestürzten Mauer stieg plötzlich ein atemloser, eindeutig weiblicher Schrei auf.

»Glaubst du, daß Blanche es warm und behaglich hat?« fragte Ariane nach einem Moment.

Simons Schulter unter ihrer Wange zuckte leicht, als schüttelte er sich vor heimlichem Lachen.

»Wärmer als du es hast«, versicherte er ihr.

»Wie das?«

»Sie liegt zwischen mindestens zwei strammen jungen Burschen.«

Arianes Räuspern klang ein wenig bestürzt.

»Zwei?« fragte sie nach einer Pause.

Ein Knurren kam über Simons Lippen, das Zustimmung hätte sein können – oder aber auch das zufriedene Schnurren einer sehr großen Katze.

»Mit zwei Männern ... gleichzeitig?« fragte sie beharrlich.

»Ja.«

»Ist das ... behaglich?«

Ariane konnte das Lachen in Simons schmalen Augen zwar nicht sehen, aber sie spürte es mehr als deutlich.

»Es muß sehr, äh, intim sein«, sagte sie vorsichtig.

»Wie Eier in einem Nest.«

»Schläfst du auch auf diese Weise?«

»Natürlich nicht.«

Seufzend lehnte sich Ariane wieder gegen seine Schulter zurück.

»Ich ziehe es vor, mich von Frauenzimmern wärmen zu lassen statt von Wachsoldaten«, fügte Simon nüchtern hinzu.

Ariane sperrte verdutzt den Mund auf, und plötzliche Röte kroch ihre Wangen hinauf, als sie erkannte, daß ihr Mann sie necken wollte.

Zumindest glaubte sie, daß er sie neckte.

Simon amüsierte sich insgeheim über Arianes Gesichtsausdruck. Sie war offensichtlich völlig unschuldig, was die körperlichen Beziehungen zwischen Mann und Frau betraf.

Außer in ihren Träumen.

Hitze schoß wie ein Blitzstrahl durch Simons Körper, als die Bilder eines unerklärlichen, unmöglichen Traums vor seinem inneren Auge aufstiegen.

Die Erinnerungen quälten und verlockten ihn und bewirkten gleichzeitig, daß er sich noch mehr Beherrschung auferlegte. Denn während der Heiligen Kreuzzüge hatte er durch bittere Erfahrung gelernt, daß seine eigene intensive Sinnlichkeit auch als Waffe gegen ihn benutzt werden konnte.

In seinen Träumen hatte Ariane diese Sinnlichkeit mit ebensolcher Glut erwidert.

Falls es denn ein Traum gewesen war ...

Die Erkenntnis, die Wirklichkeit nicht von Zauber unterscheiden zu können, quälte Simon, denn er glaubte nur an jene Dinge, die man wiegen und messen und zählen konnte. Er mußte einfach wissen, ob Ariane wirklich so kalt war, wie sie schien, oder so warm wie in seinem Traum.

Wir haben einander gekostet.

»Zerbrich dir nicht den Kopf über deine Zofe«, murmelte Simon in Arianes feuchtes, duftendes Haar. »Sie ist die einzige in diesem elenden Lager, die nicht friert.«

»Aber –«

Er fiel ihr ins Wort. »Hast du Blanche vielleicht jammern hören?«

Ariane blinzelte verdutzt. »Ich habe nur ihr Lachen gehört.«

»Dann muß sie sich ausgesprochen wohl fühlen. Im Gegensatz zu dir versäumte Blanche jedenfalls nie, sich zu beklagen, wenn die Dinge nicht nach ihrem Geschmack sind. Sie hätte als feine Prinzessin zur Welt kommen sollen.«

»Hmmm, ja.«

Wieder seufzte Ariane und schmiegte sich unwillkürlich fester in Simons warme Umarmung. Blanches unaufhörliches Gejammer während der drei Tage, die sie nun unterwegs waren, hatte jedermanns Geduld auf eine harte Probe gestellt, besonders aber Arianes. Schließlich war es Blanches Aufgabe, sich um ihre Herrin zu kümmern; häufig war es jedoch genau umgekehrt gewesen.

»Es ist freundlich von den Männern, daß sie Blanche warmhalten«, sagte Ariane nach einer Weile. »Es muß ein sehr unangenehmes Gefühl für sie sein.«

Simon gab einen Laut von sich, der unterdrückte Belustigung oder eine wortlose Frage hätte sein können.

»Wieso das?« fragte er vorsichtig.

»Blanches Kleider waren sogar noch nasser als meine«, erklärte sie. »Sie muß sich ziemlich klamm für die Männer anfühlen, die sie wärmen.«

»Ich glaube nicht.«

»Nein?«

»Nein. Als ich sie zuletzt sah, war das Mädchen so nackt, wie Gott sie erschaffen hat.«

Ariane setzte sich so abrupt auf, daß sie beinahe mit dem Kopf gegen Simons Kinn gestoßen wäre.

»Was fällt dir ein, meine nackte Zofe zu beobachten?« fragte sie.

Das zornige Funkeln in ihren Augen stimmte mit dem erbosten Klang ihrer Stimme überein.

Die Dame war offensichtlich wenig erfreut.

Simon lächelte träge und wärmte sich am Feuer in den Augen seiner Frau.

»Hast du vielleicht mit Blanche gelegen?« verlangte Ariane zu wissen.

Er hob überrascht die Brauen. »Wann hätte ich das wohl tun sollen?«

»Während ich krank war.«

»Nichts dergleichen, kleine Nachtigall. Ich war so damit beschäftigt, dich zu baden, Balsam in deine Haut zu reiben, dich zu verbinden und dir Arznei einzuflößen, daß ich zwischendurch kaum Zeit hatte, einen Bissen zu essen, geschweige denn, mich mit reizlosen Frauenzimmern abzugeben.«

Ariane öffnete den Mund und klappte ihn dann wieder zu.

»Reizlos?« fragte sie leise.

»Ja.«

»Aber ihr Haar hat die Farbe von Honig, und ihre Augen sind so blau wie ein Rotkehlchenei«, erklärte sie.

»Ich ziehe mitternachtsschwarzes Haar vor. Und Augen, die Amethyste im Vergleich dazu bleich erscheinen lassen.«

Sie blickte in Simons dunkle, leuchtende Augen und fragte sich, wie sie auf sie jemals kalt oder freudlos hatten wirken können.

Er hatte außergewöhnlich schöne Augen.

»Bist du sicher, daß du Blanche nicht anziehend findest?« fragte sie. »Sie hat eine ... eine sehr warmherzige Art gegenüber Männern.«

»Die hat ein schmutziger Hund auch.«

Zuerst schmunzelte Ariane leise, dann kicherte sie, und schließlich legte sie ihren Kopf gegen Simons Schulter und lachte, bis ihr die Tränen über die Wangen rollten.

Ein wohliges Gefühl durchströmte Simon, als er spürte, wie sich Arianes Körper vollkommen entspannte. Sie hatte sich in seiner Gegenwart nicht mehr so ungezwungen benommen, seit sie aus ihren Genesungsträumen aufgewacht war.

Es machte ihm Hoffnung und brachte sein Blut in Wallung.

Er verlagerte leicht sein Gewicht und zog Ariane noch ein wenig fester an sich. Wie immer reagierte sein Körper auf ihre Nähe mit Erregung und heftigem Herzklopfen. Allein ihr Duft genügte, um sein Blut schneller durch seine Adern pulsieren zu lassen. Schon jetzt war sein Fleisch so hart und erregt, daß sich das weiche Leder seiner Hose zwischen den Schenkeln spannte.

Er fragte sich, was Ariane tun würde, wenn sie das bemerkte. Vielleicht war tief in ihrem Inneren noch ein Rest des heilenden Zaubers verblieben, so daß sie sich nicht in kaltem Abscheu von ihm zurückziehen würde.

Die Vorstellung, Ariane könnte seinen Körper anziehend finden, ließ einen Schauer roher Begierde durch Simon prickeln.

»Ist dir auch warm genug?« fragte Ariane sofort.

»An den Stellen, wo du mich berührst, ist mir herrlich warm.«

Sie ließ sich seine Bemerkung einen Moment durch den Kopf gehen.

»Ich kann aber deinen Rücken nicht bedecken«, sagte sie ernsthaft. »Und ich bedecke deine Brust kaum zur Hälfte.«

»Der Mantel wärmt mir den Rücken.«

»Und deine Brust?«

»Du könntest mich warmreiben.«

Ariane hob die Hände, um Simons Haut Wärme zu spenden,

doch ihre Lage quer auf seinem Schoß machte es ihr schwer, ihn gründlich zu reiben. Sie rutschte herum und versuchte, eine günstigere Sitzposition zu finden.

Simon sog scharf die Luft ein, als ihr weiches Hinterteil gegen seinen harten Schaft drückte.

»Entschuldige«, sagte sie leise. »Aber wenn ich so sitze, kann ich dich nur mit einer Hand erreichen.«

Sein gesunder Menschenverstand sagte Simon, daß er nicht tun sollte, was er gerade vorhatte, aber die Versuchung war einfach zu stark.

»Erlaube«, murmelte er.

Ariane gab einen erschrockenen Laut von sich, als sich seine Arme um ihren Körper legten und sie mit einer einzigen raschen Bewegung hochhoben und umdrehten, bis sie rittlings auf seinem Schoß saß.

»Bequem so?« fragte er betont beiläufig.

»Ich, äh ...«

»Denk einfach, ich wäre dein Pferd.«

Ariane lächelte nervös und biß sich auf die Lippen. Jener Teil ihres Ichs, der noch immer nicht vergessen konnte, was Geoffrey der Schöne ihr angetan hatte, schrie voller Angst auf. Der andere Teil ihres Ichs, der den heilenden Zauber des Balsams und die köstliche Liebkosung von Simons Händen erfahren hatte, war mehr als bereit, sich auf die sinnliche Verlockung einzulassen.

»Du ... du trägst aber keinen Sattel«, erwiderte sie.

»Ich trage Leder«, gab Simon zurück. »Stell dir einfach vor, es wäre dein Sattel.«

»Aber wo sind die Steigbügel, um mich aufrecht zu halten?«

In Arianes Stimme schwang mehr Belustigung als Widerwillen mit. Die Erkenntnis beschleunigte Simons Pulsschlag noch mehr und machte das Fleisch, das sich gegen das schmiegsame Leder seiner Hose drängte, noch härter.

»Ich werde dich nicht fallen lassen«, entgegnete er. Dann fügte er leise hinzu: »Und ich verspreche dir, deiner Hand am Zügel zu gehorchen.«

Als Ariane begriff, was er meinte, wurden ihre Augen groß.

»Simon?«

»Ich hatte Gelegenheit, mich mit deinem Körper vertraut zu machen, als ich dich gepflegt habe«, flüsterte er. »Wirst du dich auch ein wenig um mich kümmern, nachdem du jetzt wieder gesund bist?«

»Ich …« Ihre Stimme erstarb.

Die Hände, die sie auf einmal auf Simons Brust legte, waren kalt und zitterten, und sie war hin- und hergerissen zwischen Furcht und Sehnsucht.

»Bin ich so abstoßend für dich?« fragte er ruhig.

»Nein! Es ist nur …«

Simon wartete schweigend, während er sich mit jeder Faser seines Herzens danach sehnte, nur ein einziges Mal freiwillig von seiner Frau liebkost zu werden.

»Ich bin so nervös«, gestand Ariane flüsternd.

Ihre Hände glitten von Simons Brustbein über die gesamte Breite seiner Brust zu seinen Armen.

»Und du bist so groß und stark«, fügte sie kaum hörbar hinzu.

Mit fast grimmigem Lächeln kämpfte Simon gegen den verzehrenden Drang an, sich in dem weichen Schoß zu vergraben, der jetzt zwischen Arianes weit gespreizten Schenkeln offen vor ihm lag.

»Duncan und Dominic sind noch größer als ich«, erklärte er in ruhigem, nüchternem Tonfall.

»Man könnte zwei Mädchen von meiner Größe aus dir machen.«

»Ich würde lieber ein Festessen aus dir machen. Und du aus mir.«

Wir haben einander gekostet.

Ariane stockte der Atem, als sich ein seltsam prickelndes Gefühl tief im Innern ihres Körpers ausbreitete.

Simon fühlte, wie sie ein Frösteln durchlief, und fluchte im stillen.

»Du hast mich mißverstanden«, murmelte er. »Ein solches ›Festessen‹ würde dir keine Schmerzen bereiten. Du würdest nur Lust empfinden.«

»Sagte der Wolf zum Lamm.«

Simon lachte laut, überrascht und amüsiert.

Ariane lächelte zögernd.

»Wo ist der Balsam?« fragte sie plötzlich.

Er blinzelte verdutzt. »Der Balsam?«

»Zum Heilen. Das heißt – wenn ich mich so mit deinem Körper vertraut machen soll, wie du es mit mir gemacht hast?«

Als Simon sich daran erinnerte, auf welche Weise er Arianes Körper in jener letzten Nacht vor ihrem Erwachen erforscht hatte, schoß ein Glutstrahl der Begierde durch seine Lenden.

Sie weiß nicht, was sie da sagt. Sie kann in jener Nacht nicht bei Bewußtsein gewesen sein.

Oder doch?

20. Kapitel

Die Möglichkeit, daß Ariane seinen Traum tatsächlich geteilt haben könnte, ließ Simons Blut so heftig in Wallung geraten, daß er sich nicht zu sprechen traute. Mit einer Hand tastete er neben dem Lager aus Laub nach dem bestickten Beutel mit Arzneien, den Cassandra ihm mitgegeben hatte. Seine Finger fanden rasch die vertraute Form des Töpfchens mit Balsam.

»Hier«, sagte er heiser und hielt Ariane den Topf hin. »Nimm das hier.«

Sie schraubte den Deckel ab und tauchte zwei Fingerspitzen in die cremige Masse.

»Was für ein herrlicher Duft«, murmelte sie.

»Es ist dein Duft. Mondschein und Rosen und ein ferner Sturm.«

Sie lächelte leicht und schüttelte den Kopf. »Ich rieche nicht so.«

»Du duftest schöner, als ich es beschreiben kann. Ich könnte in deinem köstlichen Duft baden.«

Als Ariane jetzt den Ausdruck in Simons dunklen Augen sah, überlief sie ein Schauer sinnlichen Verlangens, gefolgt von Nervosität und Beklommenheit.

»Ich fühle, wie du an den Zügeln zerrst«, flüsterte sie.

»Vertraust du mir, daß ich nicht mit dir davongaloppiere?«

Sie holte tief Luft. Dann seufzte sie, nickte mit dem Kopf und machte sich daran, den Balsam aufzutragen.

»Danke«, sagte Simon.

»Für den Balsam?«

»Für dein Vertrauen.« Er lächelte leise. »Obwohl ich den Balsam ebensosehr zu schätzen weiß. Ganz gleich, wie gut ein Kettenhemd gearbeitet ist, es scheuert immer auf der Haut.«

Zuerst zögernd, dann mit mehr Zuversicht rieb Ariane den Balsam in Simons nackte Brust ein. Nachdem sie ihre Hemmungen angesichts dieser so ungewohnten Nähe überwunden hatte, stellte sie fest, daß es sich gut anfühlte, Simon zu berühren. Es war beinahe faszinierend.

Ausgesprochen angenehm.

Als Ariane noch mehr Balsam einmassierte, erkannte sie, daß die Berührung seines Körpers mehr als nur angenehm war. Sie ließ sie vor Genuß erschauern.

Und vor Furcht, als ihr Alptraum wieder am Rande ihres Bewußtseins aufstieg und eine innere Stimme ihr leise Warnungen zuraunte.

»Du bist so warm«, flüsterte Ariane.

»Wenn du mich berührst, brenne ich.«

Ein einziger Blick in Simons dunkle Augen unter halb gesenkten Lidern verriet Ariane, daß er die Wahrheit sagte. Wieder prickelte ein sonderbarer Schauer über ihre Haut. Ohne auf die warnende Stimme in ihrem Kopf zu achten, beugte sie die Finger und drückte ihre Nägel in das harte, muskulöse Fleisch, das Simons Brust so anders machte als ihre.

Er holte tief Luft, und sie zog hastig ihre Hände zurück.

»Es tut mir leid«, sagte sie schnell. »Ich wollte dir nicht weh tun.«

»Dann tu es noch einmal, Nachtigall.«

»Was?«

»Erforsche mich mit deinen süßen Krallen.«

»Es tut dir nicht weh?«

»Nur wenn du aufhörst.«

Zögernd legten sich Arianes Hände erneut auf Simons Haut.

»Tu es ruhig«, flüsterte er dicht an ihrer Stirn. »Prüfe mich. Und dich selbst.«

Ihre Finger beugten sich, und ihre Nägel gruben sich leicht in seine straffe Haut.

Simons Atem ging schneller, als sinnliche Glut wie ein Blitzstrahl durch ihn hindurchschoß und das Blut heiß in seinen Lenden pulsierte.

»Bist du sicher, daß du das magst?« fragte Ariane zweifelnd.

»Ja. Eines Tages werde ich dir zeigen, wie sehr auch du dieses Gefühl magst.«

Der rauhe, kehlige Unterton seiner Stimme faszinierte Ariane.

»Eines Tages?« flüsterte sie.

»Wenn du nicht mehr angewidert zurückschreckst, sobald ich dich berühre.«

»Ich empfinde keinen Widerwillen gegen dich«, erklärte sie.

»Nur in meinen Träumen«, murmelte er kaum hörbar vor sich hin.

»Was sagst du?«

»Wenn du keinen Abscheu vor mir empfindest«, meinte Simon leicht herausfordernd, »würdest du mich dann küssen, während du mich berührst?«

»Wie denn? So?«

Die Wärme ihrer Lippen – und ihrer Zunge – an seiner Schulter entlockte Simon ein leises Stöhnen.

Ariane richtete sich hastig auf.

»Ist das nicht das, was du wolltest?« fragte sie.

»Es ist genau das, was ich wollte, und mehr, als ich erwartet habe«, erwiderte er gepreßt.

»Oh. Möchtest du noch einen Kuß?«

»Noch einen und noch einen und –« Simon biß sich auf die Zunge, um seine hungrigen Worte zurückzuhalten. »Ja. Bitte. Ich wünsche mir noch einen Kuß von deinen warmen Lippen.«

Mit einem Seufzer, der ihren Atem wie eine warme, sanfte Brise über Simons Brust streichen ließ, beugte Ariane den Kopf und liebkoste ihn erneut mit ihrem weichen Mund. Während ihre Hände Balsam in seine Haut massierten und sich auf köstliche Weise in dem Dickicht von Haaren verfingen, das auf seiner Brust wuchs, erforschten ihn ihre Lippen mit einer wachsenden Unruhe und Dringlichkeit, die sie sich nicht zu erklären wußte.

Die glatte Beschaffenheit von Simons Haut über seinen schwellenden, eisenharten Muskeln faszinierte Arianes Zunge, ebenso die straffe Linie der Sehnen an seinem Hals. Sie fand, daß sein kurzer Bart wie geschaffen dafür war, daß sie mit den Fingerspitzen darüberstrich und mit den Lippen daran knabberte, so wie auch sein weiches Ohrläppchen ausgesprochen einladend wirkte.

Ohne zu wissen, warum sie das lockte, grub Ariane ihre Zähne in sein Ohrläppchen und biß ganz behutsam zu.

Das kehlige Lachen, das auf ihre Liebkosung folgte, und die Tatsache, daß Simon sie in keiner Weise bedrängte, machten Ariane noch mutiger bei dieser Entdeckungsreise mit allen Sinnen. Bald ertappte sie sich dabei, daß sie die Umrisse von Simons Ohrmuschel mit der feuchten Spitze ihrer Zunge nachzeichnete und den gewundenen Linien bis ins Innere seines Ohres folgte.

Wieder und wieder glitt ihre Zunge vor und zurück, während ihre Zähne mit köstlicher Behutsamkeit an seinem Ohrläppchen zogen. Ariane genoß das wohlige Prickeln, das über ihre eigene Haut lief, als sie Simon erkundete. Während ihr Mund sein Ohr liebkoste, kehrten ihre Finger zu seiner Brust und den Brustwarzen zurück, die sich augenblicklich hart aufgerichtet hatten, als sie zum ersten Mal das lockige, drahtige Haar auf seiner Brust gestreichelt hatte. Ihre Lippen wanderten zärtlich an Simons starkem Hals entlang, während sie seine Brustwarzen massierte und sie mit den Fingerspitzen umkreiste.

»Wer hat dir das beigebracht?« knurrte Simon, mühsam um Beherrschung ringend.

Widerstrebend hob Ariane den Kopf von seinem warmen Hals.

»Beigebracht? Was?« murmelte sie.

»Das hier.«

Simon schob ihr Haar beiseite. Seine Zähne und Zunge liebkosten ihr Ohr, bis sie erschauerte und ihre Nägel hart in seine Haut bohrte. Dann umkreiste er ihre Brustwarzen zart mit seinen Fingerspitzen. Als er ihre Knospen spürte, die sich abrupt zu festen, samtigen Spitzen versteiften, flammte noch wilderes Verlangen in ihm auf.

Ariane stöhnte leise und legte ihre Hände auf seine Finger. Simon erstarrte und erwartete, daß sie ihn wegstoßen würde. Statt dessen schwankte sie kaum merklich und schmiegte sich noch fester gegen seine Hände. Sie blieb in dem sinnlichen Zauber seiner Liebkosung gefangen.

»Wer hat dich das gelehrt?« wiederholte er dicht an ihrem Ohr.

»Ich habe geträumt, daß … daß ich so berührt wurde«, flüsterte sie.

Begierde breitete sich in seinem Inneren bei dem Gedanken aus, daß Ariane seinen sinnlichen Traum geteilt haben könnte.

»Hat es dich in deinem Traum angeekelt?« flüsterte er.

»Großer Gott, nein!«

»Und jetzt?«

Simon umfing die samtigen Spitzen von Arianes Brüsten und rollte sie liebevoll zwischen seinen Fingern.

»Widert dich das an?« murmelte er.

»Nein.«

Sie schnappte keuchend nach Luft, als Simons Zunge und Zähne ihr Ohr liebkosten. Verschwommen erkannte sie, daß ihre Hände die seinen bedeckten, während er ihre Brüste streichelte und massierte und kitzelte, bis sich ihre Knospen hart gegen den Stoff ihres Hemds drängten, von Hitze gerötet.

Dann beugte Simon den Kopf und ließ seine Zungenspitze um eine feste, rosige Knospe kreisen. Der Stoff ihres Hemdes war nicht etwa ein Hindernis, sondern verstärkte eher noch die aufreizende Sinnlichkeit seiner Liebkosung. Ariane warf den Kopf in den Nacken und erschauerte heftig, während seine Lippen an ihren Knospen saugten.

»Hast du Angst?« flüsterte Simon.

»Ja. Nein. Ich … ich weiß nicht. Ich fühle mich, wie sich eine Knospe bei der ersten Berührung der Sonne fühlen muß. Erhitzt und zitternd und am Rande von … etwas.«

Simon holte tief Luft und richtete sich auf, bis er in Arianes Gesicht sehen konnte. Ihre Augen waren von Leidenschaft verschleiert und gleichzeitig dunkel vor Besorgnis, hin- und hergerissen zwischen Alptraum und Verzückung.

»Was hast du noch geträumt?« flüsterte Simon. »Erzähl es mir, Nachtigall.«

»Ich kann nicht!« murmelte sie errötend.

Er spürte förmlich die Glut ihrer Verlegenheit durch das dünne Hemd dringen, das sie trug.

»Dann zeig es mir«, sagte er lächelnd.

Sie schüttelte den Kopf. »Es würde dich schockieren.«

»Wenn ich in Ohnmacht falle, bring mir Wein.«

Die Vorstellung, sie könnte mit bloßen Worten diesen Mann zu Fall bringen, dessen kraftvollen, stählernen Körper sie unter ihren Fingerspitzen spürte, entwaffnete Ariane. Lächelnd nahm sie noch etwas mehr Balsam aus dem Topf und fuhr fort, ihn in Simons Haut einzumassieren.

Als ihre Finger dabei über seine Brustwarzen streiften, stöhnte er unterdrückt, und sie wiederholte die Liebkosung und kostete dabei das Machtgefühl aus, ihm diese Reaktion entlocken zu können.

»Erzähl mir von deinem Traum«, bat Simon heiser.

»Ihr führt mich in Versuchung, Mylord.«

»Wie kann ich das? Du bist es doch, die die Zügel hält, nicht ich.«

Als sie daran erinnert wurde, war es Ariane leichter ums Herz, und ihre dunklen Ängste wichen noch weiter in den Hintergrund ihres Bewußtseins zurück.

»Führ mich in Versuchung, Nachtigall. Teile den Traum mit mir, der dich wie eine Rose erröten läßt«, murmelte er beschwörend und zog zart an Arianes Knospen, die sich noch immer hungrig zwischen seinen Fingern reckten. Wieder fühlte er, wie die Hitze des Blutes von Arianes Brüsten bis zu ihrer Stirn hochkroch. Langsam zog er seine Hände zurück und befreite ihre Brustspitzen aus ihrer Gefangenschaft.

Ariane stieß einen zitternden Seufzer aus und lehnte ihre Stirn an Simons Schulter. Ihre Knospen streiften dabei über Simons Brust, ein Gefühl, das sie besänftigte und gleichzeitig ruhelos machte.

»In meinem Traum …« begann sie.

»Ja?« drängte er.

»Nein, ich kann es nicht sagen.«

»Dann zeig es mir.«

»Auf deinem Körper?« fragte sie.

»Wäre es so leichter für dich?«

»Ich weiß nicht. Simon …«

»Ja?«

»Würde es dich anekeln, berührt zu werden?«

»Von dir? Niemals!«

»Ich meine …« Ariane holte tief Luft, raffte ihren ganzen Mut zusammen und strich mit ihren Händen an Simons Unterleib hinunter. »… hier.«

»Heilige Mutter Gottes!« knurrte er zwischen zusammengebissenen Zähnen.

Abrupt zog Ariane ihre Hände zurück.

»Es tut mir leid«, sagte sie unglücklich. »Ich habe dich gewarnt, daß es dich anwidern würde, aber du wolltest ja nicht hören.«

Simon stieß zischend den Atem aus.

»Du mißverstehst mich«, sagte er gepreßt.

»Nein, du bist es, der hier etwas nicht versteht!«

Er lehnte seine Stirn gegen ihre.

»Noch einmal, Nachtigall.«

»Was?«

»Berühre mich noch einmal.«

»Da?«

»Ja.«

»Bist du sicher?«

»Bei allen Heiligen, ja!«

Zögernd ließ Ariane ihre Hände bis zu seiner Taille hinuntergleiten und strich dann über seinen Unterleib bis zu einer Stelle zwischen seinen Schenkeln. Ihre Daumen wanderten wieder hinauf und fuhren an dem erregten Fleisch entlang, das sich deutlich sichtbar unter dem Leder seiner Kniehose vorwölbte.

»Du bist sehr hart«, flüsterte sie.

»Woher willst du das wissen?« erwiderte er rauh. »Deine Berührung ist so leicht wie die eines Schmetterlings.«

Als sie erneut zögernd seine harte Männlichkeit streichelte, stöhnte Simon laut auf und rieb sich fordernd an ihrer Handfläche.

Furcht erfaßte Ariane, und eine kleine Stimme in ihrem Inneren ermahnte sie eindringlich, an die Nacht mit Geoffrey zu denken, die eine so bittere Erfahrung für sie gewesen war. Ein Mann in den Klauen der Wollust war wie ein Tier, gefühllos und roh.

»Simon?« flüsterte sie ängstlich.

»Tu es noch einmal, Nachtigall. Oder empfindest du … Abscheu vor mir?«

Sie holte zitternd Luft, während Grauen und Traum in ihrer

Seele miteinander rangen. Simon klang nicht gefühllos oder brutal. Aber das war Geoffrey der Schöne ja auch nicht gewesen – zumindest nicht bis zu jener letzten Nacht, als er sie geschändet und in den Augen von Kirche und Familie ruiniert hatte.

Lieber Gott, was soll ich nur tun? Trotz aller Gebote der Vernunft, trotz aller Schmerzen und Qualen, die ich habe erleiden müssen, sehne ich mich danach, mich Simon hinzugeben.

Und in dem Moment, in dem ich es tue, wird er mich hassen, so wie mich mein Vater gehaßt hat. Hure. Schamloses Frauenzimmer. Hexe.

»Ariane?«

»Ich empfinde keinen Abscheu vor dir. Aber ich ... ich habe Angst.«

»Wovor?«

Die beunruhigenden Gedanken, die Ariane durch den Kopf gingen, waren zu vielfältig, als daß sie sie so schnell ordnen konnte. Und so wählte sie die einfachste, die stärkste Wahrheit.

»Ich fürchte mich ... hiervor«, murmelte sie und ließ ihre Fingerspitzen über Simons erregtes Fleisch gleiten. »Es ist geschaffen, eine Frau zu zerreißen.«

»Nein. Es ist geschaffen, einer Frau Lust zu schenken.«

»Ich habe noch von keiner Frau gehört, die es so beschrieben hätte«, erwiderte sie entmutigt.

Simon hätte ihr widersprochen, hätte ihre Berührung seinen Körper in seiner Leidenschaft nicht so auf die Folter gespannt, daß sie fast schmerzhaft war.

»Reibe Balsam in meine Haut«, sagte er mit leiser, rauher Stimme. »Es wird mir helfen, und du wirst auf diese Weise lernen, daß nicht alle Männer brutale Tiere sind.«

Er nahm Arianes Unterlippe zwischen seine Zähne, biß vorsichtig zu und leckte mit der Zungenspitze über ihre Lippen. Aus Arianes Kehle stieg ein rauher Laut auf, und sie zitterte am ganzen Körper.

Aber sie beugte sich dabei zu ihm vor, statt vor ihm zurückzuweichen.

»Berühre mich«, flüsterte er. »Erforsche mich. Du hast die Zügel in der Hand, nicht ich. Dieses Mal.«

Ariane hätte nicht sagen können, ob es Furcht oder Erregung war, die ihre Hände zittern ließ, als sie ihre Finger erneut auf Simons Körper legte. Nach einigen zögernden Streichelbewegungen faßte sie Mut und drückte sein Fleisch fester.

Dann hielt sie in ihrer Bewegung inne und blickte neugierig auf die Konturen von Simons überraschend großer Männlichkeit, und noch mehrmals strich sie an der Länge seines Schafts entlang, bevor sie fortfuhr, jeden Zentimeter heißen Fleisches zu erkunden, das hart und geschwollen aus dem Taillenbund seiner Hose hervorstand.

»So glatt«, murmelte sie, während sie Simon mit neugierigen Fingerspitzen umkreiste. »Das hatte ich nicht von etwas so Hartem erwartet. Bist du an dieser Stelle empfindlich?«

»Großer Gott!« stöhnte Simon. »Ich leide Qualen.«

Ariane erstarrte. »Ich wollte dich nicht verletzen. Wirklich, ich –«

Er fiel ihr atemlos ins Wort. »Du kannst mich heilen.«

»Wie?«

»Meine Hosen sind zu eng. Binde die Lederschnüre auf.«

Für die Zeitspanne mehrerer zitternder Atemzüge blickte Ariane in Simons dunkle, leidenschaftlich glühende Augen.

Berühre mich. Erforsche mich. Du hast die Zügel in der Hand, nicht ich. Dieses Mal.

Mit bebenden Fingern tat Ariane, worum Simon sie gebeten hatte, und löste die Schnüre, bis sein langer Schaft heiß und prall in ihren Handflächen lag. Sie streichelte ihn mit sanfter Vorsicht.

»Ist es so besser?« fragte sie ängstlich.

Simon stöhnte und unterdrückte einen wilden Fluch. Schweiß brach an seinem ganzen Körper aus.

Im Schein des Feuers wirkte sein Gesicht vor Schmerz verzerrt.

»Tut es dir wirklich so weh?« flüsterte sie erschüttert.

»Gott im Himmel« stieß er zwischen zusammengebissenen Zähnen hervor.

»Würde der Balsam dir helfen?«

Ein Schauder überlief Simon.

»Ja. O Gott, ja«, stöhnte er. »Heile mich, Nachtigall.«

Der Duft des Balsams stieg von Simons erhitztem Fleisch auf, als

Ariane ihn in der verhüllenden Wärme seines pelzgefütterten Mantels liebkoste.

»Eines Tages werde ich dich auf die gleiche Art liebkosen«, murmelte er rauh.

»Ich bin nicht so geformt wie du.«

»Nein. Du bist weicher als jedes Blütenblatt, das Gott je erschaffen hat.«

Arianes Finger fanden die weiche, feuchte Spitze und erforschten sie behutsam, während Simons leidenschaftliche Worte Ströme von Glut durch ihren Körper schickten.

»Die Blume deiner Weiblichkeit ist von einer Zartheit, die über jede Vorstellungskraft hinausgeht«, flüsterte er. »Ich sehne mich danach, diese zarte Stelle zu liebkosen, zu schmecken, im heißen Tau deiner Leidenschaft zu baden und dich mit den Tränen meiner eigenen Leidenschaft zu benetzen.«

Simons Worte trafen Ariane wie eine Peitsche aus Feuer, ließen ihre Haut glühen und ihren Atem stocken. Ihre Hände glitten tiefer, als neue, nie gekannte Gefühle sie am ganzen Körper erbeben ließen. Ihre Fingerspitzen fanden die festen, schmerzenden Halbkugeln, die den Samen für noch ungeborene Generationen enthielten. Neugierig und zärtlich erkundete sie die Beschaffenheit dieses ganz anderen Fleisches.

Simon beobachtete sie unter halb gesenkten Lidern hervor. Ihr Gesicht wurde fast von einem Schleier mitternachtsschwarzen Haares verhüllt, und die Flammen aus dem Kohlenbecken warfen mehr Schatten als Licht auf ihre Züge. Er konnte sich entscheiden, ob ihre Reaktion auf diese Intimität heiß oder kalt oder lediglich ... pflichtbewußt war.

Simon schloß die Augen und drängte all die Fragen zurück, auf die es keine Antwort gab. Alles, was für ihn zählte, war das Hier und Jetzt, und es war überwältigend köstlich.

»Deine Finger sind wie Flammenzungen«, murmelte er erschauernd. »Sie züngeln über meine Haut und verbrennen mich. Lieber Gott, du bringst mich um!«

»Nein«, flüsterte Ariane, erschüttert über die Anspannung in seiner Stimme. »Ich wollte deinen Schmerz heilen und ihn nicht noch schlimmer machen.«

»Dann heile mich.«

»Ist das auch möglich ohne ...« Ihre Stimme erstarb.

O Gott, es ist schon schlimm genug, daß Geoffrey mich zu fürchten lehrte, was andere Frauen zu genießen scheinen. Aber noch schlimmer – weitaus schlimmer – ist, daß er mir die Jungfräulichkeit genommen hat, die mein Geschenk an Simon hätte sein sollen.

Ich kann es nicht ertragen, Simon anzublicken und Abscheu vor mir in seinen Augen zu sehen.

Wie bei meinem Vater.

Wie bei meinem Priester.

Er wird mich ebenso wie die anderen verachten und glauben, daß ich schamlos war und nicht unschuldig.

Wie kann Simon denn etwas anderes glauben? Man braucht doch nur zu sehen, wie ich ihn berühre, ihn streichle, während ich mir nichts sehnlicher wünsche, als ihm näher zu sein und dann noch näher.

Er verlockt mich, statt mich mit seiner weitaus größeren Kraft zu überwältigen. Er hält mich nicht in einem Schraubstock männlicher Kraft fest, der mich völlig hilflos macht und mir keine Fluchtmöglichkeit läßt.

»Ist es auch ohne den Liebesakt möglich?« beendete Simon den Satz, als Ariane nicht weitersprach. »Ist es das, was du fragen wolltest?«

»Ja«, flüsterte sie.

»Ja. Das ist möglich. Es ist ein Tropfen auf den heißen Stein, aber es ist besser als nichts.«

Seine Worte ergaben nur wenig Sinn für Ariane. Sie verstand nur, daß es etwas gab, was sie tun konnte, um die Anspannung zu lösen, die Simons harten, heißen Körper in ihrem schmerzhaften Griff hielt.

»Sag mir, was ich tun soll«, murmelte sie. »Laß mich dich heilen.«

Simons einzige Antwort war die seiner Hände, die sich auf die ihren legten und ihr zeigten, wie sie streicheln und wie sie festhalten, wann sie liebkosen und wann sie die Zärtlichkeiten beenden sollte.

Plötzlich fühlte Ariane den krampfartigen Schauer, der Simons Körper durchlief, hörte sein gebrochenes Aufstöhnen und spürte etwas wie seidiges Blut zwischen ihren Fingern hervorquellen. Sie blickte hinunter, aber sie sah nur seinen Mantel und eine dunkle Silhouette, die sein Schaft war.

»Simon?« fragte sie besorgt. »Fehlt dir etwas? Ich habe ... Blut gefühlt.«

Simon lächelte fast trotz der heißen Wogen der Verzückung, die bei jeder köstlichen Bewegung ihrer Fingerspitzen auf seinem immer noch erregten Fleisch über ihm zusammenschlugen.

»Nein, Nachtigall.«

»Aber ich habe es gefühlt!« erklärte sie hartnäckig. »Es war zu dickflüssig, um etwas anderes als Blut zu sein.«

»Was du gefühlt hast, waren die Kinder, die du niemals haben wirst, es sei denn, ich koste Ekstase, während unsere beiden Körper miteinander vereint sind.«

Arianes Augen weiteten sich zu geheimnisvollen dunklen Teichen. Ihr stockte der Atem, als Feuer mit heißen Zungen in ihrem Inneren emporloderte. Plötzlich wurde sie sich auf ganz neue, unbekannte Weise ihres eigenen Körpers bewußt – ihre Brüste waren gespannt und schwer vor Erregung, eine pulsierende Verheißung, die sich in dem weichen Fleisch zwischen ihren Schenkeln wiederholte.

Langsam und behutsam streichelte sie Simons immer noch geschwollenen Schaft, um seinen Schmerz zu lindern, denn noch immer durchlief ihn bei fast jedem Atemzug ein Schaudern. Wärme und der Duft des Balsams, vermischt mit dem Geruch von etwas noch Elementarerem stiegen aus dem offenen Mantel auf. Sie atmete tief ein und sog das berauschende Aroma in ihre Lungen.

Und dann regte sich etwas in Arianes Innerem, das mehr war als ein Traum und weniger als eine Erinnerung.

Feuerschein und der Duft von Rosen. Balsam, der in meine Haut gerieben wird, der in mich eindringt.

Zwischen meinen Schenkeln.

»Hast du dich auf diese Weise um mich gekümmert, als ich im Genesungsschlaf lag?« fragte sie unerbittlich direkt.

Der Vorwurf in ihrer Stimme traf Simon aus heiterem Himmel. Ariane hatte ihm gerade süße Erleichterung verschafft, ihre Hände waren im selben Augenblick dabei, ihn erneut vor Verlangen hart werden zu lassen, und sie schaute ihn gleichzeitig dabei an, als wäre er ein gefährlicher Fremder.

Simon biß die Zähne zusammen, während er gegen das wilde Rauschen seines Blutes anzukämpfen versuchte. Es gelang ihm nicht. Ariane war ihm zu nahe, ihre Hände waren zu zärtlich, der Duft der Ekstase noch zu frisch.

»Nur einmal«, erwiderte er mit gedämpfter, heiserer Stimme.

»Wann?«

»Als du fast wieder genesen warst. Erinnerst du dich?«

»Ich …«

Ariane hielt den Atem an, als Erinnerungsfetzen in ihrem Bewußtsein aufstiegen.

Sie war gefangen gewesen, aber nicht in der Finsternis und dem Zorn ihres Alptraums. Die Hände und der Mund, die sie liebkost hatten, waren eher sanft als grob gewesen, die Stimme eher kehlig als betrunken, der Atem süß statt ranzig vor Ale.

»Du hast mich berührt«, flüsterte sie.

»Ja.«

»Sogar …«

Ihre Stimme brach, aber Simon verstand sie dennoch.

»Ja«, erwiderte er. »Sogar hier.«

Seine Hand glitt zwischen Arianes Schenkel, und seine Handfläche umschloß zärtlich ihre Weiblichkeit.

Ariane schnappte keuchend nach Luft und zuckte zurück, als hätte er sie mit einer Peitsche geschlagen. Obwohl ihr eine innere Stimme tröstend versicherte, daß Simon sie niemals so brutal nehmen würde, wie Geoffrey es getan hatte, versteifte sich ihr ganzer Körper, als die Erinnerung an Schmerz und Demütigung wieder in ihr aufstieg.

Simon riß seine Hand zurück und verfluchte im stillen seinen eigenen Mangel an Beherrschung und Arianes mangelnde Leidenschaft.

»Du warst weniger kalt, als du im Genesungsschlaf gelegen hast.«

»Ich war nicht wach.«

»Aber du hast auch nicht tief geschlafen.«

»Ich erinnere mich nicht«, erwiderte sie heftig.

»Ich erinnere mich aber sehr genau. Als ich dich so berührt habe, hast du dich mir wollüstig entgegengebäumt!«

Mit weit aufgerissenen Augen starrte Ariane ihn an. Der Feuerschein verwandelte sein Haar und seinen kurzen Bart in einen Heiligenschein aus goldenem Licht, und seine schwarzen Augen waren wie die Nacht selbst: klar, tief und mit glitzernden Lichtern gesprenkelt.

»Verstehst du jetzt endlich?« flüsterte er rauh.

Ariane schüttelte so heftig den Kopf, daß schwarze Flammen auf ihrem Haar zu tanzen schienen.

Simon riß sich den Mantel von den Schultern und entblößte alles, was bisher verhüllt gewesen war, vor der kalten Luft und dem flackernden Feuerschein.

»Sieh dich an«, flüsterte er eindringlich. »Bis auf dein dünnes Hemd bist du völlig nackt und sitzt rittlings auf meinem Schoß.«

Ariane erschauerte.

»Denk daran, wie nahe das Schwert ist«, fuhr er mit leiser, eindringlicher Stimme fort. »Denk daran, wie offen und verletzlich die Scheide ist.«

Ariane blickte hinunter, und ein abgehacktes Stöhnen entrang sich ihrer Kehle.

Wenn er in mich eindringt, wird er wissen, daß ich ihn getäuscht habe. Dann wird es keine Freundlichkeit mehr geben, keine Sanftheit mehr, nur noch Schmerz.

»Nein!« flüsterte Ariane voller Angst.

Als sie zurückweichen wollte, packten Simons Hände blitzschnell ihre Schenkel und hielten sie auf seinem Schoß fest.

Mit weit gespreizten Beinen.

»Hast du Angst, ich würde dir Gewalt antun?« fragte er spöttisch. »Neun lange Tage und Nächte hast du wehrlos dagelegen. Ich hätte dich nehmen können, wenn ich es gewollt hätte. Bist du etwa zerrissen und blutend aufgewacht, um Gott deine Schändung zu klagen?«

Ariane hörte seine Worte kaum. Alles, was sie wußte, war, daß sie sich nicht bewegen, nicht entkommen konnte, und doch drängte alles in ihr danach, sich aus seinem harten Griff zu befreien.

»Laß mich los!« schrie sie und grub heftig ihre Nägel in Simons Hände.

Der unverhüllte Abscheu in ihrer Stimme ließ Simon das Blut in den Adern gefrieren, wie es nichts anderes sonst vermocht hätte. Eine eisige Wut über seine eigene Schwäche und die Gefühlskälte seiner Braut schlug wie eine Woge über ihm zusammen.

Er schob Ariane so rasch von seinem Schoß, daß sie rückwärts auf das Laubbett fiel, dann sprang er auf die Füße und schlug sich mit einer einzigen schnellen Bewegung den Mantel um die Schultern. Einen Moment lang stand Simon da und blickte auf Ariane mit Augen hinab, die finsterer waren als jeder Alptraum, den sie je erlebt hatte.

»Schlaf gut, Ariane. Du brauchst meine unerwünschte Berührung nicht mehr zu fürchten. Niemals mehr.«

21. KAPITEL

Der Sonnenraum des Burgherrn auf Blackthorne Keep war groß und luxuriös eingerichtet. Die Wände schmückten Bildteppiche in Schattierungen von Weinrot, Jadegrün und Lapislazuli, und Fäden aus kostbarem Metall liefen wie eingefangenes Sonnenlicht durch das Gewebe.

Die prächtigen Wandteppiche stammten aus dem Heiligen Land, ebenso wie die Wollteppiche, die den Fußboden wärmten. Und über allem schwebte der frische, herbe Duft von Gewürzen und Kräutern, denn Meg liebte es, die Sinne damit zu erfreuen.

Ariane genoß diesen Duft ebenfalls. Selbst jetzt noch, nachdem sie fast zehn Tage auf der Burg verbracht hatte, überraschten sie die getrockneten Blätter und Blüten, die auf den Fußböden verstreut lagen, immer wieder mit ihrem Duft. Sie holte tief Luft und dann gleich noch einmal, um die vielfältige Mischung von Aromen zu genießen.

Ihre Finger tanzten über die Saiten der Harfe, als sie versuchte, ihre Musik auf einen Raum abzustimmen, der maskulin in seiner Größe und Möblierung war und dennoch einen so weiblichen Duft verströmte.

Die einzelnen Töne, die Ariane ihrer Harfe entlockte, verschmolzen langsam zu Akkorden. Die vibrierenden Klänge stiegen perlend auf und vermischten sich, bis es schien, als tanzten die Noten in der Luft, während sie eine Zeit und einen Ort beschrieben, wo Mann und Frau im Liebesakt vereint waren ... und wo für beide die Vereinigung eher eine Bereicherung als einen Verlust bedeutete.

Als Ariane in ihrem Spiel innehielt, um sich erneut in dem schönen Raum umzusehen, hörte sie zarte Glöckchenklänge, die aus der großen Halle hinter ihr zu ihr herüberdrangen. Das Geräusch näherte sich rasch dem Sonnenzimmer.

Ariane drehte sich um und erhob sich von ihrem Stuhl, weil sie wußte, daß Meg gleich den Raum betreten würde. Nur die Herrin von Blackthorne Keep trug süß klingende, goldene Glöckchen.

»Guten Morgen, Lady Margaret«, sagte Ariane.

»Guten Morgen«, erwiderte Meg. »Habt Ihr gut geschlafen?«

Arianes Mundwinkel verzogen sich langsam zu einer Kurve, die zu traurig war, um ein Lächeln zu sein.

»Ja«, sagte sie leise.

Was Ariane verschwieg, war die Tatsache, daß ihr Schlaf mit jeder Nacht unruhiger wurde. Auf der Reise hatte sie mit Simon das Bett geteilt, ebensosehr aus Notwendigkeit wie auf Simons speziellen Wunsch hin. Nachdem sie auf Blackthorne Keep eingetroffen waren, hatte Ariane erwartet, daß man ihr eigene Räume zuweisen würde, denn es war offensichtlich, daß Simon nicht die Absicht hatte, weiter auf Vollziehung seiner Ehe zu drängen.

Schlaf gut, Ariane. Du brauchst meine unerwünschte Berührung nicht länger zu fürchten. Niemals mehr.

Aber auf Blackthorne Keep gab es nicht genug Räume, um ein Ehepaar getrennt unterzubringen. Man hatte Ariane und Simon ein Zimmer in der Nähe des Baderaums gegeben. Meg hatte vor ihrer Eheschließung mit Dominic le Sabre darin gewohnt. Die anderen Räume auf dieser Etage der Burg standen nicht zur Verfügung, denn sie wurden für die zukünftigen Kinder des Burgherrn hergerichtet.

Simon hätte in der Kaserne zusammen mit den übrigen Rittern und Soldaten der Burg schlafen können, aber die Quartiere waren bereits überfüllt. Dominic hatte weitere Ritter rekrutiert, die aus den Heiligen Kreuzzügen zurückgekehrt waren, sowie Wachsoldaten, Junker, Pferdeknechte und sonstige Bedienstete, die nötig waren, um die wachsende Zahl von Burgbewohnern zu unterstützen.

Obwohl Ariane die Notwendigkeit eines gemeinsamen Zimmers einsah, fand sie es schwierig, neben einem Mann zu schlafen, dessen bloßer Atem genügte, um prickelnde Neugier in ihr zu erwecken und die Glut in ihrem Körper zu entfachen. Einem Mann, dessen überwältigende Sinnlichkeit in ihren Träumen zu ihr kam und sie in Flammen setzte. Einem Mann, auf dessen Zurückhaltung und Beherrschung sie vertraute. Einem Mann, den die Katzen der Burg innig liebten und dessen eigene katzenartige Geschmeidigkeit und Eleganz Arianes Pulsschlag beschleunigte.

Aber nicht aus Furcht.

Wie kann ich einen Mann fürchten, dessen Kettenhemd als Leiter für kleine Kätzchen dient?

Die Antwort kam ebenso schnell, wie sie unausweichlich war.

Ich habe Angst davor, was passieren wird, wenn Simon entdeckt, daß ich keine Jungfrau mehr bin, sondern ein Mädchen, das von einem unehrenhaften Ritter geschändet wurde.

Werde ich dann den Tod finden, den ich einmal gesucht habe?

Einmal, doch jetzt nicht mehr. Jetzt lockte Ariane die buntschillernde Vielfalt des Lebens.

Während sie unter dem Einfluß der Gelehrten Arzneien im Heilschlaf gelegen hatte, war viel von dem Gift, das das schreckliche Erlebnis mit Geoffrey dem Schönen in ihrer Seele hinterlassen hatte, aus ihrem Körper gewichen und hatte eine andere Art von Heilung gestattet. Alptraum und Grauen überkamen Ariane jetzt nur noch selten, es sei denn, sie wurde in irgendeiner Weise bedrängt.

Wie an jenem bewußten Abend mit Simon, als sie rittlings auf seinem Schoß gesessen und entdeckt hatte, daß einige Dinge weit intensiver als Feuer brennen.

Arianes Mundwinkel senkten sich noch ein wenig weiter abwärts, als sie daran dachte, wie sie aufgeschrien und ihre Fingernägel in Simons Hände gegraben hatte. Sein verletzter Stolz und der Zorn über ihre Zurückweisung – und sein Schmerz – waren fast greifbar gewesen.

Er wußte ja nicht, daß es der bedrohliche Alptraum aus der Vergangenheit war, gegen den sie sich so heftig zur Wehr gesetzt hatte, nicht Simon selbst.

Ich muß es ihm sagen.

Bald.

Vielleicht heute nacht?

Ein Frösteln überlief Ariane bei dem Gedanken, wie Simon auf ihr Geständnis reagieren würde. Er verdiente etwas Besseres als eine Braut, deren Gefühle und deren Körper von einem grausamen Ritter mißbraucht worden waren.

So wie auch Ariane etwas Besseres verdient hatte, als Notzucht und Verrat durch genau den Mann, der sie hätte ehren und schützen sollen.

Ich kann es ihm nicht sagen. Noch nicht.

Nicht heute nacht.

Wenn Simon Gelegenheit gehabt hat, mich besser kennenzulernen, wird er mir vielleicht glauben, daß es Vergewaltigung war und nicht Verführung, die mir meine Unschuld geraubt hat.

Aber mir hat ja selbst mein eigener Vater nicht geglaubt.

»Lady Ariane?« fragte Meg sanft. »Setzt Euch doch. Ihr seht furchtbar blaß aus.«

Ariane straffte die Schultern und stieß einen Seufzer aus. Ihre Finger bewegten sich ruhelos über den Saiten der Harfe.

Die Klänge, die sie dem Instrument entlockte, sprachen eher von unterdrücktem Kummer als von vollständiger Heilung.

»Mir geht es gut«, erwiderte Ariane. »Die Arzneien, die Ihr und Cassandra bereitet habt, haben mich geheilt.«

»Nicht ganz.«

»Was meint Ihr?«

»Hört Euch nur Eure Musik an«, erklärte Meg. »Sie ist so düster wie Simons Augen.«

»Von meiner eigenen Harfe verraten.«

Ariane hatte die Worte ironisch gemeint, aber sie kamen als trostlose Feststellung über ihre Lippen.

»Sind die Männer noch auf der Falkenjagd?« fragte sie schnell, um das Thema zu wechseln.

»Nein. Wir sind gerade zurückgekommen.«

Langsam nahm Ariane die Tatsache in sich auf, daß Meg geweckt worden war, um an diesem herrlichen Tag auf die Falkenjagd mitzugehen, sie dagegen nicht.

Es hätte Ariane nicht verletzen sollen, und doch tat es das.

»Simon sagte, Ihr hättet schlecht geschlafen und solltet nicht gestört werden.«

Eine Folge unharmonischer Töne war Arianes einzige Antwort.

»War die Jagd erfolgreich?« fragte sie schließlich höflich, während die Saiten noch immer zitterten.

»Ja, sehr. Dominics Wanderfalke hat genug fette Wasservögel geschlagen, um ein Festmahl daraus zu machen. Und Simons Geierfalke hat seine Sache nicht weniger gut gemacht. Die Falken haben als Belohnung so viele Stücke Fleisch von den frisch getöteten Vögeln bekommen, daß sie gegen Ende des Morgens kaum noch fliegen konnten.«

Ariane zwang sich zu einem Lächeln. »Simons Skylance ist ein prächtiger Greifvogel und seiner in jeder Hinsicht würdig.«

Der Ton ihrer Stimme sagte sehr viel mehr und deutete an, daß andere Dinge – wie zum Beispiel seine Ehefrau – seiner nicht ganz würdig waren.

Megs grüne Augen weiteten sich überrascht. Sie sah mit Glendruid-Augen in Arianes Seele, und was sie dort sah, war bestürzend: Ariane hatte tatsächlich das Gefühl, Simon sei bei dem Eheabkommen um etwas Entscheidendes betrogen worden.

Und was Simon betraf ... Meg brauchte keine Glendruid-Augen, um zu erkennen, daß Simon wie eine Wildkatze war, die man so lange eingesperrt und gequält hatte, daß sie nun alles in ihrer Reichweite mit ihren Krallen zerfleischte.

»Lady Ariane«, sagte Meg ruhig, »gibt es irgend etwas, was ich tun kann, um Euch zu helfen?«

Ariane warf dem Glendruid-Mädchen einen verdutzten Blick zu.

»Ich bin es, die Euch behilflich sein sollte«, erwiderte sie. »Ihr seid die Herrin der Burg und hochschwanger. Ich bin nur Gast hier.«

»Nein«, erklärte Meg energisch. »Ihr seid wichtig, und Eure Eheschließung mit Simon ist außerordentlich wichtig für Blackthorne und die Umstrittenen Gebiete.«

Ariane nickte schweigend, während ihre Finger ziellos an den Harfensaiten zupften.

»Ohne Eure Heirat«, fuhr Meg eindringlich fort, »würde wieder einmal Krieg das nackte Leben meiner Leute bedrohen.«

Wieder nickte Ariane stumm.

»Dennoch fürchte ich, daß es nicht genug ist, wenn Ihr und Simon im Angesicht Gottes und der Menschen vereint seid«, sagte Meg mit gepreßter Stimme. »Ich werde von Glendruid-Träumen heimgesucht.«

Arianes Finger hielten mitten in der Bewegung inne. »Wovon habt Ihr geträumt?«

»Von zwei Hälften, die sich weigern, sich zu einem Ganzen zusammenzufügen. Von Zorn. Von Verrat. *Von Raben, die die Augen meines ungeborenen Babys aushacken.«*

Ein erschrockener Seufzer war alles, was Ariane hervorbringen konnte. Ihre Kehle schnürte sich zusammen und erstickte die Proteste und Fragen, die ohnehin nutzlos waren. Keine noch so beschwichtigenden Worte hätten es vermocht, Megs grimmige Glendruid-Träume zu zerstreuen.

»Was muß ich tun?« fragte Ariane.

Ihre Stimme war rauh, gepreßt, kaum mehr als ein Flüstern.

»Löst den Konflikt, der zwischen Euch und Simon schwelt«, erklärte Meg brüsk. »Heilt das Geschwür, das an Euch beiden frißt. Ihr beide seid die störrischen Hälften, die die Sicherheit von Blackthorne und den Umstrittenen Gebieten bedrohen.«

»Was ist mit Simon?« fragte Ariane zurück. »Sollte er nicht auch etwas zu dieser Heilung beitragen?«

Meg preßte die Lippen zusammen. »Simon sagt, er hat alles in seiner Macht Stehende getan. Ich glaube ihm.«

Ariane blickte auf ihre Harfe und sagte nichts.

»Ich kenne den Bruder meines Mannes«, fuhr Meg ruhig fort. »Simon ist stolz, dickköpfig und gerät ebenso schnell in Zorn, wie er schnell mit seinem Schwert ist. Simon ist aber auch ein loyaler Mann, wie es nur wenige auf Gottes weitem Erdboden gibt. Es ist Dominic, dem Simons ganze Treue gilt.«

»Ja«, flüsterte Ariane. »Wie glücklich sich derjenige schätzen kann, der die bedingungslose Treue eines anderen Menschen ...«

Sie konnte den Satz nicht beenden. Mit geschlossenen Augen und voller Angst, auch nur zu atmen, wartete sie darauf, daß die Falle um sie herum zuschnappte.

Wieder einmal.

»Wenn es irgend etwas gäbe, was er zum Wohl seines Bruders tun könnte, dann würde Simon es tun«, sagte Meg schlicht.

Ariane nickte und kämpfte gegen die unerwartete Enge in ihrer Kehle an, als sie an Simons Loyalität dachte. Mit jedem Herzschlag schnürte sich ihre Kehle fester zu, bis sie fürchtete, laut aufschreien zu müssen. Es war, als würden die Flammen eines Kummers tief in ihrem Inneren brennen und als warteten sie darauf, von Tränen gelöscht zu werden.

Aber das war unmöglich.

Sie hatte nicht mehr geweint, seit der Alptraum und das Grauen sie wie eine finstere Wolke eingehüllt hatten. Sie würde auch jetzt nicht weinen. Tränen nützten einer Frau gar nichts; sie brachten ihr lediglich die Verachtung von Vätern, Priestern und unehrenhaften Rittern ein.

»Dennoch«, fuhr Meg unbeirrt fort, »liegt der Grund, weshalb Eure Ehe weniger ist, als sie scheint, eher bei Euch als bei Simon.«

»Ja«, flüsterte Ariane.

Meg wartete.

Schweigen dehnte sich aus, bis es den gesamten Raum zu füllen schien.

»Ich frage Euch noch einmal, Lady Ariane: Wie kann ich Euch helfen?«

Es war mehr eine Forderung als eine Bitte.

»Könnt Ihr die Natur von Mann und Frau und Verrat ändern?« fragte Ariane.

»Nein.«

»Dann gibt es nichts, was man tun könnte, um Simons Ehe glücklicher zu machen.«

»Es ist auch Eure Ehe«, erwiderte Meg spitz.

»Ja.«

»Ihr liegt nachts neben Simon, und doch herrscht eine Distanz zwischen Euch, die größer ist als die Entfernung zwischen den Umstrittenen Gebieten und dem Heiligen Land.«

Ariane warf Meg einen schnellen Seitenblick zu.

»Man braucht keine speziellen Glendruid-Fähigkeiten, um die Entfremdung zwischen Euch und Eurem Ehemann zu sehen. Die Leute der Burg sprechen kaum noch von etwas anderem«, sagte Meg ohne Umschweife. »Gott im Himmel, wo liegt das Problem?«

»Da ist nichts, was man wieder in Ordnung bringen könnte.«

Meg blinzelte irritiert. »Was meint Ihr? Sprecht ganz offen.«

»Ihr versucht, eine kränkelnde Ehe durch Sex zu kurieren«, erwiderte Ariane klipp und klar. »Und ich sage Euch, daß ein solches ›Heilmittel‹ zu genau der Katastrophe führen wird, die Ihr zu vermeiden versucht.«

Eine Weile herrschte Stille, während Meg sich Arianes überraschende Worte durch den Kopf gehen ließ.

»Ich glaube, ich verstehe Euch nicht ganz«, sagte Meg vorsichtig.

»Seid dankbar dafür. Ich weiß, was Verrat ist und kenne alle seine grausamen Aspekte. Ein solches Wissen ist ein Fluch, den ich selbst Satan persönlich nicht wünschen würde, geschweige denn Simon dem Loyalen.«

»Hört endlich auf, um den heißen Brei herumzureden und mit Worten zu jonglieren«, knurrte Meg. »Die Sicherheit meines ungeborenen Kindes steht auf dem Spiel!«

Erschrocken blickte Ariane in die blitzenden, grünen Augen der zierlichen Frau vor ihr, und begriff zum ersten Mal, daß Glendruid-Heiler die gleiche elementare Wildheit besaßen wie der Frühling selbst; nur etwas derart Heftiges und Ungezähmtes konnte sich durch die kalten, leblosen Eisschichten des Winters brennen, um das neue Leben darunter mit seiner Glut zu entfachen.

»Ich wollte nicht respektlos sein«, sagte Ariane leise.

»Dann sagt mir, was ich wissen muß!«

Ariane schloß die Augen und krampfte ihre Hände um den glatten, kühlen Rahmen der Harfe. Die Stille wurde nur unterbrochen vom Knistern des Feuers im Kamin und dem seltsamen Summen von Harfensaiten, die zu straff gespannt waren.

»Sagt mir, Hexe von Glendruid, könnt Ihr ein zerbrochenes Ei nehmen und es wieder ganz machen?«

»Nein.«

»Ist es dann angesichts dieser Tatsache noch wichtig für Euch, wie und wann und wo und warum das Ei zerbrochen wurde?«

»Ihr seid kein Ei«, erwiderte Meg ungeduldig.

»Nein. Ich bin eine bewegliche Habe, die zuerst einem Mann überschrieben wurde und danach einem anderen. Ich bin ein Pfand in einem männlichen Spiel um Stolz und Macht. Ich bin eine ›störrische Hälfte‹, die nicht zu einem Ganzen zusammengefügt werden *kann.*«

Abrupt ließ Ariane die Harfensaiten los. Sie schrien auf, als würden sie entzweigerissen.

»Kennt Simon die Ursache Eurer Widerspenstigkeit?« wollte Meg wissen.

»Nein.«

»Dann erklärt es ihm.«

»Wenn Ihr wüßtest, was –« begann Ariane.

»Aber ich weiß es nicht!« unterbrach Meg sie heftig. »Erklärt es Simon. Er würde Himmel und Hölle in Bewegung setzen, um Dominic zu helfen.«

»Ihr verlangt zuviel von Simon. Das ist nicht gerecht.«

»Raben kümmern sich nicht um Gerechtigkeit oder um die Verletzlichkeit ihrer Beute. Ebensowenig wie Glendruid-Heiler.«

Bevor Ariane noch etwas erwidern konnte, hörte sie Dominic und Simon durch die große Halle kommen; sie lachten und scherzten und verglichen die Geschicklichkeit ihrer Falken.

»Sagt es Simon«, drängte Meg so leise, daß nur Ariane sie hören konnte. »Sonst werde ich es tun.«

»Jetzt? Nein! Es ist eine sehr persönliche Sache!«

»Das ist der Tod auch«, gab Meg zurück. Dann stieß sie einen langen Seufzer aus. »Ihr habt bis morgen Zeit. Keine Sekunde länger. Meine Träume werden immer schrecklicher.«

»Ich kann nicht. Ich brauche mehr Zeit.«

»Ihr müßt! Es bleibt keine Zeit mehr.«

»Es ist noch zu früh«, flüsterte Ariane.

»Nein«, sagte Meg brüsk. »Ich fürchte, es ist bereits zu spät!«

Ariane sah die Entschlossenheit in Megs Augen und wußte, daß sie sich den Forderungen der Glendruid-Hexe nicht entziehen konnte.

Mit einem Gefühl wachsender Beklommenheit beobachtete Ariane, wie Simon und Dominic den Sonnenraum betraten. Beide Männer dufteten nach Sonnenschein, getrocknetem Gras und kalter, frischer Luft. Ihre Mäntel wirbelten und bauschten sich bei jeder Bewegung ihrer Körper. Stolze Greife, die Augen mit Lederkappen verhüllt, ritten auf ihren Falknerhandschuhen.

Als Dominic seinen Wanderfalken auf die Sitzstange hinter seinem Lehnstuhl hob, schweifte sein Blick von Meg zu Ariane. Im selben Augenblick erkannte Ariane, daß Dominic von dem Plan seiner Frau wußte, eine vertrauliche Unterredung mit Simons widerstrebender Ehefrau zu führen.

Ohne Zweifel wußte Dominic auch, worüber sie gesprochen hatten.

Man braucht keine speziellen Glendruid-Fähigkeiten, um die Kluft zwischen Euch und Simon zu erkennen. Die Leute der Burg sprechen kaum noch von etwas anderem.

Die Vorstellung, daß die Entfremdung zwischen ihr und Simon bei Herren wie Bediensteten Anlaß zu Klatsch und Tratsch gab, machte Ariane wütend und verlegen zugleich.

Wie sie sich die Mäuler zerreißen werden, wenn bekannt wird, daß ich eine große Mitgift, aber keine Jungfräulichkeit in die Ehe mitgebracht habe!

Der bittere Gedanke brachte Ariane keinen Trost. Sie würde darunter leiden müssen, daß sie nicht mehr unberührt war, auch wenn ihr die Jungfräulichkeit gewaltsam geraubt worden war.

Wie betäubt schlossen sich ihre Finger um das kühle, glatte Holz der Harfe, und sie entlockte den Saiten einige weiche, süße Töne, um sich zu beruhigen.

»Guten Morgen, Lady Ariane«, sagte Dominic lächelnd. »Was für sanfte Klänge Ihr der Harfe entlockt. Ich hoffe doch, Ihr seid wohlauf?«

»Ja, Mylord. Eure Gastfreundschaft läßt nichts zu wünschen übrig.«

»Gut. Habt Ihr gegessen?«

»Ja.«

»Hat Blanche Euch schon den neuesten Klatsch berichtet?« erkundigte sich Dominic.

»Äh, nein.«

»Es sind Gerüchte im Umlauf, daß Euer Vater in England ist.«

Arianes Finger rissen heftig an den Saiten und verstreuten Töne wie welke Blätter in der Stille.

»Seid Ihr sicher, Mylord?« fragte sie gepreßt.

Dominic sah Arianes Bestürzung, warf Simon einen Seitenblick zu und fuhr dann fort.

»Es ist so sicher wie jeder Klatsch«, meinte er achselzuckend. »Simon dachte, Ihr hättet vielleicht vergessen, uns zu sagen, daß Euch Euer Vater einen Besuch abstatten will.«

»Mein Vater – wenn es denn tatsächlich mein Vater sein sollte – teilt mir seine Pläne grundsätzlich nicht mit«, erwiderte Ariane.

Der betont emotionslose Klang ihrer Stimme sprach eine ebenso deutliche Sprache wie die kurzen, fast schrillen Klänge, die ihre Finger den Harfensaiten entrissen.

»Der fragliche Edelmann hat ein großes Gefolge bei sich. Pflegt Euer Vater auf diese Weise zu reisen?« wollte Dominic wissen.

»Mein Vater geht ohne seine Jagd-, Sauf- und Hurenhauskumpane nirgendwohin.«

»Sind sie auch Ritter?«

Arianes Mundwinkel verzogen sich verächtlich, und die Töne, die von ihrem Instrument aufstiegen, klangen geradezu spöttisch.

»Sie bezeichnen sich als solche«, erklärte sie.

»Ihr mögt sie offensichtlich nicht«, stellte Dominic fest.

Sie zuckte die Achseln. »Ich habe nun einmal nichts für Männer übrig, die den größten Teil des Tages und die gesamte Nacht halb blind vor Wein sind.«

Dominic wandte sich an Meg. »Es scheint, als müßten wir Vorbereitungen für einen unerwarteten Besuch von Baron Deguerre und seinen Rittern treffen.«

»Wie viele Gäste?«

»Der Klatsch spricht von zwanzig bis annähernd fünfunddreißig Personen, hat Sven berichtet«, erklärte Simon. »Er ist unterwegs, um sowohl die Anzahl der Leute als auch die Identität des Herrn festzustellen.«

Meg runzelte die Stirn und stellte im Geist bereits eine Liste der Dinge zusammen, die erledigt werden mußten.

Simon schob Skylance auf eine Sitzstange in der Nähe des anderen Falken. Mit einem flüchtigen Kopfnicken in Arianes Richtung trat er ans Feuer und streifte sich im Gehen den Falknerhandschuh und seine weichen Lederhandschuhe ab. Der weiche, weiße Pelz seines Mantelfutters schimmerte, als er das Kleidungsstück mit einer lässigen Bewegung seiner Schultern ablegte.

Plötzlich stieg in Ariane die ungebetene Erinnerung an jenen Augenblick auf, als Simon sie von seinem Schoß gestoßen hatte, auf die Füße gesprungen war und den Mantel hastig um seinen fast nackten Körper geworfen hatte. Er hatte sich vor ihr aufgebaut, grimmig und voll erregt trotz der Erleichterung, die sie ihm kurz zuvor verschafft hatte, aber der Ausdruck seiner Augen war eiskalt und unversöhnlich gewesen.

Simon hatte das bittere Versprechen gehalten, das er Ariane in jener Nacht gegeben hatte. Er hatte sie nicht wieder berührt. Noch nicht einmal auf die beiläufigste Weise.

Kein einziges Mal.

Weiß jeder Leibeigene und Bedienstete, daß mein Ehemann auf dem Fußboden schläft wie ein Schweinehirte in einem Stall, damit er mich selbst im Schlaf nicht versehentlich berührt?

»Ich habe mir Gedanken über Simons Zukunft gemacht«, sagte Dominic unvermittelt, ohne sich an jemand Bestimmten zu wenden.

Simon blickte abrupt vom Feuer auf. »Als wir auf der Falkenjagd waren, hast du davon kein Wort verlauten lassen.«

Dominic überging die Bemerkung seines Bruders mit einem Lächeln.

»Mit Baron Deguerres großzügiger Mitgift«, fuhr er fort, »und Duncans Geschenken wirst du die Mittel haben, eine eigene Burg zu unterhalten.«

»Ich bin vollauf damit zufrieden, dir zu dienen«, erklärte Simon bestimmt.

»Ich fühle mich geehrt. Aber ich war dein Bruder, bevor ich dein Herr wurde, und ich weiß, daß du die gleichen Zukunftsträume hattest wie ich – eigenes Land, eine adlige Ehefrau und Kinder.«

Unter seinem kurzen Bart zuckten Muskeln an Simons Kiefer, als knirschte er unhörbar mit den Zähnen.

»Die adlige Ehefrau hast du inzwischen«, sagte Dominic, »die Kinder liegen in Gottes Hand, und zu dem Land werde ich dir verhelfen.«

»Dominic –« begann Simon.

»Nein, laß mich ausreden.«

Obwohl Dominics Lächeln voller Wärme war, blitzte der silberne Kopf des Wolfes, der seinen schwarzen Mantel zusammenhielt, in einer unmißverständlichen Erinnerung an Dominics Macht.

»Carlysle Manor liegt teilweise auf meinem Land und teilweise in dem Gebiet, auf das Robert Aus Dem Norden, Eriks Vater, Anspruch erhebt«, erklärte Dominic. »Mit Eriks und Duncans Wohlwollen sind das Gut und das dazugehörige Land einigermaßen sicher. Zur Zeit.«

Simon blieb völlig reglos, als er seinem Bruder jetzt zuhörte.

»Aber falls es zu einem Streit zwischen Erik und seinem Vater kommen sollte ...« Dominic zuckte die Achseln. »Was sagst du dazu, Simon?«

»Erik und Robert Aus dem Norden sind einander so unähnlich, wie ich es noch niemals bei Vater und Sohn erlebt habe.«

»Meg?« fragte Dominic.

»Simon hat recht«, erklärte Meg. »Erik ist ein Gelehrter Mann, und Robert verabscheut Gelehrsamkeit.«

»Eriks oberstes Gebot lautet, behutsam mit dem Land und seinen Leuten umzugehen«, erklärte Simon. »Robert hält es für ratsamer, sie mit Steuern und Abgaben zu belasten, bis jedes weitere Baby, das zu ernähren ist, für seine Leute eher ein Fluch als ein Segen ist.«

Dominic wandte sich zu Ariane um und blickte sie fragend an. »Lady Ariane, habt Ihr etwas dazu zu sagen?«

»Erik ist ein Krieger«, erwiderte Ariane nüchtern. »Robert ist ein Verschwörer. In der Normandie nennen wir ihn Robert den Flüsterer.«

Dominics Augen wurden schmal, denn ihre Worte hatten bei ihm ein plötzliches, intensives Interesse geweckt.

»Robert hat sogar versucht, heimliche Bündnisse mit meinem Vater einzugehen«, fuhr Ariane fort. »Und zwar gegen den Willen des Königs von Schottland, des englischen Königs und des mächtigsten aller normannischen Barone.«

»Hat Euer Vater irgendeinem Bündnis zugestimmt?« wollte Dominic wissen.

Ariane hielt inne, weil sie sich ihre Antwort genau überlegen mußte. Ihre Finger strichen über die Harfensaiten und zupften wahllos Akkorde. Die Töne klangen seltsam nachdenklich, als wäre das Instrument an Arianes verborgenen Gedanken beteiligt.

Meg hatte den Verdacht, daß genau dies auch der Fall war. Sie vermutete auch, daß sich Ariane gar nicht bewußt war, wieviel ihre Musik über die Emotionen verriet, die zu haben sie heftig abstritt.

»Der Flüsterer und mein Vater belauern sich gegenseitig wie Spinnen«, sagte Ariane schließlich. »Jeder achtet sorgsam darauf, dem klebrigen Netz des anderen auszuweichen.«

Simons Lächeln war voller Ironie.

»Jetzt verstehe ich, warum ich für die Gelehrten ›von Wert‹ bin«, sagte er. »Erik weiß, daß eine gut verheiratete Ariane Deguerres ehrgeizigen Plänen in den Umstrittenen Gebieten einen Riegel vorschieben wird.«

»Was wird Eurer Meinung nach zwischen Robert und Eurem Vater passieren?« fragte Meg.

»Es hängt davon ab, welcher Mann als erster unvorsichtig und leichtsinnig wird«, erklärte Ariane nüchtern. »Hinter beiden Männern stehen jedoch auch Könige, die ihre komplizierten Netze spinnen.«

Dominic nickte fast geistesabwesend. Seine Gedanken kreisten um Simons Bemerkung, er sei »von Wert« für die Gelehrten. Das erklärte Eriks Bereitwilligkeit, sich mit dem Glendruid-Wolf zu verbünden, den der schottische König mit ebenso großem Eifer wieder aus den Umstrittenen Gebieten verjagen würde; und Eriks Vater war ein überzeugter Vasall des Königs der Schotten.

Eine Kaskade von Tönen stieg von der Harfe auf und lenkte Dominics Aufmerksamkeit wieder auf Ariane.

»Wäre ich ein Mann mit Land und einer Burg, die in den Umstrittenen Gebieten zwischen Schottland und England liegt«, sagte Ariane, »dann würde ich meine Krieger ebenso eisern drillen, wie Priester ihre Andacht verrichten.«

Dominic lachte. »Ich bin froh, daß Simon sich angeboten hat, Euer Ehemann zu sein, Lady Ariane. Ihr könnt es ohne weiteres mit seiner schnellen Kombinationsgabe aufnehmen.«

Ariane lächelte leicht. »Ihr seid zu freundlich, Mylord.«

»Ja«, warf Simon sarkastisch ein. »Wirklich, zu freundlich.«

Dominic lächelte nur wie ein Glendruid-Wolf.

»Arianes Worte haben mich in meinem Entschluß bestärkt«, erklärte er.

Simon hob fragend seine hellblonden Brauen und wartete.

»Ich möchte Carlysle Manor unbedingt halten, hatte aber schon befürchtet, ich würde Meg aus ihrem geliebten Blackthorne Keep wegbringen und eine Festung errichten müssen, wo das Carlysle-Haus steht«, sagte Dominic. »Dann wäre Carlysle unser Hauptwohnsitz geworden.«

Meg stieß einen leisen Seufzer aus und biß sich sofort auf die Lippen, aber Dominic hatte ihn dennoch gehört. Er trat vor und streichelte ihr beschwichtigend mit der Hand über die Wange.

»Beruhige dich, kleiner Falke«, sagte er mit einer Sanftheit, die er bei keinem anderen Menschen zeigte. »Ich weiß, wie innig du mit den Leuten von Blackthorne verbunden bist und sie mit dir.«

»Wenn es notwendig ist, kann ich –« begann Meg.

»Nein. Es ist nicht nötig«, erwiderte Dominic weich. »Simon wird Carlysle für mich halten. Arianes Mitgift wird reichen, um Carlysle zu einer Festung auszubauen – gegen Räuber, abtrünnige Ritter und gierige Könige.«

Dominic wandte sich von seiner Frau ab und blickte Simon an.

»Komm, Bruder«, sagte er. »Laßt uns alle in die Waffenkammer gehen. Es ist an der Zeit, die Schätze aufzulisten, die dir Baron Deguerre mit seiner Tochter geschickt hat.«

Simon rührte sich nicht.

»Was ist denn?« fragte Dominic. »Hast du kein Interesse an einem eigenen Besitz?«

»Ich werde alles dir geben«, erwiderte Simon. »Für Blackthorne. Für Meg. Für die Sicherheit deiner ungeborenen Kinder. Weil feststeht, daß ich keine Kinder haben werde, für die ich Vorsorge treffen müßte.«

22. Kapitel

Dominic warf Meg einen vielsagenden Blick zu, doch seine Frau schüttelte den Kopf.

»Wie viele Kinder du bekommen wirst, liegt ganz allein in Gottes Hand«, sagte Dominic. »Ich bin derjenige, der entscheidet, welcher meiner Ritter Land als Lehen für mich halten soll ... und wer Land als Geschenk erhält und mir nichts weiter schuldig ist als die Loyalität eines hochgeschätzten Verbündeten.«

Das Lächeln, mit dem Dominic Simon bedachte, rührte Ariane fast zu Tränen. In diesem Moment war die Liebe, die Dominic für seinen Bruder empfand, beinahe greifbar, und Ariane verstand durchaus, warum Simon mit so unverbrüchlicher Treue zu einem solchen Mann hielt, der Herr, Bruder und Freund in einem war.

»Aus Carlysle Manor«, fuhr Dominic fort, »soll Carlysle Keep werden. Und du, Simon, wirst Burgherr und einziger Besitzer aller dazugehörigen Ländereien sein.«

Simon stieß mit einem hörbaren Geräusch den Atem aus.

»Ich hätte es schon eher getan«, sagte Dominic, »Aber ich hatte nicht das Vermögen, zwei Burgen zu unterhalten. Als Arianes Ehemann bist du fast so vermögend wie ich.«

»Es ist zuviel«, sagte Simon leise. »Ich bin solcher Großzügigkeit nicht würdig.«

Dominic lachte und umarmte seinen Bruder herzlich.

»Es gibt keinen Mann auf Gottes weiter Erde, der würdiger wäre als du, Simon der Loyale«, sagte Dominic.

»Aber –«

Dominic schnitt ihm die Möglichkeit zu einem weiteren Einwand ab. »Hättest du nicht die Ritter um dich versammelt, wäre ich im Kerker des Sultans elendiglich verreckt. War es nicht so?«

»Was ich getan habe, war nichts! Du hast mich mit deinem eigenen Körper freigekauft!«

»Wenn du dich nicht anerboten hättest, Ariane zu heiraten«, fuhr Dominic fort, ohne auf Simons Worte einzugehen, »wäre es wegen Baron Deguerres verschmähter Tochter zum Krieg gekommen.«

»Ja, aber –«

Wieder fiel ihm Dominic ins Wort. »Komm«, sagte er und ergriff den Arm seines Bruders. »Laß uns Deguerres großzügige Gaben zählen und den Rest des Tages damit verbringen, eine Liste der Dinge aufzustellen, die du brauchen wirst, um Carlysle zu einem sicheren und einträglichen Besitz zu machen.«

Simon wirkte wie betäubt, als er einem amüsierten Dominic erlaubte, ihn zur Waffenkammer der Burg zu führen. Lächelnd wartete Meg auf Ariane, damit sie die Männer begleiten konnten.

Ariane legte ihre Harfe sorgsam auf einem kleinen Tisch ab. Als sie sich wieder zu Meg umdrehte, glitzerte Lampenlicht auf dem juwelenbesetzten Heft des Dolches, den sie an einem Gürtel trug, den sie tief um ihre Hüften geschlungen hatte. Das gleiche violette Feuer blitzte von den Amethysten um ihren Hals und ihre Handgelenke auf.

Die beiden Frauen eilten aus dem Sonnenraum, wobei ihre langen Röcke über die steinernen Fußböden der Burg rauschten. Goldene Glöckchen bimmelten leise bei jedem Schritt, den Meg machte.

Als die beiden die Wendeltreppe hinabstiegen, fanden sie das Lampenlicht durch Fackeln ersetzt, die in eisernen Halterungen entlang der Wände brannten. Ein leichter Luftzug ließ die Fackeln auflodern und flackern, so daß sie eigenartig verzerrte Schattenbilder auf die Steine warfen.

Die Waffenkammer befand sich in der Nähe der Kaserne, denn die Wachsoldaten sicherten sowohl die kostbaren Waffen als auch den Brunnen, die einzige Wasserquelle der Burg. Auf Blackthorne Keep diente die Waffenkammer mit ihrer schweren Eisentür und den dicken, undurchdringlichen Steinwänden zugleich als Schatzkammer. Dort hielt Thomas der Starke über Waffen und Vermögen Wache.

Wie so häufig war auch Marie, die Witwe von Robert dem Gehörnten, in der Nähe. Thomas war ihr Favorit unter den Rittern, die in der Burg in Garnison lagen.

Abgesehen von Dominic und Simon natürlich.

»Herr«, sagte Marie und verbeugte sich auf Sarazenerart vor Dominic, »wir sehen viel zu wenig von Euch.«

Das sinnliche Funkeln in Maries dunklen Augen und der kehlige Klang ihrer Stimme übermittelten eine andere Botschaft – sollte Dominic seiner Glendruid-Ehefrau jemals überdrüssig sein, wäre Marie nur allzu bereit, ihm auf jede gewünschte Art zu dienen.

Meg lächelte mit echter Belustigung. Sie und Marie waren zu einer Einigung gekommen, einer, die unter vier Augen getroffen worden war. Marie mußte aufhören, Dominic nachzulaufen, und ihre im Harem des Sultans erlernten Verführungskünste auf unverheiratete Männer beschränken, sonst würde Meg dafür sorgen, daß sich Marie ihren Lebensunterhalt als Hure in einem Londoner Bordell verdienen konnte.

»Und Ihr, Simon«, murmelte Marie, wobei sie unter dichten dunklen Wimpern zu ihm auflächelte. »Es ist traurig, daß ein von der Natur so reichlich ausgestatteter Mann so knauserig mit seiner … Anwesenheit ist.«

Lippen, röter und leuchtender als eine Kirsche, verzogen sich zu einem Schmollmund, nur um sich gleich darauf zu einem aufreizenden Lächeln zu verziehen, das Simon und nur Simon galt. Marie trat vor ihn hin, stellte sich auf die Zehenspitzen und küßte ihn auf den Mund.

Einen Moment lang versteifte Simon sich, als hätte ihm jemand einen Faustschlag versetzt. Dann lockerten sich seine zu Fäusten geballten Hände, und er akzeptierte Maries Kuß mit einer Ungezwungenheit, die von langer Vertrautheit sprach.

Ariane beobachtete die Szene und überlegte grimmig, wie hübsch sich ihr juwelenbesetzter Dolch zwischen Maries Schulterblättern machen würde.

»Herzlichen Glückwunsch auch zu Eurer vorteilhaften Eheschließung, Sir«, sagte Marie, als Simon den Kuß beendete.

Der kehlige, sinnliche Unterton in ihrer Stimme hatte sich noch verstärkt. Sie beobachtete Simon unter schweren Lidern hervor. Ihre geschickten Hände glitten über das Mieder ihres Kleides und über ihre runden, verführerischen Hüften. Die rote Seide – ein Abschiedsgeschenk von Dominic – leuchtete im Fackelschein, als wäre sie lebendig.

»Danke«, sagte Simon.

Er trat beiläufig einen Schritt zurück, um den Abstand zwischen ihnen zu vergrößern, doch für Arianes Geschmack war der bei weitem noch nicht groß genug. Jedesmal, wenn Marie tief Luft holte – und es schien, als könnte das schamlose Weibsbild nie anders Luft holen –, berührten die Spitzen ihrer vollen Brüste beinahe Simons Brust.

»Ich hoffe nur, Ihr werdet nicht Eure alten Freunde vergessen, die ... während des Heiligen Krieges alles ... mit Euch geteilt haben«, hauchte Marie.

»Ich vergesse nichts«, erwiderte Simon seidenweich.

Einen Moment lang senkten sichMaries lange Wimpern und verbargen den Ausdruck ihrer Augen. Dann blickte sie erneut zu Simon auf. Ihre Lippen glänzten feucht, und ihre Lider waren schwer vor Sinnlichkeit. Die harten Spitzen ihrer Brüste zeichneten sich deutlich unter der roten Seide ab.

»Auch ich vergesse niemals«, murmelte sie. »Am allerwenigsten Euch. Denn Ihr wart der Beste von allen. Erinnert Ihr Euch auch daran?«

»Marie«, sagte Meg energisch. »Erinnerst du dich an unsere Abmachung?«

»Ja, Lady Margaret.«

»Simon ist ebenfalls verheiratet.«

Marie lächelte und warf einen schnellen Seitenblick auf Ariane, bevor sie antwortete.

»Ja, Mylady«, erwiderte sie. »Aber überall in der Burg erzählt man sich ganz offen, daß es Lady Ariane nicht interessiert, wessen Bett ihr Mann wärmt, solange es nicht ihr eigenes ist.«

»Das ist nicht wahr«, sagte Ariane scharf.

Maries Lächeln besagte, daß sie ihr nicht glaubte.

»Da bin ich aber froh«, murmelte sie dann, zu Simon gewandt. »Ein Schwert, das zu lange ohne Scheide ist, wird rostig.«

Ihre Finger wanderten von den Bändern am Halsausschnitt von Simons Hemd geradewegs zu der Verschnürung seiner ledernen Kniehose hinunter. Simons Hand schoß mit überraschender Schnelligkeit vor, um Maries lüsterne Finger von ihrem Ziel abzuhalten.

»Ach, Simon«, murmelte Marie heiser und lehnte sich an ihn. »Ich bin glücklich, daß Ihr eine wirkliche Ehe führt. Euer Schwert ist ein viel zu kostbares Instrument, als daß es vernachlässigt werden dürfte. Es verdient, in dem Zustand zu sein, an den ich mich nur zu gut erinnere – hart und glänzend vom sorgfältigen Reiben.«

Bevor Ariane entrüstet protestieren konnte, kam Simon ihr zuvor.

»Thomas«, sagte er mit ruhiger Stimme.

»Ja?« fragte Thomas grinsend.

Simon blickte auf die raffinierte Hure hinunter, deren Finger auch jetzt noch mit seinem Handgelenk spielten und empfindliche Haut streichelten, als wäre er ihr Liebhaber und nicht ein Mann, der seine Ungeduld kaum noch zügeln konnte. Lächelnd blickte er ihr ins Gesicht.

Doch nur Marie war ihm nahe genug, um zu sehen, daß Simons Augen wie schwarze Steine waren, die weder Wärme noch Humor zeigten.

»Bring deine Geliebte von hier fort«, sagte Simon freundlich, »bevor Ariane zu einer Entscheidung kommt, in welche Stelle von Maries Körper sie den Dolch stoßen wird, den sie in der Hand hält.«

Ariane blickte auf ihre rechte Hand hinunter. Das mit Amethysten besetzte Heft blitzte zwischen ihren Fingern; die Klinge selbst war hell, glänzend und offensichtlich scharf.

Seltsam. Sie konnte sich nicht erinnern, den Dolch aus seiner Lederscheide gezogen zu haben.

»Vielleicht«, warf Meg amüsiert ein, »würde Marie gut daran tun, den gleichen Handel mit Lady Ariane abzuschließen, den sie mit mir abgeschlossen hat.«

Marie schaute auf den Dolch und dann in Arianes Gesicht. Plötzlich lachte sie hellauf.

»Ja«, meinte sie. »Vielleicht sollte ich das.«

»Was ist das für ein Handel?« fragten Dominic und Simon wie aus einem Mund.

Marie zwinkerte Dominic zu, warf Simon einen neckischen Blick zu und wandte sich dann zu Ariane um.

»Ich werde aufhören, Euren Ehemann in Versuchung zu bringen«, sagte sie.

Ariane nickte steif.

»Aber«, fügte Marie hinzu, »ich lebe hier mit stillschweigender Duldung von Lord Dominic und seinem Bruder. Wenn mich einer von ihnen begehrt, *ganz gleich, wann,* werde ich ihnen gehören, solange ich ihr Interesse fesseln kann.«

Dominic und Simon tauschten einen schnellen Blick.

»Es liegt in der Natur des Mannes, daß es ihn irgendwann langweilt, nur mit einer Frau zu liegen«, erklärte Marie nüchtern. »Wenn Dominic und Simon mich rufen, werden mich weder Glendruid-Flüche noch juwelenbesetzte Dolche von ihrem Bett abhalten. Sie sind die Herren hier, nicht ich. Und Ihr auch nicht, Lady Margaret und Lady Ariane.«

»Marie«, sagte Dominic milde. »Beim Tode deines Ehemannes im Heiligen Land habe ich geschworen, daß ich dich bis zu deinem Tod beschützen werde. Ich habe dir nicht die Erlaubnis gegeben, die Ladies der Burg zu quälen.«

Marie knickste tief vor den beiden Frauen. »Wenn ich Euch beleidigt habe, dann tut es mir leid. Ich bin im Harem aufgewachsen und sehe die Welt mit anderen Augen.«

»Thomas«, sagte Dominic energisch.

»Ja, Herr?«

Thomas kam von seinem Wachtposten an der Tür zur Waffenkammer herüber. Er war so stämmig wie eine Eiche, ausgesprochen phantasielos und von leutseligem, freundlichem Wesen.

Er war jedoch auch für sein Durchhaltevermögen zwischen den Schenkeln einer Frau berühmt.

»Gib Marie eine Kostprobe von deiner Kraft«, sagte Dominic zu Thomas.

»Jetzt, Herr?«

»Jetzt.«

»Ist mir ein Vergnügen, Herr.«

Eine von Thomas' fleischigen Pranken landete mit einem herzhaften Klatsch auf Maries Hinterteil. Dann stellte er sich dicht hinter sie und knetete ihre Pobacken mit großer Sorgfalt.

Marie schnappte keuchend nach Luft. Sie drehte sich langsam zu Thomas um und rieb im Drehen ihren weichen Unterkörper an ihm. Sein Lächeln war das eines Mannes, der erwartungsvoll der Dinge harrt, die da kommen werden.

Schweigend hob Thomas der Starke Marie mit einem seiner kräftigen Arme hoch. Sie lächelte aufreizend, als sie ihre Beine um seine muskulösen Hüften schlang und sich an seinen Unterkörper drückte. Diese Position war beiden offensichtlich wohl vertraut, weil sich Thomas, ohne zu zögern, von der Waffenkammer entfernte.

Marie drängte sich an ihn, küßte ihn auf den Hals und machte sich mit ihren flinken Händen an jedem Kleiderverschluß in ihrer Reichweite zu schaffen.

Sehr schnell verschwanden die beiden außer Sichtweite, während Maries hohes, kehliges Lachen durch den steinernen Korridor hallte. Wenig später herrschte plötzlich Stille, als wäre ihr Lachen vom Kuß eines Mannes erstickt worden.

»Gott sei Dank, daß es Thomas den Starken gibt«, sagte Dominic erleichtert.

»Amen«, sagte Simon.

Dann drehte er sich um und warf seiner Frau einen rätselhaften Blick zu. Gleich darauf musterte er sie vom Kopf bis zu den Zehenspitzen, als hätte er etwas höchst Unerwartetes an ihr entdeckt.

Was tatsächlich der Fall war.

Die Tatsache, daß Ariane eifersüchtig auf Marie war, erstaunte und faszinierte Simon wie kaum etwas anderes zuvor in seinem Leben, einschließlich des Moments, als Ariane mit ihrer stämmigen, kleinen Stute geradewegs in ein Schlachtroß hineingaloppiert war, um ihm zu Hilfe zu kommen.

Ariane wäre beinahe gestorben bei dem Versuch, ihm das Leben zu retten.

Und sie war bereit gewesen, ihren Dolch gegen eine Frau zu benutzen, die ihn begehrte.

Sie schmolz dahin wie süßer, von der Sonne erwärmter Honig, wenn er in ihren Träumen zu ihr kam.

Und dennoch – im Wachzustand verweigerte ihm Ariane die Erfüllung seiner sinnlichen Träume.

Dunkel fragte Simon sich, ob es wohl jemals einem Mann gelungen war, aus Frauen klug zu werden.

Wahrscheinlich gelang das selbst einem Gelehrten Mann kaum.

»Du kannst deinen Dolch jetzt wieder wegstecken, Nachtigall.«

Ariane blickte ihren Ehemann mit großen Augen an. Ein Gefühl der Wärme breitete sich in ihrer Magengrube aus, als er sie mit diesem Kosenamen ansprach und sie den herausfordernden Glanz in seinen Augen wahrnahm.

»Oder hast du vor, mir die Klinge in den Leib zu stoßen?« fragte er höflich.

Röte kroch in ihre Wangen, als sie die Waffe mit einer raschen Bewegung in ihre Lederscheide zurückschob.

»Ausgezeichnet«, sagte Simon. »Wir machen Fortschritte. Glaube ich jedenfalls.«

Leise vor sich hinschmunzelnd, wandte Dominic sich ab, um das massive eiserne Schloß zu öffnen, das die Tür zur Waffenkammer sicherte. Gleich darauf gab das Schloß mit einem Rasseln und Klirren von Eisen nach, und ein schwacher Duft nach Gewürzen erfüllte die Luft, als die Tür schließlich aufschwang.

»Die Fackeln«, sagte Dominic.

Simon nahm zwei aus den Wandhalterungen und reichte Dominic eine, bevor dieser den dunklen Raum betrat. Simon bedeutete den beiden Frauen mit einer Geste, sie sollten vor ihm eintreten. Meg ging als erste hinein.

Doch als Ariane ihr folgen wollte, trat Simon blitzschnell einen Schritt vor, so daß sie seinen Körper streifen mußte, um an ihm vorbeizukommen. Seine Bewegung war völlig unerwartet für sie.

Sie zuckte zurück, bevor ihr bewußt wurde, was sie getan hatte.

Das Lächeln, das Simon ihr schenkte, war das eines Mannes, der einen anderen Menschen auf die Probe gestellt hat – und von dem Ergebnis bitter enttäuscht ist. Der Ausdruck seiner Augen verriet, daß es ihm keine Freude machte, dieses spezielle Spiel zu gewinnen.

Ariane streckte die Hand aus, um Simons Arm zu berühren, doch er wich ihrer Berührung absichtlich aus.

»Ich ziehe die Aufrichtigkeit deiner ersten Reaktion vor«, sagte er so leise, daß ihn die anderen nicht hören konnten.

»Du bist so verflucht schnell! Du hast mich erschreckt, das ist alles.«

»Das glaube ich nicht.«

»Simon?« rief Dominic ungeduldig, ohne über seine Schulter zurückzublicken. »Wo bist du?«

»Hier.«

»Du scheinst nicht sonderlich darauf erpicht, dein Vermögen zu sehen.«

»Ich brauche es nicht zu sehen. Ich kann es riechen«, erwiderte Simon trocken.

Dominic lachte. »Tatsächlich, besonders den Pfeffer.«

Meg schnüffelte, holte tief Luft und runzelte dann nachdenklich die Stirn.

»Was hast du?« fragte Dominic augenblicklich.

Sie zögerte, holte noch einmal prüfend Luft und schüttelte den Kopf, als wäre sie leicht verwirrt.

»Der Duft ist eher schwach für die Menge an Gewürzen, die in diesen Kisten enthalten sein soll«, sagte sie schließlich. »Aber vielleicht sind sie einfach zu gut versiegelt.«

»Oder alt«, erwiderte Dominic unverblümt. »Der Geruch verflüchtigt sich mit der Zeit.«

»Die Gewürze sind ganz frisch«, warf Ariane ein. »Vaters Burgverwalter hat endlos darüber geschimpft, wie teuer es sei, Gewürze der allerbesten Qualität zu verschicken, um sie an den barbarischen, schottischen Gaumen meines zukünftigen Ehemannes zu verschwenden.«

»Merkwürdig«, meinte Dominic.

»Kaum«, gab Ariane trocken zurück. »Baron Deguerre ist nur bei seinen Rittern großzügig, und selbst dann beklagt er sich über die Kosten. Ich bin nur eine Tochter, die einen ausländischen Ritter heiraten sollte, der nicht den Vorstellungen meines Vaters entsprach.«

»Dann wird er sicher erfreut sein, Euch jetzt mit einem ehrbaren normannischen Ritter verheiratet zu finden«, erwiderte Dominic.

»Erfreut? Über seine Tochter?« Ariane lachte freudlos. »Das wäre etwas noch nie Dagewesenes, Mylord.«

Dominic ließ den Lichtschein seiner Fackel durch die Waffenkammer schweifen. Die Flammen wurden von zahllosen Gegenständen reflektiert: von Waffen an den Wänden über Rüstungen und Kettenhemden, die auf hölzernen Gestellen hingen, bis hin zu Helmen und Panzerhandschuhen, die säuberlich aufgestapelt auf Regalen lagen.

In einer Ecke standen siebzehn Kisten, ordentlich der Größe nach ausgerichtet. Die Messingbeschläge der Holzkisten waren von salzhaltiger Luft und mangelnder Pflege angelaufen, aber die Schlösser und Scharniere waren geölt und glänzten.

Dominic steckte seine Fackel in einen Wandhalter, griff unter seinen Mantel und zog einen großen Beutel heraus, der verschiedene Schlüssel und ein zusammengerolltes Stück Pergament enthielt. Auf dem Pergament waren in gestochen scharfen Buchstaben der genaue Inhalt der Kisten aufgeführt, die Arianes Mitgift enthielten, sowie weitere Klauseln des Ehevertrages. Das schwere Wachssiegel am unteren Rand des Dokuments fand sich auch auf den Deckeln sämtlicher Kisten wieder, so daß es unmöglich war, eine der Kisten zu öffnen, ohne das Siegel dabei zu erbrechen.

»Die Seidenstoffe zuerst«, murmelte Dominic. »Habt Ihr sie gesehen, Lady Ariane?«

»Ja, Sir. Sie sind sehr fein und von so herrlichen Farben, daß sie einen Regenbogen noch an Leuchtkraft übertreffen. Einige sind dünn genug, um Sonnenlicht durchschimmern zu lassen, andere so wundervoll bestickt, daß es aussieht, als wäre Seide auf Seide gewebt worden, bis das Tuch fast von allein stehen kann.«

»Prächtige Seiden, in der Tat«, sagte Dominic.

»Wenn Simon einverstanden ist«, fuhr Ariane fort, »würde ich Lady Amber gern etwas von dem Stoff schenken. Als Dank für ihre Freundlichkeit. Und es ist auch eine grüne Seide dabei, die genau zu Lady Margarets Augen passen würde.«

»Einverstanden«, sagte Simon sofort.

»Ein so kostbares Geschenk kann ich doch nicht annehmen«, erwiderte Meg bescheiden.

Dominic überging den Einwand seiner Frau. »Danke«, sagte er. »Es erfreut mein Auge, Meg in Grün zu sehen.«

»Ich fürchte nur, der Stoff ist zu fein für den alltäglichen Gebrauch«, warnte Ariane. »Nach dem, was ich Vater zu einem seiner Ritter habe sagen hören, ist er eher für einen Harem geeignet als für eine kalte, englische Burg.«

Ein sinnliches Lächeln veränderte die harten Linien von Dominics Gesicht.

»Dann freue ich mich ganz besonders auf diesen Stoff«, erwiderte er. »Die Konkubinen des Sultans trugen sehr, äh, reizvolle Kleider.«

Im Sprechen schüttelte Dominic den Beutel mit den Schlüsseln aus. Klirrend fielen die Schlüssel auf ein steinernes Sims neben dem Regal mit Panzerhandschuhen. Er wählte einen aus und ging damit zu der größten Kiste. Das Schloß gab knirschend nach. Wenige Sekunden später hatte Dominic das Siegel erbrochen. Die Messingscharniere quietschten laut, als er schließlich den Deckel aufstemmte und in die Kiste schaute.

»Großer Gott, was ist denn das?« murmelte er. »Simon!«

Simon trat rasch an Dominics Seite und beugte sich über die Kiste, wo der Fackelschein Säcke aus einem rauhen Material beleuchtete. Mit einer Schnelligkeit, die Ariane verdutzt blinzeln ließ, zog Simon seinen Dolch und öffnete einen der Säcke.

Grob gemahlenes Mehl quoll heraus. Simon nahm eine Handvoll heraus, untersuchte es sorgfältig und roch daran. Mit einem Laut des Ekels öffnete er seine Faust und ließ den Inhalt auf den Steinfußboden der Waffenkammer rieseln.

»Verdorben«, sagte er kurz.

»Die Seide?« fragte Ariane, denn Simon versperrte ihr mit seinem breiten Rücken die Sicht auf die Kiste.

»Mehl«, erwiderte er.

Dominic begann, in der Kiste herumzukramen.

»Was ist mit der Seide?« fragte Ariane verwirrt.

»In dieser Kiste ist keine Seide«, erklärte Dominic und richtete sich auf. »Die restlichen Säcke enthalten mehr Schmutz als Mehl.«

Ariane schnappte überrascht nach Luft und drängte sich zwischen den beiden Männern hindurch. Sie betrachtete die zerkratzte Kiste, dann das erbrochene Siegel, dann wieder die Kiste.

»Das Siegel«, sagte sie. »War es intakt?«

»Ja«, erwiderte Dominic.

»Ich verstehe das nicht. Ich habe selbst zugesehen, wie der Burgverwalter meines Vaters die Kisten gefüllt hat.«

»Eine Kiste sieht oft wie die andere aus«, meinte Dominic. »Vielleicht ist jemandem ein Irrtum unterlaufen.«

Simon sagte nichts, sondern nahm nur einen anderen Schlüssel von dem Haufen und suchte das passende Schloß. Dieser Schlüssel paßte zu einer kleineren Kiste. Er schob ihn ins Schloß, erbrach das Siegel und hob den Deckel. Der schwache Duft von Zimt und Gewürznelken stieg auf.

Simon sagte kein Wort.

»Nun?« fragte Ariane.

»Sand«, erklärte Dominic brüsk.

»Wie bitte?« fragte sie perplex.

»Sand«, wiederholte Dominic.

»Aber hier war einmal Zimt drin«, sagte Simon. »Und Gewürznelken. Das Holz riecht noch danach.«

»Ich verstehe das einfach nicht«, murmelte Ariane.

Doch ihr Tonfall besagte, daß sie große Angst hatte, durchaus zu verstehen, was das alles bedeutete.

In einer Stille, die mit jeder geöffneten Kiste noch angespannter und unbehaglicher wurde, untersuchten Dominic und Simon Arianes Mitgift. Das Quietschen eines jeden Deckels wurde von einem einzigen knappen Wort begleitet, das völlig wertlose Waren beschrieb, wo Juwelen, Gold, Silber, Seidenstoffe, Pelze und Gewürze hätten sein sollen.

»Steine.«

»Sand.«

Auf einen Sarazenerfluch folgte eine verständlichere Beschreibung dessen, was die Kisten enthielten.

»Verdorbenes Mehl.«

»Felsbrocken.«

»Lehm.«

Ariane taumelte und hätte sich am liebsten die Ohren zugehalten, um nicht die häßliche Wahrheit hören zu müssen.

Man hat mich verraten.

Als schließlich die letzte Kiste offenstand, stützte Dominic die Hände in die Hüften und betrachtete den Inhalt. Ballaststeine, die immer noch nach Meer rochen, waren alles, was die Kiste enthielt.

Der silberne Wolfskopf an seinem Mantel schien knurrend die Lefzen hochzuziehen, als sich Dominic zu Ariane umwandte.

»Es sieht ganz so aus«, sagte er mit verdächtig ruhiger Stimme, »als bestünde eine Diskrepanz zwischen der Mitgift, die Baron Deguerre versprochen hatte, und dem, was geliefert wurde.«

»Ja«, erwiderte Ariane tonlos.

Obwohl Dominic wartete, fügte sie nichts weiter hinzu.

»Lady Ariane«, sagte er scharf, »was habt Ihr dazu zu sagen?«

»Ich bin verraten worden. Wieder einmal.«

Trotz seines Zorns berührte Dominic die Trostlosigkeit in Arianes Stimme ebenso wie der Anblick ihrer zitternden Finger, die trostsuchend nach der Harfe greifen wollten. Doch sie hatte ihr Instrument oben zurückgelassen.

»Es hat ganz den Anschein, als ob der Baron einen Krieg zu provozieren sucht«, sagte Dominic.

Falls Ariane seine Bemerkung überhaupt gehört hatte, so antwortete sie trotzdem nicht.

»Ja«, sagte Meg gepreßt. Ihre kleinen Hände ballten sich zu Fäusten. »Aber was bringt ihm eine solche Verlogenheit ein?«

»Freiheit von einem Bündnis, das er niemals gewollt hat«, erklärte Dominic.

»Aber damit hat er seinen Eid gebrochen«, protestierte Meg. »Sicherlich wird ihn eine solche Unehrenhaftigkeit in den Augen seiner Peers mehr kosten als ein paar Kisten mit Gewürzen und Gold!«

»Vaters Burgverwalter hat gesehen, wie diese Kisten gefüllt, versiegelt und anschließend von seinen besten Rittern bewacht wurden«, sagte Ariane tonlos. »Ich habe es ebenfalls gesehen. Dieselben Ritter haben die Mitgift bewacht, bis sie auf Blackthorne Keep eintraf.«

»Mit anderen Worten – wenn ich behaupte, daß die Kisten keinerlei Mitgift enthielten, werde ich Deguerre damit den Krieg erklären«, faßte Simon zusammen.

»Ein Krieg, von dem Deguerre glaubt, daß er ihn gewinnen kann, denn er muß annehmen, daß Duncan von Maxwell zu arm ist, um ohne die Mitgift genügend Ritter anheuern zu können«, fügte Meg hinzu.

»Und König Henry wird alles andere als erfreut reagieren, wenn man ihn bittet, in einen Krieg zu ziehen – wegen Ländereien, von denen einige glauben, daß sie ohnehin Robert dem Flüsterer gehören«, schloß Dominic.

Er wandte sich an Ariane. »Euer Vater spekuliert darauf, daß er den Krieg gewonnen haben wird, noch bevor König Henry Zeit hat, zur Schlacht anzutreten.«

»Das würde meinem Vater sehr ähnlich sehen«, sagte Ariane mit ausdrucksloser Stimme. »Er versteht sich ausgezeichnet darauf, Schwäche zu finden, wo andere nur Stärke sehen. Aus diesem Grund wird er auch Charles der Gewitzte genannt.«

»Dann werden wir nichts sagen«, erklärte Simon.

»Was?« fuhr Dominic auf. »Wir können nicht –«

»Ich habe an der Mitgift meiner Frau nichts auszusetzen«, sagte Simon kurz und bündig.

Schweigen breitete sich in der Waffenkammer aus.

Einen Moment lang blitzte im Schein der Fackeln Arianes bitteres Lächeln auf. Die Tränen, die sie nicht vergossen hatte, als sie entehrt und geschändet aufgewacht war, drohten jetzt, sie zu ersticken.

»Simon«, flüsterte sie. »Es wäre gnädiger gewesen, wenn du mich getötet hättest, als ich dir die Möglichkeit dazu gab.«

Seine Augen verengten sich zu Schlitzen, aber er blieb stumm.

»Die Spinne webt ihr Netz«, sagte Ariane gepreßt, »und ich bin es, die wie ein Insekt darin gefangen wird. Und durch mich wirst auch du vernichtet werden. Ganz gleich, wie heftig wir kämpfen, Baron Deguerre wird gewinnen.«

»Ich verlange eine Erklärung«, sagte Dominic knapp. »Und zwar eine ausführliche.«

»Mein Vater hat auf Schwäche und Uneinigkeit spekuliert. Er hat nicht mit Loyalität und Beherrschtheit gerechnet.«

Dominic warf seinem Bruder, der Ariane mit dunklen, freudlosen Augen beobachtete, einen prüfenden Blick zu.

»Mein Vater hat gewiß erwartet, daß ich in meiner Hochzeitsnacht sterben werde«, erklärte Ariane ohne jede Rücksichtnahme.

»Gott im Himmel! Was ist das für ein Unsinn?« fragte Dominic barsch.

Ariane drehte sich zu Meg um.

»Das ist die Wahrheit, die Ihr so eifrig gesucht habt, Lady Margaret. Ich hoffe, sie erfreut Euch.«

»Nein«, murmelte Meg und streckte eine Hand aus, als wollte sie Ariane daran hindern, noch mehr zu sagen.

Aber Ariane sprach bereits und ließ den Schmerz in sich aufsteigen. Es überraschte sie, daß sie überhaupt noch etwas fühlen konnte.

»Mein Vater kommt sicherlich in der Erwartung nach Blackthorne Keep, daß er einen Krieg anfangen kann – unter dem Vorwand, meinen Tod durch die Hand meines Ehemannes zu rächen.«

»Da wird er enttäuscht sein«, sagte Simon ruhig. »Du lebst noch.«

»Ja. Aber werde ich immer noch leben, wenn du herausfindest, daß ich nicht als Jungfrau in diese Ehe gekommen bin?«

Simon erstarrte.

»Du wußtest davon?« wollte Dominic von Simon wissen.

Simon gab keine Antwort.

»Unsere Ehe ist noch nicht vollzogen«, warf Ariane ein. »Ich werde das vor einem Priester beschwören. Eine Annullierung wird kein –«

Simon fiel ihr ins Wort. »Nein. Ich kann mich über meine Ehe nicht beklagen. Ich habe keinen Grund, um eine Annullierung zu ersuchen. *Keinen Grund für einen Krieg.*«

»Herrgott im Himmel!« knurrte Dominic. »Was ist mit deiner Ehre?«

«Meine Ehre habe ich in jenem Moment aufgegeben, als ich im Heiligen Land bei der Ehefrau eines anderen lag.«

»Bei Marie?« fragte Dominic verblüfft.

»Ja. Ich bin der Mann, den Maries Ehemann in ihr Zelt schleichen sah. Ich bin der Grund, weshalb sich der gehörnte Ehemann auf den teuflischen Handel mit dem Sultan einließ. Ich bin der Grund dafür, daß wir verraten wurden und du so grausame Foltern erleiden mußtest.«

»Simon, es war nicht dein Werk«, sagte Dominic energisch. »Robert der Gehörnte war daran schuld!«

»Ich mache mich aber dafür verantwortlich. So wie auch Gott in mir den Schuldigen sieht.«

»Das kannst du nicht wissen.«

»Und ob ich das weiß. Siehst du nicht, wie perfekt die Strafe ist, die Gott für mich ersonnen hat?«

»Ich sehe nichts als –«

Simon sprach unbeirrt weiter, um seinem Bruder endgültig verständlich zu machen, daß er für alles, was er im Heiligen Land getan hatte, schließlich in der Heimat zahlen mußte.

Und Simon war bereit, die Strafe auf sich zu nehmen.

»Ich habe geheiratet, um Vermögen, Schönheit und Erben zu bekommen«, sagte er ruhig. »Das Vermögen ist ein Hirngespinst, eine Empfängnis dieser Erben wird es niemals geben, und Ariane liegt jede Nacht allein in ihrem Bett, weil sie das vorzieht, und ihre kalte Schönheit stellt eine Demütigung meines Körpers dar. O ja, meine Braut ist tatsächlich eine angemessene Bestrafung für meine Sünde der Wollust und des Ehebruchs.«

»Aber –«

»Wenn du es gewesen wärst, der in Maries Bett lag, und ich derjenige, der vom Sultan gefoltert wurde«, fuhr Simon fort, »würdest du dann anders fühlen, als ich jetzt empfinde?«

Dominic öffnete den Mund, um zu sprechen, schloß ihn dann aber wieder und schüttelte bedrückt den Kopf.

Er wußte, er würde genauso empfinden.

»Du bist mein Bruder«, sagte Dominic leise, »und ich liebe dich.«

»Wie ich dich liebe, Bruder.«

Dann lächelte Simon, und in seinem Lächeln lag all der Schmerz, den er mit sich herumtrug, seit seine ungezügelte Begierde für eine verheiratete Frau beinahe Dominics Leben gekostet hatte.

»Mein einziger Trost ist, daß ich nicht allzuviel Zeit in der Hölle verbringen muß, wenn ich sterbe«, sagte Simon. »Denn meine Hölle hat mich bereits hier auf Erden ereilt, und ihr Name ist Ariane.«

23. Kapitel

Den Rest des Tages verbrachte Ariane auf ihrem Zimmer und wartete voller Grauen darauf, daß Simon kommen und sie wegen ihrer verlorenen Unschuld zur Rede stellen würde.

Aber Simon kam nicht.

Er erledigte seine Pflichten als Dominics Stellvertreter, ohne auch nur einen Blick in Arianes Richtung zu werfen. Die Kisten wurden wieder verschlossen, die Schlüssel in Dominics Obhut gegeben, und in Arianes Hörweite sprach niemand von der fehlenden Mitgift.

Tatsächlich war es so, als existierte Ariane überhaupt nicht.

Als kümmerte es Simon nicht, warum sie nicht als Jungfrau in die Ehe gekommen war.

Als machte er sich überhaupt keine Gedanken über seine Ehefrau.

Warum sollte er auch? dachte Ariane trostlos. *Ich bin seine Bestrafung. Eine Demütigung seines Körpers für seine Sünde der Wollust.*

Ich bin seine Hölle.

Ein Frösteln lief über ihren Körper. Die Bewegung ließ schrille Töne von der Harfe aufsteigen, die sie in ihrem Schoß hielt. Schwermütig blickte sie auf das Instrument, aber es waren eher ihre eigenen düsteren Gedanken, die sie sah, als das glatte, mit feinen Einlegearbeiten verzierte Holz.

Ziellos wanderte sie dann weiter im Raum umher und zupfte an den Saiten der Harfe, ohne irgend etwas von den wunderschönen Farben, dem Luxus und der Wärme ihres Zimmers wahrzunehmen. Tatsächlich fühlte sie sich eher wie eine Gefängnisinsassin als wie eine Lady von hoher Geburt.

Aber das Gefängnis hatte sie sich selbst geschaffen. Mit keinem Wort, mit keinem Blick hatten der Herr oder die Herrin von Blackthorne Keep angedeutet, daß Ariane nicht länger ein geschätzter Gast in ihrem Heim war.

Unglücklich blickte Ariane aus einem der hohen, schmalen Fenster, die an einer Seite des Raumes entlangliefen. Wenn sie sich weit vorbeugte und sich auf das kalte Steinsims stützte, konnte sie das gewundene blaue Band des River Blackthorne sehen.

Während der letzten Meilen auf ihrem Ritt nach Blackthorne Keep hatte Ariane das silbrige Schäumen und Rauschen des Flusses genossen. Es hatte sie an ihr altes Zuhause erinnert und an den Fluß, der an so manchem warmen Sommertag ihr Gefährte gewesen war. Sie hatte an seinem Ufer gesessen und auf ihrer Harfe gespielt, und ihre Musik hatte ihre eigenen Gedanken widergespiegelt, das Zwitschern der Vögel, den Wind und das Plätschern der Wellen.

Jetzt kommt es mir wie ein Traum vor. Ich war so unschuldig. So töricht. Ich habe vertraut ...

Zu sehr.

Ein Ruf schallte aus dem Hof unter ihr herauf, und dann folgte ein Rumpeln, als das große Holztor in der Burgmauer geöffnet wurde. Pferdehufe trommelten hohl auf der Zugbrücke und klapperten dann über das Kopfsteinpflaster des inneren Burghofs.

Ariane eilte gerade noch rechtzeitig an ein anderes Fenster, um Simon aus dem Vorgebäude herauskommen und auf den Ritter zutreten zu sehen, der gerade eingetroffen war. Das flachsblond schimmernde Haar des Mannes und die muskulöse Eleganz, mit der er sich aus dem Sattel schwang, verrieten Ariane, daß Sven, der Spion des Glendruid-Wolfs, nach Blackthorne Keep zurückgekehrt war.

Simons Begrüßungsworte gingen im Heulen des Windes unter, der durch den Burghof fegte, und dann schritten die beiden Männer gemeinsam auf die Treppe des Vorgebäudes zu.

Eine Katze mit rostrotem Fell lief über den Hof und sprang auf Simon zu. Ohne seinen Schritt zu verlangsamen, hob der das Tier hoch, legte es sich um die Schultern und streichelte es ausdauernd, während er Svens Bericht zuhörte.

Ariane schien es, als könnte sie das wohlige Schnurren der Katze selbst hier oben – vier Stockwerke über dem Hof – noch hören.

Sie redete sich ein, daß sie die Katze nicht darum beneidete, von Simons langen, zärtlichen Fingern gestreichelt zu werden. Und doch mußte sie sich mit dem nächsten Atemzug eingestehen, daß sie log.

Trotz ihrer brutalen Vergewaltigung durch Geoffrey den Schönen hatte Ariane gelernt, die Berührung *eines* Mannes zu genießen, seine Liebkosungen, seine Hände, die so zärtlich und behutsam über ihren Körper geglitten waren.

Die Berührung eines einzigen Mannes.

Des Mannes, dessen Bestrafung sie geworden war.

Meine Hölle hat mich schon hier auf Erden ereilt, und ihr Name ist Ariane.

Ariane sehnte sich danach, Simon zu erklären, daß sie ihre Unschuld nicht freiwillig, sondern auf brutalste Weise verloren hatte. Aber sie hatte Angst, daß er ihr nicht glauben würde.

Niemand hatte ihr bisher geglaubt.

Ich will, daß er mir glaubt, wie es noch keiner jemals getan hat!

Ich bin nicht wie Marie, die mit jedem Mann liegt und keinen wirklich liebt. Ich bin ein Mädchen, dessen Ehre mit Gewalt genommen wurde. Ich bin ein Mädchen, das seine Demütigung zu Gott hinaufgeschrien hat.

Und man hat mir nicht geglaubt.

Warum sollte mir jetzt irgend jemand glauben? Selbst du, Simon, der mich so berührt hat, wie es noch keiner je zuvor getan hat.

Du wirst mir am allerwenigsten glauben.

Der gequälte Schrei der Harfe riß Ariane aus ihren Gedanken.

Schritte ertönten auf dem Korridor und näherten sich von der Treppe her, die zu Arianes Zimmer führte. Sie blickte sich fast wild im Raum um, als wolle sie nach einer Möglichkeit zur Flucht suchen, die sie doch gar nicht wirklich wollte.

Die Schritte hielten vor ihrer Tür inne.

Simon? Bist du endlich zu mir gekommen? Ist dies die Stunde, in der du vollenden wirst, was ich in unserer Hochzeitsnacht nicht vollenden konnte?

Die Schritte entfernten sich wieder, gingen zu einem anderen Raum und überließen Ariane dem wilden Tumult in ihrem Kopf.

Plötzlich wußte sie, daß sie aus diesem Zimmer heraus mußte, sonst würde sie ihre Qual hinausschreien, daß die ganze Burg sie hören konnte. Aber sie wollte Simon nicht in der großen Halle begegnen und nicht noch einmal seine kalte, unbeteiligte Begrüßung ertragen müssen. Sie wollte ihm nicht wieder in die Augen schauen und das Wissen, daß er verraten worden war, mit so trostloser Deutlichkeit darin gespiegelt sehen.

Aus Ariane der Verratenen war Ariane die Verräterin geworden.

Mit einem unterdrückten Schrei zerrte sie sich ihr lavendelfarbenes Kleid vom Körper, eines der wenigen, die sie aus der Normandie mitgebracht hatte. Sie wollte nicht, daß irgend etwas aus ihrem früheren Land sie berührte. Sie wollte von nichts und niemandem berührt werden.

Außer von Simon.

Blindlings griff sie nach dem Geschenk der Gelehrten, obwohl sie das Kleid nicht mehr getragen hatte, seit ihr aufgegangen war, daß es Ähnlichkeit mit Eriks Tieren haben könnte – daß es so klug war, daß es unheimlich war.

Doch im Moment kümmerte es Ariane nicht, was das Kleid war oder nicht. Sie wollte nur Wärme spüren, wenn die Herbststürme um die Burg tobten. Sie wollte sich geborgen fühlen. Sie wollte ihre Vergangenheit hinter sich lassen und die Erinnerungen an Geoffreys Brutalität auslöschen. Sie wollte ...

Simon.

Das Kleid legte sich um ihren Körper wie eine samtige Segnung und liebkoste und beruhigte ihr Fleisch, ihr Blut, ja sogar ihre Seele. Der Stoff schmiegte sich an sie wie eine Katze, die liebkost werden will, und wie eine Katze streichelte Ariane ihn.

Silberspitzen schimmerten heller als Sonnenstrahlen auf Wasser und säumten das Vorderteil des Kleides von Arianes Knien bis zu ihrer Halsgrube. Silberfäden liefen durch das amethystfarbene Gewebe, zuckten wie Runenblitze auf ihren Ärmeln und ließen sie bei jeder Bewegung ihrer Arme funkeln und schimmern.

Wie ein Widerhall jener wilden, silbernen Blitze wanden sich zwei geschmeidige menschliche Figuren vom gleichen tiefen Schwarz wie Simons Augen durch den Stoff. Ganz gleich, wie oder von wo aus Ariane das Kleid betrachtete, die Figuren waren da und erinnerten sie qualvoll an das eine, das sie sich wünschte und doch niemals bekommen würde.

Stoff raschelte liebkosend um Arianes Fesseln, verlockte sie, das Silber und das Schwarz zu betrachten, und forderte sie auf, tief in das Gewebe hineinzuschauen und den Mann und die Frau zu beobachten, die sich in leidenschaftlichem Liebesspiel umschlungen hielten.

»Lieg still, Kleid«, zischte Ariane.

Serenas Tuch wird sich ruhig um deinen Körper legen. Es reagiert nur auf Träume, und ohne Hoffnung gibt es keine Träume.

Als Cassandras Worte ungebeten in ihrer Erinnerung aufstiegen, wäre es um Arianes Selbstbeherrschung fast geschehen gewesen. Mit einem Fluch, der jeden schockieren würde, der ihn gehört hätte, griff Ariane nach ihrem Mantel, warf ihn sich um die Schultern und verdeckte so den Anblick des unheimlichen Kleides.

Aber auf seine liebkosende Wärme wollte sie nicht verzichten. Die brauchte sie so dringend, wie sie frische Luft zum Atmen brauchte.

Hastig, als würde sie von Dämonen verfolgt, nahm sie ihre Harfe und griff dann nach dem Korb, in dem ihre Stickarbeit lag. Ohne Rücksicht auf die feine Arbeit und den empfindlichen Seidenstoff kippte sie den Inhalt des Korbs auf einem Tisch aus.

Wenig später schaute sie weder nach rechts noch nach links, als sie die Treppe hinuntereilte und durch die Burg zu dem Vorgebäude lief. Dort musterte sie der Wachsoldat voller Überraschung, sagte jedoch nichts, als er die Tür für sie öffnete.

Der Wind im Burghof war erfrischend wie ein Schluck kalten, klaren Wassers. So berauschend wie Wein, so wild wie Arianes Gedanken, war ihr der Wind ein willkommener Begleiter. Sie ließ sich von ihm über das Kopfsteinpflaster treiben und zu der kleinen Pforte in dem schweren, breiten Tor, das die Burg vor Eindringlingen schützte.

Der Wächter, ein Mann, der als Harry der Lahme bekannt war, warf ihr einen prüfenden Blick zu und lächelte dann aufmunternd. Seinen Augen waren weder die weißen Linien der Anspannung um ihren Mund entgangen noch der verkrampfte Griff der Finger, die den Henkel des Korbes hielten.

»Es ist ein sehr kalter Nachmittag, um Kräuter zu sammeln, Lady Ariane.«

»Ich mag die Kälte. Und einige Kräuter sammelt man am besten am Spätnachmittag.«

»Ja, Madam. So hat es mir Lady Margaret erzählt.«

»Ist sie jetzt im Kräutergarten?«

»Ich glaube ja.«

»Danke.«

Harry salutierte flüchtig, bevor er die Pforte öffnete und Ariane hinausließ.

Sie ging mit weit ausholenden Schritten davon. Als sich der Weg gabelte, wählte sie den Pfad, der zu den Kräutergärten führte. Erst als sie außer Sichtweite des Wächters war, bog sie scharf ab und schritt den Weg zu den Ufern des Blackthorne River hinunter. Sie hatte nicht das Bedürfnis, sich den durchdringenden, glendruidgrünen Augen der Herrin von Blackthorne Keep zu stellen.

Ariane war nicht die erste Burgbewohnerin, die es zum Fluß hinunterzog. Ein Pfad schlängelte sich verlockend durch Adlerfarn, den der wilde, kühle Kuß des Spätherbstes golden gefärbt hatte. Auf der felsigen Anhöhe, wo der Pfad endete, wuchsen Birken und Ebereschen, deren Zähigkeit nur von der Eleganz ihres Wuchses übertroffen wurde.

An den geschütztesten Stellen klammerten sich die Bäume noch immer an einen Rest ihrer Blätter, aber der größte Teil ihres Laubs lag wie ein Haufen von Münzen zu ihren Füßen. Auch auf dem Fluß trieben Blätter dahin und sammelten sich zwischen den Steinen, die das Ufer säumten.

Ariane schlenderte durch die goldene Landschaft, bis sie eine natürliche Felsbank entdeckte, die von der Straße aus nicht sichtbar gewesen war. Die abgewetzte, schwach glänzende Oberfläche des Steins deutete darauf hin, daß Menschen zu dieser Stelle gekommen waren und hier verweilt hatten, seit der Blackthorne River ins Meer floß.

Mit einem tiefen Seufzer setzte sich Ariane auf den glatten Stein. Der leere Korb glitt aus ihren Fingern. Eine Weile waren nur das Rauschen des Flusses zu hören, der schäumend über Steine dahinströmte, und das Brausen des Windes durch kahle Äste.

Langsam nahm Ariane ihre Harfe und begann zu spielen. Die Klänge, die sie den Saiten entlockte, paßten zu dem Wind und dem Fluß und der Jahreszeit, so schön und doch so freudlos in ihrem Wissen um die tödliche Umarmung des nahenden Winters.

Allmählich wandten sich Arianes Gedanken dem Alptraum zu, der nicht mit dem Morgengrauen enden würde. Dem Alptraum, der für sie kein erkennbares Ende hatte. Dem Alptraum, den sie immer noch nicht wirklich begreifen konnte ... was geschehen war und warum; und wie sie jenen schrecklichen Faden in das Muster ihres restlichen Lebens einweben konnte.

Mit geschlossenen Augen ließ Ariane die Harfe von unaussprechlichem Verrat singen, der unweigerlich mehr Verrat nach sich zog, von einem Kummer, der so heftig und unerbittlich war, daß er erst mit dem Tod enden würde.

Und vielleicht noch nicht einmal dann.

»Ich hab mir doch gedacht, daß es deine Finger sein müssen, die die Harfe singen lassen. Aber, um Himmels willen, was spielst du für traurige Töne! Hast du dich vor Kummer nach mir verzehrt, mein Schätzchen?«

Die Musik brach abrupt ab, als hätte ein Schwert die Harfensaiten durchtrennt.

Geoffrey! Großer Gott, nein, es kann nicht sein!

Ariane riß die Augen auf. Ihr Alptraum stand in Fleisch und Blut vor ihr, den Mantel zurückgeschlagen, damit die schimmernde Rüstung darunter enthüllt war.

Geoffrey der Schöne.

Groß, muskulös und atemberaubend attraktiv, von Dienerinnen und Adligen gleichermaßen geliebt und ein tödlicher Krieger, der es liebte, gegen drei Gegner gleichzeitig zu kämpfen.

Beim Anblick von Geoffrey, der so stolz und kraftvoll in seiner Rüstung vor ihr aufragte, drehte sich Ariane der Magen um. Übelkeit stieg in ihrer Kehle auf, während eiskalter Schweiß ihre Haut bedeckte.

»Ich dachte, ich wäre dich endgültig los«, sagte sie gepreßt.

Geoffrey lächelte, als hätte Ariane ihm eine Liebeserklärung gemacht. Augen, so blau und undurchsichtig wie Rotkehlcheneier, blickten auf sie hinunter, musterten das glatte Schwarz ihres Haares, die unvergleichliche Schönheit ihrer Augen und die fein geschwungene Kurve ihrer Lippen.

»Bei allen Heiligen, ich verzehre mich danach, wieder in diese Lippen zu beißen«, sagte Geoffrey rauh. »Ich habe dich in meinen Träumen stöhnen hören und dich bluten sehen, während ich das Blut wie ein halb verhungerter Hund aufleckte.«

Ariane kämpfte gegen den Schwindel an, der ihr das Bewußtsein zu rauben drohte. Sie wußte, daß sie ihren Körper soweit unter Kontrolle bekommen mußte, daß sie sich verteidigen konnte, denn niemand sonst würde es tun.

Ganz gleich, was geschah, diesmal würde sie laut schreien und fluchen und Geoffreys lächelndes Gesicht mit ihren Fingernägeln blutig kratzen.

»Was willst du?« sagte Ariane.

In ihrem Tonfall schwang keine Frage mit, sondern schlicht und einfach die Forderung, Geoffrey solle den Grund seiner Anwesenheit erklären.

»Dich.«

»Ich will dich aber nicht.«

Geoffrey lachte. »Immer noch die scheue Jungfer, wie ich sehe.«

»Ich bin verheiratet.«

»Na und?«

Er zuckte die Achseln, und die Bewegung ließ die Kettenglieder seines Panzers im herbstlichen Sonnenlicht schimmern und glitzern.

»Im Gegensatz zu dir«, erklärte Ariane, »bin ich ehrbar.«

»Ach, wirklich? Warum bist du dann entjungfert in die Ehe gegangen?«

»Weil du mich vergewaltigt hast!«

Das Lächeln, das Geoffrey ihr schenkte, war dasselbe jungenhafte Grinsen, das Ariane einmal so charmant gefunden hatte. Aber jetzt nicht mehr! Jetzt war ihr bewußt, daß ein Mann so unschuldig wie einer von Gottes Engeln aussehen und dennoch die Seele und die Empfindsamkeit einer Bestie haben konnte.

»Ich soll dich mit Gewalt genommen haben? Nein«, sagte er und rieb seine behandschuhten Hände aneinander. »Eher war ich es, der von deiner Lüsternheit überwältigt wurde. Ich lag von Wein benebelt auf meinem Bett und erwachte davon, daß ich Hände in meiner Hose fühlte.«

»Du lügst!«

»Nicht doch, mein kleiner Schatz. Es gibt keinen Grund, Unschuld vorzutäuschen. Wir sind allein.«

»Warum machst du dir dann die Mühe zu lügen?« fragte Ariane zornig.

»Ich soll lügen? Ich sage nichts als die Wahrheit. Ich bin derjenige, der aufwachte, um meine Rute in deinem Mund zu finden und dann in deiner hungrigen, feuchten –«

»Lügner!«

»Ah, ich bringe etwas Farbe in deine entzückenden Wangen!«

»Du läßt Ekel in meiner Kehle aufsteigen.«

Geoffrey lachte. »Ich werde dem mit meiner Rute abhelfen.«

Plötzlich erkannte Ariane, daß es ihn amüsierte und erregte, sie zu quälen.

Wieder überkam sie ein Gefühl der Übelkeit, diesmal noch stärker. Die Erkenntnis, daß Geoffrey Wollust empfand bei ihren kläglichen Versuchen, sich gegen ihn zu wehren, war einer der schlimmsten Seiten ihres Alptraums gewesen.

»Was? Keine bezaubernden Proteste mehr?« fragte er. »Heißt das, du sehnst dich danach –«

»– dich nie mehr wiederzusehen, richtig. Es ist mein innigster Wunsch. Bist du zu Fuß? Wenn ja, dann werde ich dir ein Pferd geben, wenn du mir versprichst, davonzureiten und mir nie wieder unter die Augen zu kommen.«

In Arianes Stimme schwang keinerlei Gefühl mit. Auch ihr Gesicht war völlig unbewegt. Nur die roten Flecken auf ihren Wangenknochen zeugten von ihrem mühsam beherrschten Zorn.

»Mein Pferd wartet in dem Waldstück da drüben, während ich dem Klang der Harfenmusik nachgegangen bin, von der ich geglaubt hatte, daß ich sie niemals mehr hören würde.«

»Dann verschwinde. Ich verspreche dir, ich werde dir nicht folgen.«

»Ich bin tief verletzt«, erwiderte Geoffrey und legte eine Hand auf sein Herz. »Da habe ich mich gerade erst von jener schrecklichen Krankheit erholt und bin sofort gekommen, um Anspruch auf dich zu erheben, und du verschmähst mich herzlos.«

»Ich bin bereits mit Simon verheiratet.«

»Der Feigling. Pah!« Er tat Simon mit einem herablassenden Lächeln ab.

Ariane starrte Geoffrey ungläubig an, als sie die kalte Verachtung in seiner Miene sah.

»Simon ist der mutigste Ritter, den ich kenne«, erwiderte sie bei der Erinnerung daran, wie ihr Mann gegen die fünf Abtrünnigen gekämpft hatte, damit sie sich in Sicherheit bringen konnte.

»Ach, ist er das? Warum tötet er seine treulose Frau dann nicht und wirft sie ins Meer?«

»Ich bin nicht treulos!«

»Wirklich nicht? Du hast dich bereits mit einem anderen Mann herumgewälzt, bevor du zu ihm gekommen bist.«

»Ich wurde *mißbraucht!*«

»So überaus bereitwillig herumgewälzt«, fuhr Geoffrey fort, ohne sich um ihren wütenden Protest zu kümmern, »daß du deinem Ehemann deinen Körper verweigerst, weil du dich nach deinem ersten Liebhaber sehnst.«

»Ich sehne mich danach, deinen Leichnam von Aasgeiern zerfetzt zu sehen!«

»Wenn die Leute wissen, daß du keine Jungfrau mehr bist und daß du dich deinem Ehemann verweigerst, wer wird dir dann glauben, daß du nicht für einen Ritter wie Geoffrey den Schönen die Beine breitmachst?« fragte er und lächelte wie ein Engel.

Wenn Ariane vorher schon blaß gewesen war, so wich bei Geoffreys Worten auch noch der letzte Hauch von Farbe aus ihrem Gesicht. Mit unnatürlicher Ruhe legte sie ihre Harfe in den Instrumentenkasten, hängte ihn sich über die Schulter und stand auf. Mit jedem Pulsschlag bereute sie bitter, daß sie ihren Dolch zurückgelassen hatte.

Wie schade, daß die Weberin des Gelehrten Stoffes nicht die Notwendigkeit vorausgesehen hat, daß ich eine Waffe mit diesem klugen Kleid tragen muß, dachte sie entmutigt. *Ich würde meine Harfe mit Freuden gegen meinen Gürtel mit dem Dolch eintauschen.*

Ariane wandte sich zu dem Pfad um, doch Geoffrey rührte sich nicht von der Stelle und versperrte ihr den Weg.

»Du stehst mir im Weg«, sagte sie ruhig.

»Richtig. Heb deine Röcke hoch, kleines Mädchen. Ich bin von weit hergekommen, um zu sehen, wie sich deine Schenkel wieder für mich öffnen.«

»Da wirst du mich zuerst töten müssen.«

Geoffrey fing an zu lachen, doch sein Lachen verblaßte, als er die Entschlossenheit in Arianes zornig funkelnden amethystblauen Augen sah.

»Hast du es deinem Ehemann gesagt?« fragte er scharf.

»Daß du mich geschändet hast?«

»Daß ich zwischen deinen Schenkeln lag, bis ich zu erschöpft war, um wieder hart zu werden.«

»Wenn mich meine von Betäubungsmitteln benebelte Erinnerung nicht trügt, hast du wie ein Schwein geschwitzt, um auch nur einmal hart zu werden. Deine Männlichkeit war mehr wie schlapper Seetang als wie die ›Rute‹, von der du so stolz sprichst.«

Röte kroch über Geoffreys wohlgeformte Wangenknochen, seine Augen verengten sich zu Schlitzen, und über seine eben noch lächelnden Lippen kam ein Knurren.

»Aber was kann man schon anderes von einem Feigling erwarten, der eine Jungfrau zuerst betäubt und dann vergewaltigt?« fuhr Ariane ruhig fort. »Ein *richtiger* Mann würde niemals zu so primitiven Mitteln greifen müssen.«

Geoffrey hob seine Hand, die im Panzerhandschuh zur Faust geballt war.

Ariane lächelte wie die Hexe, die sie einmal gewesen war.

»Du strapazierst meine Geduld«, stieß er zwischen zusammengebissenen Zähnen hervor.

»Du verursachst mir Übelkeit.«

»Sehnst du dich danach, wieder meine Fäuste zu spüren?«

»Ich sehne mich danach, dich zur Hölle fahren zu sehen.«

Kerzengerade aufgerichtet und mit unerschrockenem Blick wartete Ariane darauf, daß Geoffrey die Beherrschung verlor, wie es schon immer gewesen war, wenn jemand seine Pläne durchkreuzte.

Aber irgendwo zwischen der Normandie und den Umstrittenen Gebieten hatte Geoffrey Vorsicht gelernt. Er musterte Ariane neugierig, als hätte er etwas ganz anderes vorzufinden erwartet.

Und so war es auch. Die mutige junge Frau, die vor ihm stand, hatte keine Ähnlichkeit mit dem schluchzenden, gebrochenen Mädchen seiner Erinnerung, das sich während der Reise von der Normandie nach England fast unter dem Gepäck verkrochen hatte, um nicht Geoffreys Aufmerksamkeit auf sich zu ziehen. Sie hatte so selten gesprochen, daß die Ritter schon Wetten darüber abschließen wollten, wann sie wohl ein Wort sagen würde.

»Was für ein Jammer, daß du wieder zu Verstand gekommen bist«, sagte Geoffrey. »Deine Intelligenz war immer der am wenigsten reizvolle Teil von dir.«

»Danke.«

»Ist dein Vater hier?« verlangte er zu wissen. »Bist du deshalb so mutig?«

Ariane blinzelte verdutzt und wunderte sich darüber, welche

Richtung das Gespräch genommen hatte. Geoffrey war über die Schritte des Barons immer besser informiert gewesen als sie selbst.

»Warum fragst du danach?« wollte sie wissen.

»Antworte mir einfach«, erwiderte Geoffrey, »sonst gehe ich nach Blackthorne Keep und erzähle deinem feigen Ehemann, daß du heute zu mir gekommen bist und mich angefleht hast, es dir so gründlich zu besorgen, wie er es nicht kann!«

»Simon wird dir nicht –«

»Nicht glauben?« unterbrach Geoffrey sie spöttisch. »Du hast es mit dieser Lüge bei deinem Vater versucht, dem Mann, der dich am besten kannte. Hat der dir denn geglaubt?«

Ariane schloß die Augen und taumelte, als wäre sie geschlagen worden. Geoffreys Stimme war von Gewißheit erfüllt, und gleichzeitig klang es, als sei er um sie besorgt, und er klang so überzeugend, daß andere meistens glaubten, er fühle tatsächlich so.

Aber er benutzte Emotionen eher, statt sich ihnen zu überlassen.

»Nein«, fuhr er seidenweich fort. »Dein Vater hat *mir* geglaubt, denn ich war nichts weiter als das arme Opfer deiner schamlosen Lüsternheit. Die Flasche mit dem teuflischen Liebestrank, den du Hexe in meinen Wein geschüttet hattest, lag noch immer zwischen deinen blutigen Laken. Es war alles so eindeutig, daß dein Vater und der Priester es sehen konnten. Und sie haben es gesehen, nicht wahr?«

Dann lachte Geoffrey mit der Bösartigkeit, die er nur Huren und Leibeigenen gegenüber enthüllte.

Ariane hätte sich am liebsten die Ohren zugehalten, doch sie wollte Geoffrey nicht die Genugtuung gönnen. Sie beide wußten nur zu gut, wem man geglaubt hatte und wer verraten worden war.

Würdest du an meine Unschuld glauben, Simon? Du, der Hexen haßt? Du, der sich so grimmig dagegen wehrt, sich von irgendeiner Frau beeinflussen zu lassen?

Besonders von einer Hexe.

Und selbst, wenn du mir glauben würdest, was dann? Würdest du dir einen tödlichen Kampf mit Geoffrey liefern, um zu einer Entscheidung zu kommen, wer die Wahrheit spricht und wer nicht?

Der Gedanke überzog Arianes Haut erneut mit kaltem Schweiß. Früher einmal hätte sie die Aussicht genossen, gerächt zu werden, wenn sie nur Geoffrey sterben sah. Aber inzwischen glaubte sie nicht mehr daran, daß die Wahrheit ein Schutzschild gegen Lügen war, besonders nicht gegen Lügen, die aus dem Mund eines Ritters wie Geoffrey dem Schönen kamen. Er hatte zu viele Männer getötet, Banditen und Ritter gleichermaßen.

Er schwelgte förmlich in dem Anblick von Blut, das von seinem Schwert tropfte, und sehnte sich mit einer Gier danach, die furchterregend war.

Ganz gleich, wie schnell Simon war, ganz gleich, wie geschickt und kampferprobt, er war kleiner und mindestens zwanzig Pfund leichter als Geoffrey. Entscheidender als Größe und Statur war jedoch, daß Simon nicht Geoffreys Blutgier besaß.

»Es geht das Gerücht um, daß Baron Deguerre in England ist«, sagte Ariane tonlos.

»Dann kommt er nach Blackthorne Keep.«

»Mich hat er nicht von seinem Kommen unterrichtet.«

»Warum sollte er? Dein Vater liebt dich nicht.«

Ariane machte keinen Versuch, die Wahrheit abzustreiten. Wenn ihr Vater sie jemals geliebt hatte, dann tat er das jetzt nicht mehr. Die letzten Worte, die er zu ihr gesagt hatte, hatten das sehr deutlich gemacht.

Hure. Wenn ich es wagen würde, dich zu töten, würde ich es tun.

»Es steht auf jeden Fall fest, daß er nicht den ganzen weiten Weg gekommen ist, um die schamlose Tochter zu sehen, die Schande über ihn gebracht hat«, spottete Geoffrey, als hätte er Arianes Gedankengänge verfolgt.

»Vielleicht strebt er ein Bündnis mit dem englischen König an statt mit dem König der Schotten.«

»Wahrscheinlicher ist, daß dein Vater irgendwo Schwäche wittert«, entgegnete er.

Ein langsames Lächeln verzog Geoffreys Lippen. Das Lächeln war so grausam wie Arianes Erinnerungen, doch was ihm durch den Kopf ging, behielt Geoffrey wohlweislich für sich.

Als Ariane spürte, daß sie erst einmal nicht mehr im Mittelpunkt seiner Aufmerksamkeit war, wich sie vorsichtig aus Geoffreys Reichweite zurück.

»Natürlich«, sagte er plötzlich und konzentrierte sich wieder auf sie. »Du!«

»Du meinst, er glaubt mir endlich?« fragte sie verdutzt.

»Er glaubt die Wahrheit, und die ist, daß ich dich unter dem Einfluß deines üblen Hexentranks so gründlich gepflügt habe, wie jemals irgendein Ochse ein Feld gepflügt hat.«

Ariane biß sich auf die Lippen, um den Zorn zurückzuhalten, der ihre Selbstkontrolle zu untergraben drohte, während sie langsam weiter aus Geoffreys Reichweite zurückwich.

»*Du* schaffst die Schwäche, die er wittert«, sagte Geoffrey. »Du bist der normannische Fuchs, der zu den angelsächsischen Hühnern geschickt wurde.«

»Du bist ja verrückt.«

»Nein, nur ein ganzes Teil schlauer als andere Männer«, erwiderte er selbstgefällig. »Der Baron weiß, daß du entjungfert in die Ehe gegangen bist; dennoch hat keiner Zeter und Mordio geschrien.«

Geoffrey zupfte einen Moment lang nachdenklich an seiner Unterlippe. Dann lachte er plötzlich so grausam, wie er zuvor gelächelt hatte.

»Der Glendruid-Wolf und sein loyaler Knecht müssen schwächer sein, als es den Anschein hat«, sagte er mit gedämpfter Stimme. »Und ich wette darauf, daß der schlaue alte Aasgeier Deguerre das weiß und herbeigeeilt kommt, um fette Beute zu machen.«

Ariane senkte hastig den Blick, weil sie fürchtete, daß Geoffrey die Bestätigung für seine Behauptung aus ihren Augen ablesen könnte. Der Glendruid-Wolf machte sich tatsächlich Sorgen um seinen Einfluß in den Umstrittenen Gebieten, sonst hätte er seinen loyalen Bruder nicht eine Ehe eingehen lassen, die so wenig verlockend gewesen war.

Du verdienst etwas Besseres als diese kalte normannische Erbin.

Doch Simons Antwort auf Dominics Bemerkung war schnell und schmerzlich pragmatisch gewesen.

Und Blackthorne verdient etwas Besseres als Krieg. Und du ebenfalls. Sicherlich kann die Ehe nicht schlimmer sein als die Hölle des Sultans, die du ertragen hast, damit ich freigelassen wurde.

Zu spät bemerkte Ariane die Bewegung von Geoffreys Hand. Bevor sie zurückweichen konnte, hatte er sie gepackt und preßte sie so hart gegen seinen Kettenpanzer, daß es ihr einen Moment den Atem verschlug.

Der Geruch nach schalem Wein und noch etwas Unangenehmerem hüllte Ariane wie eine Wolke ein, so daß ihr beinahe übel wurde. Auf diese kurze Entfernung konnte sie sehen, daß der Alkohol – und was immer als Geoffreys Seele durchging – allmählich die engelhafte Reinheit seines Gesichts zerstörte. Seine Haut war jetzt grobporig und schlaff. Geplatzte Äderchen hatten rote Flecken auf seiner Nase hinterlassen, und sein Atem war so übel wie seine Taten.

»England hat dich nicht willkommen geheißen«, sagte Ariane gepreßt. »Geh in die Normandie zurück, wo die Leute deine Lügen noch glauben.«

»Ich habe mein Herz an eine adlige Witwe gehängt.«

»Dann laß mich in Ruhe und mach ihr den Hof.«

Geoffrey lächelte. »Umworben habe ich sie bereits. Jetzt muß ich sie nur noch zur Witwe machen. Aber das wird schnell erledigt sein. Und dann wird Carlysle mir gehören. Und du dazu. Es soll so sein, wie es dein Vater gewollt hat.«

»Wenn du Simon zum Kampf herausforderst – und überlebst – wird dich der Glendruid-Wolf töten.«

»Ich werde überleben, aber Simon wird derjenige sein, der mich herausfordert. Es wird keine Blutfehde daraus entstehen!«

»Geh in die Normandie zurück«, drängte Ariane. »Simon wird dich nicht herausfordern. Der Glendruid-Wolf wird es nicht zulassen.«

»Das glaube ich nicht, mein Schatz. Es wird ihm gar keine andere Wahl bleiben. Und *du* wirst dafür sorgen.«

»Ich? Niemals!«

»Wirklich nicht? Habe ich dich also tatsächlich zum letzten Mal über Notzucht jammern hören?«

Lächelnd zog Geoffrey einen Panzerhandschuh aus, schob seine Hand in Arianes Mantel und preßte seine Finger zwischen ihre Schenkel. Das lüsterne Lächeln auf seinen Lippen verwandelte sich augenblicklich in ein überraschtes, zorniges Knurren, und er riß seine Hand so schnell zurück und stieß Ariane dabei so brüsk von sich, daß sie rückwärts stolperte.

»Jesus und Maria!« Geoffrey rieb seine Finger heftig an seinem Kettenpanzer. »Seit wann hast du dir angewöhnt, ein Büßerhemd aus Borsten und Nesseln zu tragen? Du elende Schlampe, ich habe Blasen an den Fingern von deinem hinterhältigen Trick!«

Die Erkenntnis, daß sie frei war, drang eher in Arianes Bewußtsein als Geoffreys üble Beschimpfungen. Noch bevor er merkte, was geschah, hatte sie sich wieder aufgerappelt und rannte auf die Burg zu.

»Komm sofort hierher!« rief er wütend.

Ariane raffte ihre Röcke und lief noch schneller, während die Harfe bei jedem Schritt gegen ihren Rücken schlug.

Fluchend rannte Geoffrey zu dem Pferd, das er außer Sichtweite in einem kleinen Wäldchen angebunden hatte. Er war sich sicher, daß er Ariane eingefangen haben würde, bevor sie die Sicherheit der Burg erreicht hatte.

Auch Ariane hegte keine Zweifel.

Sie lief daher nicht weiter als bis zu einem Dickicht aus Adlerfarn, Brombeerbüschen und Ebereschen und blickte dort über ihre Schulter zurück, um zu sehen, wo Geoffrey war. Er hatte ihr den Rücken zugekehrt und stürmte auf den nahegelegenen Wald zu, wo die Förster von Blackthorne häufig Feuerholz für die Burg schlugen.

Wie Ariane gehofft hatte, zog Geoffrey es vor, sie auf dem Rücken seines Pferdes zu verfolgen statt zu Fuß, behindert von Kettenpanzer, Helm und Schwert.

Ohne daß Geoffrey es sehen konnte, bog Ariane blitzschnell von dem Pfad ab und kroch tiefer in das Dickicht hinein. Zweige kratzten über ihren Mantel und griffen nach dem Kleid darunter, fanden jedoch keinen Halt. Der Gelehrte Stoff wehrte selbst die spitzesten Dornen ab.

Als Ariane sicher war, daß sie von dem Karrenweg, der zur Burg führte, nicht gesehen werden konnte, fiel sie auf die Knie und rang keuchend nach Luft. Wirre Haarsträhnen fielen ihr in die Augen, denn die dornigen Zweige hatten sich in ihren kunstvoll geflochtenen Zöpfen verfangen und sie halb aufgelöst. Ungeduldig strich sie sich die Haare aus den Augen und preßte ihre Hand an die Rippen, wo ein Schmerz in ihr wütete, wie es damals der Dolch des abtrünnigen Ritters getan hatte.

Ist die Wunde wieder aufgeplatzt?

Der Gedanke erfüllte Ariane mit panischer Furcht. Mit fliegenden Fingern löste sie die Bänder ihres Kleides, bis sie die Wunde knapp unterhalb ihrer Brust untersuchen konnte.

Nicht ein Blutstropfen war zu sehen. Tatsächlich zeichnete sich die Narbe nur noch als eine blasse Linie auf ihrer glatten Haut ab. Mit einem erleichterten Seufzer ließ sie sich zu Boden fallen, ohne auf das Laub und die feuchte Erde zu achten, die ihren Mantel beschmutzten.

Bald konnte sie mehr hören als nur das Hämmern ihres Herzens und ihre eigenen keuchenden Atemzüge. Sie setzte sich etwas bequemer zurecht und wartete darauf, laute Rufe von den Burgzinnen zu hören, wenn Geoffrey von der Wache entdeckt werden würde.

Das Murmeln des Flusses wurde von lautem Geschnatter übertönt, als sich am Wasser Enten zur Nachtruhe versammelten. Ein Pferdekarren, dessen Achsen dringend geölt werden mußten, rumpelte quietschend über den Pfad. In das Quietschen der Achsen mischten sich Rufe von den Turmzinnen.

Ariane legte den Kopf schief und horchte angestrengt. Ein launenhafter Wind verwischte zuerst die Stimme des Wachtpostens und trug ihr gleich darauf seine Worte deutlich hörbar zu. Geoffreys Anwesenheit war entdeckt worden, und das bedeutete, daß ihm keine andere Wahl blieb, als offen zum Tor zu reiten.

Ariane war in Sicherheit! Geoffrey war zu schlau, um sich in aller Öffentlichkeit an ihr zu vergreifen, und sie würde sorgfältig darauf achten, sich nicht von ihm erwischen zu lassen, wenn sie allein war.

Mit einem tiefen Seufzer der Erleichterung stand Ariane auf und zog den Mantel fest um ihren Körper. Farnblätter, modriges Laub, abgebrochene Zweige und Erdklumpen klebten am Saum des Mantels. Sie schüttelte den Stoff ungeduldig aus und schlang dann den Mantel noch fester um sich, während sie mit eiligen Schritten zur Burg strebte.

24. Kapitel

Als Simon spürte, daß sich ihm jemand von hinten näherte, wandte er seinen Blick von dem fremden Ritter ab, der gerade zur Zugbrücke heraufritt, und drehte sich um. Svens breitknochiges Gesicht und blasse, durchdringende Augen tauchten aus dem Schatten des Torhauses auf.

»Ich habe von einem fremden Ritter reden hören«, sagte Sven.

»Ja. Der Wachtposten hat ihn entdeckt, als er aus dem Wäldchen unten am Fluß herauskam.«

Schweigend standen die beiden Männer nebeneinander und warteten darauf, durch die offene Seitenpforte einen besseren Blick auf den Fremden zu bekommen. Während Simon noch wartete, streichelte er gedankenverloren die große dreifarbige Katze, die auf den Namen »Herbst« hörte und schnurrend um seinen Nacken lag. Herbsts glattes Fell bestand aus einem Mosaik unregelmäßig großer Flecken von Weiß, Orange und Schwarz.

Der Ritter näherte sich der Burg in flottem Trab. Er ritt ein Schlachtroß und war in voller Rüstung; von einer Eskorte war jedoch weit und breit nichts zu sehen. Ein zerrissener Wimpel flatterte an seiner Lanze, und auch sein Schild sah arg mitgenommen aus und war verbeult und dunkel angelaufen von hartem Gebrauch.

Herbst hob den Kopf und beobachtete den näherkommenden Ritter mit großen orangefarbenen Augen. Simons Augen wurden schmal, als sich sein Instinkt meldete und warnend von Gefahr flüsterte.

»Könnte dies einer von Baron Deguerres Rittern sein, der den Besuch seines Herrn ankündigen will?« fragte Simon.

»Ich habe von keinem Ritter gehört, der so groß und kräftig wäre, abgesehen von jenem Schurken, der dich und Dominic überlistet hat, indem er in das Gebiet des Silverfells-Clans entwischt ist.«

Simon grunzte. »Dieser hier ist groß genug, aber er trägt die Farben eines Herrn auf Schild und Helm.«

Das Kreuz auf dem Schild war zwar verblaßt und grob zerkratzt, aber dennoch für alle sichtbar.

»Ja«, erwiderte Sven.

Der Ritter bog jetzt auf den Karrenpfad ein, der direkt auf den Burggraben von Blackthorne Keep zulief. Obwohl die Zugbrücke herabgelassen war, blieb das Tor zum Burghof geschlossen. Nur die Seitenpforte stand offen, und die war so schmal, daß ein Mann nur zu Fuß hindurchgelangen konnte.

»Es ist Deguerres Wappen«, stellte Simon fest.

»Richtig. Ein dünnes weißes Kreuz auf schwarzem Feld.«

Simon blickte über seine Schulter in den Burghof. Herbsts Fell liebkoste seine Wange, und Simon erwiderte die Liebkosung und streichelte das Fell der Katze, während er ihr lautes Schnurren an seinem Hals vibrieren fühlte.

Obwohl eine ungewöhnlich große Anzahl von Burgbewohnern einen Vorwand gefunden hatte, sich im Hof aufzuhalten, um den fremden Ritter zu sehen, konnte Simon unter den Neugierigen, die zur Brücke hinüberstarrten, nirgendwo Ariane entdecken. Simon blickte zum obersten Stockwerk der Burg hinauf. Die Läden vor Arianes Fenstern waren nur einen winzigen Spalt breit geöffnet.

Sven folgte seinem Blick.

»Deine Frau ist beim Kräutersammeln«, sagte er.

Simon wandte sich ruckartig wieder zu dem geschmeidigen Abkömmling der Wikinger um, der Dominics vertrauenswürdigster Ritter war, abgesehen natürlich von Simon selbst.

»Bist du sicher?« fragte er.

»Ja. Harry hat es vorhin erwähnt.«

»Seltsam«, murmelte Simon. «Ariane hat bisher nie ein spezielles Interesse an Kräutern gezeigt.«

Er hob nachdenklich eine Hand und fuhr fort, Herbsts Fell zu streicheln. Pfoten spreizten sich und zogen die Krallen in rhythmischer Ekstase wieder zurück, obwohl die Katze weiterhin wachsam den näherkommenden Ritter beobachtete.

»Daher fand Harry es ja erwähnenswert, daß Lady Ariane hinausgegangen ist«, erklärte Sven. »Er sagte, sie hätte ziemlich nervös gewirkt.«

Simon gab keine Antwort.

»Allerdings nicht übermäßig nervös, wenn man bedenkt, was in der Waffenkammer vorgefallen ist«, murmelte Sven vor sich hin.

Simon warf ihm einen scharfen Blick zu. Dominic hatte darauf bestanden, daß nur Sven die Wahrheit über Arianes fehlende Jungfräulichkeit und Mitgift erfahren sollte, aber Simon wußte, daß man in der Vertrautheit einer Burg nur wenige Dinge über einen längeren Zeitraum hinweg geheimhalten konnte.

Es war nicht etwa so, daß Sven derjenige sein könnte, der das Geheimnis ausplaudern würde. Welche Geheimnisse auch immer er bewahrte – und es waren viele –, sie zeigten sich niemals auf seinem Gesicht. Andererseits ließ seine Miene kaum jemals etwas davon erkennen, was in ihm vorging. Seine Verschwiegenheit und Undurchschaubarkeit war Teil dessen, was ihn für Dominic so wertvoll machte.

Die Katze schnurrte wohlig unter Simons liebkosenden Fingern, als der sich wieder umwandte und fortfuhr, den fremden Ritter zu beobachten. Er war inzwischen nahe genug herangekommen, daß Simon kleinere Einzelheiten seiner Rüstung und Bewaffnung ausmachen konnte.

»Seltsam, aber ich habe das Gefühl, als hätte ich den hier schon einmal gesehen«, sagte er leise.

»Graue Schlachtrösser gibt es so viele wie Flöhe auf einem Hund.«

»Ich frage mich, wo seine Junker sind«, murmelte Simon. »Er macht einen etwas ramponierten Eindruck, aber arm sieht er nicht aus. Daher hat er doch sicherlich Begleiter.«

»Vielleicht hat er einen Junker in Deguerres Gefolge.«

»Die Pflicht eines Junkers gilt in erster Linie seinem Ritter.«

»Vielleicht waren dieser Ritter hier und der fehlende Junker Teil von Lady Arianes Eskorte«, erwiderte Sven trocken. »Von denen haben nicht sehr viele überlebt.«

»Und diejenigen, die überlebt haben, hatten keine Manieren«, ergänzte Simon. »Sie haben Ariane und ihre Zofe einfach im Burghof abgeladen und sind davongaloppiert, ohne auch nur auf eine trockene Brotkruste zu bleiben.«

»Sie hatten wohl das Gefühl, es sei unter ihrer Würde, bei der Öffnung der Kisten mit der Mitgift anwesend zu sein«, sagte Sven sarkastisch.

Simon stieß einen wüsten Sarazenerfluch aus, der ihm einen Seitenblick von Sven einbrachte.

Herbsts langer Schwanz zuckte gleichzeitig mißbilligend unter Simons Nase und erinnerte ihn an seine Pflicht, die herrschaftliche Katze zu erfreuen.

»Ja, schon möglich«, erwiderte Simon, während er seine Hand wieder in Herbsts warmem Fell vergrub. »Wirklich schade. Ich hätte es genossen, sie wegen ihres Mangels an Manieren zur Rede zu stellen.«

»Hier ist deine Chance«, sagte Sven und wies auf den Reiter, der jetzt den Burggraben erreicht hatte. »Der große, stramme Ritter dort drüben auf dem Schlachtroß. Du könntest ihn mit deinem Schwert befragen, bis du die Übung satt hättest.«

»Reine Zeitverschwendung.«

»Was, Schwertfechten?« fragte Sven geschockt.

»Nein. Einen Kerl von dieser Statur zu befragen. Meiner Erfahrung nach haben derart kräftige Burschen meistens nichts im Kopf. Die Kombination von Muskeln und Hirn findet man nur selten – mein Bruder ist eine der wenigen Ausnahmen.«

»Dein Verstand ist sogar noch schneller als der des Glendruid-Wolfs.«

»Aber mein Körper ist nicht so muskulös.«

»Stimmt. Alle Ritter sollten so zart gebaut sein wie du«, meinte Sven ironisch.

Simon lächelte. Er war kaum weniger hünenhaft als Dominic, und er wußte das auch.

»Soll ich den Ritter begrüßen?« fragte Sven.

»Nein. Das werden wir gemeinsam machen.«

Sven warf Simon einen prüfenden Blick aus schmalen Augen zu, deren Blau so hell war, daß es fast farblos wirkte. Obwohl Simons Finger weiter in gleichmäßigem Rhythmus über das Fell der Katze glitten, war sein klarer, schwarzer Blick unverwandt auf den fremden Ritter konzentriert.

»Präg dir seine Erscheinung ein«, sagte er so leise, daß nur Sven ihn hören konnte. »Merk dir dein Aussehen so genau, daß du ihn auf fünfzig Schritte Entfernung im Dunkeln wiedererkennen kannst.«

»Ja, Sir.«

»Und, Sven?«

»Ja?«

»Wenn wir diesen Ritter in die Burg hineinlassen, hefte dich unauffällig an seine Fersen. Laß ihn nicht aus den Augen.«

»Was ist denn mit ihm?« wollte Sven wissen. »Was siehst du, was ich nicht sehe?«

»Nichts. Ich habe nur so ein Gefühl.«

Sven lachte leise. »Ein Gefühl, wie? Ich habe dich gewarnt, Simon.«

»Gewarnt? Wovor?«

»Vor dem, was passiert, wenn man mit Hexen lebt. Zuerst umgibst du dich ständig mit unheimlichen Katzen wie Herbst. Als nächstes hast du ›Gefühle‹. Und bald wirst du auch das sogenannte Zweite Gesicht haben.«

»Das ist nichts als rührseliger Sch–«

Simon verschluckte den Rest seiner Worte, denn ihm fiel ein, daß es genau die gleichen waren, die Ariane benutzt hatte, um Liebe zu beschreiben: Rührseliger Schmalz.

Ein grimmiges Lächeln zog seine Mundwinkel abwärts. Höchstwahrscheinlich hatte Ariane für den Mann, dem sie ihre Jungfräulichkeit geschenkt hatte, anders empfunden.

Hat er eine andere geheiratet, Ariane? Bist du auf diese Weise verraten worden? Hast du deine unberührten Schenkel für die Lüge gespreizt, die man Liebe nennt?

Es kostete Simon Mühe, seine Gedanken wieder auf den Ritter zu konzentrieren, der über das Ausbleiben einer gastfreundlichen Begrüßung von Minute zu Minute ungeduldiger wurde.

»Mach das Haupttor erst auf, wenn ich dir ein Zeichen gebe«, rief Simon zu Harry hinüber, der dreißig Schritte entfernt wartete. »Und dann öffne auch nur einen Torflügel. Schließlich haben wir es nur mit einem einzelnen Ritter zu tun.«

»Vielleicht lauern die anderen im Hinterhalt«, murmelte Sven.

»Ja, Sir!« erwiderte Harry.

»Wenn wir ihn hereinlassen«, sagte Sven leise, »wird er bald erfahren, wie wenig Ritter wir wirklich haben.«

»Und wenn wir ihn nicht hereinlassen, werden wir meinen Schwiegervater beleidigen.«

Sven seufzte nur.

»Komm mit«, drängte Simon. »Es ist einfacher, den Teufel zu beobachten, den man vor sich hat, als in der Hölle nach einem anderen zu jagen.«

Sven lachte kurz und folgte Simon durch die Nebenpforte, doch sie schritten Seite an Seite, als sie die Brücke überquerten, um den fremden Ritter zu begrüßen, dessen Kettenpanzer unter seinem schweren Mantel schimmerte.

Die Katze lag weiterhin entspannt um Simons Schultern, aber ihre klugen, orangefarbenen Augen blickten wachsam. Trotz der Tatsache, daß Simons Hand jetzt auf seinem Schwertheft ruhte, statt ihr Fell zu kraulen, protestierte Herbst nicht, sondern beobachtete den Fremden mit ruhigem, seltsam räuberischem Interesse.

»Wie ist Euer Name, Fremder?« rief Simon von der Burgseite der Brücke über den Graben hinweg.

Seine Stimme war höflich, mehr nicht. Er hätte es vorgezogen, keine Fremden in Blackthorne Keep zu empfangen, bis Dominic mehr – und besser ausgebildete – Ritter angeworben hatte.

»Geoffrey der Schöne, Vasall von Baron Deguerre«, erwiderte der große Ritter mit einem breiten Lächeln, das selbst auf die Entfernung zu sehen war. »Ist dies tatsächlich die sagenhafte Burg von Blackthorne, Heim des Glendruid-Wolfes?«

Die Bewunderung in Geoffreys Stimme hätte die meisten Männer entwaffnet. Sven ignorierte jedoch das Kompliment, denn Schmeicheleien gehörten schließlich zu den nützlichsten Werkzeugen eines Spions.

Und Simon ging nicht darauf ein, weil ihm Geoffrey zutiefst unsympathisch war. Er hätte nicht sagen können, warum er den Fremden auf Anhieb nicht mochte. Er war sich seines Widerwillens einfach so deutlich bewußt, wie er fühlte, daß Herbst aufgehört hatte zu schnurren.

»Ja. Dies ist Blackthorne Keep, und ich bin Simon, der Bruder von Dominic le Sabre. Und dieser Mann neben mir ist Sven, ein hochgeschätzter Ritter.«

»Es ist mir eine Ehre, Euch zu begrüßen«, sagte Geoffrey.

»Wird Euer Herr auch bald eintreffen?« fragte Simon.

»Ich bin mir nicht sicher.«

»Wie viele Männer sind in seinem Gefolge? Wir werden der

Küche, dem Falkner und dem Wildhüter Bescheid geben müssen, wie viele hungrige Mäuler zusätzlich zu stopfen sind.«

»Das weiß ich auch nicht, Sir«, erwiderte Geoffrey.

Im Sprechen rieb er sich in einer Geste knochentiefer Müdigkeit mit einer Hand übers Gesicht.

»Verzeiht, daß ich so schlecht informiert bin«, sagte Geoffrey betont höflich. »Ich habe zu der Eskorte gehört, die Lady Ariane von der Normandie herbeigeleitet hat. Die Krankheit …«

»Wir haben davon gehört«, warf Simon ein.

»Ich selbst bin erst seit kurzem wieder auf den Beinen«, gestand Geoffrey. »Ich bin hart geritten, um diese Burg zu erreichen, und habe mich dabei zweimal verirrt.«

»Tatsächlich?«

»Ja. Vier Tagesritte weiter nördlich traf ich auf einen Hausierer, oder vielleicht waren es auch fünf oder sechs Tagesritte und gar nicht mal so weit nördlich …«

Sven und Simon tauschten einen Blick.

Geoffrey schüttelte den Kopf, wie um seine Gedanken zu klären. »Es tut mir leid, meine Herren. Diese üble Krankheit hat mir schwer zu schaffen gemacht. Selbst jetzt fühle ich mich noch schwach. Es ist eine Erleichterung für mich, in Blackthorne Keep Zuflucht zu finden.«

Wieder tauschten Simon und Sven einen Blick.

»Ist Lady Ariane hier?« fragte Geoffrey gleich darauf, als Simon hartnäckig schwieg. »Sie wird für meine Ehrenhaftigkeit bürgen. Wir sind uralte Freunde.«

Das flüchtige Lächeln auf Geoffreys Lippen bei dem Wort *Freunde* trug nicht gerade dazu bei, Simons Abneigung gegen den unwillkommenen Ritter zu mildern.

Andererseits wäre es unklug gewesen, Baron Deguerre vor den Kopf zu stoßen, indem man einem seiner Ritter die Gastfreundschaft verweigerte, und dazu noch einem, der von Krankheit geschwächt war. So gern Simon auch Baron Deguerres Vasallen abgewiesen hätte, so wußte doch niemand besser über Dominics augenblickliche Verwundbarkeit Bescheid als Simon.

Aus diesem Grund habe ich mich als Ersatz für Duncan am Traualtar angeboten.

Aus zwingender Notwendigkeit, nicht aus einem Wunsch heraus.

Er war jedoch ehrlich genug, vor sich selbst zuzugeben, daß dies nur die halbe Wahrheit war. Schon in jenen Tagen, als Ariane noch mit Duncan verlobt gewesen war, hatte Simon sie so heftig begehrt, daß er schweißgebadet voller Erregung aus dem Schlaf hochgeschreckt war und die Zähne hatte zusammenbeißen müssen, um ein wildes Stöhnen der Begierde zu unterdrücken.

Es passierte ihm immer noch.

Abrupt wandte Simon sich um und gab dem Wächter ein Zeichen, das Tor zu öffnen.

»Ich danke Euch, Sir«, sagte Geoffrey und trieb seinen Hengst vorwärts. »Der Baron wird über Eure Gastfreundschaft erfreut sein, denn ich genieße seine besondere Zuneigung.«

Als die eisenbeschlagenen Hufe des Pferdes hohl über die Zugbrücke klapperten, versetzte Sven Simon einen flüchtigen Klaps auf die Hand – ein Geheimzeichen, das noch aus der Zeit stammte, als sie Sarazenen durch die Nacht gejagt hatten.

»Schau«, sagte Sven mit gedämpfter Stimme. »Dort draußen am Mühlenbach.«

Simon beschattete seine Augen gegen die untergehende Sonne, blickte in die angegebene Richtung und entdeckte die Gestalt einer Frau, die auf einem selten benutzten Pfad auf die Burg zukam. Er brauchte nur einen Blick auf ihren flinken, eleganten Gang zu werfen, um seine Ehefrau zu erkennen.

»Ariane«, murmelte Simon.

»Die Kräutergärten liegen in einer anderen Richtung.«

»Ja.«

Ein Pferdeknecht kam herbeigeeilt, um Geoffreys Schlachtroß in den Stall zu führen. Der Ritter ignorierte ihn jedoch, denn er hatte gerade ebenfalls die Gestalt entdeckt, die auf die Zugbrücke zustrebte.

»Ariane!« rief er, erwartungsvolle Vorfreude in jeder Silbe. »Endlich!«

Er sprang mit einem geschmeidigen Satz aus dem Sattel und lächelte wie ein Kind, dem man ganz unerwartet ein Cremetörtchen geschenkt hat. Und er schien sich erst daran zu erinnern, daß Ariane jetzt verheiratet war, als er Simons finstere Augen sah.

Daß sie mit Simon verheiratet war, schien er jedoch zu wissen.

»Verzeiht mir«, sagte er und wischte sich das Lächeln aus dem Gesicht. »Ich muß Euch ein Geständnis machen. In Wahrheit ist Ariane der Grund, weshalb ich nach Blackthorne gekommen bin. Mein Versuch, den Baron zu finden, spielt eher eine untergeordnete Rolle. Ich vermisse Ariane auf die gleiche Weise, wie ich im Winter die Sonne vermisse.«

»Tatsächlich«, bemerkte Simon seidenweich. «Warum seid Ihr dann nicht nach Stone Ring Keep geritten? Das ist nämlich der Ort, wo Duncan von Maxwell wohnt.«

Einen kurzen Moment lang schien Geoffrey nicht zu wissen, was er sagen sollte.

»Aber ... äh ...« Er suchte angestrengt nach Worten, räusperte sich und setzte dann zu einem neuen Versuch an. »Der Hausierer erzählte, Ariane habe einen anderen Ritter geheiratet, weil Duncan verhext worden sei.«

»Einige Leute behaupten das«, bestätigte Simon.

»Ihr müßt es doch wissen«, meinte Geoffrey herausfordernd.

»Warum?«

»Wenn Ihr der Bruder des Glendruid-Wolfs seid, dann seid Ihr es, der Ariane geheiratet hat!«

»Scheint ein ungewöhnlich gut informierter Hausierer gewesen zu sein, den Ihr da getroffen habt«, erklärte Simon.

»Ihr habt meine aufrichtigen Glückwünsche, Sir«, sagte Geoffrey.

»Ihr könnt sie zurückhaben.«

»Nur wenige Männer haben das Glück, ein Mädchen zu ehelichen, das schön, reich und so leidenschaftlich ist wie eine Nymphe«, redete Geoffrey weiter, ohne auf Simons Bissigkeit zu reagieren. »Bei allen Heiligen, es ist ein Wunder, daß Ihr Euch überhaupt noch auf den Beinen halten könnt. Nach einer Nacht zwischen Arianes Schenk–«

Wieder schien Geoffrey zu spät zu erkennen, was ihm da herausgerutscht war. Er hüstelte, zuckte die Achseln und schenkte Simon ein gespielt verlegenes Lächeln.

»Ich finde an meiner Frau nichts auszusetzen«, sagte Simon beherrscht.

»Natürlich nicht. Genau das habe ich auch zu dem Wirt im ›Zeichen des gefällten Baums‹ gesagt, als der von einer kalten, überstürzten Ehe sprach«, erwiderte Geoffrey betont herzlich. »Ein Mädchen von Arianes lüsterner Art würde niemals in der Lage sein, sich vom Bett ihres Ehemannes fernzuhalten.«

Obwohl Simon nach außen hin keine Reaktion auf Geoffreys taktlose Worte zeigte, musterte Sven den Ritter so grimmig, als wollte er für ein Totenhemd Maß nehmen.

»Es sei denn natürlich«, fuhr Geoffrey heiter fort, »Ariane sehnt sich so intensiv nach ihrem ersten Liebhaber zurück, daß sie sich nicht dazu überwinden kann, einem anderen Mann Zugang zu ihrem kuscheligen kleinen ... äh, Bett zu gewähren.«

»Ich habe schon Elstern erlebt, die weniger redselig waren als diese Kreatur«, sagte Sven beiläufig. »Und auch hübscher von Angesicht.«

»Dagegen läßt sich etwas unternehmen«, grinste Simon böse. »Gegen das unverschämte Geplapper, meine ich. Dem Gesicht kann kein Sterblicher mehr helfen.«

»Habe ich Euch beleidigt?« fragte Geoffrey. »Gott im Himmel, Ihr seid wirklich eine empfindliche Seele. Andererseits zuckt wohl jeder Mann zusammen, wenn man seinen wunden Punkt berührt, ist es nicht so?«

Simons Lächeln glich eher einem Zähnefletschen.

»Ich wollte Euch nicht beleidigen«, fuhr Geoffrey lässig fort. »Wenn Euch meine ungeschickten Glückwünsche, daß Eure Frau derart sinnlicher Natur ist, irritieren, dann kann ich nur hoffen, in Zukunft mit meinem Lob überlegter zu sein.«

Sven warf einen raschen Blick auf Simon, um in dessen Miene einen Hinweis zu finden, wie er mit dem Ritter umgehen sollte, dessen sogenannte Komplimente schlimmer waren als alle Beleidigungen, die Simon jemals ins Gesicht geschleudert worden waren, soweit Sven sie mitgehört hatte.

Einen Moment später streiften Simons Finger wie zufällig in einer heimlichen Warnung über Svens Schwerthand.

»Guten Abend, Ariane«, sagte Simon und blickte an Geoffrey vorbei. »Hast du deinen Spaziergang durch den Kräutergarten genossen?«

»Ah, mein kleiner Schatz!« rief Geoffrey und fuhr herum. »Wenn du wüßtest, wie sehr ich mich danach verzehrt habe, wieder deine Wärme zu fühlen. Du hast mich bis auf den Grund meiner Seele bezaubert. Ich welke dahin, wenn du nicht in meiner Nähe bist.«

»Ich wünsche bei Gott, es wäre so«, erwiderte Ariane kalt. »Ich würde mich in meinem Zimmer einschließen, bis du endlich tot wärst.«

Damit ließ sie Geoffrey stehen und trat zu Simon und Sven.

»Ich hatte beschlossen, an den Fluß hinunterzugehen und dort auf meiner Harfe zu spielen«, wandte sie sich an Simon.

»Ah, das erklärt den Zustand deiner Kleidung«, warf Geoffrey ein und zeigte auf die Dornen und welken Blätter, die noch an Arianes Mantel hafteten.

»Wie nachlässig von dir«, fügte er flüsternd hinzu. »Ein eifersüchtiger Ehemann würde denken, du hättest dich auf deinen Mantel gelegt und die Beine für einen Liebhaber gespreizt.«

Ariane wurde bleich und warf einen entsetzten Blick zu Simon hinüber. Was sie in seinem Gesicht sah, ließ ihr das Blut in den Adern gefrieren.

Sie hatte ihn noch niemals so wütend gesehen.

Oder so kalt.

»Simon ist ein Mann der Vernunft, nicht der Emotion«, erwiderte Ariane gepreßt.

»Was für ein Glück, daß du ihn so gut kennst«, gab Geoffrey mit ernster Stimme zurück. »Einige Leute würden sonst vielleicht denken, daß sich dein Ehemann eher von Feigheit als von Vernunft leiten läßt.«

Sven knurrte etwas in seiner hart klingenden Muttersprache.

»Dieser feine Ritter hier behauptet«, sagte Simon zu Ariane, »dein Vater sei ihm besonders zugetan. Ist das wahr?«

»Ja«, erwiderte Ariane und gab sich keine Mühe, die Bitterkeit in ihrer Stimme zu unterdrücken.

»Wie stark ist die Zuneigung?«

»So stark, wie mein Vater überhaupt für irgend etwas Zuneigung empfinden kann.«

»Schade«, meinte Simon. »Ich würde den hier lieber den Schweinen zum Fraß vorwerfen, als ihm heute abend bei Tisch Schweinefleisch vorzusetzen.«

»Ist das eine Beleidigung?« fragte Geoffrey brüsk.

»Warum sollte ein Mann der Vernunft einen Ritter wie Euch beleidigen wollen?« fragte Simon.

»Weil Ihr den Verdacht habt, daß Eure Frau in mich verliebt ist. Weil Ihr –«

»Nein!« sagte Ariane scharf.

»– den Verdacht habt, daß ich der Mann bin, der Eure Ehefrau in leidenschaftlichem Liebesspiel entjungfert hat. Weil Ihr befürchten müßt –«

Ariane belegte Geoffrey mit einem wilden Fluch.

»– daß sie Euch gegenüber so kalt ist, weil sie keinen anderen Mann mehr ertragen kann, nachdem sie meine Leidenschaft gekostet hat«, fuhr Geoffrey unbeirrt fort, ohne sich um die Proteste zu kümmern.

Erschrockenes Schweigen breitete sich im Burghof aus.

Alles, was Ariane davon abhielt, Geoffreys lächelndes Gesicht mit ihren Fingernägeln zu zerkratzen, war Simons Hand unter ihrem Mantel, wo er ihre beiden Handgelenke mit eisernem Griff umklammert hielt. Obwohl sie sich dagegen wehrte, hatte sie keine Hoffnung, freizukommen, um den Schaden anzurichten, den sie sich so brennend wünschte.

Genausowenig konnte sie den Schaden wiedergutmachen, der bereits entstanden war.

»Wenn meine Ehefrau tatsächlich bei Euch den ersten Vorgeschmack von Liebe gekostet haben sollte«, sagte Simon ruhig, »dann ist es ein Wunder, daß sie sich nicht gänzlich von Männern zurückgezogen hat und ins Kloster gegangen ist.«

Bevor Geoffrey sprechen konnte, wandte sich Simon an Sven.

»Zeig unserem Gast den Weg zu den Ställen«, wies er Sven an. »Er kann bei seinem Pferd schlafen.«

»In Ordnung«, sagte Sven. »Hier entlang.«

Als Geoffrey wütend Einwände gegen das ungastliche Quartier erheben wollte, schnitt ihm Sven brüsk das Wort ab.

»Beeilt Euch«, sagte er. »Wir haben so viele Ritter hier, daß das saubere Heu schnell vergeben sein wird.«

Geoffrey zögerte kurz, dann zuckte er die Achseln und folgte Sven.

Ariane stieß einen langen, gebrochenen Seufzer aus. Sie blickte zu Simon auf und wollte ihm erklären, wie Geoffrey die Wahrheit verdreht hatte, um den Eindruck zu erwecken, sie hätte heute ihre Ehre kompromittiert – und Simons dazu.

Doch alle Worte, die Ariane hatte sagen wollen, blieben ihr in der Kehle stecken, als sie unbändigen Zorn in Simons schwarzen Augen lodern sah.

»Hör mir zu«, sagte er kalt. »Hör mir gut zu. Was immer vor unserer Eheschließung geschehen ist, kann nicht mehr rückgängig gemacht werden. Aber wenn du mir heute Hörner aufgesetzt hast –«

»Es war nicht so, wie Geoffrey es dargestellt hat!«

»– dann geh, und zwar sofort, bevor ich es herausfinde. Lauf schnell und lauf weit genug weg, sonst werde ich dich wieder einfangen. Und dann werden wir beide bis an unser Lebensende die Hölle auf Erden haben. Hast du mich verstanden, *teure Gattin*?«

Ariane wollte etwas erwidern, aber das einzige Wort, das sie um den Kloß in ihrer Kehle herumbekommen konnte, war Simons Name.

»Ich sehe, du hast verstanden«, sagte er.

Abrupt gab er ihre Handgelenke frei, und Ariane schnappte erschrocken nach Luft. Dabei spürte sie voller Entsetzen, daß sich unter seinem kalten Zorn noch etwas anderes verbarg. Etwas noch Schlimmeres. Etwas, was auch sie kennengelernt hatte – das gefährliche, wie eine Säure ätzende Gefühl, verraten worden zu sein.

»Simon«, flüsterte sie und streckte die Hand nach ihm aus.

»Binde dein Kleid zu«, sagte er barsch und wich vor ihrer Berührung zurück. »Sonst gibst du den Klatschmäulern der Burg noch mehr Anlaß, zu reden und zu kichern, als du ihnen ohnehin schon gegeben hast.«

Bestürzt blickte Ariane an sich hinab. Unter ihrem halboffenen Mantel waren die losen Enden von silbernen Spitzenbändern zu sehen. Röte kroch in ihre blassen Wangen, als sie merkte, daß ihr Kleid teilweise offenstand.

»Es ist nicht das, was du denkst!« rief sie leidenschaftlich.

»Ich denke nur, daß du von Glück reden kannst, daß der Glendruid-Wolf Frieden höher schätzt als Krieg und *daß ich meinen Bruder über alles schätze.*«

»Meine Wunde hat mir geschmerzt«, erwiderte Ariane. »Ich habe mein Kleid geöffnet, um nachzusehen, ob ich mich irgendwie von neuem verletzt hätte!«

»Hat dein Kopf auch weh getan?« fragte Simon mit eisiger Ruhe.

»Mein Kopf?« fragte sie verdutzt.

»Ja«, sagte er und wandte sich mit kalter Endgültigkeit von ihr ab. »Dein Haar ist nämlich noch aufgelöster als dein Kleid.«

25. Kapitel

Ariane erhob sich von der Abendtafel mit ein paar gemurmelten Worten der Entschuldigung, daß sie müde sei, und ging in ihr Schlafgemach hinauf. Die Wahrheit war, daß sie es nicht länger hatte ertragen können, mitanzuhören, wie Geoffrey vor den versammelten Rittern der Burg unflätige Beleidigungen hervorstieß, die Simon seines Stolzes beraubten und sie ihrer Ehre.

Fast grimmig fragte Ariane sich, ob Simon immer noch glaubte, eine Ehe könnte auf keinen Fall schlimmer sein als die Hölle des Sultans, die Dominic einmal durchgemacht hatte.

Das Essen wurde auf dem Tablett, das Blanche auf Arianes Zimmer heraufgebracht hatte, kalt, während Ariane einfach dasaß und blicklos vor sich hinstarrte. Schritte kamen und gingen auf dem Korridor, der zum Baderaum führte, doch sie nahm keine Notiz davon.

Selbst die Harfe konnte ihr keinen Trost spenden. Und schließlich stellte sie fest, daß es noch härter für sie war, Simons Schmerz und Demütigung auszuhalten, als damals, als sie ihren eigenen Kummer hatte ertragen müssen. Sie hatte ihre Qual nicht selbst verursacht. Aber sie war die Ursache für Simons Qual.

Ein Klopfen an der Tür lenkte Ariane von ihren trostlosen Gedanken ab.

»Ja?« rief sie.

»Ich bin's, Blanche.«

»Komm herein«, sagte Ariane ohne Begeisterung.

Die Tür ging auf. Ein schneller Blick ins Zimmer verriet Blanche, daß sich nichts geändert hatte, seit sie hinausgegangen war.

»Seid Ihr noch nicht fertig mit dem Essen, M'lady?« fragte das Mädchen mit leichter Ungeduld.

»Ich habe keinen Appetit.«

»Was ist dann mit Eurem Bad?«

»Meinem Bad?«

»Ja, M'lady«, meinte Blanche irritiert. »Ich habe ein Bad vorbereitet, wie Ihr es verlangt hattet, und ein warmes Nachthemd herausgelegt, und alle anderen in der Burg sind bereits zu Bett gegangen.«

Verständnislos blickte Ariane von ihrem unberührten Abendessen in das Gesicht ihrer Zofe.

»Ich habe dich gebeten, ein Bad vorzubereiten?« fragte sie stirnrunzelnd.

»Ja, Mylady. Sobald Ihr gegessen hättet, habt Ihr gesagt. Irgendwas hat Eure Haut berührt, meintet Ihr, und das könntet Ihr nicht ertragen, und daher müßtet Ihr Euch waschen, ganz gleich, wie spät es schon ist.«

»Hmmm.«

Blanche wartete, aber Ariane hatte nichts weiter zu sagen.

»M'lady?«

»Möchtest du jetzt auch schlafen gehen?« fragte Ariane.

»O ja, ganz sicherlich. Wenn Ihr nichts dagegen habt.«

»Dann geh zu Bett.«

»Danke, Mylady!«

Mit geröteten Wangen und erwartungsvoll blitzenden Augen stürmte Blanche aus dem Zimmer, wobei sie fast vergessen hätte, die Tür hinter sich zu schließen.

Ariane fragte sich, ob Blanches neuer Liebhaber – wer auch immer das war – wohl wußte, daß seine Geliebte bereits mit dem Kind eines anderen Mannes schwanger war. Vielleicht kümmerte es ihn nicht. Vielleicht genügte es ihm, Blanches atemloses Lachen in der Dunkelheit zu teilen, die Hand auszustrecken und warmes Fleisch zu streicheln und selbst gestreichelt zu werden, einen anderen Körper an sich zu drücken und Ekstase in jedem ihrer abgerissenen Schreie zu hören.

Abrupt stand Ariane auf, streifte hastig ihre Kleider ab und zog die Nadeln aus ihrem Haar. Als sie den Kopf schüttelte, floß ihr Haar so weich wie feinste Seide ihren Rücken hinunter, um in mitternachtsschwarzen, glänzenden Wellen bis zu ihren Hüften hinabzufallen. Sie faßte die Haarflut zusammen und begann sie für das Bad zu flechten, verlor jedoch gleich darauf wieder das Interesse. Kaum hatte sie ihr Haar losgelassen, da löste sich der angefangene Zopf wieder auf.

Sie wollte nach ihrem Nachtkleid greifen, ertappte sich aber dabei, daß ihre Hände statt dessen wie auf geheimen Befehl zu den Spitzenbändern des Gelehrten Kleides griffen. Es widerstrebte ihr, das Kleid zurückzulassen, selbst wenn sie nur ins Bad ging. Sie wußte nicht, warum sie das tat, sie wußte nur, daß es einfach so war.

Als erwartete sie, die Antwort in dem Gewebe selbst zu finden, betrachtete Ariane fragend das Kleid.

Und dann schaute sie in den Stoff *hinein.*

Eine Frau voll intensiver Leidenschaft. Sie hat den Kopf zurückgeworfen, ihr Haar ist wild zerzaust, ihre Lippen sind zu einem Schrei unvorstellbarer Wollust geöffnet.

Die Verzauberte.

Ein Krieger, diszipliniert und leidenschaftlich zugleich, mit Körper und Seele auf den Augenblick konzentriert.

Der Zauberer.

Jetzt beugt er sich über sie und trinkt ihre Schreie, noch während er ihr neue lustvolle Laute entlockt. Er drängt sich mit seinem kraftvollen Körper an sie, fordernd und von einem sinnlichen Hunger erschauernd, der so groß ist wie seine Beherrschung.

Simon!

Ariane sah ihn auf einmal so deutlich, wie sie sich selbst in den wilden amethystfarbenen Augen der Frau erkannte.

»Großer Gott«, flüsterte sie benommen.

Sie schüttelte sich und blickte sich im Zimmer um, als erwartete sie, Simon dort zu finden. Was sie sah, war ein Feuer, das fast zu Asche hinuntergebrannt war, ein aufgeschlagenes Bett und ein Stapel zusätzlicher Decken am Fußende der Matratze.

Decken, aus denen Simon sich ein Bett auf dem Fußboden machen würde, wenn er ins Zimmer kam.

Falls er kam.

Ariane zog sich das amethystfarbene Kleid wieder über den Kopf und band die Spitzenbänder zu, während sie im Zimmer auf- und abwanderte. Mit jedem Schritt drang die tiefe Stille, die in der Burg herrschte, intensiver in ihr Bewußtsein. Dann rief der Wachtposten die Stunde.

Simon hätte inzwischen längst zum Schlafen heraufgekommen sein müssen. Er war immer vor dieser Uhrzeit heraufgekommen. Meistens sogar noch wesentlich früher, denn er stand mit den Küchenmägden im ersten Morgengrauen auf, um auf den Schutzwällen entlangzugehen und sich vom Wohlergehen der Felder und der Burgbewohner zu überzeugen. Er begleitete Dominic, obwohl der Simons Anwesenheit zu so früher Stunde niemals verlangt hatte.

Marie.

Simon ist bei ihr!

Der Gedanke schmerzte wie ein Dolch in Arianes Herz. Ohne nachzudenken, zündete sie eine Kerze an und verließ das Zimmer so schnell, daß die Kerzenflamme zu verlöschen drohte. Nach einem Ausruf voller Ungeduld blieb Ariane gerade lange genug stehen, bis die Flamme wieder hell brannte.

Sie schützte die empfindliche Flamme mit einer Hand, während sie zum entgegengesetzten Ende der Burg eilte, wo Marie und Blanche einen gemeinsamen Raum bewohnten. Das Zimmer hatte keine richtige Tür, sondern nur einen stoffbespannten Wandschirm, der während des Tages beiseitegeschoben werden konnte.

»Ich bin es, Lady Ariane«, rief sie.

»Mylady«, antwortete Marie. »Bitte kommt herein.«

Ariane glitt hinter den Wandschirm, noch bevor Marie zu Ende gesprochen hatte, und ließ ihren Blick hastig durch den Raum wandern.

»Du bist allein.«

Ariane war nicht sonderlich überrascht, daß Blanche nicht da war. Aber es überraschte sie, Marie allein vorzufinden. Die dunkeläugige Frau hatte den Schoß voller Näharbeiten und musterte sie mit einem neugierigen Ausdruck im Gesicht.

»Ja, ich bin allein«, erklärte Marie. »Benötigt Ihr irgend etwas, Mylady?«

»Ich suche Simon.«

»Den werdet Ihr anderswo suchen müssen. Simon ist nicht mehr in mein Bett gekommen, seit ...«

Marie zuckte die Achseln, ohne den Satz zu beenden, und machte sich wieder daran, überraschend flink ihre Näherei fortzuführen.

»Seit wann?« wollte Ariane wissen.

»Seit mein Ehemann Simon aus meinem Zelt schleichen sah, ihn irrtümlich für Dominic hielt und Dominics Ritter aus Rache in den Hinterhalt des Sultans lockte.«

»Allmächtiger«, murmelte Ariane.

»Der Allmächtige konnte in dem Fall nicht viel ausrichten«, erwiderte Marie.

Ihre weißen Zähne schimmerten im Kerzenschein, als sie einen Faden abbiß, der sich verknotet hatte.

»Die meisten Ritter wurden von den Männern des Sultans gefangengenommen«, fuhr Marie fort, während sie einen neuen Faden einfädelte.

»Simon auch?«

»Ja. Aber keiner der gefangenen Ritter war der richtige.«

»Ich verstehe nicht.«

»Der Ritter, den der Sultan für sein Leben gern in die Finger bekommen hätte und den Robert verraten hatte, war nicht unter den Gefangenen.«

»Dominic le Sabre?« riet Ariane.

»Richtig.«

»Warum wollte der Sultan speziell Dominic haben?«

»Weil der Sultan eine abartige Vorliebe für Folter hatte. Und Dominic stand in dem Ruf, ein sehr starker, sehr kühner Ritter zu sein, der sich keinem Mann beugen würde. Der Sultan schwor sich, ihn zu vernichten.«

»Was ist dann passiert?«

»Dominic begab sich freiwillig in die Hände des Sultans – im Austausch für die Freiheit seiner Ritter. Einer jener Ritter war Simon.«

»Und die Ritter wurden freigelassen?«

»Ja.«

»Und dann wurde Dominic irgendwie befreit?« wollte Ariane wissen.

»Ja. Nach einer Weile.«

»Dann verstehe ich nicht, warum ...«

»Warum Simon mich haßt?« fragte Marie.

Ariane nickte.

»Simon war in der Nähe meines Ehemannes, als der im Kampf gegen die Männer des Sultans tödlich verwundet wurde«, erwiderte Marie ruhig. »Kurz bevor Robert starb, gestand er, daß er Dominic an den Sultan verraten hatte. Und aus welchem Grund.«

»Aber Simon wußte, daß Dominic keine Sünde begangen hatte.«

»Ja«, sagte Marie. »Denn es war Simon und nicht sein Bruder, der nach meiner Eheschließung mit Robert mit mir gelegen hatte. Seit dem Tag, als Simon Roberts Geständnis gehört hat, hat er mich nie wieder berührt. Er gibt sich die Schuld an allem, was mit Dominic passiert ist.«

»Ich dachte, du hättest gesagt, Dominic wäre befreit worden.«

»Das wurde er auch. Aber erst, nachdem er so grausam gefoltert wurde, wie es nur wenige Männer überlebt hätten.«

Ariane versuchte zu sprechen, doch sie brachte kein Wort heraus. Sie schluckte hart und versuchte es noch einmal.

»In der Waffenkammer hat Simon dich doch geküßt«, sagte sie gepreßt.

Schweigend schüttelte Marie ihre Näharbeit aus, zupfte einen losen Faden ab und blickte dann zu der jungen Frau auf, die fast so alt war wie sie und doch so weit von ihr entfernt war, was Erfahrung anging.

»Simon hat mich nicht geküßt«, erklärte Marie. »Ich habe ihn geküßt. Ich hatte den Verdacht, daß er so wütend auf Euch war, daß es ihm nichts ausmachen würde, Euch zu erzürnen, deshalb habe ich ihn geküßt. Simon hat mich nicht mehr berührt, seit er Roberts Geständnis gehört hat.«

»Niemals mehr?«

»Nein.«

»Aber der Heilige Kreuzzug liegt schon Jahre zurück!«

»Richtig. Simon ist ein Mann außergewöhnlicher Leidenschaft.

Und es wird noch viele Jahre dauern, bevor er vergißt. Bis er mir verzeiht.«

»Er hat dich geliebt«, sagte Ariane gequält.

»Geliebt?«

Marie lachte und strich die bestickte Seide glatt, an der sie nähte. Ihr Mund verriet Belustigung, als sie den Faden verknotete, ihn durchbiß und den Knoten glättete, bis er nicht mehr zu sehen war. Dann griff sie wieder nach der Nadel und fädelte einen neuen Faden ein.

»Simon hat mich nicht geliebt«, sagte sie, während sie eifrig nähte. »Ich war ganz einfach die erste Frau, mit der er schlief, die sehr viel mehr tat, als nur auf dem Rücken zu liegen und an Gott zu denken. Mein sexuelles Geschick machte ihn eine Zeitlang fast zu meinem Sklaven.«

Ariane konnte nicht verbergen, wie schockiert sie über Maries unverblümten Kommentar war. Und das amüsierte Marie nur noch mehr.

»Ihr müßt eine sehr behütete, weltferne Kindheit gehabt haben«, meinte sie.

»Alles andere als das. Meine Mutter wurde von meinem Vater mit Gewalt genommen. Es war für ihn die einzige Möglichkeit, sie sich gefügig zu machen. Sie war eine Frau mit ungewöhnlichen ... Fähigkeiten.«

»Eine Hexe?«

»Einige Leute nannten sie so. Ich nehme an, hier hätte man sie wohl als Gelehrte Frau bezeichnet.«

»Eine Hexe«, sagte Marie nachdenklich. »Habt Ihr ihre Fähigkeiten geerbt?«

»Ich hatte die Gabe, ja. Aber nur für eine Weile.«

Marie warf Ariane einen scharfen Blick zu und fuhr dann mit ihrer Arbeit fort, denn ein einziger Blick in Arianes Gesicht hatte ihr verraten, daß diese ihr nichts weiter über ihre verlorenen Fähigkeiten mitteilen würde.

»Ich habe normannische Eltern, aber ich wurde schon als Kind entführt und in ein Serail verkauft«, erzählte Marie, während sie eifrig nähte. »Bis Dominics Ritter mich befreit hatten, hatte ich schon sehr viel Erfahrung darin, Männern Lust zu bereiten.«

»Und so hast du dich bei den Rittern erkenntlich gezeigt, indem du ihre ...«

»Indem ich ihre Hure wurde«, sagte Marie ohne jede Verlegenheit. »Ja. Es ist das, was ich am besten kann. Es ist das, worin ich unterwiesen wurde, seit ich acht Jahre alt war. Darin und im Nähen.«

Ariane blinzelte. »Man hat dich darin unterwiesen, Männern Lust zu bereiten? Warum? Ich dachte, daß Sex für Männer schon von Natur aus ein Vergnügen sei.«

»Es gibt das Vergnügen von trockenem Brot und Wasser, um Hunger und Durst zu stillen – und es gibt das Vergnügen von in Honig eingelegten Pfauenzungen und süßem, rotem Wein.«

Marie schüttelte das Mieder aus, an dem sie nähte, zog an einem Saum und fuhr in ihrer Arbeit fort.

»Für Männer, deren Gaumen empfindlich genug ist, Pfauenzungen wirklich zu genießen«, erklärte Marie, »ist eine geschickte Frau ein Vorgeschmack des Himmels. Simon hatte bis dahin nur trockenes Brot gekannt. Eine Zeitlang hatte ich große Macht über ihn. Am Ende war jedoch die Liebe zu seinem Bruder stärker als seine Wollust für mich.«

»Und das ist der Verlust, den du bedauerst?« fragte Ariane gegen ihren Willen. »Daß du keine Macht mehr über ihn hast?«

»Aber natürlich. Warum würde sich eine Frau sonst die Mühe machen, zu lernen, was einen Mann erfreut?«

»Ganz einfach, um ihm Lust zu schenken«, erwiderte Ariane.

Im Sprechen dachte sie wieder daran zurück, wie sie Simons heißes, heftig erregtes Fleisch gehalten und liebkost hatte. Und dann erinnerte sie sich noch an etwas anderes. An ihre eigenen Gefühle dabei.

»Und weil es eine Frau erfreut, einem Mann Lust zu bereiten«, fügte sie hinzu, während sie Mühe hatte, einen Schauer ihrer eigenen Sinnlichkeit zu unterdrücken.

Marie schüttelte lächelnd den Kopf über Arianes Unschuld und Ahnungslosigkeit.

»Ihr werdet Euren Ehemann niemals beherrschen, wenn Ihr die Kontrolle über Euch selbst verliert«, sagte sie kurz und bündig. »Wenn Ihr die Oberhand behalten wollt, dann müßt Ihr wissen, wie und wann man küssen und beißen, lecken und saugen, umklammern und streicheln muß, wie Ihr ihn in den Mund nehmt und wann Ihr ihn in Eurem Körper aufnehmen müßt.«

Ariane war so schockiert über Maries nüchterne Zusammenfassung, daß ihr keine Antwort einfiel.

»Ekstase ist Macht, Mylady«, fuhr Marie fort. »Es ist die einzige Macht, die Frauen über Männer haben. Aber dafür besitzen die Männer alles von Wert in dieser Welt, und wir besitzen gar nichts, noch nicht einmal unseren eigenen Körper.«

Maries kalte Einschätzung der Natur dessen, was zwischen Männern und Frauen vorging, entsetzte Ariane, aber noch schlimmer war die Erkenntnis, daß Marie irgend etwas in Simon zerstört hatte – so wie Geoffrey etwas in ihr, Ariane, zerstört hatte.

Simon kann ebensowenig seine Gefühle einer Frau anvertrauen, wie ich meinen Körper einem Mann anvertrauen kann.

Und doch muß ich es. Ich kann die traurige Grausamkeit der Vergangenheit nicht länger ertragen. Sie muß ein Ende haben.

Marie blickte auf, sah Arianes Gesichtsausdruck und seufzte.

»Sprechen wir nicht mehr davon, Mylady. Es wird Euch einfach nicht gelingen, Simon durch Haremstricks zu beherrschen. Dafür seid Ihr selbst viel zu sinnlich.«

»Ich?« fragte Ariane verblüfft.

»Es ist in Eurer Musik«, erwiderte Marie. »Sie verlockt mich sogar, Euch zu verführen. Aber Ihr habt nur Augen für Simon, und Simon ist einer der wenigen Männer, die ich je getroffen habe, der es wert ist, daß man ihn fürchtet. Und das wird dieser idiotische Geoffrey hoffentlich herausfinden.«

»Geoffrey ...« Ein boshafter Gedanke schoß Ariane durch den Kopf. »Warum verführst du nicht *ihn*?«

»Ich hätte nicht geglaubt, daß Ihr Geoffrey so sehr mögt, daß Ihr Euch über sein Vergnügen oder den Mangel daran Sorgen macht.«

»Ich verabscheue Geoffrey.«

»Ah.« Maries Lächeln zeigte eine Andeutung von Grausamkeit. »Ich verstehe.«

Sie vernähte einen letzten Faden, strich das Mieder glatt und nickte zufrieden.

»Wenn Geoffrey heute nacht Eurer Zofe überdrüssig geworden ist –«

»Blanche ist bei Geoffrey?« fragte Ariane schockiert.

»Ja. Aber nur, weil ich ihn zurückgewiesen habe, da ich Simons Abneigung gegen Geoffrey kenne.«

»Ist es Geoffrey, der Blanche geschwängert hat?«

»Wahrscheinlich. Blanche ist schlau genug, um zu wissen, daß das Kind eines wohlhabenden Ritters mehr wert ist als das uneheliche Balg eines Bauern.« Marie zuckte die Achseln. »Trotzdem kann sie es nicht mit mir aufnehmen. Und auch Geoffrey nicht.«

Ariane zweifelte keinen Moment an Maries Überlegenheit.

»Ich werde ihn dahin bringen, daß er nackt durch einen Schweinestall kriecht, nur um die Stelle zu lecken, wo ich gesessen habe«, sagte Marie. »Das zumindest schulde ich Euch.«

»Warum?« fragte Ariane verdutzt.

»Wegen Eurer Musik. Sie sagt alles das, was ich, seit ich acht war, nicht in Worte fassen konnte.«

Marie stellte ihren Nähkorb ab und stand auf.

»Wenn Ihr mich jetzt bitte entschuldigen wollt, Lady«, sagte sie. »Ich muß noch gewisse Gerätschaften vorbereiten für Geoffreys … Demütigung.«

Ariane öffnete den Mund, um zu sprechen, aber sie brachte keine Worte heraus.

Marie lächelte. »Nein, ich habe solches Haremsspielzeug niemals bei Simon benutzt. Dafür hatte ich ihn zu gern.«

»Das war es nicht, was ich fragen wollte.«

»Ihr wärt früher oder später ohnehin darauf gekommen, und ich weiß mein Leben hier zu schätzen. Ich habe nur wenig Freundlichkeit erfahren, seit ich damals als Kind entführt wurde. Gott sei mit Euch in Euren Träumen, Lady Ariane.«

»Danke«, sagte Ariane leise.

Marie lächelte. »Aber falls Euch der Sinn nach etwas handfesterer Gesellschaft als Gott steht – Euer Ehemann ist oben auf den Turmzinnen.«

Ariane blickte unwillkürlich zur Decke hinauf und horchte mit angehaltenem Atem. Sie hörte nichts als das unaufhörliche Heulen des Windes und das Prasseln von Schneeregen gegen geschlossene Fensterläden.

»Wieder ein Sturm«, sagte Ariane.

»Ja. Auf Blackthorne Keep ist es sehr viel kälter als damals im Heiligen Land.«

»Auf jeden Fall ist es zu kalt für Simon, um dort oben auf dem Turm zu stehen, das steht fest«, murmelte Ariane. »Er wird sich erkälten.«

»Geht hinauf, und sagt es ihm.«

»Das werde ich«, erwiderte Ariane und wandte sich zum Gehen.

»Und dabei kriecht am besten in seinen Mantel und kuschelt Euch an ihn, so nahe, daß Ihr seinen Atem spürt und daß Eure Knospen über seine Brust streifen.«

Ariane blieb abrupt stehen.

»Und dann«, wies Marie sie leise an, »legt Eure Hand sehr behutsam auf die Vorwölbung, die zwischen seinen Schenkeln wächst.«

Ariane hielt den Atem an.

»Liebkost ihn, bis sein Schaft ganz hart ist. Dann öffnet seine Kniehosen und nehmt seinen Schaft tief in den Mund. Das wird Simon wirklich erwärmen.« Marie lachte. »Und seine traurige Nachtigall ebenfalls.«

26. Kapitel

Die Kerzenflamme erlosch in dem heftigen Wind, der Ariane umheulte, als sie auf die Plattform des Burgturms hinaustrat, und ihr Haar wehte hoch und wirbelte in der Luft, als wäre es lebendig. Eiskalter Schneeregen stach wie mit Nadeln in ihre Wangen. Sie fröstelte, dachte aber nicht daran, wieder umzukehren. Der Gelehrte Stoff ihres Kleides hielt viel von der Kälte ab. Und was den Rest betraf ...

Amethystfarbene Augen suchten die Turmbrüstung nach Simons Silhouette ab. Zuerst konnte Ariane nichts erkennen, denn der Wind trieb ihr die Tränen in die Augen. Dann hörte sie Bruchstücke einer Unterhaltung und wandte sich in die Richtung um, aus der die Stimmen kamen.

In der Mitte der Turmplattform standen zwei Männer neben einem Kohlenbecken und wärmten sich die Hände. Funken stoben in der eisigen Nacht mit jedem Windstoß auf, und die Umrisse der beiden Gestalten hoben sich schwarz gegen die glitzernden Lichtwirbel ab.

Ohne innezuhalten und zu überlegen, wie sie ihre Anwesenheit mitten in Nacht und Sturm erklären sollte, eilte Ariane auf die Männer zu. Kurz bevor sie das Kohlenbecken erreicht hatte, fuhr Simon plötzlich herum, als hätte er ihre Gegenwart gespürt.

»Ariane!« rief er bestürzt. »Was tust du hier draußen? Geht es Meg nicht gut? Hat Dominic –«

Ariane schnitt ihm das Wort ab. »Ich muß mit dir reden«, sagte sie klar und deutlich.

Wortlos verließ Simon das Kohlenbecken, nahm Arianes Arm und führte sie zurück zu dem Treppenaufgang, wo sie etwas besser vor dem eisigen Wind geschützt waren. Dort flackerte und zischte eine Fackel in einem eisernen Wandhalter, um den Weg für die nächste Wache zu erhellen.

Das zuckende, unberechenbare Licht der Fackel warf wilde Blitze auf Arianes Augen. Sie trug keinen Mantel, sondern nur das Gelehrte Kleid, dessen geheimnisvolle Beschaffenheit Simon in seinen Träumen verfolgte. Kälteschauder durchliefen sichtbar ihren Körper, doch sie schien sich dessen nicht bewußt zu sein, sondern beobachtete Simon nur mit einer Intensität, die er bei einer anderen Frau für Leidenschaft gehalten hätte.

Aber nicht bei Ariane, der Frau, die vor seiner Leidenschaft so sehr zurückschreckte.

»Was ist passiert?« verlangte er zu wissen.

»Nichts.«

»Nichts? Gott im Himmel! Du stehst hier mitten in der Nacht zähneklappernd vor mir und behauptest, es sei nichts passiert?«

Kuschelt Euch in Simons Mantel, so nahe, daß Ihr seinen Atem spüren könnt und Eure Knospen über seine Brust streifen.

Ariane ließ die nutzlose Kerze aus ihren Fingern gleiten und trat näher an Simon heran und dann noch näher.

»Hülle mich in deinen Mantel ein«, sagte sie mit zitternder Stimme.

Als er zögerte, unterdrückte sie einen verzweifelten Aufschrei.

»Bitte, Simon. Ich brauche Wärme.«

Er öffnete seinen Mantel und schob den Gürtel herum, in dem sein Schwert steckte, so daß die Klinge nach hinten zeigte. Ariane trat vor, ohne zu warten, bis er fertig war.

Als er den Mantel wieder schloß, stand Ariane im Inneren schwerer Falten. Und sie berührte Simon.

Lebhafte Hitze kroch über ihre Haut, als sich Simons Körper an sie preßte, sie verwandelte und sie mit honigsüßer Wärme lockte. Sie fühlte sich wie in ihren Träumen; zärtlich liebkost, heiß, sinnlich bis in den Kern ihres Wesens. Sie sehnte sich danach, Simon wie eine lebendige Decke um sich zu ziehen.

»Ahhhh«, seufzte Ariane atemlos. »Du riechst immer so angenehm für mich. Und deine Hitze ... du bist wärmer als Feuer.«

Simons Nasenflügel blähten sich leicht, als er den Duft schnupperte, der zu Ariane gehörte und nur zu ihr. Er holte tief Luft und füllte seine Lungen mit dem köstlichen Aroma. In den Duft nach Mitternacht und Rosen mischte sich ein würziger Hauch weiblicher Erregung.

Der berauschende Geruch ließ quälende Sehnsucht wie eine Stichflamme durch Simons Körper schießen. Selbst seine Erinnerungen daran, wie Ariane dem Bann des heilenden Balsams und seiner liebkosenden Lippen erlegen war, waren nicht so lebhaft und köstlich wie das Gefühl, als sich Arianes Brüste jetzt gegen seine Brust preßten und ihn mit jedem Atemzug, den sie machte, heftiger erregten.

Simons eigener Atem kam in einem Laut über seine Lippen, der halb Fluch, halb hungriges Stöhnen war. Zu seiner Überraschung legte Ariane den Kopf in den Nacken, als schwelgte sie in der Wärme seines Atems und der Dringlichkeit seiner Begierde. Sie holte tief Luft und sog seinen Atem in ihre Lungen.

»Ariane?« fragte Simon mit leiser, angespannter Stimme. »Was hast du? Was hat dich zu mir getrieben?«

Sie schüttelte nur den Kopf und drängte sich noch fester an seinen Körper, schmiegte sich an ihn und gab sich dem Traum hin, der sie verfolgte, seit sie im heilenden Schlaf gelegen und erfahren hatte, daß die Hände eines Mannes Trost statt Furcht vermitteln konnten, Lust statt Schmerz, Ekstase statt Grauen und Alptraum.

Simon schloß die Augen und kämpfte gegen den wilden Ansturm seiner Begierde. Wie aus eigenem Antrieb schlossen sich seine Arme und schlugen die Kanten des Mantels übereinander, als er Ariane noch enger an sich zog. Fast grimmig wartete er darauf, daß ihr bewußt wurde, was sich da so hart gegen ihren Bauch preßte.

Das Gefühl von Arianes Händen, die sich behutsam auf die schwellende Vorwölbung zwischen seinen Schenkeln legten, machte Simon so schwach, daß er fast in die Knie gegangen wäre.

»Ich habe von dir geträumt, Simon«, flüsterte sie. »Hast du auch von mir geträumt?«

Überraschung und verzehrendes Verlangen flammten in ihm auf. Er wollte antworten, aber Ariane massierte sein hartes Fleisch so zärtlich mit ihren Fingerspitzen, daß er zu keinem klaren Gedanken fähig war und noch weniger sprechen konnte.

Simon stieß stöhnend den Atem zwischen zusammengebissenen Zähnen hervor, als er fühlte, wie sie die Lederschnüre seiner Kniehose löste. Er wußte, daß er protestieren sollte und sie zurückhalten mußte, bevor sie ihm vor Leidenschaft, die er nicht zu stillen wußte, gänzlich den Verstand raubte, aber er konnte sich einfach nicht dazu bringen, ihre kühlen, suchenden Hände wegzuschieben.

Sie fand ihn, befreite ihn aus dem Stoff und streichelte ihn von der feuchten, seidigen Spitze bis hinunter zu der prallen Wurzel seines Schafts, dann glitten ihre Hände noch tiefer und umschlossen schließlich die festen Halbkugeln, die schmerzten, so sehr quälte ihn sein Verlangen.

Er befahl seinen Armen, Ariane wegzustoßen, doch statt dessen schlossen sie sich wie aus eigenem Willen um ihre Hüften, zogen sie noch näher zu sich heran und preßten ihren Unterleib verlangend gegen seine harten, muskulösen Schenkel. Jener Teil seines Hirns, wo er die Dinge maß und wog und logisch beurteilte, erwartete, daß sich Ariane gegen die wilde, unverhüllte Sexualität seiner Umarmung wehren würde.

Doch statt dessen drängte sie sich von der Brust bis zu den Hüften fester an Simon, während sie sich verführerisch an ihm rieb und ihn mit ihrem ganzen Körper liebkoste. Das harte, eregierte

Fleisch, das sie so zärtlich umschlossen hielt, zuckte in ihren Händen.

»Das ist heller Wahnsinn!« knurrte Simon.

»Ja.«

»Laß mich deine Lippen spüren.«

»Ja«, flüsterte sie.

Simon beugte sich herab, um Arianes Kuß zu empfangen, doch er fühlte nur, daß sie sich aus seiner Umarmung löste.

»Nein«, befahl er rauh. »Weich jetzt nicht zurück!«

»Ich muß!«

Enttäuscht und verbittert über ihre Zurückweisung biß Simon die Zähne zusammen und gab Ariane frei, bis sie nur noch von seinem Mantel eingehüllt wurde.

Augenblicklich glitt sie wie ein warmes, schmiegsames Gewicht an seinem Körper herunter und verschwand vollkommen zwischen den üppigen Falten.

»Ariane? Wirst du ohnmä–«

Seine Frage ging in einem Keuchen unter, als ihre Wange plötzlich über sein hartes Fleisch streifte. Ihre Haut war kühl vom Wind, ihr Atem warm von der Glut ihres Körpers. Er glitt in einer anderen Art von Liebkosung über seinen Schaft, als sie den Kopf hin- und herdrehte und ihn mit dem warmen Hauch streichelte. Dann nahm sie seinen Schaft in beide Hände und umschloß ihn mit den Lippen.

»Großer Gott!« stöhnte Simon.

Sein Körper spannte sich wie ein Bogen an, und in seinem Kopf begann sich alles zu drehen, als Lust wie eine Woge über ihm zusammenschlug. Hätte er nicht die Steinmauer im Rücken gehabt, wäre er unweigerlich gestürzt. Arianes Mund war weich und heiß, ihre Zunge unendlich neugierig und verlockend.

Simon ertrug die wilde Liebkosung, solange er konnte. Dann vergrub er die Finger einer Hand in Arianes Haar und zog ihren Kopf langsam, ganz langsam von seinem Körper weg. Sie sträubte sich zuerst, und er fürchtete schon, der köstliche Druck ihrer Lippen und die feuchte Liebkosung ihrer Zunge wären sein Untergang.

Am Ende siegten jedoch eiserne Disziplin und männliche Kraft über Arianes verführerische Zärtlichkeiten. Aber sowohl er als auch Ariane zitterten heftig, als er sie in seine Arme nahm und seine Zunge hungrig zwischen ihre Lippen drängte.

Dieser Kuß war ebenso hingebungsvoll und selbstvergessen, wie es Arianes Liebkosungen gewesen waren, eine heiße Vereinigung zweier Zungen, die sie beide atemlos und schwach machte. Und dennoch wollte keiner von beiden den Kuß beenden. Jeder klammerte sich noch härter, noch fester, noch hungriger an den anderen, während der Wind Arianes Haar zu einer wilden schwarzen Wolke hochwirbelte.

Unter dem Mantel streifte Simon seine Handschuhe ab und löste die silbernen Spitzenbänder, bis seine Finger unter den Stoff gleiten konnten, um Arianes Brüste zu streicheln. Die Kälte seiner Fingerspitzen gegen die Wärme ihrer Haut machte die Liebkosung nur noch intensiver, so daß sich ihre Knospen augenblicklich hart und samtig aufrichteten. Ein tiefer, hungriger Seufzer entrang sich ihrer Kehle, und sie schwankte leicht, während sie sich voll und ganz seinen Zärtlichkeiten hingab und alles um sich herum vergaß.

Es dauerte eine Weile, bis Simon die Kraft fand, Arianes Mund freizugeben. Er lehnte sich schwer gegen die Steinmauer und streichelte mit hungrigen Fingern ihre Brüste, und sein Atem ging keuchend, als hätte er einen schweren Kampf hinter sich.

»Simon?«

»Der Rest deiner Bänder«, murmelte er heiser. »Binde sie für mich auf. Wenn ich den Mantel loslasse, wird der Wind ihn wegwehen.«

»Ich würde lieber deine Bänder aufschnüren.«

»Das hast du bereits getan.«

»Nicht die an deinem Hemd«, flüsterte Ariane.

Im Sprechen duckte sie sich unter den Mantel und kitzelte Simons Brust zwischen den Bändern mit ihrer Zungenspitze. Dann begann sie, wieder an seinem muskulösen Körper hinabzugleiten, von einem verzehrenden Hunger nach ihm erfüllt, den sie nicht benennen konnte.

Simon fing Ariane gerade noch ab, bevor ihr Mund erneut seinen Schaft fand. Muskeln schwollen an, als er sie wieder hochzog. Im flackernden Licht der Fackel waren ihre Augen groß und dunkel und glänzten von sinnlichem Verlangen, so daß heiße Glut in Simons Lenden zu pulsieren begann. Ihre Zunge schnellte hervor und berührte ihre Oberlippe, als wollte sie einen Tropfen Wein auffangen.

»Dein Geschmack ist so wild wie der Sturm«, hauchte sie. »Laß mich noch einmal von dir kosten.«

»Du wirst mich dazu bringen, daß ich meinen Samen vergieße.«

»Ich genieße es, dich soweit zu bringen.«

»So süß deine Hände auch sind und so heiß dein Mund ist, aber ich würde lieber meinen Samen in deinen Körper ergießen.«

Ariane zitterte. Doch wenige Augenblicke später umschloß sie Simons erregtes Fleisch erneut mit den Händen, und er stieß bei ihrer Berührung zischend den Atem aus.

»Aber das willst du ja nicht, nicht wahr?« murmelte er. »Du willst mich nicht in deinem Schoß fühlen. Warum nicht? Du bist keine Jungfrau mehr, warum fürchtest du dann den Hunger eines Mannes?«

»Nein. Ich bin keine Jungfrau mehr ...«

Ariane seufzte tief, und ein Schauer lief durch ihren Körper. Mit einer Hand begann sie, langsam den Rock ihres Kleides hochzuziehen. Mit der anderen hielt sie Simon zärtlich umfangen. Das geheimnisvolle Tuch glitt bereitwillig hinauf, kroch an ihren Schenkeln hoch und bauschte sich um ihre Taille, bis sie nackt war und nur noch den weißen Pelzbesatz des Mantels um ihre Hüften fühlte.

»Erinnerst du dich an die Freundin, von der ich dir erzählt habe?« fragte Ariane leise.

Simon hatte große Mühe, sich auf irgend etwas anderes als seine eigene heftige Erregung und die Berührung von Arianes Kleid zu konzentrieren, das über seine Schenkel streifte.

»Deine Freundin?« fragte er atemlos.

Ariane folgte dem heftigen Drang ihrer Instinkte, während sie Simons Schaft zu ihrem engen Schoß führte, den Leidenschaft in eine weiche, üppige, pulsierende Leere verwandelt hatte.

»Ja«, murmelte sie. »Meine Freundin, die geschändet wurde.«

Sie verlagerte leicht ihr Gewicht und preßte sich gegen das harte, geschwollene Fleisch zwischen Simons Schenkeln, rieb sich an ihm und befeuchtete ihn so zärtlich, wie es ihr Mund zuvor getan hatte.

Die nächste Bewegung ihrer Hüften an ihm war noch müheloser, süßer, noch ein wenig tiefer.

Und sie erweckte in Ariane das Verlangen, ihn tiefer in sich zu spüren. Aber sie war sich nicht sicher, wie sie es erreichen konnte. Sie wußte nur, daß das Gefühl von Simons heißem Schaft, der sich an ihrem Schoß rieb, wilde Begierde in ihr wachrief, Begierde nach … etwas.

Simon stöhnte laut, als er fühlte, wie sich Arianes warme Blütenblätter teilten und über ihn glitten, und er kämpfte mit aller Macht gegen den Hunger an, der wie ein wildes Tier in seinen Lenden wütete und ihn zu zerreißen drohte.

Ein Schauer wilder Lust prickelte über Arianes Haut, und sie empfand den kalten Wind nur als köstlichen Kontrast zur Glut ihrer Umarmung, während sie sich an Simon klammerte und spürte, wie sich sein Fleisch sanft zwischen ihre Schenkel drängte. Ekstase ließ ihren Körper in einem heißen, heimlichen Sturm erbeben.

Simons Keuchen und der plötzliche Stoß seines Körpers gegen ihren sagten Ariane, daß er den schwülen Regen ihrer Erregung ebenso gefühlt hatte wie sie selbst.

»Die Freundin bin ich«, murmelte Ariane.

Einen Moment lang verstand Simon sie nicht.

Dann begriff er.

Er blickte hinunter in Arianes Gesicht. Ein inneres Feuer glühte in ihren halb geöffneten Augen, und ihre Lippen waren immer noch gerötet und geschwollen von seinen Küssen.

»Du?« fragte er rauh.

»Ja. Meine erste und einzige Erfahrung mit einem Mann ließ mich zerrissen zurück. Zerrissen, blutbeschmiert, vernichtet. Und verraten.«

»Nachtigall. O mein Gott …«

Simon zitterte am ganzen Körper, als er den Kopf beugte, um ihre Augen, ihre Wangen, ihren Mund zu küssen. Seine Liebkosungen waren hungrig und zurückhaltend zugleich und gaben Ariane das Gefühl, in zärtlicher Wärme gebadet zu werden.

»Ich glaubte, daß dies …« Ihre Hüften schoben sich vor und maßen sein hartes Fleisch, noch während er sie küßte, »… dieses Instrument aus Seide und Stahl dazu geschaffen sei, eine Frau zu bestrafen.«

Simon biß die Zähne zusammen gegen die süße Qual, von ihrem weichen Schoß liebkost zu werden und gleichzeitig zu wissen, daß er in ihrem Körper keine Erleichterung finden würde.

Zerrissen, blutbeschmiert, vernichtet.

Verraten.

»Ich verstehe«, sagte er rauh.

»Das ist der Grund, weshalb ich jedesmal zusammengezuckt bin, wenn du mich dort auch nur streicheln wolltest. Ich hatte Angst davor, wieder verletzt zu werden.«

»Ja. Ich verstehe. Jetzt begreife ich es endlich.«

Simon drückte behutsame Küsse auf Arianes Augenlider und knabberte an den Enden ihrer langen Wimpern.

»Aber vor dir habe ich jetzt keine Angst mehr«, flüsterte sie.

Simon erwiderte nichts, denn er befürchtete, daß er ihre Worte nicht richtig verstanden hatte.

»Leg deinen Arm unter meine Hüften«, sagte Ariane, weil sie sich daran erinnert hatte, wie Thomas der Starke Marie aus der Waffenkammer getragen hatte.

Simon bückte sich und tat, worum sie gebeten hatte, da er zu überrascht war, um sie nach dem Grund zu fragen. Das Gefühl ihrer weichen, glatten Haut an seinem Arm ließ sinnliche Glut wie einen Blitzstrahl durch ihre Körper zucken, und Arianes Knie wurden schwach, so daß sie sich noch fester an Simon klammern mußte.

»Hilf mir«, flüsterte sie.

Der Wind trug ihre Worte davon, doch Simon zögerte keine Sekunde. Ihr Körper sagte ihm alles, was er wissen mußte, und noch mehr – mehr, als er jemals von seiner dunklen Nachtigall erhofft hatte.

»Heb mich hoch«, flüsterte sie.

Simon drehte sich mit dem Rücken zum Wind und ließ den Mantel um ihre beiden Körper wehen. Als er Arianes Gewicht auf seinen Arm nahm, legte sie ihm die Arme um den Hals und preßte sich an ihn. Ihre Schenkel spreizten sich, und ihre Beine schlangen sich um seinen Körper.

»Nimm mich, Simon«, hauchte sie an seinen Lippen.

Erstickt murmelte er ihren Namen und drängte sich hungrig an sie, so wie er es in seinen Träumen getan hatte. Zuerst stieß er sanft zu, dann fester und glitt langsam in sie hinein und dann tiefer und noch tiefer, während sich ihre Weiblichkeit warm und glatt und fest um ihn schloß und ihn willkommen hieß.

Ein langer, erlöster Seufzer entrang sich Arianes Kehle, als sie fühlte, wie Simon sie teilte, in sie eindrang, sie dehnte ... und ihr dennoch keinen Schmerz zufügte. Das Wunder der sinnlichen Vereinigung erfüllte sie und löste köstliche Ekstase in ihrem Innern aus, der ein heißer, leidenschaftlicher Regen folgte.

Die heißblütige Bereitschaft von Arianes Körper berauschte Simon, wie es nichts sonst vermocht hätte, während er mit einem einzigen, heftigen Stoß noch tiefer in ihren Schoß eindrang, bis er sie vollkommen ausfüllte und zu einer so perfekten Einheit mit ihr verschmolz, wie er es noch mit keiner anderen Frau zuvor erlebt hatte.

Ariane wimmerte leise und klammerte sich so hart an Simon, daß er kaum atmen konnte, so groß und verzehrend war die Lust, die sie ihm schenkte. Das Gefühl, in ihrem glatten, feuchten Schoß gefangen zu sein, war unbeschreiblich köstlich.

Plötzlich fiel Simon wieder ein, was Ariane gesagt hatte, als sie sein nacktes, erregtes Fleisch zum ersten Mal in ihren Händen gehalten hatte.

Ich habe Angst vor dem hier. Es ist dazu erschaffen, eine Frau zu zerreißen.

»Nachtigall«, fragte er rauh. »Tue ich dir weh?«

Als Ariane den Mund öffnete, um zu antworten, kam nur wieder einer der seltsamen, gebrochenen Schreie, die Simon alarmiert hatten, über ihre Lippen.

Schweiß brach auf seiner Haut aus, als er gegen sein unbezähmbares Verlangen ankämpfte. Ariane war so heiß um ihn, so fest, so glatt und geschmeidig, daß es ihm schien, als flehte sie um eine noch tiefere Vereinigung.

Er wußte, daß er sie schonen sollte, und dennoch drängte alles in ihm danach, noch tiefer in sie zu stoßen.

Langsam begann er sich zurückzuziehen.

Ariane klammerte sich an ihn, unfähig zu sprechen, während sie unter der Heftigkeit ihrer Reaktion erzitterte, so vollkommen von ihm ausgefüllt zu sein, wenn auch nur für wenige Augenblicke.

»Ariane? Ist es zuviel für dich? Tue ich dir weh?«

»Komm in mich! Noch einmal!« brachte sie keuchend hervor.

Im Sprechen gruben sich ihre Nägel in Simons Schultern, und sie schlang ihre Beine noch enger um seinen Körper, um ihn mit Gewalt zu zwingen, wieder in ihre Wärme einzudringen.

Ihre Kraft war seiner nicht gewachsen. Er hielt sie von sich ab und wollte erst sichergehen, daß er ihr keinen Schmerz zufügte, wenn er in ihre enge Weiblichkeit stieß.

Zerrissen, blutig.

Simon biß die Zähne zusammen. »Sprich zu mir, Nachtigall. Sag mir, was du willst.«

»Ich ... ich muß ... dich haben.«

»So wie jetzt?«

Ariane stockte der Atem, als sie sich behutsam gedehnt fühlte, während Simon langsam wieder in sie eindrang. Ihr Name kam in einem gebrochenen Schrei über seine Lippen.

»Tue ich dir weh?« fragte er, als er sich erneut zurückzog.

Sie schüttelte den Kopf. »Nein, nein!«

»Du hast geschrien.«

»Es war das wundervolle Gefühl von ...«

»Von dem hier?«

Wieder stieß Simon zwischen Arianes Schenkel und beobachtete dabei ihre Augen, und diesmal hielt er nicht eher inne, bis sie so vollkommen vereint waren, daß die seidene Knospe ihrer Leidenschaft fest gegen seinen Schaft drückte.

»Ariane?«

»Großer Gott, ja. Ja, Simon!«

Der Klang seines Namens, der wie ein gebrochener Seufzer auf ihren Lippen verhallte, vernichtete den letzten Rest von Simons Zurückhaltung. Seine Arme schlangen sich noch fester um sie, preßten sie an sich, während er wieder und wieder in sie stieß und die wilden Schreie der Lust von ihren Lippen trank.

Ekstase breitete sich zitternd in Arianes Schoß aus, dann loderte sie hell wie Feuer auf, so daß die Muskeln in ihrem Schoß zuckten und sich köstlich um Simons Schaft zusammenzogen. Und Simon erwiderte ihre Verzückung, Pulsschlag für Pulsschlag, und liebkoste ihre weichen Tiefen, selbst als er seinen heißen Samen in ihr vergoß.

Ganz allmählich kam Simon wieder zur Besinnung, während ihn das Heulen des Windes und die Schauer des Schneeregens wieder daran erinnerten, daß er auf den Turmzinnen stand und jederzeit der Wachtposten heraufkommen konnte.

Widerstrebend begann er, Ariane von seinem Körper zu heben, doch ihre Beine umschlossen ihn weiterhin mit überraschender Kraft.

»Wir müssen hineingehen«, sagte er rauh.

Arianes einzige Antwort war ein geschmeidiges Zucken von Muskeln in ihrem Schoß, so daß Simon keuchend nach Luft schnappen mußte.

»Bleib in mir«, murmelte sie dicht an seinen Lippen. »Es fühlt sich so gut an, so ... richtig.«

»Für mich auch!«

Ihre Lippen öffneten sich bei der ersten Berührung seiner Zunge. Eine lange Weile kosteten sie einander in tiefem Schweigen, umheult von wilden Windböen. Schließlich löste Simon widerstrebend seinen Mund von ihren Lippen.

»Der Wachtposten kann jede Minute kommen«, sagte er heiser.

»Der Wachtposten?«

»Ja.«

Ariane drehte sich halb herum, um zu sehen, ob der Wachhabende kam. Die Bewegung ihres Körpers hatte eine atemberaubende Wirkung auf Simon.

»Er kommt«, flüsterte sie und drehte sich wieder zu ihm um.

»Es gibt noch eine andere Möglichkeit.«

»Ja?«

»Ich kann dich absetzen, und dann können wir versuchen, unsere Kleider wieder zu ordnen, bevor er etwas merkt.«

»Er ist schon sehr nahe.«

»Ja.« Simon lächelte fast grimmig. »Halt dich gut an mir fest, Nachtigall!«

Bevor Ariane fragen konnte, was er meinte, begann Simon, die Treppe hinunterzusteigen. Das lustvolle Gefühl in ihrem Schoß, als er sich bewegte, entlockte ihrer Kehle ein gebrochenes, tiefes Stöhnen. Sie klammerte sich an Simon und erprobte die neu entdeckten Muskel ihres Körpers.

Als sie die Wendeltreppe so weit hinuntergegangen waren, daß sie außer Sichtweite des Wachtpostens gelangt waren, blieb Simon stehen.

»Du kannst mich jetzt loslassen«, sagte er.

Doch Ariane schüttelte den Kopf und zog ihn noch tiefer in sich hinein.

Unter dem Mantel glitt Simons Hand nach vorn, bis er die süßen Blütenblätter streicheln konnte, die sich so fest um seinen Schaft spannten.

Arianes Augen wurden groß. Sie rang heftig nach Luft, als seine liebkosenden Fingerspitzen wilde, unbändige Verzückung in ihr auslösten. Aus ihrem Keuchen wurde rasch ein wollüstiges Stöhnen. Ekstase schlug wie eine Woge über ihr zusammen, und gleich darauf spürte Simon, wie ihre flüssige Glut seine Fingerspitzen benetzte.

»Du bist so köstlich«, flüsterte er, während er an der heißen, glatten Knospe zog, die in Arianes Schoß erblüht war. »Ich könnte dich gleich jetzt wieder nehmen, gleich hier, selbst wenn sämtliche Leute der Burg an uns vorbeimarschieren würden. Und du würdest mich in deinen Schoß lassen, nicht wahr? Großer Gott, du würdest mich anflehen, dich zu nehmen!«

»S-Simon«, flüsterte Ariane gebrochen, »was machst du mit mir?«

»Tut es weh?«

»Nein, aber – oh!«

Arianes Worte erstarben, als sie erneut in atemlose Verzückung stürzte. Simon streichelte sie langsam und beobachtete sie und lächelte sinnlich, als ihre Glut noch einmal zwischen ihren beiden Körpern erblühte. Während sich Arianes Schoß zuckend um ihn zusammenzog, hob er sie langsam hoch, bis sie getrennt waren, dann schlang er ihre Beine erneut um seine Hüften.

»Halt dich an mir fest«, sagte er.

Als Ariane gehorchte, mußte er ein Stöhnen unterdrücken. Das Gefühl ihrer üppigen, feuchten Weichheit, die sich gegen seine offene Hose preßte, ließ sein Blut erneut so heiß in Wallung geraten, daß sich sein Schaft augenblicklich wieder versteifte.

Er eilte rasch die restlichen Stufen hinunter und eilte den Korridor entlang, bis er Arianes Schlafgemach erreichte. Die Tür stand offen. Mit einem Fußtritt warf Simon die Tür hinter sich ins Schloß, so daß der Luftzug die Kerzenflammen auflodern und flackern ließ. Das Feuer im Kohlenbecken war so tief heruntergebrannt, daß die Asche nur noch glimmte.

»Hier ist es fast so kalt wie oben auf dem Turm«, sagte Simon. »Aber das ist nicht wichtig. Das einzige Feuer, das ich brauche, wartet zwischen deinen Schenkeln. Öffne meinen Mantel, Nachtigall.«

Ariane mühte sich mit der großen silbernen Brosche ab, die Simons Mantel an der linken Schulter zusammenhielt. Während sie daran hantierte, ließ Simon seine Lippen über ihre Hände gleiten und liebkoste ihre Finger mit seiner heißen Zungenspitze.

Die sinnliche Verheißung seiner Liebkosungen beschleunigte Arianes Pulsschlag, aber noch heftiger spürte sie den verzehrenden Hunger in Simons dunklen Augen, als er sah, daß ihre Hände vor Erregung zitterten.

»Hast du Angst?« fragte er weich. Er wußte die Antwort, aber er wollte sie von Arianes Lippen trinken.

»Nein. Es ist nur ... du bringst mich völlig durcheinander.«

Bei ihrem atemlosen Geständnis verzogen sich Simons Lippen zu einem erregten Lächeln.

»Fertig«, sagte Ariane, als sie schließlich den Mantelverschluß gelöst hatte.

»Nein, mein Schatz. Wir haben gerade erst angefangen.«

Simon warf den Mantel aufs Bett. Der weiße Pelz, mit dem er gefüttert war, schimmerte wie Silber in dem matten Lampenlicht. Er legte Ariane auf das Fell und hob ihr Haar, um es wie einen schwarzen Fächer um ihren Kopf auszubreiten.

Ihre Brüste schauten aus dem geöffneten Mieder ihres Kleides heraus, ihre Röcke bauschten sich ein ganzes Stück über ihrer Taille. Von ihr war nichts mehr vor Simons Blicken verhüllt. Er betrachtete sie mit einer leidenschaftlichen Intensität, die Ariane vor Verlegenheit am ganzen Körper erröten ließ.

Und dann kümmerte sie ihre eigene Nacktheit nicht mehr, denn Simon war auf ähnliche Weise entblößt, während sein Schaft stolz und hart aus der Öffnung seiner Kniehosen hervorragte. Mit einem Lächeln, wie es schon Eva gekannt hatte, streckte Ariane eine Hand aus und zeichnete behutsam die Umrisse seines Fleisches mit den Fingerspitzen nach.

Simons Lächeln der Erwiderung war voller sinnlicher Erwartung. Ungeduldig schnallte er sein Breitschwert ab und legte es beiseite, während Arianes schlanke Finger seinen Schaft von der Spitze bis zur Wurzel und wieder zurück streichelten.

»Ihr gebt einen prachtvollen Anblick ab, Mylord«, flüsterte sie.

Flammen der Verzückung loderten bei ihren Worten in seinen Lenden auf, machten seinen Schaft noch fester, noch härter, und ließen sein Blut sichtbar unter ihren Fingerspitzen pulsieren. Simon erschauerte so heftig, als würde ein wilder Sturm durch seinen Körper toben.

»Du hast meinen Körper verhext«, sagte er mit kehliger Stimme. »Keine Frau hat mich jemals so vollkommen erregt, wie du es tust. Ich habe dich gerade erst genommen, und schon verzehre ich mich wieder so stark nach dir, daß ich dich gleich noch einmal haben muß.«

»Ich bin hier.«

Ariane beugte sich vor und berührte seine Männlichkeit mit ihrer Zungenspitze, leckte den heißen Tropfen ab, der von seinem unbändigen Verlangen zeugte.

»Du schmeckst, wie die Sonne schmecken muß«, flüsterte sie. »Brennend.«

»Ich schmecke wie du. Du bist das Feuer, das in mir brennt.«

»Du bist es, Simon.« Wieder schnellte ihre Zunge hervor, um ihn zu lecken. »Du bist meine Sonne. Vor dir habe ich nichts als Dunkelheit gekannt.«

Simon stöhnte laut auf, und es kostete ihn all seine Kraft, die wilde Begierde zu unterdrücken, die ihre süßen Klauen in seine Lenden schlugen. Als er wieder atmen konnte, beugte er sich vor und ließ eine Hand über Arianes schlanke Beine bis zu dem mitternachtsschwarzen Dreieck zwischen ihren Schenkeln hinaufgleiten.

Ihr stockte der Atem in der Kehle, als sie den begehrlichen Ausdruck in seinen schwarzen Augen sah.

»Öffne dich für mich, Nachtigall.«

Langsam spreizte Ariane die Beine, bis es kein Hindernis mehr für Simons Berührung gab. Er kniete sich zwischen ihre Schenkel. Dann teilten seine Finger behutsam ihren Schoß, bis er die weichen, empfindlichen Falten streicheln konnte. Ariane schnappte keuchend nach Luft, und gleich darauf fühlte er die flüssige Glut ihrer Verzückung an seinen Fingerspitzen.

»Du bist noch sinnlicher, als ich gehofft hatte«, flüsterte er. »Heißer als selbst in meinen Träumen.«

Zwei Finger schoben sich vor, teilten ihre Blütenblätter und glitten dann tief in Arianes Schoß, um sie vorsichtig zu dehnen. Sie stöhnte leise und fühlte brennende Lust durch ihren Körper lodern, die sich in Tränen der Leidenschaft auf Simons Finger ergoß.

»Du bist in mir«, hauchte Ariane, hin- und hergerissen zwischen Überraschung und Verlangen. *»Du berührst mich.«*

Simon holte tief Luft. Der intensive Duft ihrer Reaktion war so berauschend, daß er seine eigene Erregung noch um ein Vielfaches steigerte.

»Du hältst nichts zurück«, murmelte er kehlig. »Du verbirgst nichts, gibst alles.«

Simon fühlte, wie seine Beherrschung dahinschwand, aber es kümmerte ihn nicht länger. Ariane erschauerte am ganzen Körper, während sie sich langsam dem Gipfel der Ekstase näherte und die Muskeln in ihrem Schoß unter Simons fordernden Liebkosungen zu pulsieren begannen. Der heißblütige, fühlbare Beweis, daß nicht er allein im sinnlichen Sturm der Begierde gefangen war, machte es Simon unmöglich, sich noch länger zurückzuhalten.

»Das nächste Mal«, murmelte er, als er seine Hände unter Arianes Knie schob, »das nächste Mal werde ich dich entkleiden und wissen, daß du voll erwacht bist, so wie ich dich in meinen Träumen erlebt habe.«

Er liebkoste Arianes Schenkel, während er sie noch ein wenig mehr spreizte.

»Das nächste Mal«, flüsterte er, »werde ich dich küssen, bis du Seide und Feuer unter meinem Mund bist und ich die köstliche Gewißheit deiner Ekstase schmecken kann.«

Arianes Augen wurden riesengroß, als Simons Hände sie behutsam und doch voller Kraft hochhoben und sie ihre Beine plötzlich über seine Schultern gelegt fand, so daß ihr Schoß weit offen für ihn war.

»Aber nicht dieses Mal«, murmelte er. »Dieses Mal muß ich dich gleich haben. Jetzt sofort!«

Er drang mit einem kräftigen Stoß in sie ein und füllte sie vollkommen aus.

Ariane rang mühsam nach Luft bei der feurigen Explosion von Wollust tief in ihrem Inneren. Die vollkommene Verschmelzung ihrer beider Körper war überwältigend und köstlich zugleich. Sein Name kam in einem gebrochenen Schrei über ihre Lippen, wie ein Widerhall der Ekstase, die in ihrem Körper brannte.

»Ja, meine wilde Nachtigall. Ganz gleich, was in der Vergangenheit geschehen ist, dies ist die einzige Wahrheit, die zählt. Du brennst für mich, wie es keine Frau jemals zuvor vermocht hat.«

Simon begann, sich in ihr zu bewegen, während er ihre miteinander verschmolzenen Körper betrachtete und mit Leib und Seele nur noch ihre Vereinigung wahrnahm. Schreie kamen über Arianes Lippen, dann ein leises Wimmern, das von ungezügelter Sinnlichkeit sprach, einer strahlenden Wahrheit, die jenseits jedes Schattens von Lüge war.

»Ja«, drängte Simon rauh. »Bade mich in deinem Verlangen. Es gibt keinen Grund, von vergangener Notzucht zu sprechen. Kein geschändetes Mädchen könnte diese sinnlichen Tricks kennen, die du beherrschst.«

Ariane hörte die Worte zuerst kaum, und selbst, als sie in ihr Bewußtsein drangen, hatten sie keine Bedeutung für sie. Ein muskulöser Stoß von Simons Schaft hatte süße Blitze durch ihr Hirn zucken lassen und sie jeder Fähigkeit zu denken beraubt. Ihr ganzes Wesen, Körper und Geist, war von verzehrender Wollust erfüllt, als ihr Atem in einem zerrissenen Schrei über ihre Lippen kam.

»Ja, Nachtigall. Sing mir ein Lied von Feuer. Die Vergangenheit spielt keine Rolle mehr. Das einzige, was zählt, ist *das hier*.«

Wieder stieß Simon tief in ihren Schoß und streichelte gleichzeitig die glatte Knospe ihrer Leidenschaft, die unverhüllt vor ihm lag. Er lächelte, als er Arianes Reaktion spürte, das heftige Erschauern und die seidige, flüssige Glut. Und er schwor sich, sie wieder und wieder zu fühlen, bis er endlich die Tiefen ihrer Sinnlichkeit kannte.

Und seiner eigenen.

Ariane hatte den Versuch zu sprechen aufgegeben, denn sie kannte ihren eigenen Körper nicht mehr. Ein süßes Feuer loderte in ihrem Inneren, verwandelte sie. Sie erschauerte, als sie in abgrundtiefe Verzückung stürzte, und klammerte sich haltsuchend an den harten Krieger, der sie so vollkommen ausfüllte.

Das Lächeln, das Simon Ariane schenkte, war so hungrig wie die Liebkosung seiner Zähne an ihrem Hals, ihren Brüsten, ihren Ohrläppchen. Und mit jedem behutsamen Biß stieß er erneut in ihren Schoß, kraftvoll und hart, vergrub sich tiefer und tiefer in ihr und trank ihre Schreie, als wieder Flammen der Lust sie durchloderten.

Und immer noch drang er mit festen Stößen in sie ein, riß sie mit sich, als er selbst den Gipfel der Lust erklomm, während Schweiß auf ihren Körpern glänzte wie das Feuer, das Ariane verzehrte und fast unerträglich in ihr brannte.

Simon beugte sich herab und trank Arianes verzückte Schreie, noch während sein kräftiger, hungriger Körper ihrer Kehle neue süße Laute entlockte.

Mit einem wilden, wollüstigen Schrei bäumte sich Ariane Simon entgegen, den Kopf zurückgeworfen, ihr Haar eine ungezähmte, schwarze Mähne. Er hielt sie fest, während er reglos innehielt, angespannt und wartend und von einem sinnlichen Hunger erschauernd, der so groß war wie seine Selbstbeherrschung.

Und dann fühlte Simon, wie unaussprechliche Ekstase ihren Körper erschütterte, hörte sie in Arianes gebrochenen Seufzern. Ein letztes Mal stieß er mit aller Kraft in sie hinein und gab alle Zurückhaltung auf, und er verschmolz mit Ariane zu einem Ganzen mit jedem heftigen, ekstatischen Pulsieren seines Samens, bis es keine Vergangenheit mehr gab und keine Lügen, sondern nur noch die Wahrheit einer Verzückung, so intensiv, daß er glaubte, er würde sterben müssen.

Und dabei war es erst der Anfang.

Er war sich dessen so sicher wie seiner eigenen Kraft.

Langsam, zärtlich und unablässig begann Simon, Ariane aufs neue zu erregen.

Eine ganze Weile später, als selbst der Mond schon schlafen gegangen war, erschauerte Simon unter dem Nachhall einer Ekstase, die so wild und heftig gewesen war, daß Ariane in seinen Armen geschluchzt und mit jedem keuchenden Atemzug seinen Namen gerufen hatte. Er küßte ihre von Tränen benetzten Wimpern, zog sie fester an sich und hüllte sie beide in seinen Mantel ein.

»Was immer vor dieser Nacht geschehen ist, ist belanglos für mich«, murmelte Simon dicht an Arianes Lippen. »Aber von jetzt an wirst du deine sinnlichen Lieder nur noch für mich spielen, Nachtigall. Ausschließlich für mich.«

Der kehlige Klang seiner Stimme verbarg ebensowenig seinen eisernen Willen, wie seine überwältigende Sinnlichkeit die unbezwingbare Kraft und Disziplin seines Körpers verborgen hatte.

»Ich könnte niemals die Berührung eines anderen Mannes ertragen«, flüsterte Ariane. »Ich liebe dich, Simon. Aus Liebe zu dir habe ich meine Furcht vor der rohen Kraft eines Mannes überwunden.«

Simon schloß die Augen. »Sprich nicht mehr von der Vergangenheit. Sie kann nur Schmerz verursachen.«

»Aber –«

Er drückte einen sanften Kuß auf ihre Lippen.

»Du bist alles, was ich je in den Armen halten wollte, du bist mein sehnlichster Wunsch«, murmelte er zärtlich.

Damit drückte er Ariane an sich und gab sich dem Schlaf so vollkommen hin, wie er sich ihrer verzehrenden Leidenschaft hingegeben hatte.

Doch Ariane konnte nicht so schnell einschlafen. Sie lag noch lange Zeit wach, während sich ihr die Kehle zuschnürte und ihr das Herz schmerzte, als sie wieder und wieder daran dachte, was Simon gesagt hatte.

Und was unausgesprochen geblieben war.

Ich habe Simon nur allzu gründlich verführt, dachte sie verzweifelt. *Er wird seine unkeusche Ehefrau ohne Klagen akzeptieren, denn wir brennen zu heftig zusammen, um jemals wieder so intensive Lust bei einem anderen empfinden zu können.*

Aber er glaubt mir nicht.

Er glaubt Geoffrey.

Kein Wunder, daß Simon mich nicht so innig liebt, wie ich ihn liebe. Er vertraut mir nicht.

Benommen fragte sich Ariane, ob es ihr jemals gelingen würde, ihrem Alptraum der Vergangenheit zu entfliehen.

27. KAPITEL

»Reiter!« rief der Wachtposten.

Die eindringliche Stimme schallte bis in den Sonnenraum des Burgherrn, denn der Wachtposten befand sich direkt darüber auf der Plattform des Turms.

»Sechs Meilen entfernt, am Eingang zu dem Dickicht! Ich konnte sie nicht zählen! Sie waren zu schnell wieder verschwunden!«

Simon und Dominic tauschten über die Bücher mit Einnahmen und Ausgaben, die zwischen ihnen auf dem schweren Tisch aufgestapelt lagen, einen bestürzten Blick. Der Tisch war sowohl zum Frühstücken als auch für die Arbeit an den Haushaltsbüchern benutzt worden, weil es keinen wärmeren Raum in der Burg gab als das Sonnenzimmer.

»Das Dickicht?« murmelte Dominic. »Das ist nicht der Weg, der gemeinhin benutzt wird.«

»Aber es ist der, den man von den Turmzinnen aus am schlechtesten einsehen kann«, erklärte Simon. »Aber andererseits ist es auch der kürzeste Weg von Stone Ring Keep. Erwartest du etwa Duncan?«

»Nein, es sei denn, es wäre ein schrecklicher Notfall auf seiner Burg eingetreten. Auf den Bergen liegt Schnee, und die Pässe sind vereist. Dies ist nicht die Zeit zum Reisen.«

Dominic wandte sich an einen der drei Junker, der damit beschäftigt war, die ledernen Unterkleider zu flicken, die die Ritter unter ihren Kettenpanzern trugen.

»Bobbie, sag Sir Thomas, er soll Alarm läuten.«

»Ja, Herr!«

Der junge Mann legte seine Arbeit beiseite und stürmte aus dem Raum.

»Edward«, befahl Simon. »Begleite mich zur Waffenkammer.«

»Ja, Sir!«

»John«, sagte Dominic.

Mehr sagte er nicht. Obwohl er den Sohn von Harry dem Lahmen erst kürzlich ausgewählt hatte, kannte John seine Pflichten als Junker des Glendruid-Wolfes genau. Harry war einer der getreusten Ritter von Blackthorne Keep gewesen, bis er in einer Schlacht schwer am Bein verwundet worden war.

Simon und Dominic marschierten mit eiligen Schritten zur Waffenkammer, und ihnen folgten die beiden schlanken Jungen, die kaum alt genug waren, daß sie schwache Anzeichen von Bartwuchs zierten.

Glockengeläut schallte eindringlich über die Felder von Blackthorne und rief alle Bewohner in die Sicherheit des Burghofs. Laute Rufe hallten durch die Burg, als Ritter, Junker und Wachsoldaten zur Waffenkammer liefen.

Obwohl sich Simon und Dominic mit der Schnelligkeit von Männern ankleideten, die seit langem an die schweren, mühsam anzulegenden Rüstungen gewöhnt waren, war die Waffenkammer bereits überfüllt, bis die beiden Brüder von ihren Junkern zum Schluß ein Breitschwert entgegennahmen.

Die Bewegungen, mit denen Dominic und Simon ihre Schwerter an ihrem Gürtel befestigten, waren die gleichen – rasch, geübt und ruhig. Wie immer war Simon seinem Bruder an Schnelligkeit überlegen. Während Dominic noch damit beschäftigt war, sein Breitschwert um seine Hüften zu schnallen, hatte Simon bereits seinen schweren Wintermantel aus Edwards Hand genommen und legte ihn sich um die Schultern.

Der Anblick des weichen Pelzfutters zauberte ein leises Lächeln auf Simons Lippen. Niemals mehr würde er den seidigen Pelz betrachten, ohne in Gedanken Ariane zu sehen, wie sie zum ersten Mal nackt darauf gelegen hatte: die Haut gerötet, die amethystfarbenen Augen wild vor Leidenschaft, während sie beobachtete, wie Simons harter Schaft tief zwischen ihre Schenkel eindrang.

Ariane war in den vergangenen Nächten nicht der sinnlichen Spiele überdrüssig geworden. Jede Nacht kam sie so bereitwillig in Simons Bett, wie er zu ihr kam. Tatsächlich liebten sie sich sogar noch einmal im Morgengrauen. Und einmal hatte er sie allein im Bad überrascht. Es war für beide eine erotische Entdeckung besonderer Art gewesen. Simon hatte vor, Ariane bald wieder dort zu finden.

Und zwar sehr bald.

»Was für ein Lächeln«, meinte Dominic und warf Simon einen seltsamen Blick zu. »Bist du so erpicht auf Krieg?«

»Nein. Ich habe nur gerade an, äh, etwas anderes gedacht.«

»An die kommende Nacht?« fragte Dominic geradeheraus.

Simon bedachte seinen Bruder mit einem scharfen Blick.

Dominic grinste. »Hast du geglaubt, es wäre niemandem aufgefallen, daß ihr beiden neuerdings viel Zeit im Bett verbringt?«

»Im Bett? Nein«, erwiderte Simon ernst. »Wir tun nur das, was du und ich als Kinder getan haben – wir jagen gefiederte Aale.«

Dominic lachte so schallend, daß die anderen Ritter erstaunt zu ihm herüberschauten.

Was sie sahen, waren die narbenbedeckten Hände ihres Herrn, die die große Glendruid-Brosche an seinem schwarzen Mantel befestigten. Die kristallenen Augen des Wolfes glitzerten bedrohlich in dem flackernden Fackelschein, beobachteten alles und versprachen, grimmige Rache an jedem zu nehmen, der es wagte, die schlafende Bestie des Krieges aufzuwecken.

Einer nach dem anderen schauten die Männer wieder weg und fuhren schweigend fort, ihre Rüstungen anzulegen und sich auf einen Kampf vorzubereiten.

Simon und Dominic stiegen rasch zu den Turmzinnen hinauf, wobei ihre metallverstärkten Kniehosen bei jedem Schritt klirrten. Ihre Junker trotteten hinterher und trugen die Helme, die erst dann aufgesetzt werden würden, wenn die Schlacht unmittelbar bevorstand. Die Junker waren beide aufgeregt und ein bißchen ängstlich bei dem Gedanken, was passieren würde, wenn es tatsächlich zu einer bewaffneten Auseinandersetzung kam. Obwohl die Steinmetze unermüdlich an der Arbeit gewesen waren, klaffte in der Mauer um Blackthorne Keep immer noch eine Lücke, die nur von hölzernen Palisaden geschützt wurde.

Der Wachtposten salutierte vor Dominic, hatte aber nichts Neues zu berichten. Die Reiter würden erst wieder zu sehen sein, wenn sie die offene Landstraße erreichten, die durch die Felder führte.

Graue Wolken zogen tief am Himmel dahin, als Simon und Dominic in der Mitte der Turmplattform standen und angestrengt zum Wald hinüber spähten, während der kalte Wind an ihrem unbedeckten Haar zerrte und ihre langen Mäntel um ihre Fersen flatterten.

»Glaubst du, es ist Deguerre?« fragte Simon.

Dominic zuckte die Achseln. »Seit dieser Prahler Geoffrey vor zehn Tagen eingetroffen ist, haben mich jeden Tag Nachrichten über Deguerre erreicht. Und die Botschaft lautete jedesmal gleich.«

»Was bedeutet, daß Deguerre die letzten zehn Tage damit verbracht hat, langsam nach Norden vorzurücken und unterwegs Ritter, Wachsoldaten und Schläger zu rekrutieren.«

»Und Huren«, fügte Dominic hinzu.

»Wie ein Mann, der damit rechnet, in den Krieg zu ziehen.«

»Er behauptet, er wolle Männer für einen neuen Kreuzzug ins Heilige Land um sich versammeln.«

»Niemand glaubt ihm.«

Wieder zuckte Dominic die Achseln. »Niemand hat ihn der Lüge bezichtigt.«

»Noch nicht. Aber er wird feststellen, daß es in den Umstrittenen Gebieten keinen Grund für einen Krieg gibt«, erwiderte Simon.

Dominic sagte nichts.

»Trotz der gerissenen Manöver von Deguerres Gesandtem hat der König meine Eheschließung mit Ariane akzeptiert«, fuhr Simon fort. »Der Herzog der Normandie wird besänftigt sein, sobald die Nachricht von unserer Heirat – und von den Geschenken – eintrifft.«

»Der Herzog zieht es vor, König genannt zu werden«, warf Dominic trocken ein.

»Ob König, Herzog oder ungehobelter Flegel, er wird zufrieden sein über Arianes Eheschließung mit mir«, gab Simon zurück. »Ich selbst bin höchst zufrieden. Deshalb gibt es wirklich keinen Anlaß für Streitigkeiten mit Baron Deguerre. Er sammelt vergeblich Krieger um sich.«

»Wirklich? Oder will er lediglich den rechten Augenblick abpassen, bis er die Nachricht erhält, daß Geoffrey der Schöne von Simon dem Loyalen zum Zweikampf herausgefordert und Geoffrey wegen seines unflätigen Mundwerks getötet wurde?«

»Auf *die* Nachricht wird Deguerre warten, bis die Hölle zu Eis gefriert«, erwiderte Simon. »Ich habe wichtigere Dinge zu tun, als jede lästige Fliege totzuschlagen, die in den Ställen herumsummt.«

Dominic drehte sich zu den Junkern um und bedeutete ihnen mit einer Handbewegung, sie sollten sie allein lassen. Die Jungen zogen sich in den Schutz des Treppenaufgangs zurück.

»Simon ...« begann Dominic, dann seufzte er tief. »Bei Gott, ich hatte gehofft, daß es nicht dazu kommen müßte.«

Simon wartete angespannt. Er konnte sich denken, was seinen Bruder bekümmerte.

»Laß mich nach Lady Amber schicken«, sagte Dominic schließlich. »Sie wird die Wahrheit oder Unwahrheit von Geoffreys Beschuldigungen herausfinden. Dann werden der Ärger und diese Querelen endlich aufhören.«

»Nein.«

Simons brüske Ablehnung kam für Dominic völlig unerwartet. Er brauchte einen Moment, bis er darauf reagieren konnte. Als er es tat, war er ebenso kurz angebunden wie sein Bruder.

»Warum nicht?« verlangte er zu wissen.

»Ich möchte nicht, daß Ariane – oder Amber – die Tortur Gelehrter Wahrheitsfindung durchmachen muß.«

Es war nur die halbe Wahrheit, aber er war auch nur bereit, über dieses Argument zu diskutieren.

»Pest und Hölle«, knurrte Dominic. »Amber würde Geoffreys Lügen endlich ein Ende bereiten.«

»Welchen Lügen?« fragte Simon scharf.

Dominic konnte nicht verbergen, daß er schockiert war. »Geoffrey sagt, er sei Arianes Liebhaber!«

»Nein. Das behauptet er lediglich.«

»Aber –«

»Hast du oder sonst jemand irgend etwas bemerkt, was darauf hindeutet, daß Ariane mir keine treue Ehefrau ist?«

Dominic stieß einen wüsten Fluch aus und ließ seine Faust in dem Panzerhandschuh auf die Steinbrüstung niedersausen.

»Hast du irgendwelche Anhaltspunkte dafür, daß sie sich heimlich mit Geoffrey trifft?« fragte Simon kalt.

»Jesus und Maria«, murmelte Dominic. »Natürlich nicht! Seit

Geoffrey angekommen ist, besteht für mich keinerlei Unklarheit darüber, wo und wie dieses Schwein jeden wachen Moment verbracht hat.«

»Mit Sven als allgegenwärtigem, unsichtbarem Schatten.«

»Richtig.«

Simon zuckte die Achseln. »Dann gibt es keine Probleme.«

»Spiel mir nicht den Beschränkten vor«, erwiderte Dominic verärgert. »Ich weiß sehr wohl, daß dein Verstand noch schneller ist als deine Schwerthand.«

Simon gab keine Antwort.

»Geoffrey prahlt vor jedem, der es hören will, daß er mit Ariane gelegen hat«, sagte Dominic.

»Das hat er.«

Dominic war zu verdutzt, um zu sprechen.

»Meine Frau und ich haben einmal über die Vergangenheit gesprochen, aber nur ein einziges Mal«, erklärte Simon. »Seit jener Nacht habe ich keine weiteren Gespräche über dieses Thema mehr zugelassen.«

»Ariane hat dir erzählt, daß Geoffrey ihr Liebhaber war?«

»Sie hat mir erzählt, daß Geoffrey sie in der Normandie gezwungen hatte.«

»Gezwungen?« fragte Dominic. »Vergewaltigung?«

»Ja.«

»Und Baron Deguerre liebt Geoffrey den Schönen immer noch wie einen eigenen Sohn?« fragte Dominic ungläubig.

»Ja.«

»Weiß der Baron denn nichts von dem Vorfall?«

»Er weiß davon«, erwiderte Simon beherrscht.

»Und?«

»Es passierte in der Nacht, als Ariane erfuhr, daß Duncan von Maxwell und nicht Geoffrey der Schöne ihr Ehemann sein würde«, erklärte Simon. »Geoffrey sagt, er wäre in ihr Wohnzimmer gerufen worden, hätte einen letzten Becher Wein mit ihr getrunken und sei dann von Ariane verführt worden.«

Dominics Augen wurden schmal. »Und man hat ihm geglaubt?«

»Ja.«

»Warum?« erkundigte sich Dominic schroff.

»Arianes juwelenbesetzte Parfümflasche enthielt die Spuren eines Liebestranks. Die Flasche wurde in ihrem Bett entdeckt zusammen mit dem Blut ihrer verlorenen Jungfräulichkeit.«

»Das hat Ariane dir erzählt?«

»Sie hat mir nur erzählt, daß Geoffrey für ihre verlorene Unschuld verantwortlich sei. Die Details hat Geoffrey geliefert. Er erinnert sich an den Vorfall mit großem ... Genuß.«

Dominic fluchte unterdrückt. Er konnte sich gut vorstellen, wie Geoffrey es genoß, Simon zu verhöhnen.

»Was sagt Ariane zu diesen Beschuldigungen?«

»Wir sprechen nicht mehr über die Vergangenheit. Das Thema ist erledigt.«

»Allmächtiger«, knurrte Dominic grimmig. »Was für ein prächtiger Korb mit Aalen!«

»Ja.«

»Und was glaubst du, was zwischen Geoffrey und Ariane geschehen ist?«

Simon sagte kein Wort.

»Bei allem, was heilig ist«, murmelte Dominic gedämpft. *»Du glaubst Geoffrey!«*

Einen unbehaglichen, angespannten Moment lang blickte Dominic forschend in Simons Gesicht und musterte ihn mit glitzernden, grauen Augen, die große Ähnlichkeit mit jenen der Glendruid-Brosche hatten. Dann fluchte er wüst und wandte den Blick ab.

»Geoffrey zu töten würde nichts an der Tatsache ändern, daß ich für Ariane nicht der erste Mann war«, sagte Simon ruhig. »Ich werde außerdem die Zukunft von Blackthorne Keep nicht für eine Vergangenheit aufs Spiel setzen, an der man nichts mehr ändern kann.«

Eine Zeitlang waren nur das Rauschen des Windes und die lauten Rufe von Rittern zu hören, die überall in der Burg ihre Verteidigungspositionen einnahmen.

»Du akzeptierst die Sache?« fragte Dominic schließlich.

Simon schloß für die Länge eines Atemzugs die Augen. Als er sie wieder öffnete, waren sie so schwarz und undurchschaubar wie die Nacht.

»Ich werde keine andere Ehefrau als Ariane haben«, sagte er.

Dominic preßte die Lippen zu einer harten Linie zusammen. »Meg hat etwas in dieser Art gesagt.«

Simon schnitt eine Grimasse. »Glendruid-Augen.«

»Ja. Sie *sah* tief in deinem Inneren die Bereitschaft, Ariane zu akzeptieren, wie sie heute ist – obwohl du jedes Recht hattest, von einer Braut zu verlangen, daß sie unschuldig in die Ehe kommt. Das ist der Grund, weshalb ich bisher nicht nach Amber geschickt und dich störrischen Dickschädel gezwungen habe, ihre Wahrheit zu schlucken.«

»Danke. Ich hätte nicht zugelassen, daß Ariane vor der gesamten Burg beschämt wird.«

»Und du? Was ist mit deinem Stolz?«

»Der hat schon schlimmere Schläge versetzt bekommen.«

»Tatsächlich?«

»Ja. Als dich meine Wollust für eine verheiratete Hure beinahe das Leben gekostet hätte.«

Mit einer Grimasse blickte Dominic über die kahlen Felder und nebelverschleierten Hügel hinaus.

»Was wirst du tun, wenn Geoffrey Ariane des Ehebruchs beschuldigt?« fragte Dominic. »Und du weißt, daß er das tun wird. Er ist fest entschlossen, dich dazu zu zwingen, ihn herauszufordern.«

»Sven wird Geoffreys Lügen widerlegen.«

»Sven hat Geoffrey erst seit dem Augenblick beschattet, als er in die Burg kam. Svens Ansicht nach ist es möglich, daß sich Ariane und Geoffrey unmittelbar vor seiner Ankunft auf der Burg getroffen haben.«

»Sven sollte besser sorgfältig darauf achten, was er sagt«, erwiderte Simon mit eisiger Kälte. »Ihn kann ich töten, ohne einen Krieg heraufzubeschwören.«

»Er ist dein Freund.«

»Und Ariane ist meine *Ehefrau.*«

Dominic blickte prüfend in die Augen seines Bruders und schaute dann wieder weg.

»Wenn Blackthorne stark genug wäre, einem Krieg mit Baron Deguerre zu trotzen«, sagte er langsam, »was hättest du dann mit Geoffrey gemacht?«

»Der wäre schon seit zehn Tagen tot«, erwiderte Simon kurz und bündig.

Die Augen gegen den kalten Wind zu Schlitzen verengt und von einem Gefühl überwältigt, das ihm die Kehle zuschnürte, wartete Dominic, bis er wieder sprechen konnte.

»Du machst keinen Gebrauch von deinem Schwert und demütigst deinen Stolz ... aus Treue zu mir«, sagte er leise.

»Und Meg zuliebe. Für euer ungeborenes Kind. Und für die Kinder, von denen ich jetzt hoffen kann, daß ich sie eines Tages haben werde.«

»Im Heiligen Land hättest du dich anders verhalten.«

»Im Heiligen Land war ich ein Narr, der von Leidenschaft beherrscht wurde. Inzwischen beherrscht mich die Leidenschaft nicht länger. Jetzt beherrsche ich sie.«

Dominics Hand ballte sich zu einer Faust auf der Turmbrüstung, während er gegen die Einsicht ankämpfte, daß Simons Opfer notwendig war. Simon schätzte Blackthorne Keeps Verwundbarkeit ganz richtig ein. Eine bewaffnete Auseinandersetzung würde verheerende Folgen haben. Sie konnten einem massiven Angriff von Streitkräften, wie Deguerre sie im Moment um sich versammelte, auf keinen Fall standhalten.

Eine Weile schloß Dominic die Augen und beugte den Kopf wie zum Gebet. Schließlich blickte er zu dem Bruder auf, den er so liebte, wie er außer seiner Ehefrau niemanden liebte.

»Ich stehe in deiner Schuld«, sagte er mit Tränen in den Augen. »Und ich weiß nicht, wie ich eine solche Schuld jemals zurückzahlen soll.«

»Nein«, erwiderte Simon. »Ich bin es, der in deiner Schuld steht.«

Aber Dominic hatte sich bereits abgewandt und strebte mit großen Schritten auf den Wachtposten zu.

»Ich kann sie sehen, Herr!« rief der Wachtposten. »Sie kommen wie ein Sturm angebraust!«

Dominic beugte sich über die Brüstung, als Simon herbeieilte, um sich erneut neben seinen Bruder zu stellen.

Der Wachtposten hatte recht. Die Reiter näherten sich in gestrecktem Galopp.

»Schlachtrösser«, stellte Simon fest.

»Ja.«

»Schau, dort!« rief Simon. »Da ist Lady Amber!«

»Bist du sicher?«

»Ja. Als ich sie das erste Mal sah, war ihr Anblick genau der gleiche; ihr Haar wirbelte wie ein goldenes Feuer um sie herum. Bei allen Heiligen, Erik ist bei ihr! Siehst du Stagkiller neben seinem Pferd herlaufen?«

»Simon hat recht«, sagte Sven plötzlich hinter ihnen. »Und der braune Hengst dort gehört Duncan. Ich weiß es genau, weil ich ihn diesen Sommer geritten habe.«

»Gott sei Dank«, seufzte Dominic.

Er drehte sich um und gab John ein Zeichen, der sofort angelaufen kam.

»Sag allen Burgbewohnern, daß die Gefahr vorüber ist. Sie sollen wieder an ihre Arbeit zurückkehren«, wies Dominic ihn an. »Und sorg dafür, daß Lady Margaret über die genaue Anzahl der Gäste informiert wird.«

»Ja, Herr«, antwortete John. Er wandte sich ab und rannte zum Treppenaufgang.

»Wir werden sie am Tor begrüßen«, sagte Dominic. Dann wandte er sich an Sven: »Wo ist Deguerres geliebter Ritter?«

»Ich habe die Überwachung abgebrochen, als mich die Alarmglocken in die Waffenkammer riefen.«

»War er im Bett?«

»Nein.«

Dominic knurrte. »Hat sich Geoffrey wieder erholt?«

»Ja, leider.«

»Erholt? Wovon?« wollte Simon wissen.

Dominic und Sven warfen ihm beide einen seltsamen Blick zu.

»Geoffrey wurde gestern morgen im Schweinekoben entdeckt«, sagte Dominic mit neutraler Stimme.

»Was?« fragte Simon verdutzt.

Wieder tauschten Dominic und Sven einen Blick aus.

»Jemand hatte Geoffrey nackt ausgezogen und ihn mit dem Gesicht nach unten im Schweinemist liegen lassen«, erklärte Sven.

Simon blickte die beiden Männer an, die ihn ihrerseits erwartungsvoll beobachteten.

»Wie jammerschade, daß ich nicht derjenige war, der das getan hat«, sagte Simon trocken. »Wer hatte denn die Idee, dem feinen Ritter eine Quittung zu verpassen?«

Schweigend wandte Dominic sich ab und begann, die Stufen der Wendeltreppe hinunterzusteigen. Jeder seiner Schritte zeugte von der perfekten Körperbeherrschung eines gut trainierten Ritters. Simon und Sven folgten ihm.

»Wenn ich raten sollte, wer Geoffrey nackt durch Schweinescheiße hat kriechen lassen«, sagte Sven, als sie das Vorgebäude betraten, »dann würde ich auf Marie tippen.«

»Warst du nicht da?« wollte Simon wissen.

»Nein. Ich habe es satt, zuzuschauen, wie er nachts schnaufend und schwitzend auf ihr liegt und sie auf ihm. Wenn sie bei ihm ist, warte ich solange im Burghof, bis ich sie wieder weggehen sehe.«

»Aber warum sollte Marie ihn nackt in Schweinedung liegen lassen?« fragte Simon und lächelte bei der Vorstellung. »Sie klebt doch in letzter Zeit wie ein Blutsauger an ihm.«

Sven zuckte die Achseln. »Marie ist eine Frau. Wer weiß schon, was in ihrem Kopf vorgeht?«

»Du hast zuviel Zeit in Eriks Gesellschaft verbracht«, meinte Simon trocken. »Du klingst schon fast wie er.«

»Ein selten kluger und gelehrter Mann«, stimmte Sven grinsend zu.

»Ich glaube, Sven hat recht mit Marie«, sagte Dominic. »Als ich in den Stall gegangen bin, um selbst einen Blick auf Geoffrey zu werfen, habe ich einige der Spuren auf seinem Körper entdeckt, die ich noch von meinem Aufenthalt im Gefängnis jenes verfluchten Sultans her kannte.«

»Du meinst, Geoffrey wurde gefoltert?« fragte Simon überrascht.

Dominic lächelte wölfisch. »So könnte man es ausdrücken. Oder man könnte sagen, daß er sehr gründlich von seinem grausamen Haremsmädchen bearbeitet wurde.«

»Marie«, sagte Simon versonnen. »Bei uns dreien hat sie diese Tricks nie benutzt, aber der Rest der Ritter hat durch ihre Hände erfahren, wie nahe Lust und Schmerz beieinanderliegen können.«

»Richtig«, sagte Dominic.

»Aber warum Geoffrey?« fragte Simon, als sie die Vorburg durchquerten. »Was hat er getan, daß er Maries Rachegelüste geweckt hat?«

»Frag deine Frau«, warf Sven ein.

Simons Augen wurden groß. »Was hat Ariane mit Marie zu tun?«

»Das weiß ich nicht. Ich weiß aber, daß dein Junker sie vor zehn Nächten ziemlich spät am Abend in Maries Zimmer hineingehen sah.«

»Vor zehn Nächten ...?«

Ein heftiger Fluch kam über Simons Lippen, und er blieb abrupt in der Mitte des Vorgebäudes stehen.

»Ja«, warf Dominic ein. »Der Junker hatte gehört, was in der Waffenkammer vorgefallen war, daß Ariane ihren Dolch gezogen hat.«

»Ich werde Thomas den Starken lehren, den Mund zu halten!«

»Es ist ja vielleicht auch Marie gewesen.«

»Marie wird sich hüten herumzutratschen.«

Dominic lächelte fast grimmig. »Richtig. Dein Edward befürchtete, Marie würde Ariane etwas Unbesonnenes antun.«

»Oder umgekehrt«, murmelte Sven.

»Als Edward dich nicht finden konnte, ist er zu Sven gegangen«, fuhr Dominic fort.

»Ich bin gerade noch rechtzeitig gekommen, um zu sehen, wie Ariane die Wendeltreppe zu den Turmzinnen hinauflief, als ständen ihre Röcke in Flammen«, erklärte Sven, wobei er sorgsam Simons Blick auswich.

Eine Röte, die wenig mit der belebenden Temperatur der Vorburg zu tun hatte, kroch in Simons Wangen.

Sven lachte schallend, als er die Verlegenheit seines Freundes sah, versetzte ihm einen kräftigen Schlag auf die Schulter und sagte nichts mehr über die Dinge, die zwischen Ariane und Simon auf den Turmzinnen passiert waren.

»Nachdem ich wußte, daß Ariane in Sicherheit war, habe ich mich wieder meiner Aufgabe gewidmet, Geoffreys Schatten zu sein«, fuhr Sven fort. »Plötzlich tauchte Marie in dem Stall auf, wo er schläft. Sie hat seine Hosen aufgemacht, bevor er überhaupt begriff, was geschah. Und danach spielte sich jede Nacht das gleiche ab.«

»Kein Wunder, daß du so übermüdet ausgesehen hast«, erwiderte Simon spöttisch.

»Marie hat einige interessante Techniken. Und Geräte. Aber am Ende«, meinte Sven achselzuckend, »kommt alles so ziemlich auf dasselbe heraus.«

Simon wartete, doch Sven sagte nichts weiter.

»Und wie kam es dann, daß Geoffrey im Schweinemist landete?« wollte Simon wissen.

»Das weiß ich nicht. In den letzten drei Nächten, als Marie zu Geoffrey kam, bin ich ins Torhaus gegangen und habe gedöst, weil ich wußte, daß Geoffrey mindestens bis zum Morgengrauen beschäftigt sein würde und nicht in Schwierigkeiten geraten konnte.«

Simon schüttelte den Kopf in schweigendem Mitgefühl für Svens lange, kalte Nachtwachen.

»Gestern fand der Schweinehirte Geoffrey dann«, schloß Sven. »Kurz vor Tagesanbruch entdeckte er ihn im Mist. Er sagte es Harry dem Lahmen, der daraufhin zu mir kam. Und ich habe Dominic Bescheid gesagt.«

»Was hast du getan?« fragte Simon seinen Bruder.

»Geoffrey schien sich in der Scheiße ausgesprochen wohl zu fühlen«, erklärte Dominic mit einem schmalen Lächeln. »Ich habe ihn dort gelassen.«

Simon lachte laut heraus. Gleich darauf kam ihm ein Gedanke, bei dem ihm das Lachen schnell wieder verging.

»Was ist mit Deguerre?« fragte er. »Nach allem, was Ariane erzählt hat, ist Geoffrey wie ein Sohn für ihn.«

»Und du *bist* ein Bruder für mich. Wenn Deguerre Einwände gegen Geoffreys Quartier erhebt, soll er Geoffrey erst einmal beibringen, sich nicht wie ein Schwein aufzuführen.«

Simon zog eine Grimasse. »Nein. Es ist nicht deine Schuld. Du solltest nicht unter Deguerres Zorn leiden müssen.«

»Dann erlaube Amber, ihre besondere Gabe zu benutzen. Es kann ganz unter uns geschehen.«

Simon schloß die Augen. Der leidenschaftliche Teil seines Ichs, der Teil, der sich niemals freiwillig der Logik gebeugt hatte, wollte so gerne glauben, daß Ariane ihre Unschuld durch Vergewaltigung statt durch Verführung verloren hatte.

Und dennoch ...

Einen Moment lang stand Simon in Gedanken wieder auf den Turmzinnen, wie er es vor zehn Nächten getan hatte, und erlebte, wie ihn der eisige Wind umheult und Arianes Mund wie ein sanftes Feuer zwischen seinen Schenkeln gebrannt hatte.

Sie kann keine geschändete Jungfrau gewesen sein. Sonst hätte sie nichts von diesen raffinierten Liebkosungen gewußt.

Trotzdem, es kümmert mich nicht. Es genügt, daß sie mich begehrt, wie mich noch keine Frau zuvor begehrt hat.

Und daran gibt es keinen Zweifel. Ich habe mehr als einmal die flüssige Glut ihrer Leidenschaft gekostet.

Ein Schauer unbezähmbaren Hungers durchlief Simons Körper, als er an Arianes hingebungsvolle Reaktion auf seine Liebkosungen dachte. Er würde sein Leben lang von ihrem Feuer niemals genug bekommen können.

Gott sei Dank, daß sie nicht wie Marie ist, die nur dann Vergnügen empfindet, wenn sie einen Mann beherrschen kann.

Ich bin es, der Arianes Sinnlichkeit kontrolliert, nicht umgekehrt.

»Simon?« drängte Dominic.

»Laß es bleiben«, erwiderte Simon brüsk. »Ich finde an meiner Frau nichts auszusetzen, so wie sie ist. Nichts von dem, was Amber über die Vergangenheit zu sagen hat, ist von Interesse für mich.«

Eine schwarze Augenbraue hob sich, und silbergraue Augen verengten sich flüchtig.

Simon erwiderte den Blick seines Bruders mit ebensolcher Direktheit und Schärfe.

»Was ist mit der Gegenwart?« wollte Dominic wissen.

»Du bist doch ein Meister der Taktik«, gab Simon zurück. »Sag mir, Glendruid-Wolf, womit ist Blackthorne besser gedient – damit, daß ich meine Braut akzeptiere, deren Sinnlichkeit und Unschuld sie ein einziges Mal vom rechten Weg abgebracht haben, oder indem ich eine Jungfrau räche, die von einem unehrenhaften Ritter geschändet wurde?«

Obwohl weder Simon noch Dominic es laut aussprachen, erinnerten sich beide daran, was Amber einmal über Arianes verborgene Emotionen gesagt hatte: Da gibt es einen inneren Aufschrei, der niemals über ihre Lippen gekommen ist. Eine Enttäuschung, so tief, daß sie beinahe ihre Seele getötet hätte.

Und dies ist es, was jetzt nicht gerächt werden darf.

Falls Ariane vergewaltigt worden war.

Besser, noch weitaus besser für Blackthorne war es, wenn Arianes Enttäuschung von der gewöhnlicheren Sorte gewesen war – ein unschuldiges Mädchen, das von einem wankelmütigen Ritter verführt und dann im Stich gelassen worden ist.

Dafür war keine Rache erforderlich. Lediglich Verständnis.

Und Simon brachte für Ariane Verständnis auf. Er akzeptierte sie.

Dominic stieß einen Seufzer aus, der zugleich ein Fluch war.

»Ich sehe, du fängst langsam an zu verstehen«, sagte Simon kühl. »Es gibt einige Wahrheiten, die man besser nicht weiß.«

Wüste Sarazenerworte kamen über Dominics Lippen, als er die Falle verfluchte, aus der selbst seine taktische Brillanz keinen Ausweg finden konnte.

»Ja«, stimmte Simon verbittert zu. »Ja, ja und nochmals ja! Hör auf mich, Glendruid-Wolf. Sei klug und akzeptiere, was geschehen ist. *Laß es bleiben.*«

Mit grimmiger Miene wirbelte Dominic herum und marschierte in Richtung Tor. Simon und Sven folgten ihm dicht auf den Fersen.

Das Kopfsteinpflaster war mit spiegelglattem Eis überzogen, wo es im Schatten lag, und glänzte vor Feuchtigkeit im schwachen Licht des Tages. Windböen brausten durch den Hof und brachten den Geruch nach Schnee mit sich. Das Trappeln von Pferdehufen auf der hölzernen Zugbrücke und in dem kopfsteingepflasterten Hof hallte überall in der Burg wider.

Erik war der erste, der sich aus dem Sattel schwang. Er blickte von Dominic zu Simon, dann schaute er sich im Burghof um.

»Alles scheint normal«, sagte er.

»Das war es, bis der Wachtposten euren Trupp aus dem Wald herauskommen sah«, erklärte Dominic trocken.

Erik zog sich den Helm und die Kapuze aus Kettengliedern vom

Kopf und enthüllte sonnengebleichtes Haar und die goldenen Augen eines Wolfes. Dann legte er den Kopf zurück und stieß einen Pfiff aus. Der Klang war hoch, fast unheimlich, wie eine Flöte, die von einem Gott gespielt wird. Er wurde wenige Sekunden später vom nicht minder unheimlichen Pfiff eines Gelehrten Wanderfalken beantwortet.

Gleich darauf schoß Winter pfeilschnell aus den tiefhängenden Wolken herab und landete auf dem lederumhüllten Unterarm ihres Herrn.

»Gott sei Dank, daß alles ruhig ist«, sagte Erik. »Es ist zu stürmisch für Winter. Bei einem solchen Wetter ist sie als Kundschafterin von keinem großen Nutzen.«

»Es ist zu stürmisch, um überhaupt zu reisen«, erwiderte Sven. »Ihr hättet warten sollen, bis sich der Sturm gelegt hat.«

»Cassandra befürchtete, daß nicht mehr genug Zeit bleiben würde«, warf Duncan ein, als er aus dem Sattel stieg.

»Zeit? Wofür?« fragten Dominic und Simon wie aus einem Munde.

Erik und Duncan blickten Amber an.

»Um die Wahrheit herauszufinden, bevor es zu spät ist«, sagte sie.

»Welche Wahrheit?« fragte Simon herausfordernd.

Der unverhüllte Ärger in seiner Stimme erschreckte Amber und erinnerte sie wieder daran, daß Simon sie einmal eine Höllenhexe genannt hatte. Sie holte tief Luft und stellte sich mutig dem Mann entgegen, der sie aus schwarzen Augen beobachtete.

»Cassandra sagte, du würdest schon wissen, welche Wahrheit wir suchen.«

28. Kapitel

Erik und Duncan waren kaum angekommen, da begannen eisige Schneeschauer gegen die Steinmauern von Blackthorne Keep zu prasseln und türmten sich in den Ecken des Burghofs. Eriks und Duncans Männer wurden überall dort untergebracht, wo sie vor Sturm und Eis geschützt waren. Desgleichen ihre Pferde.

Gegen Abend war die Burg völlig überfüllt von Menschen und Tieren. Ritter aus drei Burgen saßen Ellenbogen an Ellenbogen an einfachen Tischen, die zu einem riesigen U in der großen Halle zusammengeschoben waren, und wischten die letzten Tropfen Bratensaft mit großen Stücken frischen Brotes von ihren Tellern auf.

Nur Geoffrey saß allein. Er hockte am entgegengesetzten Ende eines der Tische, so weit wie möglich vom Tisch des Burgherrn entfernt. Keiner der Junker bediente ihn, und es hatte sich auch kein Ritter aus irgendeiner der Burgen dazu bereit gefunden, neben ihm zu sitzen. Der Abstand zu den anderen war so groß, daß Geoffrey aufstehen und sich selbst darum kümmern mußte, daß er etwas zu essen bekam, denn niemand reichte ihm über die Lücke hinweg die Schüsseln mit Essen. Selbst Sven nicht, der nur knapp außerhalb seiner Reichweite saß.

Es war die unverhüllte Feindseligkeit der Ritter aus den Umstrittenen Gebieten gegenüber Geoffrey, die den Glendruid-Wolf zu der Anordnung veranlaßt hatte, daß in der großen Halle keine Schwerter getragen werden durften. Dominic hatte daran gedacht, auch das Tragen von Dolchen zu verbieten, hatte sich jedoch dagegen entschieden. Die Junker mußten während der Mahlzeiten schon genug hin- und herlaufen, da konnten sie den Rittern nicht auch noch das Fleisch schneiden, als wären sie gezierte Damen von hoher Geburt.

Erik saß am erhöht stehenden Tisch des Burgherrn im vorderen Teil der Halle und beobachtete Geoffrey mit Augen von der Farbe von Feuer. Sein silberner Dolch schimmerte im Kerzenlicht, als er die Klinge mit langsamen, fast trägen Bewegungen wieder und wieder in seinen Händen drehte. Das Wanderfalkenweibchen auf der Sitzstange hinter Eriks Stuhl war in heller Aufregung; ihre Federn waren zerzaust und ihre Füße so ruhelos, daß die goldenen und silbernen Glöckchen an den Fußriemen unaufhörlich klingelten.

Die durchdringenden goldenen Augen des Falken ruhten drohend auf Geoffrey. Auch Stagkiller ließ den Ritter keine Sekunde aus den Augen. Der Fackelschein glänzte auf seinen gewaltigen Fangzähnen, als der Wolfshund seine Lefzen leckte und durchdringend winselte, um jagen zu dürfen.

»Erik«, sagte Amber mit gedämpfter Stimme zu ihrem Bruder. »Beruhige deine Tiere. Du wirst Geoffrey nervös machen.«

»Eine Kreatur, die im Schweinemist schläft, hat keine Nerven, die unserer Sorge würdig wären.«

Gelächter stieg von den Rittern auf, die nahe genug saßen, um die Bemerkung zu hören. Die Geschichte, wie der allseits Unbeliebte nackt im Schweinekoben gefunden worden war, hatte sich wie ein Lauffeuer unter den Bewohnern und Gästen der Burg verbreitet.

Amber wandte sich hilfesuchend an Dominic, weil sie ihn bitten wollte, ihren Bruder zu zügeln, und stellte fest, daß er Erik ebenso aufmerksam – wenn auch wesentlich wohlwollender – beobachtete, wie Erik Geoffrey anstarrte.

»Ich hatte Cassandra gesagt, sie sollte mit uns kommen«, murmelte Amber. »Erik denkt daran, Geoffrey die Zunge herauszuschneiden.«

Dominic gab ein zustimmendes Murmeln von sich.

»Ihr seid keine große Hilfe«, sagte Amber unglücklich. »Wo ist Meg? Wir könnten einen ihrer beruhigenden Tees gebrauchen.«

»Sie ist mit Ariane im Sonnenzimmer«, erklärte Dominic. »Meg möchte nicht hier in der lauten Halle zu Abend essen. Dazu fühlt sie sich nicht wohl genug.«

Irgend etwas in Dominics Stimme veranlaßte Erik, Simon und Duncan, sich zu dem Glendruid-Wolf umzudrehen.

»Ist Meggies Zeit gekommen?« erkundigte sich Duncan mit der Vertrautheit eines alten Freundes.

»Nein, es dauert noch einige Wochen bis zur Niederkunft, obwohl wir beide ungeduldig darauf warten, daß unser Kind zur Welt kommt.«

Wie als Antwort auf Dominics Besorgnis erschienen Meg und Ariane in diesem Moment im Eingang zur großen Halle. Ariane kam zum Tisch des Burgherrn und stellte sich neben Simons Platz. Sie übersah die anderen Leute in der Halle und legte ihre Hand auf Simons Schulter in einer stummen Bitte um seine Aufmerksamkeit. Wenige Schritte von ihr entfernt beugte sich Meg zu Dominic hinunter und flüsterte etwas in sein Ohr.

Simon entging die alarmierte Wachsamkeit, die Dominic augenblicklich überkam, denn Ariane hatte seine Schwerthand ergriffen und drückte seine Handfläche gegen ihre Wange.

»Was hast du, Nachtigall?« fragte Simon.

»Nichts. Ich wollte dich nur berühren. Wenn uns nicht die ganze Burg sehen könnte, würde ich dich jetzt gründlich küssen.«

»Vergiß die Burg. Küß mich.«

Simon ließ seine Hand unter Arianes Kopftuch und um ihren Nacken gleiten. Die köstliche Zartheit ihrer Haut verlockte ihn. Sanft zog er Arianes Kopf zu sich herunter und preßte seine Lippen auf ihren Mund, während er die Liebkosung hinter der amethystfarbenen Seide ihres Kopftuchs verbarg.

Meg ging weiter zu Duncans Platz, sprach leise mit ihm, so daß niemand mithören konnte, und trat dann zu Amber. Während Meg sich mit Amber und Erik flüsternd unterhielt, erhob sich Duncan unauffällig und stellte sich hinter Simons Stuhl. Simon bemerkte nichts davon, denn Arianes Kleid war über seine Beine geglitten und liebkoste seine Schenkel unter dem Tisch. Ihre Lippen öffneten sich, und ihre Zungenspitze zeichnete zärtlich die Umrisse seines Mundes nach.

Gleich darauf sprang Erik mit einer geschmeidigen Bewegung von seinem Platz auf und schritt neben Amber durch die gesamte Länge der Halle. Gemeinsam blieben sie neben Geoffreys Tisch stehen.

Nach einem Blick in Eriks Augen legte Sven schweigend sein Stück Brot beiseite und verließ den Tisch. Sekunden später hatte er sich unter die Menge der Ritter gemischt und hielt sich dicht an Dominics Seite, um auf neue Befehle von seinem Herrn zu warten.

»Alles ist bereit«, sagte Meg laut und deutlich.

»Ich liebe dich, Simon«, hauchte Ariane dicht an seinem Mund. »Bald wirst du mir genug glauben und vertrauen können und meine Liebe erwidern.«

Ihre Worte beunruhigten Simon. Seit jener ersten wilden Nacht, als sie endlich ihre Ehe vollzogen hatten, hatte Ariane nicht mehr von Liebe gesprochen. Er war sich bis zu diesem Moment gar nicht bewußt gewesen, wie sehr es ihn danach verlangt hatte, die Worte noch einmal zu hören.

Freude und Schmerz durchzuckten ihn gleichzeitig, denn er

wußte, Ariane sehnte sich danach, von ihm wiedergeliebt zu werden.

Und er wußte auch, daß er es nicht konnte. Niemals mehr würde er einer Frau erlauben, soviel Macht über ihn zu gewinnen. Selbst Ariane nicht.

»Nachtigall«, flüsterte er.

Ariane wich so rasch zurück, daß sie verschwunden war, bevor Simon nach ihr greifen konnte. Sie machte auf dem Absatz kehrt und strebte mit schnellen Schritten zu dem Tisch im unteren Teil der Halle zu, wo die Ritter ihre Mahlzeit unterbrochen hatten, um auf Amber zu starren, die gerade ihr Kopftuch abnahm und ihr langes, bernsteingelbes Haar ausschüttelte.

Plötzlich fiel Simon wieder ein, daß es bei Gelehrten Frauen Brauch war, daß sie ihr Haar offen herabwallen ließen, wenn sie nach Wahrheit strebten – oder nach Rache.

»Ariane!« schrie Simon.

Sie drehte sich zu ihm um und warf ihm einen Blick zu, der sanft und grimmig zugleich war.

»Es ist zu spät, Simon«, sagte sie ruhig.

»Nein!«

Simon wollte von seinem Stuhl aufspringen, aber Duncan hielt ihn mit einer kräftigen Hand auf jeder Schulter fest und zwang Simon, sitzenzubleiben.

»Großer Gott!« knurrte Simon und wehrte sich heftig gegen Duncans Griff. »Laß mich los! Ich muß sie aufhalten!«

Duncan grunzte nur und legte sein ganzes Gewicht auf seine Hände, während er Simon auf dem Stuhl festnagelte.

»Hör auf damit!« murmelte Duncan zwischen zusammengebissenen Zähnen. »Sonst halte ich dich mit einer Messerklinge zwischen deinen Schenkeln zurück, so wie du es einmal mit mir gemacht hast!«

»Sei still«, befahl Dominic seinem Bruder. »Ariane hat das Recht darauf. Es ist höchste Zeit für die Wahrheit.«

»Begreifst du denn nicht?« zischte Simon, während er sich abrupt hin- und herwand, um Duncans Griff abzuschütteln. »Wenn dieser verfluchte Sohn einer Hure und eines Schweinehirten Ariane tatsächlich vergewaltigt hat, *dann muß ich ihn töten, und zur Hölle mit dem Frieden von Blackthorne Keep!«*

»Ich weiß«, erwiderte Dominic mit grimmiger Miene. »Und ich wünschte bei Gott, ich könnte dir erlauben, Geoffrey in Scheiben zu zerhacken, so dünn wie Wintersonnenschein. Aber ich kann es nicht.«

Duncans mächtige Pranken gruben sich schmerzhaft in Simons Schultern und verhinderten, daß er sich befreien konnte. Simon versuchte, sich vom Stuhl hochzustemmen, einmal, zweimal ... und blieb dann ganz ruhig sitzen, um seine Kräfte für einen Augenblick aufzusparen, wo sein Gegenspieler vielleicht weniger aufmerksam war.

»Tut mir leid, Bruder«, sagte Dominic und berührte Simons Unterarm mit erstaunlicher Sanftheit.

Dann war keine Zeit mehr für Entschuldigungen oder Bedauern, denn Meg sprach mit der klaren, wohlartikulierten Stimme einer Glendruid-Hexe. In der Halle wurde es so still, daß man das leise Klingeln ihrer goldenen Glöckchenketten bis in den hintersten Winkel hören konnte.

»Sir Geoffrey hat Lady Arianes Ehre beleidigt. Die Lady hat höchst nachdrücklich darauf bestanden, daß die Angelegenheit nicht mit Waffengewalt geklärt wird, denn das würde nur den Frieden gefährden, den zu erhalten sich der Glendruid-Wolf so aufopferungsvoll bemüht hat.«

Ein Murmeln erhob sich unter den versammelten Rittern, denn jeder wußte, was auf dem Spiel stand. Und jeder hatte sich im stillen gefragt, warum Simon Geoffrey vor zehn Tagen nicht zum Kampf herausgefordert hatte und auch an keinem anderen Tag danach.

Jetzt kannten sie den Grund.

»Statt dessen«, fuhr Meg fort, »hat Ariane darum gebeten, daß Sir Geoffrey einer Befragung nach Art der Gelehrten unterzogen wird. Lady Amber hat sich dazu bereit erklärt.«

»Was ist das für ein Unsinn?« fragte Geoffrey barsch und knallte seinen leeren Alehumpen auf den Tisch. »Alle Welt weiß die Wahrheit. Lady Ariane ist meine –«

Geoffreys Worte wurden von der Klinge eines Dolches abgeschnitten, die sich gegen seinen Mund preßte. Dünne Fäden von Blut erschienen in seinen Mundwinkeln.

»Lord Dominic will Euch in lebendigem Zustand erhalten«, sagte Erik ruhig, »aber ich habe kein solches Bedürfnis, und Dominic ist nicht mein Herr.«

Geoffrey versuchte zurückzuweichen, doch Eriks Dolchklinge folgte ihm und ließ mehr Blut von seinen Mundwinkeln herabsickern.

»Ihr werdet Euch hübsch manierlich aufführen«, fügte Erik mit sanfter Stimme hinzu, »sonst schneide ich Euch die Zunge heraus. Verstehen wir uns?«

»Ja«, krächzte Geoffrey heiser.

Aber seine Augen sagten, daß er Erik bei der ersten sich bietenden Gelegenheit töten würde. Erik erwiderte seinen haßerfüllten Blick mit funkelnden Augen, während sein Falke schrille Schreie ausstieß und in höchster Aufregung an seinen Fußketten zerrte.

»Lord Erik«, sagte Dominic laut. »Ich hätte Euch lieber an meiner Seite.«

Langsam und widerstrebend senkte Erik sein Messer und bewegte sich rasch wieder zurück zu seinem Platz am Tisch des Burgherrn. Er tat es nicht nur, weil er Dominics Gast war; sondern auch deswegen, weil bei dem Gelehrten Test auch keine Gewaltanwendung erlaubt war, es sei denn, der Befragte versuchte dagegen anzukämpfen. Und Geoffrey leistete keinen weiteren Widerstand.

»Fangt an, wenn Ihr bereit seid«, sagte Dominic zu Amber.

Meg warf Amber einen mitfühlenden Blick zu, weil sie sehr wohl wußte, was das Mädchen dabei durchmachen mußte. Amber bemerkte ihren Blick jedoch nicht. Sie hatte nur Augen für Ariane.

»Seid Ihr bereit, Lady?« fragte Amber.

»Ja«, erwiderte Ariane. »Aber seid Ihr sicher, daß Ihr nicht lieber mich befragen solltet?«

»Ganz sicher. Es ist wichtig, daß wir jede einzelne von Geoffreys Wahrheiten erfahren.«

»Dann sind wir verloren«, sagte Ariane brüsk. »Geoffrey hat keinerlei Wahrheit in sich.«

Geoffrey wollte etwas sagen, überlegte es sich jedoch anders, als Erik rasch vortrat.

»Ihr werdet später Gelegenheit haben, Ariane zu befragen«, erklärte Meg vernehmlich, »wenn Ihr eine solche Befragung wünscht.«

Amber holte tief Luft und ließ ihren Atem langsam entweichen, um sich zu sammeln. Dann legte sie eine Fingerspitze an Geoffreys Wange, knapp oberhalb der Stelle, wo Eriks Messer seine Haut geritzt hatte.

Kaum hatte Amber Geoffrey berührt, da wurde ihr Gesicht kreidebleich, und Schweißperlen überzogen ihre Stirn. Ihre Pupillen wurden so groß, daß ihre Augen fast schwarz wirkten. Sie mußte die Zähne zusammenbeißen, um nicht laut aufzuschreien.

Was immer auch Amber in Geoffrey fühlte, als sie ihn berührte, es war auf jeden Fall äußerst schmerzhaft für sie. Und dennoch war es ihr ausschließlich durch Berührung möglich, herauszufinden, ob Geoffrey die Wahrheit sagte.

Oder ob er log.

Ein sichtbarer Schauder durchlief Ambers Körper, als sie sich auf ihre Gelehrte Schulung besann, um ihre Reaktion auf die Berührung mit Geoffrey dem Schönen zu kontrollieren.

Am Tisch des Burgherrn fühlte Simon, wie sich Duncans Finger in schweigendem Protest gegen die Qual, die seine Frau ertragen mußte, noch fester in seine Schultern gruben.

»Ich habe nicht darum gebeten, daß Amber oder auch Ariane das hier durchmachen müssen«, stieß Simon zwischen zusammengebissenen Zähnen hervor.

»Ich weiß«, erwiderte Duncan, und er lockerte seinen Griff ein wenig. »Amber hat Gott auch nicht darum gebeten, ihr die Fähigkeit zu geben, die Wahrheit zu sehen. Sie hat diese Gabe nun einmal, und sie muß ertragen werden.«

Simon wandte sich an Dominic. »Warum hast du die Befragung zugelassen?« fragte er scharf.

»Ariane hat ein Recht darauf.«

»Vor der gesamten Burg gedemütigt zu werden?« fragte Simon heftig. »Allmächtiger, das hat sie nicht verdient!«

»Und dennoch hat sie die Befragung verlangt«, erwiderte Dominic leise. »Ich fürchte, ihr wurde ein Unrecht angetan, Simon.«

»Das ist Vergangenheit!« fauchte Simon. »Vergewaltigt oder verführt, für mich spielt es keine Rolle!«

»Aber für Ariane.«

Ich liebe dich, Simon. Bald wirst du mir genug glauben und vertrauen können und meine Liebe erwidern.

Reglosigkeit überkam Simon, als ihn ein heftiger Schmerz durchzuckte. Zu spät erkannte er, was Ariane hatte sagen wollen. Sie glaubte aufrichtig, er würde sie lieben, wenn sich herausstellte, daß man ihr Unrecht angetan hatte, daß sie nicht schamlos gewesen war.

»Fangt an«, sage Amber tonlos zu Ariane.

Ariane drehte sich zu Geoffrey um und blickte ihm zum ersten Mal in die Augen, seit sie in die Halle gekommen war.

»An dem Morgen, als mein Vater mir sagte, ich wäre mit einem anderen verlobt«, sagte sie klar und deutlich, »bist du da in mein Zimmer gekommen und hast mich angefleht, mit dir durchzubrennen?«

»Nein, du warst es, die –«

»Lüge«, sagte Amber.

Ihre Stimme war wie ihr Gesicht: völlig ausdruckslos.

»Wie könnt Ihr es wagen, mich einen Lügner zu nennen!« fauchte Geoffrey.

»Ruhe!«

Obwohl Megs Stimme ruhig klang, war sie schrecklich anzuhören. Das gleiche galt für ihre Augen, deren grünes Feuer bis auf den Grund von Geoffreys Seele zu brennen schien.

»Ambers Gabe ist überall in den Umstrittenen Gebieten wohlbekannt«, sagte Meg scharf. »Es wird Euch ebensowenig gelingen, sie zu belügen, wie Ihr einen Engel belügen könntet!«

»Dennoch sage ich, daß sie kein Recht hat, über mich zu urteilen!« erwiderte Geoffrey.

»Wahrheit«, sagte Amber.

Verblüffung breitete sich auf Geoffreys Gesicht aus.

»Versteht Ihr jetzt?« fragte Meg. »Wenn Amber Euch berührt, fühlt sie die Wahrheit oder Unwahrheit Eurer Antworten. Ihr seid davon überzeugt, daß sie kein Recht hat, ein Urteil über Euch zu fällen, also erkennt Amber, daß Eure Antwort aufrichtig ist.«

»Hexenkünste«, murmelte Geoffrey und bekreuzigte sich hastig.

Schweigend griff Amber mit ihrer freien Hand in ihre Tunika

und zog ein silbernes Kreuz heraus. Blutroter Bernstein schimmerte an fünf Punkten des Kreuzes, das auf ihrer kühlen Handfläche lag. Ihre Finger schlossen sich vier Atemzüge lang um das Kreuz, dann öffneten sie sich wieder.

Auf Ambers Hand waren keinerlei Spuren zu sehen, keinerlei Anzeichen, daß das Kreuz aus Protest darüber, gegen ihre Haut gedrückt zu werden, gebrannt hatte.

Geoffrey blickte zum Tisch des Burgherrn hinüber, wo der Kaplan von Blackthorne saß.

»Was sagt Ihr, Kaplan?« rief er.

»Habt keine Furcht vor Satan in den Mauern dieser Burg«, erwiderte der Kaplan mit einer Stimme, die durch die gesamte Halle schallte. »Lady Amber ist wie Lady Margaret, sie ist von Gott gesegnet.«

Verblüfft und irritiert blickte Geoffrey wieder auf Ambers Kreuz.

»Bist du an jenem Abend in mein Wohnzimmer gekommen«, sagte Ariane in die Stille hinein, »und hast du mir Wein zu trinken gegeben?«

»Ja«, antwortete Geoffrey unbeteiligt, denn er war immer noch von dem Anblick des Kreuzes gefesselt, daß so kühl und ruhig auf Ambers Handfläche ruhte.

»Wahrheit«, erkläre Amber.

»Hast du den Trank einer bösen Hexe in meinen Wein geschüttet?« fragte Ariane.

Geoffreys Kopf fuhr mit einem Ruck herum, und er starrte seine Anklägerin böse an. Das amethystfarbene Kleid, das Ariane trug, raschelte vor Zorn, so daß die Silberstickereien schimmerten und wie verschleierte Blitze durch den Stoff zuckten. Die Juwelen in ihrem Haar glitzerten so kalt wie Arianes Augen.

»Nein«, erklärte Geoffrey.

»Lüge«, sagte Amber.

Ein Raunen stieg von den versammelten Rittern auf. Ariane nahm keine Notiz davon.

»Hat dieser Trank mein Hirn benebelt und meinen Körper kraftlos gemacht, so daß ich nicht schreien oder mich wehren konnte?« fragte Ariane.

»Nein!«

»Lüge.«

Das Raunen steigerte sich zu empörtem Gemurmel. Duncan beobachtete Simon wachsam.

Doch Simon war absolut ruhig und hatte sich völlig in der Gewalt. Mit einem inneren Seufzer der Erleichterung und einem schweigenden Dank an Simon für seine Zurückhaltung lockerte Duncan seinen harten Griff um Simons Schultern.

Simon machte keine Anstalten, Duncans losen Griff zu seinem Vorteil auszunutzen. Bald wurde dessen Griff daher noch ein wenig sanfter.

»Hast du mich anschließend zu meinem Bett getragen?« fragte Ariane.

Schweigen, dann: »Ja.«

»Wahrheit.«

Ariane holte tief Luft, während sie gegen den Haß und die Verachtung ankämpfte, unter der ihr ganzer Körper zitterte.

Ein Aufschrei, der niemals über ihre Lippen kam.

»Dort hast du mich vergewaltigt, und als es schließlich Morgen wurde –«

»Nein!«

»Lüge.«

Eine Enttäuschung, so tief, daß sie beinahe ihre Seele getötet hätte.

»– hast du meinen Vater heraufgeholt, damit er mich nackt zwischen blutigen Laken liegen sah –«

»Niemals!«

»Lüge.«

»– und du hast ihm erzählt, ich hätte dich mit dem Liebestrank einer Hexe verführt.«

»Nein! Du –«

»Lüge.«

Ariane, die Betrogene.

Ein Sturm der Empörung ging durch die große Halle, als sich wütende Stimmen erhoben, die vom Verrat an Ariane sprachen, und in diesem Moment wußte Geoffrey der Schöne, daß Ariane gewonnen hatte.

»Dann hast du –« begann Ariane.

Abrupt schoß Geoffrey von seinem Stuhl hoch. Seine brutalen Finger schlossen sich um ihren Hals, als wollte er die Wahrheit in ihrer Kehle ersticken und Ariane obendrein.

Mit einem wilden Schrei riß sich Simon aus Duncans Griff los und sprang mit einem Satz über den Tisch, wobei kostbare Weinkelche und silberne Teller in alle Richtungen flogen. Wie ein Mann setzten Dominic, Duncan und Erik ihm nach.

Aber sie waren nicht schnell genug. Simon stürmte bereits durch die Länge der Halle auf Geoffrey zu. Die Ritter warfen einen einzigen Blick in die schwarze Hölle seiner Augen und beeilten sich, ihm Platz zu machen.

Plötzlich hallte ein hoher Schrei von Geoffrey von den Wänden wider. Arianes lange Ärmel hatten sein Gesicht gestreift, und brennend rote Streifen bezeichneten die Stellen, wo das Gelehrte Kleid seine Haut berührt hatte.

»Fahr zur Hölle, du elende Hexe!« tobte Geoffrey. »Ich wünschte, ich hätte es geschafft, dich und deinen verfluchten Ehemann zu töten, als ich euch in den Umstrittenen Gebieten angriff!«

Mit einer blitzschnellen Bewegung zog Geoffrey einen Dolch unter seinem Mantel hervor und hob die Klinge.

Sekundenbruchteile später flog Simons Dolch in einem Wirbel von Silber zwischen den Tischen hindurch und bohrte sich bis zum Heft in Geoffreys Schulter. Noch bevor irgend jemand begriffen hatte, was geschah, begann Geoffrey zu taumeln, und Simon war über ihm.

Er packte Geoffreys Dolch, als die Waffe aus seiner kraftlosen Hand glitt. Dann gab er Geoffrey den Dolch zurück, indem er die Klinge mit einem kraftvollen Stoß zwischen dessen Rippen bohrte, genau an der Stelle, wo Ariane vom Dolch des Abtrünnigen verwundet worden war. Als die Klinge nicht tiefer dringen konnte, drehte Simon scharf das Heft herum.

»Auf daß du bis in alle Ewigkeit in der Hölle schmorst«, sagte er gepreßt.

Geoffrey war tot, noch bevor er auf den Boden aufschlug.

Einen Moment lang starrte Simon auf seinen toten Feind hinunter, während er die Worte der versammelten Ritter wie aus weiter Ferne hörte.

Geoffrey der Schöne.

Ein abtrünniger Schlächter.

Deguerres geliebter Ritter.

Tot.

Simon der Loyale hat Ariane die Betrogene endlich gerächt.

Ein Schauder durchlief Simons Körper, als sich Dominics Hand sanft auf seine Schulter legte. Sein ohnmächtiger Zorn wich zurück und machte nüchterner Vernunft Platz, und plötzlich wußte Simon, was er getan hatte.

Und haßte sich selbst für seine ungezügelte Erregung. Mit einem letzten Blick auf Geoffreys Leichnam wandte er sich ab, um dem Glendruid-Wolf entgegenzutreten.

»Ich habe dich wieder verraten«, sagte er mit gepreßter Stimme.

»Du hast die Ehre und das Leben deiner Frau verteidigt«, erwiderte Dominic ruhig. »Das ist kein Verrat.«

»Ich hätte Geoffrey verschonen können. Aber ich habe es nicht getan. Schlimmer noch, wenn ich ihn noch einmal töten könnte, dann würde ich es wieder tun, das weiß ich. Nur noch langsamer, noch schmerzhafter, bis mich das Schwein anflehen würde, der Qual ein Ende zu bereiten.«

Simon wandte sich ab und streckte eine Hand aus. »Lady Amber, ich bitte Euch um einen Gefallen.«

Amber zögerte flüchtig, bevor sie Simon berührte. Ihre Finger zuckten einmal, dann waren sie ruhig. Ihr Atem kam in einem langen Seufzer. Sie beobachtete Simon mit gequälten goldenen Augen, während sie darauf wartete, daß er zu sprechen begann.

»Sagt meiner Frau«, sagte Simon, ohne Ariane anzusehen, »daß ich das Schwein eher zum Schweigen gebracht hätte, wäre Blackthorne nicht stärker gewesen.«

»Wahrheit.«

»Sagt meiner Frau, daß ich mir ihrer Treue zu mir absolut sicher bin.«

»Wahrheit.«

»Und schließlich«, fügte Simon weich hinzu, »sagt meiner Frau, daß ich Hochachtung für sie empfinde, nachdem ich mir ihrer Unschuld gewiß bin.«

»Wahrheit.«

Sofort ließ Simon Amber los.

»Ich bedaure den Schmerz, den ich Euch verursacht habe, Lady«, sagte er.

»Ich habe keinen Schmerz gefühlt.«

»Ihr seid so freundlich, wie Ihr schön seid.«

Simon drehte sich um und blickte Ariane an.

»Nachtigall«, sagte er leise. »Hast du jetzt Frieden gefunden?«

Ariane konnte nicht sprechen. Tränen schnürten ihr die Kehle zu und brannten in ihren Augen, denn sie hörte all das, was Simon nicht aussprach. Ihre rücksichtslose Entschlossenheit, ihre eigene Unschuld zu beweisen, hatte Simon dazu gezwungen, den Bruder zu verraten, den er mehr liebte als alles andere auf der Welt.

Indem er Ariane verteidigte, hatte Simon den Frieden von Blackthorne zerstört, so sicher, wie er Geoffrey den Schönen zerstört hatte.

Maries Worte über Verrat und das Heilige Land hallten in Arianes Erinnerung wider und berichteten von einer anderen Wahrheit, die sie zu spät begriffen hatte: *Simon ist ein Mann außergewöhnlicher Leidenschaft. Es wird noch viele weitere Jahre dauern, bis er vergißt. Oder mir verzeiht.*

Ariane befürchtete, daß es ihr genauso ergehen würde.

29. Kapitel

»Mylady?« fragte Blanche.

»Was gibt es?«

Beim Klang ihrer eigenen Stimme zuckte Ariane nervös zusammen. Geoffreys Tod heute war bereits eine starke nervliche Belastung für alle gewesen, und Baron Deguerres Bote, der die bevorstehende Ankunft seines Herrn ankündigte, hatte noch zusätzlich Angst und Bestürzung ausgelöst. Die Nerven sämtlicher Bewohner von Blackthorne Keep waren zum Zerreißen angespannt, während sie darauf warteten, zu erfahren, wann genau der Baron ankommen würde, und noch wichtiger, mit wie vielen Kriegern.

»Ich kann Euren Lieblingskamm nicht finden«, gestand Blanche unglücklich.

Ariane hörte kaum hin. Sie war überzeugt, über das Heulen des Windes hinweg gerade die Stimme des Wachtpostens auf den Turmzinnen gehört zu haben.

»M'lady?«

»Er liegt unter dem Bett in der Ecke neben dem Fenster«, erwiderte Ariane knapp.

Blanche hatte schon halb den Raum durchquert, um den Kamm zu holen, als sie abrupt stehenblieb und zu Ariane herumfuhr.

»Ihr habt Eure besondere Gabe wiedererlangt!«

Die Worte rissen Ariane aus ihrer Gedankenverlorenheit, und sie warf Blanche einen Blick voller Ungeduld zu.

»Nein«, erwiderte sie. »Ich habe ihn lediglich vorhin dort liegen sehen.«

»Oh.«

Blanche ging zum Bett, ließ sich auf Hände und Knie nieder und tastete auf dem Boden unter den Bettvorhängen herum.

»Da müßt Ihr aber verdammt scharfe Augen haben«, murmelte sie vor sich hin. »Ich kann das verfluchte Ding selbst mit meinen Händen nicht finden.«

»Hast du etwas gesagt?« erkundigte sich Ariane.

»Nein«, murmelte Blanche.

Als sich die Zofe wieder aufrappelte, war sie dankbar, daß Lady Amber nicht in der Nähe war und sie daher auch nicht bei einer Lüge ertappen konnte.

Ariane nahm kaum Notiz von Blanche, als diese das schwarze Haar ihrer Herrin kämmte und flocht und zu Zöpfen auf ihrem Kopf aufsteckte. Ariane dachte an die kommende Nacht, wenn Simon seinen Rundgang auf den Schutzwällen beendet haben würde.

Sie fragte sich, ob er ebenso wütend auf sie war, wie er es damals auf Marie gewesen war ... oder ob Simon im Dunkel der Nacht zu seiner Frau kommen und sie erneut lehren würde, daß Ekstase immer wieder neu, immer wieder berauschend war.

Nachtigall, hast du jetzt Frieden gefunden?

Tränen brannten unter Arianes Lidern und drohten hervorzuquellen.

Nein, sie fühlte keinen inneren Frieden. Sie hatte mehr riskiert, als ihr bewußt gewesen war, als sie Geoffrey der Gelehrten Befragung unterworfen hatte, nur um erkennen zu müssen, daß ihrem Ehemann die Antwort in Wirklichkeit gar nichts bedeutete.

Aber dieselbe Antwort hatte ihn gezwungen, seinen Bruder noch einmal zu verraten.

Simon hatte Ariane vorher nicht geliebt.

Und er würde sie auch jetzt nicht lieben.

»Was glaubt Ihr, wann wird er kommen?« wollte Blanche wissen.

»Simon?« fragte Ariane.

»Nein. Euer Vater.«

»Bald. Sehr bald.«

»Heute abend noch?« fragte Blanche verdutzt. »Es ist schon ziemlich spät.«

»Es würde dem Baron ähnlich sehen, mitten in der Nacht hier einzutreffen, wenn alle anderen annehmen, daß er bis morgen warten wird.«

»Oh. Wie viele Krieger wird er bei sich haben?«

»Zu viele.«

Ein lauter Ruf schallte von den eisigen Turmzinnen. Ariane horchte angestrengt und hörte, wie der Wachposten durch Dunkelheit und Sturm das Herannahen von Baron Deguerre ankündigte.

»Mein Gelehrtes Kleid«, sagte Ariane. »Schnell!«

Blanche brachte das Kleid und trat zurück, nachdem sie es ihrer Herrin gegeben hatte. Sie war froh, daß sie den unangenehmen Stoff nicht länger zu berühren brauchte.

Noch während Arianes Finger in aller Eile die silbernen Spitzenbänder zubanden, liefen Dominic, Simon, Erik und Duncan durch die Korridore der Burg und riefen ihren Rittern Befehle zu.

»Ein Gentleman hätte mit seiner Ankunft bis morgen gewartet«, murmelte Simon wütend vor sich hin, »und nicht jetzt, wo die meisten von uns bereits schlafen gegangen sind.«

»Deguerre hofft, unsere Ritter völlig von Ale berauscht vorzufinden, und uns mit ihnen«, erwiderte Dominic.

»Immer der Taktiker«, sagte Simon.

»Wer? Deguerre oder Dominic?« fragte Duncan trocken.

»Deguerre«, sagte Dominic.

»Dominic«, meinte Simon.

Der Glendruid-Wolf lächelte nur ironisch.

Inzwischen waren die vier Männer im Burghof angekommen. Eisüberkrustetes Kopfsteinpflaster schimmerte matt im Lichtschein der Fackeln.

»Erik«, begann Dominic, »ich möchte Euch bitten, Eure Klugheit zu verbergen. Laßt Deguerre ruhig denken, Ihr wärt ...«

»Dumm?« schlug Erik vor.

»Das wäre wohl zuviel erhofft«, gab Dominic zurück. »Deguerre ist geradezu diabolisch schlau. Aber wenn Ihr schweigt, besteht zumindest eine Chance, ihn mit der Schärfe Eures Verstandes zu überraschen.«

Erik lächelte wie ein Wolf. »Ich hätte nicht gedacht, daß Euch das aufgefallen ist.«

Simon unterdrückte ein Grinsen, als er sich vorsichtig über spiegelglattes Kopfsteinpflaster seinen Weg bahnte. Eriks Fähigkeit, Muster zu erkennen, wo andere nur Chaos sahen, hatte mehr als einmal dazu geführt, daß sich der Glendruid-Wolf und der Gelehrte Hexenmeister heftig in die Haare geraten waren.

Dominics Ansicht nach war Erik ein ziemlich zweischneidiges Schwert. Dennoch konnte er nicht anders, als den Mut und den geradezu unheimlichen Verstand des jüngeren Mannes zu respektieren.

Als sich die vier Männer dem Torhaus näherten, schob Harry der Lahme die Tür auf. Im Inneren des Häuschens brannte das Kohlenbecken wie ein großes orangefarbenes Auge inmitten ebenholzschwarzer Kälte.

»Glaubst du, Deguerre wird seine Waffen herausgeben?« fragte Duncan, als er das Torhaus betrat.

»Warum sollte er nicht?« fragte Simon ohne Umschweife. »Du und deine Ritter haben es auch getan. Erik und seine Ritter ebenfalls. Keiner von euch schuldet Dominic Lehnstreue. Besonders nicht der Hexenmeister.«

»Richtig«, knurrte Erik vor sich hin. »Der Glendruid-Wolf hat mir nichts als Schwierigkeiten eingebracht.«

»Danke«, murmelte Dominic. »Ich hatte nicht gedacht, daß Euch das auffallen würde.«

»Was ist, wenn Deguerre sich der Anordnung widersetzt?« fragte Erik, ohne auf Dominics Bemerkung einzugehen.

»Dann wird er auf den Feldern schlafen, mit klirrendem Eis als Kopfkissen und scharfem Wind als Bettdecke«, gab Simon zurück.

»Die Vorstellung bereitet dir offenbar besonderen Genuß.«

»Mir wäre es lieber, der Baron würde mit seinem geliebten Schweine-Ritter in der Hölle schlafen statt auf den sauberen Feldern von Blackthorne Keep«, erwiderte Simon grimmig.

Dominic warf seinem jüngeren Bruder einen argwöhnischen Blick zu.

»Keine Angst«, erklärte Simon gepreßt. »Ich werde deinen Befehlen folgen, solange garantiert ist, daß Ariane nicht noch mehr Leid entsteht, als sie ohnehin schon hat ertragen müssen.«

Duncan und Erik tauschten im flackernden Fackelschein einen langen Blick aus. Es war das erste Mal, daß einer der beiden Männer hörte, wie Simon seiner Treue zu dem Glendruid-Wolf Grenzen setzte.

»Und wenn noch mehr Leid notwendig ist?« fragte Dominic.

»Dann, Glendruid-Wolf, solltest du mich besser noch energischer zurückhalten als zuvor in der Halle. Ich habe allmählich die Nase gestrichen voll von Männern, die eine hilflose Nachtigall quälen.«

»So ganz hilflos ist sie wohl doch nicht«, entgegnete Dominic trocken. »Du hast doch die Spuren auf Geoffreys Gesicht gesehen.«

»Richtig«, murmelte Duncan. »Lady Ariane muß Fingernägel so scharf wie Dolche haben.«

»Nicht Fingernägel«, warf Erik ein. »Sondern ein Kleid von der geschicktesten Weberin, die der Silverfells-Clan jemals hervorgebracht hat.«

»Wie meint Ihr das?« fragte Simon.

»Serenas Stoff reagiert auf Ariane, als wäre sie ein Gelehrter Krieger aus uralten Zeiten, der über Fähigkeiten verfügt, die wir schon lange verloren haben.«

»Erklärt Euch genauer«, sagte Dominic schroff.

»Für Ariane ist das Kleid Schutz und Waffe zugleich. Ich frage mich, ob Cassandra das vorausgesehen hat.«

»So wie Ihr Euch fragt, wie Ihr das Kleid zu Eurem Vorteil nutzen könnt«, fügte Duncan grimmig hinzu.

So sehr Duncan Ambers Bruder auch mochte, so hatte er doch nicht vergessen, wer die gefährlichen Ereignisse in Gang gesetzt hatte, die damit endeten, daß Duncan mit einer Frau verlobt gewesen war und mit einer anderen verheiratet und sich damit des Wortbruchs schuldig gemacht hatte.

»Zu *meinem* Vorteil?« fragte Erik herausfordernd. »Nein. Zum Vorteil der Umstrittenen Gebiete. Wie der Glendruid-Wolf ziehe auch ich Frieden vor statt Krieg.«

Plötzlich ertönte das Hufgetrappel vieler Pferde, die sich der Burg näherten. Die vier Männer tauschten einen besorgten Blick.

»Wie schade, daß Deguerre kein friedliebender Herr ist«, sagte Erik. »Wie viele Krieger hat er bei sich?«

»Das werde ich wissen, wenn Sven zurückkehrt«, erwiderte Dominic.

»Ah, ja. Der ›Geist‹. Ich könnte einen Mann wie ihn gut gebrauchen«, meinte Erik. »Es gibt Orte in den Umstrittenen Gebieten, die mir ... verschlossen ... sind.«

»Sollte es uns gelingen, Deguerres Schwert stumpf zu machen, dann könnt Ihr Sven von mir aus gerne haben. Sven selbst wird sicher auch nichts dagegen haben«, fügte Dominic trocken hinzu. »Frieden langweilt ihn nämlich.«

»Herr«, rief Harry. »Ein Ritter kommt.«

»Allein?«

»Ja.«

Ein kalter Schauder rieselte Simon den Rücken hinunter.

»Das wird wahrscheinlich eher eine Verhandlung zwischen Feinden als der Besuch eines Schwiegervaters«, murmelte Duncan vor sich hin.

»Simon«, sagte Dominic. »Kannst du deinen Zorn lange genug beherrschen, um für mich zu sprechen?«

»Ja.«

»Dann tu es.« Dominic wandte sich wieder an Erik. »Ist Euer Wolfshund ein zuverlässiger, äh, Kundschafter?«

»Ja.«

»Könnt Ihr ihn losschicken, damit er alle Orte jenseits der Burgmauern kontrolliert, wo sich mehr als ein oder zwei Männer verstecken könnten?«

»Sicher.«

»Dann tut das bitte. Und schnell.«

Erik stieß einen Pfiff aus. Der Klang war so klar und durchdringend wie der einer Flöte.

Sekunden später tauchte Stagkiller aus den Schatten hinter dem Torhaus auf. Erik sprach mit ihm in einer uralten Sprache. Der Wolfshund blickte seinen Herrn mit unheimlichen goldenen Augen an, dann machte er kehrt und trottete durch die offene Nebenpforte. Gleich darauf verschwand Stagkiller in Sturm und Finsternis.

Auf der anderen Seite des Burggrabens schnaubte ein Pferd, und der Wind trug die scharfe Stimme eines Ritters herüber. Harnisch und Kettenpanzer klirrten vernehmlich, als das Pferd angstvoll scheute.

»Geh«, befahl Dominic leise.

Simon marschierte hinaus in den Sturm. Sein Mantel bauschte sich und flatterte bei jedem Schritt und ließ den kostbaren weißen Pelz in der Dunkelheit aufblitzen.

Wieder schnaubte das Pferd des Ritters und tänzelte nervös auf der Stelle. Obwohl ihm die Muskelkraft eines Schlachtrosses fehlte, hatte das Tier einen schlanken, langbeinigen Körperbau, der auf Schnelligkeit hindeutete. Das Fell des Pferdes schimmerte im Fackelschein so blaß wie das Futter von Simons Mantel.

»Lord Charles, Baron von Deguerre«, sagte der Ritter laut, »ist nicht weit hinter mir. Wird Lord Dominic le Sabre, genannt der Glendruid-Wolf, den Baron empfangen?«

»Ja«, erwiderte Simon, »wenn der Baron einverstanden ist, alle Waffen und Rüstungen am Torhaus zurückzulassen. Lord Dominic erlaubt keine Waffen innerhalb der Burg, es sei denn, sie sind in der Waffenkammer von Blackthorne Keep eingeschlossen.«

»Allmächtiger«, stieß der Ritter schockiert hervor. »Wer seid Ihr, daß Ihr dem Baron von Deguerre Befehle erteilen wollt?«

»Ich bin Lord Dominics Bruder und sein Stellvertreter«, sagte Simon scharf. »Meine Worte sind seine.«

»Ihr seid Simon, genannt der Loyale?«

»Ja.«

»Der Ehemann von Lady Ariane?«

»Ja.«

»Ich werde dem Baron von dem kalten Empfang Eures Bruders berichten.«

Damit wendete der Bote sein Pferd, drückte ihm die Fersen in die Seiten und galoppierte in die Nacht hinaus.

»Was glaubst du, wird er tun?« fragte Dominic, als Simon ins Torhaus zurückkehrte.

»Genug bewaffnete Männer hinter der Burgmauer zurücklassen, um uns zu belagern«, sagte Simon knapp.

»Erik?« fragte Dominic.

»Das denke ich auch«, erklärte Erik. »Der Baron wird mit einer Handvoll Spione und Mörder hier hereinkommen, und wenn er sich einen Eindruck von unserer Stärke und Widerstandskraft verschafft hat, wird er wieder gehen.«

»Wird er uns belagern?« wollte Dominic wissen.

Erik zuckte die Achseln. »Das hängt davon ab, wie viele Schwachpunkte er bei uns entdeckt, und welche Entschuldigung er zusammenschustern kann, um eine Schlacht zu rechtfertigen, falls es das ist, was er anstrebt.«

»Habt Ihr irgendwelche anderen Einsichten gewonnen, gelehrte oder sonstige?«

Erik verengte seine Augen, bis sie kaum mehr als glänzende gelbe Schlitze im zuckenden Fackelschein waren.

Dominic wartete. Ganz gleich, wie sehr er die tollkühnen Risiken ablehnen mochte, die Erik möglicherweise einzugehen bereit war – er respektierte die taktische Geschicklichkeit des Gelehrten Mannes. Es war schon ein brillanter Stratege nötig gewesen, um das Chaos von Ambers und Duncans verbotener Liebe in Sieg umzumünzen und den endlosen Aufruhr in den Umstrittenen Gebieten in Frieden.

»Es gibt viele Möglichkeiten«, sagte Erik schließlich. »Zu viele. Der Baron könnte darauf aus sein, seine Tochter gut etabliert mit einem unerwarteten Ehemann zu sehen. Er könnte aber auch auf einen Krieg versessen sein. Oder auf irgend etwas dazwischen.«

»Ja«, sagte Dominic leise.

»Wie schläft Eure Glendruid-Ehefrau?« wollte Erik wissen.

»Schlecht.«

»Sie träumt?«

»Ja.«

»Sogar am Tag?«

Dominic schluckte hart. »Beim Abendessen. Ja.«

Eriks Hand glitt unwillkürlich zu dem Schwert, das er nicht an seiner Hüfte fand. Er streckte die Finger und seufzte.

»Dann ist noch eine ganze Menge mehr faul als die eine Sache, die Geoffreys Tod in Ordnung gebracht hat«, sagte Erik schlicht.

»Was gibt es denn noch?« fragte Simon wachsam.

»Das weiß ich nicht«, erklärte Erik.

»Ich auch nicht«, sagte Dominic. »Aber eines weiß ich mit Sicherheit – wenn es bei uns eine Schwachstelle gibt, dann wird Baron Deguerre sie finden.«

Als der Wind einen kurzen Moment abflaute, war deutlich das Geräusch galoppierender Pferde zu hören, die auf die Burg zukamen.

»Er kommt«, sagte Duncan.

»Ja«, knurrte Dominic.

»Ist er wohl bewaffnet?« überlegte Simon.

Angespanntes Schweigen breitete sich aus, dann schüttelte Dominic den Kopf.

»Nein«, sagte er. »Der Baron ist tatsächlich raffiniert. Er wird die Burg erst von innen ausspionieren, bevor er entscheidet, ob ihn mein kühler Empfang beleidigt hat.«

Erik warf Dominic aus schmalen Augen einen schnellen Blick zu, als er erkannte, daß der Glendruid-Wolf gehofft hatte, daß der Baron so stark verärgert sein könnte, daß er sich weigern würde, durch das Burgtor zu reiten.

»Raffiniert geplant, Wolf«, sagte Erik leise.

»Aber leider erfolglos«, gab Dominic zurück. »Jetzt werden wir die Schwäche des Barons herausfinden müssen, bevor er unsere findet.«

»Bist du so sicher, daß es bei uns einen schwachen Punkt geben könnte?« fragte Simon.

»Ja«, erwiderte Dominic. »So sicher, wie sich Deguerre dessen gewiß ist.«

»In Gottes Namen, was ist es denn?« wollte Duncan wissen.

»In Gottes Namen, *das weiß ich nicht.*«

30. KAPITEL

Schweigend beobachteten die vier Krieger, wie Baron Deguerre zur Burg heraufritt.

»Laßt die Zugbrücke herunter«, befahl Dominic.

Innerhalb weniger Augenblicke senkte sich die Brücke rumpelnd über den Burggraben hinab. Deguerre ritt ohne Einhalt über die Holzplanken. Fünf Männer waren in seiner Begleitung.

Keiner von ihnen trug Kettenpanzer oder ein Schlachtschwert.

»Der Baron von Deguerre begrüßt Euch«, sagte einer der Ritter.

Simon musterte die sechs Männer. Und er wußte augenblicklich, wer von ihnen Deguerre war. Wie Geoffrey war auch der Baron so attraktiv wie ein gefallener Engel. Aber anders als bei Geoffrey zeigte Deguerres Gesicht keinerlei Spuren von Trunksucht und Ausschweifung. Intelligenz und Grausamkeit waren es, die um das Vorrecht stritten, seine Züge zu prägen.

Simon konnte sich nur schwer vorstellen, daß seine leidenschaftliche Nachtigall von einem so kalten, berechnenden Mann gezeugt worden war.

»Lord Dominic von Blackthorne Keep begrüßt Euch«, sagte Simon mit unbewegter Stimme.

»Wer von Euch ist Lord Dominic?« fragte ein Ritter.

»Wer von Euch ist Baron Deguerre?« erwiderte Simon ironisch.

Einer der Ritter trieb sein Pferd vorwärts, bis es Simon in die Holzbohlen der Brücke zu trampeln drohte. Doch Simon blieb unerschütterlich in der Mitte der Zugbrücke stehen, die Beine gegen den Sturm gespreizt und völlig reglos. Nur sein Mantel flatterte im Wind.

»Ich bin Baron Deguerre«, sagte der Mann, der wie ein gefallener Engel aussah.

Simon spürte eine Bewegung hinter sich, als Dominic vortrat, um sich neben ihn zu stellen. Die kristallklaren Augen des Glendruid-Wolfes blitzten unheimlich in der wolkenverhangenen Nacht.

»Ich bin Lord Dominic.«

»Was ist das für ein Unsinn, daß innerhalb der Burg keine

Schwerter getragen werden dürfen?« wollte der Baron herrisch wissen.

Eriks Stimme ertönte aus der Dunkelheit hinter dem Fackelschein. »Der Glendruid-Wolf zieht es vor, Frieden zu feiern statt Krieg.«

»Ach wirklich?« fragte Deguerre betont verwundert. »Wie sonderbar. Den meisten Männern bereitet es großen Genuß, ihre Waffen zu erproben.«

»Mein Bruder«, sagte Simon, »überläßt solche nutzlosen Tests lieber anderen. Es verschafft ihm mehr Zeit, seine vielen Siege auszukosten.«

»Aber wenn irgendein Dummkopf Lord Dominic dazu zwingt, zur Schlacht anzutreten«, warf Duncan aus dem Schatten des Torhauses ein, »dann gibt es keinen erbarmungsloseren Ritter als ihn. Fragt die Vögte – falls Ihr jemanden findet, der mit den Toten sprechen kann.«

Deguerres Blick schweifte von den beiden Brüdern zu dem Torhaus hinüber, wo Erik und Duncan warteten.

»Ich bedaure, daß ich Euren Rittern kein gastlicheres Quartier als die Ställe anbieten kann«, sagte Dominic. »Aber wir sind nicht früh genug von Eurem Kommen unterrichtet worden.«

»Tatsächlich?« murmelte der Baron. »Mein Bote muß vom Weg abgekommen sein.«

Dominic lächelte über die beiläufige Lüge.

»Das kann einem in dieser Gegend leicht passieren«, erwiderte er. »Wie Ihr noch sehen werdet, ist dies ein Ort, wo der Erfolg eher von den richtigen Verbündeten abhängt als vom eigenen Schwert.«

Dominic wies auf die Männer hinter sich. Erik und Duncan traten in den flackernden Lichtschein der Fackeln.

»Dies sind zwei meiner Verbündeten«, erklärte Dominic. »Lord Erik von Sea Home und Winterlace Keeps und Lord Duncan von Stone Ring Keep. Ihre Anwesenheit und die ihrer Ritter ist der Grund, weshalb meine Gastfreundschaft eingeschränkt ist.«

Mit emotionslosen Augen, denen nichts entging, musterte Deguerre die Männer, die vor ihm standen. Besonders eindringlich ruhte sein Blick auf der uralten Brosche in Form eines Wolfskopfes an Dominics Mantel.

»So«, murmelte Deguerre. »Dann ist sie also endlich gefunden worden. Ich hatte Gerüchte gehört, aber ... nun ja, es gibt andere uralte Schätze, die man noch nicht gefunden hat.«

Deguerre schaute auf in das Gesicht des Mannes, der den Glendruid-Wolf trug und der zugleich der Glendruid-Wolf war und bemerkte die Ähnlichkeit zwischen Dominics eisgrauen Augen und dem unheimlichen Kristall der Wolfsaugen.

»Ich nehme Eure Gastfreundschaft aus der Stimmung heraus an, in der sie angeboten wird«, sagte Deguerre.

»Harry«, rief Dominic laut. »Öffne das Tor.«

Wenige Augenblicke später ritten sechs Männer durch das Burgtor. Simon und Dominic nahmen Deguerre in ihre Mitte, kaum daß er sich aus dem Sattel geschwungen hatte.

»Ihr werdet das Sonnenzimmer des Burgherrn angenehmer finden als den Burghof«, sagte Dominic. »Euer Quartier wird noch hergerichtet. Falls Ihr keine Einwände dagegen habt, in einem halbfertigen Raum zu schlafen, der zum Kinderzimmer bestimmt ist ...?«

»Zum Kinderzimmer?« sagte Deguerre und warf dabei einen Seitenblick auf Dominic. »Dann ist es also wahr. Eure Glendruid-Hexe erwartet ein Kind.«

»Meine *Frau* ist guter Hoffnung, ja.«

Deguerres Lächeln war so kalt wie die Pflastersteine. »Ich hatte nicht die Absicht, Euch zu beleidigen, Lord Dominic. Auch ich war mit einer Hexe verheiratet und hatte Kinder von ihr.«

Die Tür zur Vorburg öffnete sich und ließ etwas von der Wärme und dem Licht erahnen, die im Inneren der Burg zu finden waren. Bedienstete eilten hin und her und versorgten die Anwesenden mit einem kalten Abendessen, einem heißen Feuer und warmem Wein.

Die Männer marschierten durch die große Halle in die Behaglichkeit des Sonnenzimmers. Eine Frauengestalt hob sich als zierliche Silhouette gegen die knisternden Flammen im Kamin ab. Ihr Haar fiel nach Art einer Gelehrten Frau auf der Suche nach Wahrheit offen hinab, aber das Haar war eher so schwarz wie Verrat und nicht von dem Bernsteingelb von Ambers Locken oder dem Feuerrot von Meg.

»Ariane«, sagte Simon hastig. »Ich dachte, du hättest dich schon schlafen gelegt.«

Ariane drehte sich zu ihm um und streckte ihre Hand aus, doch es war Simon, dessen Berührung sie suchte, nicht die ihres Vaters.

»Ich habe von der Ankunft des Barons gehört«, sagte sie.

Ihre Stimme war wie ihr Gesicht, ausdruckslos und ohne jedes Gefühl, und dennoch raschelte ihr Gelehrtes Kleid unruhig um ihre Fesseln, und die Silberstickerei glitzerte, als wäre sie lebendig und von kaum gezügeltem Zorn erfüllt.

Deguerre sah, wie Simons und Arianes Finger sich zärtlich verflochten. Mit Augen, die weder blau noch grau waren, sondern eher eine sich ständig verändernde Mischung aus beiden Farben, beobachtete der Baron die leise Röte, die in die Wangen seiner Tochter kroch, als ihr Ehemann sie berührte, und die Haltung ihrer Körper, die sich einander leicht zuneigten.

Wären sie allein gewesen, hätten sie sich umarmt, wie Liebende sich umarmen, davon war Deguerre überzeugt.

»So«, sagte Deguerre. »Das ist also auch wahr.«

»Was denn?« fragte Dominic.

»Simon und Ariane haben aus Liebe geheiratet und nicht, weil es für Könige oder Familien zweckmäßig sein könnte.«

»Wir sind beide sehr zufrieden mit der Verbindung«, sagte Simon kurz und bündig.

Der sinnliche Glanz in seinen Augen, als er seine junge Frau anblickte, sagte jedoch weitaus mehr. Ariane erwiderte seinen Blick mit leuchtenden Augen, in denen ein amethystfarbenes Feuer loderte.

Deguerre wandte sich ab, um das Sonnenzimmer des Burgherrn einer eingehenden Betrachtung zu unterziehen. Obwohl Möbel und Wandteppiche kostbar genug waren, waren sie nichts im Vergleich zu den Schätzen, die der Baron in seinem eigenen Heim hatte. Trotz all seiner Macht und seiner weit verstreuten Ländereien war der Glendruid-Wolf offensichtlich nicht annähernd so reich, wie es die Gerüchte behauptet hatten.

Was bedeutete, daß Dominic sich nicht annähernd so viele Krieger leisten konnte, wie Deguerre es befürchtet hatte.

Der Baron drehte sich zu Dominic um.

»Mir ist zu Ohren gekommen, daß die Treue Eures Bruders zu Euch keine Grenzen kennt«, sagte er.

»Simons Liebe zu mir ist bekannt, so wie meine Liebe zu ihm«, antwortete Dominic. »Seid versichert, daß Eure Tochter keinen Ehemann haben könnte, der mehr Respekt genießt oder meinem Herzen näher stünde als Simon.«

Mit einem Knurren schlug Deguerre die Kapuze zurück, die seinen Kopf vor dem Schneesturm geschützt hatte. Dichtes Haar von der Farbe gehämmerten Silbers schimmerte im Lichtschein des Kaminfeuers. Seine Brauen dagegen waren tiefschwarz und von einem seltsam eleganten Schwung.

Das Klingeln winziger goldener Glocken ließ den Baron überrascht herumfahren. Trotz seines Alters hatten seine Bewegungen eine Geschmeidigkeit, die von Kraft und Körperbeherrschung sprach.

»Lady Margaret«, sagte Dominic. »Ich dachte, Ihr wärt schon zu Bett gegangen.«

Parfümierter Stoff raschelte leise, und winzige Glöckchen sangen süß, als Meg an Dominics Seite trat.

Deguerres Augen verengten sich beim Anblick von Megs stark gerundetem Leib. Noch offensichtlicher als ihre Schwangerschaft war das Band zwischen dem Glendruid-Wolf und der Glendruid-Hexe. Es war so stark, daß es fast greifbar war.

»Baron Deguerre ... Lady Margaret«, sagte Dominic.

»Ich bin entzückt, Mylady«, erwiderte Deguerre lächelnd und streckte Meg seine Hand hin.

Das Lächeln veränderte den Baron vollkommen. Bisher waren seine Züge attraktiv gewesen. Jetzt strahlte sein Gesicht eine überirdische und dennoch eindeutig sexuelle Schönheit aus.

»Es ist uns eine Freude, Euch willkommen zu heißen«, sagte Meg höflich.

Wenn die verblüffende Verwandlung des Barons vom kalten Taktiker zum sinnlichen Genußmenschen irgendeinen Eindruck auf sie machte, so ließ sie es sich jedenfalls nicht anmerken. Sie berührte seine Hand so flüchtig, wie es die Höflichkeit erlaubte.

»Ihr habt die Schönheit von Feuer, Lady Margaret«, schmeichelte der Baron mit gedämpfter Stimme. »Und Eure Augen können selbst Smaragde in den Schatten stellen.«

Arianes Finger verkrampften sich abrupt in Simons zärtlichem

Griff. Sie kannte das Talent ihres Vaters, Frauen zu bezaubern, nur zu gut. Er hatte es oft genug an den Ehefrauen und Töchtern von Feinden erprobt.

Schweigend hob Simon Arianes Hand an seine Lippen und küßte sie beschwichtigend.

»Ihre Augen würden nicht nur Smaragde in den Schatten stellen«, sagte Dominic, »sondern sogar den Frühling selbst. Es gibt kein herrlicheres Grün als Lady Margarets Glendruid-Augen.«

Wenn Meg den Komplimenten des Barons gegenüber gleichgültig gewesen war, so ließen sie die Worte ihres Ehemannes vor Freude erröten. Einen Moment lang schauten Dominic und Meg einander tief in die Augen, und in diesem Moment vergaßen sie alles und jeden um sich herum.

»Rührend«, bemerkte Deguerre kühl.

»Nicht wahr?« sagte Simon heiter. »Das ganze Land spricht davon – von der Liebe zwischen Wolf und Hexe. Möchtet Ihr etwas essen und trinken?«

Dabei wies Simon mit einer Hand auf den großen Tisch. Die Bediensteten waren in der Zwischenzeit hin- und hergeeilt und hatten Schüsseln mit Speisen hereingetragen, bis sich der Tisch unter seiner Last fast bog.

Deguerre schätzte die Speisen mit einem einzigen Blick ab.

»Zu Euren Männern ist noch sehr viel mehr hinausgebracht worden«, fuhr Simon fort. »Ich hoffe, es wird ausreichen. Niemand scheint zu wissen, wie viele Köpfe Euer Gefolge zählt.«

»Es wäre mir unangenehm, wenn unsere Verköstigung ein großes Loch in Eure Wintervorräte reißen würde«, sagte Deguerre.

»Die Gefahr besteht nicht«, warf Meg ein und wandte sich wieder zu ihrem Gast um. »Dies war die beste Ernte seit Menschengedenken.«

»Und alles ist sicher innerhalb der Burgmauern gelagert«, fügte Simon glatt hinzu.

»Wie beruhigend für Euch«, erwiderte der Baron. »Weiter südlich haben viele Burgen unter vorzeitigen Regenfällen gelitten. Für sie wird der Winter eine Zeit der Not und des Hungers sein.«

»Blackthorne hat einzigartiges Glück gehabt«, stimmte Dominic zu.

Deguerre knurrte.

Schweigend wartete Dominic darauf, den nächsten Vorstoß des Barons abzuwehren, während dieser nach Schwachpunkten in Blackthorne Keep stocherte. Er brauchte nicht lange zu warten.

»Ich hatte gehofft, von einem meiner besonders geschätzten Ritter hier begrüßt zu werden«, sagte Deguerre nach einer Pause und wandte sich ab, um Simon entgegenzutreten.

Angespanntes Schweigen breitete sich im Raum aus. Deguerre aber verhielt sich, als würde er davon nichts bemerken.

»Jener Ritter ist auch ein besonderer Liebling meiner Tochter«, fügte der Baron hinzu, während er Ariane einen bedeutungsvollen Blick zuwarf. »Ist unser geliebter Geoffrey hier, Tochter?«

»Ja«, sagte Simon, bevor Ariane antworten konnte.

»Schickt nach ihm«, wies Deguerre ihn an.

»Ich habe Euren Geoffrey an einen Ort geschickt, von wo er niemals mehr zurückkehren wird.«

Deguerres Augen veränderten sich und konzentrierten sich mit spürbarer Intensität auf Simon.

»Erklärt Euch«, sagte der Baron barsch.

Simon lächelte und sagte nichts.

»Es ist ganz einfach«, erklärte Dominic in beiläufigem Tonfall. »Geoffrey ist tot.«

»Tot! Wann? Wie? Mir ist nichts davon zu Ohren gekommen!«

Dominic zuckte die Achseln. »Trotzdem stimmt es.«

»Gott im Himmel«, zeterte Deguerre. »Ich habe von Krankheit gehört und davon, daß Männer gestorben sind, aber nicht Geoffrey.«

»Ja«, warf Ariane ein. »Es gab eine Krankheit. Nur eine Handvoll der Männer hat überlebt.«

»Wo sind sie?« wollte Deguerre wissen.

Simon lächelte kalt. »Ich habe den Verdacht, daß ich zwei von ihnen in den Umstrittenen Gebieten getötet und die anderen verwundet habe. Vielleicht sind auch sie gestorben. Geoffrey der Schöne hat heute den Tod gefunden, hier in Blackthorne Keep. Von meiner Hand.«

Deguerres Gesicht wurde so ausdruckslos wie eine Schwertklinge.

»Ihr geht sehr großzügig mit dem Leben meiner Ritter um«, sagte er ruhig.

»Als ich alle außer Geoffrey tötete«, sagte Simon, »waren sie Abtrünnige, die keines Herrn Insignien auf ihren Schilden trugen.«

»Und Geoffrey?« fragte der Baron zornig. »Habt Ihr ihn auch als Abtrünnigen bezeichnet?«

»Ich hätte es tun können. Er hat es kurz vor seinem Tod zugegeben. Aber bevor er sich Blackthorne Keep näherte, hatte er wieder Euer Wappen auf seinen Schild gemalt.«

Eine Zeitlang herrschte Stille. Dann schnitt Deguerre eine Grimasse, zischte etwas Unverständliches vor sich hin und akzeptierte den Verlust eines Verbündeten innerhalb der Mauern von Blackthorne Keep.

»Was für ein Jammer«, murmelte er. «Er war ein so vielversprechender Bursche.«

»Immer mit der Ruhe. Er kann seine Versprechungen in der Hölle erfüllen«, meinte Simon gelassen. »Aber was ist mit Euch, Baron? Habt Ihr vielleicht auch irgendwelche Versprechungen gemacht, die Ihr noch nicht erfüllt habt?«

»Keine.«

»Ach, tatsächlich?« fragte Dominic ironisch. »Was ist mit Arianes Mitgift?«

»Was soll damit sein?« gab der Baron zurück.

»Die Kisten waren mit Steinen, Erde und verdorbenem Mehl gefüllt.«

Deguerre, der gerade seinen Mantel zurechtziehen wollte, erstarrte mitten in der Bewegung.

»Was habt Ihr gesagt?« fragte er empört.

Dominic und Simon tauschten einen Blick, dann schauten sie wortlos Duncan an. Grimmig machte der auf dem Absatz kehrt und verließ das Sonnenzimmer, wohl wissend, daß seine Frau wieder einmal gebraucht wurde.

Simons schwarze Augen waren zu Schlitzen verengt, als er sich erneut zu Deguerre umwandte.

»Es ist ganz simpel«, sagte er. »Als wir die Kisten öffneten, enthielten sie nur wertlosen Dreck.«

»Als sie meine Güter verließen, waren sie mit einem Lösegeld gefüllt, das einer Prinzessin würdig gewesen wäre«, gab Deguerre zurück.

»Das behauptet Ihr!«

»Zweifelt Ihr etwa an meinem Wort?« fragte Deguerre seidenweich.

»Nein. Ich teile Euch nur schlicht und einfach mit, was zum Vorschein kam, als die Kisten geöffnet wurden.«

»Was hat Geoffrey gesagt, als er die leeren Kisten sah?« wollte Deguerre wissen.

»Er war nicht anwesend«, erwiderte Simon.

»Welcher meiner Männer war dabei?«

»Keiner«, entgegnete Simon ironisch. »Eure feinen Ritter haben Ariane auf dem Hof von Blackthorne Keep abgesetzt und sind dann davongaloppiert, ohne auch nur einen Becher Ale anzunehmen.«

»Seltsam. Äußerst seltsam«, murmelte der Baron. »Was war mit meinen Siegeln auf den Kisten?«

»Sie waren intakt«, erklärte Dominic.

»Wirklich außergewöhnlich«, meinte der Baron mit weit aufgerissenen blaugrauen Augen. »Ich habe also nur die Aussage der Ritter von Blackthorne Keep, daß sich meine Gewürze, Seiden, Juwelen und Gold zwischen der Normandie und England auf mysteriöse Weise in Steine und Mehl verwandelt haben.«

»Richtig.«

»Viele Männer würden seitens des einen oder anderen Herrn Betrug vermuten.«

»Höchstwahrscheinlich«, gab Dominic zu.

Deguerres Lächeln war diesmal anders – es war kalt und triumphierend in der Gewißheit, daß er endlich gefunden hatte, was er zu finden gehofft hatte.

Gier war eine der ältesten und häufigsten aller menschlichen Schwächen.

»Beschuldigt Ihr mich etwa, ich hätte mein Wort gebrochen?« fragte der Baron seidenweich.

»Nein«, antwortete Dominic. »Wir verlangen auch keinerlei Zahlung von Euch. Noch nicht.«

Bevor Deguerre etwas erwidern konnte, erschien Amber im Eingang des Sonnenraums. Sie trug ein scharlachrotes Gewand, ihr Haar fiel lose auf ihre Schultern, und der Bernsteinanhänger an ihrem Hals schimmerte wie eingefangenes Sonnenlicht.

»Lord Dominic«, sagte sie, »Ihr habt nach mir verlangt?«

»Nein, Mylady. Ich bitte Euch um einen Gefallen.«

Amber lächelte leise. »Ist bereits gewährt.«

»Der Baron hier und ich stehen vor einem kleinen Rätsel, das wir gern gelöst hätten. Würdet Ihr für uns die Wahrheit herausfinden?«

Bei Dominics Worten fuhr der Baron herum und musterte Amber mit offensichtlichem Interesse.

»Amber gehört zu den Gelehrten«, erklärte Dominic Deguerre. »Sie kann –«

»Ich weiß durchaus Bescheid, was Gelehrte Fähigkeiten angeht«, erwiderte der Baron brüsk. »Ich habe mich ein Leben lang damit beschäftigt. Hat diese Lady die Gabe der Wahrheitsfindung?«

»Ja«, sagte Dominic.

Deguerre stieß einen Seufzer der Enttäuschung aus.

»Dann habt Ihr die Mitgift nicht für Eure eigenen Zwecke gestohlen«, sagte er, »sonst würdet Ihr niemals eine Wahrsagerin in Eure Nähe lassen. Nun ja, gut. Hier, Lady. Berührt meine Hand und entdeckt meine Aufrichtigkeit.«

Amber atmete tief durch, um sich zu beruhigen. Dann berührte sie Deguerres Hand.

Plötzlich schrie sie gellend auf und wäre in die Knie gesunken, hätte Duncan sie nicht aufgefangen. Trotz des heftigen Schmerzes, der in ihrem Inneren tobte, hielt Amber weiter Deguerres Hand fest.

»Macht schnell«, zischte Duncan.

»Habt Ihr bei der Mitgift Eurer Tochter Betrug begangen?« fragte Dominic den Baron.

»Nein.«

»Wahrheit.«

Sofort zog Amber ihre Hand wieder zurück.

»Danke, Lady«, sagte Dominic.

Deguerre beobachtete Amber mit fast raubtierhaftem Interesse, als ihm klar wurde, welche Kraft es sie gekostet hatte, ihre Gabe zu benutzen.

»Eine nützliche, wenn auch zerbrechliche Waffe«, sagte er. »Eine, die ich immer gern besessen hätte.«

Duncan bedachte den Baron mit einem vernichtenden Blick.

Deguerre lächelte. »Ich denke, jetzt bin ich an der Reihe, Fragen zu stellen.«

Überrascht blickte Amber zu ihrem Ehemann auf.

»Wenn ich bitten darf, Mylady?« sagte Dominic zögernd und streckte seine Hand aus.

Obwohl Amber den Glendruid-Wolf noch nie zuvor berührt hatte, ergriff sie seine Hand ohne Zögern. Ein Zittern lief durch ihren Körper, aber sie hatte sich schnell wieder unter Kontrolle.

»War irgend etwas von Wert in jenen Kisten, als Ihr sie geöffnet habt?« fragte Deguerre Dominic.

»Nein.«

»Wahrheit.«

»Waren die Siegel intakt?«

»Ja.«

»Wahrheit.«

»Wirklich sonderbar«, murmelte Deguerre.

Dominic löste seine Hand von Ambers Fingern.

»Ich bitte um Entschuldigung«, sagte er zu Amber. »Ich wollte Euch keinen Schmerz bereiten.«

»Das habt Ihr auch nicht, Herr. Ihr habt enorme Kraft in Euch, aber keinerlei Grausamkeit.«

Deguerre lächelte spöttisch, denn Amber hatte das über ihn nicht gesagt.

»Es scheint«, meinte Dominic, »als hätte einer Eurer Ritter Arianes Mitgift gestohlen.«

»Einer von meinen? Warum nicht einer von Euren?«

»Die Siegel waren intakt. Eure Siegel, Baron. Nicht meine.«

»Ach ja.« Deguerre zuckte die Achseln. »Sir Geoffrey, wie ich vermute. Er stand hoch in meiner Gunst und hatte freien Zugang zu meinen Unterlagen und Aufzeichnungen.«

»Und Siegeln?« warf Simon ein.

»Und Siegeln.«

»Jetzt ist Geoffrey tot, und die Mitgift ist verloren«, sagte Simon. »Habt Ihr meine Tochter darüber befragt?«

»Warum sollten wir? Sie war noch bestürzter als einer von uns«, erwiderte Dominic. »Wenn sie gewußt hätte, wo die Mitgift ist, hätte sie es uns augenblicklich gesagt.«

Deguerre blickte Ariane an. »Nun, Tochter? Warum hast du die Schätze nicht für sie gefunden?«

»Ich habe meine Fähigkeit in jener Nacht verloren, als Geoffrey mich vergewaltigte.«

»Vergewaltigung, so, so. Das ist es also, was du deinem Ehemann erzählt hast?« fragte Deguerre mit einem grausamen Lächeln.

»Ja«, antwortete Ariane kalt. »Es ist auch das, was Lady Amber ihm erzählt hat.«

Ein Ausdruck leichter Überraschung breitete sich auf Deguerres Gesicht aus.

»Dann hast du deine Gabe wirklich verloren«, meinte er nachdenklich. »Das gleiche passierte deinerMutter, als ich sie in unserer Hochzeitsnacht nahm. Eine Hexe will ihre besonderen Kräfte nicht verlieren, aber ein Mann weiß eben, wie er sie ihr nehmen kann.«

»Ihr irrt Euch«, warf Meg ruhig ein.

Deguerres Kopf fuhr mit einem Ruck herum, und er starrte die zierliche Frau an, die so reglos dagestanden hatte, daß ihre goldenen Glöckchen schwiegen.

»Wie war das?« fragte er.

»Die Vereinigung mit einem Mann kann die Kraft einer Frau eher noch verstärken als zerstören«, erklärte Meg. »Es hängt ganz vom Wesen der Verbindung ab. Und von dem Mann. Seit ich die Ehefrau des Glendruid-Wolfes bin, sind meine Kräfte intensiver als je zuvor.«

»Faszinierend.«

Deguerre runzelte die Stirn. Dann zuckte er die Achseln und kehrte wieder zu dem Thema zurück, das ihn am meisten interessierte.

Schwäche, nicht Stärke.

»Es hat den Anschein, als wäre Geoffrey ein unwürdiger Feigling gewesen, der Arianes Gabe zerstört hat, statt sie zu verstärken«, sagte Deguerre gleichgültig. »Es ist bedauerlich, daß andere durch seine Taten leiden mußten, aber so ist das Leben nun einmal.«

Simon erstarrte. Der Baron strahlte eine Art hinterhältiger, boshafter Freude aus, die deutlicher als Worte sagte, daß er glaubte, endlich den Schwachpunkt gefunden zu haben, den er in Blackthorne gesucht hatte.

»Als ich mich einverstanden erklärte, meine kostbare Tochter einem Eurer Ritter zur Ehefrau zu geben«, sagte Deguerre zu Dominic, »habt Ihr versprochen, daß ihr Ehemann eine Burg als Lehen von Euch bekommen sollte, eine reiche Burg, wie sie Lady Arianes hohem Stand in der Normandie angemessen wäre.«

»Ja«, sagte Dominic grimmig.

»Also frage ich Euch, Lord Dominic – wo ist die Burg meiner Tochter?«

»Im Norden.«

»Ah. Wo im Norden?«

»Carlysle.«

»Warum wohnt sie nicht dort, wie es sich für eine Lady mit eigener Burg geziemt?«

»Wir sind noch dabei, Ritter zur Verteidigung zu rekrutieren«, erklärte Simon barsch.

»Es müssen auch noch Festungsanlagen ausgebaut werden«, fügte Dominic hinzu.

»Eine teure Sache: Ritter und Festungsanlagen.«

Deguerre blickte sich mit grausamer Befriedigung in dem Raum um.

»Ihr werdet große Schwierigkeiten damit haben, zwei Burgen zu unterhalten«, sagte der Baron, »ganz gleich, wie reich Blackthornes Ernte dieses Jahr war.«

»Ich werde es schaffen«, sagte Dominic gepreßt.

Deguerres Lächeln war so kalt wie der Wind, der die Burg umheulte.

»Und ich werde ganz in der Nähe dieser Burg bleiben«, sagte der Baron, »bis meine Tochter das bekommt, was man ihr versprochen hat.«

31. Kapitel

Später, nachdem Baron Deguerre mit seinen Rittern im Sonnenraum des Burgherrn untergebracht worden war, saß Ariane in ihrem Schlafgemach und wartete, den Kopf über ihre Harfe gebeugt. Und sie betete stumm, daß Simon zu ihr kam.

Daß er ihr verzeihen würde.

Ich hätte wissen müssen, daß Simon ein zu stolzer Mann ist, als daß er von der Schändung seiner Ehefrau erfahren und sie nicht rächen würde, ganz gleich, wie sorgfältig Meg und ich vorgegangen sind, um genau das zu verhindern.

Ich hätte es vorher wissen müssen!

Aber alles, woran ich gedacht habe, war mein eigenes Bedürfnis nach Wahrheit, mein eigener Stolz, mein eigener törichter Wunsch, von Simon geliebt zu werden, so wie ich ihn liebe.

Töricht.

Schmale Finger glitten über die Harfensaiten und entlockten ihnen ein Lied, das keine Worte hatte, sondern nur ein Aufschrei war – so tief und bezwingend wie Arianes Liebe für einen Mann, der ihre Liebe nicht erwidern konnte.

Beim Blut aller Heiligen, wie konnte ich nur so dumm und selbstsüchtig sein, Blackthorne Keep für meinen eigenen törichten Wunsch zu riskieren? Simon ist nicht dazu fähig, eine Frau zu lieben, so wie ich nicht dazu fähig war, einem Mann zu vertrauen.

Bis Simon in mein Leben kam. Er hat mich geheilt.

Aber ich kann ihn nicht heilen.

Zittrige Töne stiegen von den Harfensaiten auf und hallten gespenstisch durch das Zimmer, so quälend, wie Ariane von all dem verfolgt wurde, was gewesen war.

Und von all dem, was niemals sein würde.

»Nachtigall?«

Simons Stimme ertönte so unerwartet – und so schmerzlich ersehnt –, daß sich Ariane einen Moment lang nicht traute, den Kopf zu heben, weil sie fürchtete, erkennen zu müssen, daß sie nur geträumt hatte.

»Simon?« flüsterte sie.

Sanfte Finger streichelten ihre Wange.

»Ja«, sagte Simon rauh. »Ich hatte erwartet, dich schlafend vorzufinden.«

»Du warst nicht hier.«

Verlangen und noch etwas anderes, ein Hunger, den er nicht genau benennen konnte, stiegen bei Arianes Worten in Simon auf.

»Dominic brauchte mich«, erklärte er.

»Ich weiß. Er wird dich auch in Zukunft sehr oft brauchen.«

Ariane legte die Harfe beiseite, ohne aufzuschauen.

»Mein Vater wird sich nicht eher von der Stelle rühren, als bis er mich in einer reich ausgestatteten Burg sieht«, sagte sie tonlos, »und Blackthorne völlig verarmt ist. Mein rücksichtsloses Streben nach der Wahrheit hat deinen Bruder vernichtet.«

Sie erwartete, daß Simon zustimmen und sich dann von ihr abwenden würde, wie er es bei Marie getan hatte.

Statt dessen streichelte er nur ihr Haar.

»Wir werden schon eine Lösung finden«, sagte er beruhigend.

»Wir?«

»Duncan, Erik, Dominic und ich. Wenn das Geld nicht für die Rekrutierung weiterer Ritter reicht, werden wir die vorhandenen auf die Burgen verteilen.«

»Und damit alle anderen Burgen in ihrer Abwehrkraft schwächen.«

Simon sagte nichts.

»Mein Vater kann erschreckend geduldig sein«, fuhr Ariane fort, den Blick auf ihre ineinander verkrampften Hände gesenkt.

»Ja«, murmelte er.

»Er hat genug Vermögen, um hierzubleiben, bis er endlich hat, weswegen er hergekommen ist – eine sichere Ausgangsposition in England.«

Schweigen war Simons einzige Antwort.

»Du kannst Charles den Gewitzten nicht bei seinem eigenen Spiel besiegen«, sagte Ariane. »Falls dir der englische König oder Eriks Vater kein Geld leihen, um Carlysle Keep aufzubauen, wird mein Vater Blackthorne Keep ruinieren und deinen Bruder dazu.«

»Der König wird zur Zeit von allen Seiten mit Geldforderungen bedrängt«, erklärte Simon. »In zu vielen Teilen Englands ist die Ernte schlecht ausgefallen.«

»Was ist mit Eriks Vater?«

»Robert der Flüsterer haßt alle Gelehrten, selbst seinen eigenen Sohn.«

Ariane schüttelte in stummer Verzweiflung den Kopf.

»Dann sind wir verloren«, sagte sie mit mutloser Stimme.

Die Bewegung ihres Kopfes ließ seidenweiche Haarsträhnen über Simons Hand gleiten. Etwas, das fast Schmerz gleichkam, durchzuckte ihn bei der kühlen, seidigen Berührung.

»Bist du so wütend auf mich, daß du es noch nicht einmal ertragen kannst, mir ins Gesicht zu sehen?« fragte er leise.

Ariane hob mit einem Ruck den Kopf. Simon stand sehr dicht neben ihr. Sein Ausdruck war grimmig, seine Kleidung war halb geöffnet, als wäre er so erschöpft, daß er schon an den Bändern zu ziehen begonnen hatte, während er die Treppe zum Zimmer seiner Frau hinaufgestiegen war.

»Ich? Wütend auf dich?« fragte sie, und die Überraschung war deutlich sowohl in ihrer Stimme als auch in ihren amethystfarbenen Augen zu erkennen.

»Wütend, daß ich deine Wahrheit nicht eher verteidigt und dich somit verraten habe«, sagte Simon trostlos. »Wütend darüber, daß die Wahrheit für mich keinen Unterschied macht. Wütend, daß ich nicht … lieben kann.«

Arianes Herz zog sich zusammen, als sie den Schmerz in Simons Augen sah.

»Selbst dich nicht«, sagte er rauh, »meine tapfere Nachtigall. Dich, die so schrecklich durch Männer hat leiden müssen. Dich, die mir das Leben gerettet hat. Dich, die mich gelehrt hat, wie der Phönix zu fliegen und Tod und Wiedergeburt in Ekstase zu erleben. Du verdienst … mehr, als ich dir geben kann.«

Die Qual in Simons Stimme verursachte Ariane körperlichen Schmerz. Tränen schimmerten an ihren schwarzen Wimpern.

»Du hast mich niemals verraten. *Niemals*«, erwiderte sie leise. »Du warst bereit zu sterben, um mir das Leben zu retten, als ich nichts als eine Last für dich war, eine Frau, die du nur aus Treue zu deinem Bruder geheiratet hattest.«

»Du bist niemals eine Last für mich gewesen. Ich habe dich begehrt von dem Moment an, als wir uns das erste Mal begegnet sind. Ich habe noch nie zuvor so nach einer Frau gehungert wie nach dir, von einem Feuer verzehrt, wie es selbst in der Hölle nicht heißer sein könnte.«

Arianes Lächeln war so traurig wie die Tränen, die sie um Simon weinte. Und so wunderschön.

Sehnsucht. Hunger. Heiße Begierde.

Aber Liebe fühlt er nicht für mich.

»Ich weiß jetzt, wie sehr du mich begehrt hast«, sagte sie und erschauerte heftig bei der Erinnerung an Simons wilde, ungezügelte Sinnlichkeit.

Simon sah Arianes verräterische Reaktion und fühlte, wie sein eigenes Blut heißer durch seine Adern pulsierte und den Schmerz einer Vergangenheit verdrängte, die man nicht ändern, nur annehmen konnte.

»Du hast mich begehrt, bis du vor Verlangen gezittert hast«, flüsterte sie, »und dennoch hast du mich niemals gezwungen. Du warst sanft, wo andere Männer grausam waren, leidenschaftlich, wo andere Männer berechnend waren, großzügig, wo andere Männer egoistisch waren. Ich soll wütend auf dich sein? Nein, Simon, du bist ein Geschenk Gottes für mich.«

»Ariane ...«

Simon schnürte es die Kehle zu. Er hätte Arianes Wahrheit nicht klarer erkennen können, wenn er im Inneren ihrer Seele gelebt hätte.

Langsam hob er die Hände und vergrub seine Finger in der mitternachtsschwarzen Schönheit ihres Haares. Als er ihr Gesicht zu sich hob, streiften seine Lippen zärtlich über ihre Wimpern und tranken die silbernen Tränen, die sie um ihn geweint hatte.

»Wenn ich daran denke, was dir dieses Schwein angetan hat ...« murmelte er heiser.

Im Sprechen glitten Simons Lippen liebkosend über Arianes Stirn, ihre Wangen, ihre Nase, ihren Mund, während er sie mit Küssen anbetete, so sanft wie Feuerschein. Ariane erzitterte unter den zarten Liebkosungen, und sie weinte über die Trostlosigkeit, die sie in den Augen ihres Ehemannes sah.

»Denk nicht mehr darüber nach«, sagte sie eindringlich. »Ich tue es auch nicht. Jetzt nicht mehr. Noch nicht einmal in meinen Träumen.«

»Du wurdest grausam benutzt. Du hast eine Enttäuschung erlebt, so tief, daß sie fast deine Seele getötet hätte. Dennoch –«

»Du hast mich geheilt«, unterbrach sie ihn.

»– dennoch bist du zu mir auf die Turmzinnen gekommen und hast mich gelehrt, was Leidenschaft ist.«

Ariane versuchte zu sprechen, aber die Intensität in Simons Ausdruck beraubte sie ihrer Stimme.

»Ich habe dich genommen«, fuhr er leise fort, »im Stehen, mit dem Rücken zum eisigen Wind, und dein –«

Ein Schauer von Erinnerung und Verlangen und noch etwas anderem rieselte durch Simons Körper und verschlug ihm den Atem.

»– und dein warmer, süßer Schoß hat mich vollständig in sich aufgenommen«, sagte er nach einem Moment mit kehliger Stimme. »Und doch warst du fast noch Jungfrau, als du zu mir gekommen bist.«

»Es war wundervoll, dich in mir zu spüren.«

Ariane flüsterte die Worte dicht an Simons Lippen – eine federleichte Liebkosung, die die Zartheit seiner eigenen Küsse widerspiegelte.

»Ich weiß, wie wundervoll es für dich war«, murmelte er. »Ich habe den heißen Regen deiner Lust gespürt.«

Simon fühlte förmlich die Hitze, als verlegene Röte über Arianes Haut kroch.

»Ich ... das wollte ich nicht«, flüsterte sie. »Ich konnte mich nicht mehr ... beherrschen.«

»Ich weiß«, hauchte Simon, während er mit köstlicher Behutsamkeit in ihre Lippen biß. »Ich wollte auch gar nicht, daß du dich beherrschst. Ich wollte nur eines – bis in alle Ewigkeit dort auf dem Turm stehen und deine heiße Leidenschaft um meinen Schaft pulsieren fühlen.«

Simons Name verklang in einem lustvollen Wimmern, als seine Zungenspitze sanft die Umrisse von Arianes Lippen nachzeichnete.

»Du hast dort oben genauso gezittert und gestöhnt wie jetzt«, sagte er leise, »und hast mich angefleht, noch tiefer in dich zu stoßen. Dennoch warst du noch fast eine Jungfrau.«

»Ich war verrückt vor Verlangen nach dir.«

»Ich wollte dich ebenso heftig. Und als wir den Höhepunkt der Lust erreichten und von wilder Ekstase erschüttert wurden, hast du dich an mich geklammert und mich tief in deinem Schoß festgehalten.«

»Es war ein köstliches Gefühl, mit dir vereint zu sein.«

»Ja«, murmelte Simon. »Dein Körper hat es mir gesagt. Er weinte vor Leidenschaft, und ich wollte die duftenden Tränen trinken. Niemals hat sich eine Frau so vollkommen und selbstvergessen einem Mann hingegeben, *und doch warst du fast noch Jungfrau.*«

Ein heftiges Zittern durchlief seinen Körper und machte die Linie seines Mundes noch strenger.

»Simon?« flüsterte Ariane verständnislos.

»Ich hätte sanft zu dir sein müssen«, sagte er mit vor Reue gepreßt klingender Stimme. »Ich hätte dein Haar und dein Gesicht und deine Hände mit sanften Küssen bedecken sollen.«

Simon ließ seinen Worten Taten folgen und bedeckte Arianes Haar und Gesicht und Hände mit zarten Küssen. Sie schloß die Augen, als Begierde zwischen ihren Schenkeln pulsierte und sie erbeben ließ.

»Ich hätte deine Kleider vorsichtig öffnen sollen«, fuhr Simon leise fort.

Silberne Spitzenbänder lösten sich, und amethystfarbener Stoff glitt beiseite, während seine Finger über Arianes Kleid tasteten. Die Kühle, die im Raum herrschte, verstärkte nur noch die brennende Hitze von Simons Lippen, als er sich zu ihr herabbeugte.

»Ich hätte deine Brüste behutsam liebkosen sollen«, murmelte er rauh an ihrem Hals. »Sie sind so vollendet geformt, seidig und warm, und sie flehen so süß nach meinem Mund.«

Behutsam küßte er die rosige Spitze jeder Brust. Ihre Knospen richteten sich auf, wurden samtig und fest und nahmen die köstlich rote Färbung ihrer Lippen an.

»Simon ...« begann Ariane.

Dann verstummte sie, als ein langsamer, lustvoller Schauer der

Erregung ihr die Stimme raubte. Simons Zunge liebkoste sie zärtlich und ließ ihre Knospen noch härter werden.

Seine Hände glitten an dem amethystfarbenen Kleid hinunter und knüpften die restlichen Bänder auf. Ein Lächeln spielte um seine Lippen, als er fühlte, wie ihn der Stoff mit winzigen Berührungen streichelte.

»Ich hätte dir das Kleid langsam, ganz langsam ausziehen und auf jedem neu enthüllten Zentimeter deiner Haut zärtlich verweilen sollen«, sagte er, »bis du geseufzt hättest und erschauert wärst und mir gegeben hättest, worum dich kein Mann je gebeten hat, sondern sich einfach von dir genommen hat.«

Simon schloß die Augen, während er zart mit den Fingern an Arianes Schenkeln hinunterstrich. Sie öffneten sich für ihn mit einem Rascheln und Seufzen von Stoff, der bereitwillig zur Seite glitt.

»Wirst du dich mir hingeben?« fragte er.

»Ja«, flüsterte sie. »Immer.«

Erst in diesem Moment öffnete Simon wieder die Augen.

»Ich habe dich so wie jetzt in jener ersten Nacht gesehen«, murmelte er. »Doch statt dir zu sagen, wie wunderschön du bist, statt dich sanft zur Leidenschaft zu verlocken, habe ich deine Beine gespreizt und mich in deinem Schoß vergraben, als wären wir schon seit Ewigkeiten Liebende.«

Ariane versuchte zu sprechen, aber Simon beugte sich zu ihr herab und liebkoste sie mit seinen Händen, seinen Worten, seinem Mund. Ein erstickter Laut entrang sich ihrer Kehle, als seine Zungenspitze ihre weichen Blütenblätter kitzelte.

»Sie haben eine exotische Frucht im Heiligen Land«, sagte er an ihrem Schoß, während er sie weiter liebkoste. »Sie wird Granatapfel genannt, und ihr verborgenes Fleisch ist röter als ein Rubin.«

Brennende Lust durchströmte Ariane und raubte ihr den Atem, während sie ihren Körper vor Wonne dahinschmelzen fühlte. Simon stieß einen hungrigen Seufzer aus und fing die heißen Tropfen ihrer Leidenschaft mit seiner Zungenspitze auf.

»Du bist wie jener Granatapfel ... fest und zugleich süß, köstlich gerötet und dazu bestimmt, langsam mit Zunge und Zähnen genossen zu werden.«

Verzückung schoß wie ein glühender Strahl durch ihren Leib,

und ihr Körper spannte sich in sinnlichem Erleben wie ein Bogen an. Simon hatte schon einmal erlebt, daß sich Ariane ihm so hungrig entgegenbäumte – damals, als sie im Bann des heiligen Traums gelegen hatte, eines Traums, dessen Realität ihn immer noch verblüffte.

»Ich …« Ihre Stimme brach, als sie in Simons dunkle Augen blickte. »Ich habe das Gefühl … als hätte ich dies schon einmal geträumt. Genau dieses. Und doch hast du mich nie auf diese Art geküßt.«

»Aber ich habe dich auf diese Art geküßt«, widersprach er sanft.

Seine Zunge glitt in ihren Schoß und umspielte zärtlich die seidige Knospe ihrer Weiblichkeit. Ariane seufzte tief, wand sich lustvoll hin und her und bewegte sich so langsam wie in ihrem Traum.

»Und du hast auf genau die Art reagiert, wie du es jetzt tust«, sagte Simon. »Du hast dich mir entgegengebäumt, hast mir … alles erlaubt.«

»Wann?« flüsterte sie; sie wußte, daß es wahr war, und verstand es dennoch nicht.

Ein Traum.

Heile mich.

»Ich hatte einen Traum«, sagte Ariane. »In diesem Traum hast du mich geheilt.«

»Es war ein Gelehrter Traum«, erwiderte Simon, »erfüllt von Rosenduft und Mitternacht, Mondschein und einer wilden Verheißung von Sturm.«

Seine Zähne schlossen sich mit wunderbarer Zartheit um ihre Knospe. Eine langsame, verzehrende Hitze stahl sich durch Arianes Körper, ein Brennen, das sich zu wilder Verzückung steigerte.

»Ich brenne«, flüsterte sie.

»Ich kann dein Feuer fühlen, verlockender als in meinen Träumen. Ich wollte dich in jener Nacht nicht nehmen, selbst nicht auf diese Weise. Aber ich will und muß dich jetzt haben. Auf jede erdenkliche Weise.«

Ein leises Stöhnen kam über Arianes Lippen, als sie sich mit Leib und Seele dem Zauber von Simons Liebesspiel hingab. Er hielt sie mit Händen, die sanft und kraftvoll zugleich waren, während er sie mit geflüsterten Worten verehrte und mit langen, glutheißen Küssen genoß und das Feuer ihrer Leidenschaft verstärkte, bis sie innerlich brannte, schweigend und wild und heftig, und unfähig war, auch nur einen Seufzer hervorzubringen.

Dann blickte Ariane in Simons Augen und verstand, wie es war, innerhalb eines Traums zu leben.

»Ich bin dein«, flüsterte sie. »Ich habe mich dir hingegeben, noch bevor ich es überhaupt wußte. Jetzt weiß ich es, und ich gebe mich dir wieder hin.«

Simon küßte sie langsam, ausführlich und kostete die Gewißheit ihrer Ekstase.

»Du bist mein«, murmelte er. »Und du schmeckst nach Feuer.«

»Brenne mit mir«, flüsterte sie. »Ich bin schon viel zu lange allein in diesem Feuer.«

Ein sinnlicher Schauer prickelte über Simons Haut, als er hastig seine Kleider abstreifte und Ariane beim Anblick seines harten, steil aufgerichteten Schafts verzückt lächeln sah.

»Ich brauche dich nur zu sehen, und schon verwandelt sich mein Fleisch in Honig«, murmelte sie und berührte ihn zart. »Mann aus Stahl und Seide. Und Lust. Großer Gott, die Lust, die du mir schenkst ...«

Wieder schlug eine Woge der Begierde über Simon zusammen und ließ ihn vor Erregung erbeben.

»Du gibst mir die Kraft eines Gottes«, sagte er rauh.

Langsam legte er sich auf sie, und er schwelgte in dem Gefühl, willkommen zu sein, als sie ihre Beine spreizte und ihn mit beiden Armen umschlang, sich ihm ohne Vorbehalte hingab. Ihr Schoß öffnete sich und nahm ihn in sich auf, noch während sie sich ihm mit Leib und Seele schenkte. Mit einem einzigen kräftigen Stoß drang er tief in sie ein, dann noch tiefer, bis sie zu einem Ganzen verschmolzen.

Die feste, heiße Vollkommenheit ihrer Vereinigung hätte Simons Beherrschung beinahe zunichte gemacht.

»Ich brenne«, stöhnte er in einem Gefühl, das Qual und Lust zugleich war.

Ariane empfand es genauso, eine qualvolle Lust, die sie wie Feuer verzehrte.

»Wir ...«

Brennen.

Und dann stürzten sie gemeinsam in den Abgrund wilder, atemloser Verzückung.

Als ihre Ekstase schließlich verebbte und sie langsam aus dem Taumel der Sinneslust in die Realität zurückkehrten, als es nichts mehr zu nehmen und zu geben und zu teilen gab, zog Simon Ariane fest an sich und hielt sie mit seinen Armen umfangen, als hätte er Angst, sie könnte ihm entrissen werden.

»Wir werden eine Möglichkeit finden, Deguerre zu schlagen«, sagte Simon nach einer Weile heftig. »Es muß einfach einen Weg geben. Eine verlorene Mitgift ist es nicht wert, daß so viele Menschenleben zerstört werden.«

Ariane umarmte Simon noch fester und hielt ihn an sich gedrückt, während sie sich im stillen leidenschaftlich wünschte, noch ihre besondere Gabe zu besitzen.

Wenn ich die Mitgift doch nur finden könnte.

Plötzlich stieg eine Vision vor ihrem inneren Auge auf und hielt sie so vollkommen gefangen, daß sie alles um sich herum vergaß. Sie lag da, ohne sich zu rühren, sah nur den Kreis von Steinen von Stone Rings, die sich deutlich und scharf umrissen gegen den hellen Winterhimmel abhoben.

Aber dieses Mal waren es zwei Kreise.

Ariane blinzelte und schauderte ... und fand sich von den Armen ihres schlafenden Ehemannes umschlungen, als sie sich wieder ihrer Umgebung bewußt wurde. Ein Hochgefühl breitete sich in ihr aus, als sie begriff, was geschehen war.

Die Glendruid-Hexe hatte recht. Die Vereinigung mit dem richtigen Mann kann die Kräfte einer Frau noch verstärken.

Ich bin wirklich und wahrhaft geheilt!

Freudig erregt drehte Ariane den Kopf, um Simon zu wecken, doch sie biß sich auf die Zunge, bevor ein einziges Wort über ihre Lippen gekommen war.

Meine Rücksichtslosigkeit hat Blackthorne Keep bereits zuviel gekostet, und Deguerre wartet schon wie ein großer silbergrauer Aasgeier auf ein blutiges Festmahl.

Wenn ich es Simon sage, was wird dann passieren?

Arianes Hochgefühl schwand dahin. Nein, Simon durfte nichts

davon wissen, weil er darauf bestehen würde, sie nach Stone Ring zu begleiten. Und Dominic würde darauf beharren, daß seine Ritter die beiden eskortierten; denn sollte ihr Vater von dem Fundort der Mitgift Wind bekommen, würde er ganz sicher alles tun, um sie an der Bergung des Schatzes zu hindern.

Es gab ohnehin zu wenig Ritter zur Verteidigung der Burg, und Dominic konnte auf keinen einzigen verzichten, selbst nicht für einen schnellen Ritt nach Stone Ring. Die Lagerfeuer von Deguerres Kriegern bildeten einen engen Kreis um Blackthorne Keep, als würde es belagert.

Und tatsächlich wurde Blackthorne Keep auf sehr reale Weise belagert.

Wenn ich Simon wecke, wird er mich nicht nach Stone Ring gehen lassen, weil er nicht mit mir gehen kann. Simon der Loyale wird hier und jetzt von seinem Bruder und Herrn gebraucht.

Aber ich werde nicht gebraucht.

Ich werde mich wegschleichen, den Beweis meiner Mitgift finden und sie zurückbringen, damit Simon sie meinem Vater unter die Nase reiben kann.

Bei diesem Gedanken mußte Ariane lächeln. Es würde ihr unendliche Freude bereiten, ihrem Vater zu beweisen, daß man sie ebensowenig unterschätzen durfte wie einen grausamen Ritter.

Das Gefühl, daß das richtig sein würde, erfüllte Ariane, ein sicheres Zeichen für die Richtigkeit dessen, was getan werden mußte.

Und wie es zu tun war.

Wenn ich mich heimlich davonstehlen will, muß ich das geheime Schlupfloch der Burg kennen. Wo mag es versteckt sein?

Nach einigen Atemzügen stieg eine neue Vision vor ihrem geistigen Auge auf – Fackeln brannten in einem langen unterirdischen Gang, von dem zu beiden Seiten Räume abzweigten; Butterfässer und Fässer mit gesalzenen Aalen, Enten und Gänse mit kühlen, leicht schuppigen Füßen, die für den Bratspieß bereithingen, Früchte, sowohl frisch als auch getrocknet. Wo der Korridor endete, begann der Kräuterkeller mit Regalen voller Pflanzen.

Und hinter dem letzten Regal, tief in den Hügel hineingegraben, in Dunkelheit und hinter Stapeln von Kisten und Körben versteckt, befand sich eine kleine verriegelte Tür.

Als nächstes muß ich mir ein Pferd beschaffen. Sicherlich hat jemand in all dem Tumult ein Tier verloren. Vielleicht hat einer der Ritter meines Vaters einen betrunkenen Junker oder Pferdeknecht.

Es dauerte länger diesmal, denn ihre Annahme war weniger präzise. Aber langsam, ganz langsam, verdichtete sich eine Vision in der Dunkelheit ... ein Pferd in normannischem Schmuck stand mit seinem kräftigen Rumpf in Windrichtung, die Nase in einen von Blackthornes Heuhaufen vergraben.

Vorsichtig löste sich Ariane aus Simons Armen. Als er im Schlaf protestierend etwas murmelte, küßte sie ihn zart und streichelte liebkosend mit einer Hand über seine Wange. Er seufzte wohlig und entspannte sich wieder.

»Schlaf, mein Liebster«, flüsterte Ariane. »Alles ist gut. Ich weiß jetzt, wo meine Mitgift versteckt ist.«

»Und ich weiß, wie ich Blackthorne Keep retten kann.«

32. KAPITEL

»Verschwunden?« rief Simon aufgebracht. »Was soll das heißen, sie ist verschwunden?«

Sven blickte vorsichtig von Dominic zu Simon. Sven war mit beiden Männern auf dem Heiligen Kreuzzug gewesen. Es behagte ihm gar nicht, vielleicht gegen einen der beiden kämpfen zu müssen, und Simon sah aus, als wäre er kurz davor, sich in eine Schlägerei zu stürzen. Ohne sich dessen bewußt zu sein, blickte Sven hilfesuchend zu Meg hinüber, die zur Rechten ihres Ehemannes die Behaglichkeit des Sonnenzimmers genoß.

»Leise«, warnte Meg Simon. »Der Baron könnte uns hören.«

Simon preßte die Lippen zusammen, aber er widersprach nicht. Statt dessen stand er auf, schob die Reste seines Mittagmahls beiseite und baute sich so dicht vor Sven auf, daß er diesen fast berührte.

»Ich höre«, sagte er.

Obwohl seine Stimme jetzt gedämpft war, klang er nicht weniger wütend.

»Lady Ariane war nicht bei der Morgenandacht«, begann Sven ruhig.

»Richtig«, warf Dominic ein. »Ich dachte, sie hätte vielleicht die Messe besucht, die der Kaplan ihres Vaters gelesen hat.«

»Du meinst den Schuft, der sie eine Hure genannt hat und Buße für eine Sünde verlangte, die sie niemals begangen hatte?« fragte Simon mit leiser, zorniger Stimme. »Das glaube ich nicht. Eher würde sie sich die Predigt eines Schweins anhören.«

»Ariane hat heute morgen mit keinem der beiden Kaplane gesprochen«, sagte Sven. »Sie ist auch nicht im Baderaum. Sie ist auch nicht mit ihrer Stickerei beschäftigt. Sie spielt auch keine traurigen Lieder auf ihrer Harfe.«

»Was ist mit der Küche?« warf Meg ein. »Sie hat den Köchen einige Tricks für schmackhafte Eintopfgerichte beigebracht.«

»Die Wache sagte, daß außer den Bediensteten niemand in den Hof hinausgegangen sei«, erwiderte Sven.

Dominic lächelte leicht und blickte Meg an, die sich einmal als Magd verkleidet an Sven vorbeigeschmuggelt hatte. Sven fing den Blick auf und grinste reumütig.

»Der Wachtposten ist einer der alten Ritter von Blackthorne Keep«, erklärte er. »Er kennt sämtliche Bedienstete der Burg.«

»Es ist eigentlich nicht verwunderlich, daß sich Ariane heute von den Küchengebäuden fernhält«, meinte Meg. »Da draußen tobt ein höllischer Sturm. Was für ein Glück, daß die Ernte innerhalb der Burgmauern ist.«

»Aber Ariane ist es nicht«, erklärte Sven grimmig. »Sie ist nicht am Brunnen. Oder in der Kaserne. Sie ist auch nicht in der Waffenkammer, in der Vorratskammer, auf dem Abort oder an irgendeinem anderen verfluchten Ort. Ich habe überall gesucht.«

»Deguerre«, sagte Simon bitter. »Dafür werde ich ihm den Schwanz abschneiden!«

»Wo sollte er sie denn verstecken?« fragte Sven gefaßt. »Er hält sich doch ebenfalls in der Burg auf.«

Dominic blickte wieder seine junge Frau an.

»Kleiner Falke?« fragte er sanft. »Was sagen deine Träume?«

Meg schloß einen Moment die Augen. Als sie sie öffnete, wirkte ihre Miene gequält.

»Vor dem Sturm habe ich ziemlich gut geschlafen«, erklärte sie. »Besser als seit vielen Wochen. Als wäre irgend etwas in Ordnung gebracht worden.«

»Und jetzt, im Wachzustand?« fragte Dominic. »Fühlst du irgend etwas?«

»Als der Sturm während der Morgenandacht ausbrach, habe ich mich gefühlt, als wäre ich mittendrin in dem Unwetter.« Sie schauderte. »Es ist sehr kalt dort draußen, Mylord. Tödlich kalt.«

»Ich weiß das nur zu gut«, warf Simon ein. »Ich war draußen bei den Palisaden und mußte die Steinmetze antreiben, als wären sie eine Herde störrischer Ochsen.«

»Ist die Lücke jetzt geschlossen?« wollte Sven wissen.

»Bald«, erwiderte Simon knapp, »und wenn ich jeden einzelnen dieser eisigen Steine selbst schleppen muß. Und dazu wird es wahrscheinlich kommen. Ich habe nicht den Eindruck, daß der Sturm abflaut.«

»Ja«, sagte Meg stirnrunzelnd. »Ich hatte nicht damit gerechnet, daß so früh im Herbst schon so eisige Stürme einsetzen würden.«

»Geh in deinen Kräuterkeller«, wies Dominic seine Frau an. »Deine Leute werden einen Balsam gegen Frostbeulen brauchen.«

Meg begann zu protestieren, sah aber die Entschlossenheit in Dominics Augen und begriff, daß ihre Anwesenheit im Sonnenraum nicht länger erwünscht war.

»Natürlich«, sagte sie. »Aber –«

Dominic fiel ihr ins Wort. »Wenn ich dich brauche, werde ich unverzüglich nach dir schicken.«

»Na gut«, meinte Meg steif. »Sieh zu, daß du es auch tust.«

Als das Klingeln von Megs goldenen Glöckchenketten auf dem Korridor verhallt war, wandte sich Dominic an Sven.

»Warte bitte einen Moment hinter der Tür«, sagte er. »Ich habe eine Privatangelegenheit mit Simon zu besprechen.«

Sven konnte sich durchaus denken, worum es ging. Er wandte sich um und verließ mit sichtlich erleichterter Miene das Sonnenzimmer. Er legte keinen Wert darauf, in der Nähe zu sein, wenn der ältere Bruder den jüngeren über sein Eheleben ausfragte.

»Hast du mit Ariane Streit gehabt wegen ihrer Vergewaltigung?« fragte Dominic ohne Umschweife.

»Nein.«

»Wegen ihres Vaters?«

»Nein.«

»Habt ihr euch wegen irgendeiner anderen Sache gestritten?«

»Es hat keinen Zorn zwischen uns gegeben, als wir einschliefen.«

»Kälte?«

Simon schloß die Augen, als eine Woge süßer, sinnlicher Erinnerungen in ihm aufstieg.

»Nein«, erwiderte er mit rauher Stimme. »Alles andere als das. Ariane brennt so leidenschaftlich wie keine andere Frau auf der Welt.«

Dominic seufzte und fuhr sich mit den Fingern durch sein dichtes, schwarzes Haar. »Es ergibt einfach keinen Sinn!« knurrte der Glendruid-Wolf. »Warum ist sie gegangen?«

»Vielleicht ist sie das gar nicht.«

»Und vielleicht bekommen Aale Flügel und fliegen zu ihren Laichplätzen«, gab Dominic zurück. »Die Burg ist nicht so groß, als daß man eine Lady übersehen könnte, die ein Gelehrtes Kleid mit Stickereien wie silberne Blitze trägt.«

Simon widersprach nicht, denn Dominic hatte recht.

»Ich werde selbst nach ihr suchen«, sagte Simon.

»Nein!«

»Warum nicht?« fragte Simon scharf.

»Wenn du die gesamte Burg durchsuchst und von den Turmzinnen bis zum Kräuterkeller lauthals nach deiner Frau jammerst, wird Deguerre die Gelegenheit nutzen, um sofort zu König wie Herzog zu laufen und ihnen vorzuheulen, wir hätten seine kostbare Tochter ermordet und ihre Mitgift zusammen mit ihrer Leiche versteckt. Und dann wird hier in kürzester Zeit die Hölle los sein!«

»Ich werde diskret vorgehen«, stieß Simon zwischen zusammengebissenen Zähnen hervor.

»Jesus und Maria«, murmelte Dominic. »Im Moment siehst du so diskret aus wie ein altnordischer Berserker!«

Nur mit Mühe gelang es Simon, eine bissige Erwiderung hinunterzuschlucken. Eine quälende Unruhe und Beklommenheit machte ihm zu schaffen. Die Unruhe hatte begonnen, als er den Steinmetzen bei der Arbeit an der Burgmauer geholfen hatte, und sie hatte sich mit jedem Stein, den sie einfügten, noch verstärkt.

Dann war der Sturm aus dem Norden gekommen und hatte es fast unmöglich gemacht, weitere Steine zu setzen.

Tödlich kalt.

»Setz Leaper oder Stagkiller auf Arianes Fährte an«, sagte Simon brüsk.

»Außerhalb der Burg? Das ist sinnlos. Der Schneesturm wird alle Spuren ausgelöscht haben.«

»Fang innen an, in jenen Bereichen der Burg, die Ariane selten aufsucht. Wenn die Spur frisch ist ...«

Simon brauchte den Satz nicht zu beenden. Dominic war bereits aufgesprungen und rief nach einem Junker, der Erik mit seinem Wolfshund in das Sonnenzimmer rufen sollte. Bei Leaper war die Sache einfacher. Dominic brauchte nur zu pfeifen, und schon kam die graue Hündin unter dem Tisch hervor, wo sie um Essensreste gebettelt hatte.

»Hast du etwas, an dem Arianes Geruch haftet und nur Arianes?« fragte Dominic.

»Ihre Harfe.«

Dominic blickte seinen Bruder verblüfft an. »Hat sie die Harfe denn nicht mitgenommen?«

»Nein. Sie liegt neben unserem Bett.«

Zum ersten Mal wirkte Dominic ernstlich besorgt. Noch niemals hatte er Ariane gesehen, ohne daß ihre Harfe in Reichweite gewesen wäre.

»Hol die Harfe und komm zum Brunnenhaus«, sagte Dominic gepreßt. »Wir werden dort mit der Suche anfangen.«

Bis Simon die Harfe herbeigeholt hatte und auf der Ebene ankam, wo sich der Brunnen und die Kasernen befanden, warteten Erik und Stagkiller bereits.

»Stagkiller hat keine Spuren davon entdecken können, daß sich Gruppen von Männern draußen irgendwo ohne Feuer verstecken«, informierte Erik Dominic. »Es ist einfach zu kalt.«

»Sven hat das gleiche berichtet. Es ist auch keiner von Deguerres Männern nach Stone Ring Keep oder Sea Home geritten.«

»Schade, daß sie's nicht getan haben«, knurrte Erik. »Cassandra würde ihnen einen höchst unangenehmen Empfang bereiten. Wir könnten ein paar Feinde weniger gebrauchen.«

»Richtig. Nach deiner und auch nach Svens Einschätzung hat Deguerre mindestens zweimal, wenn nicht sogar dreimal so viele Ritter wie wir.«

»Wäre Baron Deguerre draußen, statt sich an dem Tisch in der großen Halle herumzulümmeln, würde ich behaupten, wir würden belagert«, murmelte Erik.

»Aber so, wie die Dinge liegen«, sagte Dominic trocken, als Simon herbeieilte, »*droht* uns lediglich eine Belagerung.«

»Wer sucht zuerst, Leaper oder Stagkiller?« fragte Simon knapp.

»Leaper«, erwiderte Dominic. »Sie kann sich in der Burg frei bewegen. Niemand wird von ihr Notiz nehmen.«

Dominic beugte sich zu der schlanken Jagdhündin hinunter, gab ihr einen leisen Befehl und zeigte auf die Harfe in Simons Hand. Obwohl ihre meisten Artgenossen nur dazu taugten, Wild zu hetzen, das von Treibern aus der Deckung getrieben wurde, hatte Leaper eine feine Spürnase und den eifrigen Wunsch, sie zu benutzen. Meistens war sie es, die Wild im Wald entdeckte, und nicht die schwerfälligen Bauern, die ihre Stöcke schwangen.

Leaper schnüffelte ausgiebig an der Harfe und blickte dann zu Dominic auf. Eine knappe Bewegung seiner Hand, und die Hündin machte sich an die Arbeit.

Erik stand da, eine Hand auf Stagkillers Kopf gelegt, und schaute zu, wie die schlanke, graue Hündin im Zickzack den Brunnenraum durchstreifte und nach einer frischen Fährte suchte. Als sie die steinerne Treppe erreichte, die sich in einem Eckturm der Burg emporwand, winselte sie leise.

Sofort war Dominic an ihrer Seite.

»Aufwärts oder abwärts?« fragte er.

»Laßt uns unten suchen«, erwiderte Simon. »Dort hält sich Ariane weniger häufig auf.«

Auf ein weiteres Signal hin sauste Leaper die Treppe hinunter. Die Männer folgten ihr unter lautem Klappern ihrer Stiefelabsätze auf dem Stein. Bevor sie den Kräuterkeller erreicht hatten, erschien Meg in der Tür und blickte ihnen alarmiert entgegen. Ihre Hand griff nach Leapers ledernem Halsband.

»Was tut Leap –« begann sie, nur um von Simon unterbrochen zu werden.

»Laß sie los«, sagte er drängend.

Leaper schlüpfte an Megs langen, grünen Röcken vorbei und verschwand im Kräuterkeller. Meg und die Männer folgten ihr dicht auf den Fersen. Simon nahm die Lampe, die Meg bei ihrer Arbeit benutzt hatte, und wartete, um zu sehen, was der Hund als nächstes tun würde.

Die verschiedenartigen, durchdringenden Gerüche des Kräuterkellers verwirrten Leaper, doch nur für einen Moment. Simon hielt ihr wieder die Harfe hin, um die Hündin daran schnuppern zu lassen, und schon lief sie erneut im Zickzack hin und her, die Nase dicht am Boden. Bald hatte sie die Spur wieder aufgenommen und folgte ihr tiefer und tiefer in den hinteren Teil des Raumes.

Im gleichen Moment erkannten Meg und Dominic, welches Ziel Leaper ansteuern würde. Dominic warf einen raschen Blick auf Erik, zuckte die Achseln und sagte sich, daß der Gelehrte Hexenmeister schon wichtigere Geheimnisse für sich behalten hatte als die Lage des geheimen Fluchttunnels von Blackthorne Keep.

Leapers lange, schmale Schnauze klebte auf einer Linie am Fußboden, als hinge sie an einer straff gespannten Leine. Dann trottete die Jagdhündin zu dem Stapel von Körben und Kisten, die darauf warteten, benutzt zu werden, kletterte darüber hinweg und winselte an der Tür zu dem geheimen Gang.

»Öffne sie«, befahl Dominic mit gepreßter Stimme.

Simon entriegelte die Tür und hielt die Lampe hoch, aber es war nichts als ein dunkler, enger Tunnel zu sehen.

Die Luft, die aus der kleinen Öffnung des Tunnels in den Raum hereindrang, war frostig kalt. Ein matter, weit entfernter Kreis von Licht und das Heulen des Windes waren die einzigen Anzeichen, daß der Tunnel ein Stück weiter voraus ins Freie mündete.

Leaper winselte vor Eifer, der Spur zu folgen. Dominic holte eine Leine aus seiner Tasche, hakte sie an Leapers Halsband fest und machte Anstalten, den Tunnel zu betreten.

»Bleib hier«, sagte Simon brüsk und hielt seinen Bruder am Arm zurück. »Du wirst in der Burg gebraucht, ich nicht.«

Nach einem Moment des Zögerns drückte Dominic Simon die Hundeleine in die Hand und trat von der Öffnung zurück. Simon übergab seinem Bruder die Harfe, bückte sich und folgte der Hündin in den Gang. Das Schwarz seines Mantels verschmolz augenblicklich mit der Dunkelheit des Tunnels.

Hund und Mann kamen in einem kahlen Weidendickicht wieder unter der Erde hervor. Obwohl es noch Nachmittag war, herrschte ein düsteres Zwielicht. Jenseits des Dickichts fegte ein gnadenloser Wind Schnee über den Boden.

Arianes Fährte zu folgen würde äußerst schwierig sein. Simon konnte auch keinerlei Fußspuren entdecken. Dennoch trat er in den Sturm hinaus, denn Ariane war irgendwo da draußen in dem eisigen Wind.

Nur wenige Meter von dem Dickicht entfernt verlor Leaper die Witterung. Sie winselte aufgeregt und lief mit der Nase dicht am Boden suchend hin und her. Und dann jaulte sie wieder, bis Simon die schlanke, frierende Hündin wieder in den Tunnel hineinzog.

»Sie hat gleich hinter dem Dickicht die Fährte verloren«, sagte Simon, als er in die duftende Stille des Kräuterkellers zurückkehrte. »Es gibt keinerlei Fußspuren.«

Seine Augen – schwärzer und wilder als der Sturm – sagten sehr viel mehr. Wie Leaper zitterte er am ganzen Körper von dem eisigen Ansturm des Windes.

»Stagkiller«, sagte er und wandte sich zu Erik um. »Ich bezweifle zwar, daß er riecht, was Leaper nicht riechen kann, aber vielleicht ist bei ihm noch Hoffnung.«

Niemand fügte hinzu, daß der Wolfshund ihre einzige Hoffnung war, bis sich der Sturm legen würde und der Gelehrte Wanderfalke ausgeschickt werden konnte.

Stagkiller schnüffelte intensiv an der Harfe und stürmte dann in den Tunnel. Der Hund war so groß, daß er mit dem Kopf gegen die Decke stieß.

Meg und die Männer warteten in angespanntem Schweigen.

Bald, viel zu bald, erhob sich Stagkillers unglückliches Jaulen über den Wind.

»Er hat die Fährte verloren«, sagte Erik knapp.

»War noch eine andere Fährte in dem Tunnel?« wollte Dominic wissen.

Erik pfiff einen Befehl, der schrill und seltsam melodisch zugleich klang. Stagkillers Geheul brach ab. Kurz darauf tauchte der zottelige Wolfshund wieder aus dem Gang auf. Erik nahm Stagkillers riesigen Kopf zwischen seine Hände und redete in einer fremden Sprache auf ihn ein.

Und wieder verschwand der Hund in dem engen, dunklen Gang. Diesmal dauerte es mehrere Minuten, bevor er erneut zum Vorschein kam und an die Seite seines Herrn glitt.

»Keine anderen frischen Spuren außer Arianes und Simons«, erklärte Erik.

»Ariane war allein, als sie verschwand?« fragte Simon wie betäubt. »Warum sollte sie mitten in einem eisigen Schneesturm die Wärme der Burg verlassen wollen?«

»Vielleicht herrschte noch kein Sturm, als sie ging«, meinte Dominic.

»Oder der Sturm hat sie nicht gekümmert«, warf Meg ein. »Sie ist eine Frau, der es nicht an Mut fehlt.«

»Vielleicht ist sie ja nicht freiwillig gegangen«, gab Erik zu bedenken.

»Sie war allein«, erwiderte Dominic. »Dein eigener Gelehrter Hund kann das bestätigen.«

»Ja, schon. Aber ihr Vater ist ein Hexer. Wer weiß, welchen Unfug er wohl ausbrüten kann?«

Simon erstarrte unwillkürlich. »Was sagt Ihr da?«

Erik zuckte die Achseln. »Der Mann hat gewisse Gelehrte Kenntnisse. Ich kann es in ihm spüren. Aber seine Gelehrsamkeit ist von der Art, die einst Druide von Druide trennte, Clan von Clan und die Menschen von ihrer Seele.«

»Wenn Deguerre Ariane in irgendeiner Weise Schaden zugefügt hat, dann ist er ein toter Mann«, sagte Simon kurz und bündig.

»Zuerst mußt du seine Tochter finden und beweisen, daß er Böses getan hat«, erwiderte Dominic.

»Warum sonst hätte Ariane gehen sollen, wenn nicht gezwungenermaßen?« fragte Simon heftig. »Sie ist nicht freiwillig fortgegangen. *Es gibt einfach keinen Grund dafür.*«

Das Geräusch von Schritten im Korridor ließ die Männer verstummen.

»Es ist nur Amber«, sagte Meg schnell. »Ich hatte sie gebeten, mir zu helfen.«

Mit einem Murmeln der Erleichterung erkannten sie den goldenen Schein von Ambers Haar in der Tür zum Kräuterkeller. Um ihren Mund spielte ein freundliches Lächeln, und ihr Haar schmückte ein Kamm mit blutroten Bernsteintropfen.

»Was tut ihr hier?« fragte sie, als sie die Männer erkannte. »Sicherlich habt ihr dringendere Pflichten, als euch Balsam gegen Frostbeulen zu beschaffen.«

»Habt Ihr Ariane gesehen?« fragte Simon gepreßt.

»Nicht mehr seit dem frühen Morgen. Ich lief ihr in der Halle über den Weg, und sie sagte mir, dieser Kamm, den ich schon lange vermißt habe, wäre hinter das zerrissene Futter meiner Reisekiste gerutscht.«

Meg stieß einen Laut der Verblüffung aus.

»Ich bin sofort zu der Kiste gegangen, und da steckte der Kamm doch tatsächlich!« sagte Amber. »Ist es nicht wundervoll, daß Ariane ihre besondere Fähigkeit wiedererlangt hat?«

Simon war zu verblüfft, um ein Wort hervorzubringen.

Erik nicht. Als Amber ihren wiedergefundenen Kamm erwähnt hatte, hatte sich für ihn ein Muster aus dem Chaos von Möglichkeiten herauskristallisiert.

»Ariane ist gegangen, um ihre Mitgift zu holen«, sagte Erik nüchtern.

»Seid Ihr übergeschnappt?« fuhr Simon auf. »Sie ist zu Fuß in einem Schneesturm unterwegs! Die verfluchte Mitgift könnte doch überall zwischen hier und der Normandie sein!«

Eriks gelbbraune Augen wurden schmal, als er erneut die Vielzahl von Möglichkeiten überdachte, die ihn ständig beschäftigt hatten, seit feststand, daß die Mitgift gestohlen worden war.

Simon setzte wieder zum Sprechen an, doch er wurde von Dominic durch eine knappe Geste zum Schweigen gebracht.

»Ich glaube«, sagte Erik versonnen, »daß die Mitgift mit Geoffrey in die Umstrittenen Gebiete gekommen ist. Wenn das stimmt, dann liegt sie irgendwo zwischen Stone Ring und dem Silverfells-Land versteckt.«

»Aber das hätte Ariane mir doch gesagt«, erwiderte Simon.

»Du hättest nicht zugelassen, daß sie ohne dich geht«, warf Meg ein.

Niemand sprach aus, was alle wußten: Ariane hatte sich lieber allein auf den Weg gemacht, als Simon den Loyalen zu bitten, seinen Herrn und Bruder in dieser Zeit der Not zu verlassen.

»Laß zwei Pferde satteln«, wies Dominic Simon an. »Du müßtest Ariane eigentlich schnell eingeholt haben. Lord Erik, werdet Ihr Simon mit Euren Gelehrten Tieren begleiten?«

»Mit Freuden.«

»Was wirst du Deguerre sagen?« fragte Simon seinen Bruder.

»Nichts. Ariane hat jede Begegnung mit ihm vermieden. Mit etwas Glück wird er nicht einmal merken, daß sie verschwunden ist.«

»Und wenn du kein Glück hast?«

»Reite hart, Simon. Ich möchte, daß meine Frau endlich wieder gut schlafen kann.«

33. Kapitel

Simon und Erik ritten, als würden sie von Dämonen verfolgt, aber sie holten Ariane nicht ein. Sie ritten nördlich, bis sie Carlysle Manor erreichten, doch Ariane war nicht da. Gequält von dem Gedanken, sie könnten die junge Frau in Finsternis und Sturm übersehen haben, verbrachten die Männer eine schlimme Nacht und versuchten, eine Weile zu schlafen, während Stagkiller in der Gegend umherstreifte und nach irgendeiner Spur von Arianes Lager suchte.

Vergeblich. Die mühevolle Suche brachte dem Wolfshund nichts weiter ein als Eisklumpen zwischen den Zehen.

Zur Verwunderung der Bediensteten des Herrenhauses war Simon schon weit vor Tagesanbruch wieder auf den Beinen. Sein Frühstück blieb so gut wie unberührt, denn er mußte ununterbrochen daran denken, daß Ariane vielleicht dort draußen im Schneesturm umherirrte.

»Sie muß sich verlaufen haben«, sagte er tonlos.

Erik schnitt eine Scheibe Fleisch mit seinem Dolch ab, spießte ein Stück Käse und eine Scheibe Brot auf und legte das Ganze auf Simons Teller.

»Sie ist eine Finderin«, erwiderte er knapp. »Sie kann ebensowenig verlorengehen, wie der Himmel den Erdboden verlieren kann.«

»Aber warum haben wir sie dann nicht überholt?« fragte Simon verzweifelt.

Erik hatte keine Antwort, die Simons Schmerz lindern konnte. Alles, was er hatte, war die Wahrheit und ein Muster, das mit jeder Stunde, die der Sturm tobte, trostloser wurde.

»Stagkiller hat keinen Hinweis darauf gefunden, daß wir Ariane im Sturm übersehen haben«, sagte er. »Sie muß sich irgendwie ein Pferd beschafft haben. Sie ist irgendwo ein Stück vor uns.«

»Es ist so bitterkalt«, flüsterte Simon.

»Sie trägt Gelehrten Stoff.«

»Reicht das, um sie warmzuhalten?«

»Iß«, befahl Erik, ohne auf die Frage einzugehen. »Wir werden reiten, bis der Sturm nachläßt. Dann werde ich meinen Falken losschicken.«

Aber der Sturm verlor erst an Kraft, als die Männer bereits am Rande des heiligen Steinkreises angekommen waren. Die aufrecht stehenden Granitblöcke waren nicht sichtbar, denn eisige Nebelschwaden lagen über dem Boden. Erik und Simon zügelten ihre erschöpften Pferde, während Stagkiller sich auf den Boden warf und keuchend silberne Atemwölkchen ausstieß, die augenblicklich vom Nebel verschluckt wurden.

Der Wanderfalke trat von seiner Sitzstange am Sattel auf Eriks Panzerhandschuh, schlug mit den Flügeln und öffnete den Schnabel, als könnte er bereits die Freiheit des Windes kosten. Erik pfiff mit durchdringender Klarheit, und der Falke antwortete mit einem melodischen Trillern, das viel zu süß klang, um aus der Kehle eines Raubvogels zu kommen.

Mit einer raschen Armbewegung schwang Erik Winter in den Himmel, dessen graue Farbe zu ihrem Federkleid paßte. Die breiten, eleganten Flügel des Vogels spreizten sich und schlugen heftig, als er in den eisigen Nebel aufstieg.

Simon schaute dem Falken in einer Mischung aus Hoffnung und Furcht nach. Noch lange, nachdem die Helligkeit der Sonnenscheibe hinter den Nebelschleiern seine Augen tränen ließ, starrte er in die Ferne. Jeder Muskel seines Körpers war angespannt.

Aber es war nichts im Vergleich zu der Anspannung, die Simon fühlte, als Winter mit einem langgezogenen, unheimlichen Schrei wenig später wieder aus den Wolken herabschoß. Der Gelehrte Mann und der Falke unterhielten sich eine Weile pfeifend und trillernd, bis Simon vor Ungeduld kaum noch an sich halten konnte und Erik am liebsten angebrüllt hätte.

Dann wandte sich Erik ihm zu und blickte Simon voller Kummer in seinen gelbbraunen Augen an.

»Nein!« knurrte Simon grimmig. »Ich will es nicht hören! *Ariane lebt!«*

Erik schloß einen Moment die Augen, bevor er Simon erzählte, was keiner von beiden wissen wollte.

»Ariane ...« Seine Stimme verblaßte zu einem rauhen Flüstern. »Ariane ist außerhalb deiner Reichweite.«

»Sie ist am Leben!«

»Ariane liegt reglos innerhalb des zweiten Steinkreises«, sagte Erik vorsichtig. »Das ist alles, was Winter zu sehen erlaubt war.«

»Erlaubt? Was in Dreiteufelsna–«

»Der zweite Kreis«, unterbrach Erik ihn brüsk, »kann weder gewogen noch gemessen noch berührt werden. Er *ist* einfach. Du hast dich immer geweigert, das anzuerkennen. Und deshalb liegt Ariane – lebendig oder tot – außerhalb deiner Reichweite. Wir werden sehen, ob sie auch außerhalb meines Zugriffs ist.«

Erik trieb sein Pferd vorwärts. Simon beobachtete ihn so angespannt, daß er kaum zu atmen wagte. Einmal hatte er versucht, Meg in einen heiligen Steinkreis zu folgen. Es war ihm nicht gelungen. Dann hatte er Duncan dabei helfen wollen, Amber zu folgen, war aber von einem weiteren heiligen Kreis von Steinen daran gehindert worden. Und wieder hatte ihn das uralte Geheimnis der Steine vor ein Rätsel gestellt.

Falls es irgendein Geheimnis gibt, sagte sich Simon grimmig.

Und dennoch, trotz seiner Zweifel schlug plötzlich Furcht wie eine lautlose, schwarze Woge über ihm zusammen.

Was, wenn Ariane dort ist und ich sie nicht erreichen kann?

Er wußte keine Antwort, spürte nur die wachsende Gewißheit, daß ihn die uralte heilige Stätte auf die Probe stellen würde, so wie sie es mit Dominic und Duncan getan hatte.

Aber im Gegensatz zu den beiden anderen Männern befürchtete Simon, daß er die Prüfung nicht bestehen würde, denn er besaß weder Dominics Schärfe noch Duncans unbezwingbaren Willen.

Wie kann ich etwas finden, was ich nicht sehen oder hören oder berühren kann? Wie in Gottes Namen haben Dominic und Duncan das fertiggebracht?

Eriks Pferd blieb so abrupt stehen, als wäre es in Stein verwandelt worden.

»Der Kreis ist mir verschlossen!« rief der Gelehrte Mann aufgebracht. »Bei allem, was heilig ist, ich komme nicht hinein!«

Angst und Zorn vereinigten sich in Simon zu einer Kraft, die ihn alle Bedenken und Zweifel vergessen ließ. Wild entschlossen drückte er seinem Pferd die Fersen in die Flanken und trieb es auf die verwitterten Monolithe zu, deren Gesichter von Nebel verschleiert waren. Sein Pferd galoppierte den Hügel hinauf und blieb dann urplötzlich stehen, als wäre es gegen eine Burgmauer geprallt.

Doch Simon hatte etwas Ähnliches erwartet. Er zog seine Füße aus den Steigbügeln und landete mit katzenartiger Geschmeidigkeit auf dem unsicheren Boden.

»Es gibt keinen Ort auf der Welt, an den ich nicht gehen werde, wenn ich Ariane finden will«, brüllte er zu den Steinen hinauf, »und zur Hölle mit dem, was *ist* und was *nicht* ist!«

Wie ein Krieger, der in die Schlacht zieht, marschierte Simon auf die Granitriesen zu, die drohend aus dem Nebel vor ihm aufragten.

»Ariane! Hörst du mich?« rief er.

Doch er bekam keine Antwort, sondern hörte nur den klaren, unheimlichen Ruf eines Falken aus der Kehle eines Gelehrten Mannes aufsteigen.

Simon biß entschlossen die Zähne zusammen und strebte weiter. Hohe Steine erhoben sich zu beiden Seiten. Er marschierte zwischen ihnen hindurch, ohne nach rechts oder links zu schauen.

»Ariane!«

Dieses Mal antwortete noch nicht einmal der Falke.

Simon ging weiter, ohne zu zögern. Er schritt zu dem Hügel im Mittelpunkt des Steinkreises hinauf, umkreiste ihn einmal und fand keinerlei Anzeichen, daß seit Ausbruch des Sturms irgend jemand den schneebedeckten Boden betreten hatte. Dann kletterte er auf die Kuppe des Hügels und blickte sich mit einer Wildheit um, die er kaum noch zügeln konnte.

»Ariane! Bist du hier?«

Kein Laut drang aus den Nebelschwaden zu ihm herüber.

»Ariane! Wo bist du?«

»Im Inneren des zweiten Steinkreises!« rief Erik von weiter unten herauf.

»Wo ist der zweite Kreis?«

»Der Hügel liegt in seiner Mitte.«

»Genau da bin ich. *Wo ist Ariane?«*

»Im Inneren des zweiten Kreises.«

»Dann zeig sie mir!« brüllte Simon heftig.

»Selbst wenn Stone Ring mich hineinlassen würde, könnte ich dir Ariane ebensowenig zeigen, wie ich einem Mann ohne Augen einen Regenbogen zeigen kann!«

Simons Antwort war ein wüster, zorniger Fluch.

»Du bist, was du sein wolltest«, rief Erik, »ein Mann, der nur Logik gelten läßt. Du hast zu lange an deiner Blindheit festgehalten. Jetzt mußt du dafür büßen, weil du die Wahrheit zu spät erkannt hast. Ariane ist außerhalb deiner Reichweite!«

Gequält rief Simon ein weiteres Mal Arianes Namen, und das Echo kam als geisterhaftes Raunen zurück.

Du bist, was du sein wolltest.

Ariane ist außerhalb deiner Reichweite.

Aber Simon konnte sich nicht damit abfinden, Ariane zu verlieren.

»Ich werde sie sehen!« rief er zu den schweigsamen Steinen von Stone Ring hinauf. »Habt ihr mich gehört? Ich werde sie sehen!«

Gespenstische Flüsterstimmen wurden zum Geräusch eines Windes, der in Zweigen raschelt, in Zweigen, die schwer von Blüten waren.

Aber es wuchs kein Baum auf der Kuppe des Hügels.

Es gab keine Blüten im Winter.

Und der Wind hatte sich gelegt.

Dennoch kam das Geräusch wieder: ein murmelndes, raschelndes, kummervolles Seufzen; Wind, der in einem Baum rauschte, der nicht existierte; Wind, der unsichtbare Blüten zerzauste, bis sie mit tausend süßen Zungen sprachen.

Beeil dich, Krieger. Sie stirbt. Dann wirst du eins mit mir sein, allzeit lebendig und dennoch immer sterbend, bis in alle Ewigkeit um eine Wahrheit trauernd, die zu spät erkannt wurde.

Ein eisiger Schauder durchlief Simon. Der Teil von ihm, der wog und maß und berührte, begehrte heftig auf und wollte nicht wahrhaben, daß er etwas Bedeutungsvolleres gehört hatte als Wind, der über Felsen und Eis strich.

Und ein anderer Teil seines Ichs wurde in die Knie gezwungen von einem flüsternden, mächtigen Strom von Kummer, der nicht sein eigener war.

Noch nicht.

Beeil dich, Krieger.

Sieh!

Er blickte sich mit wilden, schwarzen Augen um ... und sah nichts, was er nicht schon vorher gesehen hatte.

»Wie kann ich denn sehen?« schrie Simon verzweifelt. »Hilf mir!«

Er bekam keine Antwort, sondern fühlte nur die wachsende Gewißheit, daß Ariane ganz in der Nähe war und daß ihr Leben aus ihrem Körper wich, bis sie für immer an einem Ort war, wo kein lebender Mensch sie erreichen konnte.

Liebe? Was für ein rührseliger Schmalz!

Ein gebrochener Laut kam über Simons Lippen, als er Arianes spöttische Worte von tausend blütenweichen Zungen widerhallen hörte. Aber das Flüstern brach nicht ab bei seinem gequälten Schrei. Es hielt an und erzählte ihm mehr, als er glaubte, ertragen zu können, rief ihm eine Unterhaltung ins Gedächtnis zurück, die nur zwischen Ariane und ihm stattgefunden hatte ... und zeigte ihm ihren Mut und seine kalte Reaktion.

Sobald ich wieder ganz gesund bin, werde ich die eheliche Umarmung ertragen. Für dich, mein treuer Ritter. Nur dir zuliebe.

Ich will mehr als zusammengebissene Zähne und Pflichtgefühl.

Ich werde dir alles geben, was ich habe.

Und dieses Versprechen hatte Ariane gehalten.

»Ariane!« schrie Simon verzweifelt.

Keine Antwort kam, noch nicht einmal das tausendfache Flüstern, das es doch nicht geben konnte.

Simon schloß die Augen und kämpfte gegen seine Gefühle an, die ihm den Atem aus der Kehle zu pressen drohten. Seine Hände ballten sich zu Fäusten, und seine Sehnsucht wurde so übermächtig, daß er am ganzen Körper bebte.

»Nachtigall«, flüsterte er gepeinigt. »Ich würde mir das Herz aus der Brust reißen, um dich wiedersehen zu können.«

Wind rauschte durch die Zweige eines Baumes ganz in der Nähe und zerzauste die Blüten, bis sie leise seufzten.

Öffne die Augen, Simon.

Sieh!

Und noch bevor Simon die Augen aufschlug, wußte er, daß er Ariane erreicht hatte, wußte es auf eine Weise, die nicht gewogen oder gemessen oder berührt werden konnte.

Er fand sie zu seinen Füßen. Dort lag sie zusammengekrümmt auf der Seite, in ihren Mantel gewickelt. Wo der Wind ihren Mantel hochgeweht hatte, wurde seltsam stumpf wirkender amethystfarbener Stoff enthüllt. Die silbernen Spitzen und Stickereien schimmerten nur noch schwach, fast trübe, und ihre Haut war bleich und kalt wie Schnee.

Falls Ariane noch atmete, so konnte Simon es weder sehen noch hören. Sie erwachte auch nicht, als er sie hochhob, ihren Namen rief und sie verzweifelt schüttelte, um sie aus dem eisigen Griff der Kälte zu befreien.

Ihr Körper war schlaff, widerstandslos und so kalt, wie er ihr einmal vorgeworfen hatte, daß sie sei.

»Nachtigall ...«

Ein unerträgliches Gefühl des Verlusts preßte Simons Herz zusammen. Als er Ariane sanft in seine Arme nahm, purzelten Päckchen mit Gewürzen und Edelsteinen aus den Falten ihres Mantels.

Die Verbindung mit dem richtigen Mann kann die Kräfte einer Frau noch verstärken.

»Verfluchte Mitgift!« knurrte Simon zwischen zusammengebissenen Zähnen. »Sie war dein Leben nicht wert! Nichts ist es wert, daß du dafür sterben mußt!«

Er trat mit den Füßen nach den Gewürzen und kostbaren Juwelen. Dann preßte er Ariane fest an sich und versuchte sie mit bloßer

Willenskraft dazu zu bringen, aufzuwachen, ihn anzuschauen und zu lächeln.

Zu leben.

Ich bin nicht wie Dominic oder Duncan. Ich werde niemals einer Frau soviel von meiner Seele schenken. Ich werde niemals die heilige Eberesche blühen sehen.

Dennoch war Ariane mit ihrer zerstörten Unschuld und schockierenden Tapferkeit zu ihm gekommen. Sie hatte leidenschaftlich für ihn gebrannt und hatte ihm mehr geschenkt, als sie jemals geglaubt hatte, geben zu können: ihr Vertrauen, ihren Körper, ihre Seele.

Ich liebe dich, Simon.

Simons Geschenk an Ariane war lediglich sein Körper gewesen.

Und jetzt war sie kalt und leblos, und er konnte ihr keine Wärme einhauchen.

Blütenblätter raschelten und flüsterten und formten Worte aus Stille. Sie sprachen zu Simon und wiederholten seine eigenen Worte und quälten ihn damit, bis er die blutigen Tränen vergoß, die zu weinen er sich immer gesträubt hatte. Mehr, als er gewußt hatte, war mit Ariane gestorben. Mehr, als er geglaubt hatte, existierte tatsächlich.

Mit unendlicher Behutsamkeit wickelte Simon Ariane in seinen Mantel, sah ihr Haar noch einmal schwarz auf dem weichen, weißen Pelz schimmern. Dann ließ er Ariane langsam zu Boden gleiten, schnallte sein Schwert ab und legte es zwischen ihre Hände.

»Kein Krieger hatte jemals mehr Mut als du«, flüsterte er, während er ihre eisige Wange küßte. »Dein Mut beschämt mich. Möge die heilige Eberesche für dich blühen, wo immer du auch bist.«

Dann senkte Simon den Kopf und schluchzte, wie er es seit seiner Kindheit nicht mehr getan hatte. Während er weinte, hüllte ihn plötzlich ein zarter Duft ein, und etwas Weiches streifte wie ein Kuß über seine Wangen.

Öffne die Augen.

Langsam öffnete Simon die Augen und sah eine uralte Eberesche mitten im kalten Winter blühen. Er sah sie und wußte, daß es seine Wahrheit war, die er zu spät erkannt hatte.

Blüten regneten auf seine Hände herab, Blütenblätter von einem Baum, der nicht existieren konnte, der an einem Ort blühte, der nicht sein konnte.

Dennoch sah Simon die Eberesche blühen. Er hielt die Blüten in seinen Händen. Er berührte ihre durchscheinende Schönheit. Er atmete ihren Duft, als wäre es das Leben selbst.

Es existiert.

Aber du hast es zu spät erkannt. Jetzt bist du wie sie, du existierst zwischen zwei Welten, während Wärme zu Kälte verblutet.

Du kannst meine Tränen halten und weiterleben, wie du bisher gelebt hast und deine Seele vor allen Menschen verschließen. Oder du kannst meine Tränen loslassen und akzeptieren, was kommt.

Mit einem heftigen Schauder öffnete Simon seine Hände und ließ die Tränen der Eberesche über Ariane rieseln, und er gab ihr alles, mehr, als er jemals geglaubt hatte, geben zu können.

Aber er fürchtete, daß es nicht genug sein würde.

Als die erste Blüte Arianes Wange berührte, schien sie sich kaum merklich zu regen. Als die zweite Blüte sie liebkoste, schauderte sie und atmete tief durch, als wäre sie zu lange ohne Luft gewesen. Die dritte und vierte und fünfte Blüte regnete auf sie herab, und dann waren es zu viele, um sie noch zu zählen, ein Wirbel von Wärme und Duft, der alles durchdrang.

Und plötzlich spürte Simon, wie Leben durch Arianes Körper strömte, so sicher, wie er es durch seinen eigenen Körper pulsieren fühlte. Sie bewegte sich, als müsse sie aus tiefem Schlaf erwachen. Dann schlug sie die Augen auf, die leuchteten wie strahlende Amethyste, die die Schönheit eines heiligen Baumes widerspiegelten, der mitten im Winter blüht.

»Simon?« flüsterte sie.

Mit einem heftigen Aufschluchzen schloß Simon ihren lebendigen, warmen Körper in seine Arme und preßte Ariane an sich, als wollte er sie nie mehr loslassen, und er fühlte die Kraft ihrer Arme, die sich um seinen Hals schlangen.

»Ich schenke dir die Gabe der Eberesche«, flüsterte er dicht an Arianes Lippen.

Und die Gabe war Liebe.

Epilog

Baron Deguerre stand an der Zugbrücke von Blackthorne Keep und sah den Triumphzug der Eberesche auf sich zukommen, getragen auf dem Rücken von Pferden, die Ariane willig folgten, ohne von einer Führungsleine oder einem Pferdeknecht zu Gehorsam ermahnt zu werden. Jedes Pferd trug eine Last von Säcken, die mit Gewürzen und Seidenstoffen, Gold und Silber, kostbaren Juwelen und all dem gefüllt waren, was Ariane durch Verrat und Betrug genommen worden war.

Aber es war nicht der Anblick der Mitgift, der Deguerre endgültig von seiner Niederlage überzeugte. Sondern das Heft von Simons Schwert, ein Kristall, der so schwarz und klar leuchtete wie Simons Augen. Und in dem durchscheinenden Mitternachtsschwarz war auf wundersame Weise eine einzelne leuchtende Blüte eingeschlossen.

Baron Deguerre warf einen Blick auf die Ebereschenblüte im Inneren des Schwerthefts, rief nach seinem Pferd und führte seine Ritter fort von Blackthorne Keep, denn er wußte, daß es dort keine Schwäche mehr gab, die er hätte ausnutzen können. Und auch in Zukunft würde es keine geben. Selbst Charles der Gewitzte hatte bisher noch keine Mittel und Wege gefunden, Liebe zu zerstören.

Carlysle Manor wurde zu einem Teil von Rowan Keep – Burg Eberesche –, dem Heim von Ariane der Geliebten, einer Frau, die den Saiten ihrer Harfe Klänge der Freude entlocken konnte und deren Liebe dafür sorgte, daß kein Kind allein und verloren aus der Sicherheit der Burg fortwanderte.

Nach der geheimnisvollen Blüte, die in seinem schwarzen kristallenen Heft eingeschlossen war, wurde Simons Schwert fortan »die Eberesche« genannt. Und Simon selbst wurde mit der Zeit »Herr der Eberesche« genannt.

Denn es war Simon, der entdeckt hatte, was selbst die Gelehrten nicht wußten …

Die heilige Eberesche ist eine Frau, die vor langer, langer Zeit geboren wurde, eine Frau, deren Weigerung, die Liebe zu sehen, ihren ersten Geliebten das Leben kostete. Und schließlich mußte auch ihre Familie sterben, ihr Clan, ihr Volk.

Aber nicht sie selbst. Nicht ganz.

Aus Mitleid und zur Strafe wurde sie in einen unsterblichen Baum verwandelt, eine Eberesche, die nur in Gegenwart einer alles überragenden Liebe weint; und die Tränen der Eberesche sind Blüten, die für jene, die sie sehen können, eine außerordentliche Gnade bedeuten.

Wenn genug Tränen vergossen sind, wird die Eberesche wieder frei sein. Sie wartet im Inneren eines heiligen Kreises von Steinen, den man weder wiegen noch messen noch berühren kann. Sie wartet auf Liebe, die ihrer Tränen würdig ist.

Die Eberesche wartet noch immer.